Martha Grimes

Inspektor Jury schläft außer Haus

Inspektor Jury spielt Domino

Martha Grimes

Inspektor Jury schläft außer Haus

Inspektor Jury spielt Domino

Zwei Romane in einem Band

Deutsch von Uta Goridis

Büchergilde Gutenberg

Inhalt

Lizenzausgabe für die Büchergilde Gutenberg,
Frankfurt am Main, Wien,
mit Genehmigung der Rowohlt Taschenbuch Verlag GmbH
Reinbek bei Hamburg

Umschlag und Zeichnungen von Mathias Schott, Großostheim
Druck Johannes Weisbecker, Frankfurt am Main
Bindung Großbuchbinderei Monheim GmbH, Monheim
Printed in Germany 1988
ISBN 3 7632 3495 0

Inspektor Jury schläft außer Haus

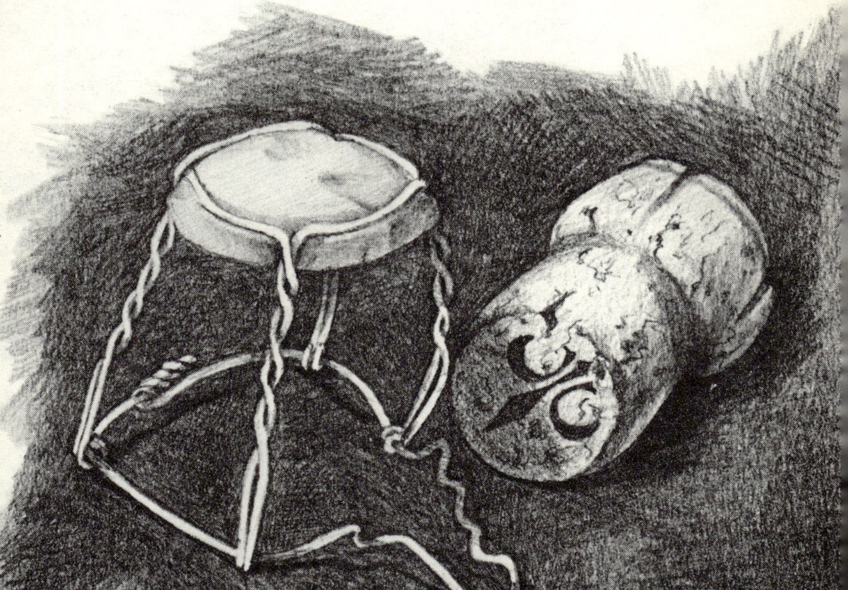

Für June Dunnington Grimes und Kent Holland

I Samstag, 19. Dezember

Draußen vor der «Hammerschmiede» knurrte ein Hund.

Drinnen in dem Vorsprung des Erkers, ohne auf die Dorfstraße blicken zu können, da ihm die Sicht durch das Fenster in Schulterhöhe versperrt wurde, saß Melrose Plant, trank Old Peculier und las Rimbaud.

Der Hund gab ein tiefes, kehliges Knurren von sich und fing dann wieder an zu bellen; seit einer Viertelstunde ging das nun so.

Die Sonne strömte durch das tiefe Blau und das satte Grün des Tulpenmusters der bleigefaßten Fensterscheiben und warf sämtliche Farben des Regenbogens auf den Tisch, während Melrose aufstand, um über die seitenverkehrten Buchstaben der Hardy-Crown-Reklame auf die Straße zu spähen. Der Hund, der vor dem Gasthof im Schnee hockte, war ein verwahrloster Jack Russell; er gehörte Miss Crisp, der Inhaberin des Trödelladens auf der gegenüberliegenden Straßenseite. Normalerweise bellte er von dem Stuhl vor ihrer Tür herunter, heute hatte er jedoch die Straßenseite gewechselt, um sich vor der Hammerschmiede zu postieren. Er bellte weiter.

«Dick, darf ich Sie auf diese eigentümliche Episode mit dem Hund während des Tages aufmerksam machen?»

Dick Scroggs, der Wirt, der auf der anderen Seite des Raums den geschliffenen Spiegel hinter der Bar putzte, unterbrach seine Tätigkeit. «Was meinen Ihre Lordschaft?»

«Nichts», sagte Melrose Plant. «Ich bediente mich nur der Worte Sir Arthurs.»

«Sir Arthurs, Ihre Lordschaft?»

«Conan Doyle, Sherlock Holmes, wenn Ihnen das ein Begriff ist.»

Melrose nahm einen kräftigen Schluck von seinem Ale und widmete sich wieder Rimbaud. Aber er kam nicht weit, da sich gleich darauf wieder der Hund vernehmen ließ.

«Oder warten Sie», sagte Melrose und klappte das Buch zu. «Ich glaube, die Episode mit dem Hund war nachts.»

Scroggs fuhr mit seinem Lappen über den Spiegel. «Tag oder Nacht, ist ganz egal. Wenn der verdammte Köter nur aufhören würde. Dieser Mord bei Matchett hat mich schon genug Nerven gekostet, kommt man denn nie zur Ruhe!» Trotz seiner Größe und seines Umfangs war Dick das reinste Nervenbündel. Seit dem Mord in Long Piddleton blickte er ständig um sich und musterte mißtrauisch jeden Fremden, der die Hammerschmiede betrat.

Es war der Mord, vermutete Melrose, der ihn an Conan Doyle erinnerte. Ein Mord, der tatsächlich begangen wurde, war weit weniger interessant als ein Mord in der Vorstellung. Aber er mußte zugeben, daß der Mord, der ihnen da beschert worden war, einen gewissen Reiz hatte: der Kopf des Opfers war in ein Bierfaß gesteckt worden.

Der Hund bellte immer noch. Es war nicht das Bellen, mit dem Hunde über Zäune hinweg kommunizieren, und es war auch nicht besonders laut. Es war nur fürchterlich hartnäckig, als hätte sich dieser Köter den Platz vor der Hammerschmiede als Wachtposten auserkoren, um der Welt seine Hundebotschaft zu verkünden.

Dick Scroggs schmiß sein Tuch auf den Boden und lief zu den Flügelfenstern hinter Plants Tisch, die zur Hauptstraße hinausgingen. Er stieß eines auf, und eine Handvoll Schnee wirbelte herein. Er brüllte den bellenden Hund an: «Ich komm gleich raus und tret dir deine dreckige Schnauze ein, du verdammter Köter. Warte nur!»

«Wie unenglisch von Ihnen, Dick», sagte Plant, der die Goldrandbrille auf seiner wohlgeformten Nase zurechtrückte und sich wieder seiner Rimbaud-Lektüre zuwandte. Es war ein Geschenk, das er sich selbst zu seinem 40. Geburtstag gemacht hatte: eine frühe Ausgabe von *Les Illuminations*, für die er einfach lächerlich viel bezahlt hatte, aber er sagte sich, er habe es verdient, um sich gleich daraufhin zu fragen, wieso eigentlich.

Scroggs Gebrüll bewirkte nur, daß das Gebell noch lauter wurde, denn der Hund glaubte, endlich die Aufmerksamkeit eines Menschen erregt zu haben, und wollte sie auf keinen Fall verlieren. Dick Scroggs stieß die Tür auf und ging nach draußen, um dem Hund zu beweisen, daß er es ernst meinte.

Plant war es gerade gelungen, einen Teil von *Enfance* zu lesen, als er Scroggs keuchen hörte: «Um Himmels willen, kommen Sie schnell!»

Plant blickte auf und sah den Kopf des Wirts im Rahmen des verschneiten Fensters. Das Gesicht war grau und gespenstisch, eine vergrößerte Version der Wasserspeier, die unter dem vorderen Balken hervorschauten und dem alten Gebäude ein kuriose kirchenähnliches Aussehen verliehen.

Plant ging zur Tür. Draußen watete er durch knöcheltiefen Schnee bis zu der Stelle, wo Dick Scroggs und der kleine braune Jack Russell Seite an Seite nach oben starrten.

«Großer Gott», flüsterte Melrose Plant, als die Uhr zwölf schlug und ein weiterer Schneeklumpen von der Figur auf dem hervorspringenden Holzbalken fiel. Die Figur war nicht der mechanische Schmied, der gewöhnlich dort stand und dessen Hammer auf eine Esse herunterzusausen schien.

«Mein Gott, ist das nicht dieser Mr. Ainsley, der gestern abend angekommen ist und ein Zimmer genommen hat?» Scroggs Stimme klang heiser und brüchig. «Wie lange der wohl schon da oben ist?»

Melrose Plant, der gewöhnlich alle seine Regungen unter Kontrolle hatte, war sich nicht sicher, wie seine Stimme klingen würde. Er räusperte sich. «Schwer zu sagen, ein paar Stunden vielleicht, oder auch schon die ganze Nacht.»

«Und niemand hat ihn gesehen?»

«In sechs Meter Höhe und unter einer dicken Schneedecke, Dick!» Während er sprach, fiel wieder ein Klumpen herunter, der in der Sonne geschmolzen war; plopp, lag er vor ihren Füßen. «Ich schlage vor, einer von uns geht zur Polizei und holt Wachtmeister Pluck.»

Aber das war nicht nötig. Das Hundegebell und das Auftreten von Plant und Scroggs in dieser makabren Geschichte schien die Hauptstraße aus ihrem Tiefschlaf unter dem Schnee geweckt zu haben, und die Leute kamen plötzlich aus den Geschäften, steckten die

Köpfe aus den Fenstern, versammelten sich in den Gassen und auf den Bürgersteigen. Melrose sah, wie ein paar Straßen weiter Wachtmeister Pluck aus der Polizeiwache kam und sich seinen blauen Mantel überzog.

«Und meine Frau hat sich noch gefragt, ob er wohl was zum Frühstück haben möchte», sagte Dick mit heiserer, tonloser Stimme.

Melrose polierte die Gläser seiner Brille und meinte: «Ich glaube, Mr. Ainsley legt keinen Wert mehr darauf.»

Die Hammerschmiede war zwischen Truebloods Antiquitätenladen und einem Textilgeschäft eingezwängt, das schlicht und einfach «Der Laden» hieß und dessen Schaufenster, in dem Fadenrollen, Teewärmer, Fausthandschuhe und alle möglichen Kurzwaren lagen, nur jeweils zu Weihnachten und Ostern neu dekoriert wurde. Auf der andern Straßenseite waren eine kleine Autoreparaturwerkstatt mit einem großen Fenster, Jurvis der Fleischer, ein kleines dunkles Fahrradgeschäft und Miss Crisps Trödelladen. Noch etwas weiter, kurz vor der Brücke über den Piddle, war die Polizeiwache.

Der Gasthof war einmal in einem ziemlich auffälligen Ultramarinblau gestrichen worden. Noch auffälliger war jedoch die Konstruktion auf der Vorderseite, der er auch seinen Namen verdankte: Auf einem schweren Balken war die aus Holz geschnitzte Figur eines Schmieds angebracht, der die Nachahmung eines Eisenhammers aus dem siebzehnten Jahrhundert in der Hand hielt. Wenn die große Uhr unter dem Balken die volle Stunde anzeigte, hob «Jack» seinen Hammer und ließ ihn auf eine unsichtbare Esse heruntersausen.

Der Balken befand sich sechs Meter über dem Boden, war ungefähr zweieinhalb Meter lang, einen halben Meter breit und ragte über den Bürgersteig darunter. Die geschnitzte Figur (inzwischen von dem Balken entfernt) war beinahe lebensgroß, Jacke und Hose der Figur waren ursprünglich einmal strahlend blau angemalt gewesen, doch mittlerweile war die Farbe stumpf und rissig geworden und blätterte ab. «Jack» war Zielscheibe für alle möglichen Späße, vor allem die Kinder hatten es auf ihn abgesehen; sie kostümierten ihn und holten ihn manchmal auch herunter. Die Holzfigur wurde wie eine Fußballtrophäe behandelt – die Bengel aus der nahe gelegenen Kreisstadt Sidbury entführten sie, und die Bengel von Long Piddleton holten sie wieder zurück. Irgendwie war sie das Dorf-Maskottchen.

Erst vor kurzem, am Guy Fawkes Day, hatten sich ein paar Kinder in den Gasthof geschlichen, während Dick und seine Frau fest schliefen. Sie waren die hintere Treppe hochgestiegen und in die Abstellkammer, die über dem Balken lag, eingedrungen. Und sie hatten «Jack» von seinem Stützpfosten genommen (von dem er sich nach all dem Schabernack, der im Lauf der Jahre mit ihm getrieben worden war, sowieso schon halb gelöst hatte), auf den Friedhof der St.-Rules-Kirche geschleppt und dort begraben.

«Der arme Jack», hatte Mrs. Withersby von ihrem Stammplatz am Kamin der Hammerschmiede aus lamentiert, «nicht einmal ein christliches Begräbnis – auf der Hundeseite haben sie ihn verscharrt, in ungeweihter Erde. Wenn das mal kein Unglück bringt! Der arme Jack.»

Da der Gin Mrs. Withersbys prophetische Fähigkeiten schon etwas beeinträchtigt hatte, hörte ihr kaum einer zu. Aber ein Unglück war's schon. Nur eine Nacht vor der Entdeckung von Mr. Ainsleys Leiche war in einem kaum einen Kilometer entfernten Gasthof eine andere Leiche gefunden worden – die eines gewissen William Small Esq.

Nachdem es sich herumgesprochen hatte, daß ein Mörder unter ihnen weilte, blieben die Dorfbewohner in ihren guten Stuben und an ihren Kaminen sitzen, aber wahrscheinlich hätten sie das bei diesem Schnee sowieso getan. Seit zwei Tagen hatte es in ganz Northamptonshire oder vielmehr im ganzen Norden Englands ununterbrochen geschneit – herrlich weichen Schnee, der sich auf den Dächern türmte und in den Ecken der Fenster festsetzte, deren bleigefaßte Scheiben durch den Widerschein des Feuers in goldene und rubinrote Quadrate verwandelt wurden. Mit den Schneeflocken, die vom Himmel wirbelten, und dem Rauch, der aus den Kaminen stieg, sah Long Piddleton trotz des eben geschehenen Verbrechens wie eine Weihnachtspostkarte aus.

Am Morgen des 19. Dezember hörte es dann endlich auf zu schneien, und die Sonne kam zum Vorschein; sie schmolz gerade so viel von dem Schnee, daß man die hübsch gestrichenen, ja geradezu schon verschwenderisch farbig bemalten Häuser sehen konnte. Bis zur Brücke nahm sich die Hauptstraße je nach dem Geschmack des Betrachters bezaubernd, faszinierend oder einfach grotesk aus. Sie sah aus, als sei sie von einem Kongreß wild gewordener Anstreicher gestaltet worden. Vielleicht hatten sie einfach nur den für Northamptonshire typischen Kalkstein satt gehabt und in Eiskremfarben geschwelgt, da etwas Erdbeerrot, dort etwas Zitronengelb, weiter hinten ein Tupfen Pistaziengrün und dann ganz unvermittelt ein Klacks Smaragdgrün. Mittags, wenn die Sonne am höchsten stand, glitzerte die Straße richtig. Ihr Licht färbte die rostbraune Brücke am Ende der Straße so dunkel, daß sie beinahe mahagonifarben wirkte. Einem Kind mußte es vorkommen, als würde es zwischen riesigen Fruchtbonbons auf eine Brücke aus Schokolade zugehen.

Nicht gerade der passende Ort für einen Mord, geschweige denn für zwei.

«Wenn Sie kurz beschreiben könnten, was sich zugetragen hat, Sir, unter welchen Umständen die Leiche gefunden wurde», sagte Superintendent Charles Pratt, Polizeizentrale für Northamptonshire, der gerade gestern erst in Long Piddleton gewesen war.

Melrose beantwortete die Fragen, während Wachtmeister Pluck danebenstand und eifrig mitschrieb. Pluck war dünn wie ein Strich, hatte aber ein rundes, rosiges Engelsgesicht, das durch die beißende Kälte noch rosiger wurde, so daß es aussah wie ein Apfel am Stiel. Er war sehr tüchtig, wenn auch ziemlich geschwätzig.

«Soviel Ihnen bekannt ist, war dieser Ainsley also vollkommen fremd hier? Genau wie der andere –» Pratts konsultierte sein Notizbuch und klappte es dann wieder zu. «Dieser William Small.» «Soviel mir bekannt ist, ja», sagte Melrose Plant.

Superintendent Pratt hielt den Kopf etwas schief und schaute Plant aus milden blauen Augen an, die sehr arglos aussahen, aber – Melrose war sich dessen bewußt – alles andere als arglos waren.

«Sie nehmen also an, daß diese Männer nicht von ungefähr hier auftauchten?»

«Ja, natürlich, Superintendent, Sie etwa nicht?»

«Geben Sie mir einen Whisky, Dick – pur bitte.»

Pratt war gegangen und hatte die Leute aus dem Labor mitgenommen; Melrose Plant und Dick Scroggs waren also wieder allein in der Hammerschmiede.

«Und für Sie auch einen, Dick.»

«Nehm ich gern an», sagte Dick Scroggs. «Was für ein Schlamassel!» Obwohl inzwischen schon ein paar Stunden vergangen waren, hatte Dicks Gesicht immer noch keine Farbe bekommen. Er hatte die Untersuchung durch den Pathologen und den Abtransport der Leiche, die in eine Plastikplane gewickelt worden war, aus nächster Nähe miterlebt. Der Superintendent hatte Pluck zurückgelassen, damit er das Zimmer des Opfers versiegelte. Bei dieser Gelegenheit erlebten sie dann ihren zweiten Schock; sie entdeckten, daß der Mörder sich ein weiteres groteskes Detail hatte einfallen lassen – in dem Bett des Opfers steckte die Figur des «Jack».

Kein Wunder also, daß Dick Scroggs immer noch zitterte, als er das Fünfzig-Pence-Stück einstrich, das Melrose auf den Tresen gelegt hatte. Einen Augenblick lang starrte jeder auf sein Glas, allein mit seinen Gedanken.

Allein – das heißt, wenn man von Mrs. Withersby absah, die zusammen mit all den anderen von Pratt vernommen worden war; um ihr Gin-Budget etwas aufzubessern, verdingte sie sich gelegentlich bei Scroggs als Putzfrau. Im Augenblick saß sie auf ihrem Lieblingshocker und spuckte in das Feuer, das in den letzten hundert Jahren noch kein einziges Mal erloschen war.

Als sie entdeckte, daß die harten Sachen auf den Tresen kamen, hievte sie sich von ihrem Hocker und trottete mit klappernden Pantoffeln auf die andere Seite. Zigarettenstummel und Speichel schienen sich in ihrem Mundwinkel den Platz streitig zu machen – sie nahm also ersteren zwischen Daumen und Finger und wischte sich letzteren mit dem Handrücken ab. Dann sagte sie, oder brüllte vielmehr: «Spendiert Eure Lordschaft eine Runde?»

Dick blickte Melrose Plant mit hochgezogenen Brauen an.

«Gewiß», sagte Melrose und legte eine Pfundnote auf den Tresen. «Ich tue alles für die Frau, mit der ich in Brighton die Nacht durchtanzt habe.»

Als Dick ihr jedoch ein Bier hinstellte, schlug Mrs. Withersby Krach. «Gin! Ich möchte Gin, nicht diese Katzenpisse.» Und mit diesen Worten nahm sie neben ihrem Wohltäter an der Bar Platz; ihr vergilbtes Haar stand wie der Mop einer Vogelscheuche von ihrem Kopf ab. Sie achtete genau darauf, daß Dick ihr Glas auch bis zum Strich füllte. «Wenn du noch 'n Schnippel getrockneten Maulwurf reinmachst, dann kriegen wir kein Wechselfieber.»

Getrockneter Maulwurf? fragte sich Plant und zog sein flaches Goldetui hervor, dem er eine Zigarette entnahm.

«Vielleicht war's auch Malaria. Unsere Mudder hatte immer was von dem Zeug – neun Tage hintereinander morgens in den Gin, und man ist wieder auf dem Damm.»

Oder unter dem Tisch, dachte Melrose und hielt Mrs. Withersby das Etui hin. «Und haben Sie die Fragen des Inspektors auch wahrheitsgemäß beantwortet, Gnädigste?»

Sie schnappte sich mit ihren arthritischen Fingern zwei Zigaretten; die eine steckte sie sich in den Mund, die andere wanderte in die Tasche ihres karierten Baumwollrocks. «Wahrheitsgemäß? 'türlich sag ich die Wahrheit», erwiderte sie mit hoher, klagender Falsettstimme. «Was der warme Bruder von nebenan wohl kaum von sich behaupten kann.» Sie bog den Daumen in die Richtung von Truebloods Antiquitätenladen. Die sexuellen Neigungen seines Inhabers gaben seit langem im Dorf Gesprächsstoff.

«Keine Verleumdungen, bitte», sagte Plant, der gerade das Heilmittel für Wechselfieber und Malaria bezahlt hatte, das sie nun an ihre warzigen Lippen führte. Er gab ihr Feuer, und sie blies ihm zum Dank eine dicke Rauchsäule ins Gesicht.

Dann rückte sie noch etwas näher an ihn ran, und ihr tabak-, bier- und gingeschwängerter Atem schlug wie die Schwaden von Küstennebel über ihm zusammen. «Und jetzt läuft dieser Verbrecher im Dorf rum und schlägt uns unschuldige Leut tot. Das ist kein Mensch, das ist der Leibhaftige, ich sag's euch. Ich hab ihn gerochen, den Tod, als der Vogel deinen Kamin runterkam, Dick Scroggs. Und seit fünf Jahren steht keiner mehr am Friedhofstor in der Nacht zum 11. 11. Die Toten werden umgehen! Ich sag's euch! Die Toten werden umgehen!» Vor Aufregung fiel sie beinahe von ihrem Stuhl, und Melrose dachte schon, die Toten begännen bereits, an ihnen vorbeizudefilieren. Als sie aber ihr leeres Glas erblickte, das keiner zu beachten schien, beruhigte sie sich schnell wieder und fragte listig: «Und wie geht's dem Tantchen, Eure Lordschaft? So was von spendabel, jedesmal gibt sie mir einen aus, so nett is die.» Melrose bedeutete Scroggs, ihr das Glas neu zu füllen. Als das geregelt war, fuhr sie fort: «Und wie bescheiden sie lebt, macht nichts von sich her, und jedes Weihnachten verteilt sie ihre Geschenkkörbe –»

Für die Melrose bezahlte. Während sie weiter die Tugenden seiner

Tante rühmte, studierte Melrose die Spiegelbilder und fragte sich, wer wohl der Frosch und wer die Prinzessin sei. Er wollte gerade in sein Ei beißen, als Dick von einem Hustenanfall geschüttelt wurde, für den Mrs. Withersby auch gleich ein Heilmittel wußte. «Sag deiner Frau, sie soll dir 'n Schnippel durchgebratenes Mäusefleisch geben. Wenn von uns einer Keuchhusten hatte, gab uns unsere Mudder immer 'n Schnippel von 'ner gebratenen Maus.»

Melrose sah das Ei auf seinem Teller hin- und herkullern und stellte fest, daß er doch nicht so hungrig war. Er bezahlte seine – ihre – Rechnung und verabschiedete sich sehr höflich von Mrs. Withersby – Long Piddletons Dorfapothekerin, Dorforakel und Dorfsäuferin.

II Sonntag, 20. Dezember

«Diese Morde», sagte der Pfarrer, «erinnern mich an den Straußen in Colnbrook.» Er biß in seine Makrone, und Krümel rieselten über seinen dunklen Anzug.

Den Mund voller Kuchen, meinte Lady Agatha Ardry: «Ich hab den Eindruck, ein neuer Ripper weilt unter uns.»

«Jack the Ripper, liebe Tante, hatte es nur auf Frauen abgesehen, auf Frauen von zweifelhafter Moral», sagte Melrose Plant.

Lady Ardry schob sich den letzten Rest Kuchen in den Mund und wischte sich die Hände ab. Sie inspizierte den Teetisch. «Sie haben sich die letzte Makrone genommen, Denzil», sagte sie vorwurfsvoll zum Pfarrer.

Vor dem in kleine Quadrate unterteilten Fenster des Pfarrhauses driftete ein feiner Sprühregen in zarten Schlieren über den Friedhof. Direkt hinter dem Dorfplatz und mit Blick auf ihn standen die St.-Rules-Kirche und das Pfarrhaus auf einem Hügel, so niedrig, daß er diese Bezeichnung kaum verdiente. Sie befanden sich auf der andern Seite der Brücke, bei der die Hauptstraße endete, und die Atmosphäre, die dort herrschte, war gesetzter. Den Platz umgaben Häuser im Tudorstil, deren Dächer entweder mit Stroh oder Holzziegeln gedeckt waren; alle sehr herausgeputzt, und alle eng aneinandergekuschelt.

Melrose ging ungern zum Tee ins Pfarrhaus, vor allem, wenn seine Tante eingeladen war. Die Haushälterin des Pfarrers zeichnete sich nicht gerade durch ihre Backkünste aus. Ihre Plätzchen hätten in der Schlacht um England gute Dienste geleistet – als Ersatz für

Kugeln und Geschosse. Melrose suchte auf der dreistöckigen Gebäckplatte nach etwas Eßbarem: Der Sandkuchen machte seinem Namen alle Ehre, die «Brautjungfern» schienen von Victorias Hochzeit übriggeblieben zu sein, und das Früchtebrot hatte wohl einen langen Anmarsch hinter sich.

Er hatte den Pfarrer und seine Tante nun fast zwei Stunden lang über diese beiden Morde reden hören und hatte einen gewaltigen Hunger. Mit den schlimmsten Bedenken streckte er die Hand nach einem gefüllten Pfefferkuchen aus und fragte den Pfarrer sehr höflich: «Sie erwähnten den Straußen?»

Durch seine Frage ermutigt, fuhr Denzil Smith mit großem Eifer fort: «Ja, wissen Sie, wenn dem Wirt ein etwas betuchterer Gast über den Weg lief, gab er ihm das Zimmer mit dem Bett, das auf einer Falltür stand.» Der Pfarrer hielt inne und nahm ein vertrocknet aussehendes Plätzchen von der Platte. «Und wenn der unglückselige und nichtsahnende Gast dann eingeschlafen war, sprang die Falltür auf, und er fiel in einen Kessel mit kochendem Wasser.»

«Wollen Sie damit sagen, daß Matchett und Scroggs sich ihrer Gäste entledigen?» Vierschrötig, kompakt und grau wie ein Betonblock saß Lady Ardry in der Bibliothek; die kurzen, stämmigen Beine hatte sie übereinandergeschlagen, und ihre plumpen Finger nahmen ein zweites Stück Kuchen in Angriff.

«Offensichtlich ein geistesgestörter Psychopath», sagte Lady Ardry.

Plant überging den Pleonasmus, fragte aber: «Wieso bist du so sicher, daß der Mörder ein Psychopath ist, Agatha?»

«Ich bitte dich – eine Leiche auf diesen Balken da vor dem Haus zu hieven, auf einen Balkon, der bestimmt sechs Meter hoch ist, wer würde so etwas tun?»

«King Kong?» schlug Melrose vor und hielt den Pfefferkuchen wie den Korken einer Weinflasche unter seine Nase hin.

«Sie scheinen diese schreckliche Sache recht leicht zu nehmen, Melrose», sagte Pfarrer Denzil Smith.

«Von Melrose brauchen Sie kein Mitgefühl zu erwarten», meinte seine Tante selbstgefällig und ließ sich in den überdimensionalen viktorianischen Sessel zurücksinken. «Du lebst ja auch ganz allein in diesem riesigen Haus und hast außer diesem Ruthven niemand um dich herum – kein Wunder, daß du so wenig sozial bist.»

Und trotzdem saß er hier, trank seinen Tee und benahm sich entsetzlich sozial. Melrose seufzte. Seine Tante konnte einfach alles vom Tisch fegen. Vorsichtig biß er in den Pfefferkuchen und bereute es sofort.

«Nun?» fragte Lady Ardry.

Melrose zog die Brauen hoch. «Nun was?»

Sie bewegte die Kanne in die Richtung ihrer Tasse und setzte sie dann wieder ab. «Ich hätte eigentlich erwartet, daß du mehr über diese Morde zu sagen hast. Schließlich warst du doch mit Scroggs zusammen dort.» Das war offensichtlich eine Provokation. Listig fügte sie hinzu: «Auch wenn Dick derjenige war, der ihn gefunden hat. Deshalb hast du auch keinen solchen Schock bekommen wie ich, als ich die Kellertreppe runterstieg und da diesen Small aus dem Bierfaß baumeln sah –»

«Du hast ihn nicht gefunden. Die kleine Murch war's.» Melrose fuhr sich mit der Zunge über den Gaumen. Die Füllung hatte eindeutig einen metallischen Geschmack. Aber besser ein vergifteter Kuchen als Agatha zuhören zu müssen. «Ob die Creme in diesem Pfefferkuchen wohl noch gut ist? Sie schmeckt etwas seltsam.» Er legte das Gebäckstück auf seine Untertasse und fragte sich, wieviel Zeit ihm noch bliebe, bis sie den Krankenwagen rufen würden.

«Es gab da einen ähnlichen Fall, damals im Jahr – Moment mal –, war es 1892? Eine Frau namens Betty Radcliff, Wirtin der Glocke. Irgendwo in Norfolk. Sie wurde von ihrem Liebhaber, dem Gärtner, ermordet, wenn ich mich recht erinnere.»

Denzil Smith zeichnete sich weniger durch seine Frömmigkeit aus als durch seine Neugierde, was ihn zu einem idealen Gesprächspartner für Lady Ardry machte. Sie hingen auf eine völlig unreflektierte Art und Weise aneinander, zwei Gibbons, die sich gegenseitig lausten. Er speicherte alle Anekdoten aus dem Dorf wie der weiteren Umgebung, eine wandelnde Chronik.

Melrose blickte um sich und befand, daß das Pfarrhaus die ideale Umgebung für Denzil Smith war; dunkel und so verstaubt wie die Wachsfrüchte unter den Glasglocken. Auf dem Kaminsims breitete eine ausgestopfte Eule ihre Schwingen aus. Und die Klauenfüße, die unter dem Chintz-Volant des Sofas und der Sessel mit den klobigen Armlehnen hervorschauten, vermittelten Melrose den Eindruck, bei den drei Bären zu Gast zu sein. Clematis und Teufelszwirn rankten ungehindert an den Fenstern empor. Er fragte sich, wie man sich wohl mit einer Schlinge aus Teufelszwirn um den Hals fühlen mochte. Schlimmer als der Kuchen konnte es nicht sein. Das erinnerte ihn an den Mord, dem William Small zum Opfer gefallen war, erwürgt mit einem Draht, der von dem Korken einer Champagnerflasche stammte.

Lady Ardry sprach über den bevorstehenden Besuch von Scotland Yard. «Die Polizei von Northants hat sich mit Scotland Yard in Verbindung gesetzt. Ich weiß das von Pluck. Ich bin mal gespannt, wen sie uns schicken.»

Melrose Plant gähnte. «Den alten Swinnerton wahrscheinlich.»

Sie richtete sich kerzengerade in ihrem Sessel auf. Ihre Brille steckte in ihrem grauen Kraushaar wie die Schutzbrille eines Rennfahrers. «Swinnerton? Ja, kennst du den denn?»

Er bedauerte, daß er den Namen erfunden hatte – aber gab es nicht immer einen Swinnerton? –, denn nun würde sie darauf herumkauen wie ein Hund auf seinem Knochen. Da Melrose mit seinem Titel zur Welt gekommen war (im Gegensatz zu seiner Tante, die sich den ihren nur erheiratet hatte), schien sie sich gar nicht darüber zu wundern, daß er vom Premierminister abwärts einfach jeden kannte. Er versuchte, sie abzulenken. «Ich weiß auch nicht, zu was sie Scotland Yard hier noch brauchen, wo sie doch dich haben, Agatha.»

Seine Tante zierte sich etwas und reichte ihm dann zur Belohnung dafür, daß er ihr Genie erkannt hatte, die Platte mit dem schrecklichen Gebäck. «Ich erfinde faszinierende Stories, nicht wahr?»

Long Piddleton hatte in letzter Zeit immer mehr Künstler und Schriftsteller angezogen, und Lady Ardry, die schon seit vielen Jahren hier lebte, betrachtete sich selbst als Autorin von Detektivromanen, als würdige Nachfolgerin der großen Kriminalschriftstellerinnen. Aber, wie Melrose festgestellt hatte, kokettierte sie nur damit. Er hatte noch nie ein fertiges Produkt von ihr gesehen; wahrscheinlich betrachtete sie die Schriftstellerei wie einen geliebten kleinen Sprößling, eine Art Elfe, die anmutig im Garten umhertanzte, aber nie ins Haus kommt und warmes Essen verlangt. Seines Wissens hatte sie noch nie eine ihrer «faszinierenden Stories» zu Ende geschrieben.

Agatha schlug sich mit der Faust gegen die flache Hand und

meinte: «Scotland Yard wird natürlich sofort mit mir sprechen wollen –»

«Dann will ich mich mal verabschieden», sagte Plant, der befürchtete, seine Tante würde ihre Rolle bei diesen Morden weiter ausschmücken und Geschichten wiederholen, die er bereits mehrere Male gehört hatte. Er stand auf und machte eine knappe Verbeugung.

«Ich hätte gedacht, das würde dich etwas mehr berühren», sagte Agatha. «Aber *deine* Leiche hat ja auch Scroggs gefunden.» Sie wollte Melroses Rolle auf das absolute Minimum beschränken.

«Genauer gesagt, es war ein Hund. Scotland Yard wird ihn bestimmt als ersten verhören. Auf Wiedersehen, Agatha.»

Als der Pfarrer Plant durch den gotischen Bogen der Bibliothek und zur Tür begleitete, verfolgte sie Lady Ardrys Stimme – um sämtliche Ecken und durch den Korridor.

«Deine Frivolität ist bei dieser grauenvollen Sache wirklich fehl am Platz, Melrose.» Dann lauter: «Es wundert mich aber keineswegs.» Und noch lauter: «Vergiß nicht, du hast uns heute abend zu Matchett eingeladen. Du kannst mich um neun abholen.»

Melrose spürte schon fast selbst das Unheil im Nacken, als der Pfarrer die Geschichte eines gräßlichen Verbrechens erzählte, dem vor ein paar Jahren eine Bardame in Cheapside zum Opfer gefallen war.

III

Ardry End wurde von den Bewohnern des Dorfes das Herrenhaus genannt. Es war ein großer, aus Sandstein gebauter Landsitz mit vielen Türmchen und Erkern – seine Farbe schwankte je nach dem Stand der Sonne zwischen Rosa und Rotbraun. Die Auffahrt war so elegant wie das Haus selbst; über eine Brücke aus demselben Stein führte eine kleine Straße durch grüne, um diese Jahreszeit jedoch mit Schnee bedeckte Felder. Die Lage von Ardry End, am Fluß und zwischen Hügeln mit Schafherden und Lavendelfeldern, brachte Lady Agatha jedesmal den Tränen nahe, wenn sie daran dachte, daß ihr das Anwesen nicht gehörte. Sie hatte es nie verwunden, daß ihr Mann nicht der achte Earl von Caverness und der zwölfte Viscount Ardry gewesen war. Der hochwohlgeborene Robert Ardry war immer nur der nichtsnutzige jüngere Bruder von Melrose Plants Vater gewesen. Als ihr Neffe den Titel eines Lord Ardry wie ein Taschentuch fallenließ, hob ihn Agatha wieder auf, staubte ihn ab und verwandelte sich über Nacht in «Lady» Ardry. Melroses Onkel starb mit 59 Jahren in einem Spielsalon, nachdem er auch noch den Rest des Geldes verspielt hatte. Lady Ardry war also mehr oder weniger auf die Großzügigkeit ihres Schwagers angewiesen, was ihr Verhältnis zu Melrose nicht gerade verbesserte. Sein Vater war ein sehr eifriges Mitglied des Oberhauses gewesen und außerdem stellvertretender Direktor eines Konsortiums von Börsenmaklern. Reicher, als er es zu Lebzeiten zugegeben hatte, hatte er dafür gesorgt, daß der Witwe seines Bruders eine angemessene Rente ausbezahlt wurde.

Da keine Aussicht bestand, daß Ardry End mit seinen Marmorhallen und Parkettböden jemals in ihre Hände fallen würde, erging sich Agatha in endlosen Hinweisen und Andeutungen auf das «fehlende weibliche Element im Haus». Melrose tat so, als würde er ihre Winke mit dem Zaunpfahl als Aufforderung betrachten, sich nach einer Frau umzuschauen, obwohl er natürlich wußte, daß sie nichts mehr befürchtete als das, da sie, wie er annahm, inbrünstig den Tag herbeisehnte, an dem ihn irgendeine seltsame Krankheit in der Blüte seiner Jahre hinwegraffen würde und sie in den Genuß eines Erbes käme; anscheinend rechnete sie fest damit, daß er ihr in Ermangelung anderer Verwandter seinen ganzen Besitz vermachen würde. Und sie registrierte auch die kleinste Veränderung auf Melrose Plants Gütern – so kam es ihm zumindest vor.

Melrose Plant betrachtete seine Tante als den Albatros, den sein Onkel erlegt und seinem Neffen aufgebürdet hatte. Lord Robert hatte sie auf einer Tour durch die Vereinigten Staaten in Milwaukee, Wisconsin, abgeschossen. Agatha war Amerikanerin, aber sie verbarg das so gut sie konnte unter Tweedkostümen, Wanderstökken, festem Schuhwerk, endlosen Platten mit Gurken-Sandwiches und einem guten Ohr für englische Redewendungen, auch wenn ihr die Aussprache von Eigennamen Schwierigkeiten machte.

Seine Tante nutzte jede Gelegenheit, um auf Ardry End aufzutauchen und begehrliche Blicke auf die Porzellanfiguren, die Porträts, die chinesischen Teppiche und William-Morris-Wandbehänge, den Waterford, den Teich und die Schwäne zu werfen – alles Dinge, die zu der Ausstattung eines herrschaftlichen Hauses gehörten. Lady Ardry kam zu jeder Tageszeit, bei jedem Wetter und immer uneingeladen. Es war äußerst lästig, um Mitternacht, wenn der Regen gegen die dunklen Scheiben peitschte, ins Arbeitszimmer zu kommen und vor den Flügeltüren ihre in einen schwarzen Umhang gehüllte Gestalt stehen zu sehen, deren Gesicht in den Blitzen weiß aufleuchtete. Ebenso lästig war es, diese massige, triefende Gestalt hereinzubitten, damit sie wie ein großer Hund Wasserlachen auf dem Perserteppich hinterließ und die Schuld an allem auch noch Melrose zuschob – warum war dieser Dummkopf von Butler Ruthven (ein Name, den sie grundsätzlich falsch aussprach), denn nicht an die Tür gegangen? An dieser Stelle pflegte sie zu seufzen und ihre «Kein Platz in dieser Herberge»-Miene aufzusetzen, als wäre ihr Neffe ein erbarmungsloser Wirt, der sie in ihren Stall im Dorf verbannte.

Melrose fuhr auf seinem Fahrrad die Straße entlang, atmete tief und genüßlich die frische Dezemberluft ein und dachte über die beiden Morde nach, die sich innerhalb von 24 Stunden ereignet hatten. Wenigstens beschäftigten die Dorfbewohner sich nun nicht mehr ausschließlich mit seinem Familienstand, und sie taten nun auch sehr, sehr ungern das, was Melrose gerade tat – eine einsame Landstraße entlangzufahren. Dabei war er nicht einmal besonders tapfer, er besaß nur einen besonders gesunden Menschenverstand. Er hatte bereits ein bestimmtes Muster erkannt, in das er, als Opfer, einfach nicht hineinpaßte. Beide Morde waren in Gasthöfen begangen worden und äußerst grotesk, ja schon beinahe absurd. Was immer der Mörder beabsichtigte, er folgte einem bestimmten Plan, und er schien zu den Leuten zu gehören, denen ihre teuflischen Verbrechen auch noch Vergnügen bereiten. Zumindest schien er bei seinen Inszenierungen keine Mühe zu scheuen.

Die letzten Meter bis zu dem schmiedeeisernen Tor von Ardry End schob Plant sein Fahrrad. Das Tor wurde von zwei vergoldeten Löwen auf hohen Steinsäulen bewacht. Seine Tante stellte sich häufig unüberhörbar die Frage, warum er nicht ein paar große, edle Hunde zur Begrüßung seiner Gäste losschickte: *Der Hund von Baskerville* hatte sie wohl in ihrer Jugend gewaltig beeindruckt. Melrose stieß das Tor auf, schloß es hinter sich wieder und schob das Rad die Einfahrt hoch, während er mit den geübten Augen seiner Tante um sich blickte. Die Weißdornhecken zu seiner Linken und seiner Rechten waren hoch und ordentlich geschnitten. Melrose hätte seinen Gärtner beinahe mit der Hacke daran hindern müssen, mit seiner Schere aus den Hecken eine Sehenswürdigkeit zu machen, weil seine Nachbarin Lorraine Bicester-Strachan ganz wild danach war.

Wenn Ardry End auch nicht Hampton Court war, so war das Grundstück doch groß genug, um sich mit Hatfield House messen zu können, zumindest in den Augen des Gärtners, Mr. Peebles. Seine Versuche, Ardry End in eine Sehenswürdigkeit zu verwandeln, fanden Lady Ardrys ungeteilten Beifall. Die beiden verstanden sich wie ein altes Gespann von Zugpferden, die in ihrer Phantasie ganze Fuhren exotischer Zierpflanzen ankarrten, um den weiten, grünen Flächen, die Melrose einfach dem Wind und dem Wetter überlassen wollte, Form und Gestalt zu verleihen. Seine Tante plädierte für Panorama, Perspektive und Blickfang, für ein Miniatur-Pantheon mit blendendweißen korinthischen Säulen, das auf der andern Seite des Sees überraschend auftauchen würde. Hätte Melrose seiner Tante Agatha und Mr. Peebles freie Hand gelassen, wären seine Wiesen und Wälder bald von kunstvoll angelegten Gärten und komplizierten Mustern aus gestutztem Zwergbuchsbaum, Liguster und Eibe verdrängt worden. Unterstützt von Melroses Tante, hatte Peebles jedoch einen Seelilienteich durchgesetzt, der von einer gestutzten Eibenhecke umgeben war und einen diskreten kleinen Springbrunnen aufwies. Einmal versuchte der Gärtner auch, heimlich künstliche Fische in den Teich zu schmuggeln, aber Melrose bestand darauf, daß sie wieder entfernt wurden. Als Entschädigung für die künstlichen Fische erklärte Melrose sich bereit, zwei echte Schwäne sowie eine Entenfamilie auf dem Teich zu dulden. Lady Ardry und Mr. Peebles hätten am liebsten wie vor einem öffentlichen Gebäude in Lettern aus blühenden Pflanzen den Namen Mountardry-Plant auf die Rasenfläche vor dem Haus geschrieben.

Die Tür von Ardry End wurde Melrose von Ruthven, dem Butler, geöffnet. Ruthven als einen Butler der alten Schule zu bezeichnen wäre eine glatte Untertreibung gewesen. Plant hegte den Verdacht, daß jeder zweite Hausdiener Englands bei Ruthven in die Lehre gegangen war. Er erinnerte sich an Ruthven noch aus der Zeit, als er ein kleiner Knirps gewesen war; Ruthven konnte alles zwischen fünfzig und hundert sein – für Melrose sah er immer gleich aus.

Zusammen mit den Porträts, den Aktien und den Morris-Wandbehängen war auch Ruthven in seinen Besitz übergegangen, und Seine Lordschaft hatte während der ganzen Zeit, in der sie zusammen gewesen waren, seinen Butler nur ein einziges Mal aus der Fassung gebracht. Melrose hatte ein paar Jahre zuvor seine Titel abgelegt, nachdem er an mehreren Sitzungen des Oberhauses teilgenommen hatte. Auf diese Enthüllung hin hätte Ruthven sich beinahe zu Bett legen müssen. Melrose hatte seinen Butler eines Morgens beim Frühstück davon unterrichtet – so beiläufig, als würde er ihm seinen Teller reichen, um sich noch etwas von dem Räucherlachs geben zu lassen:

Ach, was ich noch sagen wollte, Ruthven, «Eure Lordschaft» entfällt in Zukunft. Und Ruthven stand wie versteinert da, sein Gesicht zeigte nicht die geringste Regung. *Ich fand es einfach unpassend, einen Job zu haben und gleichzeitig diesen lästigen Titel zu führen.* Ruthven hatte sich nur kurz verbeugt und ihm die Silberplatte mit den von prallen Würstchen umkränzten Eiern hingehalten. *Ich habe auch nie daran gedacht, Mitglied des Oberhauses zu bleiben. Eine tödlich langweilige Angelegenheit.* Als ein Würstchen auf den Teller plumpste, bat Ruthven, sich zurückziehen zu dürfen, da er sich etwas unwohl fühle.

Lady Ardry hatte die Neuigkeit mit sehr viel gemischteren Gefühlen aufgenommen. Auf der Plusseite verzeichnete sie die Tatsache, daß sie nun endlich Melrose etwas voraushatte: Jetzt hatte *sie* einen Titel, während *er* keinen hatte, etwas, was ihr Herz höher schlagen ließ. Auf der Minusseite registrierte sie das Unenglische seines Verhaltens: Wie konnte er es wagen, etwas wegzuwerfen, was durch Generationen hindurch kultiviert worden war? Außerdem pflegte Lady Ardry anläßlich der ziemlich seltenen Besuche von entfernten Verwandten aus Amerika voller Stolz ihren «Familienbesitz» vorzuführen, und Melrose war ein Teil davon – «Mein Neffe, der achte Earl von Caverness und zwölfte Viscount Ardry» – worauf sie ihn anschauten, als wäre er eines der *objets d'art*. Agatha befand sich in einer richtigen Zwickmühle: einerseits, welch ein Vergnügen, ihren Neffen als «einen Bürgerlichen» betrachten zu können, andererseits hatte sie aber das Gefühl, sie würde im Beisein ihrer Verwandten die hübsche rosa Decke wegziehen und die Entdeckung machen, daß das Baby plötzlich Warzen bekommen hatte.

Der Titel war also etwas, was sie ihm voraushatte. Aber es war auch das einzige. Er war zwar nicht besonders reich, aber doch reich genug; nicht besonders gut aussehend, aber doch gutaussehend genug; nicht besonders groß, aber doch groß genug. Und wenn er seine seriöse Goldrandbrille abnahm, funkelten einen erstaunlich grüne Augen an. Seine Arbeit als «Job» zu bezeichnen war auch etwas untertrieben. Melrose hatte nämlich einen Lehrstuhl an der Universität von London, sein Spezialgebiet war die französische Poesie der Romantik. Vier Monate im Jahr lehrte er, um in den restlichen acht von sich reden zu machen.

Er war also auch noch Professor Melrose Plant. Lady Ardry erschauerte bei dem Gedanken. Er war wie eine Katze mit neun Leben oder wie der Mann mit der eisernen Maske oder wie Scarlet Pimpernell: ein Mann mit mehreren Persönlichkeiten, die er wie Visitenkarten auf einem silbernen Tablett ablegen konnte.

Und er hatte noch ein anderes Laster, das ihr endloses Leid bereitete: er war so verdammt clever.

Plant konnte das Kreuzworträtsel der *Times* in weniger als fünfzehn Minuten lösen. Einmal hatte sie ihn zu einem Kreuzworträtsel-Duell aufgefordert. Unglücklicherweise verbrachte Lady Ardry eine halbe Stunde nur damit, sich über oben und unten klar zu werden; verärgert gab sie deshalb auf und erklärte, es sei kindisch, eine pure Zeitverschwendung. Aber Melrose lebte ja auch nicht von seiner Hände Arbeit. Sich selbst sah Lady Ardry in der Rolle eines unglückseligen Aschenbrödels, an dem alle Bälle vorbeirauschten und dessen Schicksal es war, die Asche der ganzen Welt hinauszutragen, damit die andern (Leute wie Melrose) die Nächte durchtanzen und morgens in Bettüchern aus Satin aufwachen konnten, ihr Frühstück und das *Times*-Kreuzworträtsel neben dem Bett.

Plant seufzte, als er mißvergnügt vor seinem Kamin saß. Jetzt waren ihnen auch noch diese bestialischen Morde beschert worden, und seine Tante würde ihren ganzen, nicht existenten Scharfsinn auf ihre Auflösung verwenden. Und ihn in den Strudel mit hineinziehen, einfach nur, weil er sich in der Nähe befand. Aber wahrscheinlich steckte er sowieso schon drin, einfach weil er gestern morgen in der Hammerschmiede gewesen war. Er hatte jedoch nicht die geringste Lust, sich ständig über dieses Thema auslassen zu müssen. Und er wollte auch nichts von diesem Small hören und von dem andern ebensowenig. Doch wahrscheinlich würden ihn diese Namen bis ans Ende seiner Tage verfolgen.

Von dem Scharfsinn der Polizei seines Landes hielt Melrose nämlich auch nicht besonders viel.

IV Montag, 21. Dezember

Die Augen mit der Hand schützend wie ein Mann, der in das grelle Licht der Sonne blickt, blinzelte Kriminalinspektor Richard Jury mißtrauisch zu Kriminaldirektor Racer hinüber. Racer saß auf der andern Seite des leergefegten Schreibtischs – er schaffte es immer, die Arbeit von seinem auf den eines anderen wandern zu lassen – und rauchte ruhig und bedächtig eine seiner teuren Zigarren. Die andere Hand des Kriminaldirektors spielte mit seiner goldenen Uhrkette, die von einer Westentasche zur andern lief. Sein Hemd mit den Stulpenmanschetten war kobaltblau und sein Anzug aus Donegal-Tweed offensichtlich maßgeschneidert. Für Inspektor Jury hatte sein Vorgesetzter etwas von einem Dandy, etwas von einem Amateur und etwas – sehr wenig – von einem Kriminalbeamten an sich.

Nicht, daß Inspektor Jury sich der Illusion hingab, seine Kollegen vom Scotland Yard bestünden aus nichts als purer Redlichkeit und Menschenfreundlichkeit – der Londoner Bobby mit seinem Helm und Regencape, der den Touristen liebenswürdig den Weg weist. Oder, daß Höhergestellte wie er zum Beispiel in hübschen glänzenden Anzügen unter der Lünette eines Hauseingangs auftauchen und zu der Frau im Morgenrock sagen würden: «Nur eine Routineangelegenheit, Gnädigste.» Nein, sie waren keineswegs alle diese nüchternen, mit einem messerscharfen Verstand ausgestatteten Hüter des Gesetzes. Aber Racer trug wirklich rein gar nichts zu diesem liebenswerten alten Klischee bei. Er sah einfach schrecklich großbürgerlich aus, wie er so dasaß und wahrscheinlich über sein Dinner oder seine neueste Eroberung nachdachte, die ihm dabei Gesellschaft leisten würde, während er es den Jurys dieser Welt überließ, mit dem Schlamassel fertig zu werden.

Jury schaute unter dem Schirm seiner Hand hervor. «Ein Mann mit dem Kopf in einem Bierfaß?» Er hoffte noch immer, das Ganze würde sich als schlechter Witz entpuppen.

Racer lächelte säuerlich. «Noch nie was von dem Herzog von Clarence gehört, wie?» Dem Kriminaldirektor machte es Spaß, sich mit Jury zu messen, und wie ein richtiger Spieler oder ein Masochist versuchte er es immer wieder, obwohl er nie gewann.

«Er wurde, wie es heißt, in einem Faß Malmsey ertränkt», sagte Jury und ließ das bißchen Bildung, das Racer besaß, noch weiter schrumpfen.

Verärgert schnippte Racer mit den Fingern, als wolle er einen Hund rufen. «Die Fakten, zuerst die Fakten.»

Jury seufzte. Die beiden Mordfälle in Northamptonshire waren ihm in ihren Grundzügen geschildert worden, und er sollte nun wie ein Stenograf das Ganze wiederholen. Racer paßte immer genau auf, ob ihm irgendwelche Fehler unterliefen.

«Das erste Opfer, William Small, wurde in dem Weinkeller der Pandorabüchse gefunden. Er war mit einem Stück Draht erdrosselt worden, sein Kopf steckte in einem Bierfaß. Der Besitzer braut gelegentlich sein eigenes Bier –»

Racer unterbrach ihn: «Zu viele von diesen alten Gasthäusern lassen sich beliefern. Mir sind die andern bedeutend lieber.»

Er zog einen kleinen goldenen Zahnstocher hervor, und während er in seinen Backenzähnen herumstocherte, bedeutete er Jury fortzufahren.

«Das zweite Opfer, Rufus Ainsley, wurde in der Hammerschmiede auf einem Stützbalken über der Uhr gefunden; der Balken, auf dem sich die geschnitzte Figur eines Schmieds befand...» In der Hoffnung, doch noch von Racer zu hören, daß es sich um einen Scherz handelte, versuchte Jury seinen Blick aufzufangen. Aber der Polizeichef saß einfach nur stumm da; den Zahnstocher hatte er weggelegt, und seine ledernen Lippen sahen aus, als wären sie über Nacht, zusammen mit seinen Schuhen, von irgendwelchen Kobolden zugenäht worden. Am frustrierendsten fand Jury, daß Racer anscheinend nichts an dieser Geschichte befremdete. Nachdem der

Herzog von Clarence schon so geendet hatte, wunderte er sich wohl nicht mehr über Köpfe, die in Bierfässern steckten.

Jury fuhr fort: «Eine Kellnerin, die in dem Gasthof arbeitet – Daphne Murch –, entdeckte als erste die Leiche von William Small, und sie rief den Wirt, Simon Matchett. In der Bar saßen mehrere Leute; sie behaupteten aber alle, den Toten nicht gekannt zu haben. Small war nach der Aussage des Wirts erst an diesem Tag angekommen und hatte ein Zimmer verlangt. Das war das erste Verbrechen. Das zweite erfolgte 24 Stunden später. Die Leiche von Ainsley hatte den Platz der geschnitzten Figur auf dem Balken eingenommen...»

Jury verstummte. Ein Mörder, der sich solche Scherze erlaubte, ließ ihm das Blut in den Adern erstarren.

«Fahren Sie fort.»

«Ainsleys Leiche wurde anscheinend von dem Fenster der Abstellkammer direkt über dem Balken heruntergelassen. Daß sie erst Stunden später entdeckt wurde, läßt sich durch die Höhe des Balkens und durch den Schnee erklären...» Er fragte sich, ob das alles nur ein Traum war. «Die Opfer waren beide fremd in Long Piddleton; sie kamen in einem Abstand von ein oder zwei Tagen dort an –»

«Ein *oder* zwei? Was soll das heißen, junger Mann? Was denken Sie, Jury, ist das hier eine Lotterie? Ein Polizeibeamter darf nichts über den Daumen peilen!» Er steckte sich wieder die Zigarre in den Mund und starrte Jury an. Die Sprechanlage summte. Racer drückte auf den Knopf. «Ja?»

Es war eines der Mädchen, die in C-4 arbeiteten. Sie brachte die Akte über die Northamptonshire-Morde.

«Her damit», sagte Racer gereizt.

Fiona Clingmore trat ein, und in einer von ihren Gefühlen bestimmten Reihenfolge schenkte sie Jury ein warmes Lächeln und gab dann Racer den Schnellhefter. Sie war ganz im Stil der vierziger Jahre gekleidet, für die sie eine besondere Vorliebe zu haben schien: schwarze, hochhackige Schuhe mit einem kleinen Riemen über den Spann, eine schwarze Nylonbluse mit langen, weiten Ärmeln, in der sie aussah, als sitze sie in einem Boudoir. Wie gewöhnlich war ihr Ausschnitt ziemlich tief und ihr Rock ziemlich kurz. Fiona schien immer Trauer zu tragen; vielleicht trauert sie ihrer Unschuld nach, dachte Jury.

Jury beobachtete, wie die Blicke des Kriminaldirektors sie auszogen, Schicht um Schicht, wie eine Zwiebel. «Das wär's», sagte Racer und verscheuchte sie mit einer Handbewegung.

Beim Hinausgehen bedachte sie Jury wieder mit einem kurzen Lächeln und einem Augenzwinkern. Racer bemerkte es und meinte sarkastisch: «Sie haben wohl viel Erfolg bei Frauen, was Jury?» Dann zischte er: «Könnten wir jetzt vielleicht weitermachen?» Er breitete ein paar Fotos aus, die er dem Schnellhefter entnommen hatte, und tippte auf das erste: «Small, William. Ermordet zwischen 19 und 23 Uhr, am Donnerstag, dem 17. Dezember, genauer können die Jungs aus Northants die Todeszeit nicht bestimmen. Ainsley wurde am 18. Dezember nach 19 Uhr ermordet. 24 Stunden später. Keiner von beiden konnte identifiziert werden. Ihre Namen haben wir auch nur, weil sie sich in das Fremdenbuch eingetragen haben. Small stieg in Sidbury aus dem Zug – wo er eingestiegen ist, wissen wir nicht. Zwischen ihnen und den Leuten aus dem Dorf scheint keine Verbindung zu bestehen. Das ist alles. Wahrscheinlich einer, der aus der Klapsmühle ausgebrochen ist.» Racer begann, seine Fingernägel mit einem Taschenmesser zu säubern.

«Wenn sie uns wenigstens sofort gerufen hätten; es gibt da nicht gerade das, was man eine heiße Spur nennt.»

«Das haben sie aber nicht, junger Mann! Fahren Sie also in das Kaff und verfolgen Sie die nicht mehr heiße Spur. Was erwarten Sie denn – daß Ihnen die Dinge in den Schoß fallen? Als Polizist ist man Kummer gewohnt. Zeit, daß Sie das lernen.» Er klappte sein Taschenmesser zu und begann, mit dem kleinen Finger sein Ohr zu säubern. Jury hoffte nur, er würde seine Toilette zu Hause beenden.

Jury wußte, wie wütend es Racer machte, daß er ihn mit diesem Fall beauftragen mußte. In der Abteilung war man sich einig, daß eigentlich Jury Chef sein sollte; Jury selbst legte aber keinen besonders großen Wert darauf. Er wollte nicht für eine ganze Abteilung verantwortlich sein, und weiß der Himmel, er wollte auch nicht seine Zeit damit verbringen, Klagen über andere Kriminalbeamte nachzugehen. Da er weder Frau noch Kinder hatte, für die er sorgen mußte, konnte er sich auch mit weniger Geld zufriedengeben; für seine bescheidenen Bedürfnisse war es immer noch mehr als genug. Zu was die ganze Hierarchie? Jury hatte Polizeichefs kennengelernt, deren Erfahrung und Wissen genauso unschätzbar gewesen war wie das der Männer auf den olympischen Höhen von Scotland Yard.

«Wann möchten Sie, daß ich fahre, Sir?»

«Gestern», zischte Racer.

«Ich hab noch diesen Mord in Soho –»

«Sie meinen die Sache mit dem Chinarestaurant?»

Das Telefon unterbrach sie; unwirsch griff Racer nach dem Hörer. «Ja?» Einen Augenblick lang hörte er zu, während seine Blicke zu Jury hinüberwanderten. «Ja, er ist hier.» Er wartete, und auf seinen dünnen Lippen erschien ein boshaftes Grinsen. «Über 1,80 groß, kastanienbraunes Haar, dunkelgraue Augen, gutes Gebiß und ein unwiderstehliches Lächeln?» flötete er. «Richtig, das ist Inspektor Jury, wie er leibt und lebt.» Das Lächeln verschwand. «Sagen Sie ihr, er würde zurückrufen. Wir haben zu tun.» Racer knallte den Hörer auf die Gabel, daß die Kugelschreiber auf dem Schreibtisch tanzten. «Abgesehen von dem unwiderstehlichen Lächeln könnte diese Beschreibung auch auf ein Pferd zutreffen.»

Geduldig fragte Jury: «Könnten Sie mir sagen, um was es ging?»

«Eine der Kellnerinnen aus dem Soho-Restaurant.» Racer schaute auf seine Uhr. Der Anruf hatte ihn wohl an seine eigenen Verpflichtungen erinnert. «Ich bin zum Abendessen verabredet.» Er schob den Schnellhefter über den Schreibtisch. «Fahren Sie in dieses gottverdammte Kaff. Und nehmen Sie Wiggins mit. Außer sich zu schneuzen, tut er ja nichts.»

Jury seufzte. Wie üblich hatte ihn Racer nicht einmal gefragt, wen er als Assistenten haben wollte. Wiggins war noch ziemlich jung, aber ein solcher Hypochonder, daß er wie ein alter Mann wirkte. Er war nicht unangenehm und auch nicht faul, aber dauernd der Ohnmacht nahe. «Ich werde Wiggins abholen und morgen früh losfahren», sagte Jury.

Racer war von seinem Stuhl aufgestanden und schlüpfte in seinen elegant geschnittenen Mantel. Jury fragte sich, woher sein Chef das Geld nahm. Schmiergelder? Und wenn schon, Jury interessierte es nicht.

«Ja, tun Sie das.» Der Kriminaldirektor klopfte auf seine flache Golduhr. «Dinner im Savoy. Eine Dame erwartet mich.» Anzüglich lächelnd beschrieb er ein paar Kurven in der Luft. «Und denken Sie um Gottes willen daran, daß Sie hier arbeiten! Wenn Sie in dieses Kaff kommen, erwarte ich, daß Sie sich zur Abwechslung mal melden.»

Jury ging den Korridor entlang – wie trist diese Korridore doch im Vergleich zu der viktorianischen Eleganz des alten Gebäudes waren. Von Marmor und Mahagoni war hier nichts zu sehen. So vollgestopft und unübersichtlich der alte Scotland Yard auch gewesen war, Jury hatte ihn trotzdem vorgezogen. Als er vor der Tür seines Büros angelangt war, sah er ganz in der Nähe Fiona Clingmore herumschwirren; sie tat so, als wäre sie rein zufällig hier gelandet, und knöpfte gerade ihren schwarzen Mantel zu.

«Hallo, Inspektor Jury, endlich Feierabend?» Ihre Stimme klang hoffnungsvoll.

Jury lächelte, griff hinter die Tür und nahm seinen Mantel vom Haken. Da seine Mitarbeiter bereits gegangen waren, knipste er das Licht aus und schloß die Tür ab. Er blickte zu ihr hinunter, auf ihr Gesicht, das weniger jung war, als man vielleicht von weitem vermutet hätte, auf ihr aufgetürmtes gelbes Haar, auf dem ein Pillbox-Hut saß, und sagte: «Fiona, wissen Sie, an was Sie mich erinnern?» Sie schüttelte den Kopf, schaute ihn aber erwartungsfreudig an. «An diese alten Kriegsfilme, in denen die Amis nach London strömen und sich in die Londonerinnen verlieben.» Fiona kicherte. «Das war wohl etwas vor meiner Zeit.»

Das stimmte, trotzdem schien sie aus einer andern Ära zu stammen. Vielleicht war sie noch nicht ganz vierzig, aber viel fehlte bestimmt nicht. «Mein Joe hätt's bestimmt nicht gerne, wenn Sie so mit mir reden, Inspektor Jury», sagte sie züchtig.

Immer sprach sie von ihrem Joe. Gesehen hatte ihn noch keiner. Jury war schon vor einiger Zeit der Verdacht gekommen, daß dieser Joe vielleicht überhaupt nicht existierte. Gegeben hatte es ihn womöglich einmal, aber nun nicht mehr. Er betrachtete Fiona, die lächelnd zu ihm hochblickte, sah, wie leer ihre Augen waren, und Mitgefühl, ja sogar ein Gefühl der Verbundenheit stieg in ihm auf. «Hören Sie», sagte Jury und schaute auf seine Uhr. «Ich muß noch was in Soho erledigen. Da es sich um ein Restaurant handelt und ich noch nicht gegessen habe... was halten Sie davon? Wie wär's mit einem kleinen Essen? Ich brauche dringend eine Pause.»

Wie der Himmel bei Sonnenaufgang überzog sich ihr Gesicht mit einer zarten Röte. Dann senkte sie die getuschten Wimpern und sagte: «Oh, ich weiß nicht, ob mein Joe damit einverstanden wäre, aber...»

«Joe braucht's ja nicht zu erfahren, oder?» Sie blickte auf, und Jury zwinkerte ihr zu.

Es war beinahe Mitternacht, als Jury sich von dem Restaurantbesitzer und der unaufhörlich plappernden Fiona verabschiedete. Und als er aus seiner Untergrund-Station auftauchte, war er einfach hundemüde und nicht sehr begeistert von der Aussicht, einen Frühzug nach Northamptonshire nehmen zu müssen. Er tröstete sich damit, daß es vielleicht ganz angenehm sein würde, für ein paar Tage – oder vielleicht sogar für ein paar Wochen – aus London herauszukommen. Außer dem armseligen Häuschen seiner Kusine in den Potteries, wo er von den beiden Gören malträtiert wurde, wußte Jury keinen Ort, an dem er Weihnachten verbringen konnte.

Jury zog eine übriggebliebene *Times* unter dem Backstein neben dem Stationsausgang hervor, warf ein paar Münzen auf den dünnen Stoß mit den restlichen Exemplaren und machte sich auf den Heimweg.

Es hatte angefangen zu schneien – ein feiner, pulverartiger Schnee, nicht diese dicken, nassen Flocken, die in den Wimpern hängenblieben und auf der Zunge hafteten. Jury mochte Schnee, aber nicht den Londoner Schnee, der mit seinem grauen, matschigen Schmelzwasser nur den Verkehr behinderte. Es schneite immer stärker, Schnee so körnig wie Zucker, der richtig zu prickeln anfing, als er die Islington High Street in Richtung Upper Street entlangging. Er bog in die Camden Passage ein, die er um diese Zeit besonders mochte – die kleinen Läden waren so gespenstisch still, und außer dem kratzenden Geräusch der Papierfetzen, die der Wind über den Boden fegte, unterbrach nichts die nächtliche Stille. Camden Head war geschlossen, und die kleinen Stände der Trödler und Antiquitätenhändler waren abgebaut. Wenn sie im Freien ihren Geschäften nachgingen, war hier allerhand los, und Jury mischte sich gelegentlich auch unter die Menge und schaute den Taschendieben bei der Arbeit zu. Sein Favorit, Jimmy Pink, bevorzugte die Camden Passage – Jimmy konnte einem die Tasche samt Inhalt entwenden, ohne daß man auch nur das Geringste bemerkte. Jury hatte ihn hier schon so oft geschnappt, daß er ihm schließlich vorschlug, er solle doch seinen eigenen Stand aufmachen.

Die Passage führte auf Charlton Place, und von dort ging es weiter zur Colebrook Row, einer hübschen, halbmondförmigen Häuserzeile, in der er auch gerne gewohnt hätte. Danach waren es nur noch ein paar Straßen bis zu seinem Wohnblock. Die meisten Häuser in seiner Straße waren in Mietshäuser umgewandelt worden. Die Straße selbst war etwas schäbiger, aber keineswegs unerfreulich, da auf der einen Seite ein Park lag, zu dem die Mieter einen Schlüssel besaßen.

Jurys Wohnung war im sechsten Stock. Es gab in dem Haus noch fünf weitere Wohnungen, aber wegen seiner ungewöhnlichen Arbeitszeiten lief er seinen Nachbarn nur selten über den Weg. Allerdings kannte er die Frau, die im Souterrain wohnte, Mrs. Wassermann. Er sah, daß hinter dem schweren Gitter und den vorgezogenen Vorhängen noch Licht brannte. Die Stufen wurden sommers wie winters von zwei Geranientöpfen flankiert. Mrs. Wassermann war wie immer um diese Zeit noch wach.

Er schloß seine Tür auf und knipste die Deckenbeleuchtung an. Der Raum wurde in Licht getaucht, und er war wieder einmal entsetzt über die Unordnung, die dort herrschte – als hätten Einbrecher seine Wohnung durchsucht und dann schnell wieder das Weite gesucht. Vor allem lag das an den Büchern. Sie quollen aus den Regalen und stapelten sich auf den Tischen. In dem Erker – mit Blick auf den Park – stand sein Schreibtisch. Er legte den Schnellhefter auf die Platte und zog den Mantel aus. Dann setzte er sich und ging noch einmal die Fotos durch. Kaum zu fassen.

Das erste war im Weinkeller der Pandorabüchse aufgenommen und war ziemlich dunkel und grobkörnig; trotzdem sah man mit erschreckender Deutlichkeit die beinahe torsolose Leiche. Das Opfer war in das hüfthohe Faß, in dem der Wirt sein eigenes Bier braute, gesteckt worden, so daß Kopf und Schultern in dem Faß waren und der übrige Körper an der Seite herunterbaumelte.

Jury fragte sich, warum. Angenommen, William Small war mit dem Stück Draht erdrosselt worden, warum hatte sich der Mörder dann noch die Mühe gemacht, diesen ausgefallenen Schnörkel hinzuzufügen?

Das Foto von der Hammerschmiede war noch grotesker. Der nach der Leichenstarre in sich zusammengesackte Körper von Rufus

Ainsley wurde von der dünnen Metallstange gehalten, mit der die geschnitzte Figur an dem Balken befestigt gewesen war; dieses Rohr war unter das Hemd des Opfers geschoben worden. Um seinen Leib war ein Seil geschlungen, und darüber hatte man ihm das Jackett zugeknöpft. Auf seinen Schultern lagen noch nicht geschmolzene Schneeklumpen. Eine Leiche, die an einem für alle sichtbaren Ort versteckt worden war, dem besten Versteck überhaupt – unter den Füßen oder über dem Kopf. Da das Opfer nicht sehr groß war, etwa 1,70 m, konnte es ohne Schwierigkeit den Platz der geschnitzten Figur einnehmen. Schwer zu sagen, wann jemand hochgeschaut hätte; außerdem sahen die Leute sowieso nur das, was sie zu sehen erwarteten.

Aber wozu das Ganze? Welchen Zweck erfüllte dieses ausgeklügelte Arrangement?

Er sammelte die Fotos wieder ein, öffnete die flache Schreibtischschublade und ließ den Schnellhefter neben eine kleine, gerahmte Fotografie gleiten, die mit der Bildseite nach unten in der Schublade lag. Jury hatte sie von seinem Schreibtisch genommen, konnte sich aber nicht entschließen, sie wegzuwerfen. Als er noch jünger war, hatte Jury kaum je ans Heiraten gedacht; inzwischen dachte er häufiger daran. In den 40 Jahren seines Lebens war ihm nur selten einmal eine außergewöhnliche Frau über den Weg gelaufen. Maggie war eine der wenigen gewesen.

Jury legte die Fotografie wieder mit der Bildseite nach unten in die Schublade zurück und wollte gerade mit einem kleinen Schlüssel wieder abschließen, als er ein Klopfen an der Tür hörte.

«Inspektor Jury», sagte die Frau, die nervös die Finger ineinander verflocht, als er ihr die Tür öffnete. «Er ist wieder da. Ich weiß nicht, was ich tun soll. Warum läßt er mich nicht in Ruhe?»

«Ich bin gerade eben nach Hause gekommen, Mrs. Wassermann.»

«Ich weiß, ich weiß, es tut mir auch leid, Sie damit zu belästigen. Aber...» Sie breitete hilflos die Hände aus. Sie war eine ziemlich korpulente Frau, die ein schwarzes Kleid mit einer Filigranbrosche am Ausschnitt trug. Ihr Haar war straff nach hinten gekämmt und in einen Knoten zusammengefaßt, der wie eine aufgerollte Spiralfeder aussah. Ihr ständiges Händeringen und die nervöse Bewegung, mit der sie den Ärmel ihres Kleides hochschob, ließen die ganze Frau wie eine festaufgerollte Spirale erscheinen.

«Ich komme mit runter», sagte Jury.

«Es sind dieselben Schuhe, Inspektor. An den Schuhen erkenne ich ihn immer wieder. Was will er nur von mir?... Warum läßt er mich nicht endlich in Ruhe?... Denken Sie, dieses Gitter ist stark genug...? Warum kommt er immer wieder zurück...?» Im Kielwasser ihrer Fragen stieg er die Treppe zu ihrer Wohnung hinunter.

«Ich schaue mal nach.»

«Ja, bitte.» Sie nahm die Hände vors Gesicht, als könnte Jurys kurzer Blick aus dem kleinen, zur Straße gehenden Fenster für sie beide sehr gefährlich werden. Das Fenster lag gegenüber von der Tür auf einer Höhe mit der letzten Stufe und dem Bürgersteig. «Es ist niemand da, Mrs. Wassermann.» Jury war das von vornherein klargewesen.

Diese Szene spielte sich ungefähr alle zwei Monate ab. Zuerst hatte Jury versucht, sie ganz einfach von der Wahrheit zu überzeugen: Es war niemand da. Mrs. Wassermann verbrachte einen großen Teil ihrer Zeit damit, die Füße auf dem Bürgersteig zu beobachten, Füße und Beine ohne Körper, die an ihrem Fenster vorbeigingen. Ein Paar Füße, ein Paar Schuhe hatten ihre Aufmerksamkeit erregt, und sie behauptete, sie kämen immer wieder zurück, um sie zum Wahnsinn zu treiben: Füße, die stehenblieben. Warteten. Sie lebte in ständiger Angst vor diesen Füßen.

Jury hatte immer wieder versucht, sie davon zu überzeugen, daß es die Füße nicht gab und daß es *ihn* auch nicht gab; schließlich begriff er aber, daß er sie dadurch nur noch mehr verunsicherte. Sie mußte daran glauben. Jury hatte ihr also das ganze letzte Jahr über geholfen, ihre Wohnung in eine uneinnehmbare Festung zu verwandeln: stärkere Gitter, Schlösser, Ketten, Alarmanlagen. Trotzdem tauchte sie unweigerlich immer wieder bei ihm auf. Und er installierte immer etwas Neues – noch ein Schloß oder noch eine Alarmanlage –, und sie war jedesmal unendlich erleichtert. Er versicherte ihr, daß es einfacher sei, New Scotland Yard zu plündern, als in die Wassermannsche Wohnung einzudringen, und sie fand das sehr komisch. Inzwischen fiel ihm aber auch nichts Neues mehr ein.

Er schaute aus dem Fenster, sah nichts und prüfte der Form halber noch einmal das Gitter. Angstvoll beobachtete sie ihn. Er wußte, daß sie den Glauben verlieren würde, wenn er zu lange zögerte. Er griff in seine Tasche und zog ein winziges, rundes Stück Metall hervor, das er triumphierend hochhielt. «Mrs. Wassermann, eigentlich dürfte ich das gar nicht tun, es ist nämlich nicht legal –» er grinste, und sie grinste verschwörerisch zurück – «aber ich bringe das an Ihrem Telefon an.» Er hob das Telefon hoch und befestigte die Scheibe an der Unterseite. «Da. Sollte jemals einer hier reinkommen, dann nehmen Sie einfach den Hörer ab und schieben die Metallplatte zur Seite. Es klingelt dann bei mir.» Ihr Gesicht strahlte. «Aber hören Sie, nur wenn's nicht anders geht – in einem Notfall –, es klingelt nämlich in der Zentrale, und das könnte sehr unangenehm für mich werden.»

Erleichterung breitete sich auf ihrem Gesicht aus – ein rührender Anblick. Er wußte, sie würde keinen Gebrauch davon machen, sie wollte nur beruhigt werden, und die nächsten zwei Monate würde sie ihn auch nicht damit belästigen. Dann hätte sich jedoch wieder so viel Angst in ihrem Innern angestaut, daß sie die Füße wieder sehen würde. Es war beinahe wie eine sexuelle Perversion oder eine Sucht. Und es gab so wenig Dinge, die sie von ihrer fixen Idee ablenkten. Er dachte oft über die Leere ihres Lebens nach. Und manchmal blickte er in ihre dunklen, kleinen Augen und entdeckte sein eigenes Spiegelbild darin.

«Oh, Inspektor Jury, was würde ich bloß ohne Sie tun? Es ist so beruhigend zu wissen, daß Sie hier wohnen, ein Kriminaler vom Scotland Yard.» Sie lief zu dem Kamin hinüber, in dem ein elektrisches Holzscheit brannte, und nahm ein Päckchen von dem weißen Gipssims. Sie hielt es ihm hin. «Zu Weihnachten. Kommen Sie, machen Sie es auf.» Sie machte eine auffordernde Bewegung mit den Händen.

«Ich weiß nicht, was ich dazu sagen soll. Vielen Dank.» Er knotete das Band auf und entfernte das dünne Papier. Es war ein Buch. Und ein sehr schönes, in Leder gebunden, mit Goldschnitt und einem Lesezeichen aus schwarzer Seide. Virgils *Aeneis*.

«Ich hab Sie es mal in der U-Bahn lesen sehen, erinnern Sie sich? Ich weiß, daß Sie gern lesen. Für mich ist das zu hoch. Böhmische Dörfer.» (Jury lächelte.) «Ich lese Filmmagazine, Liebesromane und ähnlichen Schund. Gefällt es Ihnen?» Es schien ihr viel daran gelegen zu sein, daß sie das richtige Buch ausgesucht hatte.

«Ein wunderschönes Buch, Mrs. Wassermann. Wirklich. Ich wünsche Ihnen ein frohes Fest. Sind Sie jetzt beruhigt?»

Arme Frau, dachte Jury, als er mit seinem Buch die Treppe hochstieg. Von welchem Blickwinkel aus hatte sie den Mann gesehen, ihn, dessen Füße sie immer noch terrorisierten? Vom Boden? Von einer Matte? Von einem Bett? Hatte sie auf seine Füße geschaut, um ihm nicht ins Gesicht blicken zu müssen? Es war wohl besser für Mrs. Wassermann, daß die Füße vor ihrem vergitterten Fenster haltmachten und nicht die Türen der Erinnerung eintraten.

V

In englischen Gasthöfen werden wohl immer die Wege der Geschichte, der Erinnerung und der Romanzen zusammenlaufen. Wer hat sich in seiner Phantasie noch nicht über ihre Holzgalerien gebeugt und auf den mit Kopfsteinen gepflasterten Hof hinuntergeblickt, um zu beobachten, wie die Kutschen einfahren und der dampfende Atem der Pferde die Luft erfüllt, wenn sie an einem kalten Winterabend stampfend vor den Ställen stehen? Und wer kennt nicht die Beschreibungen dieser langgestreckten, flachen Gebäude mit den unterteilten Fenstern, den eingesunkenen, unebenen Fußböden, den dicken Holzbalken und dem Kupfergeschirr an den Wänden, den Küchen, in denen ganze Tiere sich einst auf Spießen drehten und in denen die Schinken von der Decke hingen? Die weniger betuchten Reisenden saßen auf den Hockern um den Kamin und tranken ihr Ale. Und eine geschäftige Wirtin trieb die Hausmädchen an, daß sie wie aufgescheuchte Hühner davonstoben. Es gab ganze Bataillone von Zimmermädchen, beladen mit Bettwäsche, die nach Lavendel duftete, von Küchenjungen, Bediensteten, Zapfern, Kutschern und Burschen, die darauf warteten, den Reisenden bis zu den schweren Eichentüren oder wieder zurück zur Kutsche bringen zu können. Häufig wußte der Gast nicht, was ihn erwartete, ob der Boden mit Heu bedeckt war oder über welche Körper er auf seinem Weg zum Frühstück steigen oder kriechen mußte, wenn er in einem der inneren Räume genächtigt hatte. Aber das Frühstück entschädigte ihn dann reichlich für die in der Nacht erlittenen Unannehmlichkeiten; es bestand aus Nierenpasteten, heißen Hammelfleischpasteten, Krügen mit Bier, Gebäck und Tee, pochierten Eiern und dicken Speckscheiben.

Wer ist noch nicht mit Mr. Pickwick im Hof des *Blauen Löwen* in Muggleton abgestiegen; wer hat noch nicht mit Tom Jones in der *Glocke* in Gloucestershire Austern geschlürft oder mit Keats in dem Gasthof in Burford Bridge gelitten? Wer ist noch nie eingekehrt, um seinen Hunger und Durst mit einem bitteren Ale und einer Scheibe blaugeädertem Stilton, abblätterndem Chester oder einem Stück Cheddar zu stillen? Und wer erwartet schon etwas anderes als schimmerndes Messing, auf Hochglanz poliertes Holz, dunkles Bier, einen in Tweed gekleideten Wirt, enge, dunkle Gänge auf dem ersten Stock, ein gemütliches Zimmer, das unauffindbar zu sein scheint – zwei Stufen hinauf, drei runter, dann rechts, wieder fünf Stufen hoch und zehn Schritte bis zur Tür –, ein Versteckspiel oder ein Abzählspiel für Kinder. Auch wenn sich die Bänder von den weißen Hauben gelöst haben und der Wirt eher im Geist als tatsächlich vorhanden ist – ein Lächeln, das in der Luft hängt –, lassen einen diese Schatzkammern der Erinnerung nicht beinahe vergessen, daß das Pfund so tief gesunken ist?

Die Büchse der Pandora war keine Ausnahme – ein Fachwerkhaus aus dem 16. Jahrhundert, durch dessen Torbogen Melrose Plant gerade seinen Bentley chauffierte, um ihn in einem der nicht mehr benutzten Ställe abzustellen. Hier hätte auch die Kutsche von Barnet hereinrumpeln und auf dem gepflasterten Hof haltmachen können. Und von der Galerie hätte Molly Mog mit den Bediensteten flirten können. Für Lady Ardry war es der Inbegriff eines englischen Gasthofs. Im Sommer wucherte Clematis im Wettstreit mit den Kletterrosen über die Fassade des Hauses. Der Gasthof lag auf einer kleinen Erhöhung und blickte nach Süden, ein längliches Gebäude, das eine schlingernde Linie bildete, die sich aus mehreren Teilen zusammenzusetzen schien. Das strohbedeckte Dach legte sich um die Fenster wie ein Kragen. Umgeben von Feldern, die im Sommer üppig grün und leuchtend und im Winter grau und verhangen waren, blickte er mit seinen rautenförmigen Fenstern auf die Häuser von Long Piddleton.

Als Lady Ardry und Melrose Plant ankamen, war es bereits dunkel, und das erleuchtete Innere des Gasthofs wirkte um so einladender. Der Gasthof war an keine Brauerei gebunden, und sein Besitzer war auch entschlossen, das mit allen Mitteln zu verhindern.

Dieser Mann, Simon Matchett, war zu ihrer Begrüßung an die Tür gekommen; eine Begrüßung, die bei Agatha ziemlich überschwenglich, bei Melrose wesentlich kühler ausfiel. Er bedachte ihn mit einem kurzen Nicken und einem sehr zurückhaltenden Lächeln. Melrose mochte ihn nicht; er hielt ihn für geldgierig und ehrgeizig, und hinter der ansprechenden Fassade vermutete er einen gemeinen, rohen Charakter. Aber fair, wie er war, fragte er sich auch, ob er nicht einfach eifersüchtig war. Matchetts Erfolg bei Frauen war atemberaubend. Er brauchte nur durch eine Tür zu schreiten, um sie zum Tor zu machen. Sein offenkundiges Interesse für Vivian Rivington war Melrose ein Dorn im Auge.

Wahrscheinlich hatte selbst die Tragödie in Matchetts Vergangenheit – seine verstorbene Frau und eine andere Frau spielten dabei eine Rolle – wie die Narbe im Gesicht eines Duellanten seine romantische Aura nur noch verstärkt. Es lag jedoch schon so lange zurück, daß selbst Lady Ardry nicht mehr alle Einzelheiten in Erfahrung bringen konnte.

Sie waren inzwischen in der niedrigen, schwachbeleuchteten Halle angelangt, die mit Sportlerfotos und ausgestopften Vögeln dekoriert war; seine Tante und Simon Matchett tauschten Belanglosigkeiten aus, die sie noch belangloser werden ließen. Melrose lehnte sich einfach gegen die Wand, und sein Kopf berührte die Stange eines ziemlich mitgenommenen, ausgestopften Fasans. Er studierte die verstaubten Drucke alter Kutschen auf der gegenüberliegenden Wand. Auf einem flogen die Passagiere in hohem Bogen in einen Schneehaufen, während die Kutsche fröhlich umkippte. Auf einem andern fuhr die Belegschaft mit großem Hallo in den Hof ein, während ihnen Betsy Bunt von der oberen Galerie aus zuwinkte. Melrose fragte sich, wieso das Kutschenfahren früher als Sport betrachtet wurde, vergleichbar mit Fußball oder Kegeln. Er sah, wie seine Tante und Matchett durch die Halle zur Bar schlenderten, ohne sich weiter um ihn zu kümmern, und Melrose ging zu dem engen Treppenhaus hinüber, an dessen Wand weitere Bilder hingen – von Mooshühnern und Fasanen, die mit dem Kopf nach unten an ihren dünnen Beinen aufgehängt waren. Die Treppe führte zu dem langen Gang mit den kleinen, dachkammerartigen Zimmern des oberen

Stockwerks. Rechts von ihm war der Speiseraum. Er hatte eine niedrige Decke mit sichtbaren Balken, die von ein paar Steinblöcken gestützt wurde. Sie bildeten gleichzeitig auch die Nischen, in denen die Tische standen. Die Steine waren nur roh behauen, und das Gleichgewicht, in dem sie sich zwischen Boden und Decke hielten, erschien zu prekär, um den Raum noch gemütlich wirken zu lassen. Seine Tante fand ihn jedoch pittoresk; er erinnerte sie an den Speisesaal eines alten Klosters, was er vielleicht auch einmal gewesen war. Melrose hatte hier immer das Gefühl, sich in Stonehenge zu befinden. Der kalte, ungemütliche Eindruck wurde jedoch durch Perserteppiche, frische Blumen, rote Lampenkugeln über den Tischen und glänzende Messingplatten an den Wänden gemildert. Twig, ein ziemlich betagter Kellner, bemühte sich nach Kräften, einen beschäftigten Eindruck zu machen; umständlich stopfte er rote Servietten in leere Wasserbecher, während er die schwerere Arbeit Daphne Murch, der Kellnerin, überließ. Mit einem hochbeladenen Tablett näherte sie sich vorsichtig den beiden gepflegten alten Damen, die in einer der Nischen saßen. Viel war an diesem Abend nicht los; vielleicht war der Mord daran schuld.

Twig schien Daphne die Leviten zu lesen. Arme Murch, nie konnte sie es ihnen rechtmachen; ihre Ungeschicklichkeit ging so weit, daß sie im Keller auch noch über Leichen stolperte.

«Melrose!» Die Stimme seiner Tante ertönte aus der Bar. «Willst du ewig vor dem Speiseraum stehenbleiben? Komm schon!»

Hätte er *«ja, Tantchen»* antworten und sich weiter mit seinem Reifen und seinem Ball vergnügen sollen?

Agatha hatte an dem kleinen Tisch im Fenstererker Platz genommen; sie hatte sich den weichen, gepolsterten Sessel ausgesucht und Melrose die harte Bank überlassen. Matchett lungerte in dem Sessel neben ihr. Die rautenförmigen Fensterscheiben reflektierten das lodernde Feuer in dem mächtigen Steinkamin auf der anderen Seite des Raums. Riesige Holzscheite lagen auf seinem Boden herum, einen Schutzschirm gab es nicht. Die Flammen schossen hoch, fielen in sich zusammen und loderten wieder in die Höhe, als würden sie ihren eigenen finstern Gedanken nachhängen. Davor lag ein ungeschlachter Hund von zweifelhafter Abstammung und döste vor sich hin, ohne sich von der Nähe des Höllenfeuers stören zu lassen. Als er Melrose hereinkommen sah, öffnete er ein Auge und beobachtete, wie er den Raum durchquerte. Kaum hatte Melrose sich gesetzt, erhob er sich und lief zottelig und unbeholfen auf ihren Tisch zu. Melrose verstand nicht, was das Tier von ihm wollte, er hatte seine Zuneigung nie erwidert, sondern im Gegenteil immer nur versucht, den Hund zu ignorieren. Es war aber nicht einfach, einen zotteligen Mammut zu ignorieren, der ihm bis zu den Hüften reichte. Der Hund steckte seine Schnauze in Melroses Achselhöhle.

«Mindy, setz dich», sagte Matchett ohne großen Nachdruck.

Inzwischen war auch Twig an ihren Tisch gekommen und hatte die Bestellung für die Drinks entgegengenommen. Ein rosa Gin für Agatha, ein Martini für Melrose. Den mächtigen Busen auf ihren verschränkten Armen, meinte Agatha: «Mein lieber Matchett, rufen Sie doch Murch. Vielleicht ist ihr noch was eingefallen.» Seine Tante hatte sich die blödsinnige Angewohnheit zugelegt, Männer mit ihrem Nachnamen anzureden (Mein lieber Plant, mein lieber Matchett). Melrose fand das affektiert, keiner redete mehr so, außer vielleicht in dem Allerheiligsten irgendwelcher verstaubter Clubs, in denen die Leichenstarre eher zu den Todesursachen als zu den Begleiterscheinungen zählte.

Melrose wußte, daß es für seine Tante nur eine Gelegenheit war, Scotland Yard zu spielen. «Warum läßt du das arme Mädchen nicht in Ruhe?» fragte er und strich ein Streichholz an, mit dem er sich dann seine Zigarre anzündete. «Sie interessiert mich nun mal, diese Angelegenheit, auch wenn sie dich kalt läßt! Vielleicht hat das Mädchen sich noch an was Ungewöhnliches erinnert?»

«Ist es nicht schon ungewöhnlich genug, einen Gast mit dem Kopf im Bierfaß vorzufinden? Ungewöhnlicher kann es kaum werden.»

«Ja, lassen wir sie besser in Ruhe», stimmte Matchett ihm zu. «Das Ganze hat sie ziemlich mitgenommen, Agatha.»

Agatha war unzufrieden. Offensichtlich hatte sie damit ihren eigenen Auftritt vorbereiten wollen: die Schilderung der Rolle, die sie bei dem grausigen Fund gespielt hatte; sie fiel jedesmal etwas bunter aus, die kleine Murch hingegen blieb bei ihrer Version. Wahrscheinlich hatte sie Angst, daß die kleinste Abweichung sie auf die Anklagebank bringen könnte.

Als Twig ihre Drinks servierte, sagte Matchett: «Melrose, was halten Sie denn von dieser Geschichte?» Jedesmal, wenn er Melrose ins Gespräch zog, klang das so, als habe er ihn gerade wie einen alten Anzug auf der Kleiderstange eines Trödlers entdeckt.

Melrose starrte auf seine Zigarre. «Ich bin einer Meinung mit Wilde, er sagte, Mord sei ein Fehler, den man nicht begehen sollte. Man sollte generell nichts tun, über das man nicht beim Dinner sprechen kann.»

«Wie abgebrüht», begann Agatha. Sie wurde jedoch unterbrochen, als Matchett sich erhob, um zwei Gäste zu begrüßen, die in die Bar gekommen waren.

«Oliver und Sheila.»

Melrose beobachtete, wie seine Tante ein passendes Lächeln ausprobierte. Sie verabscheute beide, konnte es sich aber nicht erlauben, ihre Abneigung zu zeigen. Was Oliver Darrington betraf, teilte Melrose ihre Gefühle. Sheila hingegen mochte er ganz gerne. Sie wurde zwar beschönigend als Darringtons «Sekretärin» bezeichnet, aber jeder wußte, daß sie seine Geliebte war. Obwohl scheinbar nichts weiter als ein Anhängsel, das Starlet am Arm des Produzenten, vermutete Melrose, daß sie doppelt soviel Grips besaß wie Darrington – kein großes Kompliment, da Darrington überhaupt keinen hatte. Sie konzentrierte sich vor allem darauf, eine gute Figur zu machen, die zusammen mit ihrem Gesicht auch einen sehr erfreulichen Anblick bot. Sie war zwar nicht gerade Melroses Typ, aber er konnte verstehen, daß viele Männer auf sie flogen. Ihm gefiel es, wenn ihn eine Frau aus hellen, klaren Augen anblickte – aus Augen wie Vivian Rivingtons. Sheilas waren jedoch so stark geschminkt, daß er häufig den Eindruck hatte, einem sehr hübschen Pandabär ins Gesicht zu schauen.

Sheila und Oliver zogen sich Stühle heran, warfen ihre Mäntel darüber und schienen nur noch auf ein Stichwort zu warten, um über das Thema zu reden, das Melrose bereits zum Hals heraushing.

«Oliver hat eine Theorie», sagte Sheila.

«Nur eine?» fragte Melrose und starrte auf den Elch über der Bar, dessen rissige, weiße Lippen aus Gips dringend reparaturbedürftig waren.

«Eine wahnsinnig schlaue», sagte Sheila. «Hör dir das an.»

Melrose zog es vor, den Elch zu studieren.

«Findest du das nicht, Mel?» Sheila stieß ihn an.

«Was soll ich wie finden?» Melrose gähnte. Sein Magen knurrte.

Sheila schmollte. «Ich spreche von Olivers *Theorie*. Über die Morde. Hast du nicht zugehört?»

«Achten Sie nicht auf ihn», sagte Lady Ardry, ihren Fuchspelz zurechtrückend. «Er hört nie zu.» Melrose hatte den Eindruck, die kleinen Glasaugen des Fuchses blickten ihn hilfesuchend an. Zuerst der Elch und jetzt der Fuchs – hatte er sich in einen Tierliebhaber verwandelt?

Ohne sich darum zu kümmern, ob es ihn interessierte oder nicht, lehnte sich Sheila über den Tisch und unterbreitete ihm Olivers Theorie. «Er meint, es ist einer, der was gegen Long Piddleton hat, dem durch die Stadt ein Unrecht zugefügt wurde. Eine Wunde, die so lange schwärte, bis er schließlich den Tag seiner Rache gekommen sah.»

«Warum hat er seinen Sheriffstern nicht einfach in den Dreck geworfen?» fragte Melrose und klopfte die Asche von seiner Zigarre. «Gary Cooper hat das getan.» Melrose war ein Western-Fan.

Sheila blickte ihn verblüfft an, und Olivers smartes kleines Lächeln verschwand.

«Ich sagte Ihnen doch, achten Sie nicht auf ihn, Sheila. Tun Sie so, als wäre er nicht da», sagte Agatha und bestellte sich noch einen rosa Gin.

Aber Sheila ließ nicht locker. «Oliver schreibt nämlich ein Buch. Eine Art fiktiver Dokumentarbericht über solche Dinge –»

«*Solche* Dinge?» erkundigte sich Melrose höflich.

«Na ja, über besonders seltsame Mordfälle –»

«Schon gut, Sheila, verrat nicht alles», sagte Darrington. «Du weißt, ich red nicht gern über das, was ich gerade schreibe.»

Agatha starrte grimmig vor sich hin. In Long Piddleton war Darrington ihr größter Konkurrent, da er schon seit einigen Jahren einen gewissen Ruf als Autor von Kriminalromanen genoß. Mit seinem Ruf (wie sie zu ihrem großen Vergnügen feststellte) war es jedoch nach seinem letzten Werk ziemlich bergab gegangen.

Oliver fragte mit einem abweisenden Lächeln: «Wer war das noch, der gesagt hat, wenn ich ein gutes Buch lesen will, schreibe ich eines?»

Wahrscheinlich du, dachte Melrose und widmete sich wieder dem Elch.

Simon Matchett versuchte die Rolle des perfekten Gastgebers zu spielen, obwohl er, wie Melrose wußte, nicht viel von Darrington hielt. «Eine interessante Theorie, Oliver, jemand mit Rachegelüsten – es muß sich aber wohl um einen Psychopathen handeln?»

«Großer Gott, das auf jeden Fall – einer, der Leute in Bierfässer steckt und auf Häuserbalken hievt! Der Punkt ist, diese beiden Männer waren vollkommen fremd in Long Pidd; welches Motiv kann es denn *überhaupt* –»

«Sie meinen, wir *sagten*, sie seien hier fremd gewesen», warf Melrose ein, der genug hatte von all den Hypothesen, die als Tatsachen ausgegeben wurden.

Sie schauten ihn an, als hätte er eine Schlange unter dem Tisch hervorgeholt.

«Was in aller Welt meinst du, Mel?» fragte Sheila. Melrose sah, wie sie ihre Hand auf Matchetts legte. Selbst die gute, alte Sheila, die mit Freuden das ganze Dorf hopsgehen lassen würde, nur um ihren Oliver zu behalten, konnte sich anscheinend diese kleine Geste nicht verkneifen.

«Er meint, daß jemand in Long Piddleton sie gekannt haben muß», sagte Simon und zündete sich eine Zigarre an. Er zog daran und fragte lächelnd: «Und wer, glauben Sie, hat es getan?»

«Was getan?»

Simon lachte. «Nun, die Leute umgebracht, alter Junge. Sie scheinen ja zu glauben, es war jemand aus unserm netten, kleinen Dorf.»

Warum hatte er nicht den Mund gehalten? Jetzt mußte er auch noch mitspielen. «Sie wahrscheinlich.»

Die an dem Tisch versammelte Gruppe erstarrte zu einem hübschen kleinen Fries: Hände verharrten in der Luft, Unterkiefer fielen herunter, als würden die Scharniere nicht mehr funktionieren. Gläser blieben an den Lippen hängen, und Zigaretten rutschten in die Mundwinkel. Der einzige, der nicht von dieser Starre ergriffen wurde, war Simon selbst; er lachte. «Fabelhaft! Vielleicht habe ich die Ehre meiner weiblichen Gäste verteidigt – gegenüber Small, der ihnen unsittliche Anträge machte.»

Melrose war beeindruckt von Matchetts Fähigkeit, eine Beleidigung so zu drehen, daß daraus etwas Schmeichelhaftes wurde.

«Ich finde deine Art von Humor einfach haarsträubend, Melrose», sagte Agatha.

«Und wenn mein Magen knurrt, wird er nur noch schlimmer, liebe Tante.»

VI Dienstag, 22. Dezember

Kriminaloberinspektor Richard Jury und sein Begleiter, Kriminalwachtmeister Alfred Wiggins, stiegen aus dem 14 Uhr 05 aus London eintreffenden Zug und verschwanden in einer dicken Dampfwolke, während auf der andern Seite eine gespenstisch aussehende Gestalt daraus hervortrat. Als der Dampf verflog, wurde Wachtmeister Pluck von der Polizeizentrale Northamptonshire sichtbar.

Während er Jurys ramponierten Koffer im Kofferraum seines leuchtend blauen Morris verstaute, sagte Pluck: «Superintendent Pratt erwartet Sie in Long Piddleton. Es war ihm leider nicht möglich, Sie persönlich zu begrüßen, Sir.»

«Ist in Ordnung, Wachtmeister.» Als sie vom Bahnhof nach Sidbury hineinfuhren, fragte Jury: «Haben Sie eine Ahnung, was Ainsleys Leiche über der Uhr zu suchen hatte?»

«O ja, Sir. Diese Morde gehen offensichtlich auf das Konto eines Verrückten.»

«Aha, ein Verrückter also?»

Wiggins saß wie ein Granitblock auf dem Rücksitz, nur ein gelegentliches Schneuzen verriet, daß er noch unter den Lebenden weilte.

Sie kamen an einen Platz mit dichtem Kreisverkehr, was Pluck jedoch nicht davon abhielt, mit voller Geschwindigkeit in ihn hineinzufahren, ohne Rücksicht auf einen Morris Mini, der bei diesem Manöver beinahe am Heck eines Ford Cortina verendet wäre. Der blaue Kegel auf dem Dach des Polizeiwagens brachte die Hupen zum Verstummen. «Das war aber knapp.» Pluck war offensichtlich der Meinung, daß alle andern Schuld gehabt hatten, nur nicht er. Er bog in die Straße nach Dorking Dean ein. Als ein Schild das Ende der Geschwindigkeitsbegrenzung anzeigte, beugte sich Pluck über das Steuer, beschleunigte und überholte noch in der Kurve einen dicken Laster. Mit knapper Mühe schaffte er es gerade, einem schwarzen Mercedes, der aus der Gegenrichtung kam, auszuweichen. Als Jury seine Hand mit den weiß hervortretenden Knöcheln vom Armaturenbrett nahm, strahlte Pluck und tätschelte das Brett. «Nette kleine Karre, was? Ist gerade einen Monat alt.»

«Viel älter wird sie auch nicht werden, Wachtmeister, wenn Sie so weitermachen.» Jury zündete sich eine Zigarette an. «Ich nehme an, im Dorf wimmelt es von Reportern?»

«Und ob. ‹Die Gasthof-Morde› haben sie sie getauft. Die Leute finden das aber gar nicht komisch, glauben Sie mir; sie haben Angst, morgen erdrosselt in ihren Betten zu liegen.»

«Wenn sie sich nicht gerade in Gasthofbetten legen, dann wird ihnen schon nichts passieren.»

«Da haben Sie recht, Sir. Warum gehen diese Idioten mit ihrem verdammten Vauxhall nicht zu Fuß nach Hause.» Gemeint war das alte, grüne Auto vor ihnen mit den beiden betagten, ihre Hühnerhälse reckenden Insassen, die mit 40 Kilometer Stundengeschwindigkeit die Straße entlangzockelten und Pluck das Leben zur Hölle machten. Wütend ließ er sich in seinen Sitz zurückfallen, da er offensichtlich Angst hatte, in der Gegenwart eines Vorgesetzten noch weitere todesmutige Überholungsmanöver zu versuchen.

Long Piddleton präsentierte sich zu Jurys Linken als eine Reihe erhöht stehender niedriger Kalksteinhäuser und zu seiner Rechten als eine Weide mit Kühen; es folgte eine weitere Reihe von Häusern, die mit Stroh gedeckt waren; auf der anderen Straßenseite lag ein kleiner Tümpel, auf dem eine einsame Ente herumschwamm. Als sie nach links abbogen, bemerkte Jury eine Frau, die offensichtlich in großer Eile aus einem überwucherten kleinen Gartentor trat und dabei mit dem Arm in ihren Burberry fuhr. Sie starrte so interessiert dem Auto nach, daß Jury dachte, sie würde gleich den Daumen herausstrecken.

«Als Sie in London erfahren haben, was hier vorgefallen ist, dachten Sie bestimmt, wir wären total übergeschnappt», sagte Superintendent Pratt.

«Um ehrlich zu sein – ich dachte zuerst, jemand wollte uns verulken.» Jury vertiefte sich wieder in das Protokoll der Aussage des Pfarrers, Denzil Smith. «Was ist mit diesem Mädchen Ruby Judd?» Nach den Angaben des Pfarrers war seine Hausangestellte zu ihren Eltern nach Weatherington gefahren, aber nicht wieder zurückgekommen.

«Ruby Judd. Ah, ja. Ich glaube nicht, daß das etwas mit den Morden zu tun hat. Tatsache ist, daß Miss Judd häufiger solche, äh, verlängerten Wochenenden einschiebt. Männergeschichten, Sie wissen schon.»

«Aha. Hier steht nur, daß ihre Eltern sie überhaupt nicht gesehen haben. Wird sie immer noch vermißt?» Pratt nickte.

«Ich nehme an», sagte er, «sie mußte sich für den Pfarrer etwas ausdenken. Ich kenne das Mädchen nicht, aber –»

«Ich schon!» sagte Pluck mit einem anzüglichen Lächeln. «Ich glaube, der Chef hat recht, Inspektor.»

«Ich verstehe», sagte Jury, was jedoch nicht stimmte. Das Mädchen war schon beinahe seit einer Woche verschwunden. «Wurde Small identifiziert?»

Pratt schüttelte den Kopf. «Noch nicht. Small kam mit dem Zug, stieg in Sidbury aus und nahm den Sidbury-Dorking-Bus. Der Stationsvorsteher erinnert sich auch noch an ihn, aber nicht mehr genau; wir zeigten ihm ein Foto von Small, und er konnte uns nur sagen, daß er mit dem Elf-Uhr-Zug aus London gekommen ist. Der Zug hält an jedem Bahnhof, und wir haben keinerlei Hinweise, wo er eingestiegen sein könnte. Und wenn er aus London gekommen ist, Inspektor –» Der Superintendent breitete resigniert die Arme aus.

«Und der andere, Ainsley?»

«Kam mit dem Auto. Wir kriegten heraus, daß das Auto von einem Gebrauchtwagenhändler in Birmingham stammt. Sie wissen, wie das läuft: Man kauft sich ein Auto und hat sein Nummernschild. Der Händler stellte sich dumm, absolut dumm: Ah, was wolln Sie, Chef, was soll 'n Geschäftsmann wie ich tun! Dieser Bursche drückt mir für die alte Mühle vier Riesen in die Hand...! Und so weiter, und so weiter. Wir tappen also noch völlig im dunkeln, was das Auto und den Namen betrifft. Ich nehme an, es ist nicht sein richtiger. Jedenfalls gab es unter der Adresse, die er dem Händler gegeben hat, keinen Ainsley.»

«Also auch in diesem Fall nichts?»

Pratt schneuzte sich. «Richtig. Die Zentrale hat in Weatherington ein Labor aufgebaut. Sie machen alles dort.»

Jury fand es unglaublich, daß sie trotz der wissenschaftlichen Methoden und der Erfahrung des Labors noch nicht die geringsten Anhaltspunkte hatten. Dabei brauchten sie keineswegs Fußspuren im Sand oder Blutstropfen auf der Schwelle. «Irgend etwas müssen sie doch gefunden haben – Textilfasern, Haare –, es ist doch unmöglich, daß der Mörder überhaupt nichts hinterlassen hat.»

Pratt schüttelte den Kopf. «Oh, es gab schon ein paar Haare, die von der Kellnerin und die von dem Burschen, mit dem Small etwas getrunken hat – Marshall Trueblood, soviel ich mich erinnere, falls Ihnen das weiterhilft. Aber nicht die geringste Spur von einem Motiv. Wir haben auch Fingerabdrücke gesichert, ja, das auch, Fingerabdrücke, die uns nicht weiterhelfen, wie zum Beispiel von den Wirten und den Zimmermädchen, Leute, die Zugang zu den Zimmern von Small und Ainsley hatten. Unter denjenigen, die an dem Abend, als Small ermordet wurde, in dem Gasthof zu Abend gegessen haben, gibt es zwei Personen, deren Fingerabdrücke bereits bekannt sind.» Pratt ließ sich von Jury wieder die Akte geben und rückte seine Brille zurecht. «Es handelt sich dabei um Marshall Trueblood und eine Frau namens Sheila Hogg.» Pratt blickte Jury mit einem Lächeln an: «Ein Perverser und eine Prostituierte. Keine richtige Prostituierte! Schauspielerin wäre richtiger. In Pornos und ähnlichem Schweinekram. Die Süße von der Sitte.»

«Und Trueblood?»

«Ab und zu ein kleiner Deal. Aber nichts Großes. Versorgt nur seine Freunde. Seine Wohnung in Belgravia wurde schon einmal durchsucht.»

Pratt sah so erschöpft aus, daß Jury ihm vorschlug, er solle nach Hause gehen und sich ins Bett legen.

«Danke, Inspektor. Ich könnte eine kleine Pause brauchen.» Er blätterte immer noch in der Akte herum. «Wir wissen, daß die Unterschrift auf dem Anmeldeformular Smalls Unterschrift war, er hat nämlich auch einen Scheck unterschrieben, mit dem er sein Essen bezahlte. Wir konnten also vergleichen. Aber auf dem Anmeldeformular der Hammerschmiede konnte auch ein anderer Ainsleys Namen eingetragen haben.»

«Ist aber nicht anzunehmen. Er hat unter diesem Namen doch auch das Auto gemietet.»

«Ja, richtig. Ich dachte nur, der Mörder wollte vielleicht verhindern, daß wir die beiden identifizieren.»

«Anscheinend hatte er nicht genügend Zeit, sich um den Wagen zu kümmern.» Jury zog eine Zigarette aus der zerdrückten Players-Packung und zündete sie an. «Haben Sie schon eine Theorie?»

Pratt legte die Füße auf den Schreibtisch und lehnte sich zurück. «Nehmen wir doch mal folgendes an – sagen wir, dieser Small trifft aus London hier ein; vielleicht hat er dort irgendwelchen Ärger gehabt. Unser Freund folgt ihm; er richtet es so ein, daß er ihn in diesem gottverlassenen Kaff trifft, und als dann Small in dem Gasthof absteigt, ist das für ihn *die* Gelegenheit –»

«Ist sonst noch jemand in Sidbury ausgestiegen?»

«Ja, mehrere. Wir sind dabei, ihre Personalien festzustellen.»

«Er folgt also Small und bringt Small *und* Ainsley um die Ecke?»

Pratt hielt die Hand hoch. «Ich weiß, ich weiß. Sie haben recht. Unser Freund lebt also in Long Pidd oder zumindest in der Nähe. Die beiden – Small und Ainsley – treffen sich in Long Pidd, um... warum wissen wir leider nicht. Scheint auf jeden Fall brenzlig für unsern Freund zu werden, er kriegt Wind davon und schafft sich die beiden vom Hals.»

Jury nickte. «Das erscheint mir wahrscheinlicher. Ainsley könnte auch auf der Durchreise gewesen sein, da er mit dem Auto unterwegs war. Aber Small? Wer einen Bus von Sidbury nach Long Piddleton nimmt, ist nicht auf der Durchreise.» Pratt nickte. «Small hat also jemanden hier gekannt, er *muß* jemanden gekannt haben. Oder muß zumindest mit einer bestimmten Absicht hierhergekommen sein. Wäre es voreilig zu behaupten, daß zwischen den beiden eine Verbindung besteht?»

«Würde ich nicht sagen. Sie sind doch beide Opfer eines Mordes geworden.»

Nachdem Pratt gegangen war, setzte sich Jury an den Schreibtisch und vertiefte sich in die Aussagen der Zeugen, die an dem betreffenden Abend in der Büchse der Pandora gewesen waren. Er schreckte aber wieder hoch, als die Tür zum Vorzimmer aufgestoßen wurde und Pluck und eine ältere Frau auftauchten. Sie trug einen Burberry, und er erkannte sie auch sofort wieder – es war die Frau, die sie bei ihrer Ankunft in Long Piddleton gesehen hatten. Anscheinend war es zwischen ihr und Pluck zu einer kleinen Auseinandersetzung gekommen, da Pluck zu Recht annahm, daß es den Dorfbewohnern nicht erlaubt sein dürfte, das Büro des Inspektors zu stürmen.

«Tut mir leid, Sir –» begann Pluck. «Es ist Lady Ardry, Sir.»

«Sie brauchen sich nicht zu entschuldigen, Wachtmeister», sagte Agatha. «Der Inspektor wird mit mir sprechen wollen.» Und sie wandte sich an Jury. «Inspektor Swinnerton, nicht wahr?»

«Swinnerton? Nein, Gnädigste, Inspektor Richard Jury. Sie wollen mich sprechen?»

Sie machte ein langes Gesicht, als er seinen Namen nannte, fing sich aber sofort wieder. «Zum Spaß hab ich mich nicht mit Ihrem Faktotum rumgeschlagen. Natürlich wollte ich mit Ihnen sprechen. Oder eigentlich sollten Sie mit *mir* sprechen wollen. Wer schreibt mit? Sie brauchen gar nicht so zu stöhnen, Wachtmeister Pluck. Wenn Sie und Ihr Chef, wie-heißt-er-gleich? sofort richtig reagiert hätten, wäre es vielleicht gar nicht nötig gewesen, Scotland Yard einzuschalten. Ich wette, der Inspektor von Scotland Yard interessiert sich für das, was ich zu sagen habe.»

Jury sagte zu Pluck, Wiggins solle hereinkommen und ihre Aussage zu Protokoll nehmen; er hatte das Gefühl, von einer gestrengen alten Tante gemaßregelt zu werden. «Bitte, fahren Sie fort, Lady Ardry.»

Sie setzte sich, strich ihren Rock glatt und räusperte sich. «Ich bin diejenige, die die Leiche gefunden hat. Ich und dieses Mädchen, Murch», fügte sie hinzu, und es klang so, als hätte «dieses Mädchen» auch taub, stumm und blind sein können. «Ich war auf dem Weg zum, hmm, zu den Toiletten, als Matchetts Bedienung, diese Murch, kreidebleich die Treppe heraufgerannt kam; sie gab irgendwelche komischen Laute von sich und zeigte die Treppe hinunter – völlig aufgelöst war sie. Dann ließ sie sich auf einen Stuhl fallen und heulte in ihre Schürze. Ich mußte die Sache also selbst in die Hand nehmen; die andern rannten nur rum und taten nichts weiter, als diese Murch zu beruhigen. Ich bin runtergegangen, und da war er, dieser Small. Es stank überall ganz fürchterlich nach Bier.»

«Haben Sie ihn erkannt?»

«Erkannt? Natürlich nicht. Sein Kopf steckte in dem Bierfaß. Ich hab ihn doch nicht rausgezogen, um sein Gesicht zu sehen, guter Mann. Nichts hab ich berührt. Weil ich nämlich weiß, daß man das nicht tun soll. Ich kenne mich da schließlich auch etwas aus –»

Jury bemerkte, daß Wiggins, der hereingekommen war und Platz genommen hatte, zweifarbige Kapseln mit seinem Tee hinunterspülte. Er lächelte und sagte: «Fahren Sie fort, Gnädigste.» Jury kannte die Einzelheiten, die Lady Ardry zum besten gab, schon aus Pratts Bericht – abgesehen von dem kleinen Zusatz, die Hysterie der Kellnerin und ihre eigene Kaltblütigkeit betreffend; Jury glaubte jedoch weder das eine noch das andere. «Und was haben Sie dann getan?»

Sie schob die Schultern vor und legte ihr Kinn auf den Stock. «Ich prägte mir alles genau ein, weil ich mir sagte, das könne später sehr wichtig sein.» Dann fügte sie mit öliger Stimme hinzu: «Als Schriftstellerin habe ich eine ziemlich gute Beobachtungsgabe. Der Mann war nicht allzu groß – es ist allerdings ziemlich schwierig, die Größe zu schätzen, wenn jemand aus einem Bierfaß baumelt. Er ist erdrosselt worden, stimmt's?» Sie umfaßte ihren eigenen Hals, als wolle sie ihn abschrauben. «Er trug einen Anzug mit einem Hahnentrittmuster – wie die Buchmacher welche tragen, nur daß seiner etwas unter dem Bier gelitten hatte.» Sie grinste über ihren kleinen Scherz. «Als ich mir alles genau angeschaut und eingeprägt hatte, ging ich wieder zu den andern zurück.»

«Das heißt, zu den Leuten in dem Speiseraum und der Bar? Ich habe gehört, es soll ziemlich voll gewesen sein. Könnten Sie die Anwesenden kurz beschreiben?»

Nichts hätte sie lieber getan. Sie rückte mit ihrem Stuhl an den Schreibtisch heran und zog aus ihrer ledernen Einkaufstasche einen Bogen Papier. «Ich hab mir ein paar Notizen gemacht.» Sie rückte ihre Brille zurecht. «Also gut, erst einmal ich und das Personal, Murch und Twig, ein junges, dummes Ding und ein tattriger, ziemlich seniler Kellner, der als Verdächtiger wohl kaum in Frage kommt. Dann mein Neffe, Melrose Plant. Er lebt auf Ardry End. Vielleicht haben Sie schon von meiner Familie gehört? Unsere Vorfahren waren Baron Mountardry of Swaledale – er lebte um 1600 herum – und Ardry-Plant (der Name wurde zu Plant verkürzt), Marquis von Ayreshire und Blythedale, Viscount von Nithorwold, Ross und Cromarty; Melroses Vater war der achte Earl von Caverness; er heiratete Lady Patricia-Marjorie Mountardry, die zweite Tochter des dritten Earl von Farquhar. Dessen Vater war Major Clive D'ardry De Knopf, vierter Viscount von –»

Jury unterbrach sie. «Ich komme nicht mehr mit, Lady Ardry. Eine illustre Ahnenreihe, Gnädigste, wirklich! Mir schwirrt schon der Kopf.»

Sie nickte unwirsch. «Ich weiß. All das bekam mein Neffe sozusagen auf einem silbernen Tablett serviert. Lord Ardry, achter Earl von Caverness, et cetera. Ein Titel, der ihm einfach in den Schoß fiel, ohne daß er auch nur einen Finger rühren mußte. Und was tut dieser Narr – er verzichtet dankend.»

«Er verzichtete?»

«Er gab sein Ticket zurück, oder was immer man hierzulande da tun muß.»

«Hmm, so was kommt selbst hierzulande nicht alle Tage vor. Hat er gesagt, wieso?»

«Wieso? Oh, er sagte, er wolle nicht immer nach London fahren, um im Oberhaus rumzusitzen, wie das seine Pflicht gewesen wäre, während Ardry End von Einbrechern, Hausbesetzern und ähnlichem Gesindel heimgesucht würde. Ich sagte, ich würde schon nach dem rechten schauen, aber er meinte... oh, ich erinnere mich nicht mehr... irgendwelchen Blödsinn. Bei Melrose weiß man nie, was er meint.» Sie senkte die Stimme. «Ich glaube, manchmal tickt er einfach nicht richtig.» Sie umklammerte ihren Stock, als wolle sie ihn auf Melroses Bild, das vor ihr aufgetaucht war, niedersausen lassen. «Jedenfalls heißt er jetzt nur noch Melrose Plant. Das ist sein Familienname.»

«Und die übrigen Gäste?»

«Da waren noch Oliver Darrington und Sheila Hogg –»

«Darrington. Der Name kommt mir bekannt vor. Schreibt er nicht Kriminalromane?»

«Ja, er hat ein paar schwachsinnige Thriller geschrieben. Sheila ist seine Sekretärin – ein kunstbeflissenes Flittchen, mit blutroten Fingernägeln und einem Ausschnitt bis zum Nabel. Ich sollte vielleicht sagen, daß *sie* sich seine Sekretärin nennt. Wie oft die an einer Schreibmaschine sitzt, kann man sich ja vorstellen. Sie lebt mit ihm unter einem Dach.» Agatha rümpfte die Nase. «Ja und dann Vivian

Rivington. Sie schreibt Gedichte. Etwas verschroben. Ziemlich farblos, trägt lange braune Pullover mit Taschen, in die sie ihre Fäuste steckt. Wahrscheinlich sexuell frustriert. Stille Wasser sind verdächtig, finden Sie nicht auch? Ich weiß, sie hat was übrig für Melrose, obwohl es heißt, sie wolle Simon Matchett heiraten. Matchett gehört *Die Büchse der Pandora*, ein netter Junge. Angeblich sind sie so gut wie verlobt, aber ich kann das nicht beschwören. Vivian ist überhaupt nicht Simons Typ. Melroses Typ ist sie übrigens auch nicht. Wahrscheinlich ist sie niemandes Typ.»

«Wo war Mr. Matchett, als Sie die Leiche fanden?»

«Oben bei seinen Gästen. Als die kleine Murch mit ihrem Gebrüll anfing, ging er natürlich als erster runter. Das heißt, gleich nach mir. Sie können sich vorstellen, was er für ein Gesicht machte, als er einen seiner Gäste ermordet auffand.»

«Kann ich. Gab es noch weitere Gäste?»

«Isabel Rivington, Vivians Stiefschwester. Sie ist älter als Vivian, fünfzehn Jahre oder noch mehr, sieht aber so jung aus wie ihre Schwester. Oder Vivian sieht schon so alt aus. Blaß, verhuscht, diese Sorte. Sie werden ja sehen. Isabel hat sich seit eh und je um Vivian gekümmert, schon als Vivian noch ein Kind war. Sie verwaltet Vivians Erbe. Das Geld gehört Vivian oder wird ihr einmal gehören, wenn sie dreißig ist oder wenn sie heiratet. Ich kann Ihnen aber nicht genau sagen, wieviel es ist.» Sie schwieg erwartungsvoll, als hoffte sie, der Inspektor könne ihr weiterhelfen. «Sie ist auf jeden Fall eine gute Partie... wenn sie vorhat zu heiraten, sollte sie sich allmählich darum kümmern, meinen Sie nicht auch? Aber Frauen wie sie werden von den Männern meistens übersehen. Außer, sie haben es auf ihr Geld abgesehen. Ihr Vater kam bei einem Unfall ums Leben. Ich meine Vivians Vater. Sie spricht nicht gern darüber. Ich glaube, das hat sie geistig etwas verwirrt.»

«Sonst noch jemand?»

«Lorraine und Willie Bicester-Strachan. Nicht gerade das verliebteste Paar in Long Pidd. Willie muß ein Jahrhundert älter sein als Lorraine, ein ziemlicher Langweiler. Ist ständig beim Pfarrer, schmökert in alten Büchern und unterhält sich mit ihm über die Dorfgeschichte. Oh, der Pfarrer hat an dem Abend auch in der Pandorabüchse gegessen. Also wenn Sie mich fragen, ich bin der Meinung, daß Männer, die dem geistlichen Stand angehören, sich mit

Alkohol etwas zurückhalten sollten, auch während der Feiertage. Der Pfarrer ist der Maulwurf von Long Piddleton; er ist immer am Wühlen. Sein Hobby ist die Geschichte des Dorfes. Ja, das wär's...» Sie schwieg, dann schlug sie sich aufs Knie. «O nein, doch nicht. Wie konnte ich nur unseren Antiquitätenhändler, Marshall Trueblood, vergessen! Die gute Marsha, wie wir ihn nennen. Sie verstehen. Rosa Hemden und getönte Brillengläser.»

«Hmmm. Nach meinen Informationen war das Schloß an der Kellertür aufgebrochen. Haben Sie das zufällig bemerkt?»

Sie antwortete nicht sofort. «Hätte ich eigentlich bemerken müssen», meinte sie dann ausweichend.

Jury insistierte nicht weiter. «William Small kam in den Speiseraum, als alle übrigen schon versammelt waren, stimmt das?»

«Ich glaube, ich erinnere mich an ihn. Hat ihm nicht jemand Drinks spendiert? War das nicht Marshall Trueblood?»

«Hmmm. Erinnern Sie sich, wann das war?»

Sie zögerte und schien von Jurys Gesicht den Zeitpunkt – *irgendeinen* Zeitpunkt – ablesen zu wollen, an dem sie Small erscheinen lassen könnte. «Nein, nicht... genau. Auf jeden Fall vor dem Essen, und das begann gegen neun. Ich erinnere mich noch, daß ich einen Riesenhunger hatte. Als Horsd'œuvre gab es Krabbencocktail, nicht besonders frisch –»

«Haben Sie Small dann noch einmal gesehen, bevor Sie in den Keller gingen?»

«Nein.» Schnell fügte sie noch hinzu: «*Niemand* hat ihn mehr gesehen. Er muß auf sein Zimmer gegangen sein... ach ja, Marshall Trueblood hat gesagt, er – das heißt Small – sei etwas angeheitert gewesen –»

«Vielleicht kann mir Mr. Trueblood in diesem Punkt weiterhelfen.» Jury bezweifelte, daß sie sich an das, was sich vor ihrem gräßlichen Fund zugetragen hatte, noch erinnern würde. Er wechselte das Thema. «Was diesen Ainsley betrifft –»

«Oh, der.» Sie zuckte mit den Schultern. Jury nahm an, daß sie diese Leiche für unwichtig hielt, da sie bei ihrer Entdeckung nicht dabeigewesen war.

«Waren Sie auch in der Hammerschmiede an diesem Abend?»

«Nein. Aber am Nachmittag hab ich mal kurz reingeschaut und ein paar Worte mit Scroggs gewechselt –»

«Sie können sich also zu dieser Sache nicht weiter äußern?»

«Nein.» Ihre Stimme hatte einen grollenden Unterton.

«Ich danke Ihnen, Lady Ardry.» Jury erhob sich, Wiggins klappte sein Notizbuch zu und verlangte eine Tasse Tee. Pluck beehrte ihn mit dem Bodensatz.

«Lady Ardry, entschuldigen Sie, wir haben versäumt, Ihnen etwas anzubieten», sagte Jury.

Sie klopfte ihren Rock aus und baute ihren Stock vor sich auf. «Schon gut. Ich hab keine Zeit, herumzusitzen und Tee zu trinken, nicht wenn hier die Hölle los ist. Und wo werden Sie sich einquartieren, Inspektor?»

Wachtmeister Pluck, der gerade eine Packung Zwieback aufriß, sagte: «Ich habe Sie in der Pandorabüchse untergebracht, Sir. Ich dachte, Sie sind dann gleich an Ort und Stelle.»

Als Jury Lady Ardry zur Tür brachte, zupfte sie ihn am Ärmel und flüsterte: «Könnte ich Sie einen Augenblick unter vier Augen sprechen –»

«Aber natürlich.» Sie traten in den kleinen Vorraum, der auf die Straße hinausging.

«Inspektor, werden Sie über diese Sache auch mit meinem Neffen Melrose Plant reden?»

«Ich muß mit allen Anwesenden sprechen.»

«Das dachte ich mir. Die Sache ist – ich sag's Ihnen am besten gleich – zwischen uns gibt es gewisse Spannungen.»

«Sie meinen, er könnte versuchen, Sie da hineinzuziehen?»

Agatha preßte ihren Stock gegen ihren Busen. «Mich? *Mich?* Wie könnte er das?»

«Ich dachte nur –»

«Sollte er das *wagen*, sollte er versuchen, die Tatsachen zu verdrehen –» Ihre rechte Hand umklammerte ihren Stock, während ihre linke Jury am Revers packte. Aufgebracht flüsterte sie: «Jeder in Long Pidd wird Ihnen erzählen, wie furchtbar schlau er ist. Schlau, daß ich nicht lache! Er treibt sich auf der Universität herum und unterrichtet gerade einen Kurs. Einen ganzen Job hat er nicht gekriegt. Und nur weil er es schafft, in knapp einer Viertelstunde das Kreuzworträtsel der *Times* zu lösen –»

«In knapp einer Viertelstunde?»

«Mein Gott und wenn schon, wenn Sie nichts anderes zu tun hätten, als mit einer Flasche Portwein vor Ihrem Kamin herumzusitzen, hätten Sie auch bald Übung darin. Aber Sie und ich, wir müssen uns unsern Lebensunterhalt selbst verdienen. Wir erwarten nicht, daß uns alles auf einem silbernen Tablett serviert wird. Sehen Sie, ich habe gewisse Ansprüche auf Ardry End. Mein Mann, Melroses Onkel, hätte bestimmt von Melrose erwartet, daß er mehr für mich tut.» Als Jury nicht darauf einging, schüttelte sie seinen Ärmel, als wollte sie ihn zur Vernunft bringen. «Der Punkt ist –»

«Ich verstehe. Ihr Neffe wird sich vielleicht nicht gerade sehr freundlich über Sie äußern.»

«Richtig. Sie wissen also, was Sie davon zu halten haben.»

«Ich werde daran denken.»

Agatha tippte ihn mit ihrem Stock an. «Sie sind ein Mann mit Verstand, Inspektor. Ich hab das gleich bemerkt.» Und sie segelte aus der Tür, die Jury für sie aufhielt.

Ohne Wiggins und Pluck bei ihrem Tee zu stören, verließ Jury das Gebäude, über dessen Tür ein leuchtend blaues Schild mit der Aufschrift POLIZEI angebracht war. Er ließ seine Blicke die Dorfstraße entlangwandern, fasziniert von der Ansammlung buntgestrichener Läden, deren Farben in der winterlichen Dämmerung schon etwas gedämpfter wirkten.

Da die Hammerschmiede an diesem Tag früher geschlossen hatte, waren Türen und Fenster fest verriegelt. Jury hielt die Hände vor die Augen und spähte hinein. Er sah aber nur die schattenhaften Umrisse von Tischen und Stühlen. Wahrscheinlich waren alle für den Rest des Tages weggegangen. Er trat ein paar Schritte zurück und starrte auf den Balken über seinem Kopf, auf dem die Leiche gefunden worden war.

Während Jury hochblickte, postierte sich ein jüngerer Mann vor der Tür des Antiquitätenladens neben dem Gasthof. Jury nahm an, daß er der Besitzer war und ging zu ihm hinüber.

Der Laden befand sich in einem hübschen kleinen Gebäude mit einem neoklassizistischen Erker. Im Gegensatz zu den anderen Geschäften und Häusern war es nicht den Anstreichern in die Hände gefallen.

Jury zeigte seinen Ausweis. «Inspektor Jury, Kriminalpolizei. Sind Sie Mr. Trueblood?»

«Sie haben's erraten. Ich dachte mir schon, daß Sie vom Scotland Yard sind. Ist es nicht entsetzlich?»

«Dürfte ich Ihnen ein paar Fragen stellen, Mr. Trueblood?»

«Kommen Sie rein. Ich habe gerade Tee aufgesetzt. Nehmen Sie Platz.» Trueblood zeigte auf ein kleines Sofa, das für jemanden wie Jury viel zu zerbrechlich wirkte. Seine Beine waren geschwungen und mit kunstvoll geschnitztem Blattwerk verziert.

«Georgianisch», sagte Trueblood, als wäre Jury ein Kunde. «Ein besonders schönes Stück – keine Angst, es ist stabiler, als es aussieht.»

Trueblood selbst setzte sich in einen Sessel und faltete die Hände über den Knien. Er trug ein meergrünes Hemd, und die Gläser seiner Brille waren, wie Lady Ardry schon bemerkt hatte, leicht getönt. Während Jury seine Zigaretten herauszog, blickte er sich kurz um. Truebloods sexuelle Präferenzen waren vielleicht fragwürdig, nicht aber sein Geschmack in Möbeln. Das, was in seinem Laden herumstand, mußte über 100000 Pfund wert sein.

«Mr. Trueblood, Sie waren in der Pandorabüchse an dem Abend, als der erste Mord geschah?»

«Ja, allerdings, Inspektor.» Trueblood schnappte nach Luft. «Und stellen Sie sich vor, ich hab dem Mann sogar noch einen Drink spendiert –» Er preßte die Stirn gegen die sorgfältig manikürte Hand, als hätte er ihm einen Schierlingsbecher kredenzt.

«Ja, ich weiß. Über was haben Sie gesprochen?» Ein lautes Atemholen war zu hören, als Trueblood, der offensichtlich noch mehr Sauerstoff benötigte, sich zu konzentrieren versuchte. Hinter den getönten Gläsern ließ er seine weit aufgerissenen Augen in dem Raum umherschweifen. «Wissen Sie, eigentlich sprachen wir nur übers Wetter – es hatte seit zwei Tagen ununterbrochen geschneit, und an diesem Abend regnete es dann plötzlich in Strömen –, na ja, was man eben so redet.»

«Dieser Small war nicht irgendwie nervös oder verstört?»

«Nein, eher triumphierend.»

«Triumphierend?»

«Ja, als hätte er gerade eine gute Nachricht bekommen oder beim Wetten gewonnen. ‹Mensch, glaub mir, so 'n Glück hat man nicht alle Tage!› Der Mann jubilierte. Aber er wollte mir nicht verraten, warum.»

«Das war vor dem Essen?»

«Ja. So gegen acht, halb neun. Er hatte schon gegessen. Ja, ich erinnere mich wieder, Lorraine – Lorraine Bicester-Strachan – zerrte mich förmlich von meinem Hocker an den Tisch.»

«Und danach haben Sie ihn nicht mehr gesehen? Zwei volle Stunden scheint er dann von der Bildfläche verschwunden zu sein.»

«Ich glaube, der Ärmste war etwas wetterfühlig. Er sagte, er wolle auf sein Zimmer gehen. Hatte für zwei oder drei Stunden nur an der Bar gesessen und getrunken.» Von nebenan war das Pfeifen des Teekessels zu hören. «Sie dürfen wirklich nicht ablehnen. Der Darjeeling ist ein Genuß, und außerdem habe ich noch köstliche Petits fours, die mir ein Freund zu Weihnachten geschenkt hat.» Ohne eine Antwort abzuwarten, stand er auf und tänzelte in die Küche. «Eine Sekunde.» Er verschwand in den inneren Regionen.

Jury schaute sich Truebloods Bestände an. Hepplewhite- und Sheraton-Stühle, Sekretäre, Kommoden, Teebüchsen aus Atlasholz, Waterford-Glas in einer Vitrine. Eine vergoldete Bronzeuhr mit bemalten Porzellanteilen tickte leise an seinem Ellbogen. Wahrscheinlich kostete sie soviel, wie Jury in einem halben Jahr verdiente.

Trueblood war mit einem silbernen Tablett und dem allerfeinsten Porzellan zurückgekommen. Jury wußte nicht, wie er mit den hauchdünnen Tassen und Tellern umgehen sollte. Seine Tasse hatte die Form einer Muschel, der Henkel war eine zarte grüne Ranke. Er getraute sich kaum, sie anzufassen. Auf einem Teller lag hübsch glasiertes Konfekt.

«Und waren Sie an dem betreffenden Freitagabend auch in der Hammerschmiede?»

«Ja, gegen sechs, auf einen Campari mit Limone.»

«Sie haben diesen Ainsley nicht gesehen? Ich meine später. Er soll gegen sieben, vielleicht auch gegen halb acht dort angekommen sein.»

«Nein, tut mir leid.»

«Die Hammerschmiede hat doch noch einen Hintereingang, der gewöhnlich nicht verriegelt ist?»

«Ja, ich habe ihn auch schon benutzt.» Trueblood öffnete weit den Mund. «Ah! Ich sehe, worauf Sie hinauswollen. Wie bei Small – der Mörder kam durch den Hintereingang?»

Aber Jury zog überhaupt keine Parallelen; die Kellertür der Pandorabüchse hatte für ihn eine ganze andere Bedeutung. Jury blickte zur Decke. «Haben Sie noch weitere Räume über dem Laden?»

«Nein, Inspektor. Früher einmal, aber der Lärm der Kneipe –»

«Sie haben also nichts gesehen und auch nichts gehört?»

Die Tasse an den Lippen, schüttelte Trueblood den Kopf.

«Und Sie leben – wo?»

«In einem kleinen Haus gleich hinter dem Platz, jenseits der Brücke. Sie können es nicht verfehlen, es ist das mit den Krummstreben.»

«Sie haben auch schon in London gelebt – in Chelsea, genauer gesagt – stimmt das?» Jury ging im Geist noch einmal Pratts Bericht durch. «Und Sie hatten einen Laden in der Jermyn Street?»

«Donnerwetter! Ihr Polizisten!» Trueblood schlug sich mit gespielter Verwunderung gegen die Stirn. «Es ist, als würde die Vergangenheit auferstehen!»

«Northamptonshire liegt ja nicht gerade im Zentrum des Geschehens», sagte Jury.

Trueblood warf ihm einen lauernden Blick zu. «Sie meinen, für jemanden wie mich?»

Jury bemerkte, daß seine Stimme etwas tiefer klang. Irgendwie erschien er verstört oder irritiert oder beides. Aber Trueblood fiel schnell wieder in seinen früheren Ton und sagte: «Ich hatte genug von der Stadt. Und ich hörte, daß sich hier bessere Leute ansiedelten: Leute mit Geld, Künstler, Schriftsteller, diese Sorte.»

«Ich nehme an, daß Sie die Leute hier über Ihren Laden ziemlich gut kennengelernt haben? Den Besitzer der Pandorabüchse zum Beispiel...?»

«Simon Matchett. Ein netter Kerl, aber seine altenglischen Eichenmöbel werden eines Tages auseinanderfallen, so wurmstichig sind sie. Na ja, ein Gasthof muß schließlich wie ein Gasthof aussehen. Isabel Rivington findet ihn jedenfalls wundervoll. Ihn und Matchett.» Trueblood zwinkerte ihm zu. «Dabei hat sie überhaupt nichts Rustikales an sich.» Als er aufstand, um Jury den Kuchenteller zu reichen, blickte er kurz aus dem Fenster. «Und hier kommt Madam. Todschick wie immer.»

«Wer ist das?»

«Lorraine Bicester-Strachan.» Er verzog das Gesicht. «Louis Quinze.»

«Meinen Sie ihren Begleiter? Oder den Stil?» fragte Jury trocken.

Trueblood lachte. «Sehr komisch. Den Stil, Inspektor, den Stil. Sie ist aber nicht in der Lage, eine Kopie von einem Original zu unterscheiden. Ein richtiges kleines Aas. Ich möchte nicht mit dem guten, alten Willie tauschen – das ist ihr Mann – auch nicht für ein Oeben-Original. Auch eine, die's auf Matchett abgesehen hat. Simon braucht nur Viv Rivington einen Blick zuzuwerfen, und schon gerät sie aus dem Häuschen. Läuft allem nach, was Hosen trägt, abgesehen natürlich von mir.» Er rückte seine Brille zurecht. «Muß ein harter Schlag gewesen sein für unsere liebe Lorraine, als ihr Melrose Plant einen Korb gab. Plant, das ist jemand mit Geschmack. Einer meiner besten Kunden. Bevorzugt Queen Anne. Was seine verrückte, alte Tante beinahe umbringt; sie mag's viktorianisch. Waren Sie schon einmal bei ihr? Ein fürchterlicher Plunder, eine Beleidigung fürs Auge.»

«Ihr Neffe ist – oder vielmehr war – Lord Ardry?»

«Was halten Sie davon, Inspektor, seinen Titel wie ein Paar alte Schuhe abzulegen? Ich meine, das ist nicht gerade üblich hier. Aber Melrose fällt ja sowieso aus dem Rahmen.»

«Wissen Sie mehr über Small?»

«Nein, eigentlich nicht. Als ich ihn fragte, wohin er unterwegs sei, lachte er nur und sagte: ‹Ich bin am Ziel meiner Wünsche.› Er sah so aus wie die Typen, die man in den Wettbüros herumhängen sieht.»

«Interessant.» Jury stellte seine Tasse ab. «Ich danke Ihnen, Mr. Trueblood, daß Sie mir soviel Zeit gewidmet haben.» Jury stand auf. «Sie kennen nicht zufällig Ruby Judd, die Hausangestellte des Pfarrers?»

Trueblood rutschte verlegen auf seinem Sitz hin und her und stand dann auch auf. «Doch, natürlich kenne ich sie. Jeder kennt sie. Sie ist Long Piddletons Version von einem halbseidenen Mädchen. Wenn man von Sheila absieht. Aber keine üble Nachrede!» Trueblood lächelte. «Was ist mit Ruby?»

«Nichts weiter, nur daß sie seit einer Woche verschwunden ist, wie ich gehört habe.»

«Das wundert mich nicht. Von Ruby heißt es, sie habe überall ihre Liebhaber.»

«Ja, vielleicht. Vielen Dank jedenfalls.» Jury blickte sich noch einmal in dem Laden um. «Sie haben hübsche Sachen hier. Leider verstehe ich nicht viel davon.»

«Oh, ich bezweifle, daß es irgend etwas gibt, wovon Sie nichts verstehen, Inspektor.»

Das Kompliment klang aufrichtig, wenn auch etwas gesucht. Jury fühlte sich Trueblood einen Augenblick lang seltsam nahe. Er hatte etwas, was auf Männer wie auf Frauen wirkte. Sicher, er war homosexuell, aber gehörte er wirklich zu der Sorte mit den Seidenschals, den getönten Gläsern und dem affektierten Benehmen?

Jury blieb an der Tür stehen und sagte: «Ich frage mich, ob er das wörtlich gemeint hat.»

Trueblood blickte ihn verständnislos an. «Wer meinte was?»

«Small. ‹Ich bin am Ziel meiner Wünsche.› Er muß mit einer bestimmten Absicht nach Long Piddleton gekommen sein.»

Trueblood lachte. «Wer käme hier schon mit einer Absicht her, vor allem mitten im Winter? Und dazu noch ein vollkommen *Fremder?*»

«Vielleicht war er kein vollkommen Fremder. Auf Wiedersehen, Mr. Trueblood.»

Als Jury und Wiggins von dem betagten Kellner in die Bar der Pandorabüchse geführt wurden, unterhielt sich Simon Matchett gerade sehr angeregt mit einer dunkelhaarigen, gutgekleideten Frau, die zu dem Typ von Frauen gehörte, deren Alter sich unmöglich schätzen läßt. Sie konnte fünfunddreißig oder auch vierundfünfzig sein.

Der Besitzer brauchte sich nur vorzustellen, und schon war Jury klar, warum er so erfolgreich war bei Frauen. Hätte Jury nicht in Pratts Bericht gelesen, daß er bereits 43 Jahre alt war, hätte er ihn bestimmt zehn Jahre jünger geschätzt. Hellbraunes, dicht gelocktes Haar, ein ziemlich kantiges Gesicht, ein schmaler, aber sympathischer Mund. Der ganze Mann machte einen sehr liebenswürdigen Eindruck, auch wenn diese Liebenswürdigkeit etwas Einstudiertes an sich hatte. Sein Gesicht glich einer aristokratischen, fein ziselierten Maske; die Augen waren leuchtend blau, kleine Stückchen eines gefrorenen Himmels. Es lag wohl an seiner Fähigkeit, ihren Ausdruck so intensivieren zu können, daß jede Frau das Gefühl hatte, das alleinige Objekt seiner Begierde und vielleicht auch seiner Liebe und Zuneigung zu sein. Die Farbe von Matchetts Augen wurde außerdem noch durch das am Hals offene blaue Wollhemd betont, dessen lange Ärmel über die Handgelenke hochgerollt waren.

Diese Miss Rivington war gewiß nicht unscheinbar und verhuscht; ihr elegantes, blaues Wollkleid schien passend zu seiner Augenfarbe ausgesucht zu sein; vielleicht sollte es aber auch nur unterstreichen, wie gut sie zusammenpaßten. Eine Kaskade russischer Bernsteinperlen endete kurz vor ihrer Taille. Über dem Barhocker lag eine Nerzstola.

Matchett stellte sie als Isabel Rivington vor; dann zog er zwei eichene Barhocker herbei und sagte: «Darf ich Ihnen und dem Wachtmeister etwas anbieten?»

Wiggins, der wie ein Laternenpfahl dastand, fragte, ob er etwas Heißes haben könne, eine Tasse Tee vielleicht. Er spüre eine Erkältung nahen. Matchett entschuldigte sich und ging in die Küche.

«Ich würde gern einmal bei Ihnen vorbeikommen», sagte Jury zu Isabel Rivington. «Ich hätte da ein paar Fragen.»

«Ich kann mir nicht vorstellen, was Sie mich noch fragen könnten. Ich hab alles, was ich weiß, bereits dem Superintendenten erzählt.»

«Das ist mir bewußt. Aber vielleicht gibt es doch noch ein paar Kleinigkeiten, die Sie vergessen oder übersehen haben.»

«Warum schießen Sie nicht gleich los?» Sie blickte zu der Tür, durch die Matchett verschwunden war, als suche sie nach moralischem Beistand. Über den Rand ihres kleinen Glases, das mit einer giftig aussehenden Flüssigkeit gefüllt war, warf sie Jury einen abschätzenden Blick zu. Sie hatte dunkle Augen, stark geschminkte, lavendelfarbene Lider und Wimpern, in deren Spitzen kleine Perlen von Wimperntusche hingen.

«Im Augenblick bin ich mit Mr. Matchett beschäftigt», sagte Jury.

Sie stellte ihr Glas ab und nahm ihre Nerzstola von dem Hocker. «Mit andern Worten, ich kann mich verabschieden.»

Matchett war zurückgekommen und sagte Wiggins, der Koch habe das Teewasser aufgesetzt.

«Na schön, ich gehe», sagte Isabel Rivington und glitt von ihrem Barhocker. «Bis später, Simon, Morde hin, Morde her», fügte sie mit eisiger Freundlichkeit hinzu.

Als sie gegangen war, bat Jury Matchett, das Fremdenbuch zu holen. Er entdeckte am 17. Dezember den mit ungelenker Hand geschriebenen Namen von William T. Small, Esq.

«Er kam nachmittags gegen drei hier an. Ich wollte gerade nach Sidbury fahren, um einen Laib Stilton zu holen, vorsichtshalber, da am Donnerstag die Geschäfte früh schließen.»

«Und er hat nicht gesagt, warum er hier haltgemacht hat?»

«Nein, nichts.»

Jury wiederholte die Namen der Gäste, die in Matchetts Lokal zu Abend gegessen hatten. «Fehlt noch einer?»

«Nein. Oder doch, Betty Ball tauchte auch einmal auf. Sie brachte gegen sechs oder sieben das Gebäck und den Kuchen vorbei. Sie hat hier im Dorf eine Bäckerei. Ich erwähne das, weil sie durch den Hintereingang gekommen ist und vielleicht die Kellertür gesehen hat. Natürlich war das sehr viel früher...»

«Ja. Ich werde mit ihr sprechen. Wiggins!» rief Jury. Der Wachtmeister, der zusammen mit Matchetts Hund vor dem Feuer saß, schien eingenickt zu sein. Wiggins fuhr hoch, und alle drei gingen nach hinten und dann einen kurzen Gang entlang, der zum Keller führte. Rechts und links befanden sich die Toiletten mit kleinen, schwarzen Schattenrissen auf den Türen, die diskreten Hinweise auf «Damen» und «Herren».

«Ist die Kellertür gewöhnlich abgeschlossen?»

«Nein. Wir müssen ja immer wieder runter; eine Hälfte davon ist der Weinkeller.»

«Dann kann also durch diese Tür jeder in den Keller gehen?»

«Ja, im Prinzip schon.» Matchett blickte ihn fragend an. «Aber wie ich der hiesigen Polizei schon sagte, ist die hintere Kellertür aufgebrochen worden.»

Jury erwiderte nichts darauf. Der Keller war ziemlich groß. Der linke Teil war mit Körben und Gerümpel vollgestellt; im rechten standen mehrere Reihen von Regalen, in denen die Flaschen mit den Hälsen schräg nach unten gelagert waren. In der Wand gegenüber der Treppe war die Tür, die nach draußen führte. Jury und Wiggins inspizierten sie. Es war eine kleine, sehr alte Tür mit verrosteten Scharnieren, und der Teil des Riegelschlosses, der am Türpfosten festgenagelt gewesen war, hing noch an einem alten Nagel. Jury öffnete sie, und er und Wiggins blickten auf schmale, mit halbverfaultem Herbstlaub bedeckte Zementstufen. Jurys Blick wanderte über den Zementfußboden des Kellers. Die Tür aufzubrechen mußte auch für jemanden, der über keine großen Körperkräfte verfügte, einfach gewesen sein. Aber warum alle zu glauben schienen, *daß* sie aufgebrochen worden war, fand Jury einfach unverständlich.

«Sehen Sie, Inspektor, die Tür war vorher noch in Ordnung gewesen, der Mörder muß also hier eingebrochen sein.»

Jury ging zu den Regalen hinüber. Zwischen den einzelnen Reihen standen große Holzfässer. «Das war das Faß, Inspektor», sagte Matchett. «Ich hab im letzten Jahr etwas herumexperimentiert, ich wollte mein eigenes Bier brauen. Aber ohne großen Erfolg. Hier fand Daphne die Leiche – sie baumelte da im Faß», meinte Matchett mit matter Stimme. «Hat ihn denn jemand verfolgt? Er war doch nicht vorbestraft, oder?»

«Die Ermittlungen sind noch nicht soweit gediehen. Wir sind gerade dabei, die Fakten zusammenzutragen.» Die wenigen Fakten, die es gab.

«Ja, natürlich.» Matchett legte den runden Holzdeckel auf das inzwischen geleerte Faß. «Möchten Sie hier unten noch etwas sehen, Inspektor?»

«Nein, ich denke nicht. Ich würde gern mit der Kellnerin sprechen, wenn das möglich ist.» Die drei Männer stiegen wieder die Treppe hoch.

Als Matchett Jury in den Speiseraum führte, war Twig gerade dabei, den Tisch mit den Soßen und Zutaten herzurichten, während Daphne das Besteck auflegte.

«Twig, Daphne – das ist Inspektor Jury aus London; er möchte euch ein paar Fragen stellen. Ich lasse Sie allein, Inspektor. Wenn Sie mich brauchen, ich bin in der Bar.»

Das Mädchen erblaßte und zupfte nervös an seiner weißen Schürze. So nervös, wie das zu erwarten ist, dachte Jury.

«Mr. Twig, nicht?»

«Nur Twig, Sir.» Er nahm Haltung an.

«Und Miss Murch? Darf ich Daphne zu Ihnen sagen?» Jury setzte ein herzerwärmendes Lächeln auf – eines, das auch von Herzen kam, da das arme Mädchen gleich umzufallen drohte. Sie nickte beinahe unmerklich.

«Sie haben dem Superintendent bestimmt schon alles haargenau erzählt, aber würde es Ihnen etwas ausmachen, mit mir noch ein paar Einzelheiten durchzugehen – vielleicht sollten wir uns besser setzen.»

Twig und Daphne blickten auf den Tisch, als wäre es für sie völlig unvorstellbar, sich an ihm niederzulassen. Jury bot Daphne einen Stuhl an, und sie nahm nur zögernd darauf Platz.

«Twig, Sie sind an diesem Abend zwischen halb neun und neun in den Keller gegangen. Ist Ihnen irgend etwas aufgefallen?»

«Viertel vor neun, würde ich sagen, Sir. Alles war in bester Ordnung – ich hab das auch schon diesem Mr. Pratt gesagt.»

«Und das Schloß und der Riegel an der Tür waren intakt?»

Twig kratzte sich an dem grauen Wuschelkopf. «Die Tür war auf jeden Fall zu, Sir. Nicht wie später. Aber ich kann nicht beschwören, ob das Schloß schon aufgebrochen war. Ich hab mir die ganze Zeit darüber das Hirn zermartert.»

«Schon gut. Also, Daphne –»

Ein tiefes Atemholen war zu vernehmen, als wäre sie aufgerufen worden, für einen ewig nörgelnden Lehrer etwas aufzusagen.

«Sie haben sich vorbildlich benommen, Daphne. Die wenigsten hätten sich so unter Kontrolle gehabt.» Das entsprach zwar nicht dem, was ihm Lady Ardry erzählt hatte, aber er gab sowieso nicht viel auf ihr Gerede. Twig schnaubte verächtlich.

In ihre Wangen war wieder etwas Farbe zurückgekehrt, und schon nicht mehr ganz so hilflos wandte sie sich an Twig: «Sie brauchen gar nicht so zu tun, Mr. Twig. Wären Sie mal völlig ahnungslos die Treppe runtergegangen und hätten Sie mal den armen Mann gefunden –» Sie hielt die Hand vor den Mund, und ihre Augen füllten sich mit Tränen.

«Es muß schrecklich für Sie gewesen sein.»

«O ja, es war entsetzlich, einfach entsetzlich. Er war halb drin in dem Faß und halb draußen. Ich traute meinen Augen nicht. Zuerst hielt ich es für einen Scherz. Einen Streich oder so was. Dann sah ich aber an dem Anzug, daß es Mr. Small war.»

«Und was haben Sie dann gemacht?»

«Ich rannte wieder die Treppe hoch. Und an der Tür stieß ich auf Lady Ardry, die gerade aus dem Klo kam – entschuldigen Sie, Sir –» Sie errötete. «Ich kriegte kaum ein Wort raus, solches Herzklopfen hatte ich. Sie fragte mich, was denn passiert wäre, und ich zeigte die Treppe hinunter. Sie ging dann selbst runter, und gleich darauf hörte ich diesen Schrei – wie eine Herde Elefanten kam sie hochgestürmt und brüllte wie wahnsinnig. Es gab ein großes Durcheinander. Ich rannte in die Küche und hielt mir die Hände vors Gesicht.»

Jury legte die Hand auf ihren Arm. «Vielen Dank, Daphne. Ich hab keine weiteren Fragen mehr.» Als sie von ihrem Tisch aufstanden, dachte Jury, daß Daphne bis jetzt wohl die einzige gewesen war, die ihm die reine, ungeschminkte Wahrheit gesagt hatte.

Matchett erschien in der Tür zum Speiseraum. «Inspektor, wenn Sie und der Wachtmeister etwas früher zu Abend essen wollen, dann geht das in Ordnung.»

Wiggins, der sich, wie er sagte, in dem feuchten Keller erkältet hatte, saß wieder mit dem Hund zusammen vor dem Feuer. «Ja, wollen wir», sagte Jury. «Und ich hätte mich auch noch gern mit Ihrer Köchin unterhalten.»

Daß die Köchin ihm nicht weiterhelfen würde, war zu erwarten gewesen. Mrs. Noyes hatte diesen Small überhaupt nicht zu Gesicht bekommen. Die Sache hatte ihr einen solchen Schrecken eingejagt, daß Mr. Matchett sie nur mit Mühe und Not überreden konnte, bei ihm zu bleiben. Jury dankte ihr und ging zur Bar zurück, wo Matchett die leeren Flaschen aussortierte.

«Versuchen Sie sich zu erinnern – was hat Small an diesem Abend alles gemacht?»

Matchett schenkte sich und Jury einen Whisky ein und dachte nach. «Er hat gegen sieben gegessen, bevor die andern gekommen sind. Dann verschwand er – wahrscheinlich ging er auf sein Zimmer zurück – und tauchte erst wieder gegen acht oder halb neun auf. Er trank etwas an der Bar. Danach kann ich mich nicht erinnern, ihn noch einmal gesehen zu haben.»

«Nahm er den Drink mit Mr. Trueblood zusammen?»

«Ja. Ich glaube, Willie Bicester-Strachan war auch an der Bar.»

«Alle haben ihn also gesehen oder hätten ihn zumindest sehen können?»

«Ja, ich denke doch. Ich selbst war ziemlich beschäftigt, darum habe ich mir auch nicht gemerkt, wer wann wohin ging.»

«Und die wenigsten waren nüchtern? Was Ihnen nicht gerade geholfen hat, alles im Gedächtnis zu behalten.»

«Ich muß zugeben, daß ich selbst schon etwas intus hatte. Die Feiertage, Sie wissen schon.»

«Sie können also nicht ausschließen, daß zwischen 20 Uhr 45, als Twig den Wein heraufholte, und 23 Uhr, als Miss Murch dann runterging, jemand die Kellertreppe benutzt hat?»

«Nein.» Matchett schüttelte den Kopf. «Etwas verstehe ich nicht, Inspektor –»

«Und das wäre?»

«Ihre Fragen. Sie scheinen anzunehmen, daß einer von denen hier drin, hier im Gasthof... den Mord begangen hat. Dabei *kannte* doch überhaupt keiner diesen Small.»

«Sie meinen, keiner hat angegeben, daß er ihn kannte.»

Dick Scroggs wischte gerade seinen Tresen, als Jury etwas später am Abend in die Hammerschmiede kam, sich vorstellte und seinen Ausweis zeigte. Daraufhin erhob sich ein Gemurmel unter dem halben Dutzend Stammgästen, die Jury wie das Wasser zu teilen schien, so daß er drei zu seiner Rechten und drei zu seiner Linken hatte. Sie zogen sich die Mützen ins Gesicht oder ließen die Nasen einfach tiefer in ihre Schoppen mit Bass und Ind Coope hängen. Man hätte denken können, Jury wäre im Begriff, eine Razzia durchzuführen.

«Guten Abend, Sir», sagte Scroggs, der nervös mit dem Gläsertuch herumhantierte. «Ich hörte schon, daß Sie in der Stadt sind. Ich nehme an, Sie wollen mir ein paar Fragen stellen.»

«Ja, das würde ich gerne, Mr. Scroggs. Kann ich mir mal das Zimmer von Mr. Ainsley anschauen?» Jury spürte, wie sich die Blicke der Männer in seinen Rücken bohrten, als Scroggs ihn die enge, wacklige Treppe hochführte und ihm dabei erklärte, daß er nur selten eines seiner Fremdenzimmer vermiete, da die Hammerschmiede im Gegensatz zu Matchetts Gasthof eher eine Bierkneipe sei. Dieser Ainsley sei vor ein paar Tagen hereingeschneit gekommen und habe nach einem Zimmer gefragt. Ohne zu sagen, woher er kam oder wohin er wollte.

Das Zimmer war eine schwachbeleuchtete Zelle mit dem üblichen Mobiliar – Bett, Schreibtisch und ein ziemlich abgewetzter Sessel. In dem Schrank gab es keine Geheimnisse; das Dachfenster war das dritte von fünf; es ging wie alle andern auf die Straße hinaus.

Scroggs war zu einer Tür in der Wand gegangen, die sich im rechten Winkel zum Fenster befand. «Diese Tür führt in das nächste Zimmer. Alle Zimmer sind miteinander verbunden. Da es aber außer ihm keine weiteren Gäste gab, meinte dieser Ainsley, es sei nicht nötig, die Türen abzuschließen.»

«Mit anderen Worten, jemand könnte von diesem Zimmer hier in die Abstellkammer gelangen, ohne den Gang zu benutzen?»

«Ja, das ist möglich.»

«Sehr praktisch für den Mörder.»

Sie gingen durch die Tür in das nächste Zimmer, das bis auf die Anordnung der einzelnen Möbelstücke genauso wie das erste aussah, und kamen dann in die mit alten Möbeln, ausrangierten Lampen, Koffern, Zeitungen und Magazinen vollgestopfte Abstellkammer.

Das Flügelfenster war sehr niedrig und zum Teil von dem Strohdach verdeckt; als Jury dagegendrückte, sprang es sofort auf. Direkt darunter, in einem Abstand von ungefähr 30 Zentimetern, befand sich der Balken, auf dem die geschnitzte Figur des «Jack» gestanden hatte. Der Mörder hatte einfach den Schmied von dem Stützpfosten abgehoben und statt dessen sein Opfer auf den Balken gesetzt.

«Sie haben Superintendent Pratt gesagt, daß dieser Ainsley ungefähr um sieben hier ankam, nicht?»

«Ja, Sir.»

«Und was hat er dann gemacht?»

Scroggs kratzte sich am Kopf und erinnerte sich dann wieder. «Er wollte sein Abendessen haben – das heißt, zuerst habe ich ihm sein Zimmer gezeigt. Um acht aß er dann und saß noch eine Weile herum, bis er wieder auf sein Zimmer ging; soviel ich mich erinnere, hatte es gerade neun geschlagen.» Dick Scroggs dachte einen Augenblick nach und fügte hinzu: «Das heißt, ich hab *angenommen*, daß er auf sein Zimmer gegangen ist.»

Jury blickte ihn an. «Das ist eine interessante Unterscheidung, Mr. Scroggs. Wollen Sie damit sagen, daß er auch weggegangen sein könnte? Durch den Hinterausgang?»

«Ja, das wäre durchaus möglich. Aber nicht durch die vordere

Tür, da hätte ich ihn nämlich gesehen. Bleibt also die Tür hinten –» Scroggs zeigte mit dem Daumen darauf – «sie ist eigentlich immer auf.»

«Er hätte sich also draußen mit jemandem treffen können.»

Scroggs nickte. «Oder jemand hätte zu ihm auf sein Zimmer hochgehen können.»

«Wer war sonst noch in der Hammerschmiede?»

«Praktisch das ganze Dorf.» Er zog eine Grimasse, so angestrengt dachte er nach; dann ratterte er die Namen derselben Leute herunter, die auch in der Pandorabüchse gewesen waren, abgesehen von Trueblood und Lady Ardry. Aber das, dachte Jury, hat nichts zu bedeuten. Wie Scroggs schon gesagt hatte – jeder hätte durch die hintere Tür hereinkommen und die Treppe hochsteigen können.

Scroggs schaute aus dem Fenster. «Ist doch nicht zu fassen. Bugsiert ihn auf den Balken, wo jeder ihn sehen konnte. Ist das nicht bescheuert?»

«Das scheint nur so, Mr. Scroggs. Schließlich dauerte es eine ganze Weile, bis ihn einer gesehen hat, nicht?»

VII Mittwoch, 23. Dezember

Am nächsten Morgen erwachte Jury in einem sehr bequemen Himmelbett und stellte fest, daß es wieder angefangen hatte zu schneien. Das Flügelfenster war das erste, was in sein Blickfeld rückte, als er sich aufstützte und nach dem Wecker tastete, um die Uhrzeit festzustellen: 8 Uhr 15. Er lehnte sich zurück, beobachtete, wie der Schnee in großen, dicken Flocken vorbeiwirbelte, und fühlte sich sehr wohl. Jeder andere, dachte er, würde lamentieren, «Wie beschissen, so seine Feiertage zu verbringen.» Aber Jury hatte nichts dagegen einzuwenden: ein Dorf wie auf einer Weihnachtspostkarte, das langsam eingeschneit wurde.

Er sprang aus dem Bett und lief zu dem Fenster hinüber; er stieß es auf und ließ sich von der Kälte munter machen. Keats fiel ihm ein, der im Gasthof von Burford Bridge geschrieben hatte. Ein Gefühl der Wehmut überkam ihn. Bevor es jedoch Besitz von ihm ergreifen konnte, zog er sich schnell an und ging zu Wiggins hinunter.

Im Gegensatz zu Jury schien Wiggins nicht sehr darauf erpicht zu sein, Regenmantel und Gummistiefel anzuziehen, um im Schnee herumzustapfen.

«Mir ist schrecklich heiß, als hätte ich Fieber, Sir. Vielleicht könnte ich noch ein bißchen liegenbleiben und später nachkommen?»

Jury seufzte. Armer Wiggins. Da er ihm aber mit seinen Tropfen und Pillen doch nur im Wege sein würde, meinte Jury bereitwillig: «Natürlich. Machen Sie das. Vielleicht hilft Ihnen ein heißer Rum wieder auf die Beine.» Wiggins, der unter dem Berg von weißen Decken und Laken wie ein Schneemann aussah, stieß rührend dankbar einen Seufzer der Erleichterung aus.

Da vielleicht eine tödliche Erkrankung der Atemwege vermieden werden konnte, wenn es gelang, Wiggins von den Flaschen auf seinem Nachttisch abzulenken und statt dessen für den Fall zu interessieren, zog Jury seinen Stuhl heran, setzte sich rittlings darauf und fragte: «Was halten Sie von der Sache, Wiggins?»

Wiggins Taschentuch war gegen seine Nase gepreßt. «Vvn wws Sah?»

«Von unserem Fall, Wiggins. Dem Zustand des Kellers.»

Wiggins starrte nachdenklich vor sich hin und fuhr ein paarmal mit dem Taschentuch unter seiner Nase hin und her. Dann faltete er es sorgfältig zusammen und hielt es so andächtig, als wäre es ein Teil vom Schweißtuch der Veronika.

«Meinen Sie dieses Schloß, das im Keller aufgebrochen wurde?»

Jury nickte und wartete geduldig. Als Wiggins sich jedoch nicht weiter dazu äußerte, sagte er: «Es ist unwahrscheinlich, daß jemand durch die Tür gekommen ist, was? Pratt sagte, daß es in der Nacht zum siebzehnten ziemlich gegossen hat.»

Wiggins wurde munterer und setzte sich etwas auf. «Und die Treppen sahen aus, als wären sie seit Jahren nicht geputzt worden. Drinnen war aber alles sauber.»

«Genau», sagte Jury lächelnd. Wiggins machte einen zufriedenen Eindruck. «Außerdem, überlegen Sie sich doch mal –» Jury zündete sich eine Zigarette an. «Warum in aller Welt sollte jemand, der sich mit Small im Keller verabredet hatte, von *draußen* kommen? Und dann auch noch das Schloß aufbrechen müssen? Irgendwas stimmt da nicht.»

«Aber wenn er nicht von draußen gekommen ist, muß er schon im Haus gewesen sein», er deutete auf die Decke. «Es muß also einer von den Gästen gewesen sein.»

Jury nahm seine Beine von dem Stuhl. «Sie haben's erraten, Wiggins. Schauen Sie zu, daß Sie gesund werden. Ich brauche nämlich Ihre Hilfe.»

Als Jury sich an der Tür noch einmal umdrehte, sah Wiggins schon bedeutend besser aus.

Nach dem Frühstück – einem sehr üppigen Frühstück mit Eiern, Würsten und Bücklingen, das ihm von Daphne Murch serviert wurde – ging Jury über den Hof zu dem Polizeiwagen, den sie dort abgestellt hatten. Eine dicke Schneedecke lag auf dem Stroh, dem Pflaster und um das Vogelbad herum, in dem selbst jetzt noch die Zaunkönige ihre Spuren hinterließen. Als erstes mußte er Pluck seinen kostbaren Morris zurückbringen, dann konnte er im Schnee herumstapfen und Erkundigungen einziehen. Während er den Motor warmlaufen ließ, lehnte sich Jury gegen das Auto und fing mit dem Gesicht die nassen Schneeflocken auf; er studierte die Skizze, die Pluck für ihn gemacht hatte, einen kleinen Lageplan, auf dem die Häuser der Leute eingezeichnet waren, mit denen er sprechen wollte. Er beschloß, mit Darrington anzufangen, der am andern Ende des Dorfes wohnte. Jury leckte sich den Schnee von den Lippen und stieg in das Auto. Der Winter war seine liebste Jahreszeit, er mochte ihn sogar noch lieber als das Frühjahr. Und Regen war ihm lieber als Sonnenschein, Nebel lieber als klare Sicht. Ein verdammter Melancholiker bin ich, dachte er, als er aus dem Hof fuhr.

Um zu Oliver Darrington zu kommen, mußte man Long Piddleton in Richtung Sidbury durchqueren. Als die Dorking Dean Road zu der von regenbogenfarbenen Geschäften und Häusern gesäumten Hauptstraße von Long Piddleton wurde, entdeckte Jury zu seiner Rechten die St.-Rules-Kirche und das Pfarrhaus; er fuhr weiter auf den Platz zu und sah die Bäckerei, in der Miss Ball wohl bis zu den Ellbogen im Mehl steckte. Auf der andern Seite der Brücke erblickte er Marshall Trueblood, der hinter seinem feinen Schaufenster stand und ihm zuwinkte. Jury grüßte kurz zurück. Die Hammerschmiede war verschlossen und verriegelt und bot jenen trostlosen Anblick, den manche Lokale vor elf Uhr morgens bieten.

Jury stellte das Auto vor der Polizeiwache ab und übergab Pluck die Schlüssel, der sofort herausgelaufen kam, offensichtlich in größter Sorge um seinen Morris.

«Ich bin bei Darrington, falls Sie mich brauchen, Wachtmeister.»

«Gehen Sie zu Fuß, Sir?» fragte Pluck leicht erstaunt.

«Hmm. Ich war zu lange in der Stadt eingesperrt.»

Pluck schien es jedoch völlig gleichgültig zu sein, wie lange Jury in der Stadt eingesperrt gewesen war; seine ganze Aufmerksamkeit galt dem Auto, das er eifrig nach irgendwelchen Kratzern und Schrammen untersuchte.

Jury machte sich auf den Weg und ging die Hauptstraße hinunter, beeindruckt von den farbenprächtigen Häusern, die wie bunte Steine in der Sonne glänzten. Als er sie hinter sich gelassen hatte, fing er an zu singen – ein Lied über die tapferen Männer von Coldstream –, anscheinend ziemlich laut, da in einem strohgedeckten Haus in der Nähe der Sidbury Road ein Fenster aufgestoßen wurde und ein Kopf auftauchte. Er hörte auf zu singen und beobachtete, wie der Vorhang langsam wieder zugezogen wurde. Er schaute auf seinen Plan. Es war Lady Ardrys Haus.

Darringtons Haus sah genauso aus, wie man sich das Haus eines vermögenden Schriftstellers vorstellte – abgelegen und elisabethanisch. Es war umgeben von Eschen, hohen Hecken, Weiden und Ulmen und lag ein gutes Stück von der Straße zurück.

Der Verfasser der Kommissar-Scharf-Reihe mußte gut daran verdient haben, das sah man an diesem Haus. Den ersten Band, *Scharf auf Mord*, hatte Jury gelesen. Gar nicht so übel, fand er, wenn man diese coolen und knallharten Helden mag. Als Jury auf die Klingel drückte und das silberne Echo in der Eingangshalle hörte, hoffte er nur, daß der Autor sich nicht mit seinen Helden identifizierte und ihm stundenlang seine eigenen Theorien unterbreiten würde.

Die Frau, die ihm öffnete, war das, was man attraktiv nannte, auch wenn sie in dem burgunderroten Morgenmantel, der ihr beinahe von der Schulter rutschte, etwas nuttig aussah. Nur um ihre Reaktion zu sehen, fragte Jury: «Mrs. Darrington?» und beobachtete, wie ihr Gesicht in schneller Abfolge Verwirrung, Ärger und Hoffnungslosigkeit ausdrückte. Aus Erfahrung wußte er, daß die Darringtons dieser Welt selten ihre «Mannequins» aus London heirateten. Dieser hier hätte man auf der Downing Street begegnen und trotzdem denken können, man befinde sich in einer anrüchigen Umgebung.

«Ich bin Sheila Hogg. Langes O, bitte. Oliver Darringtons Sekretärin. Sie sind von der Polizei, stimmt's? Kommen Sie herein.» Nicht sehr enthusiastisch hielt sie ihm die Tür auf. Sie machte einfach einen zu gelangweilten Eindruck, um überzeugend zu wirken. Niemand konnte unter diesen Umständen den Besuch eines Kriminalbeamten einfach so abtun.

Er folgte ihr ins Wohnzimmer und zog bereits im Gehen seinen Regenmantel aus. Durch eine mit Voluten und Spitzbögen verzierte Tür führte sie ihn in einen schönen großen Raum. Links und rechts vom Kamin stand je eine bequeme Couch, und Sheila ließ sich auch gleich in eine fallen; dann erinnerte sie sich jedoch, daß Scotland Yard wahrscheinlich auch mit Oliver sprechen wollte, entschuldigte sich, ging zur Treppe und brüllte, daß jemand von der Polizei da sei. Als sie wieder zurückkam, schob sie die Zeitungen und Magazine auf der Couch zur Seite und bot Jury einen Platz an. Auf dem Tischchen standen noch die Reste eines aus Toast und Kaffee bestehenden Mahls, und sie bot Jury lustlos eine Tasse Kaffee an. Er lehnte ab, doch bevor sie in Ermangelung eines anderen Themas übers Wetter reden konnte, begann er, ihr Fragen zu stellen.

«An dem Abend, an dem Mr. Small ermordet wurde – wann kamen Sie da in die Pandorabüchse?»

Sie hatte sich eine Zigarette aus der Packung auf dem Tisch genommen und wartete darauf, daß er ihr Feuer gab. Sie verzog das Gesicht bei seiner Frage. «Um neun oder halb zehn. Wir folgten Marshall Trueblood praktisch auf den Fersen.» Als sie sich vorbeugte, um sich von Jury die Zigarette anzünden zu lassen, klaffte ihr Bademantel etwas auseinander. Wie Jury schon vermutet hatte, trug sie nichts darunter. «Lassen Sie mich mal überlegen: Agatha und Melrose Plant waren bereits da. Aber Agatha ist überall die erste. Sie hat wohl Angst, sie könne was verpassen. Wie Melrose das aushält, ist mir ein Rätsel. Er hat eine Engelsgeduld. Ich frage mich, wie er es geschafft hat, so lange ledig zu bleiben.»

Jury stellte sich vor, daß Sheila bei den meisten Männern ans Verkuppeln dachte. Entweder sie schnappte sie sich selbst oder schob sie einer andern zu. «Sind Sie noch?»

«Noch was?»

«Unverheiratet?» Er schien ihren Beifall gefunden zu haben.

Die Stimme hinter ihm enthob ihn einer Antwort. «Sheila, was fällt dir ein! Es geht dich doch überhaupt nichts an, ob der Inspektor verheiratet ist oder nicht. Oliver Darrington, Inspektor.» Er streckte ihm eine tiefgebräunte, sehr gepflegte Hand entgegen, und Jury erhob sich, um sie zu schütteln. Darrington wandte sich noch einmal Sheila zu – ihre bloße Gegenwart schien ihm peinlich zu sein – und sagte: «Scotland Yard empfängt man nicht im Negligé, Sheila.»

Sheila, die sich unbekümmert auf der Couch fläzte, zeigte sehr viel Bein. Sie drückte ihre Zigarette aus und nahm die Beine von der Couch. «Um Himmels willen, Oliver, er ist doch von der *Polizei*. Die kann doch nichts erschüttern, sie sind wie Ärzte. Stimmt doch, nicht?» Das Lächeln, mit dem sie Jury bedachte, war sehr einschmeichelnd und gewinnend.

Jury lächelte einfach nur zurück. Sie war vielleicht eine Schlampe, aber Darrington war ein Schnösel, und Jury zog Schlampen eindeutig vor. Er empfand gegen Darrington dieselbe Abneigung wie gegen Isabel Rivington.

Darrington trug ein rehbraunes Jackett, genau in der Farbe seiner Haare, und ein teures, am Hals offenes Seidenhemd, in dem ein ebenso teures Ascot-Tuch steckte. Jury wurde sich seiner eigenen blauen, etwas schiefhängenden Krawatte bewußt. Der Mann sah gut aus, aber sein Profil war etwas zu griechisch und seine Züge etwas zu regelmäßig; er wirkte wie eine Statue, starr und kalt.

Darrington schenkte sich Kaffee ein und erzählte Jury dieselbe Geschichte, die ihm auch schon die andern erzählt hatten – oder vielmehr nicht erzählt hatten, da sie alle zu benebelt gewesen waren, um die Ereignisse klar zu beobachten. Als einziges fügte er noch hinzu, daß Matchett den Champagner spendiert hatte. «Die Feiertage und das ganze Drum und Dran. Manchmal kann er sehr großzügig sein.» Er gab damit zu verstehen, daß Matchett auch alles andere als großzügig sein konnte.

«Sprichst du gerade über Simon?» fragte Sheila, die wieder zurückgekommen war; ihr Erscheinungsbild hatte sich jedoch nicht verändert. Sie hatte nur ihren offenherzigen Bademantel durch einen genauso offenherzigen Einteiler ersetzt, eine Art Pyjama aus grünem Samt, dessen Reißverschluß auf der Höhe ihres Busens endete. Das vielsagende Lächeln, das sie aufgesetzt hatte, ließ Jury vermuten, daß Matchett sich auch schon in anderer Hinsicht sehr großzügig gezeigt hatte. Das änderte jedoch nichts an Jurys erstem Eindruck, daß Sheila nur eine Sache in ihrem Leben verfolgte – Oliver Darrington.

Oliver sagte, er habe nicht mit Small gesprochen und auch niemanden die Kellertreppe hinuntergehen sehen, außer einmal den alten Kellner.

«Wir waren beide stockbesoffen», warf Sheila ein und zwinkerte

Jury durch eine Wolke von Zigarettenrauch zu. Er bemerkte, daß die Finger, die die Zigarette hielten, sehr lange Nägel aufwiesen. Etwas ungewöhnlich für eine Sekretärin.

«Später im Speiseraum hat also keiner von Ihnen diesen William Small gesehen?» Sie schüttelten die Köpfe.

«Ich kann mich nicht erinnern, ihn vor oder während dem Essen gesehen zu haben», sagte Darrington.

«Und Ainsley –?» Sie schüttelten wieder die Köpfe. «Aber Sie waren an dem Abend, an dem Ainsley ermordet wurde, in der Hammerschmiede?»

«Ja. Sheila ist etwas vor mir nach Hause gegangen. Wir hatten... eine kleine Auseinandersetzung, ein Mißverständnis. Der Anlaß war ein Drink, zu dem ich Vivian Rivington eingeladen hatte.» Ein Lächeln machte sich auf Darringtons Gesicht breit, als wären Mißverständnisse dieser Art eine ständige Quelle der Erheiterung für ihn.

Eine Kohle fiel auf den Rost und verglühte langsam. Seine Bemerkung hatte keine Wirkung auf Sheila. «Ach, das ist doch lächerlich», lautete ihre matte Antwort.

Jury dachte an die – bestimmt nicht sehr zuverlässige – Beschreibung, die Lady Ardry von den Beziehungen zwischen diesen Leuten gegeben hatte. «Ich habe gehört, Mr. Matchett ist mit Miss Rivington, Vivian, verlobt.» Er hörte gleichzeitig ein ärgerliches *Nein* von Darrington und ein *Ja* von Sheila.

Oliver protestierte. «Es wird zwar allerhand geredet, aber Vivian würde sich nie an jemanden wie Matchett wegwerfen.»

«An wen würde sie sich denn wegwerfen, Liebling?» Von jedem Wort hing ein Eiszapfen.

Sheila tat Jury beinahe leid. Sie war vielleicht oberflächlich, aber keineswegs dumm. Darrington hingegen schien sowohl das eine wie das andere zu sein. Jury sah darin einen Widerspruch zu dem glasklaren Stil der Scharf-Romane und sagte: «Ich habe etwas von Ihnen gelesen, Mr. Darrington. Aber nur Ihr erstes Buch, ehrlich gesagt.»

«*Scharf auf Mord*?» fragte Oliver beifallheischend. «Ja, das war wahrscheinlich auch das beste.»

Sheila wandte den Blick ab und schien sich irgendwie unbehaglich zu fühlen. Jury fragte sich, was sie an dieser Bemerkung stören konnte. Es würde sich auf jeden Fall lohnen, dieser Sache nachzugehen, dachte Jury, der häufig seine Kollegen irritierte, weil er sich nicht an die Fakten hielt. Aber was waren das schon für Fakten, die durch das Sieb individueller Wahrnehmung gegangen waren, selbst wenn man davon ausging, daß das betreffende Individuum die Wahrheit sagen wollte. Und das war schon etwas, was die wenigsten wollten, da die wenigsten ein reines Gewissen hatten. Er war beinahe froh, daß diese hier betrunken gewesen waren – oder zumindest dafür gehalten wurden –, da es ihnen vor Augen führte, wie verschwommen ihre Wahrnehmung war. Jury bemerkte sofort, wenn sich die Aufmerksamkeit verschob, und Sheilas Aufmerksamkeit hatte sich offensichtlich verschoben. Mit der Erwähnung von Vivian Rivington konnte es nicht zusammenhängen, das war ein klarer Fall von Eifersucht gewesen. Aber diese Sache hier – was immer es auch war, ein klarer Fall war es nicht. Sie starrte über seinen Kopf hinweg ins Leere.

«Hätten Sie denn vielleicht ein Exemplar von Ihrem zweiten Buch zur Hand?»

Darringtons Blick wanderte zu dem Bücherregal neben der Tür und wandte sich dann rasch wieder ab. Sheila, die es geflissentlich vermied, Jury in die Augen zu schauen, erhob sich von der Couch und ging zum Kamin hinüber. Sie warf ihre Kippe ins Feuer und fing tatsächlich an, die Hände wie beim Waschen zu bewegen. Das klassische Lady-Macbeth-Syndrom. Jury hatte es oft genug gesehen.

«Das zweite kam nicht besonders gut an», sagte Darrington, machte aber keine Anstalten, zu dem Bücherregal hinüberzugehen.

Jury tat es an seiner Stelle. Und in dem Regal standen sie auch alle in einer Reihe, die Scharf-Krimis mit ihren bunten Schutzumschlägen. «Das ist es doch?» Jury nahm den Band aus dem Regal und sah, wie Darrington Sheila einen kurzen Blick zuwarf. «Dürfte ich es mir wohl ausleihen? Und auch den dritten Band? Vielleicht inspiriert mich Ihr Kommissar Scharf.»

Darrington hatte sich wieder gefaßt und sagte: «Wenn Sie sich langweilen wollen, bitte.» Sein Lachen klang nicht sehr überzeugend.

Beide wirkten sehr erleichtert, als sie Jury zur Tür begleiteten.

Während er die Dorfstraße entlangging, schaute Jury noch einmal auf der Skizze, die Pluck für ihn angefertigt hatte, nach dem Kreuz, das das Haus der Rivingtons kennzeichnete. Hätte man doch nur eine Viertelstunde nach dem Mord all diese Leute in einem Raum zusammentreiben können, eine große Familie, die betreten vor ihrem Tee saß, während die Dienerschaft in der Küche eines geheimnisumwitterten Landhauses hockte. Alle auf einem Haufen. Statt dessen mußte er halb Northants abklappern, und die Fährte war schon so alt, daß selbst ein trainierter Bluthund nichts gerochen hätte. Er ließ seine Blicke die Dorfstraße entlangwandern, sah die bonbonfarbenen Häuser in der Wintersonne aufleuchten, deren Strahlen von den verschneiten Dächern reflektiert wurden, und einen Augenblick lang hatte er das Gefühl, in eine Märchenstadt versetzt worden zu sein.

Das Haus der Rivingtons war das eindrucksvolle Tudor-Gebäude an dem Platz gleich hinter der Brücke. Als er etwas näher herankam, konnte er von dem Höcker der Brücke aus erkennen, daß es eigentlich zwei zusammengebaute, ziemlich große Häuser waren.

Isabel Rivington trug an diesem Vormittag eine weiße Seidenbluse und ein kamelhaarfarbenes Kostüm, in dem sie genauso elegant aussah wie am Tag zuvor. Die etwas handfestere Sheila Hogg war jedoch eher nach Jurys Geschmack. Diese hier erinnerte ihn an einen Piranha, und es hätte ihn nicht gewundert, wenn er die Wohnung mit ein paar Fingern weniger verlassen hätte.

«Ich hoffe, auch Ihre Schwester anzutreffen – Vivian, so heißt sie doch?»

«Sie ist im Pfarrhaus.»

«Ach.»

«Können Sie sich daran erinnern, Small an dem Abend, an dem er ermordet wurde, noch vor dem Essen in der Bar gesehen zu haben?»

Nachdem sie Jury aufgefordert hatte, Platz zu nehmen, zog sie eine Zigarette aus einem Porzellanbehälter und beugte sich etwas zu dem Streichholz vor, das er ihr hinhielt. Sie schien es nicht gerade eilig zu haben. «Falls es der Mann war, der mit Marshall Trueblood zusammensaß, ja. Dann muß ich ihn wohl gesehen haben, aber er ist mir nicht weiter aufgefallen. Die Bar war ziemlich voll.»

«Und Sie gingen nicht in den Keller, nachdem man seine Leiche dort gefunden hatte?»

«Nein.» Sie schlug ihre schimmernden Beine übereinander, und auf dem einen erschien ein goldener, vom Widerschein des Feuers erzeugter Streifen. «Ich bin nicht gerade tapfer in solchen Situationen.»

Jury lächelte. «Wer ist das schon? Ihre Schwester ist aber runtergegangen.»

«Vivian? Oh, Vivian ist –» Sie zuckte mit den Schultern, als nehme sie die seltsame Vorliebe ihrer Schwester für Leichen nicht besonders ernst.

«Sie ist auch nicht meine richtige Schwester. Wir sind Stiefschwestern.»

«Sie verwalten das Vermögen Ihrer Schwester?»

«Barclay's Bank und ich, Inspektor. Was hat das mit der Ermordung von zwei Unbekannten zu tun?» Sie schien eine Antwort zu erwarten.

Er überging jedoch ihre Frage. «Sie können also nicht frei über das Geld verfügen?» Die gelangweilte Duldermiene zeigte nur mühsam unterdrückten Ärger. «Und wann kommt sie in den Genuß des Vermögens?» fragte Jury.

Ihr schweres Goldarmband schlug klirrend gegen den Aschenbecher, als sie ihre Zigarette abklopfte. «Mit dreißig.»

«Ziemlich spät, finden Sie nicht auch?»

«Ihr Vater – mein Stiefvater – war noch von der alten Sorte. Frauen können nicht mit Geld umgehen und so weiter. Sie hätte es aber bekommen, wenn sie geheiratet hätte. So stand es in dem Testament. Andernfalls erst mit dreißig.»

«Und wann wird sie dreißig?» Die Tatsache, daß sie so angestrengt an ihm vorbeischaute, bewies Jury, daß er einen wunden Punkt berührt hatte. Etwas an Isabel Rivington, etwas Zügelloses, Ausschweifendes, hatte seine instinktive und spontane Abneigung erweckt. Sie sah zwar gut aus, aber ihre Tranigkeit verriet eine Vorliebe für süße Liköre und zu viele Martinis. Ihre Haut hatte noch nicht darunter gelitten; sie war feinporig und straff und, wie ihre Hände, sehr gepflegt. Die Nägel waren in einem modischen Braunrosa lackiert und so lang, daß die Spitzen sich schon zu krümmen begannen. Einen Mann mit solchen Nägeln zu erwürgen, ohne irgendwelche Kratzspuren zu hinterlassen, dürfte ziemlich schwierig sein, dachte Jury. Manchmal fragte er sich, ob der Teil seines Gehirns, der solche Details registrierte, auch wenn er über ganz andere Dinge sprach, nicht einfach zugefroren und für menschliche Regungen taub war – eine Falle, die Fakten konservierte wie Fliegen in Bernstein.

«Vivian wird ungefähr in einem halben Jahr dreißig.»

«Kann sie dann mit ihrem Geld tun und lassen, was sie will?»

Irritiert drückte Isabel ihre Zigarette aus; der Stummel löste sich dabei völlig auf. «Warum wollen Sie mir partout irgendwelche Machenschaften unterschieben?»

Die Unschuld in Person, fragte Jury: «Klang das so? Ich wollte mich eigentlich nur ein bißchen informieren.»

«Mir ist immer noch nicht klar, was das mit den beiden Männern zu tun hat, die hierherkamen und dann um die Ecke gebracht wurden.»

«Wie lange wohnen Sie schon in Long Piddleton?»

«Sechs Jahre», antwortete sie und nahm verärgert eine Zigarette aus einem Silberetui.

«Und davor?»

«In London», antwortete sie kurz und bündig.

London, dachte Jury, hat Long Piddleton wirklich entdeckt. «Nicht gerade das gleiche Leben.»

«Ist mir auch schon aufgefallen.»

«Vivians Vater – der Vater Ihrer Stiefschwester, war wohl ziemlich vermögend?»

Wieder mit dem Thema konfrontiert, drehte sie abrupt den Kopf zur Seite und gab keine Antwort.

«Er hatte einen Unfall, nicht? Ich meine, Miss Rivingtons Vater?»

«Ja, als sie ungefähr sieben oder acht war. Ein Pferd, das plötzlich ausschlug, hat ihn getötet. Er starb auf der Stelle.»

Jury bemerkte, daß in ihrem kurzen Bericht kein großes Bedauern mitschwang. «Und ihre Mutter?»

«Sie starb gleich nach Vivians Geburt. Meine Mutter ist etwa drei Jahre, nachdem sie James Rivington geheiratet hatte, gestorben.»

«Ich verstehe.» Jury beobachtete, wie sie das linke Bein über das rechte und dann das rechte über das linke Bein schlug und dabei nervös die Hand mit der Zigarette nach dem Aschenbecher ausstreckte. Er beschloß, einen Versuchsballon loszulassen. «Ihre Stiefschwester und Mr. Matchett werden bald heiraten, stimmt das?» Das entsprach zwar nicht ganz der Wahrheit, aber es verschaffte ihm ihre ungeteilte Aufmerksamkeit. Die Hand verharrte über dem Aschenbecher, während der Kopf sich blitzschnell nach ihm umdrehte; die Füße schienen mit dem Boden verwachsen zu sein. Dann glätteten sich jedoch ihre Züge wieder, und eine ausdruckslose Gleichgültigkeit gewann die Oberhand. Jury fragte sich, ob sie wirklich nur freundschaftliche Gefühle für Simon Matchett hegte.

«Woher haben Sie das?» fragte sie beiläufig.

Jury wechselte sofort wieder das Thema. «Erzählen Sie mir mehr über den Unfall, den James Rivington hatte.»

Sie seufzte, eine Frau, die mit ihrer Geduld bald am Ende war. «Es passierte während der Sommermonate in Schottland. Als ich in den Schulferien dort war. Mein Gott, wie ich es haßte – Sutherland. Im Norden Schottlands. Ein gottverlassener Ort, an dem einem der Wind um die Ohren pfiff – es gab dort nichts zu tun, außer die Felsen, die Bäume und das Heidekraut zu zählen. Für mich das reinste Niemandsland. Abgesehen von einer alten Köchin konnten wir auch keine Hausangestellten mitnehmen. Sie, das heißt Vivian und James, fanden es wundervoll. Vivian hatte ein Pferd, das ihr besonders ans Herz gewachsen war; es war zusammen mit den andern im Stall untergebracht. An einem Abend hatten sich Vivian und ihr Vater wieder einmal furchtbar gestritten, und sie war so wütend, daß sie einfach aus dem Haus lief, obwohl es stockdunkel war, und sich auf ihr Pferd schwang. Er – James – rannte hinter ihr her. Sie brüllten einander an, das Pferd wurde scheu, schlug aus und traf ihren Vater am Kopf.»

«Das muß ein richtiges Trauma für Ihre Schwester gewesen sein – sie war ja noch so jung und saß selbst auf dem Pferd, als es passierte. War Ihre Schwester denn sehr verwöhnt? Und wurde sie sehr gegängelt?»

«Verwöhnt? Nein, eigentlich nicht. Sie hat sich nur oft mit James gestritten. Was das Gängeln betrifft, so hatte sie eben ihre Kindermädchen und alles, was dazugehört. James war ziemlich streng. Wie ich schon sagte, noch von der alten Sorte. Natürlich hat Vivian sehr unter dieser Sache gelitten, vielleicht hat es sogar...» Sie verstummte und nahm die schon halbverglühte Zigarette aus dem gläsernen Aschenbecher.

«Vielleicht hat es sogar was –»

Isabel blies eine dünne Rauchsäule in die Luft. «Sie geistig etwas verwirrt.» Seltsamerweise waren das genau die Worte Lady Ardrys. «Glauben Sie, Ihre Schwester leidet unter einer Psychose?»

«Nein. Das wollte ich nicht damit sagen. Sie ist aber ein ziemlicher Einzelgänger. Sie fragen sich vielleicht, warum wir aus London weggezogen sind. Meine Idee war das nicht. Sie sitzt immer nur herum und schreibt Gedichte.»

«Aber deswegen ist sie doch nicht geistig verwirrt. So seltsam ist das doch nicht.»

«Warum meinen die Leute nur immer, sie müßten Vivian beschützen, selbst wenn sie sie überhaupt nicht kennen?» Ihr Lachen wirkte gezwungen.

Jury erwiderte nichts darauf. «Wurden Sie in dem Testament Ihres Stiefvaters ebenfalls bedacht?»

Ein Schatten flog über ihr Gesicht, ein Schatten wie ein großer, dunkler Vogel. «Darauf wollen Sie also hinaus – Sie wollen wissen, was passiert, wenn Vivian das Geld kriegt. Wenn Sie annehmen, sie würde mich in den Schnee setzen, dann täuschen Sie sich aber gewaltig.»

Jury musterte sie noch einmal kurz, steckte sein Notizbuch ein und erhob sich. «Ich danke Ihnen, Miss Rivington. Ich will mich wieder auf den Weg machen.»

Als er ihr zur Tür folgte, versuchte Jury, sich die Geographie Schottlands und eine Bemerkung, die ein Maler über das Licht dort gemacht hatte, ins Gedächtnis zu rufen. Irgend etwas schien ihm an ihrer Geschichte von dem Tod James Rivingtons nicht koscher zu sein.

Jury holte tief Luft und betrachtete die Spuren, die seine Stiefel auf der dünnen Kruste frisch gefallenen Schnees hinterlassen hatten; er blickte sehnsüchtig auf die glitzernde, weiße Fläche des Dorfplatzes. Als er die Straße überquerte, bemerkte er auf der Brücke zwei Kinder von ungefähr acht oder neun Jahren; sie rollten den Neuschnee entlang der grauen Steinbalustrade zu dicken Kugeln. Es war eine merkwürdige kleine Brücke mit zwei halbkreisförmigen Bögen. Als er sie überquerte, sagte er den Kindern feierlich guten Tag und fragte sich, wie man sich wohl in diesem Alter fühlte; er erinnerte sich an die von der Kälte geröteten Wangen und die Haare, die wie nasse Zapfen vom Kopf abstanden. Nach ungefähr hundert Metern, als er sich nocheinmal nach ihnen umdrehte, bemerkte er, daß sie ihm folgten. Sie blieben sofort stehen und taten so, als würden sie eine der gestutzten Linden entlang der Hauptstraße inspizieren.

Er machte kehrt und holte sie gerade noch ein, bevor sie Reißaus nehmen konnten. Offensichtlich wußten sie, wer er war. Er versuchte, ein strenges Gesicht aufzusetzen, zog seinen Dienstausweis in dem abgetragenen Lederetui hervor und schwenkte ihn. «He, ihr beiden, seid ihr mir gefolgt?»

Sie rissen die Augen auf, und das Mädchen preßte die Lippen aufeinander. Beide schüttelten heftig die Köpfe.

Jury räusperte sich und sagte in einem sehr offiziell klingenden Ton: «Ich wollte gerade in das Café da drüben», er zeigte auf die Bäckerei, «und frühstücken. Da gibt's bestimmt auch Schokolade; ich würde euch gern ein paar Fragen stellen, wenn ihr mitkommen wollt.»

Der Junge und das Mädchen starrten einander an; jeder forschte in dem Gesicht des andern nach einem Zeichen der Zustimmung. Dann blickten sie wieder zu Jury hoch, und in ihren Gesichtern spiegelten sich Angst, Verwirrung und Versuchung. Die Versuchung war jedoch zu groß. Sie nickten und trabten mit Jury in ihrer Mitte auf den Platz zu.

Das Torweg-Café und die Bäckerei befanden sich in einem kleinen Haus aus Stein, das seinen Namen einem Tor mit einem schmalen, runden Bogen verdankte, durch den man zur St.-Rules-Kirche hochgehen konnte; es war eine ziemlich kurze Gasse, die direkt von dem Platz abging. Das Café lag auf der Höhe des Bogens, die Bäckerei in dem Stockwerk darunter.

Ungefähr die Hälfte des Platzes war von fliesengetäfelten Fachwerkhäusern umgeben, deren obere Stockwerke über einen schmalen Gehweg, die äußere Umgrenzung des Platzes, ragten. Auf der Westseite des Platzes standen weitere kleine Häuser, darin unter anderem ein Süßwarengeschäft, ein Textilwarenladen und ein Postamt. Die meisten Läden waren jedoch vor der Brücke; diese hier hatten sich in dem ruhigeren Teil des Ortes eingeschmuggelt. Sie waren so kunterbunt gemischt, als hätte sie ein Kind zusammengeklebt.

Jury stellte sich den Platz im Sommer sehr grün und schattig vor.

In der Mitte war ein kleiner Ententeich, und er konnte aus der Entfernung erkennen, daß die Enten sich alle auf einer Seite versammelt hatten und wie Bojen im Schilf schaukelten. Es schneite inzwischen etwas stärker, und der Platz bot die verführerischste Fläche von glitzerndem, verharschtem und völlig unberührtem Schnee dar, die Jury je gesehen hatte. Keine Abdrücke, keine Spuren. Jury blieb stehen; er sagte sich, daß es ein schlechtes Beispiel für die Kinder wäre, wenn ihr Mann vom Scotland Yard, dieser Bastion von Gesetz und Ordnung, einfach quer über die Anlage ginge, wo es doch genug Gehwege gab, die darum herumführten. Aus dem Augenwinkel bemerkte er, daß beide zu ihm aufblickten und darauf warteten, daß er sich in Bewegung setzte. Die Wege Scotland Yards waren unergründlich und würden es immer bleiben.

Jury hustete, schneuzte sich und fragte dann streng: «Was wißt ihr über die Auswertung von Spuren? Von Fußspuren? Ihr erinnert euch nicht zufällig, welche in der Nähe der Hammerschmiede gesehen zu haben? Irgendwelche komischen Spuren? Ungefähr so groß?» Jury drückte seinen überdimensionalen Gummistiefel fest in den frischen Schnee über dem Rasen. Ein wundervolles Knirschen ließ sich vernehmen.

Ihre Blicke wanderten von dem riesigen Schuhabdruck zu Jury, und sie schüttelten wieder die Köpfe. Er dachte, er könnte ihnen bei dieser Gelegenheit gleich noch etwas beibringen. «Könnt ihr von den Fußspuren ablesen, ob jemand gegangen oder gerannt ist?» Verwundert bewegten sie ihre kleinen Köpfe hin und her. «Wollt ihr in dieser Sache Scotland Yard ein bißchen helfen?»

Die Köpfe gingen nun mit derselben Vehemenz auf und ab.

«Wunderbar. Wie heißt du denn?» fragte er den Jungen.

«James.» Der Junge spuckte den Namen aus und preßte dann die Lippen aufeinander, als hätte er ein Geheimnis verraten.

«Gut. Und du, wie heißt du?»

Das Mädchen senkte jedoch nur den Kopf und zerdrückte ihren Mantelsaum.

«Hmmm. Wohl auch James. Wunderbar, James und James.» Er dachte, sie würde ihn korrigieren, aber sie hielt einfach nur den Kopf gesenkt, obwohl er glaubte, ein Lächeln bemerkt zu haben, das wie eine Maus über ihre herabgezogenen Mundwinkel huschte.

«Und jetzt hört gut zu. Vielleicht ist das noch einmal sehr wichtig.

Du James, du *rennst*, so schnell du kannst, zu dem Ententeich und wartest dort. Und du, James –» er hatte die Hand auf die Schulter des Mädchens gelegt – «du *gehst* ganz gemütlich auf den Teich zu. Ab und zu beschreibst du einen Kreis.»

Sie blickten ihn an, als warteten sie nur noch auf den Startschuß, und als er dann mit dem Kopf nickte, sprintete der Junge los, Wolken von Schnee hinter sich aufwirbelnd. Das Mädchen marschierte ganz langsam und bedächtig los; sie setzte die Füße fest auf und beschrieb hin und wieder einen sich weitenden Kreis. Jury suchte sich eine glatte, unberührte Fläche aus und stapfte so geräuschvoll wie nur möglich darüber. Als er den Teich erreichte, erwartete ihn der Junge hechelnd vor Erschöpfung, während das Mädchen noch ihre Kreise drehte. Schließlich schraubte sie sich bis zu ihnen vor.

Alle drei standen nun zusammen und betrachteten ihr Werk.

«Ausgezeichnet», sagte Jury. «Schaut euch mal die Spuren an, die James beim Rennen hinterlassen hat; er ist nur mit dem vorderen Teil seiner Stiefel, nur mit dem Ballen aufgetreten. Und dann schaut euch diese an», er ging in die Hocke und fuhr mit seinem behandschuhten Finger den Fußeindruck des Mädchens nach – «Seht ihr, wie das Gewicht sich nach außen verlagert, wenn man in einem Kreis geht?»

Beide nickten nachdrücklich.

«Und nun noch ein Rätsel.» Jury und die Kinder gingen um den Teich herum. Die Enten ließen sich nicht stören; sie nahmen nicht einmal die Köpfe unter den Flügeln hervor. Er blickte über die noch unberührte, verharschte Schneedecke und sagte: «Wir gehen jetzt alle drei zur Straße zurück, und zwar in einem Abstand von anderthalb Metern, damit jede Spur für sich ist. Los geht's.»

In zwei oder drei Minuten waren sie dort; sie drehten sich um und blickten zurück. Jury fühlte sich wunderbar, wie ein Süchtiger, der sich gerade eine Spritze verpaßt hat. Er mußte ein Grinsen unterdrücken, als er über die zertrampelte Rasenfläche blickte; das makellose, glitzernde Weiß war nur noch ein Gewirr von schwarzen Abdrücken und Löchern.

Einen Augenblick lang, während sie ihn anstarrten, konnte er sich nicht mehr erinnern, was er ihnen eigentlich beibringen wollte. Ach ja, das Rätsel. «Angenommen, hier direkt vor uns liegt eine Leiche.» Das Mädchen versteckte sich hinter ihm und hielt sich an seinem

Mantel fest. «Und angenommen die drei Leute, die diese Spuren gemacht haben, sind wieder an dem Ententeich: Wie konnten sie das schaffen, ohne Fußspuren zu hinterlassen, die in diese Richtung gehen?» Es war das altbekannte Reichenbach-Falls-Eröffnungsmanöver, aber er nahm nicht an, daß die beiden «Die Schlußrunde» gelesen hatten. Außerdem hat er sich nicht besonders verständlich ausgedrückt. Jury kratzt sich am Kopf. Warum sollte der Verdächtige überhaupt zum Teich zurückgehen wollen?

Keiner wußte eine Antwort. Er drehte sich um und ging ein paar Schritte rückwärts. «So!»

Der Junge grinste übers ganze Gesicht und zeigte dabei eine riesige Zahnlücke. Das Mädchen kicherte, hielt sich aber sofort die Hand in dem Fausthandschuh vor den Mund.

Jury hob den Finger wie ein Lehrer, der die Aufmerksamkeit seiner Schüler erregen will. «Merkt euch also: Bei einem Mord –» sie schnappten nach Luft bei diesen Worten – «gibt es immer was Komisches, etwas, was nicht stimmt.» Er wünschte nur, dem wäre auch so; es klang zu sehr nach Lehrbuch. «Ich danke euch für eure Hilfe. Gehn wir rein. Da ist das Café.» In der Ecke des oberen Erkerfensters hing ein kleines, weißes Schild, auf dem in hübscher Schreibschrift *Frühstück wird jetzt serviert* stand. Sie gingen das dunkle Treppenhaus zum ersten Stock hoch, eingehüllt von dem Duft nach Frischgebackenem. Als sie sich aus ihren nassen Jacken und Mänteln geschält hatten, kam eine ältere Frau, die so appetitlich aussah wie die Obsttörtchen in der Auslage, hinter dem Vorhang in den rückwärtigen Teil hervor. Jury bestellte Kaffee, heiße Schokolade und einen Teller mit Toastbrot; dann vervollständigte er das Ganze noch durch Kuchen, Gebäck, Marmelade und Schlagsahne.

«Also, dann mal los», sagte Jury aufmunternd und rieb sich die zum Kamin hingestreckten Hände, an dem ihnen die Frau freundlicherweise einen Tisch angeboten hatte. Der Junge riß die Augen auf und grinste; sein schneeverklebtes Haar stand noch wilder vom Kopf ab. Das Mädchen senkte den Kopf und starrte auf die glänzende Tischfläche, als würde sie selbstverliebt ihr Spiegelbild betrachten. Jury störte es nicht, daß sie so schweigsam waren. Er hatte nicht erwartet, von ihnen einen Vortrag über die Molekülstruktur des Universums zu hören.

Endlich kamen auch Kaffee und Kuchen, mit frischer Schlagsahne, Marmelade und Butterbrötchen, genug, um ihre Gesellschaft mehrmals zu verköstigen. Die beiden James mußten nicht lange aufgefordert werden, zuzugreifen. Der Junge hielt in der einen Hand ein Brötchen, in der andern ein Stück Kuchen und biß abwechselnd mal in das eine, mal in das andere. Das Mädchen nahm sich mit ihren flinken kleinen Mausefingern ein Obsttörtchen und knabberte so atemlos daran, als würde sie sofort in ihr Loch zurückhuschen, wenn Jury auch nur einen Pieps von sich gäbe.

Bevor die ältere Frau sich wieder zurückziehen konnte, holte Jury seinen Ausweis hervor und fragte sie nach Miss Ball, der Besitzerin.

Der Effekt war dramatisch. Ihre Wangen fingen an zu glühen, und sie hielt erschreckt die Hand vors Gesicht. Die Schuldigen fliehen, dachte Jury und seufzte, auch wenn keiner sie verfolgt, aber die Unschuldigen fliehen auch.

«Einen Augenblick, Sir», sagte sie und ging rückwärts zur Tür.

Die Kinder hatten den Kuchenteller beinahe leer gegessen, und Jury dachte, daß ihnen wahrscheinlich schlecht werden würde, aber schließlich war Weihnachten, und sie sahen nicht so aus, als würden sie mit Süßigkeiten verwöhnt. Er war gerade dabei, sich noch etwas Kaffee nachzugießen, als eine Frau in einer Schürze hereinkam; Miss Ball, wie er annahm. Eigentlich kam sie gar nicht herein; es sah vielmehr so aus, als hätte sie alles niedergewalzt – Hunde, Katzen –, um sich einen Weg zu ihm zu bahnen, dem längst überfälligen Besucher.

«*Sie* sind also Oberinspektor Jury vom New Scotland Yard?»

Er erhob sich und streckte seine Hand aus. «Ja, der bin ich – Miss Ball?»

Miss Ball nickte, als wäre sie entzückt, Miss Ball zu sein. Sie nahm Platz. «Ich war unten in der Backstube bei meinen Christstollen – es gibt so viele Bestellungen, übermorgen ist ja auch schon Weihnachten, und –» Sie verstummte, als sie Jurys Frühstücksgäste bemerkte. «Das sind doch die Doubles. Wo haben Sie denn die aufgelesen?» Ohne Jurys Antwort abzuwarten, fuhr sie fort, «ich weiß, Sie sind wegen dieser schrecklichen Morde hier –»

Als hätten sie plötzlich bemerkt, daß sie mit Kuchen und Schokolade in das Café gelockt worden waren, tauschten die Doubles ein paar kurze Blicke aus und sprangen auf. «Wir müssen gehn. Wirklich. Unsere Mammi wird sonst fuchsteufelswild», sagte James und entfernte sich ein paar Schritte vom Tisch. Für James war das eine ziemlich lange Rede. Das Mädchen hatte die Augen immer noch auf den Kuchenteller geheftet. Bevor auch sie weglief, schlich sie noch einmal zu Jury und kniff ihn in den Arm; wahrscheinlich kam das für sie einem Kuß am nächsten. Dann schnappte sie sich das letzte Stück Kuchen von dem Teller und stürzte zur Tür.

Betty Ball verzog ihren schmallippigen Mund und sagte: «Sie haben sich nicht einmal bei Ihnen bedankt! Diese Jugend von heute!»

Jury lächelte und wunderte sich über die seltsamen Vorstellungen der Erwachsenen. Dann sagte er: «Miss Ball, wie ich hörte, haben Sie an dem Abend, an dem, hmm, an dem die Leiche gefunden wurde, etwas bei Mr. Matchett abgeliefert. Oder vielmehr kamen Sie schon am Nachmittag.» Sie nickte. «Und Sie gingen durch den Hintereingang?»

«Ja. Das mache ich immer. Die Küche ist auch hinten.»

«Ist Ihnen irgend etwas aufgefallen, irgendeine Veränderung?»

Sie schüttelte den Kopf.

«Auch nichts an der Kellertür?»

«Wie ich dem Superintendent schon sagte – ich sah weder Licht im Keller noch sonst was.» Sie drehte sich plötzlich um und rief nach Beatrice, die dann auch hinter dem Vorhang erschien, eine schlaksige, kaugummikauende Halbwüchsige. «Beeil dich, Mädchen! Bring dem Inspektor noch etwas Kaffee. Fürs Rumsitzen und Rumschmökern wirst du nicht bezahlt.»

Beatrice, die eine entfernte Ähnlichkeit mit Betty Ball aufwies, kam an ihren Tisch geschlendert. Jury ließ sich etwas Kaffee nachgießen, lehnte aber die frischen Brötchen ab, die Betty Ball ihm anbot. Betrübt blickte sie ihn aus ihren zitronatfarbenen Augen an, als wären ihre Backwaren das einzige Bollwerk gegen das Dasein einer alten Jungfer.

«Es hat doch ziemlich gegossen, Miss Ball? Wie ich hörte, war es ein richtiges Gewitter.»

«Ja, das stimmt. Allein vom Auto bis zur Küche und wieder zurück wurde ich schon klatschnaß. Haben Sie eigentlich schon mit Melrose Plant gesprochen? Ein kluger Kopf, wirklich, glauben Sie mir.» Jury hörte ihre Lobreden auf Melrose, sah wie ihre Augen aufleuchteten und fragte sich, ob er der Prinz des Aschenbrödels sei.

Als Jury das Torweg-Café verließ, wies der Platz wieder eine makellose Schneedecke auf. Nur bei genauerem Hinschauen entdeckte er die Spuren, die er und die Kinder hinterlassen hatten, aber wie er an den Eindrücken in seiner Nähe beobachten konnte, schlossen sie sich wie Löcher im Teig. Der Wind hatte sich gelegt und trieb den Schnee nicht mehr vor sich her; die Flocken fielen wieder langsam und gleichmäßig und waren genau so dick und naß wie am Morgen. Jurys Blick fiel auf den Turm der St.-Rules-Kirche, und er beschloß, den Pfarrer etwas später aufzusuchen. Ein langer Spaziergang im Schnee – die anderthalb Kilometer bis zu den Bicester-Strachans und Ardry End – war genau das, was er brauchte. Er dachte an all die frischen Spuren, die er hinterlassen würde.

Gleich nach dem Ort begann das Land. Die Hecken trugen wilde Bärte aus Schnee und Eis. Wäre er ein Schriftsteller gewesen, hätte er sich bestimmt zu einer Hymne auf englische Hecken hinreißen lassen, auf diese endlos langen Wälle aus Eiben, Heckenrosen oder Blutbuchen, die ein wahres Paradies für all die Pflanzen waren, die der Pflug von den Feldern vertrieben hatte, wie auch für zahllose Vogelarten. Jury seufzte, während er mit seinen nassen, schwarzen Stiefeln weiterstapfte und einen Fasanenhahn aufscheuchte, ein Wirbel aus Grün und Kastanienbraun, der vor ihm in die Höhe schoß. Jurys Gesicht war schon ganz starr vor Kälte, und die Aussicht auf ein prasselndes Kaminfeuer und ein Glas alten Portwein war ihm nicht gerade unangenehm.

Statt dessen begrüßte ihn die Stimme von Lorraine Bicester-Strachan, die auf ihrer kastanienbraunen Stute thronte. «Wenn Sie wegen der Geschirrspülmaschine gekommen sind, könnten Sie dann bitte den Hintereingang benutzen?»

Jury hatte gerade die Hand auf den schweren Türklopfer aus Messing gelegt, als er etwas um die Ecke trappeln hörte. Er hatte sich umgedreht und Pferd und Reiterin zwischen den Bäumen auftauchen sehen. Er war überzeugt, daß Mrs. Bicester-Strachan ihn nicht für den Handwerker hielt, als sie ihn auf der Treppe ihres Hauses stehen sah. Er trug weder entsprechende Kleidung, noch war ein Lieferwagen in seiner Nähe geparkt. Wahrscheinlich gehörte es zu ihren Gewohnheiten, Leute vor den Kopf zu stoßen.

Er tippte höflich gegen seinen Hutrand. «Inspektor Richard Jury,

New Scotland Yard. Ich würde mich gerne mit Ihnen und Ihrem Mann unterhalten, wenn das möglich ist.»

Sie stieg ab, entschuldigte sich aber nicht. Im selben Augenblick ging die Tür auf, und Jury blickte in das Gesicht eines älteren Mannes von seiner Größe und Statur, der ihn aber überragt hätte, wenn er sich aufrecht gehalten hätte.

«Oh, entschuldigen Sie bitte, daß ich Sie hier rumstehen lasse. Ach, meine Frau hat Sie schon entdeckt –» Er setzte einen an einem Ripsband befestigten Zwicker auf.

Als Lorraine sie einander vorstellte, kam ein vermummter Junge um das Haus und führte das Pferd weg.

«Wir hatten gerade einen gewissen Pratt zu Besuch. Er kam von der Polizei in Northampton», bemerkte Willie Bicester-Strachan, als Jury seinen Mantel ablegte.

«Ja, ich weiß, ich habe aber auch noch ein paar Fragen, Mr. Bicester-Strachan.» Sie gingen in den Salon, der auf Jury einen ziemlich kalten und steifen Eindruck machte. Das Mobiliar sah zwar teuer, aber nicht sehr gemütlich aus, und als Lorraine Bicester-Strachan sich ihm zuwandte, machte sie auf ihn genau denselben Eindruck. Sie trug ihre Reitkleidung – eine schwarze Melton-Jacke, glänzende Stiefel. Als sie ihre Samtkappe abnahm, bemerkte Jury, daß ihr Haar betont altmodisch im Stil der zwanziger Jahre frisiert war. Es bauschte sich um ihr Gesicht und war auf dem Kopf zu einem Knoten zusammengesteckt. Ihre Haut schimmerte elfenbeinfarben, und ihre Augen waren schwarz wie Onyx. Sie wirkte wie ein Mannequin aus einem Modejournal, kalt, aber von einer attraktiven Herbheit und Strenge.

«Sollten wir dem Inspektor nicht einen Drink anbieten, Liebling?» sagte Willie Bicester-Strachan.

«Trinkt denn Scotland Yard?» fragte sie mit gespielter Verwunderung, während sie sich aus einer Kristallglaskaraffe ein Glas Sherry eingoß.

Verärgert durch diese Sammelbezeichnung hätte Jury am liebsten gleich zwei runtergekippt, aber er besann sich und setzte eine ausdruckslose Miene auf. Er wußte jedoch, daß ihm der Ärger im Gesicht geschrieben stand. Schon während seiner Ausbildung war ihm diese ausdruckslose Miene nie richtig gelungen. Bicester-Strachans höfliche Aufforderung, doch einen Drink zu nehmen, lehnte er ab.

Lorraine drückte den Stöpsel in die Karaffe und ging mit ihrem Glas zu einem rosa Samtsessel. Sie machte es sich darin bequem; die Beine hatte sie auf eine schlaksige, jungenhafte Art von sich gestreckt und an den Knöcheln überkreuzt. «Wir haben es doch mit *Ober*inspektor Jury zu tun? Warum so bescheiden?» Sie hob ihr Glas ganze zwei Zentimeter, um ihn willkommen zu heißen.

«Ich wette, Sie wußten ganz genau, daß ich nicht der Klempner war.»

Sie machte einen leicht verlegenen Eindruck, aber ihre Arroganz gewann schnell wieder die Oberhand. «Oh, ich hab's mir zusammengereimt. Hier spricht sich alles ziemlich schnell herum. Es ist nur irgendwie lästig, auf Schritt und Tritt der Polizei zu begegnen; man könnte meinen, sie wären hier zu Hause. Und dieser Superintendent Pratt war eine ziemliche Nervensäge, gelinde ausgedrückt.»

«Sie scheinen diese Verbrechen eher als eine Belästigung aufzufassen.»

Sie zuckte mit den Schultern. «Was erwarten Sie – daß ich in Tränen ausbreche?»

«Ich muß doch bitten, Lorraine», sagte ihr Mann; er hatte sich in einem Sessel beim Kamin niedergelassen, vor dem ein kleiner Tisch mit einem Schachbrett stand. Er senkte den Kopf, als würde er sich eine Strategie zurechtlegen.

«Ich würde von Ihnen gern hören, was sich an den beiden Abenden, am siebzehnten und achtzehnten, abgespielt hat.»

«Am besten, ich sag's Ihnen gleich», meinte Lorraine, «ich war so betrunken, daß ich mich nur noch ganz verschwommen daran erinnere.»

«Sie erinnern sich also nicht, wer zwischen neun und elf in dem Speiseraum war und wer nicht?»

«Ich weiß nicht einmal, ob *ich* in dem Speiseraum war», sagte Lorraine.

Bicester-Strachan hob den weißhaarigen Kopf. «Ich saß mit dem Pfarrer – Mr. Smith – bei einem Damespiel. Was meine Frau getrieben hat, weiß ich nicht», fügte er trocken hinzu.

«Ich saß eine Weile bei Oliver – Oliver Darrington – am Tisch und später bei Melrose Plant, bis ich schließlich seinen Snobismus nicht mehr ertragen konnte –»

«Wie ungerecht, Lorraine. Wenn du Plant für einen Snob hältst, dann verstehst du diesen Mann überhaupt nicht.»

Sie hatte ihr Glas wieder aufgefüllt und stand nun neben dem Kamin; ihre Hand lag auf dem Sims, und ihr Fuß ruhte auf dem Kamingitter. «Plant ist ein Anachronismus, wie man ihn nur in England findet. Es fehlt nur noch das Monokel, dann wäre er perfekt.»

«Aber wie erklären Sie sich», fragte Jury, «daß jemand mit einem so ausgeprägten Statusdenken auf seinen größten Trumpf verzichtet? Ich meine, den Adelstitel?»

Bicester-Strachan gluckste beifällig. «Was sagst du nun, Lorraine?»

Sie beharrte jedoch auf ihrer Position. «Melrose Plant gehört zu der Sorte, die so etwas macht, nur um sich von seinen Schwert und Halskrause tragenden Vorfahren zu unterscheiden.»

«Ich habe diesen Zug ziemlich bewundert», sagte Bicester-Strachan und blickte lächelnd auf das Schachbrett, als säße Plant ihm gegenüber.

«Plant ist ein Mann von Charakter, Plant ist Plant. Wissen Sie, was er zu mir gesagt hat, Inspektor? Er meinte, er habe bei den Sitzungen des Oberhauses immer das Gefühl, sich in einer Pinguinkolonie zu befinden.»

Jury lächelte, während Lorraine das überhaupt nicht komisch zu finden schien. «Es beweist nur, daß ich recht habe», sagte sie.

Jury bemerkte, daß ihr das Blut ins Gesicht gestiegen war. Wenn eine Frau so über einen Mann herzog, bedeutete das meistens, daß sie keinen Erfolg bei ihm gehabt hatte. «Können Sie sich noch erinnern, wann Sie mit Mr. Plant zusammensaßen?»

«Das ist praktisch unmöglich; die Leute wechselten dauernd die Tische, und ich habe die einzelnen nicht im Auge behalten. Es gab nur zwei ruhende Pole, meinen Mann und den Pfarrer, Hochwürden Denzil Smith. Der ist ein Fall für sich, eine wandelnde Trivialitätensammlung; er weiß einfach alles über Long Piddleton und die Gasthäuser der Umgebung, und er redet einem ständig die Ohren voll mit diesen Geschichten – wie viele Gespenster in ihnen umgehen oder wie viele geheime Verstecke sie haben –»

«Denzil ist ein Freund von mir, Lorraine», sagte Bicester-Strachan, die Augen auf das Schachbrett geheftet. Nachdenklich machte er einen Zug mit seinem Läufer.

«An dem Abend, als der zweite Mord passierte, waren Sie da auch in der Hammerschmiede?»

«Ganz kurz nur. Eine halbe Stunde ungefähr», sagte Lorraine.

«Und haben Sie mit dem Opfer gesprochen?»

«Nein, natürlich nicht», sagte sie. «Wer diese Verbrechen begangen hat, muß einen ausgeprägten Sinn für schwarzen Humor haben, finden Sie nicht?»

«Gewöhnlich bringt man Leute nicht zum Spaß um. Sie hatten also keinen dieser beiden Männer schon einmal gesehen, Mr. Bicester-Strachan?»

Er schüttelte den Kopf. «Soviel ich weiß, kannte sie niemand in Long Piddleton. Sie waren absolut fremd hier.»

«Sie haben früher in London gelebt?» Jury vergegenwärtigte sich Pratts Bericht. «In Hampstead, soviel ich mich erinnere?»

«Sie wissen ja gut Bescheid über uns, Inspektor», sagte Lorraine.

Etwas in ihrer Stimme ließ ihn zögern. Die Pause, die daraufhin entstand, mußte ihr sehr vielsagend vorgekommen sein. «Sollte ich etwa einen Anwalt hinzuziehen?»

«Meinen Sie denn, Sie könnten einen gebrauchen?»

Lorraine Bicester-Strachan setzte ihr Glas mit einem völlig unnötigen Kraftaufwand ab und verschränkte die Arme fest über der Brust, als wolle sie einen Angriff auf ihre Ehre und Intimsphäre abwehren. Nervös wippte sie mit dem rechten Bein in dem schwarzglänzenden Lederstiefel.

«Wir sind hierhergezogen, weil es so ein pittoreskes kleines Dorf ist, das gerade erst entdeckt wurde – von Schriftstellern, Künstlern und so weiter. Nach Cotswolds geht inzwischen ja keiner mehr. Diese Märchenwald-Ästhetik ist wohl etwas passé. Ich habe zwei Hobbies – ich reite und male.» Sie machte eine ausholende Armbewegung, die vier Wände voll miserabler Bilder einschloß. Es waren schlecht gemalte Seestücke mit tosenden Wellen, in denen knorrige Äste herumwirbelten. Sie hatte nicht einmal ein Auge für die Schönheit der Landschaft, die sie umgab. Das Dorf mußte ein Traum für einen Künstler sein.

«Etwas langweilig nach London, oder nicht?»

«Wir hatten genug von London. Es ist nicht mehr wie früher. Man könnte glauben, man ist in Arabien oder Pakistan, wenn man die Oxford Street entlanggeht –»

«Warum sagst du nicht die Wahrheit, Lorraine?» meinte Willie Bicester-Strachan unter seinen gefalteten Händen hervor, die den über das Schachbrett geneigten Kopf abstützten.

«Was redest du denn da, Willie?» Die abweisende elfenbeinfarbene Maske war gefallen, und ihre Stimme klang unnatürlich hoch.

«Der eigentliche Grund, weshalb wir hierherzogen –» Bicester-Strachan blickte nicht einmal von seinem Schachbrett hoch. «Wir – ich – hatten in London eine unangenehme Sache am Hals. Aber vielleicht haben Sie das schon in Erfahrung gebracht?» Er blickte auf und lächelte; es war aber kein sehr glückliches Lächeln.

Wie von der Tarantel gestochen fuhr Lorraine aus ihrem Sessel hoch. «Ich dachte, damit wäre endlich Schluß – die Zeitungen, die Reporter, diese ganze Chose – deshalb sind wir ja aus London weggezogen. Und jetzt geht das wegen dieser verdammten Morde wieder von vorne los.»

Sie schien zu glauben, die Morde seien nur begangen worden, um sie zu ärgern. Bicester-Strachan kümmerte sich jedoch nicht weiter um ihren Ausbruch, und Jury erkannte, daß trotz ihrer Arroganz und der vertrottelten, geistesabwesenden Art, die sich ihr Mann zugelegt hatte, Willie Bicester-Strachan doch der Stärkere von beiden war.

«Vor ein paar Jahren arbeitete ich für die Regierung. Im Verteidigungsministerium, Inspektor. Ich hoffe, Sie verzeihen mir, wenn ich auf Einzelheiten verzichte –»

«Mein Gott, Willie! Das ist doch lächerlich. Warum gräbst du denn das wieder aus?»

Bicester-Strachan machte jedoch nur eine ungeduldige Handbewegung. «Das ist Scortland Yard, Lorraine, sei vernünftig.»

Vernunft schien offensichtlich nicht Lorraines Stärke zu sein. Jury fragte: «Und dann ist etwas passiert?»

«Allerdings. Es wurde aber nicht richtig publik, weil ich es vorzog, mein Amt aufzugeben, bevor der Skandal in der Öffentlichkeit ausgewalzt wurde. Ich beging – es ist mir ziemlich peinlich, darüber zu sprechen – eine Indiskretion; ich gab eine Information weiter, die ich nicht hätte weitergeben dürfen. Glücklicherweise war ich selbst falsch informiert gewesen, was ich aber nicht wußte.» Er lächelte gequält. «Deshalb wurde ich auch nicht angeklagt.»

«Weitergegeben – an wen?»

«Das spielt doch keine Rolle, Inspektor.»

Jury wollte nicht weiter in ihn dringen; allein die Sache zu erwähnen war für Bicester-Strachan schon äußerst unangenehm gewesen. «Ich weiß nicht, Mr. Bicester-Strachan.» Geheimnisse aus der Vergangenheit hatten schon mehr als einen Mord motiviert. Jury erhob sich. «Ich mache mich wieder auf den Weg. Vielen Dank einstweilen. Vielleicht muß ich Ihnen irgendwann noch einmal ein paar Fragen stellen.»

Bicester-Strachan war ebenfalls aufgestanden und gab Jury die Hand. «Es ist wirklich eine üble Geschichte. Und das in einem so friedlichen Dorf – na ja, leben Sie wohl.»

«Auf Wiedersehn.»

«Ich begleite Sie noch hinaus», sagte Lorraine.

An der Tür fragte sie ihn: «Und wohin gehen Sie jetzt?»

«Nach Ardry End.»

«Aha, mit *ihm* werden Sie Ihren Spaß haben. Wo sind Sie denn untergebracht?»

«In der Büchse der Pandora.» Um ihre Reaktion zu sehen, sagte er: «Ich habe gehört, daß Miss Rivington – Vivian – mit dem Besitzer verlobt ist.»

Sie erstarrte, als hätte man ihr einen Peitschenhieb versetzt. «Simon Matchett? Und Vivian? Das ist doch absoluter Blödsinn.» Sie beruhigte sich etwas. «Sie haben bestimmt mit Agatha gesprochen. Sie hat nur ein Ziel im Leben – Vivian von Melrose fernzuhalten. Wahrscheinlich, um sich ihr sogenanntes Erbe zu sichern. Vivian gehört zu den ganz Scheuen. Sie ist so unbeholfen, daß ich es ermüdend finde.»

«Hmm, nochmals vielen Dank, Mrs. Bicester-Strachan.»

«Lorraine.»

Jury lächelte nur und wandte sich erleichtert dem frisch gefallenen Schnee zu.

VIII

Während Inspektor Richard Jury die Bicester-Strachans befragte, blies Lady Ardry in die Tasse Tee, die ihr Ruthven nur sehr unwillig gebracht hatte. Aber aus der Küche von Ardry End kamen sogar die kleinen Törtchen zum Vorschein, auf die sie so versessen war.

«Ich hoffe nur, er versteht etwas von seinem Beruf», sagte sie in bezug auf Inspektor Jury. Sie beobachtete, wie Melrose sich ein Glas sehr dunklen Portwein eingoß. «Ist es nicht etwas früh für Alkohol, Melrose?»

«Es ist für *alles* etwas früh», antwortete Melrose gähnend und korkte die Flasche wieder zu.

«Wie du meinst. Ich hab Jury jedenfalls die interessanteren Details über all die Leute erzählt, die am Donnerstagabend bei Matchett gewesen sind.»

«Das kann nicht länger als eine halbe Minute gedauert haben.» Wütend starrte er seine Tante an, die an diesem Morgen schon um halb neun Uhr bei ihm aufgetaucht war. Er hatte die halbe Nacht durch gelesen und konnte kaum die Augen aufhalten. Aber er hörte nur mit halbem Ohr zu. Fasziniert beobachtete er, wie ein Törtchen nach dem andern von dem silbernen Tablett verschwand: gräßliche kleine Dinger mit schwarzen Johannisbeeren obendrauf, die wie tote Fliegen aussahen. Er hatte Ruthven gesagt, er solle sie für Agatha auf Lager halten, da sie so verrückt nach ihnen war. Sie hatte bereits drei davon verschlungen und war gerade dabei, sich das vierte in den Mund zu schieben, den sie sich jedesmal zierlich mit der Serviette abwischte.

«Wen hast du denn verdächtigt, Agatha? Ich meine, außer mir?» Melrose starrte abwesend in das Feuer und hoffte, der Kriminalbeamte würde dem Ganzen ein schnelles Ende bereiten.

«*Dich* verdächtigen? Um Himmels willen, Melrose. Ich hab noch soviel Ehrgefühl im Leib, um nicht mein eigen Fleisch und Blut zu verraten –»

«Oder Oliver Darrington? Um die Konkurrenz auszuschalten. Es muß doch ziemlich unangenehm sein, mit einem Kollegen in ein und demselben Dorf zu wohnen. Obwohl seine Bücher nicht gerade überwältigend sind.» Er sah, wie sie aufstand, zu dem Kamin hinüberging und einen frühen Derby-Teller herunterholte, um den Stempel auf der Unterseite zu untersuchen.

Agatha stellte den Teller wieder zurück. «Du bist schon immer eifersüchtig auf ihn gewesen, mein lieber Plant, nicht?»

«Eifersüchtig? Auf Darrington?» Auf welchem geistigen Misthaufen scharrte sie nun herum?

«Wegen Sheila Hogg. Glaub nicht, ich wüßte nichts davon.» Sie hatte eine Vase aus Netzglas in die Hand genommen. War ihre Handtasche groß genug, um sie darin zu verstauen? Und wie kam sie nur darauf, daß er sich für Sheila interessierte?

Als er nichts darauf erwiderte, drehte sie sich blitzschnell nach ihm um, als wolle sie ihn auf frischer Tat ertappen. «Vivian Rivington also?» Agatha war es völlig gleichgültig, wie weit sie am Ziel vorbeischoß. Sie versuchte einfach ihr Glück. Einmal würde sie schon die Richtige erwischen.

Melrose gähnte wieder. «Hast du etwa meine Tanzkarte studiert, liebe Tante?»

Als sie sich wieder gesetzt hatte und die verschiedenen silbernen und goldenen Gegenstände auf dem Tisch zurechtrückte, fragte Melrose: «Hat der Inspektor denn schon eine Theorie? Ich meine, abgesehen davon, welche von diesen charmanten Damen ich nun heiraten werde?»

«Bild dir nur nicht soviel ein, mein lieber Plant. Nicht *jeder* interessiert sich für deine Privatangelegenheiten.» Sie ließ einen Aschenbecher aus Muranoglas von einer Hand in die andere wandern, als wolle sie sein Gewicht für den Zoll abschätzen. «Aus irgendeinem Grund interessierte sich Inspektor Jury ganz besonders für die Anwesenden – *uns*, meine ich. Warum, ist mir nicht klar. Er sollte sich besser um diesen Verrückten kümmern, bevor er uns noch alle abmurkst.»

«Unser Freund schlich sich also in den Keller, erdrosselte diesen Small, steckte seinen Kopf in das Bierfaß und schlich sich wieder hinaus?»

«Natürlich.» Sie schaute ihn mit großen Augen an. «Du glaubst doch nicht im Ernst, daß es einer von denen war, die schon *da* waren?»

«Aber gewiß.»

«Du lieber Himmel, das ist doch absurd. Ich dachte, du hättest das neulich nur im Spaß gesagt.» Fassungslos griff sie nach einem neuen Törtchen, einem mit Kokosnußraspeln, die wie Flimmerhärchen aussahen.

Ekelhafte Dinger, dachte Melrose und ließ sich tiefer in seinen Sessel gleiten. Er hörte die Standuhr in der Halle die halbe Stunde schlagen. Du lieber Himmel, es war beinahe Mittag, und sie war immer noch da. Er beschloß, sie nicht auch noch zum Lunch einzuladen.

«Also?»

Durch seine halbgeschlossenen Lider konnte er sehen, daß sie erwartete, er würde seine Behauptung, einer ihrer lieben Nachbarn könne all diese Greueltaten begangen haben, wieder zurücknehmen. Da er sich nicht auf eine Diskussion einlassen wollte, meinte er ausweichend: «Die Polizei wird bald alles aufgeklärt haben.» Er hoffte nur, daß das auch der Fall sein würde; sie würde ihn sonst jeden Morgen mit dem ersten Sonnenstrahl heimsuchen, um ihre Bulletins zu verkünden.

«Es gibt natürlich auch noch eine andere Möglichkeit.» Sie hatte ihr Katz-und-Maus-Lächeln aufgesetzt.

«Und die wäre?» fragte er ohne großes Interesse.

«Daß dieser Small gar nicht in dem Gasthof ermordet wurde. Der Mörder hat ihn *draußen* erdrosselt und durch die hintere Kellertür hereingeschleppt. Er muß nach einem Platz für die Leiche gesucht haben. Small kann überall ermordet worden sein.»

«Warum?»

Sie blickte ihn mißtrauisch an. «Was heißt warum?»

«Warum sollte ihn jemand in die Pandorabüchse gebracht haben? Warum hat der Betreffende diesen Small nicht einfach liegen lassen, irgendwo, auf freier Wildbahn, über einen Baum drapiert oder sonstwas?»

Agatha hatte den Blick auf ein Rosinenbrötchen geheftet. «Weil er wußte, daß die Polizei so argumentieren würde wie du und die Polizei das nun auch tun! Daß einer von uns der Schuldige sein muß.» Ihre Augen glitzerten triumphierend, und sie machte sich über das Rosinenbrötchen her.

Melrose goß sich etwas Port nach und sagte: «Aber selbst in diesem Fall kann es nur einer aus Long Piddleton sein, begreifst du das nicht? Ich kann mir nicht vorstellen, daß jeder Killer der Britischen Inseln wußte, daß unsere kleine, illustre Runde in diesem Gasthof speisen würde und daß er seine Leiche nur in unserm Keller abzuladen brauchte, damit einer von uns es dann auszubaden hat.» Er nippte an seinem Portwein; über sein Glas hinweg sah er, wie sich ihre Augen zu bösen kleinen Schlitzen verengten. Er hatte schon wieder eine ihrer Tontauben abgeschossen, und sie wollte sie zurückhaben.

«Und was ist mit dem zweiten Mord? Mit diesem Ainsley? Mein lieber Plant, nur ein Verrückter würde eine Leiche auf –»

Melrose war in seinen braunen Ledersessel gerutscht und hatte die Augen geschlossen, in der Hoffnung, seine Tante würde auf diesen Wink reagieren. Aber nein, wie eine alte, senile Spinne spann sie ihre klebrigen, kleinen Theorien weiter...

«Melrose!»

Seine Augendeckel klappten wieder auf.

«Du bist schon wieder in meiner Gegenwart eingeschlafen! Ruthven möchte dich sprechen.»

Der Butler schloß gequält die Augen. Seit Jahren sprach Agatha seinen Namen falsch aus. War es Absicht? Nein, dachte Melrose, sie hat einfach nur Schwierigkeiten mit englischen Namen.

«Eure Lordschaft», sagte Ruthven. «Ich frage mich, was wir wegen der Weihnachtsgans unternehmen sollen. Martha braucht Maronen für die Füllung, Sir, und es sieht so aus, als hätten wir keine.»

Verdammt, dachte Melrose und wünschte, Ruthven hätte dieses Thema nicht in Agathas Gegenwart erwähnt. «Vielleicht können Sie jemand zu Miss Ball schicken. Wenn alle andern nichts mehr haben, sie hat immer noch was.» Ruthven nickte und glitt aus der Tür.

«Gans? Es gibt eine Gans dieses Jahr? Wie hübsch!» Das Festessen vor Augen, rieb sich Agatha erwartungsfreudig die Hände.

Er hätte sie natürlich wie immer zum Weihnachtsessen eingeladen. Sein Plan war jedoch gewesen, einen alten Truthahn für sie zu besorgen und die Gans für einen kleinen Mitternachtssnack aufzuheben, zu dem er sich eine Flasche Château Haut-Brion gönnen wollte. «Kannst du überhaupt eine Gans von einem Truthahn unterscheiden? Ich meine, wenn du sie gerupft auf einem Teller siehst?»

«Was brabbelst du denn da, Melrose? Natürlich kann ich das.» Sie begutachtete einen Limoges-Aschenbecher.

«Auch wenn der Truthahn ganz *dünn* ist?»

«Ich glaube, du hast einen Nervenzusammenbruch, Melrose. Deine Augen sehen ganz fiebrig aus. Also wenn Ruthven –»

«Könntest du dir bitte angewöhnen, seinen Namen richtig auszusprechen. *Rivv'n* nicht *Ruth-ven*. *Rivv'n*.»

«Warum wird er dann *Ruth-ven* geschrieben? *Rivv'n* hat kein *th*.»

«Da wir schon dabei sind, du sprichst Bicester-Strachan aus, als hätte das Wort zwanzig Silben. Sie heißen *Bister-Strawn*.»

Noch bevor sie diesen Angriff parieren konnte, stand Ruthven wieder in der Tür. «Ein Herr vom Scotland Yard möchte Sie sprechen, in der Halle. Oberinspektor Jury ist sein Name.»

Gerettet! «Um Himmels willen, lassen Sie ihn nicht draußen rumstehen, Lady Ardry wollte sowieso gerade gehen –» Melroses Griff konnte wie eine Eisenklammer sein, wenn er es darauf anlegte. In der einen Hand hielt er ihre Handtasche, während er mit der andern Agatha praktisch aus ihrem Sessel zog; an der Tür brüllte sie jedoch: «Meine Uhr! Meine Uhr! Ich hab' meine Uhr verloren!» Und sie befreite ihren Arm und stürzte in den Salon zurück, um zwischen den Kissen danach zu suchen.

Melrose seufzte – wieder eine Runde, die er verloren hatte.

Während Agatha im Salon die Kissen durchwühlte, stand Jury in der Eingangshalle, eine Bezeichnung, die eigentlich viel zu banal war für diesen prachtvollen Raum mit seiner faszinierenden Sammlung mittelalterlicher Waffen: Schwerter, Gewehre, Speere, Lanzen, die über den Rundbögen der Eingänge hingen und so blank poliert waren, daß man den Eindruck hatte, die Klingen wären aus Licht geschmiedet.

Der Butler kam zurück und führte Jury durch die geschnitzten Holztüren.

Zu seinem Erstaunen erblickte er Lady Ardry, die die Wohnung zu durchsuchen schien. Kaum hatte er einen Schritt in das Zimmer getan, kam sie auch schon mit ausgestreckter Hand auf ihn zugestürmt. «Inspektor Jury! So trifft man sich wieder!» Während sie ihm die Hand schüttelte, musterte Jury den Mann, der in der Mitte des Raums stand. Er war groß, sehr sympathisch und trug einen legeren, seidenen Liberty-Morgenmantel; die Haare waren so zerzaust, als hätte man ihn gerade aus dem Bett geholt. Am auffälligsten fand Jury jedoch den Ausdruck der smaragdgrünen Augen, vor die er gerade eine Goldrandbrille schob: äußerst wach und intelligent.

«Meine Tante wollte gerade aufbrechen, Inspektor. Ich bin Melrose Plant.»

Jury ergriff seine Hand und bemerkte, daß Lady Ardry nicht gerade den Eindruck machte, als wolle sie aufbrechen. Ihre Beine schienen mit dem Fußboden verwurzelt zu sein.

«Der Inspektor hätte vielleicht gern eine Bestätigung deiner Aussage», sagte sie.

«Erst einmal braucht er die Aussage, Agatha. Und dazu wird er mich wahrscheinlich unter vier Augen sprechen wollen.»

Ihre Augen verengten sich. «Unter vier Augen? Aber warum denn? Du wirst ihm doch nichts erzählen, was nicht für meine Ohren bestimmt ist?»

Melrose packte sie entschlossen am Arm, schob die Handtasche darunter und führte sie zur Tür. «Wir sehen uns morgen. Aber nicht in aller Herrgottsfrühe, es sei denn, auf dem Rasen vor meinem Haus soll ein Duell stattfinden.»

Agatha bellte immer noch Anweisungen, während ihr die Tür vor der Nase zugeschlagen wurde.

Plant wandte sich an Jury und sagte: «Entschuldigen Sie, Inspektor, aber meine Tante hat in den letzten drei Stunden pausenlos auf mich eingeredet, ich hatte nicht einmal Zeit zum Frühstücken. Wenn Sie mir Gesellschaft leisten wollen – wir könnten uns ja unterhalten, während wir essen.»

«Danke, ich habe schon gefrühstückt.»

Ruthven erschien, fragte Melrose nach seinen Wünschen und verschwand wieder, um sie zu erfüllen.

Melrose Plant bot Jury den Platz an, von dem seine Tante gerade vertrieben worden war. «Sie haben sich in der Pandorabüchse einquartiert?»

Jury nickte und nahm eine Zigarette aus dem Lackkästchen, das Melrose ihm hinhielt.

«Sie wollen bestimmt etwas über Donnerstag- und Freitag abend hören? Was möchten Sie haben, Tatsachen oder meine persönlichen Eindrücke?»

Jury lächelte. «Schaffen wir uns erst mal die Tatsachen vom Hals, wenn Ihnen das recht ist, Sir.»

«Inspektor, ich bin wohl kaum älter und bestimmt nicht weiser als Sie. Es besteht also keine Veranlassung, mich mit ‹Sir› anzureden.»

Jury spürte, wie ihm das Blut ins Gesicht stieg. «Gut, ah – Mr. Plant, sollte einer der Fakten, die ich zusammengetragen habe, nicht stimmen, können Sie mich dann bitte berichtigen.» Jury charakterisierte kurz die Anwesenden, erwähnte die Verfassung, in der sich die Gäste befunden hatten, sowie das Auftauchen und Verschwinden Smalls.

«Ja, genauso hab ich das auch in Erinnerung. Es muß acht oder halb neun gewesen sein, als Small mit Trueblood an der Bar saß.»

«Und danach haben Sie ihn nicht mehr gesehen?»

Melrose schüttelte sehr bestimmt den Kopf. «Nein, nicht, bis meine Tante brüllend –»

«Ihre Tante? Brüllend?» Jury unterdrückte ein Lächeln.

«Und wie. Man konnte ihr Gebrüll bis nach Sidbury hören.» Plant musterte Jury durch halbgeschlossene Lider. «Sie hat Ihnen wohl erzählt, sie hätte die Situation im Griff gehabt. Sie brauchen mir gar nicht zu antworten. Ich sehe schon: Um sie herum das Chaos. Agatha selbst fest und unerschütterlich wie ein Fels.»

«Sie meinte, die Serviererin – Miss Murch – sei völlig durchgedreht.»

«Oh, das ist sie wohl auch. Alle reagierten, wie man in solchen Fällen reagiert – man faßt sich an die Kehle, rollt mit den Augen, springt vom Stuhl auf –»

«Das hört sich ja sehr theatralisch an, Mr. Plant.»

Plant lächelte. «Ich muß zugeben, daß ich mich auch fragte, wer von ihnen es wohl gewesen war.»

Jurys Hand mit der Zigarette verharrte auf halbem Weg. «Sie dachten also, es war jemand in dem Gasthof?»

Melrose blickte ihn erstaunt an. «Daran ist meiner Meinung nach überhaupt nicht zu zweifeln. Sofern man nicht die Ripper-Theorie meiner Tante vertritt oder diese andere Theorie von dem Mann, der Long Piddleton unsicher macht, weil er einen geheimen Groll gegen Gasthofbesucher hegt. Aber alle in der Pandorabüchse schienen zu glauben, der Mörder sei durch die Kellertür hereingekommen.»

«Und Sie glauben das also nicht?»

Melrose schaute ihn an, als hätte er von Scotland Yard mehr erwartet, sei aber zu höflich, es zu sagen. «Dieser Small wird immer als ‹Ortsfremder› bezeichnet, der ganz zufällig in Long Piddleton aufkreuzte, was eigentlich schon ziemlich unwahrscheinlich ist.»

«Und wieso, Mr. Plant?»

«Weil er den Zug und anschließend den Bus genommen hat. Wie kann er da ‹auf Durchreise› gewesen sein?» Der Butler erschien, und Plant sagte: «Ah, das Frühstück.»

«Ich habe es im Eßzimmer serviert, Sir.»

«Vielen Dank, Ruthven. Kommen Sie, Inspektor Jury.»

Unter dem Fächergewölbe des Eßzimmers hingen riesige, prachtvolle Porträts der Ardry-Plant-Linie. Eines der kleinsten am Ende der Reihe zeigte Melrose Plant an einem Schreibtisch mit einem aufgeschlagenen Buch vor sich.

«Etwas selbstherrlich, finden Sie nicht auch? Von sich selbst ein Porträt aufzuhängen? Aber meine Mutter bestand darauf. Sie ließ es kurz vor ihrem Tod malen. Das hier ist meine Mutter. Die Frau in Schwarz.»

Es war das Porträt einer hübschen jungen Frau in einem schwarzen Samtkleid, die sehr schlicht und würdevoll wirkte. Neben ihr hing das Bild eines untersetzten, freundlich dreinblickenden Mannes, der von einer Meute Jagdhunde umgeben war. Plant war seiner Mutter nachgeschlagen.

Während Melrose sich auftat, sagte er: «Martha hat wohl angenommen, meine Tante würde bleiben – das hier reicht für zwölf Personen. Bitte, nehmen Sie doch etwas, Inspektor Jury.» Er hob die gewölbten Silberdeckel hoch: gebratene Nieren, seidig schimmernde Eier in Butter, Seezunge, heiße Brötchen.

Jury mußte zugeben, daß er sich in einem sehr gastfreundlichen Dorf befand; dennoch lehnte er dieses elegante zweite Frühstück ab. «Vielen Dank, Mr. Plant. Eine Tasse Kaffee genügt mir. Sie sagten, Sie glauben nicht, daß der Mörder die Kellertür aufgebrochen hat?»

«Inspektor – ich nehme auch nicht an, daß Sie das glauben, aber ich will Ihnen gern meine Gründe nennen. Angenommen, der Mörder kam *von draußen* – ist es dann anzunehmen, daß er sich ein öffentliches Lokal aussuchte, um sich mit seinem Opfer zu treffen? Aber gehen wir trotzdem davon aus, daß er diese seltsame Verabredung getroffen hat und daß Small ihn wie abgemacht im Keller erwartete – warum mußte er dann die Tür aufbrechen, um reinzukommen? Hätte Small ihm nicht aufgemacht? Es ist wohl kaum anzunehmen, daß der Mörder rein zufällig um den Gasthof herumging, Small durch das verstaubte Kellerfenster erblickte und sich sagte, ‹Oh, mein Gott, das ist doch Small, mein Erzfeind!› Worauf er dann die Tür eintrat.» Melrose Plant schüttelte den Kopf und schenkte Kaffee ein.

Jury lächelte, da Plant seine eigenen Gedanken wiedergegeben hatte. Er zog seine Players hervor und bot Plant eine an. Sie fingen an zu rauchen.

«Was glauben Sie also, Mr. Plant?»

Plant betrachtete einen Augenblick lang die Bilder an der Wand und sagte dann: «Bei einem solchen Treffpunkt kann es meiner Meinung nach nur eine ganz spontane Sache gewesen sein. Für einen der Anwesenden muß Small überraschend aufgetaucht sein; im Lauf des Abends hat er sich dann mit ihm im Keller verabredet. Die Art und Weise, wie er ihn ermordet hat, scheint das auch zu bestätigen. Der Mörder erdrosselte ihn mit dem Stück Draht von einer Champagnerflasche und steckte dann seinen Kopf in dieses Bierfaß. Soll ich Ihnen den Ablauf schildern?»

«Ich bitte darum.»

«Unser Mörder diskutiert mit Small und dreht dabei den Draht auf, und dann –» Plant hob die Arme und legte sich ein fiktives Stück Draht um den Hals. «Er drückt so lange gegen den Kehlkopf, bis Small ohnmächtig wird, dann steckt er den Kopf des Opfers in das Faß. Das scheint ganz spontan passiert zu sein. Oder ...»

«Was?»

«Es ist natürlich auch möglich, daß der Mord geplant war, dann aber so ausgeführt wurde, daß es spontan aussah. So groteske Details, wie Smalls Kopf in ein Bierfaß zu stecken und Ainsley auf diesen Balken zu stellen –» Plants grüne Augen glitzerten. «Warum das alles? Dieses bizarre Beiwerk kommt mir irgendwie schon zu bizarr vor.»

«Sie meinen, weil es die Aufmerksamkeit auf die Ausführung lenkt und gleichzeitig von etwas anderem ablenkt – zum Beispiel von dem Motiv? Ein Ablenkungsmanöver also?»

«Oder ist der eine Mord nur begangen worden, um von dem andern abzulenken?» gab Melrose zu bedenken. «Ainsley wurde vielleicht nur umgebracht, um Small den ersten Platz streitig zu machen, oder umgekehrt.»

«Damit die Polizei schließlich vor lauter Bäumen den Wald nicht mehr sieht?» Jury ließ sich Kaffee aus der silbernen Kanne nachgießen und dachte, daß Plant ein außergewöhnlich scharfsinniger Mann war. Er hoffte nur, er war nicht der Mörder.

«Komisch», meinte Melrose, «Small und Ainsley schienen hier wirklich völlig fremd gewesen zu sein. Keiner kannte sie, und sie kannten einander auch nicht – oder zumindest sah es so aus. Was für ein Schlamassel; praktisch kommt jeder in Frage, aber keiner scheint ein Motiv zu haben. Es würde die Sache wesentlich vereinfachen, wenn das Opfer einer von uns gewesen wäre.»

«Warum das?»

«Weil dann kein Mangel an Motiven bestünde. Wäre es zum Beispiel Willie Bicester-Strachan gewesen, hätte man Lorraine verdächtigen können. Und wäre ich es gewesen, dann würde es gleich eine Reihe von Verdächtigen geben – angefangen mit meiner Tante. Wäre Sheila Hogg das Opfer gewesen, käme Oliver Darrington in die engere Wahl –»

«Darrington sollte Miss Hogg ermorden wollen? Aber wieso denn?»

«Weil er dann versuchen könnte, Vivian Rivington zur Ehe zu bewegen. Das Geld, Sie verstehen. Zweifellos hat Sheila sich schon genau überlegt, wie sie Oliver erpressen kann, falls er ihr zu entlaufen droht. Und im Falle meiner Tante Agatha käme praktisch das ganze Dorf in Frage.»

«Und bei Vivian Rivington?»

Melrose warf ihm einen prüfenden Blick zu. «Was ist mit Vivian?»

«Die Tatsache, daß Miss Rivington in sechs Monaten ein ziemlich großes Vermögen erben wird, ist doch wohl ziemlich bedeutsam, oder nicht? Wer gewinnt und wer verliert dabei?»

«Ich habe doch nur so herumgespielt. Was hat denn Vivs Vermögen mit Small und Ainsley zu tun?»

«Nichts, soviel mir bekannt ist. Es wäre aber nicht das erste Mal, daß mehrere Leute gekillt wurden, um von dem eigentlichen Motiv abzulenken.»

«Ich kann Ihnen nicht folgen, Inspektor.»

Jury wechselte das Thema. «Mrs. Bicester-Strachan erzählte, Sie hätten eine Zeitlang Ihren Tisch geteilt. An dem Abend, als Small ermordet wurde.»

«Nicht wirklich ‹geteilt›. Ich hab meine Tischhälfte mit einem strategischen Scharfsinn verteidigt, um den mich Rommel beneidet hätte.» Melrose nahm sich eine Scheibe Toast von dem silbernen Toastständer, biß hinein und sagte: «Warum sagt man den Engländern eigentlich nach, sie äßen am liebsten kalten Toast?» Er legte den Rest der Scheibe auf seinen Teller.

«Mrs. Bicester-Strachans Gefühle für Sie scheinen etwas zwiespältig zu sein.»

«Das ist sehr höflich ausgedrückt.» Melrose seufzte und meinte dann: «Nein, Inspektor, zwischen Lorraine und mir hat es nie was gegeben.»

«Und auch nicht zwischen Ihnen und Miss Rivington?»

«Sie erinnern mich an meine Tante. Ich sehe keinen Zusammenhang zwischen meinem Privatleben und dieser Sache.»

«Oh, Mr. Plant, überlegen Sie doch. Wenn wir das Privatleben ausklammern würden, hätten wir überhaupt keine Chance, jemals einen Schuldigen zu finden.»

Plant hob die Hand. «Schon gut, schon gut. Auch wenn meine Tante denkt, jede heiratsfähige Frau der Grafschaft hätte es darauf abgesehen, mich einzufangen und sie um ihr ‹rechtmäßiges› Erbe zu bringen, kann ich Ihnen nur versichern, daß es bis jetzt nur ganz wenige waren, die sich für mich interessiert haben. Es gab natürlich ein paar Frauen in meinem Leben, ganz normale Beziehungen zu ganz normalen schönen Frauen. Ich war einmal verlobt, aber meine Verlobte hat sich wieder entlobt, da sie der Meinung war, ich sei ein

Snob und Müßiggänger, was ich wahrscheinlich auch bin. Es ist der Alptraum meiner Tante, daß eine Frau ‹mich an Land ziehen› könnte, um einen ihrer Amerikanismen zu gebrauchen. Aber keine hat das wirklich vor.»

Jury bezweifelte das, aber er wechselte wieder das Thema. «Wie mir Mr. Scroggs erzählte, kamen mehrere von Ihnen am Abend darauf in die Hammerschmiede – am Freitag, als Ainsley ermordet wurde.»

«Ja. Ich war ungefähr um acht oder halb neun dort. Auch die andern hatten sich wieder beinahe vollständig eingefunden. Neben mir saß Vivian; selbst Matchett kam vorbei und bestellte sich etwas zu essen. Anscheinend hielt er es bei sich nicht mehr aus. Auf jeden Fall gibt es in der Hammerschmiede diesen hinteren Ausgang. Jeder aus Long Piddleton kann dort ein und aus gegangen sein –»

«Ihnen ist das also auch bekannt?»

«Natürlich, es ist jedem bekannt. Es hilft Ihnen also nicht viel weiter, wenn Sie wissen, wer *im* Lokal war.»

«Was halten Sie von dem Gerücht, daß Mr. Matchett sich mit Vivian Rivington verlobt hat?»

«Dazu kann ich nichts sagen. Ich hoffe, nicht.»

«Warum?»

«Weil ich Matchett nicht leiden kann. Sie ist viel zu gut für ihn. Sie sprachen davon, daß das ‹eigentliche› Motiv vielleicht verschleiert werden sollte. Denken Sie denn, daß es noch weitere Morde geben könnte?»

«Ich möchte keine solche Voraussage machen. Sie sagten doch selbst, daß in Long Piddleton mehrere Leute ein Motiv hätten.»

«Ach, das habe ich nicht wirklich ernst gemeint.» Melrose drehte sich nach der Tür um, hinter der ein aufgeregtes Hin und Her und ärgerliche Stimmen zu vernehmen waren.

Ruthven kam herein. «Es tut mir leid, Sir. Es ist Lady Ardry. Sie besteht –»

«Meine *Tante*? Zweimal an einem Tag –?»

Bevor er seinen Satz beenden oder Ruthven zur Seite treten konnte, kam Agatha schon mit fliegendem Cape durch die Tür gestürmt, Ruthven vor sich herschiebend. «Was sehe ich da, alle beide gemütlich bei Nieren und Speck, während das ganze Dorf in Aufruhr ist!»

«Das Dorf ist schon seit Tagen in Aufruhr, Agatha. Was, um Himmels willen, hat dich zurückgebracht?»

Lady Ardry baute ihren Stock vor sich auf und hätte den Triumph in ihrer Stimme wohl kaum verheimlichen können, selbst wenn sie es gewollt hätte. «Was mich zurückbringt? Ich wollte nachsehen, ob Oberinspektor Jury abkömmlich ist. Es gab wieder einen!»

«Wieder einen?»

«Einen Mord. Im *Schwanen*.»

IX

«Als ich das hörte, bin ich sofort zurückgefahren!» sagte Lady Ardry aus dem Rücksitz von Plants Bentley. Fünf Minuten hatte es gedauert, bis der Motor ansprang, jetzt fuhren jedoch alle drei in vollem Tempo die Landstraße entlang, die Dorking Dean mit Sidbury verband.

Jury unterdrückte nur mühsam seinen Ärger. «Warum hat Wiggins mich nicht einfach angerufen? Dann hätten wir die halbe Stunde, die Sie mit Ihrem Fahrrad unterwegs waren, eingespart.»

Sie summte vor sich hin und starrte auf die Felder mit dem schmelzenden Schnee. «Wahrscheinlich wußte er nicht, wo Sie waren.»

Jury drehte sich auf seinem Sitz nach ihr um und sagte mit eiserner Selbstbeherrschung: «Aber Sie wußten es, Lady Ardry.»

Sie strich sich den Rock glatt. «Ich hatte keine Ahnung, daß Sie immer noch bei Plant herumsitzen und Kaffee trinken würden.»

Der Dorfgasthof *Zum Schwanen* war kaum zwei Kilometer von Ardry End und auch nur wenige Kilometer von Dorking Dean entfernt. Als sie ankamen, sahen sie auf dem kleinen Parkplatz vor dem Gasthof bereits drei Polizeiautos stehen. Auch mehrere Sensationslüsterne hatten ihre Autos wahllos am Straßenrand abgestellt. Kaum war Plants Bentley hinter der Kaskade von Schneematsch sichtbar geworden, kam auch schon Wiggins angerannt.

«Tut mir schrecklich leid, Sir. Ich habe überall herumtelefoniert, wirklich, glauben Sie mir –»

Jury beruhigte ihn. «Ich war auf Ardry End –»

«Und frühstückte», warf Agatha ein, die sich mühsam aus dem Auto hievte.

Pratt trat hinzu. «Die Leute haben schon alles inspiziert, Sie können also tun und lassen, was Sie wollen. Ich muß nach Northampton zurück. Der Hauptwachtmeister ist... na ja, Sie können sich's ja denken. Wiggins wird Ihnen alles Weitere erzählen.» Pratt salutierte andeutungsweise und verschwand in dem Wagen, der vorgefahren war.

Melrose Plant mischte sich unter die Leute, und Lady Ardry trabte empört hinter ihm her. Sie schien zu denken, die Tatortbesichtigung wäre in ihrer Abwesenheit nicht richtig vorangekommen und könnte erst jetzt zu Ende geführt werden.

«Pluck!» rief Jury. «Diese Leute sollen sofort aus dem Weg gehen. Der Polizeiarzt braucht Platz für seinen Wagen.» Es sprangen auch ziemlich viele Kinder herum, die sich wohl irgendwelche blutigen Greuel versprachen. Er entdeckte die Doubles unter ihnen und winkte. Ganz hektisch winkten sie zurück.

«Wo ist die Leiche, Wiggins? Und wer hat sie gefunden?»

«Im Garten, Sir. Mrs. Willypoole, die Besitzerin, hat sie gefunden.»

Mehrere Reporter drängten sich zu ihnen vor. «Handelt es sich um einen Geistesgestörten, Inspektor?»

«Kann ich Ihnen nicht sagen. Nach dem, was in den Zeitungen steht, scheinen *Sie* das ja zu glauben.»

«Aber es gibt ein bestimmtes *Grundmuster*: ein weiterer Mord in einem Gasthof, Inspektor.»

«Erklären Sie mir, was es mit dem Muster auf sich hat, wenn Sie dahintergekommen sind.» Jury drängte sich an ihnen vorbei.

Bevor er die Tür öffnete, blieb er einen Augenblick lang stehen und betrachtete das Schild des Gasthofs, das an seiner eisernen Stange knarrte. Die Farben waren schon ziemlich verblaßt, aber der Schwan mit den beiden Hälsen und den beiden in entgegengesetzte Richtung blickenden Köpfen war deutlich erkennbar. Er schwamm fröhlich einen Fluß hinunter, der einmal grün gewesen sein mußte, und seine seltsame Entstellung schien ihn überhaupt nicht zu stören. Über dem Bild stand in hübscher Kursivschrift: *Zum Schwanen mit den zwei Köpfen*.

«Wie sie nur auf so was kommen?» meinte Jury zu Wiggins.

«Ah, wassa?» fragte Wiggins, dessen Stimme sich in den Falten seines Taschentuchs verlor.

«Auf diese Namen, Wiggins, auf diese komischen Namen.»

Jury stieß eine Tür aus Milchglas auf, die offensichtlich zur Bar führte. Eine Frau, Mrs. Willypoole, wie er annahm, kippte gerade ein Gläschen Gin hinunter. Als sie Jury sah, zwang sie sich ein Lächeln ab und schwenkte die Ginflasche wie eine Trophäe.

«Das ist Mrs. Willypoole», sagte Wiggins. «Sie hat ihn gefunden.»

«Inspektor Jury, Madam, New Scotland Yard.» Er zeigte ihr seinen Ausweis, aber es fiel ihr offensichtlich schwer, sich darauf zu konzentrieren. Eine orangefarbene Katze, die sich auf dem Tresen zusammengerollt hatte, öffnete ein blankes Auge. Anscheinend hatte sie an Jurys Papieren nichts auszusetzen; sie gähnte und schlief weiter.

«Wie wär's mit einem Drink, mein Junge?» Jury schüttelte den Kopf. «Du mußt schon entschuldigen, so 'n Schock kriegt man nicht alle Tage. Als ich in den Garten ging, glaub mir –» Sie ließ den Kopf in die Hände fallen.

«Natürlich, ich versteh schon. Mrs. Willypoole. Ich würd mir gern mal den Garten anschauen und Ihnen dann ein paar Fragen stellen.» Sie schien ihn nicht zu hören, und er sagte sich, daß er einen andern Ton anschlagen mußte, wenn er keine völlig bewußtlose Zeugin haben wollte. Er lehnte sich an den Tresen und versuchte, den richtigen Ton zu treffen. «Sie ham ja auch was mitgemacht, aber hör'n Sie, Herzchen, nicht zuviel von dem da.» Er schnipste mit dem Nagel gegen die Flasche. «Ich brauch Sie noch.» Er zwinkerte ihr zu.

Sie blickte zu ihm hoch und setzte das Glas ab. «Hetta heiß ich.» Obwohl sie nicht mehr die Jüngste war, hatte sie doch noch etwas Glamouröses an sich. Trotz Übergewicht und hennarotem Haar sah man sofort, daß das nicht immer so gewesen war. Kleine Gesten und das Knistern von unsichtbarer Seide verrieten, daß sie schon bessere Tage gesehen hatte. Sie verkorkte die Flasche und sagte: «Zum Garten geht's durch diese Tür.»

Es war eisig.

«Warum um Gottes willen ist er mit seinem Bier in die Kälte hinausgegangen?» fragte Wiggins, als sie vor der Leiche standen, die auf einem der Gartentische lag. Neben der Leiche stand ein zur Hälfte geleertes Bierglas.

«Ich nehme an, weil er sich mit jemandem verabredet hatte.»

«Oh. Mit wem denn, Sir?»

Jury warf Wiggins, der anscheinend eine Antwort von ihm erwartete, einen kurzen Blick zu. «Wenn ich das wüßte, Wachtmeister. Schauen Sie sich mal das an.» Jury zeigte auf ein Buch, auf dem die Hand des Ermordeten lag. Da, wie Pratt gesagt hatte, die Leute vom Labor schon dagewesen waren, brauchte er sich wegen der Fingerabdrücke keine Gedanken zu machen, und er zog vorsichtig das Buch hervor. «Sieh an, *Scharf auf Mord*. Von unserm Mr. Darrington.»

Wiggins sagte: «Na so was. Kann doch wohl nur ein Ablenkungsmanöver sein?»

Manchmal verblüffte Wiggins Jury. Er konnte, wie eben, vollkommen blödsinnige Fragen stellen und dann wieder ganz scharfsinnige Schlüsse ziehen. Vielleicht hing das davon ab, ob seine Nase frei oder verstopft war. «Würde mich gar nicht wundern, Wachtmeister. Erzählen Sie mir bitte, was Sie wissen.»

Wiggins holte seine in Zellophanpapier eingewickelte Schachtel mit Hustenbonbons hervor, und Jury wartete geduldig, während er sie umständlich öffnete und sich ein Bonbon in den Mund steckte. «Es handelt sich um einen gewissen Jubal Creed, Sir. Seinem Führerschein entnahmen wir, daß er aus einer Stadt in East Anglia kommt, die Wigglesworth heißt. Gehört zu Cambridgeshire. Die Polizei in Weatherington hat versucht, sich mit seiner Familie in Verbindung zu setzen. Sein Auto stand auf dem Parkplatz vor dem Gasthof. Es wurde auch nach Weatherington gebracht. Er kam gestern abend an und hat heute morgen noch sein Frühstück hier eingenommen. Mrs. Willypoole sagte, er sei gegen 10.30 oder vielleicht auch etwas später heruntergekommen.»

Jury nickte und ließ sich auf ein Knie nieder, um Creed genauer zu inspizieren. Die rote Furche um seinen Hals, das bläulich verfärbte Gesicht und die Augen sagten schon alles. Wiggins hatte sie geschlossen, aber sie wölbten sich noch unter den Lidern. Die Furche um den Hals stammte wahrscheinlich wie bei Small von einem

Stück Draht, das sich in die Haut eingeschnitten hatte. Einen Kampf konnte es wohl kaum gegeben haben.

«Sauber, ordentlich und lautlos. Man braucht nur ein paar Sekunden hinter seinem Opfer zu stehen und –» Jury erhob sich.

«Ich hab Kriminaldirektor Racer angerufen. Ich hoffe, das ist in Ordnung?»

«Danke. Es hat ihn bestimmt interessiert.»

Wiggins gestattete sich ein Lächeln. «Er wollte wissen, warum nicht Sie anrufen. Ich sagte, Sie hätten zuviel zu tun, Sir.»

«Hätte Lady Ardry nicht darauf bestanden, mir die Nachricht persönlich zu überbringen, hätten Sie mich bestimmt schon früher erreicht. Vielleicht sollten wir die alte Sitte wieder einführen und dem Überbringer schlechter Nachrichten den Kopf abschlagen.»

«Sie war mit ihrem Fahrrad unterwegs, und ein Autofahrer hat ihr von dem Mord erzählt. So hat sie es zumindest dargestellt.»

Jury schnaubte. «Dieses Alibi haben wir sofort vom Tisch gefegt, Wiggins.»

Wiggins lachte tatsächlich und mußte sein Inhaliergerät herausholen. Zu allem Übel wurde er auch noch von Asthma geplagt.

«Versuchen Sie herauszufinden, wann und warum Creed von Cambridgeshire aufbrach.» Jury schaute sich Creed genauer an; der Kopf ruhte auf dem Arm, das Gesicht war leicht nach oben gedreht. «Wiggins, was zum Teufel ist denn das?» Jury zeigte auf eine Verletzung, die wie ein kleiner Schnitt auf der Nase aussah. Das Blut schien noch ziemlich frisch zu sein. Jury streckte den Arm aus und drehte den Kopf des Mannes in seine Richtung. Er entdeckte noch einen weiteren Schnitt. Als hätte jemand mit einer Rasierklinge zwei Kerben in den Nasenrücken gehauen. Das meiste Blut war zur andern Seite hin abgeflossen. Die Kerben waren nicht sehr tief, aber sie ließen Jury erschauern. War wieder der Spaßvogel am Werk gewesen? Aber worin lag der Spaß?

Bevor Wiggins sich zu den Kerben äußern konnte, wurde die Tür zum Garten von einem behenden, kleinen Männchen aufgestoßen, der sich als Dr. Appleby vorstellte und sich für sein spätes Erscheinen entschuldigte. Bissig meinte er, er müsse sich auch noch um die Lebenden kümmern. Nachdem er das Opfer schnell und gründlich untersucht hatte, sagte er: «Das wär's mal wieder: Er wurde von einem, der hinter ihm stand, erdrosselt. Der Kehlkopf hat den größten Druck abgekriegt. Die Haut ist etwas verletzt. Wahrscheinlich wurde ein Stück Draht benutzt – wie bei den andern. Schnell, sauber und wenn ich das noch hinzufügen darf –» Appleby musterte Jury über seine randlose Brille mit hochgezogenen Augenbrauen, «der dritte bislang.»

«Das ist also eine Tatsache?» sagte Jury. «Warum erfahre ich solche Dinge nicht von den Londoner Burschen?»

Appleby grunzte. «Nach der Obduktion läßt sich vielleicht noch etwas mehr sagen, aber viel wird's nicht sein. Nicht, wenn es wie bei den andern beiden aussieht. Die Todeszeit kann ich Ihnen auch gleich sagen; es muß zwischen neun und wann immer die Leiche gefunden wurde, gewesen sein – war's nicht um die Mittagszeit?»

«Wir können das noch weiter eingrenzen. Um halb elf hat er noch gelebt.» Jury bot Appleby eine Zigarette an, die der Arzt auch annahm. «Könnte der Mörder nicht auch eine Frau sein?»

«Natürlich. Alle drei waren ziemlich klein – Fliegengewichte. Und schließlich haben wir inzwischen auch eingesehen, daß das schwache Geschlecht gar nicht so schwach ist. Die Tötungsarten jedoch eher untypisch: Gift, Pistolen, derlei Zeug – das ziehen Frauen gewöhnlich vor.»

«Wie chauvinistisch von Ihnen, Dr. Appleby», sagte Jury mit einem Grinsen. «Wie erklären Sie sich denn die beiden Schnitte auf dem Nasenrücken?»

«Das ist wirklich komisch.» Appleby hob Creeds Kopf, um ihn noch einmal genauer anzuschauen, und ließ ihn dann wieder auf den Arm zurückfallen. «Ehrlich gesagt, ich habe keine Ahnung. Scheint noch ziemlich frisch zu sein. Der Mörder?»

«Beim Rasieren kann es nicht passiert sein.»

«Gut, ich möchte mich verabschieden.» Appleby blickte auf die Leiche und sagte: «Plastikplane und Bahre kommen gleich. Bis dann, Inspektor.» Und weg war er.

Jury schlug den Mantelkragen hoch, steckte die Hände in die Tasche und inspizierte seine Umgebung: Es war ein von einer Mauer umgebener Garten mit einer Seitenlänge von ungefähr 15 Metern. Dort, wo die Tische standen, war er gepflastert, der Rest war Rasen. Auf der linken Seite befanden sich die alten Ställe, die zum Teil modernisiert und in Toiletten umgewandelt worden waren. Auf den andern drei Seiten war die Mauer sehr hoch. «Gibt es irgendwelche Öffnungen in dieser Mauer, Wiggins?»

Jury drehte sich um und inspizierte die Rückseite des Schwanen. Die rückwärtige Mauer wies zwei Vorsprünge auf, die einen Teil der gepflasterten Terrasse begrenzten, den Teil, auf dem die Tische standen und in dem sich auch Creed aufgehalten hatte. Das Erdgeschoß hatte zwei Fenster, die sich gleich an die Vorsprünge anschlossen. Aber selbst wenn jemand einen Blick in den Garten geworfen hätte, wäre der Ermordete nicht in seinem Blickfeld gewesen, da der Tisch in der von den beiden Vorsprüngen gebildeten Nische stand. Im Mittelteil gab es keine Fenster; die Terrasse selbst war mit billigem Plexiglas überdacht, das Wind und Regen abhalten sollte. Praktisch für den Mörder, der keine Fußspuren im Schnee hinterlassen wollte. Das Dach versperrte auch jedem die Sicht, der von einem der auf den Hof gehenden Fenster des ersten und zweiten Stocks hinunterblickte. Für ein öffentliches Lokal war es ein erstaunlich abgeschirmtes Plätzchen. Nur der hintere Ausgang war ein Risiko, da die Tür jederzeit geöffnet werden konnte.

«Haben sich die Leute die Mauer auch von außen angesehen, Wiggins?»

«Ja, Sir. Pratt hat seine Männer das ganze Gelände absuchen lassen. Sie haben aber keine Spuren gefunden. Über die Mauer wäre auch keiner so schnell gekommen. Sie ist zu hoch.»

«Hmm», sagte Jury. «Sprechen wir mit Mrs. Willypoole. Gab es noch weitere Gäste?»

«Keine, die übernachteten. Gegen elf, als die Bar geöffnet wurde, kamen zwei Leute aus Long Piddleton vorbei. Miss Rivington und Mr. Matchett.»

Jurys Augenbrauen gingen in die Höhe. «Tatsächlich? Welche von den Rivingtons?»

«Vivian Rivington.»

«Und wieso?»

«Sie sagten, zum Mittagessen.»

«Haben Sie mit ihnen gesprochen?»

«Nein, Sir. Sie waren schon gegangen, als wir hierherkamen.»

«Haben Sie sich mit ihnen in Verbindung gesetzt?»

«Ich habe Pluck losgeschickt; er soll sich darum kümmern, daß sie uns zur Verfügung stehen. Er sagt, sie seien in Long Piddleton.»

Jury schwieg einen Augenblick lang und schaute sich noch einmal prüfend in dem Garten um.

«Sie denken wohl dasselbe wie ich, Sir?»

Am meisten überraschte es Jury zu hören, daß Wiggins überhaupt etwas dachte. Gewöhnlich überließ er das Jury. «Und das wäre, Wachtmeister?»

«Oh, daß das alles reichlich mysteriös ist, das reinste Kriminalstück.»

«Wer immer es war, er muß von *drinnen* gekommen sein. Aber Mrs. Willypoole sagt, Mr. Matchett und Miss Rivington hätten ihren Tisch nicht verlassen. Und sie kann das nur behaupten, wenn sie selbst auch nicht den Raum verlassen hat. Alle drei haben also ihre Alibis.»

«Sehr schlau, Wiggins. Und über die Mauer kann auch keiner geklettert sein. Also kann auch keiner diesen Mord begangen haben. Ist das der Schluß, zu dem Sie gekommen sind?»

Wiggins hatte ein breites Grinsen aufgesetzt. «Richtig, Sir.»

Jury grinste ebenfalls. «Aber jemand muß ihm den Draht um den Hals gelegt haben! Schauen Sie doch noch mal die Mauer von außen an.»

«Sie sagten, Sie hätten den Toten gefunden, als Sie nachschauen wollten, was er denn so lange im Garten trieb?»

«Ja, richtig», sagte Mrs. Willypoole. «Ich fand es gleich ziemlich komisch, daß er nach draußen gehen wollte. Und da lag er dann auf einem der Tische. Zuerst dachte ich, es sei ihm vielleicht schlecht geworden. Aber irgend etwas sagte mir, ich sollte die Finger von ihm lassen.» Sie erschauerte und bat Jury um eine Zigarette.

«Er hat hier übernachtet?»

Sie nickte. «Ich hab nicht so viele Zimmer in Benutzung. Besonders nicht im Winter. Aber er hat vor ein paar Tagen hier angerufen –»

«Angerufen? Von wo?»

Sie zuckte mit den Schultern. «Weiß ich nicht. Er sagte nur, er wolle ein Zimmer für eine Nacht, das war alles. Ich war einigermaßen überrascht, ich meine, wer kennt das Gasthaus denn schon, außer den Leuten aus Dorking Dean oder Long Pidd.»

«Sie wußten, daß er fremd hier war?»

«Na ja, *ich* kannte ihn zumindest nicht. Er hätte auch aus Dorking Dean kommen können, aber dann hätte er ja wohl kein Zimmer gebraucht.»

Jury hatte das Fremdenbuch aufgeschlagen vor sich liegen. «Jubal Creed. Er sagte nicht, was er vorhatte?» Sie schüttelte den Kopf. «Sagte er etwas, als er nach draußen ging?»

«Nur, daß er frische Luft schnappen wolle.»

«Haben Sie häufig Gäste aus Long Piddleton?»

«Ja. Ziemlich viele. Meistens sind sie auf dem Weg nach Dorking Dean oder fahren noch weiter. An dem Morgen waren zwei da, das habe ich auch schon Ihrem Wachtmeister gesagt.»

«Und das waren Simon Matchett und Miss Rivington?» Sie nickte. «Kennen Sie sie?»

«Ihn schon. Er ist der Besitzer der Pandorabüchse.» Ihr Blick wurde weicher. «Ein netter Mann, dieser Mr. Matchett. Sie war auch schon ein paarmal hier, aber kennen tu ich sie eigentlich nicht.»

«Warum sind sie denn gekommen?»

«Warum? Sie wollten etwas essen – ein Bauernfrühstück – Brot und Käse.»

«Um welche Zeit war das?»

«So gegen elf. Zum Mittagessen war es noch zu früh.»

«Sind sie zusammen angekommen?»

«Sie kamen zusammen *herein*. Aber ich hab gesehen, daß sie in verschiedenen Autos kamen und sich erst hier trafen.»

«Sie sagten, das war um elf Uhr?»

«Kurz danach. Auf die Minute genau kann ich es nicht sagen, aber ich erinnere mich, daß ich die Bar für ihn aufgemacht habe.»

«Sind sie an der Bar gesessen und haben sich unterhalten? Oder was machten sie?»

«O nein, ich habe ihnen das Essen an den Tisch da in der Ecke gebracht.» Sie zeigte auf den hintersten der Tische. «Sie konnten also nicht hören, über was sie sprachen?»

«Nein.»

«Ist einer von ihnen mal aufgestanden?»

«Nein. Und ich war die ganze Zeit hinter der Bar, ich bin mir also ganz sicher.»

«In den Garten kommt man nur durch die hintere Tür?» Sie nickte. «Ich habe gesehen, daß die Terrasse zum Teil von den beiden Vorsprüngen eingefaßt wird.» Jury nahm Wiggins' Hustenbonbons in die Hand und schob die Schachtel zwischen die Ketchup-Flasche und die Branton-Pickles. «Hinter den Vorsprüngen sind auch Fenster, aber man kann von ihnen nicht in diesen Teil des Gartens sehen.» Er legte die Hand auf die Packung mit den Hustenbonbons. «Die Terrasse ist also nur von einem Punkt aus einsichtig, von der Tür. Und die war zu, weil es Winter ist.» Sie nickte wieder.

«Kennen Sie ein paar von diesen Leuten, Hetta?» Jury rasselte die Namen der Leute herunter, die an dem Abend, an dem Small ermordet wurde, in der Pandorabüchse gewesen waren.

«Sie waren alle schon mal hier. Sogar der Pfarrer. Ich könnte Ihnen wahrscheinlich nicht sagen, wie sie aussehen, aber ihre Namen kommen mir bekannt vor.»

«Wie lange haben sich Mr. Matchett und Miss Rivington hier aufgehalten?»

Sie fuhr sich mit einem roten Fingernagel, von dem der Lack schon teilweise abgesplittert war, über die Stirn. «Hmmm. Vielleicht eine Stunde, vielleicht auch nur eine dreiviertel Stunde.»

In diesem Augenblick kam Wiggins mit einem sehr zufriedenen Gesichtsausdruck durch den Vordereingang des Schwanen. «Ich hab was gefunden, Sir. Ein Fenster. Kommen Sie doch mal mit nach draußen.» Als Jury sich erhob, fiel Wiggins' Blick auf das Ketchup- und Hustenbonbon-Arrangement, und er schnappte sich seine Packung.

«Vielen Dank, Hetta.» Jury lächelte. «Sie haben uns sehr viel weiter geholfen.»

Hetta erinnerte sich anscheinend, daß es für einen Versuch nie zu spät war. Sie zog ihren Pullover glatt, damit ihre Formen besser zur Geltung kamen, und strich die roten Locken nach hinten. «Einer, der gleich durchdreht, ist für dieses Gewerbe nicht geeignet. Ich hab das immer gesagt. Früher hab ich auch schon welche eigenhändig aus dem Lokal befördert, Mr. Jury. Männer müssen lernen, nicht nach allem zu grapschen, stimmt's?» Sie blickte Jury lächelnd an.

«Absolut. Falls wir noch ein paar Fragen haben, können wir uns dann wieder an Sie wenden?»

«Aber ja.» Ihr Lächeln wurde immer kecker.

«Es ist die Toilette, Sir», sagte Wiggins und zeigte nach oben. Sie standen draußen vor der Mauer, vor dem Teil, den die ausgebauten Ställe bildeten. «Es ist nicht besonders schwierig, ich hab eben selbst das Fenster aufgestoßen und mich durchgezwängt. Dann bin ich durch die Tür in den Hof gegangen.»

Jury blickte von dem Fenster auf den Boden. Der Schnee war beinahe geschmolzen, und der Boden war steinhart. Spuren waren wohl kaum zu erwarten. Jury ging in die Hocke. «Pratts Leute müssen hier auch gewesen sein. Ich frage mich, ob –»

Er hörte hinter sich ein Pssst. Als er sich umdrehte, um festzustellen, aus welcher Richtung es kam, sah er einen kleinen Kopf hinter einer Eiche verschwinden.

«Was war denn das, Sir?» fragte Wiggins verstört und schlug den Mantelkragen hoch, als wolle er sich gegen irgendwelche seltsamen Waldgeister schützen.

«Ich kann mir's schon denken», sagte Jury und beobachtete den Baum. Der Kopf zeigte sich wieder, und über ihm tauchte auch noch ein zweiter auf.

Pssst. Pssst.

«Kommt schon raus aus euerm Versteck», rief Jury so autoritär wie nur möglich.

Es wirkte. Die beiden erschienen auf der Stelle und ließen die Köpfe noch tiefer als gewöhnlich hängen. Die kleine Hand des Mädchens zerknautschte den Saum ihres Mantels.

Jurys Stimme klang etwas freundlicher. «Was macht ihr denn da, ihr beiden, James und James?»

Der Junge, wie immer der Tapfere, blickte von Jury auf Wiggins, den er einer gründlichen Inspektion unterzog, und dann wieder auf Jury; sein Gesicht sagte alles. *Schick den da weg. Oder wir sagen kein Wort.*

«Wiggins, schauen Sie doch mal nach Hetta, vielleicht ist ihr nach ein paar Gläschen noch etwas eingefallen.»

Kaum war der Wachtmeister verschwunden, hüpfte das Mädchen von einem Bein aufs andere, und der Junge sagte beinahe ehrfürchtig: «Spuren!» Er deutete mit dem Finger auf den Wald. Gleich hinter der Mauer stand eine Gruppe Eichen, die in einen kleinen Wald überging.

Das kleine Mädchen blickte Jury mit tellergroßen blauen Augen an, offensichtlich noch ganz fassungslos, daß ihre Lektion so schnell Anwendung gefunden hatte.

James flüsterte aufgeregt, während er Jury mit sich zog: «Wir haben es genauso gemacht, wie Sie gesagt haben, Mr. Jury. Wir haben nach was Komischem geschaut. Sie meinten doch, bei einem Mord gibt es immer was Komisches.»

Hatte er das gesagt, fragte sich Jury, als sie ihn wie einen Kinderwagen vor sich her schoben. Schließlich ließen sie ihn los und rannten zwischen den Bäumen voraus. Im Wald lag noch sehr viel mehr Schnee als bei dem Gasthof, und als er sie wieder eingeholt hatte, deutete James auf den Abdruck eines Schuhs oder eines Stiefels. Ein paar Schritte weiter war noch einer, auch an einer Stelle, an der der Schnee nicht geschmolzen war. Nach ungefähr sechs Metern hatten sie eine kleine Lichtung erreicht; der Boden war hart gefroren und zerfurcht.

James zeigte zurück auf die von Bäumen verdeckte Landstraße von Sidbury nach Dorking Dean und sagte: «Früher gab es hier auch mal eine Straße. Aber niemand benutzt sie mehr. Sie ging auch nach Dorking.»

Jury entdeckte alte Reifenspuren, und als er sich bückte, um sie genauer zu inspizieren, bemerkte er, daß eine zumindest doch nicht so alt aussah.

Jury stand auf. «James», sagte er, und «James.» Er legte seine Hand auf die gestrickte Mütze des Mädchens. «Wirklich glänzend!» Mit offenen Mündern starrten sie einander an, überwältigt, daß ein Wort, das für Gold und Kronjuwelen reserviert war, nun auf sie angewandt wurde. Jury zog seine Brieftasche hervor und sagte: «Scotland Yard zeigt sich in solchen Fällen immer erkenntlich.» Er gab jedem eine Pfundnote, die sie kichernd in Empfang nahmen. «Ihr dürft natürlich nichts von dieser Entdeckung verlauten lassen.» Das Kichern verstummte, die Köpfe nickten, und ein feierliches Schweigen breitete sich aus. «Und jetzt ab nach Hause. Macht keine Dummheiten, ich brauche euch noch.» Die beiden verschwanden zwischen den Bäumen, aber eine Minute später tauchte der Junge wieder auf und schob etwas in Jurys Hand.

«Das ist für Sie, Sir. Ich hab es selbst geschnitzt.» Er rannte wieder los. Einmal drehten sich beide noch nach Jury um, winkten stürmisch und waren dann weg.

Jury betrachtete sein Geschenk. Es war eine kleine Schleuder, eine sehr primitive, mit einem Gummiring als Band. Er lächelte. Dann tappte er im Schnee herum und suchte nach Steinen; er fand ein paar kleinere Kiesel und zielte probeweise auf die Bäume. In James' Alter hatte er einmal aus einer Entfernung von ungefähr 300 Metern eine ganze Reihe von Schulfenstern zertrümmert.

Dann blickte er sich wie ertappt um. Er steckte die Schleuder in die Innentasche seines Mantels und stapfte zum Schwanen zurück.

X

«Der Boden war steinhart, aber wir haben es doch geschafft, einen Vergleichsabdruck von den Reifenspuren zu machen», sagte Superintendent Pratt. Die Füße hatte er auf der Platte von Wachtmeister Plucks Schreibtisch liegen.

«Ich glaube aber, es hilft uns genausowenig weiter wie die Fußspuren. Mir ist niemand bekannt, der solche Quadratlatschen trägt. Und wenn er so schlau war, seine Schuhe zu wechseln, dann hat er bestimmt auch daran gedacht, die Reifen zu wechseln.»

«Hmm. Wir gehen der Sache auf jeden Fall nach. Es war ein ziemlich sicheres Plätzchen, um den Wagen abzustellen.» Pratt schloß die Augen, als wolle er sich noch einmal die Lichtung vergegenwärtigen. «Von der Straße nicht einsehbar, weil die Bäume und dieser kleine Hügel sich davor befinden.» Er öffnete die Augen und blickte Jury an. «Was die Schnitte auf der Nase betrifft –»

Pratt wurde jedoch von Wachtmeister Pluck unterbrochen, der Lady Ardry ankündigte. «Sie haben sie hierherbestellt, Sir? Zumindest behauptet sie das.» Pluck war entsetzt und blickte Jury an, als wäre er von allen guten Geistern verlassen.

«Ja, ich habe sie kommen lassen. Und wenn Miss Rivington und Mr. Matchett hier eintreffen, sagen Sie ihnen bitte, sie sollen sich etwas gedulden.»

Lady Ardry stand jedoch bereits im Zimmer; sie hatte Pluck ihren Stock vor die Brust gehalten und ihn beiseite geschoben. Pratt trank seinen Tee aus und sagte, er müsse gehen. Er nickte und verschwand.

Agatha nahm in ihrem voluminösen, über den Stuhl wallenden Cape Platz, ihren Spazierstock hielt sie mit beiden Händen umklammert. Jury hatten es besonders die Handschuhe angetan; sie waren aus brauner Wolle gestrickt, und die Finger waren oberhalb der Knöchel abgeschnitten. Wahrscheinlich hatte ein Finger ein Loch gehabt, und sie wollte es nicht flicken. Sie genoß es offensichtlich, von ihm hergebeten worden zu sein. «Handelt es sich um diesen Creed?»

Jury war überrascht. «Woher wissen Sie denn seinen Namen, Lady Ardry?»

«Vom Stadtausrufer», sagte sie mit einem boshaften Lächeln. «Wachtmeister Pluck. Ich hab Sie vor ihm gewarnt, erinnern Sie sich? Er posaunt die Geschichte überall herum.» Sie blies die Backen auf und gab ihre Schlußfolgerung zum besten. «Inspektor, es sieht ganz so aus, als würde dieser Irre sich immer noch in Long Piddleton herumtreiben!»

«Wollen Sie etwa sagen, daß irgendein Fremder hier herumhängt und nur darauf wartet, wieder zuschlagen zu können?»

«Großer Gott, meinen Sie denn etwa, daß es jemand ist, der hier *lebt*?» schnaubte sie. «Sie haben eben mit unserm verrückten Melrose gesprochen.» Das klang so, als beziehe Scotland Yard seine Hinweise ausschließlich von dem verrückten Melrose.

«Ich befürchte, dieser Irre, falls es überhaupt ein Irrer ist, befindet sich unter ihnen, Lady Ardry.» Sie fuhr empört hoch. «Sie haben gesagt, Sie seien mit Ihrem Fahrrad die Straße nach Dorking Dean entlanggefahren. Um wieviel Uhr war das?»

«Nachdem ich Sie und Melrose verlassen habe, wann denn sonst?»

Sie Idiot, hörte Jury sie im Geist hinzufügen. «Ja, gut. Aber können Sie es nicht etwas genauer sagen? Wie lange brauchten Sie von Ardry End bis zu der Straße?»

Ihre Stirn legte sich in tiefe Falten, so angestrengt dachte sie nach. «Eine Viertelstunde.»

«Und auf dem Weg zur Dorking Dean Road überholte sie dann das Auto?»

«Das Auto? Welches Auto?»

Jury betete um Geduld. «Dieses Auto, das, wenn ich recht verstanden habe, anhielt und dessen Fahrer Ihnen dann erzählt hat, was im Schwanen passiert ist.»

«Ach, *dieses* Auto? Warum haben Sie das nicht gleich gesagt. Ich war bereits auf der Straße nach Dorking Dean. Das war Jurvis, der Fleischer. Er hatte den Auflauf vor dem Schwanen gesehen und mir davon erzählt.»

«Bis zu dem Gasthof war es dann ungefähr noch ein Kilometer», schätzte Jury. «Sie hätten das in ein paar Minuten geschafft.»

«Ja, wenn ich gewollt hätte. Ich kann diese gräßliche Willypoole nicht ausstehen, aufgetakelt wie sie ist. Aber was kann man von so einer schon erwarten.»

Jury unterbrach sie. «Theoretisch können Sie also gegen halb elf hier losgefahren und noch vor zwölf am Schwanen gewesen sein.» Jury wartete darauf, daß sie begriff.

Sie begriff jedoch nicht. «Warum hätte ich das tun sollen?»

Jury unterdrückte ein Lächeln. «Also, *eine* gute Nachricht habe ich für Sie.» Er blickte auf das Stück Papier, auf dem er die Zeiten überschlagen hatte. «Aber ich möchte, daß niemand davon erfährt», flüsterte er.

Sie lag beinahe auf dem Schreibtisch, so begierig war sie, das Geheimnis zu erfahren. «Meine Lippen sind versiegelt.» Sie legte einen aus dem Handschuh ragenden Finger auf ihren Mund.

«Es gibt eine Person in Long Piddleton mit einem absolut hieb- und stichfesten Alibi.» Er lächelte.

Agatha reckte den Kopf wie ein großer Vogel und plusterte sich auf. «Das bin natürlich ich.»

Jury blickte sie mit gespielter Verwunderung an. «Oh, nein, Gnädigste. Ich hab Ihnen das doch gerade eben vorgerechnet. Die Zeiten, überlegen Sie doch! Nein, es ist Melrose Plant.» Er setzte sein gewinnendes Lächeln auf. «Ich wußte, daß Sie das freuen würde.»

Ihr Mund klappte auf und zu. Ihr Gesicht war puterrot. «Aber –»

«Wie Sie wissen, war Mr. Plant von elf Uhr dreißig bis zu dem Zeitpunkt, als Sie wieder zurückkamen, mit mir zusammen. Und vorher war er mit Ihnen zusammen.»

Sie spielte an ihrem Stock herum, zog an den Enden ihrer Handschuhe und blickte verstört um sich. Dann fing sie an zu strahlen. «Aber dann habe ich ja auch ein Alibi!» Der Stolz auf ihren Scharfsinn stand ihr im Gesicht geschrieben, als sie das Kinn in die Hand legte und die Ellbogen auf den Schreibtisch aufstützte.

«Wie kommen Sie darauf. Creed wurde zwischen halb elf und zwölf ermordet. Und wir wissen auch, wann Sie von Ardry End losgefahren sind und wie lange Sie bis zu dem Gasthof gebraucht hätten –»

Endlich dämmerte es ihr. Er beobachtete, wie die Röte sich auf ihrem Hals und ihrem Gesicht ausbreitete. Sie baute sich vor ihm auf. «Wäre es das jetzt, Inspektor?» Ihre Stimme bebte, und er wußte ganz genau, was sie am liebsten mit ihrem Stock getan hätte.

«Für den Augenblick, ja. Aber halten Sie sich bitte für weitere Fragen bereit.» Jury lächelte strahlend.

Kaum war ihre voluminöse Gestalt aus der Tür, drehte er sich nach dem Fenster hinter ihm um und lachte.

Da er immer noch lauthals lachte, hörte er kaum, wie die Tür hinter ihm auf und zu ging. Erst als er die Stimme hörte, blickte er sich um.

«Inspektor Jury?»

Ohne einen klaren Gedanken fassen zu können, fuhr er herum, das Gesicht immer noch zu einem Grinsen verzogen.

«Ich bin Vivian Rivington. Ihr Wachtmeister sagte mir, ich solle hereinkommen.» Sie schaute ihn mit gerunzelter Stirn ratlos an.

Jury stand einfach nur da, idiotisch lächelnd und unfähig, sich zu rühren. Er hatte nur einen Blick auf Vivian Rivington geworfen und sich Hals über Kopf in sie verliebt.

Es stimmte, daß sie einen dunkelbraunen Pullover mit einem Gürtel trug, wie Lady Ardry gesagt hatte, aber die Hände hatte sie nicht zu Fäusten geballt. Sie zerknautschten vielmehr – ähnlich wie die kleine James das zu tun pflegte – den Saum ihres Pullovers. Ihre Farben waren die eines Herbsttages, lohfarben und tiefgolden, mit einem rötlichen Schimmer wie eine Abendlandschaft. Ihr karamelfarbenes Haar glänzte seidig; das Gesicht war dreieckig und ohne Make-up; die Augen waren bernsteinfarben und wie Halbedelsteine in sich gesprenkelt. Vor allem war es aber ihre Ausstrahlung, die ihn an Maggie erinnerte: eine Trauer, die ihr seltsamerweise etwas Leuchtendes verlieh. Auf ihn wirkte sie charismatisch.

Ihr verlegenes Hüsteln brachte ihn aus weiter Ferne zurück. Jury ging um den Schreibtisch herum, streckte seine Hand aus, zog sie zurück und streckte sie dann wieder aus. Sie starrte zweifelnd darauf, als würde er sie gleich wieder zurückziehen und sie ins Leere greifen lassen.

Jury versuchte gerade, sich zu zwingen, ihr seine Fragen zu stellen, überhaupt etwas zu sagen, als Wiggins den Kopf durch die Tür steckte und Mr. Matchett ankündigte. Jury sagte: «Danke. Ich werde gleich mit ihm sprechen. Können Sie bitte hierbleiben und mitschreiben, Wachtmeister Wiggins.» Er übersah geflissentlich Wiggins fragenden Blick.

Er hätte ihn genausogut bitten können, das Lindisfarne-Evangelium zu vervollständigen, so feierlich klang seine Stimme. «Miss Rivington», sagte er und fuhr sich mit der Hand durch die Haare, als wäre ihr Gesicht ein Spiegel. «Ich bin Inspektor Jury. Richard Jury. Bitte setzen Sie sich.»

«Danke.»

Er blickte auf das Stück Papier, auf dem er bei verschiedenen Gelegenheiten herumgekritzelt hatte, und entdeckte darauf Figuren, die an beleibte Damen in großen Capes erinnerten. Dann faltete er die Hände auf dem Schreibtisch und versuchte eine todernste Miene aufzusetzen. Anscheinend gelang ihm das nur zu gut, denn sie blickte hilfesuchend zu Wiggins hinüber. Wiggins lächelte, und sie schien sich etwas zu entspannen.

Jury bemühte sich, freundlicher dreinzublicken. «Miss Rivington, Sie waren im Schwanen, als, äh, ich meine, kurz bevor...» Er wollte sich nicht so kraß ausdrücken, aber er fand nicht die richtigen Worte.

«Als der Mann ermordet wurde. Ja.» Sie senkte den Blick.

«Können Sie mir sagen, was Sie dort getan haben?»

«Ja, natürlich, ich war zum Mittagessen dort. Ich hatte mich mit Simon Matchett verabredet.»

Matchett. Jury hatte völlig vergessen, daß Matchett angeblich mit dieser Frau verlobt war. Er konnte sie danach fragen. Nein, besser nicht; zumindest nicht jetzt.

«Habe ich etwas Falsches gesagt, Inspektor?»

«Etwas Falsches? Nein, nein, natürlich nicht.» Er mußte wohl sehr stark die Stirn gerunzelt haben, da sie so besorgt aussah. Er konzentrierte sich auf Wiggins, um ihn als Quelle seines Mißbehagens erscheinen lassen. «Haben Sie das – haben Sie auch nichts vergessen, Wachtmeister Wiggins?»

Wiggins Kopf ging in die Höhe. «Entschuldigen Sie... Was denn, Sir? Ja, ja, natürlich, warum...?!»

Jury nickte seinem Wachtmeister zu und widmete sich wieder Vivian Rivington. «Erzählen Sie, Miss Rivington.»

«Eigentlich gibt es gar nichts zu erzählen. Simon mußte nach Dorking Dean, und wir wollten uns danach um elf Uhr im Schwanen zum Mittagessen treffen.»

«Gehen Sie dort oft hin?»

«Nein, nur ab und zu. Um aus Long Piddleton rauszukommen, und da er sowieso nach Dorking mußte...» Sie verstummte.

Jury riß kleine Stückchen von Plucks Löschblatt. Er räusperte sich. «Sie haben diesen Mann nicht gesehen?» Sie schüttelte den Kopf. «Und Sie sind die ganze Zeit nicht von Ihrem Tisch aufgestanden?» Wieder schüttelte sie den Kopf. «Diese Mrs. Willypoole war auch die ganze Zeit über in der Bar?»

Vivian runzelte die Stirn und dachte nach. «Ganz sicher bin ich mir nicht. Ich glaube aber.»

«Und Sie und Mr. Matchett verließen das Lokal gegen Mittag?»

«Ja.» Sie war etwas an den Schreibtisch herangerückt und legte ihre Finger auf den Rand. «Auf was wollen Sie hinaus, Inspektor Jury?» fragte sie. Jury betrachtete ihre Finger – unlackierte Nägel wie eine kleine Kette von Opalen – und legte das Löschblatt aus der Hand. «Wenn ich das wüßte.» Selten hatte eine Antwort so matt geklungen.

«Kamen Sie nach Mr. Matchett an? Oder mit ihm zusammen?»

«Wir kamen jeder in seinem Auto, waren aber ungefähr zur selben Zeit da. Ich kann nicht glauben –» Sie ließ den Kopf in ihre Hände fallen, hob ihn aber gleich wieder, als wäre diese Geste viel zu dramatisch. Wie ein zurechtgewiesenes Kind setzte sie sich aufrecht auf ihren Stuhl. Jury hatte den Eindruck, daß Vivian Rivington sich ständig selbst zurechtwies. «Am schlimmsten ist, daß dieser Mann ermordet wurde, während ich sozusagen dabeisaß. Darüber komme ich einfach nicht weg.»

Auch Jury kam nicht darüber weg.

«Inspektor? Ist alles in Ordnung?» Sie lehnte sich besorgt zu ihm hinüber. «Wahrscheinlich arbeiten Sie viel zu viel.»

«Mir fehlt nichts. Hören Sie, es gibt da noch ein paar Fragen, aber im Augenblick würde ich mich gern mit Mr. Matchett unterhalten.» Er brannte darauf, sie nach Matchett zu fragen. Er befeuchtete seine Lippen, ließ aber kein Wort darüberkommen. Dann wandte er sich Wiggins zu: «Bitte begleiten Sie Miss Rivington hinaus und sagen Sie Mr. Matchett, ich wäre gleich soweit.»

«Ja, Sir.» Wiggins erhob sich, nahm sein Taschentuch und Notizbuch und öffnete Vivian die Tür; sie warf dem Oberinspektor noch einen fragenden Blick zu, bevor sie sich umdrehte und hinausging.

Jury ließ sich auf seinen Stuhl fallen und holte tief Luft. *Du Idiot*, beschimpfte er sich, *du dämlicher Schwachkopf*.

Als Matchett hereinkam und Platz nahm, machte Jury sich immer noch die schwersten Vorwürfe.

Jury bot ihm eine Zigarette an und stellte ihm dieselben Fragen wie Vivian Rivington.

«Ich habe das unangenehme Gefühl», sagte Matchett, «daß ich an erster Stelle rangiere.»

«Bei was?»

«Oh, tun Sie doch nicht so unschuldig, Inspektor. Der Superintendent hat Sie bestimmt von dieser Sache mit meiner Frau unterrichtet. Wie viele Verdächtige haben Sie schon, die in einen Mordfall verwickelt waren?» Er versuchte zu lächeln, aber es wirkte nicht sehr überzeugend. Jury konnte ihm das nachfühlen.

«Ich glaube, jeder hat schmutzige Wäsche, die er nicht in der Öffentlichkeit waschen will.»

Simon Matchett starrte düster auf seine Zigarette. «Aber vielleicht nicht gerade eine ermordete Ehefrau.»

Jury unterzog ihn einer gründlichen Inspektion. Im Gegensatz zu Oliver Darrington schien er keine besondere Vorliebe für italienische Seide und Maßanzüge aus Savile Row zu haben. Jury war jedoch überzeugt, daß sein Geschmack nicht weniger kostspielig war, er trug ihn nur nicht so auffällig zur Schau. Matchetts Stil war eher eine Art sorgloses Understatement, was Kleidung, Auftreten und Ausdrucksweise betraf. Er trug Blue Jeans und ein Baumwollhemd, dessen Ärmel über die Handgelenke hochgerollt waren. Schlicht genug. Nur jemand mit Jurys Beobachtungsgabe konnte erkennen, daß das Hemd ein teures Liberty-Lawn-Hemd war und daß die Blue Jeans aus demselben Konfektionsgeschäft stammten. Ein solcher Schnitt war bei Marks und Sparks nicht zu finden. Nein, er war sehr viel subtiler als Darrington. Darrington kleidete sich wie eine Schaufensterpuppe. Matchett hingegen wirkte wie ein Schatten, der sich hinter einer Jalousie bewegt. Er konnte jeder Frau suggerieren, es stehe allein in ihrer Macht, diese Jalousie hochzuziehen.

«Unterhalten wir uns über diesen spezifischen Mord, Mr. Matchett. Gab es irgendeinen besonderen Grund, weshalb Sie gerade im Schwanen zu Mittag gegessen haben?»

«Nur, daß er auf dem Weg lag.»

Jury warf ihm einen Blick zu. Zufälle gab es natürlich immer. Aber er wurde nicht dafür bezahlt, daß er an Zufälle glaubte.

Matchett fuhr fort. «Ich finde es nur seltsam, daß der Mann die ganze Zeit über in der Kälte herumstand.»

«Er muß ja nicht unbedingt die ganze Zeit *am Leben* gewesen sein, oder?»

Matchett zuckte zusammen. «Ich scheine wohl Mörder anzuziehen.»

«Hmm, tun Sie das?»

«Das ist bereits das zweite Mal, daß ich mich an einem Ort aufgehalten habe, an dem ein Mord verübt wurde.»

Zumindest besaß er den Anstand, Vivian Rivington aus dem Spiel zu lassen.

«Hielt sich Mrs. Willypoole die ganze Zeit über in der Bar auf, während Sie da waren?»

Matchett dachte einen Augenblick lang nach und nickte. «Ja. Sie hat sich ein Glas eingeschenkt und Zeitung gelesen.»

«Und Sie haben sonst niemanden gesehen? Keiner ist durch diese Tür in den Hof gegangen?»

«Nein. Ich bin mir da ganz sicher. Wir saßen mit dem Gesicht zur Tür.»

«Erzählen Sie mir von Ihrer Frau, Mr. Matchett. Ich habe das Protokoll gelesen, aber vielleicht können Sie auf ein paar Punkte noch etwas näher eingehen.»

«Ja, natürlich. Wir lebten in Devon und hatten – das heißt, sie hatte – mehrere Gasthöfe. Die Ziege mit dem Kompaß, in dem wir wohnten, war einer davon. Es war einer dieser alten Gasthöfe mit einer Galerie auf jeder Etage. Ich dachte, in dem Innenhof könnte man gut mal ein altes Stück aufführen. Wir ließen alles dafür herrichten: die Bühne und ein paar Bänke für das Publikum. Auf den

Galerien brachten wir auch Leute unter, wenn der Platz unten nicht reichte. Nach dem ersten Sommer kamen erstaunlich viele. Es waren zwar nicht gerade die Chichester Festspiele, aber wir hatten doch ziemlich Erfolg damit. Um auch nachts spielen zu können, ließen wir Scheinwerfer installieren.

Habe ich eigentlich schon erwähnt, daß ich einmal Schauspieler war? Vielleicht kein sehr guter, aber für ein paar kleinere Rollen im West End hat es gereicht. Über die Schauspielerei habe ich auch Celia, meine Frau, kennengelernt. Sie bildete sich ein, eine talentierte Schauspielerin zu sein, und tauchte eines Sommers bei einer Sommer-Inszenierung in Kent auf. Wahrscheinlich hat ihr Vater sich ihre Rolle einiges kosten lassen. Er war vermögend, vor allem hatte er sehr viel Grundbesitz. Zum Beispiel gehörten ihm diese ganzen Gasthöfe. Zwei weitere davon in Devon, Der Eiserne Teufel und Der Sack voll Nägel. Als Celia sie übernahm, wurde jeder Pfennig zweimal umgedreht. Ich möchte mich nicht weiter darüber auslassen, warum unsere Ehe nicht glücklich war, es gab viele Gründe dafür. Nach fünf Jahren konnte ich sie nicht mehr ausstehen. Sie war schrecklich besitzergreifend. Ich wollte weg. Damals spielten sich die schrecklichsten Szenen zwischen uns ab. Ich könnte Ihnen da einiges erzählen.» Und bissig fügte er noch hinzu: «Die Dienstboten übrigens ebenso. Und als die Polizei kam, taten sie das auch.»

«Warum haben Sie sie nicht verlassen?»

«Ich war drauf und dran. Damals tauchte dann Harriet-Gethvyn-Owen auf, ein entzückendes Geschöpf. Auch eine Laienschauspielerin, nur war sie begabt, ziemlich begabt sogar. Eines ergab das andere – die alte Geschichte. Wir verliebten uns. Ein Grund mehr für mich, Celia zu verlassen.

In jenem Sommer hatten wir *Othello* auf dem Programm. Etwas vermessen von mir, aber ich war schon immer auf diese Rolle scharf gewesen. Harriet spielte Desdemona. Celia war mißtrauisch geworden und richtete sich in einem Zimmer gegenüber der Bühne ein kleines Büro ein. Der hintere Teil des Hofs mit der zweiten Etage und der Galerie, die um den ganzen Innenhof geht – wußten Sie übrigens, daß solche Gasthäuser die Vorläufer unserer Theater waren? –, hatten mich überhaupt erst auf die Idee gebracht. Celias Büro war also gerade ein paar Meter von der Bühne entfernt. So besitzergreifend war sie. An dem Abend, als sie umgebracht wurde, hatte ihr das Hausmädchen – Daisy Soundso – wie üblich etwas Heißes zu trinken gebracht. Eine halbe Stunde später kam dann die Köchin, Rose Smollet, um das Tablett abzuholen, und sah Celia zusammengesackt an ihrem Schreibtisch sitzen. Sie war tot.» Matchett zog an seiner Zigarette. «Der Schreibtisch war gründlich durchsucht worden, der Safe geöffnet. Schließlich wurde der Fall zu den Akten gelegt – Täter unbekannt.»

«Aber doch nicht sofort?»

Matchetts Lachen klang bitter. «Oh, bestimmt nicht, wie Sie sich denken können. Ich war natürlich der Hauptverdächtige. Großer Gott, meine Motive lagen sozusagen auf der Hand. Hätte ich nicht auf der Bühne gestanden, als Celia ermordet wurde, wäre ich bestimmt im Gefängnis gelandet. Und Harriet vielleicht auch. Was lag näher, als daß der Ehemann und seine Geliebte die eifersüchtige Ehefrau um die Ecke brachten – aber damit hatten sie kein Glück. Wir führten nämlich zu diesem Zeitpunkt gerade unser Stück auf.»

«Ich nehme an, es gab genügend Leute, die bezeugen konnten, daß Sie auch derjenige waren, der vor ihnen auf der Bühne stand?»

«Dreißig oder vierzig. Das dürften wohl genug Zeugen sein.» Diesmal konnte Matchett sich ein Lächeln erlauben.

«Das perfekte Alibi.»

Matchett drückte seine Zigerette aus und lehnte sich etwas vor. «Inspektor, in Darringtons schwachsinnigen Detektivgeschichten ist immer von ‹perfekten› oder von ‹hieb- und stichfesten› Alibis die Rede. Und immer mit diesem Unterton, den Sie gerade hatten. Meiner Meinung nach ist ein Alibi, das nicht perfekt ist, überhaupt kein Alibi. Ich würde ein perfektes Alibi als einen Pleonasmus bezeichnen. Und ich weiß nicht, was ich davon halten soll.»

«Da haben Sie nicht ganz unrecht, Mr. Matchett.»

«Außerdem haben Unschuldige immer ein ‹perfektes› Alibi, einfach weil sie unschuldig sind.»

«Stimmt auch, Mr. Matchett. Aber eigentlich hatte ich überhaupt keinen Hintergedanken, als ich das sagte.»

«Den Teufel hatten Sie?»

Jury ließ das durchgehen. «Hatte Ihre Frau irgendwelche Feinde?»

Matchett zuckte mit den Schultern. «Wahrscheinlich. Sie war nicht besonders beliebt, das steht fest. Aber es gab niemand, der ihr nach dem Leben trachtete.» Matchett fuhr sich mit einer Bewegung, die unendlich müde wirkte, übers Gesicht. «Harriet verließ mich danach. Sie ging in die Staaten.»

«Warum denn das? Sie hatte doch endlich freie Bahn. Trotz der unglücklichen Umstände stand Ihrem Glück nun nichts mehr im Wege. Warum ist sie weggegangen?»

«Aus Schuldgefühlen, nehme ich an. Der ganze Rummel. Sie war sehr sensibel. Und auch ziemlich scheu.»

Jury hatte seine Zweifel.

«Sie packte einfach ihre Koffer. Sagte, sie könne nicht mit mir zusammenleben, Celias Tod läge wie ein Schatten über uns...» Matchett schüttelte den Kopf, als wolle er die Erinnerung daran verscheuchen. «Aber all das liegt schon sechzehn Jahre zurück. Und schlafende Hunde soll man nicht wecken.» Er warf Jury einen Blick zu. «Ich hoffe zumindest, daß sie schlafen, sicher bin ich mir nicht.»

«Irgendwas kommt immer dazwischen!» Jury lächelte und nahm sich vor. sich von Wiggins die Akte über den Fall Celia Matchett besorgen zu lassen. «Etwas anderes – dieses Gerücht, daß Sie sich mit Miss Rivington – ich meine, mit Vivian Rivington – verlobt haben, was hat es damit auf sich?» fragte Jury so beiläufig wie nur möglich.

Matchett war überrascht. «Was hat denn das mit dem Mord zu tun?»

Jury lächelte matt. «Keine Ahnung, deswegen frage ich ja.»

«Nun ja, daß zwischen mir und Vivian was ist, möchte ich nicht abstreiten.»

«‹Was› kann sehr viel bedeuten.»

«Sagen wir, ich habe sie gefragt, ob sie mich heiraten wolle. Aber das bedeutet noch lange nicht, daß sie es auch tut.»

«Warum sollte sie nicht?»

Matchett zuckte mit den Schultern und lächelte. «Wer weiß schon, was in den Köpfen der Frauen vor sich geht, Inspektor.» Er zündete sich eine Zigarre an.

Jury ärgerte sich weniger über die männliche Überheblichkeit, die in dieser Bemerkung zum Ausdruck kam, als über die Tatsache, daß er Vivian einfach mit allen andern Frauen in einen Topf warf. «Sollten Sie nicht wissen, was in Miss Rivingtons Kopf vorgeht, wenn Sie sich mit der Absicht tragen, sie zu heiraten?» Wie absurd, die Partei einer Frau zu ergreifen, die er erst vor knapp einer Stunde kennengelernt hatte. Aber Matchetts banale Bemerkung irritierte ihn auch, weil er durch seine Arbeit zu nah an den Kern der Dinge geriet, um nichtssagende Verallgemeinerungen wie die von Matchett dulden zu können.

Matchett zog einfach nur an seiner Zigarre und betrachtete Jury durch seine halbgeschlossenen Lider. «Ja, wahrscheinlich.»

Jury, der sich einen Bleistift geschnappt hatte und auf einem Blatt Papier herumkritzelte, um sich ein wenig abzulenken, fragte: «Lieben Sie Miss Rivington, Mr. Matchett?» Matchett rollte die Zigarre in seinem Mund und musterte Jury. «Was für eine zynische Frage, Inspektor. Ich sagte Ihnen doch, daß ich ihr einen Heiratsantrag gemacht habe.»

Ja oder nein, *Kumpel*, hätte Jury am liebsten gesagt, aber statt dessen fragte er: «Ich nehme an, ihre Schwester weiß Bescheid?»

«Ich glaube schon. Und sie ist wohl auch damit einverstanden.»

Jury wußte, daß Matchett weder dumm noch unsensibel war – warum stellte er sich dann so? «Es wäre nicht gerade einfach für ihre Schwester, wenn Vivian heiraten würde. So wie es jetzt aussieht, kann Isabel mehr oder weniger über das Geld verfügen.»

«Meinen Sie, sie würde sie auf die Straße setzen oder so was Ähnliches? Vivian würde das Isabel nie antun. Und Isabel würde für Vivian auch durchs Feuer gehen.»

Jury war sich dessen nicht so sicher – keine Sekunde lang glaubte er daran. Er kam wieder auf sein ursprüngliches Thema zurück. «Sie sind also um elf Uhr am Schwanen angekommen?»

«Ja, richtig. Er macht um diese Zeit auf.»

«Wo waren Sie um zehn? Oder zwischen zehn und elf?» Matchetts Alibi wies immer noch eine Lücke von einer halben Stunde auf.

«In Dorking-Dean. Einkaufen.»

«Und wann fuhren Sie weg?»

«Oh, ungefähr Viertel vor elf. Ich erinnere mich, daß ich eine gute Viertelstunde in dem Kreisverkehr steckte. Der Weihnachtsrummel!»

«Aha, ich glaube, das wär's für heute, Mr. Matchett. Ich melde mich wieder.»

Als Matchett aufstand, steckte Pluck den Kopf durch die Tür und sagte Jury, Mr. Plant sei draußen und wolle ihn sprechen. Jury ließ ihn eintreten.

Ohne lang Platz zu nehmen, drängte ihn Melrose: «Inspektor, ich glaube, Sie sollten mit zum Pfarrhaus kommen. Der Pfarrer kann Ihnen vielleicht weiterhelfen. Er stand vor dem Schwanen und hörte, was die Polizisten über den Zustand der Leiche sagten. Das war, kurz bevor wir ankamen.»

Jury war aufgestanden und zog seinen Mantel an. «Wieso, was ist mit der Leiche, Mr. Plant?»

«Der Pfarrer sagte, er habe gehört, daß der Mann ein paar Schnittwunden im Gesicht habe. Ich glaube auf der Nase. Schnittwunden, für die es keine Erklärung gibt.»

Jury hätte sich gewünscht, die Polizei wäre zurückhaltender mit ihren Auskünften – etwas zumindest. «Ja, das stimmt, diese Schnitte sind wirklich sehr seltsam.»

«Nun, der Pfarrer weiß, was sie bedeuten, oder zumindest behauptet er das.»

XI

«Es ist eine Verballhornung, verstehen Sie?» Pfarrer Denzi Smith zeigte auf eine Abbildung in einem Buch über Wirtshausschilder. Das Buch lag aufgeschlagen auf einem kleinen Tisch zwischen Jury und Plant; daneben stand ein Teller mit Sandwiches und Bier, das die Haushälterin für sie bereitgestellt hatte. Jury betrachtete die Abbildungen und war beeindruckt von der Phantasie des Schildermalers oder der Person, die sich Schwäne mit zwei Hälsen ausgedacht haben mochte.

«Früher», fuhr der Pfarrer fort, «wurden den königlichen Vögeln kleine Rillen in die Schnäbel geritzt. Soviel ich weiß, pflegten die Mitglieder der Londoner Weinhändlerzunft das auch zu tun, um ihre Schwäne von den übrigen zu unterscheiden. Es müßte also eigentlich der Schwan mit den zwei *Rillen* heißen. Was Sie hier sehen, ist das Werk eines ungebildeten Schildermalers, der nicht richtig lesen oder schreiben konnte und *nick* mit *neck* verwechselt hat.» Zufrieden lehnte sich der Pfarrer zurück, nachdem er sich noch ein halbes Käse-Gurken-Sandwich genommen hatte.

«Großer Gott», sagte Jury immer noch auf das Bild starrend, «der Mörder hat also Creed mit zwei ‹Rillen› markiert –»

«Das nehme ich an», sagte der Pfarrer. «Die Schnitte waren auf der Nase, nicht?»

«Aber warum, um Himmels willen?» sagte Plant. «Nur um seinen Spaß zu haben?»

Jury zündete sich eine Zigarette an. «Seinen Spaß? Ich denke nicht. Wahrscheinlich wieder ein Ablenkungsmanöver.»

Der Pfarrer hatte nicht die Absicht, sogleich wieder abzutreten, nachdem er einen Augenblick lang im Mittelpunkt des Interesses gestanden hatte. «Es gibt noch andere Beispiele dafür – ich meine für diese Art von Verballhornungen. Am Ortsausgang von Weatherington steht Gasthof *Zum Bullen und Maul*. Können Sie sich vielleicht denken, wie dieser Name zustande kam?» Ohne ihre Antwort abzuwarten, fuhr er fort: «Das Schild sollte an die Einnahme des Hafens von Boulogne durch Heinrich VIII. erinnern, verstehen Sie? *Mouth* steht für Hafen. Boulogne Mouth.» Der Pfarrer setzte seine Brille wieder auf.

Jury wollte ins 20. Jahrhundert zurück, fühlte sich jedoch verpflichtet, sich diesen Exkurs anzuhören, da er von dem Pfarrer etwas erfahren hatte, was er sonst nie erfahren hätte.

«Wußten Sie, daß Hogarth das ursprüngliche Schild für *Die Büchse der Pandora* gemalt hat? Es gibt mehrere Gasthöfe mit diesem Namen. Aber *Zur Glocke* ist natürlich ein viel häufigerer Name – muß über fünfhundert davon in England geben. *Schwäne mit zwei Köpfen* ist schon seltener, obwohl es auch einen in Cheapside gibt – ein Schild an einer langen Eisenstange, wie das Schild des *Weißen Herzens* in Scole. Es kostete über 1000 Pfund, dieses Schild, und das im Jahr 1655. Ist das nicht unglaublich? Diese Schilder hingen weit über die Straße und fielen immer wieder herunter und erschlugen irgendwelche Passanten. Etwas außerhalb von Dorking gibt es einen Sack voll Nägel, ein sehr häufiger Name. Ich glaube, ursprünglich hieß das *Zum Teufel mit dem Sack voll Nägel*, ein sehr interessanter Name –»

Jury hielt es nicht mehr aus und versuchte die Aufmerksamkeit des Pfarrers von etymologischen Spitzfindigkeiten und Wirtshausschildern, die den Leuten auf die Köpfe fielen, auf ihre eigenen, etwas aktuelleren Probleme zu lenken. «Ich bin Ihnen sehr dankbar für Ihre Auskünfte, Herr Pfarrer. Ich kann mir nicht vorstellen, daß einer von uns – ich meine von der Polizei – jemals darauf gekommen wäre.» Der Pfarrer strahlte. «Sie waren doch auch am Donnerstagabend in der Pandorabüchse? Ich hätte da noch ein paar Fragen an Sie.»

«Entsetzlich, einfach entsetzlich.» Seine Schilderung des Abends, an dem Small ermordet worden war, enthielt jedoch noch weniger Details als die der andern Gäste. Zwischen neun und zehn hatte der Pfarrer mit Willie Bicester-Strachan Dame gespielt. «Daß so etwas in Long Piddleton passieren kann! Ich bin nun schon seit 45 Jahren hier. Angefangen habe ich als Stellvertreter des früheren Pfarrers. Meine Frau – Gott segne sie – starb vor neun Jahren. Danach hat mich Mrs. Gaunt recht gut versorgt, sie und die jeweiligen Hausangestellten, Ruby zum Beispiel.» Sein Gesicht nahm einen etwas ratlosen Ausdruck an. «So lange wie diesmal war Ruby noch nie weg.»

«Ja, was diese Ruby Judd betrifft – soweit ich informiert bin, müßte sie eigentlich schon längst wieder zurück sein. Wann genau ist sie denn gefahren?»

«Letzten Mittwoch, soviel ich mich erinnere – mein Gott, eine Woche ist das nun schon her. Wie die Zeit vergeht! Sie hat mich gefragt, ob sie sich ein paar Tage freinehmen dürfe, um ihre Familie in Weatherington zu besuchen.»

«Aha. Gibt es irgendwo ein Foto von Ruby? In ihrem Zimmer vielleicht?»

Verwirrt blickte ihn der Pfarrer an. «Das kann ich Ihnen nicht sagen. Vielleicht weiß es Mrs. Gaunt.» Er rief Mrs. Gaunt herein, eine hagere, unglücklich aussehende Frau, die ihrem Namen alle Ehre machte, und bat sie, in Rubys Zimmer nach einem Foto zu suchen.

Mrs. Gaunt gab ein paar gutturale Laute von sich, die an jeden von ihnen gerichtet sein konnten, und zog sich zurück.

Mr. Smith senkte die Stimme zu einem Flüsterton, als hätte er ein wenig Angst vor ihr. «Mrs. Gaunt ist nicht gerade zufrieden mit Ruby. Sie sagt, sie sitze nur herum und lese Filmzeitschriften. Gaunt hat sie auch schon mal dabei erwischt, wie sie in einem Kirchenstuhl herumlungerte, statt die Kirche zu fegen.»

«War sie denn sehr fromm?» fragte Jury.

Der Pfarrer kicherte. «Wohl kaum. Sie lackierte sich die Fingernägel.»

Der alte Mann schien selbst nicht übermäßig fromm zu sein. Rubys Benehmen amüsierte ihn offensichtlich nur.

Mrs. Gaunt kam im Laufschritt zurück; sie hatte die Lippen zusammengekniffen und hielt zwei Schnappschüsse in der Hand. «Sie steckten am Spiegel.» Das klang, als hätte sie unanständige Pinup-Fotos gefunden. Sie rümpfte die Nase und ging.

Der Pfarrer gab sie Jury. «Sie denken doch nicht, daß Ruby etwas zugestoßen ist, oder? Sie sollten mit Daphne Murch sprechen. Sie und Ruby sind ungefähr gleichaltrig und dicke Freundinnen. Die kleine Murch hat mir Ruby übrigens empfohlen.»

Jury steckte die Schnappschüsse in seine Brieftasche. «Sie scheinen sich keine großen Sorgen um sie zu machen, Herr Pfarrer. Ist sie schon öfters verschwunden?»

«Ja, ein- oder zweimal. Ich nehme an, sie hat irgendwo einen Freund, vielleicht in London. Ruby ist schon in Ordnung. Nur etwas leichtsinnig, wie so viele in ihrem Alter.»

Jury wechselte das Thema. «Sie sind mit Mr. Bicester-Strachan befreundet. Ich weiß, Sie werden nicht über Vertrauliches sprechen wollen, aber vielleicht könnten Sie mir etwas weiterhelfen, was diese Sache in London betrifft...?» Jury fügte nicht hinzu, daß er über ‹diese Sache› überhaupt nichts wußte. Er rechnete damit, daß die Klatschsucht des Pfarrers die Oberhand gewinnen würde, und er wurde nicht enttäuscht, obwohl Smith sich lange genug zierte. Er nuschelte irgend etwas und machte sich dann ans Erzählen. «Bicester-Strachan hatte keinen sehr wichtigen Posten im Verteidigungsministerium. Eines Tages kam es zu diesem, hm, Zwischenfall: Anscheinend waren irgendwelche Informationen in die falschen Hände geraten, Dinge, über die nur Bicester-Strachan und ein paar andere Bescheid wußten. Er wurde jedoch nie zur Verantwortung gezogen; soviel ich weiß, ließ sich auch nichts beweisen. Er spricht nicht gern darüber, wie Sie sich denken können. Aber es erklärt seine frühe Pensionierung. Bicester-Strachan ist nicht so alt, wie er aussieht. Er ist knapp über sechzig, obwohl man ihn auf achtzig schätzen könnte, und das kommt sicher von dem Schock, den ihm diese Geschichte versetzt hat.» Pfarrer Smith lehnte sich zurück und verkündete feierlich: «Agatha glaubt, daß die Kommunisten dahinterstecken, und vielleicht hat sie recht damit.»

Melrose Plant, der die ganze Zeit geduldig geschwiegen hatte, konnte sich nicht mehr zurückhalten. «Und wie stellt meine Tante sich das vor?»

Der Pfarrer dachte kurz nach. «Ehrlich gesagt, das weiß ich auch nicht. Agatha ist ja so verschlossen.»

«Verschlossen?» Es war das erste Mal, daß jemand seiner Tante das nachsagte.

«Hmmm. Wir entwickelten unsere Theorien, und sie dachte, daß bei Bicester-Strachans Vergangenheit... nun ja, möglich ist alles. Sie könnten es doch auf ihn abgesehen haben, oder?»

«Wie gut kennen Sie Mr. Darrington?» fragte Jury und versuchte ihn von Doppelagenten und ähnlichem abzulenken.

«Nicht besonders gut. Nicht gerade ein fleißiger Kirchgänger, dieser Darrington. Er hat für einen Londoner Verlag gearbeitet. Daß der Kriminalromane geschrieben hat, ist Ihnen wohl bekannt?» Seine nächste Bemerkung schien er offensichtlich zu genießen: «Manchmal habe ich ja meine Zweifel, ob diese Miss Hogg wirklich seine Sekretärin ist, wie er behauptet.»

«Daran zweifeln wir gelegentlich alle», sagte Melrose.

Pratts Bericht zufolge war der Pfarrer an dem Abend, als Ainsley ermordet wurde, nicht in der Hammerschmiede gewesen. Trotzdem fragte ihn Jury: «Waren Sie am Freitagabend zufällig in der Nähe der Hammerschmiede?»

Der Pfarrer schien beinahe enttäuscht, ihm antworten zu müssen: «Nein, leider kann ich Ihnen da nicht weiterhelfen. Ungewöhnlich, diese Figur des Schmieds. Es gibt nur noch *eine* ähnliche, und zwar in –»

Jury unterbrach ihn. «Diese Sache mit den Rillen, die ist doch den wenigsten bekannt. Haben Sie davon schon andern hier in der Gegend erzählt?»

Der Pfarrer errötete. «Ich muß gestehen, daß es mir die Geschichten der alten Gasthöfe besonders angetan haben. Bestimmt habe ich auch mit dem einen oder dem andern darüber gesprochen. Ich könnte aber nicht mehr sagen, mit wem.» Von seinem bequemen, mit Chintz überzogenen Sessel aus blickte er zur Decke. «Es sind nicht die ersten Morde in einem Gasthof. Es gab da den Straußen von Colnbrook –»

Melrose Plant unterbrach ihn hastig. Er hatte nicht die Absicht, sich noch einmal die Falltürgeschichten anzuhören. «Ich glaube, Inspektor Jury sieht da keinen direkten Zusammenhang, Hochwürden.»

«Nun, ich glaube jedenfalls nicht, daß Matchett oder Scroggs etwas mit diesen schrecklichen Todesfällen zu tun haben... obwohl diese Geschichte mit Matchetts früherer Frau... Daß die Vergangenheit sich auch nie begraben läßt!» Er warf Jury einen kurzen

Blick zu, offensichtlich in der Hoffnung, in dieser Ecke ein kleines Feuer gelegt zu haben. «Verbrechen aus Leidenschaft, etwas in dieser Richtung. Matchett stand einer Dame nahe –»

Jury lächelte. «Die Polizei war damals überzeugt, daß Mr. Matchett nichts mit dem Mord zu tun hatte.»

«Aber sie fanden nie heraus, wer es war», sagte Smith, der Jury einen so saftigen Happen erst einmal gründlich durchkauen sehen wollte, bevor er ihn schluckte.

«Sie wären überrascht, wenn Sie wüßten, bei wie vielen Morden wir die Ermittlungen einstellen müssen, ohne den Täter ausfindig gemacht zu haben. Es kann schon enttäuschen, wie wenig effizient die Polizei im Grunde ist.» Als der Pfarrer errötete, erhob sich Jury. «Wir danken Ihnen für Ihre Hilfe, Sir. Leider muß ich mich jetzt wieder auf den Weg machen.»

Als er mit Plant auf der Straße stand, nahm sich Jury einen Augenblick Zeit und bewunderte das prächtige Fenster auf der Ostseite der Kirche mit seinem netzartigen Maßwerk.

«Wenn Sie hineingehen wollen...» sagte Plant.

Jury schüttelte den Kopf. «Ein ernster Ort auf einer ernsten Welt.»

Sie blickten beide zu dem Glockenturm hoch, dessen Schallbretter schräg gestellt waren, um den Ton bis zum höchsten Punkt ansteigen zu lassen. Plant fragte: «Interessieren Sie sich für Lyrik, Inspektor?»

Jury nickte.

«Ich traf Vivian, als sie zur Polizeiwache ging, um mit Ihnen zu sprechen. Sagen Sie, was halten Sie von ihr?»

Jurys Blick wanderte von dem Glockenturm zu einem faszinierenden kleinen Zweig zu seinen Füßen. «Oh», er zuckte die Achseln, «sie scheint... eine ganz angenehme Person zu sein.»

Mrs. Jubal Creed traf kurz nach vier auf der Polizeiwache in Weatherington ein und wurde sofort in die Leichenhalle des Kreiskrankenhauses gebracht, um die sterbliche Hülle ihres Gatten zu identifizieren. Als sie zurückkam, war ihre Gesichtsfarbe nicht unbedingt fahler als vorher; Mrs. Creed hatte nämlich einen so fahlen Teint, daß man den Eindruck gewann, die Natur habe bei ihr an allen Farben außer an einem schmutzigen Beigegrau gespart. Ihre Figur war genauso unglücklich: eine Vogelscheuche in altmodischen, schlechtsitzenden Kleidern.

Nur als sie den vollen Namen ihres Mannes angab, erwähnte sie auch seinen Vornamen, danach war er für sie ausschließlich Mr. Creed.

Das Taschentuch gegen den Mund gepreßt – einen Mund, der wie ausgeschnitten wirkte –, blickte sie Oberinspektor Jury aus trüben Augen an, während sie seine Frage nach Creeds Stellung beantwortete: «Mr. Creed war seit fünf Jahren pensioniert; vorher war er bei der Polizei von Cambridgeshire. Ein Posten, dem er nicht nachgetrauert hat.»

«Fühlte er sich denn schlecht behandelt?»

«Das kann man wohl sagen. Er wurde nie befördert und endete als Kriminalwachtmeister in Wigglesworth. Kein Wunder, daß er verbittert war.» Ihr mißbilligendes Schnauben galt der Polizei im allgemeinen und Jury und Wiggins, die ihr in dem kahlen Raum des Polizeireviers von Weatherington gegenübersaßen, im besondern.

«Mrs. Creed haben Sie eine Ahnung, ob es jemanden gab, der, äh, der ihm übelwollte?»

Sie schüttelte heftig den gesenkten, zwischen den Händen vergrabenen Kopf. Jury hatte nicht den Eindruck, als sei sie von ihren Gefühlen überwältigt; die Ehe der Creeds hatte wohl bestenfalls auf dem Papier bestanden. Obwohl über jeden Tadel erhaben, schien ihm Mrs. Creed nicht gerade eine Frau von tiefen Gefühlen zu sein.

«Sie wissen nicht, ob er irgendwelche Feinde hatte?»

«Nein. Wir haben sehr zurückgezogen gelebt, Mr. Creed und ich.»

«Hat er sich während seiner Arbeit die Feindschaft bestimmter Leute zugezogen?»

«Nicht, daß ich wüßte.»

Für Jury waren diese Fragen nur Routine, denn instinktiv wußte er schon, daß nichts dabei herauskommen würde. Er glaubte nicht, daß Creeds Tod sich durch irgendwelche dunklen Punkte in seiner Vergangenheit erklären ließe. Jury entnahm einem braunen Umschlag ein Foto von William Small, für das man ihn etwas hergerichtet hatte, trotzdem bot er keinen erfreulichen Anblick. «Mrs. Creed, kennen Sie diesen Mann?»

Sie schaute es sich an, wandte sich dann aber schnell wieder ab und schüttelte den Kopf.

«Sagt Ihnen der Name ‹William Small› etwas?»

Ungeweinte Tränen verschleierten ihre Augen, aber trotz der längeren Pause bezweifelte Jury, daß sie ernsthaft nachdachte. «Nein, dieser Name sagt mir überhaupt nichts.» Auf das Foto von Ainsley, das auch in den Zeitungen erschienen war, reagierte sie genauso. Aber dann schaute sie es noch einmal genauer an. «Moment mal, ist das nicht ein Foto von diesem Mann, der kürzlich ermordet wurde – warten Sie – wurden sie nicht *beide* hier in der Gegend ermordet – wie hieß der Ort schon wieder?»

«Long Piddleton. Ungefähr 40 Kilometer von hier.»

Fassungslos starrte sie ihn an: «Wollen Sie mir erzählen, daß Mr. Creed da auch ermordet wurde? Ein Massenmörder läuft frei herum, und Sie haben nichts Besseres zu tun, als mir dumme Fragen zu stellen?»

Inzwischen hatte die Polizei von Cambridgeshire einen genauen Bericht über Creeds Laufbahn geschickt – eine Karriere, die ziemlich schnell im Sand verlief, wie Superintendent Pratt erklärte. «Es gibt eine Art von Absahnen, die noch toleriert wird. Und dann gibt es das, was Creed praktiziert hat: Er kassierte von bestimmten Werkstätten eine Kommission dafür, daß er ihnen Unfallautos zum Reparieren besorgte. Hätte es sich nur um billige Reparaturen für sein eigenes Auto gehandelt, dann hätten seine Vorgesetzten vielleicht noch ein Auge zugedrückt. Hier und da ein freies Essen wäre auch noch durchgegangen. Tun wir doch alle. Ich hätte heute gern ein Pfund für jede kostenlose Mahlzeit, die ich mir von den Restaurants anbieten ließ, wenn ich auf Streife war. In Creeds Fall war es zwar auch noch keine echte Bestechung, aber doch schon sehr nahe daran. Er machte ein nettes kleines Geschäft nebenbei, auf den Kopf gefallen war er nicht. Trotzdem ließen sie ihn ‹in den Ruhestand› treten. Wir haben jedenfalls mal seine früheren Kollegen nach seiner jetzigen Tätigkeit gefragt, sie hatten aber keine Ahnung. Creed war eine Null, ein Nichts. Und kein besonders guter Polizist, auch nicht unter den besten Voraussetzungen. Höchst unwahrscheinlich, daß er es bis zum Kriminalinspektor gebracht hätte. Nichts weist darauf hin, daß er die beiden andern – Small und Ainsley – gekannt hat.

Seine Kollegen haben überhaupt keinen Kontakt mehr mit ihm.» Pratts lange Beine lagen auf dem Schreibtisch des Polizeibüros. Er trug immer noch seinen schweren Mantel und versuchte, eine uralte Pfeife anzuzünden. «Die Sache ist...» Er zog daran und probierte es mit einem neuen Streichholz. «Die Presse macht uns die Hölle heiß; die Reporter sind hinter mir her wie ein Rudel hungriger Wölfe. Deshalb verbringe ich auch soviel Zeit hier in Northampton. Das hält sie fest, und Sie haben sie nicht auf der Pelle.» Er zog mehrere Male an seiner Pfeife und brachte schließlich ein schwaches Glimmen zustande. «Ich habe alles gelesen, was mir auf den Schreibtisch flatterte, und ich kann nur sagen, daß ich die Geschichte absolut rätselhaft finde. Ich frage mich, ob es sich bei den Morden um Willkürakte handelt oder ob ihnen ein bestimmtes Schema zugrunde liegt.» Pratt kratzte sich mit dem Stiel der Pfeife an dem Vierundzwanzig-Stunden-Bart, der sein Kinn zierte. Ein leichtes Schaben ließ sich vernehmen. «Oder wurden zwei nur begangen, um von einem andern abzulenken? Dem eigentlichen Opfer?»

«Es ist mir auch schon durch den Kopf gegangen, daß das eigentliche Opfer vielleicht noch gar nicht ermordet wurde.»

Pratt blinzelte mit seinen rot umränderten Augen. «Großer Gott, das sind ja schöne Aussichten.» Seine Pfeife war wieder ausgegangen. «Und Sie glauben, daß das einer aus dem Dorf sein wird?»

«Ich weiß nicht. Aber durchaus möglich.»

«Wer auch immer Small ermordet hat, er ist nicht durch diese Kellertür gekommen, das steht fest. In Frage kommen also nur diejenigen, die an jenem Abend in der Pandorabüchse waren.»

«Einer scheidet aus: Melrose Plant, wie ich mit gutem Gewissen behaupten kann. Er hat zwar kein Alibi im Fall von Small und Ainsley, aber es ist kaum anzunehmen, daß es mehr als einen Mörder gibt.»

Pratt kratzte sich wieder am Kinn. «Dann sind wir unserm Ziel ja um einiges näher. Bei seinem nächsten Anruf werde ich Kriminaldirektor Racer sagen, daß Sie beträchtliche Fortschritte gemacht haben. Entschuldigen Sie, wenn ich Sie frage – hat er eigentlich was gegen Sie? Wenn er auf Sie zu sprechen kommt, dann klingt das immer so bissig.»

«Oh, er klingt immer so», sagte Jury.

XII Donnerstag, 24. Dezember

Am nächsten Morgen saß Jury an Plucks schäbigem Holzschreibtisch, und Wiggins blickte ihm über die Schulter. Sie studierten Darringstons Buch *Scharf auf Mord* und die Fortsetzung, die gleich daneben lag. Jury fuhr mit dem Finger eine Zeile entlang und wechselte dann von dem einen Buch auf das andere über. «Der Qualitätsunterschied zwischen den beiden ist einfach enorm. Auch der Stil ist völlig anders. Mit anderen Worten, das eine wirkt wie eine plumpe Imitation des andern.»

Wiggins schüttelte den Kopf. «Das kann ich nicht beurteilen, Sir. Aber ich bin auch kein großer Leser.»

Jury klappte die Bücher zu und legte sie zu den andern beiden Bänden. «Ich glaube nicht, daß Darrington *Scharf auf Mord* geschrieben hat. Er hat nur versucht, den Stil zu imitieren, und das zweite Buch zusammengepfuscht. Meiner Meinung nach hat der Verfasser des ersten Buchs auch den dritten Band geschrieben –» Jury zog aus dem Stapel von vier Büchern eines hervor. «*Scharf macht Ferien*. Ja. Diese beiden stammen aus derselben Feder. Aber nicht die andern beiden. Darrington muß sich zwei Manuskripte unter den Nagel gerissen haben und danach seine eigenen gestrickt haben.»

«Aber wer hat die andern beiden – die guten – geschrieben?»

«Keine Ahnung. Das Interessante an der Sache ist – jemand hat vielleicht gewußt, daß es sich um ein Plagiat handelt und hat versucht, Darrington zu erpressen.»

«Meinen Sie Small zum Beispiel? Aber was machen Sie dann mit Ainsley und Creed?»

«Sie können es ja zu dritt geplant haben... Rufen Sie doch mal London an – sie sollen über den Verlag, für den Darrington gearbeitet hat, mehr in Erfahrung bringen. Bei seiner Tätigkeit kam er wahrscheinlich ganz einfach an Manuskripte ran.» Jury stand auf und steckte seine Zigaretten in die Tasche. «Ich werd's ihm direkt auf den Kopf zusagen. Mal sehen, was passiert.»

Jury war gerade dabei, in den blauen Morris zu steigen, als Melrose Plant in seinem Bentley neben ihm hielt und die Scheibe herunterkurbelte. «Was haben Sie vor, Inspektor?»

«Oliver Darrington einen Besuch abzustatten.»

«Morgen ist nämlich Weihnachten, wie Sie wohl wissen, und ich würde Sie gerne zum Abendessen einladen.»

«Es wird mir ein Vergnügen sein – falls die Umstände es erlauben.»

«Wunderbar. Ich wollte gerade nach Sidbury fahren, um Agathas Geschenk abzuholen.»

«Was schenken Sie ihr denn?»

«Ich dachte an ein Paar Pistolen. Mit Perlmuttgriffen, für besondere Anlässe.»

Jury lachte, während Plant wieder davonfuhr, und bog dann mit seinem Morris in die Sidbury Road ein.

Diesmal kam Darrington an die Tür, und er sprudelte auch gleich los. «Was zum Teufel soll das? Kommen Sie, weil die Leiche, die im Schwanen gefunden wurde, eines meiner Bücher in der Hand hatte?» Seine Augen funkelten. Offensichtlich interessierte ihn die Lektüre der Leiche sehr viel mehr als die Leiche selbst.

«Kann ich reinkommen, Mr. Darrington?»

Darrington riß die Tür weit auf, und Jury sah Sheila Hogg im Salon sitzen, sehr hübsch, aber auch etwas nervös und gequält. Er ging hinein und setzte sich auf den Platz, auf dem er auch schon am Tag zuvor gesessen hatte. Oliver Darrington warf ihm finstere Blicke zu, während Sheila unruhig hinter der Couch gegenüber stand und einen unsichtbaren Faden von der Rückenlehne zupfte. Sie war an diesem Nachmittag vollständig angezogen; sie trug einen geblümten Seidenanzug, schaffte es aber trotzdem, unangekleidet auszusehen. Die Konturen ihres Körpers sprangen einem einfach ins

Auge, und der Teil von Jurys Gehirn, der nicht damit beschäftigt war, Darrington ein Geständnis abzuringen, registrierte sie beifällig.

«Ich hab noch ein paar Fragen, Mr. Darrington.» Da sie immer noch keine Anstalten machten, sich zu setzen, legte Jury eine kleine Pause ein und zündete sich eine Zigarette an. «Wie Sie wissen, wurde wieder jemand ermordet. Ich würde nun gern von Ihnen erfahren, wo Sie sich gestern zwischen zehn und kurz nach zwölf aufgehalten haben.»

«Hier im Haus. Sheila war bei mir.» Nichts in ihrem Gesichtsausdruck schien dem zu widersprechen, aber Jury wußte, daß keiner einem so offen in die Augen blickt wie die Schuldigen, wenn sie ihre Lügen erzählen. Er lächelte und sagte: «Außerdem wollte ich Ihnen Ihre Bücher zurückbringen.» Jury hielt sie hoch. «Sehr interessant, vor allem die Unterschiede zwischen ihnen.» Er bemerkte bei Sheila dieselben Zuckungen und fahrigen Handbewegungen wie beim letzten Mal. «Um die Wahrheit zu sagen, ich vermute, jemand hat Ihnen da ein bißchen geholfen.» Jury hatte sich so vorsichtig ausgedrückt, daß er höchst erstaunt war, als Darrington Sheila anfuhr.

«Luder!»

«Ich hab ihm nichts gesagt, Oliver! Ich schwör's!»

Sein Ärger verflog so schnell, wie er gekommen war, und er seufzte: «Ach zum Teufel, diese Komödie ist auch ausgespielt. Du kannst ihm die Geschichte ruhig erzählen.»

Anscheinend war es Sheilas Rolle, für ihn die Kohlen aus dem Feuer zu holen.

«Es war mein Bruder», sagte Sheila. «Er kam bei einem Motorradunfall ums Leben. Ganz zufällig, als ich nach seinem Tode seine Sachen durchging, stieß ich auf diesen Brief von Oliver. Ich hatte überhaupt nicht gewußt, daß Michael – mein Bruder – überhaupt ein Buch geschrieben hatte, und erst recht nicht, daß er versuchte, einen Verleger zu finden. Ich glaube, niemand hat das gewußt. Er war ein ziemlicher Geheimniskrämer. Auf jeden Fall ging ich zu dem Verlag, für den Oliver arbeitete; irgendwie schwebte mir wohl vor, ich könnte veranlassen, daß das Buch veröffentlicht würde, sozusagen als Andenken an meinen Bruder. Oliver war der Lektor, auf dessen Schreibtisch das Manuskript gelandet war. Er war sehr nett und verständnisvoll; wir gingen zusammen Mittag essen und sprachen über Michaels Buch – wie gut es war. Später gingen wir dann zusammen zu Abend essen. Zuerst Lunch, dann Dinner, dann...» Sheila seufzte. «Ich bin sofort auf ihn abgefahren, und genau das –» sie funkelte Darrington an – «war auch seine Absicht, stimmt's, Liebling?»

Darrington hatte den Blick auf sein Glas geheftet.

«Es gab da noch ein zweites Manuskript, *Scharf macht Ferien*, das ich auch unter Michaels Sachen fand. Oliver las es und meinte, es sei genauso gut wie das erste. Die Versuchung war zu groß für ihn: Er konnte das erste unter seinem eigenen Namen veröffentlichen und sich das zweite für schlechte Zeiten aufheben.» Sheila lächelte gezwungen. «Und wenn Oliver schreibt, dann sind die Zeiten immer schlecht.»

«Vielen Dank», sagte Darrington.

«Oh, bitte, Liebling», sagte sie hart. Und zu Jury gewandt: «Das ist alles. Schäbig, armselig – was kann ich schon sagen?»

Ein nettes Andenken, dachte Jury. Die Liebe, dachte er traurig. Liebe hatte sie da hineingezogen, und was kam dabei heraus? Nicht einmal ein Trauschein. Sie tat ihm leid. «Das zweite Manuskript war für Sie also eine Art Reserve, falls Ihr eigenes Buch ein Reinfall werden sollte?»

Oliver hob das Gesicht. Zumindest schien er so etwas wie Schamgefühl zu besitzen. «Ja, richtig. Ich wollte es einfach mal versuchen. Ich dachte, es würde schon klappen. Es klappte aber nicht. Ich bin ein miserabler Schreiber. Als das zweite Buch sich nicht verkaufte und nur schlechte Kritiken bekam, hab ich Hoggs zweites Manuskript herausgeholt – danach war mein Stern wieder im Steigen. Ich war felsenfest überzeugt, daß ich beim zweiten Mal mehr Glück haben würde. Aber jetzt...» Er breitete hilflos die Hände aus. Dann schien er sich daran zu erinnern, daß eigentlich etwas ganz anderes zur Debatte stand. «Moment mal, Inspektor, was hat das alles mit der Leiche von heute morgen zu tun?»

«Sie haben den Mann nicht gekannt?»

Darrington blickte ihn wütend an. «Verdammt noch mal, natürlich nicht!»

Jury genoß es, ihn für sein schäbiges Verhalten Sheila gegenüber büßen zu lassen. «Komisch. Er war ein Bewunderer von Ihnen. Dieses Buch, Sie wissen schon.» Jury tat so, als hätte er gerade einen glänzenden Einfall gehabt, und schnalzte mit den Fingern. «Oder vielleicht doch kein Bewunderer. Erpressung war schon immer ein guter Grund, jemanden um die Ecke zu bringen.»

Darrington fuhr von seinem Stuhl hoch. «Mein Gott! *Ich hab ihn nicht umgebracht*, ich hab den Mann noch nie in meinem Leben gesehen –»

«Wie wollen Sie das wissen, Mr. Darrington?»

«Was meinen Sie?»

«Ich nehme an, Sie haben den Toten noch nicht gesehen. Wie wollen Sie also wissen, ob Sie ihm nicht schon einmal begegnet sind, als er noch am Leben war?»

«Soll das eine Falle sein? Daß er mein Buch in der Hand hatte, beweist wohl alles?»

Sheila, etwas scharfsinniger als Darrington, sagte: «Mein Gott, Oliver, der Inspektor wird doch wohl nicht annehmen, daß drei verschiedene Männer hier aufgekreuzt sind, um dich zu erpressen!»

Wie ein Kind, das seine Eltern verdächtigt, gemeinsame Sache gegen es zu machen, blickte Oliver von einem zum anderen. Was zum Teufel, fragte sich Jury, fand Sheila nur an diesem Mann?

«Das Buch beweist eigentlich eher, daß Sie es *nicht* waren.» Jury stand auf und steckte seine Zigaretten in die Tasche. «Es wäre doch ziemlich seltsam, wenn Sie bei dem Ermordeten etwas hinterlassen hätten, was den Verdacht auf Sie lenkt. Nur jemand ganz Tolldreistes, jemand mit eisernen Nerven und einem ausgesprochenen Sinn für Makabres würde das wagen. Bei Ihnen, Mr. Darrington, habe ich noch keine dieser Eigenschaften festgestellt.»

Sheila brach in schallendes Gelächter aus.

XIII

Melrose Plant zockelte die Sidbury Road entlang und lächelte bei der Vorstellung, wie außer sich Agatha sein würde, wenn sie begriff, daß *sie* immer noch zu den Verdächtigen zählte, während *er* ein einwandfreies Alibi hatte. Nicht gerade fair von Melrose, sich auf diese Weise aus den Fängen von Scotland Yard zu befreien, während sie (trotz ihrer aufopfernden Mitarbeit) zusehen konnte, wie sie allein zurechtkam. So würde Agatha die Sache betrachten. Und sie würde zu dem Schluß kommen, daß Melrose an allem schuld war; daß Jury und Melrose sich wahrscheinlich gegen sie verbündet hatten.

Während weite, in der Sonne schimmernde Wiesen an ihm vorbeirollten, ließ Melrose sich in die Polster seines Bentley sinken und fragte sich, ob er sich insgeheim nicht etwa wünschte, Detektiv zu sein – eine dunkle Seite seines Wesens, die ihm noch nicht bewußt geworden war. Er betrachtete es als Zeitvertreib, sich alle möglichen Erklärungen für diese Serie von Morden durch den Kopf gehen zu lassen. Hatte es der Mörder nur auf einen abgesehen und die andern beiden umgebracht, um von seinem Motiv abzulenken? Ein alter Trick, um Verfolger in die Irre zu führen. Durchaus denkbar natürlich, aber die Tatsache, daß alle drei ortsfremd gewesen waren, sprach eigentlich dagegen. Warum sollte jemand irgendwelche Fremde hierherbestellen, um sie dann um die Ecke zu bringen? Hätten es nicht auch zwei überflüssige Einheimische getan?

Schuldbewußt blickte Melrose aus dem Fenster. Eine ziemlich kaltblütige Art, die Dorfbewohner zu betrachten. Die einzigen Lebewesen, die seinen Blick erwiderten, waren ein Mutterschaf und ihr Junges; sie standen mitten auf einer Wiese und kauten langsam vor sich hin. Was konnten sie bei dieser Kälte wohl noch zu fressen finden?

Es war natürlich auch möglich, daß die bisher begangenen Morde zu einem andern führen würden, wie Jury es angedeutet hatte; ein fürchterlicher Gedanke. Er ließ das Blut in seinen Adern erstarren, weil er sofort an Vivian Rivington dachte, die eine wirkliche Zielscheibe darstellte: so viel Geld und so viele, die darauf scharf waren. Die dunklen Gedanken, die ihm durch den Kopf gingen, schienen sich in dem Schild mit dem schwarzen Punkt konkretisiert zu haben, das zu seiner Linken auf der Höhe des *Gasthofs zum Hahn mit der Flasche* auftauchte.

Plant nahm den Fuß vom Gaspedal und fuhr nur noch im Schritttempo, damit sein Auspuff nicht beschädigt würde, wenn er über die Bodenwelle fuhr, die die Autos vor der nächsten Kurve zum Verlangsamen zwingen sollte und die im Volksmund sinnigerweise «Toter Mann» genannt wurde. Als er näherkam, blinkte etwas in dem grellen Sonnenlicht. Er fuhr vorsichtig über den «Toten Mann» und spähte dabei aus dem Fenster; er entdeckte, daß das Glitzern von einem Gegenstand in der Erde herrührte, wahrscheinlich von einem Stückchen Glas. Dann erstarrte seine Wahrnehmung zu einem Bild, und er bremste so abrupt, daß er beinahe gegen die Windschutzscheibe geprallt wäre. Einen Augenblick lang saß er völlig regungslos da und sagte sich, daß diese Sache, die da in der Erde steckte, unmöglich das sein konnte, was er zu sehen geglaubt hatte.

Ein Ring. Aber hatte er wirklich an einem *Finger* gesteckt?

Während Sheila immer noch lachte, schlüpfte Jury in seinen Mantel und streifte sich die Handschuhe über. «Ich hab noch mehr Fragen, Mr. Darrington. An Sie und Miss Hogg. Im Augenblick fehlt es mir aber an der Zeit. Ich würde gerne Ihr Telefon benutzen, wenn Sie gestatten, um mit meinem Wachtmeister zu sprechen.»

«Dort bitte», sagte Darrington und zeigte auf die Tür zum Flur. Etwas von seiner alten Überheblichkeit war zurückgekehrt, als er sich Jury zuwandte: «Wenn ich Sie recht verstanden habe, Inspektor, dann ist die Tatsache, daß *Scharf auf Mord* bei der Leiche gefunden wurde, mehr oder weniger der Beweis, daß ich nichts mit der Sache zu tun habe?»

Durch und durch ein Schuft, dachte Jury. Nicht das geringste Mitgefühl für Sheila, die wahrscheinlich ihre ganze Selbstachtung geopfert hat, um Darrington zu einer glanzvollen Karriere zu verhelfen. Der verdammte Kerl benötigte einen Dämpfer. «Ich meinte damit nur, daß es Sie entlasten könnte, nicht mehr. Es gibt da ein Motiv, das eigentlich nur Sie haben können, Mr. Darrington: öffentliches Aufsehen. Bei Ihrem angeschlagenen Ruf hätte Ihnen doch gar nichts Besseres passieren können, oder? *Scharf auf Mord* auf allen Titelseiten. Ihre Bücher würden plötzlich einen enormen Absatz finden. Sie hätten sich den Erpresser vom Hals geschafft und obendrein noch die Werbetrommel für sich gerührt.»

Darrington erblaßte wieder.

«Das Telefon, Mr. Darrington?»

Wie auf ein Stichwort hin fing das Telefon an zu klingeln. Sheila, die sehr viel gefaßter war als Darrington, ging hinaus, um den Hörer abzunehmen. «Es ist für Sie, Inspektor», rief sie vom Flur aus.

Er bedankte sich, und als er den Hörer von ihr entgegennahm und ihr dann nachblickte, wie sie in den Salon zurückging, hoffte er nur, daß sie eines Tages einen besseren Mann finden würde als Oliver Darrington. Trotzdem schied Sheila keineswegs aus dem Kreis der Verdächtigen aus. Fest stand nur, daß sie sehr viel couragierter war als ihr Freund.

«Jury am Apparat», sagte er und hörte mit wachsendem Erstaunen, was Melrose zu berichten hatte. «Hören Sie, Mr. Plant, bleiben Sie, wo Sie sind. In zehn Minuten bin ich bei Ihnen.» Er knallte den Hörer auf die Gabel und wählte dann das Revier von Long Piddleton. Er hörte das Brr-Brr des Telefons und fing schon an, Wiggins und Pluck zu verfluchen. Endlich antwortete Pluck, und Jury sagte ihm, er solle sich sofort mit Weatherington in Verbindung setzen, den Tatortsachverständigen und Appleby benachrichtigen, die ganze Mannschaft zusammentrommeln und sie auf dem schnellsten Weg zum Hahnen mit der Flasche schicken. Eine weitere Leiche sei gefunden worden. Der arme Pluck stammelte ein paar unzusammenhängende Worte und brachte schließlich hervor: «Ja, Sir, sofort, Sir. Aber hier wimmelt es nur so von Reportern, die alle mit Ihnen sprechen wollen. Sie sind vor knapp einer halben Stunde aus London hier eingefallen.»

«Vergessen Sie die Reporter, Wachtmeister. Und erzählen Sie ihnen um Himmels willen nicht, was passiert ist, sonst blockieren sie mit ihren Autos die ganze Straße nach Sidbury, und wir kommen nicht mehr durch.»

«In Ordnung, Sir. Ich wollte Ihnen nur noch sagen», er senkte die Stimme, «daß Lady Ardry diesen Londoner Zeitungsfritzen Interviews gibt und dabei gleich sechs auf einmal ranläßt. Außerdem soll ich Ihnen ausrichten, daß Kriminaldirektor Racer eine Stunde lang versucht hat, Sie zu erreichen. Er kocht vor Wut.»

«Danke, Wachtmeister, wenn er wieder anruft, verbinden Sie ihn mit Lady Ardry.»

Mit dem blauen Morris schaffte Jury die 20 Kilometer von dem Haus bis zum *Hahnen mit der Flasche* in knapp 20 Minuten, rief jedoch empörte Reaktionen bei gelasseneren Verkehrsteilnehmern hervor, die am Heiligen Abend eine gemütliche Spazierfahrt machen wollten.

Ungefähr einen halben Kilometer vor dem *Gasthof zum Hahnen mit der Flasche* fuhr Jury auf die rechte Straßenseite und bremste kurz vor dem Erdhügel. Er sprang aus dem Wagen, und ohne die Tür hinter sich zuzuschlagen, rannte er zu der Stelle, an der Melrose Plant auf dem Boden kniete. Auf dem Hügel lag eine Plastikplane.

«Ich hab gar nicht erst versucht, die Erde wegzuscharren; sie ist auch steinhart. Ich dachte, alles soll möglichst so bleiben, wie es ist. Nur die lose Erde auf ihrem Arm habe ich entfernt.»

«Gut so, Mr. Plant.» Aus der schneeverkrusteten Erde ragte bis ungefähr zum Ellbogen ein Arm und eine Hand hervor. Die Fingernägel waren grellrot lackiert, und an einem Finger steckte ein großer, billiger Ring. Jury betastete den Arm. Er war so hart wie ein Eiszapfen.

«Es war ziemlich offensichtlich», sagte Plant, «daß diejenige, der dieser Arm gehörte, unter dem Erdhaufen nicht mehr nach Luft gerungen hat. Ich habe also nichts unternommen. Die Plane warf ich wegen der vorbeifahrenden Autos darüber. Ich dachte mir, daß Sie keinen Wert auf Neugierige legen. Ich habe mich nur davor gestellt und sie vorbeigewinkt. Wahrscheinlich hielten sie mich für einen Straßenarbeiter.»

Trotz der schrecklichen Umstände mußte Jury lächeln. Der Anzug, den Plant trug, war nicht gerade das, was Straßenarbeiter zu tragen pflegen. Es sickerte auch gleich in Jurys Bewußtsein, daß der ‹Tote Mann› sich direkt vor der Abfahrt zu dem *Hahnen* mit der

Flasche befand; der Gasthof selbst lag ein ziemliches Stück abseits der Straße. Wieder ein Gasthof. Die Zeitungen würden sich freuen.

Er sagte zu Plant: «Gut gemacht, Mr. Plant. Vor allem, daß Sie nicht versucht haben, sie auszubuddeln. Der Tatort-Sachverständige würde uns den Kopf abreißen, wenn wir irgend etwas durcheinander gebracht hätten.»

Sie standen noch ungefähr zehn Minuten herum, bis Jury die Sirene aufheulen hörte. Pluck hatte sich zum Glück beeilt. Weatherington kam nach Sidbury – es war ungefähr 20 Kilometer von der Kreisstadt entfernt. «Mr. Plant, warum gehen Sie nicht zu dem Gasthof und reden schon einmal mit dem Wirt – kennen Sie ihn?»

«Nicht gut. Nur vom Sehen. Ich bin einmal an der Bar eingeschlafen, als er mir seine Lebensgeschichte erzählen wollte. Was soll ich ihm sagen?»

Jury blickte gerade auf die erstarrte Hand, als der Polizeiwagen um die Kurve kam. «Sagen Sie ihm, daß ich gleich vorbeikomme, um ihm ein paar Fragen zu stellen.»

Dr. Appleby wartete, geduldig eine Zigarette rauchend, während der Tatort-Sachverständige, ein Mann mit einem wie aus Stein gemeißelten Gesicht, jedes Detail festhielt. Am Hals des Opfers waren deutlich Strangulierungsmale zu erkennen. Und das Opfer war, wie Jury schon vermutet hatte, eine gewisse Ruby Judd, das Hausmädchen des Pfarrers.

Als der Polizeifotograf die Leiche von allen Seiten fotografiert hatte, blickte Dr. Appleby dem Oberinspektor so strafend in die Augen wie Väter manchmal ihren Kindern, wenn sie einmal zu oft von dem schmalen Pfad der Tugend abgekommen waren. Jury, der selten den Blicken seiner Mitmenschen auswich, wandte die Augen ab. «Inspektor Jury, am besten Sie nehmen mich bei Ihren Exkursionen gleich mit. Ich lande doch immer wieder am Schauplatz Ihrer Verbrechen.» Mit nikotinverfärbten Fingern zündete sich Appleby am Stummel seiner letzten eine neue Zigarette an.

«Sehr komisch, Dr. Appleby. Es sind aber eigentlich nicht meine Verbrechen, wie Sie es auszudrücken belieben. Sie gehen vielmehr auf das Konto eines anderen.» Jury wünschte, er hätte nicht auch noch einen witzereißenden Mediziner am Hals. Er hatte Appleby im Verdacht, sich bestens zu amüsieren, wenn auch auf etwas perverse Weise: Wie oft hatte er es wohl schon mit etwas anderem als mit Masern, Frauenleiden oder Magenbeschwerden zu tun.

Dr. Appleby blies den Rauch in die Luft und parierte rasch: «Ja, auf das Konto eines anderen. Es fragt sich nur, auf wessen? Die Bevölkerung hier in der Gegend nimmt von Tag zu Tag ab.» Der Arzt ließ die Asche in die neu ausgehobene Kuhle fallen. Die Leiche, die in einen Plastiksack gesteckt worden war, damit auch nichts verlorenging, war bereits in den Krankenwagen geschoben worden. Der Spezialist für Fingerabdrücke, der Mann mit dem Bürstenhaarschnitt, dem Kaugummi und der Trillerpfeife, hatte hier kaum etwas zu tun gefunden und war auf dem Weg zum Pfarrhaus, um Ruby Judds Zimmer zu inspizieren.

«Dr. Appleby, die Fakten, bitte.»

«Die habe ich Ihnen schon dreimal genannt, warum nehmen Sie nicht einfach die der anderen Fälle?»

Jury wurde ungeduldig. «Dr. Appleby –»

Appleby seufzte. «Na schön. Nach dem Zustand der Leiche zu urteilen, liegt die Tat ungefähr drei Tage bis eine Woche zurück. Ist schwer zu sagen – die Leiche ist ziemlich gut erhalten, als hätte sie in einer Gefriertruhe gelegen.» Appleby zündete sich wieder eine Zigarette an, und Wiggins, der sich die Auskünfte des Arztes notiert hatte, nutzte die Gelegenheit, um sich zu schneuzen und eine neue Packung Hustenbonbons anzubrechen. Dr. Appleby setzte seinen Bericht in leierndem Tonfall fort. «Tötung durch Erdrosseln, diesmal mit Hilfe eines geknoteten, strickartigen Werkzeugs. Es könnte ein dünnes Kopftuch oder ein Strumpf gewesen sein: Blutungen im Gesicht und unter den Augenlidern. Sonst kann ich nichts feststellen. Hier versteckt sich nicht hinter jedem Busch ein Pathologe wie bei euch in London. Deshalb muß ich die Obduktion auch selbst durchführen. Was übrigens diesen Creed betrifft, kann ich Ihnen leider nicht viel weiterhelfen. Daß er zwischen zehn und zwölf Uhr ermordet wurde, wissen Sie ja bereits. Genauer konnte ich die Todeszeit auch nicht bestimmen.»

Appleby überwachte noch den Abtransport der Leiche, dann schloß er seine Tasche und entfernte sich. Kriminalbeamte suchten links und rechts von der Straße die vereisten Wiesen nach Beweisstücken ab. Jury hoffte, irgendeine Tasche – ein Koffer vielleicht –

würde im Wald oder auf den Wiesen in der Nähe des *Hahnen mit der Flasche* gefunden werden. Er stellte sich vor, daß der Mörder sie vielleicht veranlaßt hatte, eine Tasche zu packen – wahrscheinlich hatte er ihr ein Liebeswochenende in Aussicht gestellt (was bedeuten würde, daß es sich um einen Mann handelte) –, weil dann zumindest ein paar Tage lang niemand nach ihrem Verbleib fragen würde. Appleby sagte, nichts deute darauf hin, daß eine «sexuelle Handlung» stattgefunden habe; ob sie schwanger gewesen sei, ließe sich jedoch erst nach der Obduktion sagen. Eine heiße Spur war nirgendwo in Sicht. Aber in einem Punkt hatte Jury recht behalten: Ruby Judd war keine Ortsfremde.

Als Jury endlich den Hügel zu dem *Hahnen mit der Flasche* hochgestiegen war und in die Gaststube trat, sah er Melrose Plant an der Bar sitzen, einen Schoppen Guinness vor sich. Der deftig aussehende Wirt lehnte über dem Tresen und unterhielt sich mit ihm. Sein Name war Keeble. Auf seinem Gesicht standen Schweißperlen, die er sich mit einer Serviette abwischte. Während er einen ziemlich aufgelösten Eindruck machte, zeigte seine Frau, die gerade durch eine Tür rechts neben dem Tresen hereingekommen war, keinerlei Emotionen.

Plant bot Jury eine Zigarette aus seinem goldenen Etui an, und Jury bediente sich dankbar. «Was wissen Sie über diese junge Frau, Mr. Keeble?»

«Wie ich dem Herrn Wachtmeister schon gesagt habe –» Er deutete auf Wiggins, der wie immer pflichtbewußt sein Notizbuch aufgeschlagen und zusammen mit dem Taschentuch auf den Tresen gelegt hatte. «Diese Ruby ist mir kaum über den Weg gelaufen, vielleicht ein- oder zweimal beim Einkaufen. Ich kann Ihnen also nicht viel weiterhelfen. Es dauerte ewig, bis sie ihren ‹Toten Mann› da draußen fertig hatten.» Mrs. Keeble fügte noch hinzu, wie schlecht das fürs Geschäft sei, wenn ständig die Straße aufgebuddelt würde.

«Und wann hatten die Straßenarbeiter wieder alles aufgefüllt?»

Keeble dachte angestrengt nach. «Moment, ich kann Ihnen das ganz genau sagen – ja, ja, am Fünfzehnten, nachmittags. Dienstag vor einer Woche. Ich erinnere mich, weil wir am Tag darauf einen Schwung voll Leute zum Abendessen hatten. Gott sei Dank war da die Straße nicht mehr aufgerissen.» Er feierte die Rolle, die er bei dem schrecklichen Geschehen spielte, indem er sich ein Bier zapfte; seine Frau schnaubte mißbilligend. «Am Abend kam dann noch einer von ihnen zurück und brachte die Sache vollends in Ordnung. Das war am Dienstagabend, Dienstag, den Fünfzehnten.»

Am Dienstag war auch Ruby losgezogen, angeblich um ihre Familie in Weatherington zu besuchen.

Als Keeble das Abendessen erwähnte, verspürte Jury plötzlich einen Riesenhunger. Er sagte: «Wir könnten eigentlich auch was vertragen. Wär's denn möglich, daß Sie uns was zu essen richten? Sie sind doch bestimmt auch hungrig, Mr. Plant? Und Sie, Wachtmeister, wie steht's mit Ihnen?» Beide nickten.

«Wir haben aber nur Scholle», sagte Mrs. Keeble.

Plant gab einen gutturalen Laut von sich, aber Wiggins nickte. «Mit Pommes frites und Erbsen, bitte.»

Sie blickte die Männer an, als hätten sie die Leiche des Mädchens in ihre Wirtschaft geschleppt, nur um ihr Unannehmlichkeiten zu bereiten. Sie schien sich auch zu fragen, ob Scotland Yard dafür aufkommen würde oder ob es zu ihren Bürgerpflichten gehörte, ihnen etwas aufzutischen. Als sie sich auf den Weg zur Küche machte, sagte Plant, «Wenn wir dazu eine Flasche Bâtard-Montrachet haben könnten, damit der Fisch auch schwimmt?»

Sie starrte ihn an, und er fügte noch hinzu: «Jahrgang 1971?»

Ihr Kinn schob sich etwas vor. «Wir haben keinen Weinkeller. Sie sind hier nicht im Savoy.»

Plant blickte sich in dem einfach eingerichteten Raum um. «Seltsam, ich hätte schwören können...»

Mr. Keeble schien das Wohlergehen seiner Gäste eher am Herzen zu liegen. «Wie wär's mit einem Schoppen Bitterbier, Sir? Vom Feinsten, auf Kosten des Hauses.» Er senkte die Stimme und blickte zur Küche.

«Sehr nett von Ihnen, Mr. Keeble», sagte Jury. Er nahm das Glas dankbar entgegen und leerte es bis zur Hälfte. Plant war aufgestanden und zu dem vorderen Giebelfenster des Gasthofs getreten. Er blickte hinaus. «Von hier aus kann man den ‹Toten Mann› nicht sehen, Inspektor. Wahrscheinlich kann man ihn von keinem der Fenster aus sehen, da ist diese Baumgruppe davor –»

«Das heißt?»

«Daß der Straßenarbeiter davon ausgehen konnte, daß ihn von

hier aus keiner beobachten würde. Genausowenig wie von der Straße aus. Das Gelände ist ziemlich eben, und man sieht gut einen halben Kilometer weit in beide Richtungen. Es gibt natürlich diese Vertiefung in der Straße, dort, wo der schwarze Punkt ist, aber trotzdem...»

«Mit anderen Worten, der Straßenarbeiter war gar kein Straßenarbeiter? Ja, der Boden hätte sich am Fünfzehnten nachts ziemlich einfach wieder ausheben lassen. Und wenn ihn jemand gesehen hätte, jemand, der zufällig vorbeifuhr, hätte er ihn für einen Arbeiter gehalten, der zurückgekommen war, um noch etwas zu erledigen. Er hätte sich sogar eine Laterne anzünden können.»

«Ein fix und fertiges Grab, besser konnte er sich's gar nicht aussuchen», sagte Plant. «Er brauchte sich nur ein bißchen umzuziehen, eine Mütze und so weiter, und niemand wäre etwas aufgefallen.»

«Er hätte zwar gesehen werden können, als er die Leiche von – von wo wohl? Sagen wir, von der Baumgruppe – zu dem ‹Toten Mann› schleppte, was wirklich nicht sehr weit ist. Aber von wem? Von hier aus kann man vielleicht sehen, daß jemand auf der Straße arbeitet, wenn die Leiche aber in eine Plane oder etwas Ähnliches eingewickelt war, hätte man das aus dieser Entfernung nicht erkennen können.»

«Und einer, der so kaltblütig zu Werke geht, würde auch ein Auto vorbeiwinken, falls eines auftauchte.»

«Oder *eine*, Mr. Plant!»

«Ich kann mir nicht vorstellen, daß eine Frau so was gemacht hat.»

«Es wäre aber möglich. Eine Frau kann sich genauso gut als Straßenarbeiter verkleiden.»

«Ja, natürlich. Denkbar wäre es.»

Mrs. Keeble kam mit einem Tablett aus der Küche hereingepoltert und stellte das Essen vor sie hin. Die drei saßen an einem Tisch an der Wand neben dem kalten Kamin, einen mit Besteck, Servietten und drei weißen Steinguttellern gedeckten Holztisch; auf ihren Tellern lagen gleich große Portionen von Fisch, Kartoffeln und breiigen grünen Erbsen.

Melrose warf einen Blick darauf und schob seinen Teller beiseite; statt dessen verlangte er das Bier, das Keeble spendiert hatte. Auch

Jury betrachtete entmutigt den Fisch, der bestimmt in einer dieser Fertigteigmischungen gebraten worden war. Nur Wiggins, der gegen den Boden der Malzessig-Flasche schlug, um etwas Essig aus den winzigen Löchern zu schütteln, schien es zu schmecken.

«Der Wein», sagte Plant, «wird gleich kommen. Ich hoffe nur, sie läßt ihn auch etwas atmen.»

Wiggins gab einen Laut von sich, der zwischen einem Kichern und einem Wiehern lag. Jury, der nicht daran gewöhnt war, Wiggins lachen zu hören, gelang es nicht, das Geräusch eindeutig zu identifizieren. «Bevor ich's vergesse, Sir», sagte Wiggins, den Mund voller Pommes frites, «Kriminaldirektor Racer möchte, daß Sie ihn sofort zurückrufen. Ich hab ihm gesagt, Sie hätten kaum eine ruhige Minute gehabt, seit Sie hier sind, Sir.» Wiggins hatte offensichtlich ein schlechtes Gewissen, weil er einen Vormittag im Bett verbracht hatte, aber er schien ihm bekommen zu sein, zumindest hatte es ihm die Zunge gelöst. Er verschlang den Fisch und die Pommes frites und zierte sich auch nicht, als Plant und Jury ihre Portionen auf seinen Teller kippten.

Die Gasthoftür wurde aufgestoßen, und drei Männer – darunter Superintendent Pratt – kamen herein. Jury, der auch gleich die Reporter hinter ihnen entdeckt hatte, stöhnte auf.

Sie hatten ihn ebenfalls entdeckt und stürmten die Bar; der Fotograf knipste die Bar von allen Seiten, als hätte er ein Fotomodell vor sich, das freche Posen für ihn einnahm.

«Sie müssen Oberinspektor Jury von der Kriminalpolizei sein. Ich komme vom *Weatherington Chronicle.*» (Kleine Fische, dachte Jury, die werden sich einfach abwimmeln lassen.) Der andere schien es nicht für nötig zu halten, sich vorzustellen, er stand einfach nur da, Füllfederhalter und Schreibblock in der Hand. Sie stellten die üblichen Fragen und bekamen die üblichen Antworten. Nein, die Polizei hatte den Täter noch nicht, aber die Ermittlungen waren im Gange... Jury dachte, daß er sich das einmal auf seinen Grabstein meißeln lassen könnte: *Ermittlungen im Gange.* Ja, in ein, zwei Tagen könnten sie der Presse Genaueres sagen. Einer der Reporter bemerkte mißbilligend, daß Jury in einem Augenblick wie diesem vor einem Bier saß und provozierte damit Pratts Ärger: «Wenn Sie nur halb soviel arbeiten würden wie der Oberinspektor, hätten Sie gar nicht die Zeit, blöde Kommentare loszulassen.» Daraufhin packten die Zeitungsleute zusammen und verließen den Raum mit wehenden Rockschößen.

Jury machte den Superintendent mit Melrose bekannt. «Mr. Plant ist der Mann, der die Leiche entdeckt hat.»

«Können Sie sich vorstellen, wie Tante Agatha darauf reagieren wird?» sagte Melrose. «Das Fest ist für sie verdorben.»

Kurz bevor sie sich auf den Weg machen wollten, tauchte Wachtmeister Pluck bei ihnen auf und stellte stolz ein kleines Köfferchen auf den Tisch.

Es war ein dunkelblauer, billiger, kleiner Vinylkoffer, für ein paar Wäschestücke und Toilettenartikel gedacht. In einem herausnehmbaren Plastikbehälter befanden sich mehrere Flaschen und Döschen, auf dem Kofferboden lagen frische Slips, ein Nachthemd und eine Bluse. Auch ein paar auffällige Ohrringe kamen zum Vorschein. Jury nahm die Kleidungsstücke heraus, öffnete die Dosen und roch an den Flaschen. «Lag sonst noch was im Wald herum?»

Pluck schüttelte den Kopf. «Nein, Sir. Der Koffer war zu, so wie Sie ihn vor sich sehen. Er lag unter einem Haufen von nassem Laub und Zweigen.»

«Sehr gut, Pluck. Könnten Sie nicht versuchen, die Judds wachzuhalten? Ich würde gern noch heute abend mit ihnen sprechen, es kann aber ziemlich spät werden. Andererseits werden sie wohl heute nacht sowieso nicht viel schlafen.»

«Ich begreife das nicht», sagte der Pfarrer. «Wer sollte diesem armen, harmlosen Mädchen etwas antun wollen? Sie kann nicht älter als neunzehn oder zwanzig gewesen sein.»

«Vierundzwanzig war sie, Mr. Smith. Und vielleicht nicht ganz so harmlos, wie wir es gern hätten. Wir müssen jedenfalls noch einmal verschiedene Dinge durchgehen, der Mord läßt alles in einem anderen Licht erscheinen.» Der Experte für Fingerabdrücke war in Rubys Zimmer, und die Fotografen waren auch schon ein- und ausgegangen; aber Jury wußte, daß nichts dabei herauskommen würde. Er stellte sich vor, daß Mrs. Gaunt gründliche Arbeit leistete, wenn sie sauber machte, und sie hatte Rubys Zimmer vor zwei Tagen geputzt. Der Experte kam die Treppe heruntergepoltert, seine Ausrüstung in der Hand. Er meinte, die Abdrücke seien keinen Pfifferling wert, er habe immer nur dieselben gefunden – die von Mrs. Gaunt höchstwahrscheinlich und die von einem Mann – Jurys vielleicht, er habe ja auch schon das Zimmer inspiziert. Ob seine Fingerabdrücke denn in einer Kartei seien. Der Beamte grinste.

«Wie ich Ihnen schon sagte, Inspektor», meinte der Pfarrer, «hat mir Daphne Murch das Mädchen vermittelt. Ich glaube, die beiden waren eng befreundet. Wenn jemand etwas weiß, dann Daphne.» Der Pfarrer schenkte sich ein Glas Port ein und bot auch Jury und Wiggins etwas an, sie lehnten jedoch ab. Dann machte er es sich in seinem Sessel bequem, und Jury nahm an, er wolle sich an den Gedanken gewöhnen, daß sein Hausmädchen nun tot war. Statt dessen sagte er: «Dieser Wirtshausname – *Zum Hahnen mit der Flasche*... das hat nichts mit dem männlichen Huhn zu tun, sondern Hahn bedeutet hier vielmehr Zapfen. Ein Zapfen, wie man ihn für Fässer benutzte. Sie wissen, was ich meine? Mit dem Namen wurde also für gezapftes Bier Reklame gemacht; die Flasche bedeutete, daß man auch abgefülltes Bier zu trinken bekam.» Eine leichte Röte überzog sein Gesicht; anscheinend war ihm bewußt geworden, daß das nicht der richtige Augenblick für einen Exkurs über Wirtshausgebräuche war. «Wenn man sich vorstellt, daß all diese Morde praktisch nur den Mord an dem armen Mädchen vorbereiteten!»

«Vorbereiteten?» fragte Jury. «Nein, ich glaube, Sie sehen das falsch, Mr. Smith. Ruby wurde *vor* den anderen ermordet. Das bedeutet natürlich nicht, daß dieser Mord nichts mit den anderen zu tun hat.» Wiggins hatte nach längerem Wühlen zwischen Hustenpastillen, Husten- und Nasentropfen ein paar Players aus seiner Manteltasche gefischt und reichte sie Jury. «Hatten Sie jemals den Verdacht, Ruby könnte über jemanden im Dorf etwas wissen, was der Betreffende lieber für sich behalten hätte?»

«Erpressung? Wollen Sie darauf hinaus?»

Jury antwortete nicht.

«Nein. Sie plapperte ziemlich viel, aber ich hörte nicht immer zu. Obwohl eine Zeitlang das Gerücht kursierte – ich gebe natürlich nichts auf diese Art von Gerüchten – daß Ruby sich mit Marshall Trueblood eingelassen hatte.»

«Mit Marshall Trueblood?» Jury und Wiggins tauschten ungläubige Blicke aus, und Wiggins erstickte beinahe. Jury sagte: «Das kann ich mir kaum vorstellen, Herr Pfarrer, Sie etwa? Trueblood ist doch homosexuell?»

Der Pfarrer sah eine günstige Gelegenheit, sich auch in solchen Dingen beschlagen zu zeigen. «Er könnte auch das sein, was man bisexuell nennt, Inspektor.»

Das war nicht von der Hand zu weisen, zumal Trueblood sein affektiertes Benehmen bewußt zu übertreiben schien. «Aber Sie wissen das nicht genau?» Der Pfarrer schüttelte den Kopf. «War Ruby vielleicht vor ihrer Abreise besonders aufgeregt, oder benahm sie sich sonst irgendwie komisch?» Wieder schüttelte der Pfarrer den Kopf. Da Jury auch schon mit Mrs. Gaunt gesprochen hatte, der an Rubys Verhalten genauso wenig aufgefallen war, nahm er an, daß von ihnen keine weiteren Aufschlüsse zu erwarten seien. Für den Augenblick zumindest mußte er sich zufrieden geben. Jury erhob sich, und Wiggins klappte sein Notizbuch zu.

Draußen fragte Jury Wiggins, ob er nicht einstweilen nach Weatherington fahren und die Judds auf seinen Besuch vorbereiten könne: auch wenn es schmerzlich für Rubys Eltern wäre, er müsse sie unbedingt noch heute abend sprechen.

Als Jury die Bar der Pandorabüchse betrat, stand Twig in seiner Lederschürze herum und rieb die Gläser blank. Erschöpft hievte sich Jury auf einen der eichenen Barhocker und bestellte einen Whisky. Im Spiegel entdeckte er nur einen einzigen Gast – eine Frau mittleren Alters, die auf einem Wettschein offenbar die aussichtsreichsten Namen ankreuzte.

«Wo ist Mr. Matchett, Twig?»

«Er nimmt gerade im Speisesaal einen Aperitif zu sich, Sir.» Jury machte Anstalten, sich zu erheben. «Mit Miss Vivian, Sir.» Jury setzte sich wieder. Er starrte auf die bernsteinfarbene Flüssigkeit in seinem Glas. Aber Job war Job. Er sollte bereits dort drinnen sein und Fragen stellen. Er zwang sich, sein Glas zu nehmen und in den Speiseraum hinüberzugehen.

Zuerst dachte er, der Raum sei leer. Zumindest war er kaum beleuchtet – nur die roten Kugeln warfen ihr flackerndes Licht auf die Tische und die Wände. Jury stand im Schatten der Türnische. Schließlich entdeckte er sie, Simon Matchett und Vivian. Sie saßen halb verdeckt hinter einem Pfeiler. Vivian wandte ihm ihr Profil zu, von Matchett war nur eine Hand zu sehen, die auf ihrem Handgelenk lag.

Eigentlich war er ganz in ihrer Nähe, der Abstand zwischen ihnen konnte nicht mehr als sechs Meter betragen. Er versuchte, sich in Bewegung zu setzen, um diese kurze Strecke zurückzulegen, an ihren Tisch zu treten und seine Fragen zu stellen. Er rührte sich jedoch nicht vom Fleck. In diesem Augenblick erfuhr er am eigenen Leibe die Bedeutung des Ausdrucks «wie angewurzelt stehen zu bleiben».

Matchett beugte sich zu Vivian hinüber, und die Hand, die ihr Handgelenk umschlossen gehalten hatte, legte sich hinter ihrem Rücken auf die Stuhllehne.

Jury zog sich etwas tiefer in den Schatten zurück; kurz vor der Tür blieb er stehen, da er in dieser Position immer noch den Anschein erwecken konnte, gerade eingetreten zu sein, falls einer von ihnen sich umdrehen und ihn entdecken sollte.

Während dieser kurzen Augenblicke verharrten alle drei wortlos auf ihrem Platz, ein lebendes Bild. Dann schnappte er die letzten Worte eines Satzes auf, den Matchett von sich gab:

«... wo wir leben werden, Liebling.»

Jury stand unbeweglich in dem Schatten; sein Glas wog so schwer wie ein Stein in seiner Hand.

«... *hier* könnte ich nicht mehr, Simon. Nicht, nachdem all das passiert ist. Und jetzt auch noch die arme Ruby Judd. Mein Gott!» Sie zog ihren Pullover an sich; Matchett half ihr dabei, und seine Hand blieb auf ihrer Schulter liegen.

«Großer Gott, denkst du ich, mein Herz? Du solltest einfach alles hinter dir lassen. Oder vielmehr, wir beide sollten das tun. Zu viele unangenehme Erinnerungen für jeden von uns. Vivian, mein Liebes –» Seine Finger fuhren von ihrem Nacken zu den Haaren hoch und schienen sich in den goldbraunen Strähnen zu verfangen. «Irland. Wir gehen nach Irland, Viv. Das wäre genau das Richtige für dich. Bist du schon einmal in Sligo gewesen?» Sie hielt den Blick gesenkt und schüttelte den Kopf. «Wirklich, das sollten wir tun – es ist *das* Land für dich. Komisch, nichts kann die Ruhe und den Frieden Irlands stören, nicht einmal dieser endlose Krieg. Es gehört immer noch zu den friedlichsten Plätzen dieser Welt.»

Sie verschränkte die Arme auf dem Tisch und schaute ihm in die Augen. «Ich glaube, du bist ein bißchen zu unternehmungslustig, um dich nach Irland zurückzuziehen. Es sei denn, du hast vor, dich der IRA anzuschließen.»

Seine Hand wanderte etwas tiefer, bis er mit einem Finger die Rundung ihrer Wange nachfahren konnte. «Das ist Unsinn. Ich sehne mich genauso nach Ruhe wie du. Ich möchte mit ein paar Wolfshunden vor einem prasselnden Kaminfeuer sitzen, in einem großen, mit Rauchschwaden erfüllten Raum. Hör zu, für die Pandorabüchse kriege ich schon einiges, und mit dem Geld kann ich mir dort was Neues kaufen – eine Kneipe vielleicht. Oder ich werde Waffenschmuggler, ganz egal was, wenn wir nur davon leben können –»

Daraufhin erfolgte eine kurze Pause. «Ich glaube, um unseren Lebensunterhalt brauchen wir uns nicht zu viel Sorgen zu machen.»

Die Hand fiel von ihrer Wange auf ihre Schulter und zog sich dann wieder auf den Tisch zurück. «Gib's weg, Vivian!»

«Was soll ich weggeben?»

«Das Geld. Gib's für einen guten Zweck, egal was. Du brauchst es nicht, und ich will's nicht haben; bis jetzt hat es nur Unglück gebracht – mir zumindest. Mein Gott, du willst nicht einmal, daß die andern von uns erfahren. Und Weihnachten willst du auch nicht mit mir verbringen!»

Sie lachte. «Oh, Simon! Das ist doch kindisch.» Sie legte ihre Hand auf seine. «Ich hab das Melrose schon seit Monaten versprochen –»

«Er ist wahrscheinlich der einzige Mann, bei dem du dir sicher bist, daß er es nicht auf dein Geld abgesehen hat. Wenn ich nur die Hälfte hätte von dem, was er hat, würdest du mich auf der Stelle heiraten», sagte er bitter.

Während er versuchte, sich noch weiter in das Dunkel zurückzuziehen, hatte Jury das unwirkliche Gefühl, einer Theateraufführung beizuwohnen.

«Ich mache dir deswegen weiß Gott keine Vorwürfe», fuhr Simon fort, «nicht nach der schrecklichen Kindheit, die du gehabt hast. Offen gestanden, es würde dir auch nicht schaden, Isabel mal los zu sein.»

«Das ist das erste Mal, daß du etwas gegen Isabel sagst.»

«Es ist gar nicht *gegen* sie, ich denke nur, du solltest sie dir vom Hals schaffen. Sie erinnert dich an diese unglückselige Geschichte. Und ich bin mir nicht sicher, ob sie das nicht auch ausnützt. Du denkst, du schuldest ihr so verdammt viel. Mein Herz, du schuldest überhaupt niemandem was. Und wenn du mich nicht heiraten willst, dann geh einfach so mit mir weg. Und leb mit mir zusammen. Dann kann ich überhaupt nie an dein Geld rankommen –» Sie schien nicht zu wissen, ob sie lachen oder weinen sollte. «Hör zu, mein Herz. Wir kaufen uns irgendeine alte Burgruine. Kannst du dir vorstellen, wie gut Irland für dich als Schriftstellerin sein wird? Und ich würde dich auch nicht stören, sondern einfach nur mit meinen Wolfshunden losziehen, mich um die Kneipe kümmern oder was sonst gerade anfällt – wenn ich dich nur bei mir habe. Das Land von Yeats! Ich kauf dir einen Turm wie Yeats für seine Frau. Obwohl ich schon froh bin, daß du nicht George heißt.» Sie lachte nun wirklich.

«Wunderschön», sagte Vivian. «Aber eigentlich liebte er sie gar nicht so sehr, oder? Seine große Liebe war doch Maud Gonne.»

«Verzeih, dann ist es Maud Gonne, an die du mich erinnerst. Nicht der gute alte George.»

Sie lachte. «Nett von dir.»

«Maud Gonne. Oder wie wär's mit Beatrice? Oder du erinnerst mich an Jane Seymour – war sie nicht die einzige, die Heinrich der Achte wirklich geliebt hat?»

«Ich glaube. Zumindest war sie eine der wenigen, die er nicht hinrichten ließ.»

«Lassen wir das. Kleopatra – du erinnerst mich an Kleopatra –»

«Ist das nicht etwas weit hergeholt?»

«Nicht in deinem Fall. Und Dido – ach! Dido, Königin von Karthago. Weißt du, was sie sagte, als sie Aeneas erblickte?»

«Es ist mir peinlich, aber ich weiß es nicht. Siehst du dich selbst in der Rolle des Aeneas?»

«Natürlich. *Agnosco veteris vestigia flammae*. Sie sagt –»

«‹Ich erkenne› –» Jury blickte Vivian in die Augen und stellte sein Glas auf den Tisch – «die Spuren einer alten Flamme.»

Sie starrten mit offenen Mündern zu ihm auf. Dann riefen sie gleichzeitig: «Inspektor Jury!»

«Entschuldigen Sie, ich wollte mich nicht an Sie heranschleichen. Sie waren nur so... vertieft.»

Vivian stieß ein kurzes, atemloses Lachen aus. «Sie brauchen sich nicht zu entschuldigen! Ich bin nur ganz überwältigt, so gebildete Männer um mich zu haben. Setzen Sie sich doch.»

Jury zog einen Stuhl hervor und zündete sich eine Zigarette an. «So gebildet bin ich gar nicht. Es klingt nur großartig. Ein Mann, der für solche Dinge ein Ohr hat, kann dem nicht widerstehen.»

«Ebensowenig wie eine Frau, Inspektor.» Sie lächelte ihm zu, aber er wandte den Blick sofort ab. «Es klingt wirklich sehr gut.»

«Ja, aber leider bleibt uns nicht viel Zeit für schöne Dinge», sagte er etwas zu scharf und schob das Besteck zur Seite. «Wir haben es mit einem neuen Mordfall zu tun, wie Sie wohl schon gehört haben. So etwas spricht sich ja schnell rum.»

Er bemerkte, wie Vivian rasch den Blick abwandte und auf das Tischtuch starrte – wie ein Kind, dem man die Leviten gelesen hatte. «Ruby Judd», sagte sie kaum hörbar.

«Ja, Ruby Judd.»

«Wir haben gerade darüber gesprochen», sagte Matchett.

Ach, tatsächlich, gerade eben, dachte Jury.

«Wir warten auf unser Abendessen, Inspektor. Wollen Sie nicht mitessen?»

«Ja. Danke.»

Twig kam an ihren Tisch, und Matchett hieß ihn den Salat bringen.

«Isabel ist zu den Bicester-Strachans gegangen», sagte Vivian. «Und ich wollte nicht allein zu Hause bleiben.» Sie starrte auf den Stein hinter Matchetts Stuhl, als erwartete sie auf seiner uralten Oberfläche ein Menetekel geschrieben zu sehen. «Vielleicht haben wir irgendwie schon damit gerechnet.»

«Mit was?» fragte Jury überrascht. «Mit Ruby Judds Tod?»

«Nein, aber daß irgendwann mal einer aus Long Piddleton an der Reihe sein würde. Im Grunde glaubte doch keiner von uns, daß all diese Leute nur so zum Spaß umgebracht wurden.»

«Ich weiß nicht. Was glaubten Sie denn?»

Sein scharfer Ton schien sie etwas aus der Fassung zu bringen. Begreiflicherweise, dachte er. Ihr Verhältnis zu Matchett ging ihn ja schließlich nichts an. Oder doch? Matchett hatte Vivians bauchiges Weinglas sehr großzügig mit weißem Medoc gefüllt; Jury winkte ab.

Lächelnd meinte Matchett zu Vivian: «Das sagst du. Ich glaube eher, die meisten von uns dachten, daß ... daß sie ‹nur so zum Spaß› umgebracht wurden. Aber warum sollte jemand Ruby Judd etwas antun wollen? Sie ist die letzte, auf die ich getippt hätte.»

Während Twig den Tisch mit den Salaten hereinrollte, zog Jury aus dieser Bemerkung den Schluß, daß Matchett anscheinend eine bestimmte Vorstellung von Schicklichkeit hatte: wenn sich schon jemand darauf verlegte, Leute umzubringen, dann sollte er wenigstens die Reichen und nicht die Armen umbringen.

Twig stellte Salatschüssel, Salatteller und die Flasche mit dem Öl bereit. Als er die Zitrone über den Blättern ausdrücken wollte, stand Matchett auf und sagte: «Ich mach das schon, Twig.» Geschickt besprenkelte er die Schüssel mit Öl und mischte den Inhalt mit einem hölzernen Salatbesteck.

«Wo waren Sie beide am Dienstagabend vor einer Woche?»

Matchett zerbrach ungerührt ein Ei über dem Salat, Vivian hingegen machte einen ziemlich nervösen Eindruck, als sie sagte: «Zu Hause – ich kann mich nicht mehr erinnern... Simon?»

War Simon auch schon ihr Gedächtnis? Matchett schüttelte den Kopf. «Kann ich Ihnen auch nicht so ohne weiteres sagen. Oder Moment mal. Zwei Abende davor wurde doch dieser Small umgebracht –» Gabel und Löffel des Bestecks verharrten in der Luft. «Ich war hier, jetzt erinnere ich mich wieder, den ganzen Nachmittag und Abend.»

«Ich muß zu Hause gewesen sein», sagte Vivian unsicher. «Ich glaube, Oliver kam vorbei.»

Jury bemerkte, daß Matchett das Gesicht verzog.

«Machen Sie denn nie eine Pause, Inspektor?» Matchett rieb frischen Käse über den Salat und streute noch eine Handvoll geröstete Brotwürfel darüber.

«Würde ich, wenn unser Mörder das auch täte.»

Matchett reichte ihnen zwei Glasteller mit Salat. Als Jury ihn versuchte, fand er ihn köstlich. Es gab bestimmt nicht viele Männer, die sich über einen noch frischen Mord unterhalten, einen Caesar-Salat mischen und die Rolle des Erwählten bei einem so exquisiten Wesen wie Vivian Rivington spielen konnten. Was immer er auch war, ein einfacher, unkomplizierter Bursche war er nicht.

«Also, Daphne, sprechen wir über Ruby Judd.»

Es war eine Stunde später, und er saß mit ihr am selben Tisch im Speiseraum. Matchett war gegangen, um Vivian Rivington nach Hause zu bringen.

Daphne hatte einen Berg Kleenextücher vor sich aufgetürmt und aufgebraucht, so viele Tränen waren geflossen, seit sie von Rubys traurigem Schicksal gehört hatte.

«Sie sind doch mit ihr befreundet gewesen? Ich habe gehört, daß Sie sie auch bei dem Pfarrer untergebracht haben.» Jury hatte die Fotos aus seiner Brieftasche gezogen und auf den Tisch gelegt. Eines zeigte Ruby in einer der üblichen starren Posen. Sie hatte langes, schwarzes Haar und ein hübsches, ausdrucksloses Gesicht. Auf dem anderen Schnappschuß war mehr von ihrer üppigen Figur zu sehen: große Brüste, die sich unter einem zu engen Pullover abzeichneten, und wohlgeformte Beine. Ihr Mund war zu einer nicht gerade schmeichelhaften Grimasse verzogen, da sie direkt in die Sonne blinzelte. Ihr Gesicht war halb im Schatten.

«Ja, Sir, das hab ich», sagte Daphne und strich sich die Locken aus der schweißbedeckten, glänzenden Stirn. Ihr Gesicht war vom Weinen schon ganz rot und verquollen.

«Wie lange haben Sie sie gekannt, Daphne?»

«Oh, schon seit Jahren. Seit der Schulzeit. Wir waren in derselben Klasse. Ich komme auch aus Weatherington, wissen Sie. Als die letzte Hausangestellte des Pfarrers gekündigt hat, weil sie heiraten wollte und nur noch diese Mrs. Gaunt bei ihm war – ein richtiger Hausdrachen ist das – hab ich ihn gefragt, ob er nicht wieder ein Mädchen haben will, ich würde eine kennen, die sehr tüchtig ist und Arbeit sucht. Er hat gesagt, ich soll sie vorbeischicken.» Daphne blickte auf ihre Schuhe und sagte mit matter Stimme: «Ich hätte mir das vielleicht doch überlegen sollen, Sir. Ich meine, sie war nicht gerade die Zuverlässigste.» Sie hielt sich die Hand vor den Mund, weil sie einer Toten etwas Schlechtes nachgesagt hatte.

«Was meinen Sie mit nicht zuverlässig?» Jury bemerkte, daß Twig die Kristallgläser besonders hingebungsvoll polierte, schon seit fünf Minuten hielt er ein und dasselbe Glas in der Hand.

Daphne senkte ihre Stimme. «Ruby saß ein- oder zweimal ganz schön in der Patsche, verstehen Sie?»

«In was für einer Patsche?» Jury war überzeugt, daß die Schwierigkeiten mit Rubys Liebesleben zu tun gehabt hatten, denn das Gesicht der Kellnerin war auf einmal puterrot geworden. Und da ihr anscheinend auch die Worte im Hals steckenblieben, kam er ihr zu Hilfe: «War Ruby schwanger?»

«O nein, Sir, nicht, daß ich wüßte. Sie hat nie was davon gesagt. Aber... einmal ist sie auch schwanger gewesen. Einmal. Vielleicht aber auch mehr als einmal.» Daphne sah aus, als wäre sie selbst vom Pfad der Tugend abgekommen.

«Sie hatte eine Abtreibung, meinen Sie das? Oder vielleicht auch mehrere?»

Daphne nickte stumm und warf einen verstohlenen Blick in Twigs Richtung. Aber der alte Diener hatte sich nach hinten verzogen, als er Jurys Augen auf sich spürte.

«Manchmal tat sie mir beinahe leid. Was soll ein Mädchen wie sie auch machen, wenn ihre Familie sie immer nur abschieben will. Ihre Alten sind schreckliche Spießer. Sie hat sich aber nie getraut, ihnen das zu sagen. Als Kind hatte sie eine Tante und einen Onkel, zu denen sie geschickt wurde. Zu ihrer Tante Rosie und ihrem Onkel Will, hat sie gesagt. An ihnen hing sie viel mehr als an ihren Alten. Die wollten sie bloß loswerden, bestimmt.»

«Sie und Ruby sind also sehr gute Freundinnen gewesen?»

Daphne preßte ein Kleenex gegen ihre Nase. «Ja, schon. Aber wenn sie mir was erzählte, wollte sie mich eigentlich nur neugierig machen. Anvertraut hat sie mir nie was.»

Jury fand es bemerkenswert, daß das Mädchen in der Lage war, solche Nuancen zu erkennen. Die meisten Mädchen hätten gekicherte Anspielungen schon für einen Austausch von Vertraulichkeiten gehalten.

Sie fuhr fort. «Soviel ich weiß, hat Ruby mit keinem aus dem Dorf was gehabt. Aber sie machte immer solche Andeutungen, daß sie mit mehr als einem...» Daphne errötete und strich den Rock ihrer schwarzen Uniform glatt.

«... schläft, meinen Sie das?»

Sie nickte; anscheinend fand sie das Wort weniger anstößig, wenn ein Polizeibeamter es aussprach. «Die Sache ist, Ruby war schon immer eine Geheimniskrämerin. Ganz egal, ob nun was dahintersteckte oder nicht. Sie versuchte aus allem was zu machen. Zum Beispiel fragte sie mich, ob ich denn nicht wissen wolle, woher ihr neues Kleid, ihre neue Handtasche, ihr Schmuck oder was weiß ich noch alles, stammen würde – als ob einer in Long Pidd sie, hmmm, sie *aushalten* würde. Sie hatte dieses Goldarmband, das sie immer trug – ich hab sie nie ohne gesehen – du lieber Himmel, was hat sie damit für ein Theater gemacht! Zuerst sagte sie, sie hätte es geschenkt bekommen, und dann behauptete sie, sie hätte es gefunden. Bei Ruby wußte man nie, ob sie die Wahrheit sagte. Und dann diese ganzen Geschichten mit Mrs. Gaunt. Ruby machte gerade die Hälfte von dem, wofür sie bezahlt wurde. Wenn sie abstauben oder aufräumen sollte, fing sie mit dem Pfarrer an zu quatschen; er erzählte ihr dann meistens auch was, und sie tat so, als würde sie das brennend interessieren. Er merkte überhaupt nicht, daß sie sich nur um ihre Arbeit drücken wollte und gerade einmal mit dem Staubwedel über seinen Schreibtisch fuhr. Wenn sie die Kirche ausfegen sollte, setzte sie sich einfach wo hin und las ihre Filmzeitschriften oder schrieb in ihr Tagebuch. Manchmal hat sie sich auch die Fingernägel lackiert.» Daphne kicherte.

«Ruby hat ein *Tagebuch* gehabt? Haben Sie es gesehen?»

«O nein, Sir. Sie hätte es mir auch nie gezeigt, wo sie doch immer so geheimnisvoll tat.»

Jury nahm sich vor, Wiggins zu Mrs. Gaunt zu schicken, um mehr darüber in Erfahrung zu bringen.

«Stutzig wurde ich erst, als Ruby behauptete, sie wüßte was über jemanden in Long Pidd.»

«Hat sie das so gesagt?»

Daphne nickte. «Haben Sie eine Ahnung, was sie damit gemeint hat?» Daphne schüttelte den Kopf so entschieden, daß ihre hellbraunen Löckchen wie kleine Korken am Rand ihres gestärkten weißen Häubchens auf und ab hüpften.

«Nein, Sir. Ich war wirklich neugierig und hab immer wieder versucht, es aus ihr rauszukriegen, aber je mehr ich mich anstrengte, desto komischer schien sie das zu finden. Es wäre doch wirklich eine Überraschung, meinte sie, wenn herauskäme, daß sie jemanden am Bändel hätte. Eine richtige Überraschung würde das werden.»

Jury seufzte. Bei jemanden wie Ruby Judd würde es praktisch unmöglich sein, die Spreu vom Weizen zu trennen. Ihr Geheimnis konnte alles sein – von der Frau aus dem Dorf, die für den Milchmann die Beine breit gemacht hatte, bis... zu Mord.

Weatherington war eine mittelgroße Stadt, die ungefähr doppelt so viele Einwohner hatte wie Sidbury. Und Sidbury war ungefähr doppelt so groß wie Long Piddleton. Die drei Orte waren auch gleich weit voneinander entfernt; Sidbury lag etwa achtzehn Kilometer westlich von Long Piddleton und Weatherington achtzehn Kilometer südwestlich von Sidbury. Zur Unterstützung der örtlichen Polizei hatte die Londoner Zentrale eines ihrer Labors in Weatherington aufgebaut. Und es gab ein kleines Krankenhaus, in dem Appleby seine Obduktionen durchführte.

Auf dem Revier mit den glänzenden, beigefarbenen Wänden sprang einem vor allem die abblätternde Farbe ins Auge. Aber auf Schönheit kam es hier nicht an. Jury ging an der Telefonzentrale vorbei, in der eine großmütterlich aussehende Frau an einem roten Wollschal strickte. Im Büro beugte sich der diensthabende Beamte über sein Buch unter einem gelben Schild. «Herumlungern verboten». Jury hatte sich schon oft gefragt, wer wohl an Orten wie diesen herumlungern wollte. Er ging an Tischen und Schränken vorbei, die vor Akten überquollen, während die Angestellten vor allem ihre Schreibmaschinen hin- und herzutragen schienen. Er ließ sich mit Dr. Appleby verbinden.

«Nein, das war sie nicht», antwortete der Arzt auf Jurys Frage, ob Ruby Judd schwanger gewesen sei, als sie starb. «Wahrscheinlich hätte sie gar keine Kinder bekommen. An ihr ist schon zu viel rumgepfuscht worden. Sie hatte mit Sicherheit schon mehr als eine Abtreibung hinter sich. Vor ein paar Jahren.»

Irgendwie war Jury erleichtert. Wäre sie nämlich schwanger gewesen, hätte er nach dem Liebhaber suchen müssen, der sie nicht heiraten wollte und dessen Ruf ruiniert gewesen wäre, wenn Ruby geplaudert hätte. Eine solche Erklärung hätte ihn gezwungen, den Mord an Ruby getrennt von den anderen Morden zu behandeln. Genau das Gegenteil von dem, was der Pfarrer gesagt hatte, war der Fall: die anderen Morde führten nicht *zu* dem Mord an Ruby, sondern von ihm *weg*.

«Vielen Dank, Dr. Appleby. Es tut mir leid, daß ich Sie so spät noch belästigen mußte.»

«Spät? Es ist doch erst halb zehn, Mann. Wir in der Provinz arbeiten doch rund um die Uhr.» Appleby kicherte und legte auf.

Jury ging zu dem Kriminalbeamten an dem Schreibtisch. Selbst um diese Zeit waren noch über ein Dutzend Leute auf dem Revier. Sie warteten nur darauf, auch endlich eine Rolle spielen zu dürfen, und es schien ihnen sehr zu gefallen, daß Jury endlich gekommen war. «Der Superintendent ist nicht da?»

«Nein, Sir.»

«Haben Sie die Akte über den Fall Celia Matchett? Der Mord in diesem Gasthof in Dartmouth. Liegt schon einige Jahre zurück.»

«Ja, Sir, wenn Sie einen Augenblick warten, bring ich –»

«Ist nicht nötig, ich muß zu den Judds und kann sie mir auf dem Rückweg abholen.» Jury wandte sich Wiggins zu, der sein Notizbuch und seine Schreibutensilien zusammenpackte. «Haben Sie bei den Judds angerufen?» Wiggins nickte. «Nun, dann mal los.»

Mr. und Mrs. Judd lebten in dem neueren Teil von Weatherington, einer Siedlung aus langen Reihen niedriger Backsteinhäuser, die nachts kaum voneinander zu unterscheiden waren und sich wohl auch tagsüber zum Verwechseln ähnlich sahen. Vielleicht bedeuteten sie einen Fortschritt gegenüber den grauen Sozialwohnungen auf der anderen Seite der Stadt, aber sehr groß konnte er nicht sein. Weatherington hatte nicht viel zu bieten. Es war als Siedlung, als eine dieser sozialen Gartenstädte angelegt worden, und irgendwann mußte dann das Geld ausgegangen sein, oder es war von anderen, weniger auf Ästhetik bedachten Bauherren kassiert worden. Das Ergebnis war eine amorphe Masse von Häusern ohne erkennbaren Stil.

Auf dem Rasen vor dem Reihenhaus der Judds konnte Jury die Umrisse schmückender Elemente erkennen, Gipsenten und Gipsgänse und kleine Grotten wahrscheinlich, die unter dem Schnee fast völlig verschwanden.

Eine junge Frau öffnete ihnen die Tür. Sie war eine etwas eckigere Ausgabe von Ruby, falls Ruby ungefähr so ausgesehen hatte wie auf den Fotos. Ihre Schwester, dachte Jury. «Ja?» Ihre näselnde Stimme und ihre vorgetäuschte Ahnungslosigkeit erinnerten ihn an Lorraine Bicester-Strachan. Miss Judd fehlte nur deren angeborene Arroganz.

«Miss Judd?» Sie nickte und schaffte es, ihre kecke, kleine Nase, die sie sowieso schon ziemlich hoch trug, auch oben zu behalten.

«Inspektor Richard Jury, Miss, Kriminalpolizei. Und Wachtmeister Wiggins.» Wiggins tippte an seinen Hutrand. «Ich glaube, Wachtmeister Wiggins hat bei Ihnen angerufen und unseren Besuch angekündigt.»

Sie trat zur Seite. Als er mit Wiggins an ihr vorbeiging und in die dunkle Diele trat, bemerkte Jury, daß sie keineswegs sehr niedergeschlagen wirkte. Da sie keine Anstalten machte, ihnen ihre Mäntel abzunehmen, warf Jury seinen Mantel einfach über das Treppengeländer.

«Dort», sagte sie nur und zeigte auf einen Raum am Ende des engen, dunklen Flurs, der in den hinteren Teil des Hauses führte. Wahrscheinlich war es das hintere Wohnzimmer, da in dem Zimmer vorn kein Licht brannte. Es wurde bestimmt nur sonntags benutzt. In einer Ecke stand ein kümmerlicher, mit Lametta behängter Baum, auf dessen Sockel künstlicher Schnee gesprüht war.

In dem hinteren Wohnzimmer, das mit elektrischen Speicheröfen und einem elektrischen Kaminfeuer geheizt wurde, saßen – erstaunlich ungerührt – die Judds.

Mrs. Judd, eine stämmige, untersetzte Frau, die kaum von ihrem Strickzeug aufblickte, wenn sie sprach und auch dann noch so klang, als wäre sie überhaupt nicht Rubys Mutter, meinte: «Es ist schrecklich, da arbeitet man sich die Finger für sie wund, und das ist dann der Dank dafür.»

Jury konnte nur mit Mühe seine Empörung über ihre Gefühllosigkeit unterdrücken. «Ich glaube nicht, daß Ihre Tochter sich das ausgesucht hat, Mrs. Judd. Ich nehme nicht an, daß sie ihr Leben in einem Graben beenden wollte.» Seine Worte klangen so kalt und unbeteiligt, wie Mrs. Judd sich bei der Nachricht vom Tod ihrer Tochter gezeigt hatte.

Mr. Judd sagte überhaupt nichts, er begnügte sich mit ein paar kehligen Lauten. Er gehörte zu der Sorte von Männern, die ihren Frauen das Reden überlassen.

«Schon als Kind ließ sich Ruby nie was sagen. Die einzige, von der sie sich was sagen ließ, war ihre Tante Rosie – das ist Jacks Schwester. Deshalb schickten wir sie auch immer nach Devon, wenn wir nicht mit ihr fertig wurden. Später, als sie mit der Schule fertig war, ging sie hier aus und ein, als wäre sie überhaupt nicht mit uns verwandt und schon gar nicht unsere Tochter. Sie schickte uns nie Geld, und wenn sie keine Arbeit hatte und monatelang hier rumhockte, zahlte sie auch nichts für ihren Unterhalt. Wir waren für sie ein billiges Quartier, nichts weiter. Unsere Merriweather ist da ganz anders –» Und die Mutter lächelte dem spröden Wesen zu, das bei dem elektrischen Kaminfeuer saß und eine Filmzeitschrift las. Merriweather lächelte gezwungen zurück und versuchte den Anschein zu erwecken, als wäre sie bei dem Gedanken an den Tod ihrer Schwester zutiefst erschüttert. Sie hatte sogar ein Taschentuch parat, um die Tränen zu trocknen, die nicht kommen wollten.

«Wegen unserer Merriweather haben wir noch keine schlaflose Nacht gehabt.» Mrs. Judd setzte ihren Schaukelstuhl in Bewegung, schaute selbstzufrieden auf das junge Mädchen und klapperte dabei eifrig mit ihren Stricknadeln. Judd, der im Unterhemd und in Hosenträgern dabeisaß, warf schließlich ein: «Sprich nicht schlecht von der Toten, Mutter. Das gehört sich nicht für einen Christen.»

Eine solche Gleichgültigkeit dem Tod eines Kindes gegenüber hatte Jury noch nie erlebt. Und dabei war es nicht einmal ein natürlicher Tod, sondern ein *Mord.* Daß ihre Tochter Schreckliches erlebt haben mußte, schien die Judds nicht im geringsten zu interessieren. Zum Teufel mit ihnen. Ihm wurde dadurch die Arbeit nur leichter gemacht – kein Beileid, keine vorsichtigen, geflüsterten Fragen, um ihre Gefühle zu schonen.

«Mrs. Judd, wann haben Sie Ihre Tochter zum letztenmal gesehen?» Wiggins hatte sein Notizbuch und eine Schachtel Lakritzpastillen hervorgeholt. Er fing an, Pastillen zu lutschen und mitzuschreiben, während Mrs. Judd ihr Strickzeug beiseite legte, zur Decke blickte und sich ihre Antwort zurechtlegte.

«Das muß – warten Sie mal, heute ist Donnerstag, ja, das muß Freitag vor einer Woche gewesen sein. Ich weiß noch, ich kam gerade vom Fischhändler. Ich hatte frische Scholle eingekauft und mit Ruby noch darüber gesprochen.»

«Aber Sie sagten doch, sie sei ganz selten zu Besuch gekommen. Das wäre ja erst vor zwei Wochen gewesen. Nur ein paar Tage, bevor sie starb. Wir nehmen an, daß sie am Fünfzehnten ermordet wurde.»

«Ja, ja, es muß vor zwei Wochen gewesen sein. Aber sie blieb nur die Nacht über. Behauptete, sie müßte am Samstag wieder zurücksein, weil der Pfarrer sie brauchen würde.»

«Warum ist sie gekommen?»

Mrs. Judd zuckte mit den Schultern. «Bei Ruby wußte man nie. Wahrscheinlich wollte sie irgendeinen Kerl treffen. Sie hatte mehr von der Sorte, als ihr guttat, das kann ich Ihnen sagen. Der Polizeibeamte von heute nachmittag hat uns erzählt, daß Ruby letztes Wochenende, bevor sie abhaute, gesagt hat, sie geht uns besuchen. Daß ich nicht lache. Sie war mit irgendeinem Kerl unterwegs – so war das.»

«Offensichtlich nicht, Mrs. Judd», sagte Jury betont gleichmütig. Aber er traf ins Schwarze damit. Sie wurde puterrot. «Sie hatte anscheinend viel Erfolg bei Männern, stimmt das?»

«Dazu gehört nicht viel, Inspektor.» Sie musterte ihn, als müßte er das aus eigener Erfahrung wissen. «In der Zeit, in der sie hier war, trieb Ruby sich immer nur herum, während Merriweather –»

Jury zeigte jedoch kein Interesse für die tugendhafte Merriweather Judd mit ihrem spitzen Gesicht und ihren gekräuselten Haaren. Als sie bemerkte, daß Jury sie anschaute, betupfte sie sich mit ihrem Taschentuch die Augen.

«Wo war Ruby, bevor sie hierher zurückkam? Ich meine, wo hat sie zuletzt gearbeitet?»

«In London. Aber fragen Sie mich nicht, was. Sie behauptete, bei einem Friseur, aber wo soll sie das gelernt haben?»

«Sie wissen nicht, wo sie in London gewohnt hat oder mit wem sie befreundet war? Oder warum sie wieder zurückgekommen ist?»

Mrs. Judd blickte ihn an, als wäre er keine sehr frische Scholle. «Ich sagte Ihnen doch, weil sie kein Geld mehr hatte, kein Geld, um es zum Fenster rauszuwerfen, wie sie das gewohnt war.»

«Wahrscheinlich arbeitete sie gar nicht in einem Friseurladen», unterbrach die Merriweather. «Wahrscheinlich kam das Geld von ganz woanders her.»

«Wollen Sie damit sagen, daß Ruby eine Prostituierte war?»

Das schlug ein wie eine Bombe. Mrs. Judd bekam einen hochroten Kopf und ließ ihr Strickzeug fallen. Merriweather schnappte nach Luft. Sogar Judd rührte sich in seinem Sessel.

«Schrecklich, so was von der armen Kleinen zu sagen – jetzt wo sie tot ist!» Mrs. Judd suchte in ihrer Schürzentasche nach einem Taschentuch. Judd tätschelte ihren Arm.

«Tut mir leid, Mrs. Judd.» Er wandte sich Merriweather zu. «Es war Ihre Bemerkung, Miss; ich nahm an, Sie hätten das damit gemeint.»

«Sie hat nur gesagt, sie würde sich bald ein schönes Leben machen. Und jede Menge Geld haben.»

Jury konzentrierte sich auf Merriweather. «Wann hat sie das gesagt?»

Das Mädchen befeuchtete ihren Finger und blätterte eine Seite in ihrem Magazin um. «Als sie hier war, Freitag vor einer Woche, wie Mama gesagt hat. Sie machte immer irgendwelche Andeutungen. Ich hörte schon gar nicht mehr zu.»

«Was für Andeutungen?» fragte Jury.

«Oh, zum Beispiel: ‹Ich kauf dann nur noch bei Liberty ein und nicht mehr bei Marks und Sparks.› Blödsinn von der Art.»

«Nichts darüber, von wem sie das Geld erwartete oder wofür?»

Merriweather schüttelte den Kopf, den Blick immer noch auf ihre Zeitschrift geheftet.

«Ruby soll ein Tagebuch geführt haben. Hat einer von Ihnen es schon einmal gesehen?» Alle drei schüttelten verneinend die Köpfe.

«Ich schicke dann morgen mal einen Beamten vorbei, damit er in ihrem Zimmer danach sucht.»

«Es ist schon einmal durchsucht worden», sagte Mrs. Judd. «Sie könnten etwas mehr Rücksicht nehmen auf die armen Angehörigen.»

Von ihrer Scheinheiligkeit angewidert, erhob Jury sich rasch. Auch Wiggins stand auf und steckte den Füllfederhalter in seine Hemdentasche. «Sobald wir die Genehmigung der Zentrale haben, wird die Leiche Ihrer Tochter zur Beerdigung freigegeben.»

Mrs. Judd schaffte noch einen ehrenwerten Schlußauftritt: «O Jack», heulte sie, «unsere arme Ruby.» Und Judd sagte, «Ist ja schon gut, Mutter, beruhige dich.»

Nur Merriweather fiel aus der Rolle. Als sie sie zur Tür begleitete, lächelte sie auf ein Foto von Robert Redford hinunter.

Auf dem Weg zurück nach Long Piddleton verlangsamte Jury seine Geschwindigkeit auf der Höhe des *Hahnen* mit der Flasche bei dem «Toten Mann», der nun durch ein paar Laternen beleuchtet worden war. Er sah wieder Ruby Judds Arm aus der gefrorenen Erde ragen. Er erschauerte und fuhr sich mit der Hand übers Gesicht. Irgendein Gedanke schien aus der Tiefe seines Bewußtseins an die Oberfläche kommen zu wollen. Was war es nur? Als er mit dem Morris in den Hof der Pandorabüchse einfuhr, grübelte er noch immer darüber nach.

In dieser Nacht schlief Jury mit Matchetts Akte auf der Brust ein.

XIV Freitag, 25. Dezember

Als er am Morgen des ersten Weihnachtstags aufwachte, lag die Akte auf dem Fußboden. Er sammelte sie auf und verbrachte eine volle Stunde damit, die losen Seiten zu studieren. Was Matchett erzählt hatte, fand er in ihr bestätigt. Sowohl Matchett wie dieses Mädchen, Harriet Gethvyn-Owen, hatten ein Alibi – das gesamte Publikum des Stücks hatte sie auf der Bühne gesehen. Ein Hausmädchen namens Daisy Trump hatte Celia Matchett das Tablett gebracht. Ihre Herrin hatte sie hereingerufen (normalerweise stellte sie das Tablett an der Tür ab) und ihr gesagt, sie solle es auf den kleinen Tisch neben der Tür stellen. Daisy konnte also bezeugen, daß Celia Matchett zu diesem Zeitpunkt noch am Leben gewesen war. In der Schokolade war ein Betäubungsmittel gewesen, etwas, was die Polizei sich nicht erklären konnte: Warum sollte ein gewöhnlicher Dieb ihr erst was in die Schokolade mischen und dann zurückkommen, um ihr Büro auszurauben? Warum hatte er nicht gewartet, bis die Luft rein war? Auch Jury fand diese Sache sehr merkwürdig. Er schaute sich den Plan von dem Büro an. Der Schreibtisch, an dem sie gesessen hatte, stand vor einem Fenster. Gegenüber von dem Schreibtisch war die Tür zum Korridor. Kleine Kästchen markierten Tisch, Stühle und den Sekretär.

Jury schob die Seiten wieder in die Mappe. Allmächtiger! Vor zwei Tagen waren es noch zwei Morde gewesen, die er aufklären sollte. Und jetzt am Weihnachtsmorgen hatte er plötzlich fünf Morde am Hals.

«Noch etwas Kaffee, Sir?» fragte Daphne, die sich in der Nähe seines Ellbogens aufhielt und darauf wartete, sich nützlich machen zu können.

«Nein, danke. Hat Ruby irgendwann mal erwähnt, daß sie in einem Londoner Friseurladen gearbeitet hat?»

«Ruby? Daß ich nicht lache. Sie hätte so was nie gemacht. Sie hatte andere Jobs, stand Modell – für Fotos, Sie wissen schon.»

Jury dachte an Sheila Hogg und ihre angebliche Karriere als Modell in Soho. Er fragte sich, was es wohl damit auf sich habe. In diese Überlegungen drang das entfernte Summen des Telefons; im nächsten Augenblick holte ihn auch schon Twig.

«Jury am Apparat.»

«Ich bin auf dem Polizeirevier in Long Pidd, Sir.» Wiggins benutzte bereits die Kurzform für das Dorf. Das durchdringende Pfeifen von Plucks Teekessel bildete die Geräuschkulisse. «Kein Tagebuch in Rubys Zimmer, weder bei ihren Eltern noch bei dem Pfarrer.» Wiggins unterbrach sich, um sich bei Pluck für seine Tasse Tee zu bedanken. «Diese Mrs. Gaunt – so heißt sie doch, der alte Drachen? – sagt, sie hat Ruby häufig in ein Buch schreiben sehen. Sie meint, es sei ziemlich klein und dunkelrot eingebunden gewesen. Als ich sie fragte, ob sie auch mal reingeschaut habe, war sie gleich eingeschnappt. Und wie! Sagte, sie kann sich nicht mehr erinnern, wann sie Ruby das letzte Mal dabei erwischt hat.»

«Gut. Folgendes würde ich gern noch wissen. Erstens: William Bicester-Strachan. Er war im Verteidigungsministerium – Sie rufen also das C1 an und versuchen herauszufinden, was es mit dieser Untersuchung auf sich hatte, die damals, als er noch in London lebte, angeordnet wurde. Zweitens: Die tödlichen Unfälle, die ungefähr vor 22 Jahren in Schottland, genauer gesagt in Sutherland, passiert sind, sollen nachgeprüft werden. Es dreht sich um einen gewissen James Rivington. Mich interessiert vor allem, *wann* sich der Unfall ereignete.»

«Geht in Ordnung, Sir. Fröhliche Weihnachten, Sir.» Wiggins legte auf. Jury fühlte sich etwas beschämt. Er hatte Wiggins eigentlich immer unterschätzt, obwohl er sich sehr tapfer hielt. Würde sein armer Leichnam einmal ein Notizbuch und ein Taschentuch umklammern? Jahrelang hatte Jury versucht, ihn mit seinem Vornamen anzureden, aber irgendwie kam er nie über «Al» hinaus. Jedenfalls war Wiggins mit seinem Füllfederhalter und seinen Hustenbonbons immer zur Stelle. Wahrscheinlich freute er sich schon auf das Weihnachtsessen bei Wachtmeister Pluck und Familie. Jury zumindest freute sich auf das Essen bei Melrose Plant. Und Familie. Doch zuerst mußte er noch den Darringtons und Marshall Trueblood einen Besuch abstatten.

«Diese Kleine, Ruby Judd – hatte überall ihre Finger drin. Kein Wunder, daß der Pfarrer sie mochte, sie konnte jeden unter den Tisch reden. Ich wette, sie haben bestimmt ein paar nette Plauderstündchen zusammen verbracht.» Von Sheila Hoggs drittem Gin war nicht mehr viel übrig.

«Wo sind Sie ihr begegnet, Sheila?» fragte Jury.

«In den Läden. Sie hielt sich immer in meiner Nähe auf, wahrscheinlich, weil sie hoffte, ich würde sie mal einladen und ihr den großen Schriftsteller zeigen.» Sie saß neben Jury und wippte mit dem seidig schimmernden Bein und dem Samtpantöffelchen in der Farbe ihres langen Rocks. Sie blickte jedoch Oliver an – ein trostloser Blick trotz ihres Sarkasmus, fand Jury.

«Und hat sie es geschafft?» fragte Jury. «Ich meine, wurde sie eingeladen?»

«O ja. Ein paarmal half sie mir, Pakete nach Hause zu tragen. Sie sah sich alles gründlich an und stieß dabei hundert Ahs und Ohs aus; sie steckte den Kopf durch die Türen und so weiter. Neugieriges Kleines – aber lassen wir das, sie ist tot.»

«Und Sie, Mr. Darrington, haben Sie etwas mit Ruby Judd zu tun gehabt?»

Die Pause war eine Sekunde zu lang. «Nein.»

«Bist du dir ganz sicher, Liebling?» fragte Sheila. «Warum wurde sie plötzlich so aufdringlich? Hast du sie nicht doch ab und zu ein bißchen betätschelt?»

«Mein Gott, Sheila, du bist so ordinär!»

«Mr. Darrington, es ist für uns sehr wichtig, soviel wie möglich über Ruby Judd zu erfahren. Wissen Sie irgend etwas, was uns weiterhelfen könnte? Hat sie zum Beispiel gewisse Dinge über jemanden aus Long Piddleton gesagt, die für diese Person kompromittierend gewesen sein könnten?»

«Verdammt noch mal, ich weiß überhaupt nicht, wovon Sie reden.» Er schob sein beinahe leeres Glas zu Sheila hinüber. «Gib mir noch einen Drink.»

«Wo waren Sie beide Dienstagabend vor einer Woche? An dem Abend vor dem Essen in der Pandorabüchse?»

Oliver senkte die Hand, die das Glas hielt, und blickte Jury mit glasigen Augen an – entweder hatte er zuviel getrunken, oder er hatte Angst. «Für Sie ist inzwischen wohl klar, daß ich Ruby Judd umgebracht habe?»

«Ich muß über alle Erkundigungen einziehen, die an dem Abend, als Small ermordet wurde, in dem Gasthof waren. Denn offensichtlich besteht da ein Zusammenhang.»

Sheilas Fuß kam zu einem abrupten Halt. «Wollen Sie damit sagen, daß es einer von *uns* gewesen sein muß? Einer von den Leuten, die an diesem Abend in der Pandorabüchse gegessen haben?»

«Das ist durchaus möglich.» Jury blickte von Sheila zu Oliver. «Und wo waren Sie?»

«Wir waren zusammen.» Oliver leerte sein Glas. «Hier in diesem Zimmer.»

Jury wandte sich wieder Sheila zu, die einfach nur nickte, die Augen auf Oliver geheftet.

«Sind Sie sich da ganz sicher?» fragte Jury. «Die meisten müssen nämlich erst lange überlegen, wenn man sie fragt, was sie vor zwei Tagen getan haben. Und das ist schon über eine Wocher her.»

Oliver erwiderte nichts darauf, aber Sheila blickte Jury mit einem etwas zu strahlenden Lächeln an, ein Lächeln, das die wilde Entschlossenheit in ihrer Stimme Lügen strafte: «Glauben Sie mir, mein Lieber – ich weiß, wann Oliver zu Hause ist.» Das Lächeln verschwand, als sie Darrington anblickte. «Und wann nicht.»

Da Truebloods Laden über Weihnachten geschlossen war, ging Jury zu seinem Haus am Dorfplatz hinüber. Ein reizvolles Haus. Der Dachstuhl bestand aus Krummstreben, und auf der ihm zugewandten Seite waren zwei weit auseinander liegende Fenster mit Butzenscheiben.

Trueblood war gerade dabei, seiner Toilette (anders ließ es sich wohl kaum bezeichnen) den letzten Schliff zu geben, bevor er sich zum Dinner bei den Bicester-Strachans begab.

«Wollen Sie nicht mitkommen, alter Freund? Da hätten Sie uns alle auf einem Haufen. Die Crème de la crème von Long Pidd. Alle außer Melrose Plant. Ihn würden keine zehn Pferde auf Lorraines Parties bringen.» Er band seine graue Seidenkrawatte.

«Ich bin bei Mr. Plant eingeladen.» Jury schaute sich nach einer Sitzgelegenheit um, aber alles sah so kostbar und so zerbrechlich aus, daß er Angst hatte, es würde unter ihm zusammenbrechen. Schließlich ließ er sich auf einem pflaumenblauen kleinen Sofa nieder. «Anscheinend hat sich Mrs. Bicester-Strachan einmal für Melrose Plant interessiert?»

«Interessiert? An einem Abend in der Pandorabüchse hat sie ihn beinahe aufs Kreuz gelegt, Herzchen.» Trueblood ließ die Krawatte in die Weste gleiten, zog sein tadellos geschnittenes Jackett zurecht und holte eine Kristallkaraffe, zwei wie Tulpenkelche geformte Sherry-Gläser und eine Schale mit Walnüssen, die er Jury hinstellte.

«Ich nehme an, Sie wissen, was mit Ruby Judd passiert ist?»

«O Gott, ja. Die Kleine, die sich aus dem Staub machen wollte. Ein Jammer!»

«Aus dem Staub machen wollte sie sich wohl nicht. Ich glaube, sie wurde vielmehr in eine Falle gelockt. Wahrscheinlich hat ihr der Mörder vorgeschlagen, sie solle ihre Tasche packen, damit ihre Abwesenheit nicht gleich auffalle. Sonst hätten sich ja alle möglichen Fragen gestellt.»

«Fragen, wie sie sich jetzt stellen, wenn ich Sie recht verstehe?» Trueblood zündete sich eine kleine Zigarre an. «Und Sie möchten wissen, wo ich mich an dem betreffenden Abend aufgehalten habe. Welcher Abend das auch immer gewesen ist, wie ich in aller Unschuld hinzufügen möchte.»

«Ja. Aber das ist nur eine Frage. Die andere lautet, welche Beziehung hatten Sie zu Ruby Judd?»

Trueblood war schockiert. «*Beziehung?* Das soll wohl ein Witz sein?» Er schlug seine maßgeschneiderten Hosenbeine übereinander und klopfte etwas Asche auf einen Porzellanteller. «Wenn die Knaben vom Scotland Yard mich mit einem Ring im Ohr auf einer Seitenstraße in Chelsea anträfen, könnte ich mir wahrscheinlich nicht einmal mehr den Schaumgummi rausnehmen, so schnell hätten sie mich in die Wanne verfrachtet.»

Jury verschluckte sich. «Nun übertreiben Sie mal nicht, Mr. Trueblood.»

«Nennen Sie mich doch Marsha. Wie alle andern.»

Jury hatte keine Zeit für Truebloods Geplänkel. «Haben Sie mit Ruby Judd geschlafen, ja oder nein?»

«Ja.»

Jury, der auf weitere Wortgefechte mit Trueblood gefaßt gewesen war, saß mit offenem Mund da. Seine direkte Antwort brachte ihn aus dem Konzept.

«Aber nur einmal bitte. Sie war zwar ein dralles kleines Ding, aber einfach tödlich langweilig. Ohne Sinn und Verstand. Aber ich möchte doch sehr um Diskretion bitten, Herzchen.» Jury konnte sich vorstellen, daß Trueblood auch bei Frauen Erfolg haben könnte, wenn er sein Benehmen etwas ändern würde. «Es würde meinen Ruf völlig ruinieren. Ich könnte meinen Laden zumachen. Und dann ist da auch noch dieser Freund in London, wenn der erfährt, daß ich ihm untreu geworden bin, bricht ihm das Herz. Ruby war eine dumme kleine Gans. Aber was kann man in einem gottverlassenen Kaff wie diesem schon anderes tun, als dem Hickhack zweier alter Krähen wie Miss Crisp und Agatha zuzuhören. Ich nehme an, sie wird auch dies Mal wieder Melrose das Fest verderben. Ach, kommen Sie doch mit zu Lorraine, Sie würden sich sehr viel besser amüsieren. Dort sind viel mehr Leute, die Sie verdächtigen könnten...»

«Ich versuche herauszufinden, über wen Ruby so viel wußte, daß es ihr das Leben kostete.»

Trueblood blickte ihn verständnislos an. «Tut mir leid, ich kann Ihnen nicht folgen.»

«Ich glaube, sie hat versucht, jemanden zu erpressen.»

«Mich etwa? Das sieht den Bullen ähnlich, kutschieren in ihren Pandas herum, immer auf der Jagd nach Schwulen, die haben wieder mal an allem Schuld –»

«Ehrlich gesagt, ich glaube nicht, daß Sie es waren, aber ich muß Sie vielleicht doch mit aufs Revier nehmen, damit Sie mir meine Fragen beantworten.»

Trueblood senkte seine Stimme, bis sie etwas normaler klang. «Schon gut, ich werde versuchen, mich an etwas zu erinnern, was Ihnen weiterhelfen könnte. Sie gab nur nicht viel Interessantes von sich. Geschichten aus ihrem Leben, so was.»

«Dann erzählen Sie mir das.»

«Ich hab nur mit ihr geschlafen, Inspektor, nicht Material für ihre Biographie gesammelt. Meistens hörte ich nur mit halbem Ohr zu.»

Jury wünschte, irgend jemand hätte zugehört.

«Sie hat mal gesagt, daß ihre Mutter eine bigotte, alte Spießerin ist und daß ihr Vater eine Trockenkur macht, aber immer wieder abspringt. Und Schwesterherz hockt anscheinend den ganzen Abend vor der Glotze und schaut sich amerikanische Krimis an.» Trueblood nahm einen Schluck Sherry und zündete sich wieder eine seiner kleinen Zigarren an. «Dann gab es noch diese Tante und diesen Onkel in Devon, bei ihnen hat sie den größten Teil ihrer Kindheit verbracht; ein vernachlässigtes, ungehobeltes Kind. Später hatte sie dann alle möglichen Jobs, mal hier, mal da ...»

«Zum Beispiel als ‹Modell›, für Pornofotos.»

«Wer, Ruby? Kann ich mir kaum vorstellen. Vielleicht hat sie sich ab und zu einen Kunden von der Straße aufgegabelt. Als Pornomodell hätte sie bestimmt wenig getaugt.»

«Wo waren Sie letzten Dienstagabend, am 15. Dezember?»

«Zu Hause, mutterseelenallein. Und wo waren Sie?»

«Noch etwas Gans, Sir?»

Ruthven stand bei Jurys Ellbogen und hielt ihm eine riesige Silberplatte hin, auf der die mit Kirschen und Trüffeln garnierten Reste von zwei Bratvögeln lagen. Jury schien ihn jedoch kaum wahrzunehmen; sein Blick galt Vivian Rivington, die ihm direkt gegenübersaß. Ihr bernsteinfarbenes Haar lockte sich über einem Kaschmirpullover, und sie sah aus, als wäre sie den Nebeln von Dartmore oder den geheimnisvollen Mooren Yorkshires entstiegen. Die Gans hätte sich erheben und über den Tisch watscheln können, ohne daß es Jury aufgefallen wäre. Ihre Schwester Isabel hatte den Bicester-Strachans den Vorzug gegeben.

Lady Ardry ergriff das Wort. «Sie haben wohl keinen sehr großen Hunger, Inspektor? Sie müßten sich vielleicht etwas mehr bewegen, um Appetit zu kriegen. So wie ich.»

«Was du nicht sagst, Tante. Was hast du denn so getan?»

«Ich habe meine eigenen Nachforschungen angestellt, mein lieber Plant. Wir wollen doch nicht jeden Tag einen neuen Mord!»

Sie häufte sich ein paar Löffel Maronenfüllung auf ein halbes Brötchen und stopfte sich den kohlehydratreichen Bissen in den Mund.

«Oh, ich weiß nicht», sagte Plant. «Vielleicht noch einen. Nein, danke, Ruthven.»

«Ich nehme noch etwas», sagte Agatha. «Apropos Nachforschungen – wie steht's denn mit Ihrem Alibi, Vivian?»

Jury warf Agatha einen feindseligen Blick zu. Offensichtlich hatte sie ihm noch nicht verziehen, daß er Melrose Plant mit einem Alibi versehen hatte.

«Ich muß gestehen», meinte Vivian, «daß mein Alibi auf sehr wackligen Füßen steht. Nur das von Simon ist vielleicht noch wackliger. Wir saßen im Schwanen, als der Mann ermordet wurde.» Der Blick, den sie Jury zuwarf, war so unglücklich, daß er die Augen abwandte und auf sein Weinglas starrte.

«Wir sitzen alle im selben Boot, meine Liebe», meinte Agatha zuckersüß. «Abgesehen von Melrose natürlich. Der einzige in Long Pidd mit einem einwandfreien Alibi.» Man hätte glauben können, Melrose drucke in einem Hinterzimmer Alibis und weigere sich, welche davon abzugeben, so ingrimmig klang diese Bemerkung. Sie kämpfte gerade mit einem Gänseschlegel, den sie sich von der Platte gespießt hatte. Es sah aus, als wäre sie mit dem Vogel in einen Kampf auf Leben und Tod verwickelt. «Sie brauchen gar nicht so zu grinsen, Inspektor, Plant ist auch nicht über jeden Zweifel erhaben. Sie erinnern sich vielleicht, daß Sie nur von halb zwölf bis ungefähr zwölf mit ihm zusammen waren, dann kam ich wieder zurück.»

«Aber davor hatten Sie ihm ja schon drei Stunden Gesellschaft geleistet, Lady Ardry.» Was zum Teufel hatte sie jetzt schon wieder ausgeheckt?

«Das klingt ja so, als würde es Ihnen *leid* tun, daß Melrose ein Alibi hat», sagte Vivian.

«Werfen wir doch eine Münze, Tante Agatha, vielleicht gewinnst du», sagte Melrose und zog ein Geldstück aus der Tasche.

«Sei nicht so leichtfertig, Melrose», sagte sie zu ihrem Neffen, und dann zu Vivian: «Natürlich würde ich mich freuen, wenn Plants Unschuld erwiesen wäre. Die Wahrheit kommt aber doch immer an den Tag –»

«Wahrheit? Welche Wahrheit denn?» fragte Jury.

Sorgsam legte sie Messer und Gabel ab – die erste Pause, die sie nach einer halben Stunde einlegte. Sie bettete ihr Kinn auf die verschränkten Hände, stützte die Ellbogen auf den Tisch auf und sagte: «Ich will damit nur sagen, daß ich nicht jede Minute mit dir zusammen war. Erinnerst du dich nicht, mein lieber Plant? Einmal ging ich in die Küche, um nach dem Weihnachtspudding zu schauen. Martha geht manchmal etwas zu sparsam mit der Muskatnuß um.»

Ruthven erinnerte sich noch genau, auch wenn Melrose es vielleicht vergessen hatte. Ohne einen Tropfen von dem Wein zu verschütten, den er gerade einschenkte, schloß er gequält die Augen.

«Ich dachte, du seist nur auf die Toilette gegangen.» Melrose seufzte und bat Ruthven, die Teller abzuräumen. «Lange kann das aber nicht gedauert haben.» Sein Ton besagte, daß die Atempausen, die Agatha einem gönnte, nur von kurzer Dauer waren.

Sehnsüchtig beobachtete Jury, wie Vivian ihre Hand auf Melroses Hand legte, die an dem Stiel seines Weinglases drehte. «Agatha! Sie sollten sich schämen!»

«Wir müssen alle unsere Pflicht tun, mein liebes Kind, auch wenn es uns manchmal schwerfällt. Wir können nicht einfach unsere Lieben beschützen, nur weil wir sie gern unschuldig sähen. Die Tugend, die England groß gemacht hat –»

«Lassen wir die Tugend Englands mal aus dem Spiel, Agatha», sagte Melrose. «Erzähl uns lieber, wie ich es bewerkstelligt habe, in der kurzen Zeit, in der du Martha zur Verzweiflung getrieben hast, zum Schwanen zu eilen, Creed um die Ecke zu bringen und mich dann wieder hierher zurückzuschleichen?»

Gelassen bestrich sie eine Toastscheibe. «Mein lieber Plant, du erwartest doch wohl nicht, daß ich dir auch noch deine Strategien liefere.»

Jury blinzelte. Er hatte zwar einige Bücher über formale Logik gelesen, aber Lady Ardry schlug sie alle.

«Da wir schon am Spekulieren sind», fuhr sie fort, «du hättest dich ja nur in deinen Bentley setzen müssen, Gas geben –»

Jury konnte sich nicht mehr zurückhalten. «Aber Lady Ardry, Sie erinnern sich doch bestimmt noch, daß der Motor völlig kalt war. Er brauchte fünf Minuten, um anzuspringen.» Vivian schenkte Jury ein herzerwärmendes Lächeln.

Als Agatha ein langes Gesicht machte, meinte Melrose: «Gib nicht auf, Agatha. Wie wär's mit meinem Fahrrad? Nein, zu langsam.» Er schien ernsthaft darüber nachzudenken. Dann schnalzte er mit den Fingern. «Mein Pferd! Das ist es! Ich hätte ja folgendes tun können – den alten Bouncer satteln, über die Wiese zum Schwanen galoppieren, Creed umbringen und schwuppdich! Wie ein Kaninchen zurückhoppeln!»

Vivian sagte: «Ja, schwuppdich! Wie ein Kaninchen – so hätte es wohl ausgesehen, bei deinem Pferd.»

Melrose schüttelte den Kopf. «Zu dumm, Agatha. Es haut nicht hin. Mein Alibi ist einfach hieb- und stichfest.»

Während Agatha sich zähneknirschend geschlagen gab, brachte Ruthven den Nachtisch – einen prächtigen Weihnachtspudding. Er hielt ein Streichholz an die mit Brandy übergossene Oberfläche. Und als er ihn serviert hatte, goß er den Gästen noch Madeira in das dritte Glas.

Melrose sah Agatha mißvergnügt am Tisch sitzen, wahrscheinlich damit beschäftigt, einen neuen Angriff vorzubereiten, und er sagte zu Ruthven: «Sehen Sie das Päckchen auf dem Kaminsims? Könnten Sie das bitte Ihrer Ladyschaft überreichen?»

Agathas Miene hellte sich auf, als sie das Geschenk in Empfang nahm und öffnete.

Vivian schnappte nach Luft; Agatha zog ein mit Smaragden und Rubinen besetztes Armband aus der kleinen Schachtel. Sie glänzten und glitzerten und verwandelten sich beinahe selbst in kleine Flammen, als das Kerzenlicht auf sie fiel. Agatha bedankte sich überschwenglich bei Melrose, ohne ihrer Attacken wegen die geringste Spur von schlechtem Gewissen zu zeigen. Dann ließ sie Vivian das Armband bewundern, die es an Jury weiterreichte.

Als er das letzte Mal echte Juwelen in der Hand gehabt hatte, war Jury noch ganz jung und für Einbrüche zuständig gewesen. Er verstand nun, warum man Rubine als «blutrot» bezeichnete. Und plötzlich driftete auch jenes Detail, das immer noch gefehlt hatte, in sein Bewußtsein. Rubine. Ruby. Ein Armband. Das Bild eines Handgelenks, das aus dem Boden ragte. *Sie hat es immer getragen, Sir – ich hab sie nie ohne es gesehen*, hörte er Daphne sagen.

Wo war es dann? Seine Augen hingen immer noch an den Steinen, als er Agatha das Armband zurückgab, und der Gedanke an Rubys nacktes Handgelenk beherrschte ihn so ausschließlich, daß Agathas Kommentar kaum in sein Bewußtsein drang: «Sehr hübsch, Melrose, für eine Imitation.»

Die Damen zogen sich in den Salon zurück und überließen Jury und Melrose ihrer Flasche Portwein. Eigentlich war Lady Ardrys Abgang alles andere als ein Rückzug. Vivian schaffte es mit Mühe und Not, sie aus dem Eßzimmer zu bugsieren; aber dann blies Agatha noch einmal zum Angriff und tauchte triumphierend wieder auf, um nach irgendwelchen Gegenständen, die sich anscheinend verselbständigt hatten, zu suchen – nach Taschentüchern, Knöpfen und dem Armband, das ein Häufchen auf dem Tisch bildete, als wäre die ganze rot-grüne Pracht nichts weiter als eine Handvoll Oliven.

Nachdem sie mit ihrer Beute abgezogen war, meinte Jury, «Das war aber ein sehr großzügiges Geschenk, Mr. Plant.»

«Ich glaube, die symbolische Bedeutung der roten und grünen Steine ist ihr entgangen. Die Weihnachtsfarben. Ich hielt das für eine hübsche Idee.» Er blickte auf seine Zigarrenspitze und blies daran, um sie zum Brennen zu bringen.

«Entschuldigen Sie die Frage, aber was haben Sie von ihr bekommen?»

«Nichts.» Plant lächelte. «Sie schenkt mir nie was. Angeblich spart sie für ein besonders großartiges Geschenk. Was das wohl sein wird? Ein neuer, von der IRA ausgestatteter Wagen?»

Jury grinste und meinte dann, «Ich habe mir ein paar Gedanken gemacht, was diese Morde betrifft, und würde gerne mit Ihnen darüber sprechen.»

«Ich höre.»

«Also, am bemerkenswertesten finde ich ihre Auffälligkeit. Wer denkt sich so was aus?»

«Jemand ganz Abgebrühtes. Vielleicht auch ein Psychopath, aber man würde nicht so schnell dahinterkommen. Die Morde sind unglaublich *öffentlich*. Da bin ich ganz Ihrer Meinung. Wenn er jemanden aus dem Weg räumen will, warum verabredet er sich dann nicht mit ihm an einem weniger öffentlichen Ort?»

Jury zog das zusammengefaltete Titelblatt des *Weatherington Chronicle* aus seiner Jackentasche. «Ich glaube, ich kann Ihnen sagen, warum.» Er klopfte mit dem Finger gegen das Blatt. *«Gasthof-Morde gehen weiter.*» Es folgte ein langer Bericht über den Mord an Ruby Judd, im Anschluß daran ein Vergleich mit dem Mord an Creed. «Es scheint ein bestimmtes Muster zu geben. Die Sache mit den Gasthöfen kann relevant sein oder auch nicht –»

Melrose Plant blies einen Rauchkringel. «Diese Feststellung, Inspektor, faßt wahrscheinlich eine Million Jahre philosophischen Denkens zusammen: ‹Es kann relevant sein oder auch nicht.›»

«Mr. Plant, manchmal bin ich froh, daß ich nicht Ihre Tante bin.»

«Wenn Sie so weitermachen, kann ich sie bald nicht mehr auseinanderhalten.»

«Seien Sie vorsichtig, Mr. Plant, ich könnte Ihr Alibi platzen lassen.»

«Das würden Sie nicht tun.»

«Wir haben doch eine ganze Auswahl an Morden, nicht? Sie haben doch nur für den an Creed ein Alibi.»

«Konzentrieren wir uns lieber auf unsere Theorien: Gibt es in diesen Gasthöfen etwas, hinter dem der Mörder her sein könnte? Gold in einem Sekretär? Oder vielleicht besitzt Matchett, ohne es zu wissen, das von Hogarth gemalte Wirtshausschild – klingt aber ziemlich unwahrscheinlich. Oder ist diese Sache mit den Gasthöfen nur zur Ablenkung inszeniert?»

«Aha, daran dachten Sie also auch schon? Manchmal gibt es ja für einen Mord, der in aller Öffentlichkeit begangen wurde, die wenigsten Zeugen. Ein Mörder, der seine Leichen nicht versteckt, versucht vielleicht sein Motiv zu verbergen.»

«Abgesehen von der Leiche Ruby Judds. In ihrem Fall gibt es gleich zwei Abweichungen von dem Schema. Sie wurde begraben, und sie war *keine* Fremde.»

«Die Abweichungen sind immer am interessantesten. Bei den andern war es ihm vielleicht gleichgültig, wann sie entdeckt wurden, *nicht* aber bei Ruby.»

«Aber warum hat er Ruby Judd überhaupt umgebracht?» Melrose ließ sein Glas kreisen.

«Vielleicht wußte sie etwas über einen im Dorf?»

«Erpressung? Du lieber Himmel, was haben wir nicht alles auf dem Gewissen!»

Jury gab nur eine indirekte Antwort darauf. «Einiges deutet daraufhin, daß Ruby auch mal was mit Darrington gehabt hat.»

Plant wirkte erstaunt. «Tja, diese kleine Judd kam wirklich rum.»

«Dieses pausbäckige Bauernmädel? Manche Männer haben schon einen seltsamen Geschmack!» Plant schüttelte den Kopf.

«Sowie mit Marshall Trueblood.»

Melrose ließ beinahe die Portweinflasche fallen. «Das soll wohl ein Witz sein?»

Jury lächelte. «Nein, auch wenn sich ganz Long Piddleton über Trueblood lustig macht.»

«Ja, leider. Ich halte Scherze, die mit der Rasse, Religion oder den sexuellen Neigungen eines Mannes zu tun haben, für ziemlich abgeschmackt. Nicht, daß ich ihn besonders mag. Wenn er auf den Händen die Dorfstraße runterginge, könnte er nicht lächerlicher wirken.» Melrose schüttelte ungläubig den Kopf. «Trueblood hat also tatsächlich mit der kleinen Judd geschlafen?»

«Nur einmal, behauptet er. Aber in Truebloods Vergangenheit – genau wie in Darringstons – gibt es einige Dinge, die er wohl lieber für sich behalten würde, und diese Ruby Judd ist vielleicht dahintergekommen. Außerdem gibt es die Bicester-Strachans –»

«Ich persönlich würde Lorraine unter die Lupe nehmen. Sie wäre zu jedem Mord bereit, nur um ihren hochheiligen Ruf zu schützen.»

In diesem Augenblick tauchte Agatha wieder in dem Speiseraum auf, um sich auf dem laufenden zu halten; als Entschuldigung brachte sie hervor, sie brauche einen Tropfen Brandy gegen ihre quälenden Kopfschmerzen.

«Ruthven, bringen Sie mir doch bitte einen.»

Ruthven, der eben hereingekommen war, um das Buffet abzuräumen, wandte sich hoheitsvoll nach ihr um und sagte: «Mein Name wird *Rivv'n* ausgesprochen, gnädige Frau, *Rivv'n* wie Ihnen Ihre Lordschaft schon des öfteren erklärt hat.»

«Warum schreibt man ihn dann nicht so?»

«Ich schreibe ihn so.» Ruthven ging mit dem Tablett in der Hand in die Küche zurück.

«Unerhört», zischte Agatha Melrose an, «diesen Ton erlaubst du deinen Bediensteten? Und was habt ihr versucht, Lorraine Bicester-Strachan anzuhängen?»

Ruthven, der sich in der Küchentür noch einmal umgedreht

hatte, brüllte beinahe: «Gnädige Frau, es heißt *Bister-Strawn! Bister-Strawn!*» Daraufhin machte er wieder kehrt und verschwand in der Küche.

Agatha stand mit offenem Mund da.

Melrose glaubte alten Whiskey gerochen zu haben, als ihn Ruthvens weihnachtlicher Atem streifte und grinste: «Agatha, Rivv'n hat dich angegriff'n.»

Sie drehte sich abrupt um und stapfte hinaus.

Plant setzte das Gespräch da fort, wo Agatha sie unterbrochen hatte. «Ich glaube, auf Bicester-Strachan selbst würde ich als letzten tippen. Ein netter, schachspielender, alter Mann.»

«Ich habe nette, schachspielende alte Männer schon seltsame Dinge tun sehen. Aber wir haben ja auch noch Simon Matchett –»

Plants grüne Augen funkelten. «Und ob! Wenn ich nur etwas über diese schmutzige Sache mit seiner Frau wüßte, damit ich es Vivian unter die Nase reiben könnte; diesem ahnungslosen Mädchen.»

«Sind Sie da nicht ein bißchen voreingenommen, Mr. Plant?» Er wäre nicht der einzige, dachte Jury schuldbewußt. «Diese Heirat ist Ihnen wohl ein Dorn im Auge?»

«Sie kennen sie doch auch. Und können mir doch wohl nur beipflichten?»

Jury zog es vor, seinen Teller zu studieren. «Ich verstehe nicht, warum diese Verlobung, falls es überhaupt eine gibt, so in der Luft hängt?»

«Ich auch nicht. Diese sogenannte Verlobung ist Isabels Werk. Sie hat sie zusammengebracht, *warum* ist mir jedoch völlig schleierhaft – wo Isabel doch Matchett so anhimmelt und allen Einfluß einbüßt, wenn das Vermögen an Vivians 30. Geburtstag nicht in ihre, sondern in seine Hände wechselt. Wirklich rätselhaft.»

«Nicht, wenn –»

«Wenn was?»

«Nein, nichts. Was halten Sie von der Geschichte mit dem Unfall ihres Vaters?»

«Komisch, daß Sie mich das fragen – ich habe oft darüber nachgedacht. Vivian scheint wirklich davon überzeugt zu sein, daß sie als Kind ein richtiger Rabauke war, daß sie sich ständig mit ihrem Daddy kabbelte und was sonst noch alles. Diese Story von dem kleinen Teufelsbraten ist Ihnen doch wohl auch etwas mysteriös vorgekommen? Vor allem, wenn man bedenkt, daß sie erst – lassen Sie mich mal nachrechnen – sieben oder acht Jahre alt war, als er starb. Pflegt man traumatische Kindheitserlebnisse nicht möglichst schnell zu verdrängen? Vivian scheint sich aber noch an jede Einzelheit zu erinnern, als wäre es erst gestern passiert. Wissen Sie, ich frage mich –» Melrose starrte nachdenklich auf die Spitze seiner Zigarre, bevor er die Asche abklopfte – «wer für sie das Bild vervollständigt hat.»

«Sie meinen, sie hätte sich dieses Bild von Isabel malen lassen?»

«Wer käme sonst in Frage? Von den Angehörigen lebt sonst keiner mehr.»

«Isabel muß einen Grund gehabt haben, weshalb sie Vivian diese Version von dem Unfall eingeredet hat. Und jetzt muß sie vielleicht dafür sorgen, daß an die Vergangenheit nicht gerührt wird.»

«Sie glauben doch nicht ernstlich, daß eine Frau diese Morde begangen haben könnte?»

«Sie sind ein sehr sentimentaler Mensch, Mr. Plant.»

Jury fragte ihn, ob er das Telefon benützen dürfe, und Melrose ging in den Salon, um den Damen Gesellschaft zu leisten.

Jury entschuldigte sich dafür, daß er Wachtmeister Pluck bei seinem Weihnachtsessen störe; er müsse aber dringend mit Wiggins sprechen.

Als er sein «Ja, Sir?» hörte, sagte Jury: «Hören Sie, Wiggins, wenn Sie mit dem Essen fertig sind, setzen Sie sich bitte mit der Polizei in Dartmouth in Verbindung und geben Sie für mich eine Liste von Namen durch. Wahrscheinlich müssen Sie sich dafür mit der Zentrale in Verbindung setzen.» Dann verlas Jury die Namen auf der Liste; alle waren vor sechzehn Jahren entweder Gäste oder Angestellte in dem *Gasthof zur Ziege* mit dem Kompaß gewesen.

Der arme Wiggins war nicht gerade begeistert. «Aber das sind 23 Namen, Inspektor. Von denen sind bestimmt nicht mehr alle aufzutreiben.»

«Ich weiß. Aber ein paar davon. Und vielleicht hat einer ein gutes Gedächtnis.» Er hörte ein knirschendes und dann ein mahlendes Geräusch. Wiggins hatte wohl gerade in eine Selleriestange gebissen. Er murmelte, daß er sich so bald wie möglich mit der Liste beschäftigen würde.

Als Jury den Salon betrat, war Agatha gerade dabei, ihren Rock auf einem durchbrochenen Kalamanderholzstuhl auszubreiten. Marshall Trueblood wäre bestimmt ohnmächtig geworden, hätte er ihre massige Gestalt darauf Platz nehmen sehen. Sie spielte an ihrem neuen Armband herum und sagte: «Das muß doch ziemlich teuer gewesen sein, Melrose?» Offenbar erinnerte sie sich nicht mehr an ihre frühere Andeutung, daß die Steine nicht echt seien.

«Ich kann dir ganz genau sagen, was es gekostet hat, Agatha –»

«Das schickt sich nicht, Melrose. Es ist wirklich sehr hübsch. Auch wenn es nicht *alt* ist wie Marjories Schmuck.»

«Wer ist Marjorie?» fragte Jury.

«Meine Mutter», sagte Melrose. «Sie besaß eine schöne Schmucksammlung.» Er starrte zur Decke. «Ich bewahre sie im Tower auf. Für 50 Pence können Sie ihn besichtigen, wenn Sie wollen.»

«Oh, versuch nicht dauernd, den Komiker zu spielen, mein lieber Plant. Es paßt nicht zu dir.»

Vivian erhob sich. «Melrose, es war ein wunderbares Essen. Aber jetzt muß ich leider gehen –»

«Warum denn, um Gottes willen?» fragte Melrose und erhob sich ebenfalls. «Du könntest doch noch ein bißchen bleiben und mithelfen, mein Alibi zu durchlöchern.»

«Melrose!» Vivian blickte ihn an, als wäre er ein ungezogenes Kind.

«Aber Agatha braucht doch Beistand –»

«Melrose, hör auf damit!» Vivian war offenbar wirklich etwas verstört.

Sie nimmt alles ein bißchen zu ernst, dachte Jury, nicht, daß diese Morde nicht ernst zu nehmen waren, aber Plant hatte doch nur versucht, die gedrückte Stimmung zu heben. Vielleicht gingen Dichter die Dinge so an. Dichter und Polizeibeamte. Aber nein, er hatte Sinn für Melroses Humor.

«Sie wollen gehen?» fragte Agatha. «Ich denke, ich bleibe noch ein Weilchen.»

«Aber du bist doch mit Vivian gekommen, liebe Tante. Willst du sie jetzt allein nach Hause gehen lassen?»

«Ich wage zu behaupten, Vivian ist alt genug, um auf sich selbst aufzupassen», sagte Agatha mit honigsüßer Stimme. «Inspektor Jury kann sie ja mitnehmen.»

Melrose lächelte. «Ich würde mir an deiner Stelle dem Inspektor gegenüber nicht zu viel herausnehmen, Tantchen.» Er stand vor seinem Kamin aus Marmor und blies Rauchkringel in die Luft.

Jury half Vivian in den Mantel, und Melrose begleitete sie zur Tür. «Nicht gerade fair von Ihnen, Vivian zu entführen und mich mit Agatha hier sitzenzulassen.»

«Fairness war noch nie meine Stärke, Mr. Plant.»

«Was kann ich Ihnen anbieten? Einen Drink? Oder Kaffee?»

Er beeilte sich, ihr klarzumachen, daß sein Besuch nicht gesellschaftlicher Natur war. «Danke, nichts. Ich möchte Ihnen nur noch ein paar Fragen stellen.»

Sie seufzte. «Schießen Sie los, Inspektor. Sie scheinen sich auch nie eine Pause zu gönnen.»

Jury zeigte sich empört. «Das ist auch nicht einfach bei vier Morden.»

«Tut mir leid», sagte sie und rieb sich die Arme, als wäre es plötzlich kalt um sie herum geworden. «Ich wollte die Sache nicht auf die leichte Schulter nehmen. Nur...» Sie setzte sich auf das Sofa und griff nach einer Zigarettenschachtel.

Jury hatte in dem Sessel ihr gegenüber Platz genommen. Zwischen ihnen stand ein kleiner Kaffeetisch. Irgendwie hatte er Angst, er könnte sich zu wohl fühlen. «Also – meine erste Frage: wie ich gehört habe, sind Sie mit Simon Matchett verlobt?»

Ihr Blick hatte für Jury etwas Gehetztes an sich, als sie ihm die Zigaretten über den Tisch reichte. Er gab ihr Feuer und zündete sich dann seine Zigarette an, auf ihre Antwort gespannt.

«Ja, doch, das stimmt wohl schon.» Sie erhob sich. «Ich hole mir was zu trinken. Trinken Sie doch auch was.»

Jury starrte auf das winzige, rotglühende Ende seiner Zigarette. «Whisky.»

Während sie zu dem Büfett ging und Gläser und Flaschen herausholte, schaute er sich etwas in dem Zimmer um.

Sie kam wieder zurück und sagte: «Was Simon betrifft, habe ich mich noch nicht ganz entschlossen.» Sie gab ihm sein Glas.

Er starrte darauf und fragte sich, ob die Flüssigkeit sich nicht gleich purpurrot färben würde. «Sie meinen, Sie wissen nicht, ob Sie ihn heiraten wollen? Was spricht denn dagegen?»

Sie stand vor ihm und blickte in Fernen, die er nicht ermessen konnte. «Weil ich nicht glaube, daß ich ihn liebe.»

Die Möbel, die Jury bis zu diesem Augenblick noch gar nicht wahrgenommen hatte, fingen plötzlich an, in der Dunkelheit zu schimmern. Er räusperte sich und fragte sich, ob er überhaupt in der Lage sei, einen verständlichen Satz hervorzubringen. «Wenn Sie ihn nicht lieben, warum wollen Sie ihn dann heiraten? Ich hoffe, Sie nehmen mir diese Frage nicht übel», fügte er rasch hinzu.

Vivian, die sich wieder ihm gegenüber gesetzt hatte, starrte auf ihr Glas und bewegte es wie eine Kristallkugel in ihren Händen. Dann zuckte sie die Achseln, als könne sie sich das alles selbst nicht erklären. «Man kriegt das Alleinsein auch mal satt. Und er scheint mich zu mögen –»

Jury setzte unsanft sein Glas ab. «Deswegen zu heiraten ist doch absolut blödsinnig.»

Sie riß die Augen auf. «Also wirklich, Inspektor! Welche Gründe würden denn vor Ihren Augen Gnade finden?»

Jury war von seinem Stuhl aufgestanden und ans Fenster getreten; er starrte auf den Schnee hinaus, der im Schein der Straßenlaterne zu Boden fiel. «Leidenschaft! Besessenheit! Sex, wenn Sie wollen. Von jemandem nicht die Finger lassen können, so was, in dieser Art!» Er drehte sich nach ihr um. «‹Sich mögen› – was für ein verwaschener Begriff! Haben Sie noch nie andere Empfindungen gehabt?»

Einen Augenblick lang schaute sie ihn einfach nur an. «Ich weiß nicht. Aber Sie anscheinend.»

«Lassen wir meine Person aus dem Spiel. Wieviel Geld werden Sie erben?»

«Eine Viertelmillion Pfund, falls Ihnen das weiterhilft.» Ihre Stimme klang ein paar Töne höher.

«Haben Sie schon mal daran gedacht, daß Simon Matchett hinter Ihrem Geld her sein könnte?»

«Natürlich. Jeder könnte das!»

«Ist das nicht etwas zynisch? Nicht alle Männer sind Mitgiftjäger. Frauen wie Sie –» Seine Gedanken drifteten zu dem Foto in seiner Schreibtischschublade – «fordern das Schicksal geradezu heraus. Sie wickeln sich in Ihre Verletzlichkeit ein wie in einen Mantel und sind dann baß erstaunt, wenn die Leute das ausnutzen.»

«Das ist wohl kaum Zynismus, was Sie da beschreiben.» Ihre Stimme klang wieder normal. «Das klingt eher poetisch.»

«Lassen wir die Poesie aus dem Spiel. Wie gut haben Sie Ruby Judd gekannt?»

Sie faßte sich an die Stirn. «Du lieber Himmel. Mit Ihnen zu reden ist ja atemberaubend. Ich weiß nicht mehr, wo mir der Kopf steht.»

«Sie kannten sie?»

«Ja, natürlich. Aber nicht besonders gut. Ich sah sie immer nur im Pfarrhaus.»

«Was hielten Sie von ihr?»

Als sie zögerte, sagte Jury: «Versuchen Sie bitte nicht, pietätvoll zu sein, Miss Rivington.»

«Na schön, ich fand Ruby nicht unsympathisch. Aber sie hatte diese Angewohnheit, immer den Kopf reinzustecken, wenn ich mit dem Pfarrer sprach. Sie war einfach zu neugierig. Überall war sie dabei. Quecksilber im Po. Wahrscheinlich platzte sie vor Energie. Sie soll hinter den meisten Männern im Dorf hergewesen sein: Oliver, wahrscheinlich auch Simon. Und sogar Marshall Trueblood, ob Sie's glauben oder nicht. Vielleicht ist Melrose Plant der einzige, der ihr entgangen ist.» Sie schwieg einen Augenblick, dann sagte sie: «Apropos Mitgiftjäger» – ihr Lachen klang etwas gekünstelt – «bei Melrose wenigstens habe ich nicht den Verdacht.»

Es war die Art und Weise, wie sie das sagte. Jury starrte blind auf den Rest Flüssigkeit in seinem Glas. Hätte sie sich nicht einen andern aussuchen können, irgendeinen Robert Redford zum Beispiel?

«Isabel kann Melrose nicht ausstehen. Warum, habe ich noch nicht herausgefunden.»

Der Grund war ziemlich offensichtlich, wenn Isabel schon Simon für Vivian auserkoren hatte. Eine äußerst rätselhafte Sache: Welches Interesse konnte Isabel daran haben, daß das Geld, das sie sicherlich von Vivian bekommen würde, in die Hände eines Mannes fiele, den sie nicht wie ihre Stiefschwester unter dem Daumen hatte. Aber vielleicht hatte sie ihn ja unter dem Daumen! Der Gedanke, der Jury bei seiner Unterhaltung mit Plant gekommen war, ließ ihm das Blut in den Adern erstarren.

«Was macht es Ihnen schon aus, wenn Ihre Stiefschwester für oder gegen ihn ist?» fragte er.

Sie beantwortete seine Frage nur indirekt. «Haben Sie schon von dieser Sache mit meinem Vater gehört?» Er nickte und sie fuhr fort. «Es war meine Schuld, verstehen Sie. Ich saß auf meinem Pferd, und er kam in die Ställe. Es war stockdunkel, Neumond wahrscheinlich, und er ist um das Pferd herumgegangen. Das Pferd bäumte sich plötzlich auf und schlug aus.» Vivian zog steif die Schultern hoch. «Er war auf der Stelle tot.»

«Das tut mir schrecklich leid.» Jury dachte einen Augenblick lang nach. «Sie sagten, Sie waren in Nordschottland?»

Sie nickte. «In den Highlands. Sutherland.»

«Und es waren nur drei Leute anwesend – Sie, Ihr Vater und Isabel?»

«Ja. Und eine uralte Köchin. Sie ist inzwischen gestorben.» Vivian starrte auf die unberührte Flüssigkeit in ihrem Glas, als würden sich die Gesichter von damals darin spiegeln.

«Wie hat sich Ihre Schwester – Ihre Stiefschwester – mit Ihrem Vater verstanden?»

«Nicht besonders gut. Um ganz ehrlich zu sein, ich glaube, sie hat ihm nie verziehen, daß sie nicht mehr Geld bekommen hat. Ich meine, daß er sie in seinem Testament nicht bedacht hat.»

«Aber warum hätte Ihr Vater einer Stieftochter, die er nur – wie lange denn? – drei oder vier Jahre gekannt hat, etwas hinterlassen sollen?»

«Ja, natürlich, das stimmt schon.» Vivian nahm sich eine Zigarette aus der Porzellandose. Ihre erste hatte sich in dem Aschenbecher in eine kleine Schlange aus Asche verwandelt. Sie wedelte mit der Hand, als wolle sie den Rauch der Vergangenheit vertreiben.

«Sie hatten Ihren Vater sehr gern, nicht wahr?» Sie nickte, den Blick noch immer gesenkt. Er vermutete, daß sie den Tränen nahe war. «Isabel erzählte mir, Sie seien nach dem Streit mit ihm zu den Ställen gerannt und hätten sich auf Ihr Pferd gesetzt. Können Sie sich daran tatsächlich noch erinnern?»

Sie machte einen verwirrten Eindruck. «Erinnern? Warum, ja, natürlich. Ich meine, nicht genau.»

«Man hat Ihnen das so *erzählt*, stimmt's? Ihre –»

«Ein kleiner Umtrunk?»

Erstaunt drehten sich beide um. Keiner von ihnen hatte Isabel hereinkommen hören. Sie stand in der Tür zwischen den zerfließenden Schatten und sah sehr geheimnisvoll und attraktiv aus – wenn auch etwas zu herausgeputzt für Jurys Geschmack. Ein grüner Jagdanzug aus Samt, russischer Bernstein und dieser silbergraue Nerz, den sie sich nachlässig über die Schulter geworfen hatte. «Wie fühlen Sie sich heute abend, Oberinspektor Jury?»

Jury erhob sich und verneigte sich leicht. «Ausgezeichnet, Miss Rivington.»

Sie trat in das Zimmer, ließ den Nerz auf einen Stuhl fallen und ging zu dem Büfett. «Darf ich mich dazusetzen?»

«Ja, natürlich», sagte Vivian nicht gerade begeistert, wie Jury auffiel. Ihre moralische Verpflichtung Isabel Rivington gegenüber gab ihr wohl diesen leicht verkniffenen Zug um den Mund.

Isabel goß sich eine tüchtige Portion Bourbon ein, dem sie ein paar Spritzer Soda hinzufügte, und kam dann zu ihnen zurück, um ihren Arm um Vivian zu legen und sie an sich zu ziehen. Die Geste wirkte auf Jury eher besitzergreifend als zärtlich. Dann ließ sie sich auf das Sofa plumpsen und versetzte den Kissen hinter ihr ein paar Knüffe. «Ihr macht so lange Gesichter. Habt Ihr denn bei Melrose kein anständiges Essen gekriegt? Ihr hättet mal zu Lorraines Party gehen sollen – da ging es üppig zu.»

«Das Essen bei Melrose war wunderbar», sagte Vivian etwas schnippisch. Jury registrierte zufrieden den rebellischen Unterton.

«Simon war nicht gerade glücklich über deine Abwesenheit», fügte Isabel beiläufig hinzu.

Vivian sagte nichts.

«Unglücklicherweise war auch Pfarrer Denzil Smith da, und wir mußten uns den ganzen Abend lang seine Geschichten über geheime Verstecke für Priester und Schmuggler in den Gasthäusern an der Küste anhören. Und die Geschichte der Wirtshausschilder. Die Morde haben ihn sehr beflügelt. Die übrige Zeit sprachen wir über die arme, alte Ruby. Ist es nicht schrecklich! Der Pfarrer sagte, Sie hätten das Haus von oben bis unten nach irgendeinem Armband durchsuchen lassen. Und nach dem Tagebuch des Mädchens.»

Jury erwiderte nichts darauf. Er wünschte nur, diese Dörfler würden sich ihre Puste für ihren Porridge aufheben. Jury schaute auf seine Uhr. «Vielen Dank für den Drink. Ich muß jetzt gehen.»

Vivian begleitete ihn hinaus, und er war schon auf dem Weg zu seinem Morris, als sie ihm nachrief: «Warten Sie!» Sie rannte nach oben und kam mit einem schmalen Bändchen zurück, das sie ihm hinstreckte. «Ich weiß zwar nicht, ob Sie sich für Lyrik interessieren... aber jemand, der Virgil zitiert, muß wohl...»

Er betrachtete den Band – eine Broschüre mit einem Umschlag aus dickem dunklem Papier, dessen Titel er in der Dunkelheit nicht lesen konnte. «Ja, ich mag Gedichte. Haben Sie das geschrieben?»

Sie war sichtlich verwirrt und schien überallhin zu blicken, nur nicht auf ihn. «Ja. Diese Gedichte sind von mir. Sie kamen vor drei oder vier Jahren heraus. Nicht gerade ein Bestseller, wie Sie sich wohl denken können.» Als er nicht antwortete, redete sie rasch weiter, als wolle sie den Raum zwischen ihnen ausfüllen. «Aber Sie haben wohl keine Zeit, neben Ihren Berichten noch etwas anderes zu lesen. So viele Gedichte sind es zwar auch nicht – ich produziere gar nicht so viel. Ich meine, überhaupt nur eines zu schreiben... es ist gar nicht so leicht.»

Sie verstummte, und Jury sagte: «Ich werde die Zeit dafür finden.»

Er verbrachte den Rest des Abends im Bett und las Vivians Gedichte. Sie waren keineswegs das Werk einer labilen, jungen Frau, die sich herumkommandieren ließ oder die sich davon abbringen ließ, den Mann zu heiraten, den sie heiraten wollte.

Und dann durchzuckte ihn plötzlich ein Gedanke – vielleicht war der springende Punkt der, daß Melrose Plant Vivian Rivington gar nicht heiraten wollte.

Das Buch fiel ihm aus der Hand, als er dann endlich einschlief. Daß jemand eine Frau wie Vivian Rivington nicht haben wollte, fand er einfach unbegreiflich.

XV Samstag, 26. Dezember

Bei einem aus Würstchen, Spiegeleiern und Bücklingen bestehenden Frühstück berichtete Wachtmeister Wiggins, er habe sich gestern nach Jurys Anruf auch gleich mit dem Yard in Verbindung gesetzt und die Adressen von zwei Leuten bekommen, die früher einmal für Das *Wirtshaus zur Ziege* mit dem Kompaß gearbeitet hatten. «Daisy Trump und Will Smollett, Sir. Von den Angestellten sind sie anscheinend die einzigen, die sie ausfindig machen konnten. Ich kann versuchen, Trump und Smollett anzurufen und einen Termin mit ihnen auszumachen.»

«Tun Sie das», sagte Jury und nahm sich noch von den Bücklingen. «Bei der Entdeckung von Mrs. Matchetts Leiche spielten Trump und Rose Smollett die Hauptrolle.»

«Und ich hab mir noch ein paar Dinge über Mr. Rivington notiert.» Wiggins schob Jury ein Blatt Papier hin.

Jury überflog die ordentlich getippte halbe Seite; die spärlichen Informationen fügten dem, was er schon von Vivian und Isabel erfahren hatte, nichts Neues hinzu. Aber er erfuhr den Zeitpunkt des Unfalls, und darauf kam es ihm an.

«Vielen Dank, Wachtmeister. Sie haben verdammt gute Arbeit geleistet. Es tut mir aufrichtig leid, daß ich Ihnen das Weihnachtsessen verdorben habe.»

Ein Lob von Jury war für Wiggins wichtiger als jede Weihnachtsgans. Er strahlte, aber ein Hustenanfall bereitete dem Strahlen ein abruptes Ende. Er entschuldigte sich und ging auf sein Zimmer, um seinen Rachen zu bepinseln.

«Sagen Sie doch bitte auch gleich Daphne Murch, daß ich sie sprechen möchte.»

Daphne erschien fünf Minuten später mit der Kaffeekanne in der Hand. «Wollten Sie noch Kaffee, Sir?»

«Haben Sie einen Augenblick Zeit, Daphne? Setzen Sie sich doch.» Ohne zu zögern nahm sie Platz. Anscheinend hatte sie sich an ihre Rolle als Kronzeugin und Ruby Judds einzige Freundin gewöhnt. «Daphne, es gibt da zwei Dinge, die Ruby gehört haben, die aber nicht aufgetaucht sind, was mir ziemlich komisch vorkommt: dieses Armband und ihr Tagebuch. Haben Sie nicht einmal gesagt, daß sie ihr Armband nie ablegte?»

«*Sie* sagte das, Sir. Und es stimmte auch – ich hab sie nie ohne es gesehen.»

«Sie hat es aber nicht umgehabt, als wir sie fanden.»

«Das ist wirklich sehr komisch. Vor allem, wo sie doch verreisen wollte. Ich meine, wenn sie es nicht einmal beim Putzen und Staubwischen abnahm, dann hätte sie es doch bestimmt auch auf diesem Trip getragen, oder? Vielleicht ist der Verschluß kaputtgegangen oder sonstwas. Ich erinnere mich, es ist noch gar nicht so lange her...» Daphne verstummte und wandte den Kopf ab.

«Ja?»

Sie hustete nervös. «Oh, wahrscheinlich hat das überhaupt nichts zu sagen. Ich war bei ihr im Pfarrhaus. Wir haben uns immer gegenseitig besucht. Mal kam sie hierher, mal ging ich zu ihr. Wir fingen an, uns rumzubalgen – es kam zu einer richtigen Kissenschlacht – und wir haben so aufeinander eingedroschen, daß Ruby vom Bett fiel und darunterrollte. Wir wären beinahe gestorben vor Lachen. Ich griff unters Bett und versuchte, sie zu erwischen. Während ich mit den Armen rumruderte, packte sie mich so fest am Handgelenk, daß mein Armband abging. Der Verschluß war nicht besonders gut. Ich lachte und wollte es gerade auflesen, als sie unter dem Bett hervorkam und sagte: ‹Das ist vielleicht komisch!› Ich weiß das noch ganz genau. ‹Komisch, wirklich komisch!› Sie machte ein Gesicht, als hätte sie ein Gespenst gesehen. Oder einen Schock. Total entgeistert hockte sie da und hielt mein Armband in der Hand. Dann schaute sie auf *ihr* Armband und sagte: ‹Ich dachte, ich hätte es gerade eben gefunden›, als würde sie mit sich selbst sprechen. Ich sagte, sie solle aufhören, verrückt zu spielen. Sie ist dann aufgestanden, hat sich aber gleich wieder aufs Bett plumpsen lassen und immer nur den Kopf geschüttelt. Kurz danach fing sie dann auch mit dieser Geschichte an – daß sie was wüßte und jemanden in der Hand hätte.»

«Wie sah das Armband denn aus?»

«Ganz gewöhnlich. Ein Armband mit kleinen Anhängern. Aber ich glaube, die Anhänger waren aus Gold. Zumindest hat sie das behauptet, Ruby konnte man aber nicht alles glauben. Ich erinnere mich – eines war ein kleiner Würfel mit einer Münze drin. Ein Pferdchen war auch dabei. Und ein Herz. Was sonst noch dran war, hab ich vergessen.» Erschrocken blickte sie Jury an. «Hat das, was passiert ist, denn mit dem Armband zu tun?»

«Es würde mich nicht wundern.»

Jury stellte den blauen Morris vor der Polizeiwache von Long Piddleton ab und ging hinein. Er zog gerade seinen Mantel aus, als das Telefon schrillte. Kriminalwachtmeister Wiggins war am Apparat.

«Ich hab mich mit dieser Daisy Trump in Verbindung gesetzt. Und auch mit den Smolletts – das heißt, mit einer Kusine, die nebenan wohnt. Smollett ist weggefahren, und seine Frau ist vor ein paar Jahren gestorben. Rosamund hieß sie.»

Verdammt, dachte Jury. «Und was ist mit der andern Frau – kann ich die sehen?»

«Daisy Trump? Ja, sie lebt in Robin Hood's Bay. In Yorkshire.»

«Lassen Sie sie hierherkommen, Wachtmeister. Oder warten Sie, am besten, Sie fahren selbst nach Robin Hood's Bay – mehr als ein paar Stunden kann das nicht dauern. Und reservieren Sie dieser Trump dann irgendwo hier ein Zimmer. Vielleicht finden Sie ja in dieser gottverdammten Gegend einen Gasthof, in dem noch niemand umgebracht wurde, oder ist das unmöglich?»

Wiggins hatte den Hörer abgelegt, und Jury hörte, wie sie beratschlagten. Dann ließ sich der Wachtmeister wieder vernehmen. «Es gibt den Sack voll Nägel, ganz in der Nähe von Dorking Dean. Ein paar Kilometer hinter dem Schwanen.» Wiggins schlürfte seinen Tee. «Hieß so nicht auch einer von Matchetts Gasthöfen?» fragte er unschuldig.

«Ja», sagte Jury. «Es ist ein ziemlich häufiger Name. Gut, quartieren Sie sie dort ein und stellen Sie um Gottes willen einen Wachtposten vor die Tür der armen Frau.»

«Ja, Sir», sagte Wiggins. «Superintendent Pratt möchte wissen, ob Sie nicht nach Weatherington kommen könnten. Er hat da ein paar Dinge mit Ihnen zu besprechen.» Wiggins senkte seine Stimme, als befürchtete er, London könne ihn hören.

«Und Kriminaldirektor Racer hat auch angerufen. Er scheint auf hundertachtzig zu sein. Kann ich ihm denn was ausrichten, wenn er das nächste Mal anruft?»

«Aber ja. Wünschen Sie ihm frohe Feiertage von mir. Mit etwas Verspätung, aber trotzdem von ganzem Herzen.» Jury legte auf, während Wiggins noch in sich hineinkicherte. Offensichtlich hatte er Racer auch nicht gerade ins Herz geschlossen.

Melrose Plant saß an dem Tisch in der Fensternische und verschlang gerade ein Stück von Mrs. Scroggs Kalbfleischpastete, als die Tür aufging und Marshall Trueblood hereinkam. Trueblood gehörte zu den Leuten, die Melrose sehr viel sympathischer waren, wenn er ihnen begegnete, als wenn er nur an sie dachte. An einem Spätnachmittag im Winter bei einer Pinte Bier konnte Trueblood sehr unterhaltsam sein.

«Hallo, alter Knabe, darf ich mich dazusetzen?» Trueblood schüttelte seinen grauen Kaschmirschal aus und drapierte ihn über den Stuhl.

«Bitte, tun Sie das.» Während Melrose auf den Platz am Fenster deutete, ging die Tür noch einmal auf, und Melrose fügte mit einem Grinsen hinzu: «Jetzt, wo Ihre Hoheit eingetroffen ist, sind wir sozusagen komplett.»

Mrs. Withersby stand in der Tür und blickte sich mißtrauisch um, als könnte der Gasthof über Nacht den Besitzer gewechselt und sich in ein Nest von Dieben und Totschlägern verwandelt haben.

«Hallo, Withers, altes Haus», sagte Trueblood. «Willst du diese Runde spendieren oder soll ich? Aber streiten wir uns nicht, deine Großzügigkeit ruiniert dich noch.» Trueblood warf eine Handvoll Kleingeld auf den Tisch.

Mrs. Withersby hatte ihr Gebiß nicht eingesetzt, und wenn sie sprach, wölbte sich ihr Mund weit nach innen.

«Wenn das nicht der Besitzer vom Bubisalong ist! Zeit, daß du mal 'ne Runde ausgibst. Die letzte hab ich bezahlt, ist kaum 'ne Woche her.»

«Withers, die letzte Runde von dir fand im Ring statt. Was soll's denn sein?»

«Das Übliche», sagte sie und plumpste neben Melrose auf den Stuhl; sie nahm ihn auch gleich unter Beschuß. «Wär's nicht mal an der Zeit, daß Sie sich nach 'ner ehrlichen Arbeit umschaun, gnädiger Herr?»

Melrose neigte höflich den Kopf und hielt ihr sein goldenes Zigarettenetui hin; der Geruch, der ihm entgegenschlug, ließ ihn zurückprallen – es war eine Mischung aus Gin, Knoblauch und was sonst noch in den Rezepten ihrer seligen Mutter für ein langes Leben enthalten war.

«Und was macht der gnädige Herr hier im Dunkeln mit unserm Hübschen, hmmm? Hoffentlich kommt das Tantchen nicht dahinter. Oh! Vielen Dank, du bist ein Schatz.» Ihr Ton veränderte sich plötzlich, als Trueblood ihr ein Glas hinstellte. «Du bist wirklich ein Schatz, der Beste bist du, ich hab das immer gesagt. Wenn alle so spendabel wären.» Sie warf Melrose einen bösen Blick zu.

«Sag mal, Withers», meinte Trueblood leutselig, während er sich eine lavendelfarbene Balkan Sobranie anzündete, «was hältst du von den Greueltaten, die sich hier in Long Pidd zugetragen haben? Ich hoffe, du hast dich kooperativ gezeigt bei der Polizei?» Trueblood lehnte sich zu ihr hinüber und senkte die Stimme. «Ich hab natürlich keinem erzählt, daß ich dich den Balken runterklettern gesehen habe –» er zeigte zum Fenster – «in der Mordnacht.»

«Verpiß dich, Bubi. Das ist erstunken und erlogen!» Sie zog aus der Tasche ihrer Strickjacke einen Zigarettenstummel, knipste das verkohlte Ende ab und steckte sich den Rest in den Mund. Sie brachte die Kippe zum Brennen, blies Melrose den Gestank ins Gesicht und sagte stolz: «Heute morgen hab ich 'nen Skunk gehäutet.»

Trueblood hatte ein kleines, silbernes Taschenmesser hervorgeholt und säuberte sich die Fingernägel. Die Sache schien ihn nicht weiter zu beeindrucken. «Einen Skunk hast du gehäutet? Was du nicht sagst!»

Mrs. Withersby nickte, klopfte mit ihrem leeren Glas auf den Tisch, blickte gen Himmel und brüllte beinahe. «Ja, gehäutet, und den Kadaver hab ich an einen Baum genagelt! Anscheinend war das eine Warnung an die Götter dort oben. Meine Mudder hat das auch gemacht, wenn was im Anzug war. Vertreibt die bösen Geister –»

Und noch einmal ging die Tür auf, und Lady Ardry erschien, in ihr Inverness-Cape gehüllt.

«Anscheinend nicht alle», meinte Melrose. Er beobachtete, wie seine Tante ins Dunkel spähte und dann die heitere Runde entdeckte. Was für ein Bild sie wohl abgaben?

Sie kam an ihren Tisch gestapft. «Hier bist du also!»

«Hallo, altes Mädchen», sagte Trueblood; es klappte sein kleines Taschenmesser zusammen und ließ es in die Tasche gleiten. «Setzen Sie sich zu uns?»

«Ja, setz dich doch», sagte Melrose. «Drei deiner liebsten Menschen in Long Pidd haben sich hier versammelt, um dich zu begrüßen.» Er stand auf, um ihr einen Stuhl anzubieten.

Mrs. Withersby nuschelte gerade ein Willkommen, als Lady Ardry plötzlich ihren Stock schwenkte und sie beinahe enthauptet hätte. «Ich muß mit dir reden, Plant.» Sie starrte düster auf die andern. «Unter vier Augen.»

Trueblood machte keine Anstalten zu gehen; ungerührt trank er sein Bier. «Setzen Sie sich doch, Withers hat ein Stinktier gehäutet.»

Agatha sah aus, als würde sie Trueblood am liebsten unter den Tisch prügeln. «*Sie* hab ich auch schon gesucht, Mr. Trueblood. Hätte mir ja denken können, daß Sie sich hier herumtreiben und zechen, statt nach Ihrem Laden zu schauen. Dabei steht die Tür sperrangelweit auf. Wissen Sie denn nicht, daß jeder reinspazieren und sich bedienen könnte?»

«Stimmt. Und haben Sie sich bedient? Taschen nach außen, ja, so ist's brav – unter diesem Cape könnte sich mein kleines viktorianisches Sofa verbergen.»

Agatha fuchtelte mit ihrem Stock herum, und Trueblood wich zurück. «Ein Wort unter vier Augen, mein lieber Plant.»

Melrose gähnte. «Oh, warum kommst du nicht nach Torquay. Wir haben einen hübschen kleinen Ausflug geplant, du wärst die vierte im Bunde.»

Als Agatha mit ihrem Stock auf den Tisch schlug, fuhr Mrs. Withersby erschrocken hoch, brabbelte etwas und schlurfte davon.

«Scroggs!» brüllte Agatha und nahm auf Mrs. Withersbys Stuhl Platz. «Bringen Sie mir von diesem kratzenden Sherry.»

Mrs. Withersby war jedoch wieder zurückgekehrt.

«Wenn's heute abend runterfällt, wenn's vom Baum fällt, dann ist der Zauber gebrochen, und nichts kann mehr passieren.» Und sie ließ ihren leeren Krug auf den Tisch heruntersausen, so daß diesmal Agatha von ihrem Stuhl aufsprang.

«Was phantasieren Sie da, gute Frau?»

«Ich sagte Ihnen doch», meinte Trueblood, «das Stinktier. Wir warten darauf, daß es vom Baum fällt, damit wir wieder ruhig in unsern Betten schlafen können.»

«Mr. Trueblood, in Ihrem Laden warten zehn Leute darauf, bedient zu werden. Sollten Sie sich nicht um sie kümmern?»

Trueblood leerte sein Glas und erhob sich träge. «Zehn Leute in meinem Laden, das gab's noch nie. Aber ich seh schon, ich bin hier nicht erwünscht. Tja...» Er entfernte sich.

«Du hast's geschafft, alle zu vertreiben, Agatha. Was zum Teufel willst du?»

Triumphierend verkündete sie: «Wir haben Ruby Judds Armband gefunden!»

«*Was?* Wer ist ‹wir›?»

«Ich. Und Denzil Smith.» Sie erwähnte den Namen so beiläufig, daß Melrose sofort vermutete, daß der Pfarrer den Fund gemacht hatte.

«Sie haben doch das Pfarrhaus von oben bis unten durchsucht. Wo war es denn?»

Agathas Antwort ließ auf sich warten. Er stellte sich einen Maulwurf vor, der in den Gängen ihres Gehirns nach einer Antwort suchte, die sie nicht in Verlegenheit bringen würde. «Ich glaube, ich sollte nicht darüber sprechen.» Beiläufig fügte sie hinzu: «In der Nähe des Hauses.»

«Mit andern Worten, liebe Tante, du weißt es nicht. Der Pfarrer hat es gefunden. Hat er es denn schon Inspektor Jury gegeben?»

«Hätte er bestimmt gern», sagte Agatha mit einem liebreizenden Lächeln. «Wenn er Inspektor Jury nur *finden* könnte. Er scheint immer unterwegs zu sein, wenn man ihn braucht.»

«Hast du es weitererzählt?» Melrose hatte ein ungutes Gefühl bei der Vorstellung, daß die Neuigkeit im Dorf die Runde machte.

«Ich? Nein, *ich* nicht. Ich kann den Mund halten. Aber du weißt doch, was für eine Klatschbase Denzil Smith ist. Ich war eben bei Lorraine, und sie wußte es bereits.» Sie klang verärgert; offensichtlich hatte sie gehofft, es ihr brühwarm erzählen zu können.

Melrose seufzte. «Der Inspektor wird es wieder als letzter erfahren.»

«Wenn er mal fünf Minuten lang im Dorf bleiben würde, dann könnte er auch der erste sein. Ich war gerade auf der Polizei. Aus Wachtmeister Pluck war kein Wort rauszukriegen. Den ganzen Morgen habe ich getan, was eigentlich Jury tun sollte.»

Melrose bezweifelte das, konnte es sich aber nicht verkneifen, sie zu fragen: «Und was hast du getan?»

«Ich habe systematisch alle Verdächtigen auf dieser Liste verhört.» Sie zog ein Blatt Papier aus ihrer Tasche und gab es Melrose; gleichzeitig brüllte sie noch einmal zu Dick Scroggs hinüber, er solle sich beeilen und ihr endlich ihren Sherry bringen. «Ich habe mich die Dorfstraße hochgearbeitet.»

Melrose rückte seine Brille zurecht und überflog die Liste. Es gab zwei Rubriken: *Verdächtige* und *Motive*. «Was haben denn diese ganzen Eifersuchtsgeschichten unter Motiven zu suchen? Auf wen sollte denn Vivian Rivington eifersüchtig sein? Und Lorraines Name hast du ganz ausgestrichen?»

«Sie war's offensichtlich nicht. Ah, da ist mein Sherry.» Dick dräute über ihr und wartete darauf, daß sie bezahlte. Melrose fischte in seiner Tasche nach Kleingeld.

«Übrigens treffen wir uns heute abend alle in der Pandorabüchse zum Abendessen.»

Melrose hielt in der einen Hand sein Glas, in der andern die Liste. «Wer ist ‹wir alle?›»

«Die Bicester-Strachans, Darrington und diese Person, mit der er liiert ist. Und dein Sonnenschein Vivian.» Maliziös bemerkte sie noch: «Simon war übrigens bei ihr, als ich heute nachmittag vorbeiging.»

Melrose ignorierte diese Bemerkung. «Woher willst du wissen, daß Lorraine nichts mit den Morden zu tun hat?»

«Weil sie aus einem guten Stall kommt, mein lieber Melrose.»

«Das würde ihr Pferd freisprechen, aber nicht Lorraine.»

Er hatte inzwischen auch seinen Namen auf der Liste entdeckt – ganz versteckt und in kleinen Druckbuchstaben zwischen Sheila und Darrington eingeschoben, als wäre er erst nachträglich eingetragen worden. Unter *Motiven* war ein Fragezeichen. «Heißt das, daß dir für mich kein Motiv eingefallen ist, liebe Tante?»

Sie grunzte: «Zuerst warst du überhaupt nicht drauf. Wegen diesem verdammten Alibi, das du mit dem Inspektor zusammengebastelt hast.»

«Wie ich sehe, fehlt dein Name.»

«Natürlich, du Schlaukopf, *ich* war's nicht.»

«Aber unter Truebloods Name steht *Drogen*. Was hat er denn mit Drogen zu tun?»

Sie grinste: «Mein lieber Plant. Trueblood handelt doch mit Antiquitäten, oder nicht?»

«Ja, das ist mir bekannt.»

«Diesen ganzen Kram, den er aus dem Ausland bezieht – wahrscheinlich auch aus Pakistan und Arabien – also, wo würdest *du* dein Haschisch oder Kokain verstecken, wenn du es ins Land schaffen wolltest?»

«Keine Ahnung, in meinem Ohr vielleicht?»

«Diese Männer, die um die Ecke gebracht wurden, waren – wie nennt man das? – Mittelsmänner. Vielleicht haben sich irgendwelche Verbrecherbanden gegenseitig liquidiert.»

«Aber Creed war doch ein pensionierter Polizeibeamter.»

Gegen seine bessere Einsicht ließ er sich auf eine Diskussion mit ihr ein.

«Das ist ja der Punkt, mein lieber Plant! Er war ihnen auf der Spur, begreifst du denn nicht? Dem ganzen Ring. Trueblood mußte also –» Sie fuhr sich mit dem Finger über die Kehle.

Melrose verfluchte sich. «Und Ruby Judd –?»

«Auch eine Mittelsperson.»

«Zwischen wem?»

«Mittelsleute gibt es *immer.*»

Melrose gab auf. «Hör zu, Jury muß verständigt werden.»

Agatha nippte an ihrem kratzenden Sherry. «Vielleicht kann die Interpol nach ihm fahnden», meinte sie mit einem maliziösen Lächeln.

Jury saß an der Bar der Pandorabüchse und wartete auf Melrose Plant. Sie hatten sich am Vormittag für diesen Abend in der Pandorabüchse verabredet. Jury blickte auf seine Uhr: 20.35.

Jury gähnte. Wo blieb er nur? Als er sein Gesicht in dem bronzefarbenen Glas des Barspiegels mit dem komplizierten Filigranmuster aus Winden und Reben betrachtete, fand er seine Züge völlig verzerrt. Er hatte den ganzen Nachmittag lang mit Superintendent Pratt die Aussagen verglichen und war hundemüde.

Außerdem war er voller Selbstmitleid, da er Vivian Rivington und Simon Matchett tête-à-tête an einem Tisch in der Ecke sitzen sah. Nicht weit von ihnen saßen Sheila Hogg und Oliver Darrington, die sich noch angegiftet hatten, als er hereinkam, jetzt aber lächelnde Gesichter für Lorraine Bicester-Strachan und Isabel Rivington aufsetzten. Willie Bicester-Strachan wanderte auf der Suche nach dem Pfarrer durch alle Räume. Vor ein paar Minuten hatte er auch Jury nach Smith gefragt.

Jury hörte seinen Namen und sah im Spiegel Melrose Plant hinter sich stehen. «Ich – wir – sind gerade erst angekommen. Entschuldigen Sie, daß es so lange gedauert hat, aber meine Tante hat mir eine Stunde lang die Ohren voll geredet. Sie steht jetzt draußen in der Halle und tut dasselbe mit Bicester-Strachan.» Plant setzte sich auf den Hocker neben Jury. «Haben Sie Denzil Smith gesehen?»

«Nein, aber er wollte auch hierherkommen.»

Plant schien sich Sorgen zu machen. «Hören Sie, nach dem, was Agatha gesagt hat –»

«Danke, Melrose, aber Agatha kriegt selbst den Mund auf!» Sie drängte sich zwischen sie und schubste dabei Jury zur Seite. «Einen rosa Gin, bitte, Melrose.»

Als Melrose die Getränke bestellte, sagte er: «Ob Sie's glauben oder nicht, Inspektor, aber selbst ich bin der Meinung, daß Sie sich anhören sollten, was meine Tante zu sagen hat.»

Jury bemerkte, daß Lady Ardrys Armband einen eleganten Lederhandschuh umschloß. Er fragte sich, was wohl aus den Wollhandschuhen geworden war, und verspürte so etwas wie Bedauern. Sie blickte ihn an wie Ihre Majestät eine Küchenmagd und sagte: «Wenn Sie sich an mich gewandt hätten, Inspektor, hätte ich Ihnen vielleicht ein paar nützliche Tips geben können.»

«Ich würde mich freuen, wenn Sie das jetzt auch noch tun könnten, Lady Ardry.» Jury bemühte sich, bescheiden und unterwürfig zu wirken, und hoffte nur, sie würde gleich zur Sache kommen... was sie natürlich nicht tat. Zuerst mußte sie sich noch um ihr Aussehen kümmern – sie drückte den kleinen Knopf an dem Handschuh zu, verrückte den schäbigen Fuchspelz um einen halben Zentimeter und brachte ihre Haare noch mehr durcheinander. Als Melrose den rosa Gin vor sie hinstellte, war sie dann soweit. «Heute nachmittag bin ich bei dem Pfarrer vorbeigegangen. Vorher hab ich noch kurz bei den Rivingtons reingeschaut. Und ich muß schon sagen, Melrose, deine liebe Vivian könnte ruhig etwas freundlicher sein. Wenn sie *mich* fragen, Inspektor –»

«Warum ist die Banane krumm», sagte Melrose. «Komm zur Sache, Agatha!»

«Du brauchst dich gar nicht so aufzuspielen. Ich bin bei meinen Nachforschungen auf verschiedene kleine Dinge gestoßen, die Inspektor Jury bestimmt interessieren werden», meinte sie selbstgefällig. Jury faßte sich in Geduld. Sie antreiben zu wollen würde alles nur noch schlimmer machen. «Man kann ja auch», fuhr sie fort, «ganz offensichtliche Dinge übersehen – wie zum Beispiel die Tatsache, daß Trueblood Antiquitätenhändler ist –»

«Komm zu dem Pfarrer, Agatha.»

«Wer spricht, du oder ich?»

Er zuckte mit den Schultern. «Zarathustra?»

«Nachdem ich beinahe sämtlichen Personen auf meiner Liste einen Besuch abgestattet hatte –»

«Das Armband, Agatha.»

«Sie meinen doch nicht das Armband der kleinen Judd, Lady Ardry?»

«Doch, darauf wollte ich hinaus, die ganze Zeit schon, wenn mich mein Neffe nur nicht immer unterbrochen hätte. Ich fand das Arm-»

«Du meinst, *er* fand es», verbesserte Melrose sie. «Du hast bereits zugegeben, daß der Fund ohne dich gemacht wurde.»

«Und *wo*, Lady Ardry? Wir haben das ganze Haus danach durchsucht.»

Agatha studierte die Spitzen ihrer Schuhe. «Ich weiß nicht genau, aber –»

«Oh, zum Teufel, Agatha, Smith hat es dir nur nicht gesagt, weil er nicht wollte, daß ganz Long Piddleton davon erfährt.»

«Das war nicht der Grund.» Sie hatte eine nachdenkliche Miene aufgesetzt. «Er wollte mein Leben nicht in Gefahr bringen!» Beunruhigt fragte sie: «Du lieber Himmel, das ist doch wohl nicht zu befürchten?»

Jury spürte, wie ihm die Kopfhaut prickelte. «Wann hat er es gefunden? Seit wann ist der Fund bekannt?»

«Ich weiß nicht genau. Ich war heute morgen bei ihm. Er hat versucht, Sie zu erreichen, aber Sie waren gerade wieder einmal unterwegs – wahrscheinlich haben Sie wieder eine falsche Fährte verfolgt.»

«Und Sie haben das Armband mit eigenen Augen gesehen?»

«Ja, natürlich!»

«Wo ist es jetzt?»

«Denzil hat es wieder versteckt. Er sagte, er wolle es wieder da hinlegen, wo er es gefunden habe, es sei ein so gutes Versteck. Aber er wollte mir nicht sagen, wo.» Sie schubste schmollend ihr Ginglas hin und her. Dann sagte sie: «Meine Theorie ist, daß dieser Katalog der Verbrechen mit Marshall Truebloods –»

«Mit Marshall Truebloods was, altes Haus?»

Jury hatte ihn nicht hereinkommen sehen. Trueblood schien die Tatsache, daß hinter seinem Rücken über ihn geredet wurde, nicht im geringsten zu stören. Lächelnd blickte er in die Runde. «Hör'n Sie, meine Liebe, den Brieföffner rücken Sie am besten gleich wieder heraus, dann brauch ich nicht die Polizei zu verständigen. Sie waren heute in meinem Laden, erinnern Sie sich?»

Agatha wurde puterrot. «Ich muß doch bitten! Ich würde mich nie an Ihrem arabischen Ramsch vergreifen.»

«Oho. Ich würde den Brieföffner nicht als Ramsch bezeichnen. Er hat mich zwanzig Pfund gekostet. Also her damit, meine Liebe.» Er schnalzte ein paar Mal mit den Fingern.

Jury stand von ihrem Tisch auf und ging zu den Bicester-Strachans hinüber. «Mr. Bicester-Strachan, hat der Pfarrer gesagt, er würde zu einer bestimmten Zeit hier sein?»

«Ja.» Bicester-Strachan zog eine große, plumpe Uhr hervor. «Eigentlich schon vor einer Stunde. Punkt acht, sagte er.»

«Verdammt», murmelte Jury. Er eilte zu seinem Tisch zurück und fragte: «Mr. Plant, könnten wir Ihren Bentley nehmen?»

Bevor die andern ihre offenen Münder wieder zukriegten, waren sie schon aus der Tür.

XVI

Der messerähnliche Brieföffner steckte bis zum elfenbeingeschnitzten Heft in der Brust des Pfarrers. Die Leiche lag mit dem Gesicht nach unten auf dem Boden der Bibliothek.

Die Bibliothek selbst war zwar nicht verwüstet, aber doch gründlich durchsucht worden: Bücher waren von den Regalen gefegt, Schubladen herausgezogen und Schränke geöffnet worden.

«Ich versteh das nicht», sagte Melrose Plant. «Gut, er war hinter dem Armband her – aber lohnte es sich wirklich, dafür ein solches Risiko einzugehen? Für alle außer Ruby und ihm war das doch ein ganz gewöhnliches Armband.»

«Ich glaube nicht, daß er es nur auf das Armband abgesehen hat. Vielleicht suchte er noch was anderes: Rubys Tagebuch. Nachdem einer von den vermißten Gegenständen aufgetaucht war, dachte er wohl, der Pfarrer sei auch im Besitz des andern. Und das war ihm offensichtlich zu gefährlich.» Jury ging um den Schreibtisch herum, setzte sich und rief die Polizei in Weatherington an; er vergaß dabei nicht, sein Taschentuch zu benutzen. Nachdem er Wiggins damit beauftragt hatte, die Laborleute zusammenzutrommeln, rief er Wachtmeister Pluck an.

«Großer Gott, schon wieder einer?» Pluck schnappte nach Luft.

«Ja, wieder einer. Und Sie sollten auf dem schnellsten Weg zur Pandorabüchse fahren und die Leute dort vernehmen – Simon Matchett, Sheila Hogg und Darrington. Und auch Lady Ardry. Alle übrigen schaffen Sie sich vom Hals.»

In einem Tonfall, der am Bett eines kranken Kindes angebracht gewesen wäre, sagte Pluck: «Ich weiß nicht, ob das geht, Sir, der Morris, Sie verstehen? Er gibt diesen komischen Summton von sich, ich –»

«Wachtmeister Pluck», sagte Jury mit ausgesuchter Liebenswürdigkeit, «wenn Sie nicht sofort zur Pandorabüchse fahren, dann werden *Ihnen* die Ohren summen. Verdammt noch mal, Mann! Nehmen Sie irgendein Auto. Das von Ihrer Nachbarin, Miss Crisp. Oder halten Sie jemanden auf der Straße an –»

Etwas in Jurys Stimme ließ Pluck strammstehen. Sogar seine Stimme salutierte. «Jawohl, Sir.»

Jury knallte den Hörer auf die Gabel und knüllte das Papier zusammen, auf das er einen Morris gekritzelt hatte, der an einem Baum klebte. Er wollte es gerade in den Papierkorb werfen, als er einen Zettel bemerkte, der halb verdeckt unter einem lavaähnlichen Gesteinsbrocken lag, dem Briefbeschwerer des Pfarrers. Jury zog ihn hervor und überflog die zusammenhangslosen Stichworte, die anscheinend für eine Predigt gedacht gewesen waren.

«Hören Sie sich das an», sagte Jury zu Melrose, der immer noch mitten im Raum stand und auf die Leiche des Pfarrers starrte: «*Bacchanals... Hirondelle... God encompasseth us...* Können Sie sich einen Reim daraus machen?»

Plant trat an den Schreibtisch, blickte auf den Zettel und schüttelte den Kopf.

«Wir nehmen das mit, wenn die Spuren gesichert worden sind. Offen gestanden, habe ich nicht die geringste Hoffnung, daß dabei was herauskommt.» Er betrachtete die Gegenstände auf dem Schreibtisch: Löscher, Tintenfaß, Federhalter, eine Vase mit späten Rosen. Sein Blick wanderte zu den offenen Schubladen, und er bemerkte, daß der Inhalt zwar durchwühlt, aber nicht beschädigt worden war. Im Hof des Pfarrhauses war das Quietschen von Reifen zu hören, und durch die dunklen Scheiben konnten sie das Blaulicht aufleuchten sehen, das entweder zum Polizeiwagen oder zur Ambulanz gehörte. Dann kam die Mannschaft von Weatherington hereingestolpert, gefolgt von Kriminalwachtmeister Wiggins. Es hatte angefangen zu regnen, graue, schräg einfallende Regenschnüre und gelegentlich ein kurzes Donnern, das wie ein Trommelwirbel von einem fernen Planeten klang, begleitet von Wetterleuchten – ein perfekter Rahmen für einen Mord.

«Wer ist es denn dieses Mal?» fragte Appleby mit einem Lächeln so strahlend wie Lametta.

Jury, der sich am Tod des Pfarrers mitschuldig und dementsprechend erbärmlich fühlte – hätte er vermieden werden können, wenn er, statt nach Weatherington zu fahren, in Long Piddleton geblieben wäre? –, sagte niedergeschlagen: «Reverend Smith. Denzil Smith. Der Pfarrer von St. Rules.»

Der Polizeifotograf – Jury erinnerten sie immer an grimmig aussehende Touristen – nahm die Leiche aus jedem nur möglichen Blickwinkel auf und verrenkte sich dabei wie ein Schlangenmensch. Jury zog eine Zigarette aus seiner Packung und beobachtete, wie der Experte für Fingerabdrücke alles von den Türklinken bis zu den Lampenschirmen einstaubte. Ein Kriminalbeamter hatte sich an der Tür postiert, ein anderer inspizierte die oberen Räume, und ein dritter stand einfach nur herum und wartete auf Anweisungen.

Als der Fotograf fertig war, beugte sich Dr. Appleby über die Leiche; Wiggins stand hinter ihm, das Notizbuch in der Hand. Er sah miserabel aus, was nicht gerade verwunderlich war. Appleby rasselte die Details herunter – Zustand der Leiche, Größe, Gewicht, Alter. Der Mord mußte zwischen sechs und acht Uhr an diesem Abend passiert sein. Er sagte jedoch, die Totenstarre allein sei kein hinreichendes Kriterium. Die ganze Szene wirkte erschreckend vertraut, als werde immer wieder dieselbe Filmrolle abgespult.

Wieder quietschten Reifen, und Türen wurden aufgerissen und zugeschlagen. Dieses Mal waren es die Männer, die die Leiche abtransportieren sollten. Sie standen stumm herum und warteten darauf, daß Appleby ihnen ein Zeichen gab. Appleby beendete seine flüchtige Untersuchung, und sie hüllten die Leiche in eine Plastikplane.

Als alle fertig waren, zündete Appleby sich eine Zigarette an. Er blies einen kleinen Rauchkringel in die Luft und sagte: «Ich hatte schon mit dem Gedanken gespielt, mir hier ein kleines Häuschen zu kaufen, für meine alten Tage. Aber unter diesen Umständen bin ich mir nicht mehr so sicher, ob sich die Investition lohnen würde.» Er ließ seine Tasche zuschnappen und war schon an der Haustür, als er sich noch einmal umdrehte, um Jury ein «bis auf bald» zuzurufen.

«Dieser Arzt hat einen seltsamen Humor», meinte Melrose.

Jury hatte sich wieder an den Schreibtisch gesetzt und über den

Zettel mit den Notizen des Pfarrers gebeugt. Er hatte an einem Finger des Pfarrers einen Tintenfleck bemerkt, der dem Fleck auf dem Papier sehr ähnlich sah.

Man hörte, wie draußen die Autotüren auf- und zuklappten; Scheinwerfer färbten den Nebel gelb, als die Autos rückwärts aus dem Hof fuhren. Wiggins kam zurück, ließ sich auf das Sofa fallen und zog sein Taschentuch hervor. Long Piddleton war anscheinend Gift für seine Leiden. Ein Donnerschlag und ein Schrei des Entsetzens, der sich Wiggins entrungen hatte, veranlaßten Jury, sich blitzschnell umzudrehen: Vor der Fenstertür, die hinter dem Schreibtisch ins Freie führte, waren in dem grellen Licht des Blitzes eine Silhouette und ein weißes Gesicht sichtbar geworden. Jury stürzte auf die Tür zu, blieb aber sofort wieder stehen, als er erkannte, wer es war: «Lady Ardry! Was zum Teufel –?»

Sie trat in das Zimmer; das Wasser rann nur so in Strömen an ihr herunter. «Sparen Sie sich Ihre Flüche, Inspektor. Ich habe alles genau gesehen.»

Jury hatte genug. «Wiggins! Die Handschellen!»

In schneller Abfolge spiegelten sich auf ihrem Gesicht alle möglichen Seelenregungen, von totaler Fassungslosigkeit bis zu zähneklapperndem Entsetzen. Wiggins, der keine Handschellen bei sich hatte und auch noch nie welche gehabt hatte, warf Jury einen fragenden Blick zu.

Sie fand ihre Stimme wieder. «Melrose! Sag diesem verrückten Polizisten, er könne nicht –»

Melrose zündete sich seelenruhig eine Zigarre an. «Keine Angst, Agatha, ich besorge dir den besten Anwalt, den es gibt.»

Sie wollte sich gerade auf ihren Neffen stürzen, als Jury dazwischentrat. «Schon gut. Dieses Mal lassen wir Sie laufen. Aber was hatten Sie denn da draußen verloren?»

«Ich schaute zu, was denn sonst? Bräunen wollte ich mich nicht», bemerkte sie bissig.

«Du solltest dir dem Inspektor gegenüber einen andern Ton zulegen, Agatha; du warst vielleicht die letzte Person, die mit dem Pfarrer gesprochen hat!»

Sie schluckte und wurde leichenblaß. Sie hatte zwar nichts dagegen, als Zeugin aufzutreten, als eine so wichtige nun auch wieder nicht. «Na schön, ich bin euch gefolgt. Gleich nachdem ihr weggegangen seid. Auf Matchetts Fahrrad. Nicht gerade ein Vergnügen bei diesem Wetter.»

«Sie standen die ganze Zeit über da draußen?»

«Ich kam dazu, als dieser Arzt sich an der Leiche zu schaffen machte. Ich hab's mit eigenen Augen gesehen! Truebloods Brieföffner! Hab ich's Ihnen nicht gesagt!» Dann erinnerte sie sich wohl, daß der arme Denzil einer ihrer besten Freunde gewesen war; sie nahm den Kopf zwischen die Hände und gab ein paar klagende Laute von sich.

Jury fragte sie: «Sie haben das Armband doch hier gesehen?»

Sie nickte. «Mir ist ganz flau. Könnte ich einen Schluck Brandy haben?»

Plant stand auf, um die Flasche zu holen, während Jury ihr gegenüber Platz nahm. «Lady Ardry, mit was war der Pfarrer denn beschäftigt, als Sie bei ihm waren?»

«Er hat sich natürlich mit mir unterhalten.»

Ungeduldig fragte Jury: «Und außerdem?»

«Kann ich Ihnen nicht sagen, oder warten Sie mal, ja, er hat seine Predigt vorbereitet. Er versuchte wieder einmal, aus einem Kieselstein einen Diamanten zu schleifen. Irgendwelchen Blödsinn über das Bauen von Kirchen.» Sie nahm von Melrose den Cognacschwenker entgegen, leerte ihn zur Hälfte, wischte sich dann ziemlich unelegant mit ihrem neuen Lederhandschuh die Lippen ab und blickte sich niedergeschlagen im Raum um.

Jury zeigte ihr den Zettel. «Könnten das Notizen sein, die sich der Pfarrer zu seiner Predigt gemacht hat?»

Agatha holte ihre Brille hervor und hielt sich das Blatt vor die Nase. «*God encompasseth us* – was soll denn das, so ein Blödsinn. Klingt auch gar nicht nach Denzil. Viel zu religiös.»

Jury faltete das Blatt zusammen und steckte es in die Innentasche seiner Jacke. «Wo lag denn das Armband?»

Sie streckte den Finger aus: «Er holte es aus der Schreibtischschublade.»

«Und er sagte, er würde es wieder in das alte Versteck legen, stimmt das?» Sie nickte. «Wir haben dieses Haus von oben bis unten durchsucht», sagte Jury kopfschüttelnd.

«Und wie steht's mit der Kirche?» fragte Melrose.

«Oh, mein Gott!» meinte Jury. «Natürlich – an die Kirche hat keiner gedacht. Gehn wir doch gleich mal rüber.» Wiggins befahl er, das Haus zu bewachen.

«Meidet die Hundeseite des Friedhofs», flüsterte Agatha, die hinter ihnen her den Weg zur Kirche einschlug.

«Die was?»

«Oh, du weißt doch, bei ungetauften Kindern und Selbstmördern wird ein Hund mitbegraben, damit sie nicht als Geister umgehen.»

«Wie interessant», sagte Jury.

Jury hatte seine elektrische Taschenlampe dabei, und auch Plant hatte noch eine in seinem Bentley gefunden. Die Kirche war modrig und kalt, und das Mondlicht, das durch das Maßwerk der Fenster fiel, lag wie ein Netz aus Spinnweben auf den Steinen. Jury knipste seine Taschenlampe an und fuhr mit dem Strahl über das Gestühl auf den beiden Seiten des Mittelschiffes. Matte Felder auf der Täfelung ließen erkennen, daß es früher einmal an den Bänken Namensschilder gegeben haben mußte, die dann demokratischerweise entfernt worden waren. Er stellte sich vor, daß eine der Bänke Melrose Plants Familie gehört hatte. Die größeren waren mit grünem oder braunem Stoff ausgekleidet, während die Reihen der einfacheren, für die Bauern und das gemeine Volk bestimmten Bänke keine Dekorationen aufwiesen.

Da Agatha keine Taschenlampe bei sich hatte und sich auch nicht Plants Taschenlampe bemächtigen konnte, hielt sie sich mal an dem einen, mal an dem anderen Ärmel fest. Einmal blieb sie mit ihrem Absatz in dem weichen, nicht befestigten Teppich hängen und wäre beinahe gestürzt. Plant und Jury hievten sie wieder hoch.

«Wo zum Teufel sind denn die Lichtschalter?» fragte Jury. Keiner schien es zu wissen.

Sie gingen das Mittelschiff entlang und leuchteten dabei die Seitenschiffe aus; Agatha hing an ihren Ärmeln wie eine Blinde.

Es gab einen Lettner, der zweifellos nach der Reformation wieder aufgebaut worden war. In das Mauerwerk war eine Treppe gehauen worden. Die Kanzel war ungewöhnlich hoch, die höchste die Jury je gesehen hatte, ein sogenannter «Dreidecker» aus dem achtzehnten Jahrhundert, bei dem Kanzel, Pult und Sitz des Meßdieners drei Ebenen bildeten. Der Pfarrer gelangte über eine kleine Treppe zur Kanzel.

«Ich schau mir das mal an», sagte Jury und ging die enge, nicht sehr stabile Treppe hoch. Auf der Innenseite der Kanzel lief ein Regal entlang, auf dem ein paar Bücher standen, die er mit seiner Taschenlampe inspizierte. Es waren jedoch nur ein abgegriffenes Neues Testament und ein Gebetbuch.

«Haben Sie was entdeckt?» fragte Melrose.

Jury schüttelte den Kopf und bemerkte die Lampe, die an einem Messingarm über der Kanzel hing. Er streckte die Hand aus und zog an der Schnur. Ein warmes Licht breitete sich über der Kanzel aus; es erhellte auch noch den Chor bis zum Altar, wo es dann von dem Dunkel geschluckt wurde.

Er stieg von der Kanzel, und sie gingen gemeinsam durch den Chorbogen. Lady Ardry hatte sich an Plants Mantel geklammert, als stünde der Mörder hechelnd in einem der dunklen Seitenschiffe. Der Altar war für die Feiertage mit Blumen geschmückt worden. Sie erfüllten den schwach erleuchteten, feuchten Chorraum mit einem schweren, exotischen Duft. In der nördlichen Ecke befand sich eine winzige Sakristei, in die man durch eine Tür in der Chorwand gelangte. Jury öffnete sie und leuchtete den kleinen Raum aus; bei dem Kelch verweilte er einen Augenblick. Vielleicht war es einfach nur die unersättliche Neugierde eines Kriminalbeamten, die ihn trieb; jedenfalls ging er zu dem Kelch hinüber und zog das Tuch, das ihn bedeckte, herunter.

In dem Kelch lag ein goldenes Armband mit kleinen Anhängern.

Schnell zog er ein Taschentuch aus seiner Hosentasche, schüttelte es auf und griff damit in den Kelch. Dann ging er zum Altar zurück, bei dem Melrose und Agatha standen und sich umschauten.

«Großer Gott!» rief Agatha, als sie sah, was er in der Hand hielt.

«Im Kelch, ob Sie's glauben oder nicht!»

Einen Augenblick lang herrschte Schweigen, während sie den Fund betrachteten. «Hätte es nicht schon letzten Sonntag gefunden werden müssen?»

«Da gab es kein Abendmahl», sagte Lady Ardry. «Denzil vergaß es immer. Er hätte den Kelch auch gar nicht benutzt, den hielt er für unhygienisch. Statt dessen nahm er gelegentlich kleine Silberbecher.»

«Sie glauben also, Ruby hat es dort deponiert? Bevor sie verschwand?» fragte Melrose.

«Ja. Das war ziemlich schlau von ihr. Ich glaube, das Armband war eine Art Pfand. Sie wußte, daß viel davon abhing, und sie wußte, daß es dort irgendwann gefunden werden würde, falls sie es nicht selbst abholte. Man möchte fast glauben, sie hatte Köpfchen, die Kleine.»

«Das», sagte Lady Ardry, «möchte ich doch bezweifeln.»

Als sie eine Viertelstunde später wieder in der Pandorabüchse auftauchten, stellte Jury befriedigt fest, daß Pluck seinen Anweisungen nachgekommen war und die ganze Gesellschaft festgehalten hatte. Und auch, daß ihnen das nicht gerade zu behagen schien. Alle drängten sich in der Bar: Trueblood, Simon Matchett, die Bicester-Strachans und Vivian Rivington. Isabel saß allein am Tresen und trank einen sirupartigen Likör. Sheila Hogg war, wie Pluck berichtete, schon gegangen, als er ankam, anscheinend erbost darüber, daß Darrington so schamlos mit Mrs. Bicester-Strachan geflirtet hatte.

Jury ließ sich von Daphne Murch eine Schachtel Zigaretten bringen und las die von Pluck zu Protokoll genommenen Aussagen durch. Es gab keinen mit einem hieb- und stichfesten Alibi für die ein, zwei Stunden vor dem Essen in dem Gasthof. Er erinnerte sich vage, daß Plant gesagt hatte, Lady Ardry sei bei ihm zu Hause gewesen, was zumindest sie freisprechen würde. Aber Jury wollte das erst einmal für sich behalten. Was die anderen betraf, so konnte jeder von ihnen den Gasthof für kürzere Zeit verlassen haben, ohne große Aufmerksamkeit zu erregen. Das Pfarrhaus war nur wenige Minuten entfernt, und in dem gepflasterten Hof fuhren ständig Autos ein und aus. Jury entnahm Plucks Bericht, daß Darrington Lorraine nach Hause gefahren hatte, weil sie ihr Scheckbuch holen wollte. Sehr überzeugend! Sheila Hogg mußte das auch gefunden haben. Jury erinnerte sich, daß auch Matchett einmal die Bar verlassen hatte. Ein anderes Mal war Isabel eine Zeitlang verschwunden gewesen. Vielleicht war sie nur auf die Toilette gegangen; möglich war alles. In Frage kamen alle und keiner.

Als er von dem Protokoll hochblickte, starrten sie entweder in die Luft oder spielten mit Knöpfen, Gürteln oder ihren Haaren herum. Jury schickte Wiggins zu Sheila Hogg, damit er auch von ihr eine Aussage einholte; er selbst wollte im Gasthof bleiben und Wachtmeister Plucks Bericht vervollständigen.

Simon Matchett brach schließlich das Schweigen, indem er sagte: «Ich hab das Gefühl, das alles schon einmal erlebt zu haben. Man könnte an eine Wiederholung des Abends glauben, an dem Small ...» Er war nicht imstande, seinen Satz zu beenden.

«Wie wahr, Mr. Matchett. Und wenn ich jetzt bitte jeden einzeln sprechen könnte. Wachtmeister Pluck, ich glaube, das vordere Zimmer ist für diesen Zweck am besten geeignet.»

«Mr. Bicester-Strachan, für Sie muß das besonders schmerzlich sein. Ich weiß, Sie waren ein guter Freund des Pfarrers.» Bicester-Strachan hielt den Kopf abgewandt; er suchte nach einem Taschentuch, das er dann aber wieder wegsteckte. «Sie sagten doch, Sie wollten sich mit Mr. Smith hier treffen?»

Bicester-Strachan nickte. «Ja, wir wollten nach dem Essen Dame spielen. Zum Essen selbst wollte er nicht kommen, sondern erst danach, wenn er seine Predigt fertig hatte ...» Seine Stimme versagte.

«Wann haben Sie mit ihm gesprochen?»

«Heute nachmittag. Ich glaube, so gegen zwei.» Der alte Mann ließ seine Augen im Raum umherwandern, als suchte er nach etwas, was ihn vom Tod des Pfarrers ablenken könnte.

«Sie gingen nach draußen, um sich die Beine zu vertreten – haben Sie das Grundstück verlassen?»

«Was? Oh, nein, ich bin nur ein paar Mal auf und ab gegangen. Die Luft wird unerträglich in der Bar, wenn alle rauchen. Außerdem machte ich mir Sorgen wegen Denzil.» Er machte einen verstörten Eindruck. «Er ist immer so pünktlich.» Und Bicester-Strachans Blick wanderte zur Tür, als erwarte er immer noch, daß der Pfarrer gleich eintreten würde.

«Erkennen Sie das, Mr. Bicester-Strachan?» Auf dem Klapptisch lag auf Jurys ausgebreitetem Taschentuch Ruby Judds Armband. Bicester-Strachan schüttelte den Kopf und blickte Jury mißbilligend an, als finde er es unpassend, in diesem Augenblick über Schmuck zu reden.

«Aber Sie wußten, daß Mr. Smith es heute morgen gefunden hat?»

Bicester-Strachan runzelte die Stirn. «Ich weiß nicht, worüber Sie sprechen.»

«Hat Ihnen der Pfarrer nicht erzählt, daß er Ruby Judds Armband gefunden hat?»

«Ruby? Die arme Kleine, die... ja, doch, ich glaube schon. Aber ich habe mir keine großen Gedanken darüber gemacht.»

Jury dankte ihm und ließ ihn gehen; der Mann schien in den letzten zwei Stunden um zehn Jahre gealtert zu sein.

«Mr. Darrington, Sie haben Mrs. Bicester-Strachan nach Hause gefahren, damit sie ihr Scheckbuch holen konnte. Stimmt das?»

«Ja.» Oliver vermied es, ihm in die Augen zu schauen.

«Warum wollte sie es haben?»

«Warum? Du lieber Himmel, woher soll ich denn das wissen?»

«Mr. Bicester-Strachan hatte doch bestimmt genügend Geld bei sich, um das Essen zu bezahlen. Außerdem würde Matchett wohl jedem von Ihnen Kredit geben.»

«Inspektor, ich weiß nicht, warum Lorraine ihr Scheckbuch haben wollte.»

«Erkennen Sie dieses Armband, Mr. Darrington?»

«Es kommt mir irgendwie bekannt vor.»

Ein unmöglicher Lügner, dachte Jury. Darrington konnte die Augen nicht davon abwenden. «Sie haben es schon mal gesehen?»

Oliver zündete sich eine Zigarette an und sagte achselzuckend: «Vielleicht.»

«An Ruby Judds Handgelenk vielleicht?»

«Möglich.»

«Sie sagten aus, Sie hätten Mrs. Bicester-Strachan abgesetzt und seien dann nach Hause gefahren. Warum?»

«Warum? Um Geld zu holen, deswegen.»

«Heute abend scheinen ja alle ziemlich knapp bei Kasse zu sein. Sind Sie sicher, daß Sie Mrs. Bicester-Strachan nicht nach Hause begleitet haben?»

«Hören Sie, Inspektor, ich verbitte mir diese Anspielungen!»

«Sie ist doch nicht mit Ihnen nach Hause gegangen?»

«Nein!»

«Ich verstehe. Zu dumm. Ich meine, wenn sie mitgekommen wäre, dann hätten Sie beide ein Alibi.»

Lorraine Bicester-Strachan rückte ihren Stuhl so nahe wie möglich an Jury heran und schlug die seidenbestrumpften Beine übereinander. Da ihr langer Tweedrock nur von der Taille bis kurz über dem

Knie zugeknöpft war, zeigte sie sehr viel Bein. «Nein, ich hab es noch nie gesehen», sagte sie von dem Armband. «Soll es denn mir gehören und ist am Tatort gefunden worden?»

Die Gleichgültigkeit, die manche Leute an den Tag legten, erstaunte Jury immer wieder. «Der Tod des Pfarrers hat Ihren Mann sehr erschüttert. Die beiden müssen eng befreundet gewesen sein.»

Auf diese Bemerkung hin klopfte sie einfach ihre Asche über dem Kamingitter ab. «Aber vielleicht bedeutet Ihnen das nichts, Freundschaft und Loyalität.»

«Was soll das heißen?»

«Diese Information, die damals in die falschen Hände gelangte – das waren doch Ihre Hände, nicht wahr? Oder zumindest haben Sie sie an jemanden weitergegeben, der nicht gerade ein Gentleman der alten Schule war.»

Sie hätte eine Skulptur aus Eis sein können.

«An Ihren Liebhaber, stimmt's? Der sogleich ein ‹Freund› Ihres Mannes war. Um Ihren Ruf zu schützen, hat Mr. Bicester-Strachan seinen eigenen ruiniert. Immer wieder hat er sich vor Sie gestellt. Das verstehe ich unter Loyalität. Manche nennen es sogar Liebe –»

Lorraine beugte sich plötzlich zu ihm hinüber; ihre Hand schoß auf ihn zu, aber Jury fing sie wie einen Ball in der Luft auf, und er drückte sie nicht gerade sanft in ihren Sessel zurück. «Sollen wir uns wieder der Gegenwart zuwenden? Sie haben sich heute abend wohl etwas gelangweilt, Mrs. Bicester-Strachan? Haben Sie deshalb Mr. Darrington mit nach Hause genommen?»

Inzwischen war sie nicht nur wütend, sondern auch noch verunsichert. Von Jurys ausdruckslosem Gesicht ließ sich unmöglich ablesen, ob Oliver ihm etwas gesagt hatte oder nicht.

«Nun?» fragte Jury, amüsiert über das Dilemma, in das Darrington und Lorraine geraten waren.

«Er lügt, wenn er behauptet, ich sei mit ihm nach Hause gegangen.» Sie drehte an dem Diamantverschluß ihres Uhrarmbands.

Jury lächelte. «Er hat es nicht behauptet, Mrs. Bicester-Strachan. Es ist nur eine Vermutung von mir.»

Ihre Selbstzufriedenheit und dieses kleine Lächeln, das eher der eigenen Schlauheit als ihm galt, reizten ihn zum Lachen. Und als sie beim Hinausgehen herausfordernd die Hüften schwenkte, dachte er, daß allein schon die Vorstellung von Oliver und Lorraine, wie sie sich in einer dunklen Ecke liebten, unsäglich langweilig war.

Pluck öffnete Simon Matchett die Tür.

«Es gehörte Ruby Judd», sagte Matchett, ohne zu zögern. Er rollte seine dünne Zigarre im Mund.

«Woher wissen Sie das so genau, Mr. Matchett?»

«Weil das Mädchen ziemlich oft hierherkam, um Daphne zu besuchen. Sie hat es immer getragen.»

Jury nickte. «Haben Sie heute abend das Haus verlassen? In der Zeit zwischen sechs und acht?»

«Sie wollen wissen, ob ich ein Alibi habe? Geben Sie mir doch einen Anhaltspunkt, Inspektor.»

Jury fragte noch einmal. «Haben Sie das Haus verlassen?»

«Nein, ich bin nur mal kurz rausgegangen, um nach den Sicherungen zu schauen. In der Küche hat es einen Kurzschluß gegeben.»

«Wann war das?»

«Gegen sieben, halb acht.»

«Hier steht –» Jury zeigte auf Plucks Bericht, «daß Sie nach Sidbury gefahren sind und ungefähr um halb sieben wieder zurückkamen.»

«Ja, soviel ich mich erinnere. Die Läden schließen um sechs, und für den Rückweg braucht man ungefähr eine halbe Stunde.»

«Ich verstehe.» Der Name des Geschäfts, das er als letztes aufgesucht hatte, war vermerkt. Es würde sich also leicht überprüfen lassen, ob er dort gewesen war. Jury änderte seine Taktik. «Mr. Matchett, wie stehen Sie zu Isabel Rivington?»

«Zu *Isabel*?»

«Ja, zu Isabel.»

«Ich glaube, ich verstehe nicht.»

«Doch, Sie haben richtig verstanden. Ich habe den Eindruck, daß die Gefühle, die sie für Sie hegt, nicht nur rein freundschaftlicher Natur sind. Das ist Ihnen doch bestimmt auch schon aufgefallen.» Jury lächelte dünn.

Matchett ließ sich mit seiner Antwort viel Zeit; schließlich sagte er. «Sie müssen verstehen, das liegt schon lange zurück. Schon *sehr* lange. Auch wenn es nicht gerade galant ist, möchte ich doch hinzufügen, daß zumindest für mich die Sache vorbei ist.»

Jury war verblüfft. Daß sie früher einmal ein Verhältnis gehabt haben könnten, an diese Möglichkeit hatte er überhaupt nicht gedacht. Das war zumindest eine gute Erklärung für die Gefühle, die er bei Isabel entdeckt zu haben glaubte. «Weiß Vivian Bescheid?»

«Ich hoffe nicht.»

Jury funkelte ihn an. «Wie rücksichtsvoll, Mr. Matchett.»

Isabel Rivington saß ihm gegenüber, und alles an ihr sah sehr elegant und sehr teuer aus. Das raffiniert einfache Kleid aus dem groben, braunen Stoff mußte ein Vermögen gekostet haben.

«Wo waren Sie, Miss Rivington, bevor Sie hierherkamen?» Er streckte den Arm aus, um ihre Zigarette anzuzünden, die sie der Packung auf der Lehne ihres Sessels entnommen hatte.

«Ich erzählte das schon Wachtmeister Pluck.»

Er lächelte. «Ich weiß, und nun erzählen Sie es mir.»

«Ich machte einen Spaziergang. Zuerst bummelte ich die Dorfstraße entlang und schaute mir die Läden an. Ich ging bis zur Sidbury Road und nahm dann einen Feldweg.»

«Hat Sie jemand gesehen?» Isabel machte auf Jury keinen sehr wanderlustigen Eindruck.

«Auf der Dorfstraße bestimmt. Später wohl nicht.» Als sie sich vorbeugte, um ihre Zigarette über dem Porzellanaschenbecher abzuklopfen, fiel ihr Blick auf das Armband. Ohne etwas zu sagen, lehnte sie sich wieder zurück.

«Haben Sie dieses Armband schon einmal gesehen, Miss Rivington?»

«Nein. Warum?»

«Wie stehen Sie zu Mr. Matchett?»

Dieser plötzliche Themawechsel überraschte sie. «Simon? Was soll das heißen? Wir sind Freunde, nichts weiter.»

Jury machte ein Geräusch in seiner Kehle, das, wie er hoffte, seine Zweifel ausdrückte, und wechselte wieder das Thema. Seit zwei Tagen brannte er darauf, ihr diese Frage zu stellen: «Miss Rivington, warum haben Sie all diese Jahre Vivian in dem Glauben gelassen, sie sei für den Tod ihres Vaters verantwortlich?» Mit ihrem erstaunt geöffneten Mund und der Zigarette, die sie starr vor sich hielt, sah sie wie eine Schaufensterpuppe aus. Und als sie antwortete, klang ihre Stimme unnatürlich hoch und zittrig. «Ich weiß nicht, was Sie meinen.»

«Machen Sie mir doch nichts vor, Miss Rivington. Angenommen, es war tatsächlich ein Unfall, so saßen doch *Sie* und nicht Vivian auf dem Pferd?»

«Sie hat sich daran erinnert? Vivian hat sich erinnert?»

Gut, dachte er mit einem Seufzer der Erleichterung, das wäre geklärt. Wenn sie etwas geistesgegenwärtiger gewesen wäre, hätte sie es vielleicht geschafft, sich herauszureden. «Nein, sie hat sich nicht erinnert. Mich störte nur, daß weder Ihre noch Vivians Geschichte sehr plausibel klang. Vivians klang beinah wie auswendig gelernt. Ich nehme an, Sie haben sie ihr vorgebetet. Vivian hat offensichtlich sehr an ihrem Vater gehangen, und wenn das kleine Mädchen auch nur die geringste Ähnlichkeit mit der Erwachsenen gehabt hat, dann erscheint es höchst unwahrscheinlich, daß sie ständig auf ihren Vater losgegangen sein soll. Vor allem war es aber die Beschreibung, die sie beide von dieser Nacht gaben. ‹Es war eine dunkle, mondlose Nacht›, als sie zu den Ställen rannte. Sie war damals gerade acht Jahre alt – es ist zwar durchaus möglich, daß eine Achtjährige noch nicht im Bett liegt, wenn es draußen dunkel wird, aber wir sprechen hier von *Sutherland*. Ich habe einen Freund, der Maler ist; er liebt die Highlands, und er malt sehr gern dort. Nicht nur wegen der Landschaft, sondern auch wegen des Lichts. Er macht Witze darüber, daß er um Mitternacht noch auf der Straße ein Buch lesen könne, so hell sei es. Es ist aber höchst unwahrscheinlich, daß ein kleines Mädchen noch vollständig angezogen um Mitternacht herumtollt.» Jury zog den Bericht über James Rivington aus der Mappe, die er in der Hand hielt. «Zeit des Unfalls: 23 Uhr 50. Es wundert mich nur, daß die Polizei damals nicht weiter nachfragte.» Er hatte beobachtet, wie Isabel immer blasser geworden war. «Ich zog also meine Schlüsse: Ob die Sache mit dem Pferd tatsächlich ein ‹Unfall› war oder von Ihnen inszeniert wurde, weiß ich nicht. Ich stelle mir es ungefähr so vor: Sie sitzen auf dem Pferd, das Pferd schlägt aus und trifft Ihren Stiefvater; sie rennen auf das Zimmer Ihrer Schwester, ziehen ihr was über und nehmen sie mit in die Ställe. Sie auf das Pferd zu setzen war nicht einmal nötig. Es genügte, ihr einzureden, daß sie draufsaß. Und im Lauf der Jahre haben Sie ihr dann auch den ganzen Quatsch mit den Auseinandersetzungen, die sie mit ihrem Vater gehabt haben soll, eingeredet. Damit sie sich schuldig fühlte und Sie sie um so fester in der Hand hatten.» Jury, der sich selten einen

Kommentar erlaubte, konnte sich nicht mehr zurückhalten. «Wie gemein, Miss Rivington, wie abgrundtief gemein und niederträchtig. Warum haben Sie ihn um die Ecke gebracht? Sein Testament muß ja eine herbe Enttäuschung für Sie gewesen sein.»

Ihr Mund war so rot in ihrem weißen Gesicht, daß sie wie ein hübscher, grellgeschminkter Clown aussah. «Was werden Sie tun?»

«Mit Ihnen einen Deal machen. Sie werden Vivian die Wahrheit sagen –» als sie protestieren wollte, hob er die Hand –« sagen Sie ihr gerade so viel, daß sie nicht mehr diese unerträgliche Schuld mit sich herumschleppen muß; erzählen Sie ihr, Sie hätten den Unfall verursacht. Als Erklärung dafür, daß Sie ihr die Schuld zugeschoben haben, sagen Sie, man hätte Sie wegen Totschlags anklagen können, wenn Sie zugegeben hätten, auf dem Pferd gesessen zu haben. Sie können ja eine große Show abziehen, und ihre Angst und das Durcheinander etwas übertreiben. Und lassen Sie auch Tränen fließen. Sie schaffen das schon. Sie haben ihr zwanzig Jahre lang was vorgemacht; es dürfte Ihnen also nicht schwerfallen, noch einmal Theater vorzuspielen.»

In Isabels Gesicht war wieder etwas Farbe und auch gleich sehr viel von ihrer alten Überheblichkeit zurückgekehrt. «Und wenn ich mich weigere? Können Sie denn irgendwas beweisen?»

Jury beugte sich zu ihr vor. «Vielleicht schon. Ihnen ist doch wohl klar, daß man bei Ihnen nicht lange nach einem Motiv suchen müßte?»

«Das ist absurd –»

Jury schüttelte den Kopf. «Und wenn Sie es ihr nicht sagen, dann sag ich's ihr, darauf können Sie sich verlassen. Und ich mache vielleicht keinen Unfall daraus.»

Sie schoß aus ihrem Sessel und rannte zur Tür.

«... Und, Miss Rivington, ich brauche hier nur ein paar Andeutungen fallenzulassen, und Sie sind erledigt.»

An der Tür drehte sie sich noch einmal nach ihm um. «Und Ihre Berufsethik? Ein anständiger Polizist würde so etwas nie tun.»

«Ich habe auch nie behauptet, ich wäre einer, oder?»

Nervös die Hände ringend, saß ihm Vivian in einem einfachen rosa Wollkleid gegenüber. «Ich kann das einfach nicht glauben. Wer konnte dem Pfarrer nur so etwas antun? Diesem harmlosen, alten Mann!»

«Opfer sind gewöhnlich harmlos. Nur eben nicht für den Mörder. Kommt Ihnen dieses Armband bekannt vor, Miss Rivington?» Er schob es zu ihr hinüber.

«Ist das das Armband, das er gefunden hat?»

«Sie wissen davon? Wann hat er es Ihnen erzählt?»

«Heute. Irgendwann heute nachmittag. Ich schaute kurz im Pfarrhaus vorbei, um mit ihm zu plaudern.»

Jury verließ der Mut. «Wann war das?»

«Oh, so um fünf. Vielleicht auch etwas später. Ich bin doch nicht–» Ihre Hände bedeckten ihr Gesicht. «Nein, doch nicht schon wieder. Sie wollen mir hoffentlich nicht erzählen, daß ich wieder dabeigewesen bin, als der Mord passierte.»

«Ich will Ihnen gar nichts erzählen», Jury lächelte, aber es war ihm nicht danach zumute. Warum zum Teufel war sie nicht zu Hause geblieben und hatte Gedichte geschrieben? Er schaute auf Plucks Notizen. «Danach waren Sie dann zu Hause? Ich meine, *nach* Ihrem Besuch im Pfarrhaus und *vor* dem Essen in der Pandorabüchse?»

«Ja.» Ihr Kopf hing über ihrem Schoß, und ihre Hände zerknitterten ihren Rock.

«Möchten Sie einen Brandy, Miss Rivington?» fragte Jury besorgt. Er beugte etwas den Kopf, um ihr Gesicht sehen zu können. Nach dem Zucken ihrer Schultern zu urteilen, weinte sie – ja, er war sich ziemlich sicher. Automatisch streckte er die Hand aus, zog sie aber sofort wieder zurück. Er stellte sich ihr Gesicht vor – verquollen wie das eines heulenden Kindes –, und es tat ihm in der Seele weh. Er zog ein zusammengefaltetes Taschentuch aus der Tasche und legte es ihr in den Schoß. Dann stand er auf, ging zu einem der Fenster und setzte sein Verhör fort.

«Waren Sie zu Hause mit Ihrer Schwester zusammen?»

Den Blick immer noch gesenkt, schüttelte sie den Kopf. «Nein, Isabel war nicht da.»

«Und die Haushälterin?»

Vivian schneuzte sich. «Auch weggegangen.»

Jury seufzte. Verdammtes Pech. «Vielen Dank, Miss Rivington. Soll Sie jemand nach Hause begleiten? Wachtmeister Pluck?»

Sie war aufgestanden, blickte aber immer noch auf den Boden. Sie schüttelte den Kopf. Ihre linke Hand hielt sein Taschentuch umklammert, mit der rechten strich sie sich den Rock glatt. Sie sagte nichts und ging mit gesenktem Kopf zur Tür.

«Miss Rivington!»

Sie wandte sich nach ihm um.

Jury fühlte sich elend. «Das ist, ah, ein sehr hübsches Kleid, was Sie da anhaben.» Idiot, dachte er, wütend auf sich selbst.

Aber es hatte ihr ein winziges Lächeln entlockt. Und schließlich blickte sie auch zu ihm hoch; ihr Gesicht war so todernst, und ihre Bernsteinaugen wirkten so gefaßt, daß er plötzlich von der Angst gepackt wurde, sie könne ihm diese ganze Serie von Morden gestehen.

Als sie die Lippen öffnete, um zu sprechen, hätte er ihr am liebsten die Hand auf den Mund gelegt. «Inspektor Jury –»

«Ist schon gut –»

«Ich werde Ihr Taschentuch waschen.» Sie drehte sich um und ging aus dem Zimmer.

«Lady A wird mir bis auf weiteres ein Paar Manschetten anlegen, Inspektor.» Marshall Trueblood schlug elegant ein Bein übers andere. «Sie ist überzeugt, daß ich es war. Du meine Güte, ich, der keiner Fliege was zuleide tun könnte. Oder gar dem reizenden alten Herrn.»

«Wann haben Sie diesen Brieföffner das letzte Mal gesehen, Mr. Trueblood?»

Er starrte einen Augenblick zur Decke hoch und meinte dann: «Genau kann ich Ihnen das nicht sagen. Vor ein paar Tagen vielleicht.»

«Lassen Sie Ihren Laden oft unbeaufsichtigt?»

«Ich geh manchmal zu Scroggs rüber; das ist gleich nebenan. Gewöhnlich schließe ich ihn dann nicht ab.»

«Heute nachmittag hätte also jeder in Ihrem Laden ein- und ausgehen können, ohne daß Sie was bemerkt hätten?»

«Ja, aber wer will das schon? Gibt es nicht so etwas wie einen Tatstil, Inspektor? Ich meine, warum plötzlich ein Messer? Alle andern wurden doch erdrosselt.» Trueblood besann sich. «Entschuldigen Sie, ich hätte mich vielleicht etwas anders ausdrücken sollen...»

«Sie brauchen sich nicht zu entschuldigen, das ist eine gute Frage, Mr. Trueblood. Ich nehme an, das Messer diente demselben Zweck wie Darringtons Buch, das im Schwanen gefunden wurde: Es sollte den Verdacht auf einen andern lenken. Wer war heute in Ihrem Laden?»

«Da war einmal Miss Crisp, die mir irgendwelchen Kram aus ihrem Ramschladen andrehen wollte. Die Gute hat es gewöhnlich mit Landfahrern zu tun und bildet sich ein, sie könne mir – mir, stellen Sie sich vor – einreden, ihr Silber sei georgianisch. Ich würde auf Zigeuner tippen –»

Jury seufzte. «Können wir bitte beim Thema bleiben?»

«Tut mir leid. Dann tauchte dieses Pärchen aus Manchester auf, das eine Kohlespur hinterließ und nach Art Deco suchte – fürchterliches Zeug. Und Lorraine, die Simon Matchett suchte. Wahrscheinlich hatte sie schon das ganze Dorf nach ihm abgeklappert. Danach – das weiß ich nicht.» Er zündete sich eine rosarote Zigarette an.

«Wann haben Sie bemerkt, daß das Messer fehlte?»

«Der Brieföffner, mein Lieber. Heute nachmittag. Nachdem Lady A auf ihre unnachahmliche Art Dick Scroggs Kneipe geleert hatte.»

Jury beobachtete wie Trueblood zu dem Armband hinsah, wegblickte und sich dann darüberbeugte, um es sich genauer anzuschauen. «Woher haben Sie denn das? Gehörte es nicht der kleinen Judd?»

«Sie erkennen es also?»

«Ja, wertloser Plunder.» Er lehnte sich zurück und hielt sich mit gespieltem Entsetzen die Hand vor den Mund. «Wahrscheinlich habe ich gerade mein eigenes Todesurteil gesprochen. Und dann noch dieser Brieföffner in der Leiche des armen, alten Pfarrers, das bricht mir wohl das Genick?» Sein spöttischer Ton konnte jedoch nicht über die Tatsache hinwegtäuschen, daß sein Gesicht aschgrau aussah.

«Welches Motiv käme denn in Frage? Gibt es denn etwas in Ihrer Vergangenheit, Mr. Trueblood, worüber Sie lieber nicht reden möchten?»

Truebloods Erstaunen war nicht gespielt. «Das soll wohl ein Witz sein, alter Junge?»

XVII Samstag, 27. Dezember

In dem trüben Licht des frühen Morgens saßen Jury und Plant auf der Polizeistation von Long Piddleton. Jury starrte auf das Blatt Papier, das er von dem Schreibtisch des Pfarrers mitgebracht hatte und sagte: «Wenn es keine Notizen für eine Predigt sind, was ist es dann?»

Melrose blickte Jury über die Schulter. «‹*God encompasseth us*›. Das klingt wirklich nicht nach Pfarrer Smith. Zum erstenmal in meinem Leben muß ich meiner Tante recht geben.»

«Vielleicht ist es ein Zitat. Aus der Bibel?»

Plant nahm das Blatt. «‹*Hirondelle*›, das französische Wort für Schwalbe. Schwalbe? Sagt Ihnen das was?»

Jury schüttelte den Kopf. Sie starrten volle fünf Minuten auf die Wörter, bis Jury frustriert den Füllfederhalter auf den Tisch warf. «Ich bin wohl etwas beschränkt. Aber ich krieg's beim besten Willen nicht raus.» Er griff nach der Packung Zigaretten, nahm sich eine und zündete sie an; während er den Rauch ausstieß, sagte er: «Ich nehme einfach mal an – obwohl ich natürlich völlig falsch damit liegen kann –, daß der Mörder Mr. Smith einen kleinen ‹nachbarlichen Besuch› abgestattet hat, um zu sehen, was er von ihm in Erfahrung bringen konnte. Er wollte rauskriegen, wieviel der Pfarrer wußte. Und während sie sich unterhielten, durchzuckte den Pfarrer der Gedanke, daß sein Besucher vielleicht diese Verbrechen auf dem Gewissen habe. Er blieb ganz ruhig an seinem Schreibtisch sitzen und machte sich diese Notizen. Hätte er nicht einfach den Namen des Schuldigen aufschreiben können? Offenbar hat Smith gewußt, daß sein Leben in Gefahr war und daß der Mörder alles, was ihn belasten könnte, verschwinden lassen würde. Ich glaube, wir haben Mr. Smith unterschätzt. Bleibt nur zu hoffen, daß er uns nicht *über*schätzt hat. Er hat wohl gehofft, wir könnten diese Codeworte, die für den Mörder belangloses Gekritzel waren, entschlüsseln.» Jury rauchte und dachte nach. «Eine Theorie, die vielleicht hinhaut. Was riskiere ich schon, wenn ich annehme, daß dieses Gekritzel etwas bedeutet? Es zu ignorieren könnte fatale Folgen haben.» Er stand auf und streckte sich. Dann schob er Melrose Plant das Blatt hin. «Da. Sie schaffen das Kreuzworträtsel der *Time* in einer Viertelstunde. Dann müssen Sie auch das schaffen.»

Plants Antwort wurde durch das Summen des Telefons unterbrochen.

«Jury am Apparat.»

«Inspektor Jury», sagte Kriminaldirektor Racer mit ausgesuchter Höflichkeit, «seit wir Sie losgeschickt haben, wurde uns von drei weiteren Morden berichtet. Was haben Sie gemacht? Reklame?»

Jury seufzte innerlich und suchte in Plucks Schreibtischschubladen nach etwas Eßbarem. Er fand eine Packung mit altem Zwieback. «Ich habe auf Ihren Anruf gewartet, Sir.» Er stopfte sich einen Zwieback in den Mund.

«Oh, haben Sie das, Jury. *Ich habe praktisch jeden Tag angerufen, seit Sie in diesem Kaff sind, junger Mann*. Und wurde nicht zurückgerufen – Sie kauen in mein Ohr, Jury! Können Sie nicht mit Essen und Trinken so lange warten, bis Sie Ihren Bericht durchgegeben haben? Eine Kneipe oder ein Partyservice, das wäre der richtige Beruf für Sie! Auf jeden Fall, genug ist genug. Morgen um zwölf Uhr treffe ich in Northants ein. Nein, *heute* mittag um zwölf. Für mich sieht die Sache so aus: heute ist der siebenundzwanzigste. Sie kamen am zweiundzwanzigsten dort an. Zählt man den heutigen Tag nicht hinzu, dann kommen auf jeden Tag, den Sie sich in dem Kaff aufhielten, 0,66 Morde!»

«Ja, Sir. Genauso sieht es aus, Sir. Hinter dem Komma.» Jury kritzelte kleine Gasthofschilder auf Plucks Löschblatt, während Racer die Bestrafungen herunterrasselte, die seinen Oberinspektor erwarteten. Sie rangierten von der Streckleiter bis zur Vierteilung, dem auf der Tower-Brücke aufgespießten Kopf und dem anschließenden Zusammenflicken der Einzelteile, damit sein Körper auf einen öffentlichen Hinrichtungsplatz gekarrt werden konnte. Für seine Strafandrohungen hatte sich der Kriminaldirektor schon immer vom Mittelalter inspirieren lassen.

«Tut mir leid, daß wir nicht mehr erreicht haben. Aber ein Mord allein ist schon schwierig genug, und ich habe inzwischen vier Morde an der Hand, wenn Sie sich das bitte vergegenwärtigen wollen. «Außerdem ist Weihnachten, das erschwert alles.»

«Weihnachten? Weihnachten?» Racer vermittelte den Eindruck, als sei durch Parlamentsbeschluß ein neuer Feiertag eingeführt worden. Dann fuhr er jedoch mit gedämpfter Stimme fort: «Ist es nicht komisch, Jury, daß die Wahnsinnigen selbst an Weihnachten ihr Unwesen treiben? Hat Jack the Ripper vielleicht an Weihnachten eine Pause eingelegt, Jury? Oder Crippen?»

Jury nutzte die Gelegenheit. «Ehrlich gesagt, ich glaube nicht, daß Jack the Ripper an Weihnachten unterwegs war. Soviel ich mich erinnere –»

Schweigen. «Soll das ein Witz sein, Jury?»

«Oh, nein. So komisch ist das Ganze wirklich nicht.»

Wieder Schweigen. Dann zischte Racer: «Also seien Sie pünktlich, ich komme mit dem Mittagszug. Und Briscowe wird mich begleiten.»

«Geht in Ordnung, Sir. Wenn Sie meinen.» Jury hatte angefangen, eine kleine Lokomotive mit einer dicken Rauchfahne zu malen, die frontal mit einem andern Zug zusammenstieß. Er hielt den Hörer ein paar Zentimeter von seinem Ohr weg, so daß die Stimme Racers durch den Raum schrillte.

«Noch was – ich möchte nicht in einem mit Küchenschaben verseuchten Gasthof und auch nicht in irgendeiner aufgemotzten Absteige einquartiert werden. Besorgen Sie mir ein Zimmer im ersten Haus am Platz –» Er senkte die Stimme. «Und möglichst in einem, in dem ich nicht im Schlaf erdrosselt werde. Der Gedanke, daß ich nur Sie zu meinem Schutz habe, macht mich etwas nervös, mein Freund. Und achten Sie bitte darauf, daß die Speisekarte einigermaßen anständig ist und daß auch ein paar Flaschen Wein im Keller stehen. Nett wäre auch –» Die Lüsternheit in seiner Stimme war beinahe mit Händen greifbar, «wenn was Hübsches hinter der Bar stünde.»

Wie wär's mit dem Neunten Höllenkreis, fragte sich Jury.

«... Aber es ist mir natürlich bewußt, daß man in einem Kaff wie Ihrem keine zu großen Ansprüche haben darf. Bis bald.»

Racer knallte den Hörer auf die Gabel.

«Jawohl, Sir», sagte Jury und gähnte in den toten Hörer. Als er aufgelegt hatte, fragte Plant: «Ein Freund von Ihnen?»

«Kriminaldirektor Racer. Er findet, daß ich schlechte Arbeit geleistet habe. Kommt persönlich und möchte untergebracht werden – im Savoy am liebsten. Auf jeden Fall im ersten Haus am Platz.» Jury grinste boshaft.

«Also, wenn Sie meinen, alter Junge, kann ich Ruthven Bescheid sagen –»

Jury schüttelte den Kopf und schob Plant das Telefon hin. «Ich dachte nicht an Ardry End.»

Melrose hielt beim Anzünden seiner Zigarre inne und grinste Jury durch den Rauch hindurch an. «Ich glaube, ich habe verstanden...» Er wählte und wartete längere Zeit, bis sich ein heiserer Laut vernehmen ließ. «Tante Agatha? Tut mir leid dich so früh zu stören. Aber Inspektor Jury hätte eine große Bitte...»

Eine Stunde später, als Wiggins und Pluck hereinkamen und sich den Schnee aus den Mänteln klopften, saßen sie immer noch über den Notizen des Pfarrers. «Sie ist da, Sir», sagte Wiggins, «Daisy Trump.»

Pluck unterbrach ihn. «Wir haben sie etwas außerhalb von Dorking Dean, im Sack voll Nägel untergebracht. In die andern Gasthöfe wollte sie nicht, kann man ja verstehen. Wir haben den Dorfpolizisten bei ihr gelassen, wer weiß, welcher Gasthof als nächster dran ist.» Pluck genoß offensichtlich seine Rolle.

«Wer ist Daisy Trump?» fragte Melrose.

Wiggins wollte schon antworten, dann fiel ihm jedoch ein, daß er damit vielleicht eine wichtige Information preisgebe und preßte die Lippen aufeinander.

«Ist schon in Ordnung, Wachtmeister. Mr. Plant arbeitet mit mir zusammen.» Er wandte sich an Melrose. «Also dann, auf zu dem Gasthof.»

«Sie möchten, daß ich mitkomme?»

«Ja, wenn Sie nichts dagegen haben. Wiggins kann die Festung hier halten. Und Wachtmeister Pluck kann fahren.»

Pluck strahlte und salutierte.

Miss Trump war, wie die Kellnerin erklärte, die ihnen im Sack voll Nägel den Kaffee servierte, kurz auf ihr Zimmer hochgegangen, um sich frisch zu machen. Sie würde den Herren sofort zur Verfügung stehen.

«Daisy Trump», sagte Jury, während er den Zucker in seinem Kaffee verrührte, «arbeitete im Gasthof zur Ziege mit dem Kompaß. Ein komischer Name. Es wundert mich nicht, daß Ihre Tante mit unseren englischen Namen nicht zurechtkommt. Ich meine *Bister-Strawn* statt *Bicester-Strachan* und so weiter.»

Plant lächelte. «Und *Ruthven*, *Ruthven*, *Ruthven* statt *Rivv'n.*» Plant hielt den Atem an und starrte Jury ins Gesicht. «Pluck!»

Jury grinste. «Oh, ich nehme an, *Pluck* kann selbst Ihre Tante richtig aussprechen.»

Plant lächelte nicht mehr. Er wiederholte nur noch einmal «Pluck!»

Jury schaute ihn fragend an.

«Mann, lassen Sie sofort Pluck holen.»

Jury war so verblüfft, von Plant einen Befehl zu erhalten, daß er ihm sofort nachkam.

«Wiederholen Sie, Pluck!» befahl ihm Melrose ohne weitere Erklärungen abzugeben, und seine grünen Augen funkelten.

Der arme Pluck zerdrückte seine Mütze in den Händen wie ein Wilddieb, der in den Wäldern seiner Herrschaft geschnappt worden war. «Was denn, Ihre Lordschaft?»

«Was Sie vorhin gesagt haben, als Sie mit Wachtmeister Wiggins aufs Revier kamen. Los Mann, machen sie schon!»

Pluck blickte sich hilfesuchend nach Jury um. Jury zuckte aber nur mit den Schultern und meinte, «Sie sagten, Sie hätten Daisy Trump...» Jury verstummte.

Melrose nickte. «Richtig, Sie haben Daisy Trump *wo* untergebracht?» Er nickte Pluck aufmunternd zu und versuchte, ihm die richtigen Worte zu entlocken.

Pluck kratzte sich ratlos am Kopf. «Jawohl, Sir. Ich sagte, wir hätten sie im Bag o'Nails untergebracht.»

Melrose schaute Jury an, aber Jury reagierte genauso verständnislos wie Pluck.

«Das ist es! Das ist es!» triumphierte Plant, schloß die Augen und formte stumm die Worte. Lady Ardry hätte zweifellos darauf hingewiesen, dieses Verhalten sei bei ihrem verrückten Neffen durchaus nicht ungewöhnlich.

«Ja, das ist es! Wie konnte ich nur so dumm sein!» Auf Melroses ernstem Gesicht breitete sich ein Grinsen aus. «Sagen Sie es noch einmal, Pluck.»

«Sie meinen, Bag o'Nails, Sir?»

«Hören Sie das, Inspektor? Es klingt ganz anders, wenn Pluck das ausspricht, da seine Art und Weise zu reden – entschuldigen Sie bitte, Wachtmeister – nicht so präzis ist. Er zieht es mehr zusammen. Hören Sie gut zu, Inspektor: Bag o'Nails.»

Jury schlug sich die Hand vor die Stirn. «Mein Gott. *Bacchanals!*» Er warf Pluck einen kurzen Blick zu, Pluck schien jedoch überhaupt nichts zu verstehen und runzelte ratlos die Stirn.

Gut so, dachte Jury, da er die Geschichte nicht gerade dem Stadtausrufer auf die Nase binden wollte. «Wachtmeister, gehen Sie bitte aufs Revier zurück und sagen Sie Wachtmeister Wiggins, er soll am Telefon bleiben. Ich werde mich bei ihm melden.»

Pluck salutierte und verzog sich schnell.

«Und jetzt, Inspektor», sagte Melrose Plant, «Zur Ziege mit dem Kompaß. Sagen Sie das zwei oder dreimal hintereinander, schnell und nicht sehr deutlich.»

Jury formte die Worte mit den Lippen, ohne einen Ton von sich zu geben. «*God encompasseth us!* Matchett. Es ist Matchett. Das sind zwei von seinen Gasthöfen. Aber wie hieß denn der dritte? Es gibt keinen Gasthof, der ‹Hirondelle› heißt.»

«Natürlich nicht. Es ist ein Wortspiel wie die andern auch. Großer Gott, jetzt weiß ich auch, warum der Pfarrer dachte, Sie könnten die Botschaft entziffern. Er hat sich ja lange genug mit uns über Wirtshausschilder unterhalten. Sie haben recht, wir haben ihn unterschätzt. Das ist wirklich verflucht schlau.»

«Und tapfer. So geistesgegenwärtig wären die wenigsten gewesen.»

«Aber wie heißt denn nun Matchetts dritter Gasthof?»

Jury ging bereits die Papiere durch, die er mitgebracht hatte, die Matchett-Akte. «... Goat and Compasses. Devon. Devon ... hier! Heiliger Strohsack! Zum Eisenteufel!»

«Wie heißt es?»

«The Iron Devil.»

Daisy Trump war eine rundliche, kleine Person um die Fünfzig – ein Ball, der gleich davonhüpfen würde. Sie könne sich nicht vorstellen, meinte sie, was Scotland Yard von jemanden wie ihr wolle; aber sie schien das Ganze als einen von der Regierung bezahlten Urlaub aufzufassen. Ihr Haar sah frisch gewellt aus.

«Wie lange leben Sie schon in Yorkshire, Miss Trump?»

«Ach, zehn Jahre schätzungsweise. Ich bin nach Yorkshire gezogen, als meine Schwägerin gestorben ist – Gott hab sie selig –, um für meinen Bruder den Haushalt zu führen.»

Jury unterbrach sie, bevor sie begann, die Familienverhältnisse näher zu schildern. «Miss Trump, Sie waren einmal in Devon – Dartmouth hieß der Ort – Zimmermädchen in einem Gasthof, der von Mrs. und Mr. Matchett geführt wurde. Das war vor ungefähr sechzehn Jahren.»

«Ja, ja. Wo dann dieser schreckliche Mord passierte. Wollten Sie mich deswegen sehen? Wegen dem Mord an Mrs. Matchett? Man hat ja nie rausgekriegt, wer es war – wer damals in ihr Büro eingebrochen ist und das Geld gestohlen hat.»

«Sie erinnern sich doch bestimmt noch an die Smolletts? Sie war Köchin; was er getan hat, weiß ich nicht genau.»

«Meistens gar nichts. Ein richtiger Tagedieb, dieser Will Smollett. Rose war meine beste Freundin. Sie ist inzwischen auch gestorben, die Ärmste.» Bei diesen Worten zog sie ein Taschentuch aus dem Ärmel ihres Kleides und führte die rituelle Bewegung zur Nase aus. «Die gute Rose. Sie war eine treue Seele. Aber dieser Mann von ihr, der arbeitete mal hier, mal da, wie es ihm gerade paßte. Er und dieser Ansy-Hansi.» Sie verzog das Gesicht.

Jury lächelte. «Wer war denn das?»

«Ein totaler Verquerer. Aber er und Smollett waren dicke Freunde.»

Jury erinnerte sich nicht, in dem Bericht auf diesen Namen gestoßen zu sein.

«Wie hieß er sonst noch? Ich meine, mit seinem richtigen Namen?»

Daisy Trump zuckte die Achseln. «Andrew vielleicht. Ich kann mich nicht erinnern. Wir sagen immer nur, ‹Ansy-Hansi› zu ihm. Ja, er muß wohl Andrew geheißen haben.»

«Wir haben versucht, Mr. Smollett ausfindig zu machen, vielleicht könnte er sich noch an ein paar Einzelheiten erinnern. Ich nehme nicht an, daß Sie noch mit ihm in Verbindung stehen?»

«Nein, nicht mehr, seit Rosie gestorben ist. Ich bin noch zu ihrer Beerdigung gefahren. Sie lebten irgendwo außerhalb von London. Crystal Palace, wenn ich mich nicht täusche.» Sie fragte, ob sie noch etwas Tee haben könne.

Jury rief die Kellnerin und fragte: «Glauben Sie, Sie können sich noch an diesen Abend erinnern. Ich weiß, es ist lange her, aber –»

«Erinnern? Und ob. Mir wär's lieber, wenn ich ihn endlich vergessen könnte; man hat mich damals sogar verdächtigt. Sie wollten wissen, ob ich der armen Frau etwas in die Schokolade getan hätte. Ich hab ihnen erzählt, daß Mrs. Matchett abends immer ihre Tropfen zum Einschlafen brauchte. An diesem Abend hat sie offenbar besonders viel genommen. Gewöhnlich brachte ich ihr das Tablett ins Büro, und später holten ich oder Rose es dann wieder ab. An diesem Abend ging die arme Rose. Der Anblick von Mrs. Matchett, wie sie so über ihrem Schreibtisch hing, hat ihr einen fürchterlichen Schock versetzt. Einen Augenblick lang dachte sie, sie wäre vielleicht eingeschlafen. Aber dann sah sie das Durcheinander in dem Zimmer. Und daß das ganze Geld weg war. Obwohl es sich wegen dem Betrag nicht gelohnt hat, jemanden um die Ecke zu bringen. Ein paar hundert Pfund –»

Jury unterbrach sie. «Ein Teil des Gasthofs – der Innenhof – wurde zum Theaterspielen benutzt, stimmt das? Und das Büro von Mrs. Matchett war nur durch einen schmalen Gang von der Bühne getrennt?»

«Stimmt genau. Ich glaube, Sie wollte vor allem Mr. Matchett im Auge behalten. Ehrlich gesagt, ich kann mir gar nicht vorstellen, daß er überhaupt Zeit gefunden hat, sich mit diesem Mädchen einzulassen.»

«Harriet Gethvyn-Owen?»

«Ja, so hieß sie. Ein meschuggener Name für eine meschuggene Person.» Jury lächelte. «Einiges jünger als er. Aber er war auch jünger als die Gnädigste. Ich frage mich, warum er sie überhaupt geheiratet hat. Vielleicht wollte er sein Schäfchen ins trockene bringen.»

Jury zog das sorgsam in sein Taschentuch eingewickelte Armband hervor. «Haben Sie das schon einmal gesehen, Miss Trump?»

Sie nahm es in die Hand, schaute es sich genau an und blickte schockiert zu ihm hoch: «Woher haben Sie das, Sir? Dieses Armband – das hat doch der gnädigen Frau gehört. Da mach ich jede Wette. Jeder dieser kleinen Anhänger hatte eine besondere Bedeutung, deshalb erinnere ich mich auch noch so gut; ich weiß aber nicht mehr, für was sie alles standen. Dieser Fuchs da – sie ritt gerne bei den Fuchsjagden mit. Und dieser kleine Würfel mit der Münze – sie hatte irgendwas mit Mr. Matchett gewettet...» Staunend betrachtete sie das Armband.

«An dem Abend wurde doch auch ein Stück aufgeführt. Othello. Mr. Matchett hatte die Hauptrolle, und das Mädchen – Harriet Gethvyn-Owen – spielte auch mit. Die Rolle der Desdemona?»

«Ich weiß nicht mehr, welches Stück das war. Was Schauerliches. Aber ich versteh nicht viel davon. Als ich mit dem Tablett zu ihr ging, konnte ich hören, wie Mr. Matchett einem der Schauspieler etwas zubrüllte.»

«Ja. Und –?»

«Ich wollte gerade das Tablett vor der Tür abstellen, als ich sah, daß die Tür einen Spalt aufstand. Mrs. Matchett fragte, ob ich es sei – ich solle doch bitte das Tablett auf den kleinen Tisch neben dem Sessel stellen. Ich ging also rein.»

«Wo saß Mrs. Matchett?»

«An ihrem großen Schreibtisch wie immer. Sie bedankte sich, und ich ging wieder.»

«Können Sie die Augen schließen und sich das Zimmer in allen Einzelheiten vorstellen, Miss Trump? Und nun beschreiben Sie ganz genau der Reihe nach, was sich abgespielt hat.»

Gehorsam klappte Daisy die Augen zu, als wäre Jury ein Bühnenhypnotiseur. «Sie sagt zu mir durch den Türspalt: ‹Daisy, bitte stellen Sie das Tablett auf den Tisch neben dem Sessel.› Ich geh rein, stelle das Tablett ab, und sie sagt so über die Schulter: ‹Danke.› Und ich frage: ‹Kann ich Ihnen sonst noch was bringen?› Sie sagt: ‹Nein, vielen Dank› und macht sich wieder an die Arbeit. Sie erledigte die ganze Buchführung. Eine gescheite Frau, aber ziemlich kalt. Ganz und gar nicht wie Mr. Matchett. Ein netter Mensch! Und sehr beliebt bei den Damen, was nicht verwunderlich war, wo er doch so gut aussah. Wahrscheinlich hat sie sich darüber geärgert. Dieses Büro hat sie auch nur deswegen gleich neben der Bühne eingerichtet – er sollte wissen, daß sie immer aufpaßte. Sie führte ein strenges Regiment, das kann ich Ihnen sagen. Eifersüchtig. Ich hab noch nie eine so eifersüchtige Frau gesehen.»

«Wer hat Ihrer Meinung nach Mrs. Matchett umgebracht?» fragte Jury.

Die Antwort kam wie aus der Pistole geschossen. «Was glauben denn Sie, ein Einbrecher natürlich. Die Polizei hat das auch gesagt. Er stieg durch das Fenster ein und hat alles mitgenommen.» Sie senkte die Stimme. «Wenn ich ganz ehrlich bin, ich dachte auch an diesen Smollett und an Ansy-Hansi. Den beiden hätte ich so was zugetraut. Aber ich hütete mich natürlich, was zu sagen. Wegen Rose, Sie verstehen.»

«Alle, die damals mit von der Partie waren, hatten ein Alibi, Miss Trump, einschließlich der Küchenhilfe.»

Sie schnaubte nur, offensichtlich nicht überzeugt.

«Haben Sie denn nicht auch an ihren Mann, Mr. Matchett, gedacht?»

Mit bewundernswerter Offenheit sagte sie: «Natürlich. Rosie und ich hörten, wie sie die ganze Zeit über stritten – in dem Zimmer direkt über der Küche. Er wollte sich immer scheiden lassen. Und sie fing unglaublich zu brüllen an, wenn sie mal richtig in Fahrt kam. Ja, so war sie, die Gnädigste, sie hatte die Hand auf dem, was ihr gehörte. Und sie war entschlossen, sie auch drauf zu lassen, da war nichts zu machen. Ich erinnere mich noch, daß Rose und mir derselbe Gedanke durch den Kopf schoß, als wir erfuhren, daß sie tot war. ‹Jetzt hat er ihr also doch den Hals umgedreht.› Aber die Polizei meinte, weder er noch seine Freundin könnte es getan haben. Wie sagen die Franzosen? *Crime* – und noch was?»

«Crime passionnel», ergänzte Jury lächelnd.

«Klingt hübsch. Irgendwie haute es zeitlich nicht hin: Es muß passiert sein, *nachdem* ich ihr die Schokolade gebracht habe und *bevor* Rose das Tablett wieder abholte und die Leiche entdeckte. Sie hatten es beinahe bis auf die Minute genau festgelegt. Und da beide die ganze Zeit über auf der Bühne standen, konnten es weder Mr. Matchett noch seine meschuggene Freundin gewesen sein. Die arme Rose war wirklich völlig fertig –»

Etwas in Jurys Kopf wurde umgeschlagen wie die Seite eines alten Buches: Devon. Dartmouth lag in Devon. Konnte er wirklich so blind gewesen sein? Rose. Rosie. Mrs. Rosamund Smollett. Will Smollett. «*Sie wollte ihre Tante Rose und ihren Onkel Will besuchen.*» Mrs. Judds Worte fielen ihm wieder ein. Will Smollett. William Small. Es bedurfte keiner großen Kombinationsgabe, um diese Verbindung herzustellen.

Er nahm die Fotos von Small und Ainsley aus der Mappe und schob sie ihr hinüber. «Miss Trump, kennen Sie diese Männer?»

Sie nahm Smalls Foto in die Hand und studierte es eingehend. «Ich glaub schon... ja, das ist doch Will, wie er leibt und lebt. Nur hatte er damals einen Schnurrbart.» Ihre Augen wanderten zu dem zweiten Foto. «Du meine Güte, wenn das nicht Ansy-Hansi ist. Nur trug *er keinen* Schnurrbart.»

«Nicht Andrew», sagte Jury. «Ainsley. ‹Ansy› stand für Ainsley.»

Daisy starrte ihn an. «Ainsley. Ja, richtig. Wir zogen ihn immer damit auf, daß der das H nicht richtig aussprach. Sein Name war Hainsley. Rufus Hainsley. ‹Nicht einmal deinen Namen kriegst du auf die Reihe›, ärgerten wir ihn.»

Und Smollett hat sich einfach Small genannt, dachte Jury.

«Woher haben Sie denn diese Bilder, Sir?»

Jury gab ihr keine Antwort darauf. «Hatten die Smolletts nicht auch eine Nichte, die manchmal für längere Zeit bei ihnen zu Besuch war?»

«Und ob!» Daisy hob mit gespieltem Entsetzen die Hände. «Ruby. Das kleine Fräulein Naseweis. Sie war immer mit von der Partie. Gewundert hat's mich nicht: bei solchen Eltern – bei jeder Gelegenheit haben sie sie abgeschoben – was konnte man da von der Kleinen schon anderes erwarten?»

Jury hielt das Armband hoch. «Vielleicht hat sie das dann gestohlen?»

«Das Armband? Würde mich wundern, Sir. Mrs. Matchett hat es die ganze Zeit getragen, so hing sie daran. Wie manche Frauen an ihrem Ehering. Oh, nein, Ruby wäre da nicht rangekommen. Nur über ihre Leiche.»

Daisy Trump verabschiedete sich. Jury saß an dem Tisch – die Tasse mit dem kalten Kaffee hatte er zur Seite geschoben – und starrte auf den Plan von dem Büro, in dem Celia Matchett sich an dem verhängnisvollen Abend aufgehalten hatte. Matchett mußte seine Frau umgebracht haben, anders ließen sich diese Morde nicht erklären. Ergo: die kleine Szene im Büro war nur für einen einzigen Zuschauer gedacht gewesen – für Daisy Trump, die als einzige bezeugen konnte, daß Celia Matchett in diesem Augenblick noch am Leben gewesen war. Aber Jury hätte seinen Kopf wetten können, daß sie es nicht mehr war. Ergo: Die Frau am Schreibtisch war nicht Celia Matchett, sondern ein Double gewesen. Und in Frage kam eigentlich nur die Geliebte, Harriet Gethvyn-Owen. Die Leute sehen auch immer nur das, was sie erwarten, und Daisy Trump hatte Celia erwartet. Außerdem hatte sie sie nur von hinten gesehen, in derselben Aufmachung und vielleicht auch mit einer Perücke. Und das Zimmer war ziemlich dunkel gewesen.

Blieb nur noch ein scheinbar unüberwindliches Problem: die Sache mit dem Alibi. Jury las sich noch einmal den Polizeibericht durch. Beide, Matchett und diese Gethvyn-Owen, waren angeblich auf der Bühne gewesen, als Celia Matchett ermordet wurde. Zeugen hatten sie mehr als genug – die ganze Zuschauerschaft. Jury vergegenwärtigte sich die Rolle des Othello. Um den Mohr zu spielen, mußte man sich kräftig schminken – ein Make-up, hinter dem sich jeder verstecken konnte. Aber wenn ein anderer für Matchett eingesprungen wäre, hätte das einen weiteren Mitwisser bedeutet, und das war ziemlich unwahrscheinlich. Oder vielleicht doch nicht? Vielleicht war einer von diesen drei Männern in die Sache verwickelt – Ainsley, Creed, Small. Aber auf eine andere Art und Weise. Keiner von ihnen hatte die richtige Größe, und außerdem wäre auch keiner in der Lage gewesen, vor einem Publikum aufzutreten. Aber angenommen, es war nur eine Frage der Vertretung, warum mußte dann seine Geliebte die Rolle Celias spielen?

Frustriert gab Jury auf. Er trat an das Fenster und sah Melrose Plant gegen den blauen Morris gelehnt mit Wachtmeister Pluck sprechen, der schon vor einer guten halben Stunde hätte auf das Revier zurückgehen sollen. Jury seufzte und stieß das Fenster auf.

«Wachtmeister Pluck, ist es denn zuviel von Ihnen verlangt, daß Sie meinen Anordnungen Folge leisten?» brüllte Jury.

«Oh, ist schon alles erledigt, Sir. Ich war in Long Pidd und bin bereits wieder zurück. Ich dachte, Sie könnten vielleicht den Morris gebrauchen.»

«Ah, gut, vielen Dank. Und Sie, Mr. Plant, könnten Sie mal kurz reinkommen? Ich möchte etwas mit Ihnen besprechen.»

Plant riß sich von dem Auto und von Pluck los und ging in das Gebäude.

Jury ließ frischen Kaffee kommen und sagte: «Ich wäre Ihnen dankbar, wenn Sie sich das mal durch den Kopf gehen lassen könnten: Ich bin überzeugt, daß Matchett in diesem Gasthof in Devon seine Frau umgebracht hat. Die Frage ist nur, wie zum Teufel hat er das gemacht?» Jury zählte noch einmal alle Einzelheiten des Falles auf und meinte abschließend: «Der Haken ist das Alibi. Allem Anschein nach konnte zum Zeitpunkt des Mordes keiner von beiden in Celias Büro gewesen sein.»

«Aber ist das nicht eine ganz gängige Praxis, Inspektor? Ich meine, man bringt jemand um die Ecke, wirft die Leiche zum Beispiel in einen Brunnen und ersetzt ihn in der für das Alibi wichtigen Zeit durch einen andern?»

Jury schüttelte den Kopf. «Ja, schon. Nur sieht's in diesem Fall etwas anders aus. Celia *war* noch am Leben, als das Stück anfing. Ein halbes Dutzend Leute hat sie noch kurz vor dem Stück gesehen. Bei verschiedenen Gelegenheiten. Das Problem bleibt: Wie konnte der Mann an zwei Orten gleichzeitig sein?»

Plant antwortete nachdenklich: «Nun, ein Schauspieler ist gewissermaßen immer an zwei Orten gleichzeitig –»

«Ich kann Ihnen nicht folgen.»

«Wann hat das Stück angefangen?»

Jury öffnete die Mappe: «Um halb neun, oder wenige Minuten danach.»

«Und wann wurde Celia – oder diese andere Frau – in ihrem Büro gesehen?»

Jury drehte eine Seite um und fuhr mit dem Finger über die Zeilen. «Ungefähr um 22.40, nach der Aussage von Daisy Trump.»

Zwei oder drei Minuten lang sagte Plant überhaupt nichts, sondern rauchte nur stumm. Seine grünen Augen schienen die Höhlen, in denen sie lagen, von innen zu erleuchten. Schließlich sagte er: «Das Stück, Inspektor. Das Stück ist die Antwort.»

«Ich bitte Sie, Sie wollen doch nicht behaupten, Sie wüßten, wie er es gemacht hat?»

«Doch. Aber ich würde es Ihnen lieber zeigen als erklären; ich muß nur noch ein paar Vorbereitungen treffen. Entschuldigen Sie also, wenn ich gleich mal Ruthven anrufe.» Und bevor Jury protestieren konnte, hatte Plant sich auch schon das Telefon geschnappt.

Eine halbe Stunde später setzte Pluck Jury vor dem Polizeirevier in Long Piddleton ab. Drinnen traf er auf Wiggins, der sich gerade seine Tropfen in die Nase flößte.

«Ich werde auf Ardry End sein, Wiggins.»

«Ja, Sir. Aber Kriminaldirektor Racer ist hier – ich meine, er war hier. Er ist mit Superintendent Pratt nach Weatherington gefahren.»

«Machen Sie sich da keine Sorgen. Hören Sie, statten Sie doch mal der Pandorabüchse einen Besuch ab und beschatten Sie Matchett. Lassen Sie ihn nicht aus den Augen, aber so, daß er nichts merkt.»

Wiggins war überrascht. «Sie meinen, Sie haben ihn im Verdacht?»

«Richtig, Wachtmeister. Und noch was –» Jury bekam einen Hustenanfall. Er hoffte nur, daß er sich keine von Wiggins namenlosen Krankheiten zugezogen hatte. Er schneuzte sich und fuhr fort: «Noch was, wenn Kriminaldirektor Racer zurückkommt und Sie sich nicht mehr erinnern können, wohin ich gegangen bin, würde ich Ihnen das nicht verübeln.»

Wiggins grinste übers ganze Gesicht. «Ich hab ein miserables Gedächtnis, Sir. Aber hier –» Er wühlte in seinen Taschen und brachte eine nagelneue Packung Hustenbonbons zum Vorschein. «Nehmen Sie die mal. Einen Husten wie Ihren darf man nicht vernachlässigen.» Wiggins teilte mit Vergnügen seine Taschenapotheke mit seinem Vorgesetzten.

Jury versuchte, sie ihm zurückzugeben. «Eigentlich brauche ich sie gar nicht –»

Aber Wiggins, der sich sonst so leicht abwimmeln ließ, zeigte sich unnachgiebig. «Ich bestehe darauf. Stecken Sie sie ein.»

Jury gab sich geschlagen und tat, wie ihm geheißen wurde.

XVIII

Als sie den Salon von Ardry End betraten, erblickte Jury zu seinem Erstaunen sowohl Lady Ardry wie auch Vivian Rivington.

Agatha schien genauso erstaunt zu sein, den Oberinspektor zu sehen. «Hier sind Sie also! Ich nehme an, Sie wissen, daß Kriminaldirektor Racer – ein äußerst unangenehmer Mann, muß ich sagen – schon seit seiner Ankunft hinter Ihnen her ist.» Offensichtlich kämpfte sie mit sich, ob sie nun Racers Sache vertreten oder ihre Informationen für sich behalten sollte. Sie nahm sich Melrose Plant vor. «Plant, als du angerufen hast, habe ich dich nach dem Oberinspektor gefragt, und du hast gesagt, du hättest ihn den ganzen Tag nicht gesehen.»

«Ich habe gelogen.»

«Und wo steckt Kriminaldirektor Racer nun?» fragte Jury, der sich vergewissern wollte, um welche Orte er einen Bogen machen mußte.

«Mich dürfen Sie das nicht fragen. Ich hatte schon alles für ihn hergerichtet – wenn ich kann, helfe ich gern aus – und der schreckliche Mensch kommt herein, schaut sich einmal um und macht dann auf der Stelle wieder kehrt. Kein Wunder, daß es in diesem Staat drunter und drüber geht –»

«Mit Verlaub, Sir», sagte Ruthven diskret hüstelnd. «Aber ich glaube, der Kriminaldirektor hat sich in der Pandorabüchse einquartiert. Ich glaube, er wollte am Ort des Verbrechens sein.» Ruthven wirkte fast aufgeregt.

«Vielen Dank, Ruthven.» Am Ort des Verbrechens oder vielmehr dort, wo es den besten Wein gab. Matchetts Weinkeller war mit Abstand der beste in der Gegend, und auch seine Küche war exzellent.

«Ist Martha soweit?» fragte Plant. Ruthven nickte. «Und Sie haben auch den Nebenraum hergerichtet, wie ich sehe. Sehr gut.»

Jury bemerkte, daß der Nebenraum am andern Ende des Salons mit einem kleinen Vorhang versehen worden war, als wäre er eine kleine Bühne. Die Flügeltüren führten in den Garten, der unter einer dicken Schneedecke lag. Aber an Stelle des Tischs und der antiken Stühle, die gewöhnlich vor dieser Tür standen, war eine Art Chaiselongue aufgestellt worden, auf der so viele Kissen und Samtdecken lagen, daß sie schon eher wie ein Bett aussah.

«Was ist denn hier los?» fragte Jury.

«Fragen Sie mich nicht», sagte Agatha und schlug sich mit der Faust gegen den üppigen Busen. «Einer von Melroses verrückten Einfällen. Er hat schon immer ein Faible für Theatralisches gehabt.»

«Wenn Sie nur aufhören würden, sich zu beklagen», sagte Vivian, «könnten wir alles sehr viel schneller abwickeln. Obwohl ich zugeben muß, daß ich auch gern wüßte, was hier vor sich geht.»

«Ihr braucht das nicht zu wissen», sagte Melrose. «Ihr spielt einfach eure Rolle. Sie müssen uns einen Augenblick entschuldigen, Inspektor, die Generalprobe.»

Ruthven führte Jury so gebieterisch aus dem Raum, daß er das Gefühl hatte, abgeführt zu werden. In der Halle blieb ihm nichts anderes übrig, als sich die Lanzen und Speere anzuschauen. Ein paar Minuten später sah er eine Frau, von der er annahm, daß sie Martha, Ruthvens Frau war, durch die Halle laufen und einen kurzen Knicks machen. Und nach weiteren fünf Minuten öffnete Plant die Tür und bat ihn herein.

Plant holte einen Stuhl für Jury, den er ungefähr zehn Meter vor dem verhängten Nebenraum aufstellte.

«Inspektor Jury, wir werden Ihnen eine Szene – oder den Teil einer Szene – aus *Othello* zeigen. Die Rolle des Othello spiele ich, Martha spielt Emilia und Vivian Desdemona. Geht das in Ordnung, weiß jeder, was er zu tun hat?»

Agatha meinte grimmig: «Ihr habt wenigstens alle eine Rolle. Während ich nur –»

«Taten, keine Worte!» sagte Melrose.

«Ich verstehe trotzdem nicht, warum ich nicht Desdemona sein kann, schließlich hat Vivian –»

«Großer Gott! Wir sind nicht die Royal Shakespeare Company, wir spielen doch nur dem Inspektor eine Szene vor. Er muß es *sehen*. Geh also hinter den Vorhang und tu, was man dir sagt!»

Verdrossen verschwand sie. «Keinen einzigen Satz darf ich sagen.»

«Wenn du einen hättest, würdest du den ganzen Nachmittag nur diesen einen Satz wiederholen.»

Agatha schnitt ihm hinter seinem Rücken eine Grimasse und ließ den Vorhang vor sich herunterfallen.

Melrose wandte sich an Martha, die Köchin: «Also, Martha, Sie brauchen nur die paar Zeilen, die ich Ihnen herausgeschrieben habe, abzulesen. Wie es klingt, ist völlig gleichgültig.» Martha wurde puterrot. Anscheinend betrachtete sie es als ihr Bühnendebut.

«Tut so, als wäre das –» Melrose stand vor dem Vorhang und machte eine ausholende Handbewegung – «die Bühne. In der durch den Vorhang abgetrennten Nische befindet sich Desdemonas Bett. Othello ist schon seit einiger Zeit mit Desdemona auf der Bühne. Es dreht sich um das Taschentuch und um Jago. Vivian – ich meine, Desdemona – liegt auf dem Bett.»

Vivian nahm ihren Platz ein; ungeschickt streckte sie sich zwischen den Kissen und Decken aus und sagte: «Töte mich morgen; laß mich heut noch leben!»

«Die Regieanweisung lautet: ‹Er erstickt sie.›» Melrose nahm ein Kissen vom Bett und hielt es vor Vivians Gesicht. Dann wandte er sich ab, ließ das Kissen fallen und zog den Vorhang zu. Martha, die links vorne stand und alles genau verfolgt hatte, näherte sich und tat so, als würde sie gegen eine unsichtbare Tür hämmern.

Hinter dem Vorhang hörte man das Rascheln von Stoff und ein Stöhnen: «O Herr! Herr! Herr!» Martha hämmerte immer noch mit beiden Fäusten gegen die Tür aus Luft. Melrose bemühte sich, sehr auffällig von Martha zu dem Bett zu blicken und rezitierte: «Nicht tot? Noch nicht ganz tot?» Er ging zu dem Vorhang und zog ihn auf. Desdemona lag halb verdeckt zwischen den zerwühlten Decken und Kissen auf dem Bett. Melrose stand vor ihr, hob das Kissen in die Höhe und ließ dann die Arme wieder fallen. Dabei sagte er: «Nicht möcht' ich dir verlängern deine Qual.» Wieder waren ein wildes Umsichschlagen und ein Stöhnen zu vernehmen.

Martha – Emilia – hämmerte währenddessen unermüdlich mit erhobenen Fäusten gegen die nicht vorhandene Tür. Melrose, der sich über die unglückselige Desdemona gebeugt hatte, richtete sich auf und zog den Bettvorhang wieder zu. Er ging zu der imaginären Tür, tat so, als würde er sie öffnen, und Martha trat herein, steif ihren Text ablesend: «Ich bitt Euch dringend, gönnt mir nur ein Wort, o bester Herr!»

Plant legte ihr die Hand auf den Arm. «Das reicht, Martha, wir haben bewiesen, was wir beweisen wollten. Jetzt, Inspektor würde eine kleine Änderung im Text erfolgen. Emilia geht zu dem Bett, und Desdemona müßte sagen: «Empfiehlt mich meinem güt'gen Herrn – Leb wohl! – worauf sie stirbt. Diesen Satz müßten wir jedoch weglassen, weil nämlich Desdemona» – und Melrose zog den Bettvorhang zurück – «bereits tot ist.»

Agatha richtete sich auf und rieb sich den Hals. «Du hast das absichtlich getan, Plant; du hast mich beinah umgebracht, du Grobian –»

Vivian war unterdessen durch die Flügeltür von draußen hereingekommen, vor Kälte zitternd. «Du lieber Himmel, Melrose. Wenn ich noch mal die Desdemona spielen soll, dann möchte ich einen Mantel haben. Ich bin beinahe erfroren.»

Einen Augenblick lang war Jury sprachlos. Ein Austausch. Sie waren ausgetauscht worden – die betäubte Celia Matchett war anstelle von Harriet Gethvyn-Owen in das Bett gelegt worden. Jury applaudierte.

Melrose verbeugte sich und sagte: «Das war's, meine Damen. Ich danke Ihnen.»

Agatha, die von dem Bett geklettert war und ihren Rock glattstrich, starrte ihn ungläubig an. «Das war's? Das war wirklich *alles*? Du läßt uns hierherkommen, läßt uns diese lächerliche Scharade aufführen, und dann hältst du es nicht einmal für nötig, auch nur die geringste Erklärung abzugeben? Idiot!»

Selbst Vivian schien etwas pikiert. «Ja, wirklich, Melrose. Was soll das alles?»

Eine gute Frage, dachte Jury. Sie wußte es zwar nicht, aber Melrose Plant hatte ihr möglicherweise gerade das Leben gerettet.

Nachdem Plant die beiden losgeworden war, ließ er sich mit Jury am Kamin nieder; neben ihnen standen eine Flasche Whiskey und Sandwiches oder vielmehr das, was Martha nach ihrem Bühnendebut noch zustande gebracht hatte.

«Die paar Worte, die sie ihrer Haushälterin über die Schulter hinweg zugeworfen hat, erforderten keine große schauspielerische Begabung», sagte Jury.

«Nein. Und ich nehme an, sie trug Celia Matchetts Kleider unter ihrem Kostüm und Celias Frisur unter ihrer Perücke. Wahrscheinlich hat Harriet Gethvyn-Owen auch darauf geachtet, daß das Zimmer nur schwach beleuchtet war. Irgendwie mußten sie es bewerkstelligen, daß jemand ‹Celia› sah, während das Stück schon im Gang war. In Wirklichkeit lag sie aber bereits tot auf der Bühne.» Plant zündete sich eine Zigarre an.

«Auf der Bühne. Großer Gott, wie kaltblütig – sie vor den Augen der Zuschauer zu ersticken.»

«Meinen Sie, daß sie betäubt war?» fragte Plant. «Und dann von Matchett hinter den Vorhang geschleppt wurde? Das Bett hatte auch auf der andern Seite einen Vorhang. Durch ihn wurde Celia zuerst rein- und dann rausbugsiert. Als ich ihn zuzog, stand Vivian (das heißt Harriet) von ihrem Bett auf und ging durch die Flügeltür nach draußen; an ihrer Stelle legte sich dann Agatha ins Bett. Harriet hatte natürlich Celia, die dasselbe Kostüm wie sie trug, hochheben müssen. Aber aus der Entfernung bei all den zerwühlten Kissen und Decken und da Othello auch noch die Sicht versperrte, kam wohl keiner der Zuschauer auf den Gedanken, daß zwei Desdemonas im Bett liegen könnten.»

«Die Gethvyn-Owen geht dann die paar Schritte zu Celias Büro, legt ihr Kostüm und ihre Perücke ab und setzt sich an den Schreibtisch», sagte Jury. «Als nächste kommt Daisy, und sie nimmt natürlich ganz selbstverständlich an, daß die Frau am Schreibtisch Celia Matchett ist. Danach muß Harriet wieder auf die Bühne zurück und die inzwischen tote Celia in ihr Büro bringen. Mrs. Matchett war ziemlich zierlich, sie kann also nicht so schwer gewesen sein. Außerdem waren es nur ein paar Meter. Gleich darauf nimmt sie den Schlußapplaus entgegen. Ein Muster an Kaltblütigkeit!»

«Ich frage mich nur, warum sie, abgebrüht wie sie war, nicht einfach von ihrem Bett auf der Bühne zu Matchetts Frau hinübergegangen ist und sie an Ort und Stelle um die Ecke gebracht hat. Das wäre doch wesentlich einfacher gewesen», sagte Melrose.

«Hätten Sie das gemacht? Ich meine, an Harriets Stelle? Sie war nicht nur abgebrüht, sondern auch ganz schön gerissen. Auf diese Weise hingen sie beide drin», sagte Jury. Er zuckte die Achseln. «Natürlich kann sie Celia auch im Büro umgebracht haben. Dagegen spricht nur, daß inzwischen in Long Piddleton noch vier weitere Leute umgebracht worden sind, um das, was vor sechzehn Jahren passierte, zu kaschieren.» Jury beugte sich etwas vor. «Ich vermute, Ruby Judd hat dieses Armband irgendwo auf der Bühne in der Nähe des Betts gefunden. Für Simon Matchett muß das ein ziemlicher Schock gewesen sein! Was zum Teufel hatte das Armband seiner Frau, ein Armband, das sie ständig getragen hatte, an Ruby Judds Handgelenk zu suchen – sechzehn Jahre später? Er muß erraten haben, wo sie es gefunden hatte. Aber er sah keine Möglichkeit, es in seinen Besitz zu bringen. Die Angst, daß sie sich erinnern könne, saß ihm wohl im Nacken.» Jury goß sich noch etwas Whiskey nach. «Und dann findet er heraus, daß mehr als eine Person Bescheid weiß. Vielleicht hatte Ruby ihren Onkel Will eingeweiht, weil sie von ihm einen Rat haben wollte. Und Will hatte dann seinem alten Freund Ansy-Hansi die Geschichte erzählt. Wer von beiden Creed gekannt hat, läßt sich nicht entscheiden. Jedenfalls war auch noch ein Polizist mit von der Partie, falls Matchett Schwierigkeiten machen sollte. Man braucht nicht viel Phantasie: Für ihn war das so was wie ein verhängnisvolles Dominospiel. Zuerst entdeckte er, daß Ruby mit ihrem Onkel darüber gesprochen hat, dann läßt ihr Onkel duchblicken, daß er es Hainsley erzählt und vielleicht auch noch Creed eingeweiht hat. Matchett mußte also auf irgendeine Weise Creed und Hainsley hierherlocken. Es war ein Wettlauf mit der Zeit; außerdem konnte er das Dorf nicht verlassen. Für ihn als Schauspieler war es bestimmt ganz einfach gewesen, Smolletts Stimme nachzuahmen und sie hierherzubestellen. Das erklärt vielleicht auch, warum diese Morde so öffentlich waren. Es ist schon schwer genug, sich *eine* Leiche vom Hals zu schaffen, ganz zu schweigen von *vier*. Er konnte ja schlecht mit einer Schaufel die Dorfstraße von Long Piddleton entlanggehen, um seine Leichen zu begraben. Er tut also genau das Gegenteil – er stellt sie zur Schau, tolldreist wie er ist – und rechnet damit, daß die Leute auf einen Irren tippen werden.»

«Denken Sie, Ruby hat Matchett in eigener Regie erpreßt?»

«Sexuell wahrscheinlich. Vielleicht dachte sie, sie könne ihn zwingen, sie zu heiraten. Schließlich hatte sie die ganzen Männer hier durchprobiert, und Matchett war bestimmt der attraktivste. Wohin ist sie denn gefahren, wenn nicht zu einem Rendezvous, das dumme Ding. Aber sie hat zumindest das Armband dagelassen. Und irgendwo, verflucht noch mal, auch dieses Tagebuch!»

«Aber wenn sie geplant hatten, Matchett zu erpressen – ich meine Small und seine Freunde –, mußten sie bei ihm auch flüssiges Geld vermuten – oh, wie dumm von mir, da ist ja Vivian Rivington. Matchett hätte sie aber heiraten müssen, um an das Geld ranzukommen, vergessen Sie das nicht.»

«Matchett könnte Ruby erzählt haben, daß er sich Vivian schon wieder vom Hals schaffen würde, wenn er erst das Geld hätte, und dann frei wäre, Ruby zu heiraten. Ich bin sicher, Matchett kann jede Frau überzeugen, egal von was. Wie zum Beispiel –» Jury hielt inne.

«Wen?»

«Zum Beispiel Isabel Rivington.»

Plant schwieg einen Augenblick lang. «Wie meinen Sie das?»

«Haben Sie sich nicht auch schon gefragt, warum Isabel Vivian mit Matchett verkuppeln will, wo sie doch selbst so vernarrt in ihn ist? Außerdem würde sie auch noch die Vollmacht über das Geld verlieren!»

«Wollen Sie damit sagen, Simon und Isabel hätten eine Art Arrangement getroffen? Eines wie Simon und Ruby vielleicht?»

«Ja, natürlich. Ich bezweifle zwar, daß wir jemals Licht in diese Sache bringen werden, aber ich habe das immer vermutet.»

Melrose starrte Jury an. «Und was denken Sie, ist mit Harriet Gethvyn-Owen passiert?»

Jury dachte einen Augenblick nach und meinte dann: «Ich frage mich vor allem, was mit Vivian Rivington passiert wäre.»

Sie tranken ihren Whiskey-Soda, schauten sich an und sahen dann ins Feuer.

XIX

Jury näherte sich langsam der Dorfstraße; er fuhr aber nicht in die Richtung der Pandorabüchse, da er das lästige, wenn auch unvermeidliche Treffen mit Kriminaldirektor Racer solange wie möglich hinausschieben wollte. Vielleicht konnte er bei der Hammerschmiede haltmachen und Mrs. Scroggs bitten, ihm ein Essen aufzutischen.

Als er die Zufahrt zur Kirche sah, bog er ab und parkte den Wagen. Die Kirche war ein Ort, an dem der Kriminaldirektor wohl kaum herumschnüffeln würde, und Jury brauchte etwas Zeit zum Nachdenken.

Die St.-Rules-Kirche war immer noch so feucht und kalt wie am frühen Morgen und würde auch bald wieder so dunkel sein. Von einer der hinteren Reihen aus konnte er zuschauen, wie das abendliche Dämmerlicht aus den Seitenschiffen und Nischen wich. Er hatte es sich auf der harten Bank bequem gemacht und blickte sich um – auf die Streben, die Bossen, den «Dreidecker» und das kleine schwarze Brett mit den Nummern der Lieder, die von der Gemeinde gesungen worden wären, wenn der Gottesdienst stattgefunden hätte. Die dünnen Gesangbücher standen auf einem schmalen Brett, das an der Rückseite der Bänke angebracht war. Jury nahm sich eines, schlug die Nummer 136 auf und begann «Wohlauf, ihr christlichen Soldaten» zu singen. Er kam sich sofort lächerlich dabei vor und klappte das Buch zu; abwesend starrte er auf den Einband.

Auf dem Deckel stand in verblichenen Goldlettern: *Gesangbuch*. Es war ziemlich klein, ungefähr 15 auf 17 Zentimeter, und in rotes Leder gebunden. Er erinnerte sich an die Stimme von Mrs. Gaunt – oder war es die von Daphne gewesen? – «*Ich kam rein und sah sie in ein Buch schreiben. In ihr Tagebuch. Ein kleines, rotes Buch.*»

In einer knappen Viertelstunde – Jury hatte hinter jedem Sitz nachgeschaut, jedes Gesangbuch hervorgezogen und wieder zurückgestellt – hielt er es dann schließlich in der Hand: Es war kaum dicker als die Gesangbücher, und der Einband war ebenfalls rot, nur etwas greller. Nicht schwer zu finden, man mußte nur danach suchen, da die Gesangbücher von dem schmalen Holzbrett auf der Rückseite der Sitze teilweise verdeckt wurden. Wäre am vergangenen Sonntag ein Gemeindemitglied auf diesem Sitz gesessen, so hätte er es gefunden. Es gab jedoch weit mehr Gesangbücher als Dorfbewohner, die daraus sangen. Hatte Ruby ihr Tagebuch, ähnlich wie das Armband, als eine Art Pfand zurückgelassen? Oder hatte sie es einfach bei den Gesangbüchern abgestellt und dann vergessen?

Statt *Gesangbuch* stand in goldener Kursivschrift *Tagebuch* auf dem Deckel. Dramatisch große Blockbuchstaben zierten die erste Seite: RUBY JUDD.

Inzwischen war es völlig dunkel geworden; schon bei seiner Suche hatte er dieTaschenlampe anzünden müssen. Er ging mit dem Buch zur Kanzel, stieg die kleine Treppe hoch und zog die schmale Messinglampe so weit herunter, daß das Licht direkt auf die Seiten des Buchs fiel.

Das meiste davon – der Teil, in dem die ersten Monate des Jahres abgehandelt wurden – war irgendwelcher Blödsinn über irgendwelche Männer in Weatherington oder Long Piddleton – Geschäftsleute, ein Verkäufer; nichts über Trueblood oder Darrington – die Art von Blabla, die er erwartet hatte. Das Stichwort Simon Matchett fiel erst später; zwischendurch entdeckte er noch Bemerkungen über Trueblood (ein erstaunlich guter Liebhaber für einen Mann mit seinen Neigungen) und Darrington (ein erstaunlich schlechter). Sie kam aber immer wieder auf Matchett zurück, der «einfach umwerfend gut aussah», wie sie des öfteren betonte. *Augen wie der Rydal River*. Dieser überraschend hübsche Vergleich aus Ruby Judds prosaischer Feder versöhnte Jury etwas. *Wenn ich daran denke, daß Daphne immer in seiner Nähe sein kann, während ich mich mit dem Drachen* – Mrs.

Gaunt höchstwahrscheinlich – *und dem Pfarrer rumschlagen muß! Sie wären ganz schön sauer, wenn sie wüßten, daß ich hier herumsitze und mein Tagebuch schreibe, während ich eigentlich abstauben sollte. Wenn schon, ich krieg auch nicht annähernd soviel wie Daphne, die außerdem noch für ihn arbeiten darf.* Auf den folgenden Seiten beschrieb sie ihre sexuellen Abenteuer mit Darrington, mit der Aushilfskraft des Zeitungshändlers und andern; hin und wieder ließ sie sich darüber aus, wie langweilig das Leben in Long Piddleton sei. Jury überblätterte ein paar Seiten und fand, was er gesucht hatte: die Kissenschlacht mit Daphne. *Dann bin ich unters Bett gerollt, und als sie mit ihrem Arm über den Bettrand angelte und mich packen wollte, ging der Verschluß ihres Armbands auf, ein geschmackloses Ding mit einem goldenen Kreuz dran. Plötzlich fiel mir alles wieder ein: Ich lag unter dem Bett, und ein Arm baumelte herunter. Und von dem Arm rutschte das Armband. Ist schon Jahre her, das alles.* War es möglich, daß Ruby, neugierig wie sie war, tatsächlich unter das Bett auf der Bühne gekrochen war und während der ganzen Vorstellung dort gelegen hatte? Sie konnte dabeigewesen sein, als Matchett Celia erstickte und überhaupt nichts bemerkt haben. *Gott!!! Ich erinnerte mich auch plötzlich, was das für ein Armband war, das ich damals gefunden hatte. Es gehörte ihr, Mrs. Matchett, die an diesem Abend ermordet worden war. Was hat das zu bedeuten???* Das war fünfmal unterstrichen. Ein paar Tage lang gab es keine Eintragungen. Ruby hatte anscheinend in der Bibliothek von Weatherington alte Zeitungen durchgesehen: nach dem Mord im Gasthof der Matchetts. Und es war ihr klargeworden, daß Celia Matchett auf diesem Bett und nicht in ihrem Büro erwürgt worden war. Sie sah plötzlich wieder den schlaffen Arm vor sich, so wie sie ihn als Siebenjährige gesehen hatte.

Sie lungerte jetzt nur noch in der Pandorabüchse herum und versuchte, trotz der Entdeckung, die sie gemacht hatte, Simon Matchett rumzukriegen. Sie fing an, Pläne zu schmieden. *Heute hab ich Onkel Will angerufen. Wenn er sich nur erinnern könnte, dann könnten sich auch die andern wieder erinnern. Zuerst erklärte er mich für total übergeschnappt – «Ruby, du warst damals gerade sieben Jahre alt, du kannst nicht mehr wissen, was da passiert ist.» Nach langem Hin und Her hab ich ihn dann doch überzeugt, daß Simon es gewesen sein muß, daß er sie umgebracht haben muß. Entweder er oder diese Harriet, die immer im Zusammenhang mit ihm erwähnt wurde. Ich erinnere mich auch wieder, was für einen*

Schreck ich gekriegt habe. Dieser Arm!! Uhh!!! Und ich hab auch nie jemanden von diesem Armband erzählt, weil ich dachte, ich würde mich damit nur in die Nesseln setzen.

Am Tag darauf: *Onkel Will hat mich zurückgerufen und hat gesagt, ich soll nichts unternehmen, er will mit einem Freund von ihm sprechen, einem Bullen. Ich fragte ihn, ob er Simon verhaften lassen will, und er lachte nur. Ich glaube, er meint, er kann von Simon Geld kriegen. Ich erzählte ihm, hier würde gemunkelt, daß Simon diese komische alte Erbin heiraten will. Und die schwimmt im Geld.*

Zwei Tage später: *Wenn er Geld aus ihm herausschlägt, warum kann ich dann nicht was anderes rausschlagen?* Jury konnte Ruby vor sich sehen, ihre blitzenden Augen und ihr Schulmädchengekicher, das von dem Gebälk der Kirche aufgefangen wurde.

Zwei oder drei Tage fehlten, dann schrieb sie: *Er war im Keller, um den Wein für das Essen zu holen, und ich ging einfach auch runter, hielt ihm das Armband unter die Nase und fragte ihn, ob er sich nicht daran erinnern kann. Er würde doch immer daran herumspielen, wenn ich es trage. Und dann erzählte ich alles, was ich wußte. Zuerst dachte ich, er will mich schlagen. Aber er packte mich nur, zog mich an sich und küßte mich! ! ! Er sagte, es wäre wirklich dumm, daß ich meinem Onkel davon erzählt hätte, und fragte mich, ob ich auch mit andern darüber gesprochen hätte. Ich sagte nein, mit keinem. Was auch stimmte. Er meinte, im Augenblick sei wohl nichts zu machen – zu schade, aber er hätte sich nie recht getraut, weil ich so viel jünger sei als er. Richtig traurig sah er aus. Und dann fragte er mich, ob ich mit ihm übers Wochenende wegfahren will, wir könnten dann die Sache in Ruhe besprechen. Aber so dumm bin ich auch nicht. Ich sagte ihm, er braucht das gar nicht erst zu versuchen. Er will doch nur, daß ich den Mund halten soll. Er machte eine Champagnerflasche auf, und wir prosteten uns zu, alberten herum und küßten uns. Ich weiß jetzt auch, daß er es ernst meint. Ich soll meine Tasche packen und den andern sagen, ich würde nach Weatherington fahren, damit sich niemand Gedanken macht. Ich erinnerte mich aber auch wieder, daß Onkel Will gesagt hat, ich soll das Armband abnehmen und gut aufheben. Von mir aus. Ich trage ja doch bald einen dicken Diamanten am Finger. Eben ist mir auch ein prima Versteck für das Armband eingefallen. Wenn das nicht komisch ist! ! !*

Und der letzte Eintrag: *Kann jetzt nicht schreiben. Sie kommt angewalzt.* – Mrs. Gaunt wahrscheinlich – *Muß mein Buch verstecken.* FORTSETZUNG FOLGT! ! !

Ruby mußte ihr Tagebuch zu den Gesangbüchern gestellt und den Besen zur Hand genommen haben. Wahrscheinlich hatte sie es nur weggestellt, um es später wieder hervorholen zu können, und es dann in der Aufregung vergessen.

FORTSETZUNG FOLGT! ! ! Jury blickte noch einmal auf die rührend hoffnungsvollen Worte. Die kleine Närrin. Für Ruby Judd hatte es keine Fortsetzung mehr gegeben. Er stand in der dunklen Kirche, nur die kleine Lampe warf ihren Lichtkegel auf die weißen Seiten von Rubys Tagebuch. Jury war so absorbiert von dieser blinden Schulmädchenleidenschaft, die Ruby Judd für Simon Matchett empfunden hatte, daß er überhaupt nicht bemerkte, wie die schwere Eichentür aufging und dann wieder ins Schloß fiel.

Jury konnte in der dunklen Halle der Kirche nichts erkennen, als er jedoch die Stimme hörte, wußte er sofort, daß es Simon Matchett war.

«Ich hab von der Straße aus Licht gesehen und fragte mich, wer sich um diese Zeit wohl noch in der Kirche aufhält. Ein ungewöhnlicher Ort für einen Kriminalbeamten – die Kanzel.»

Einen Augenblick lang herrschte Stille, dann bewegte sich etwas; Jury nahm an, daß Matchett in einem der hinteren Kirchenstühle Platz genommen hatte.

«Und Sie, Mr. Matchett? Was tun *Sie* um diese Zeit noch in der Kirche? Oder sind Gastwirte noch eifrigere Kirchgänger als Kriminalbeamte?»

«Wohl kaum. Ich war nur neugierig.»

Jury hätte es in jeder Situation als unangenehm empfunden, sich mit einer körperlosen Stimme unterhalten zu müssen. Die einzige Lichtquelle in der Kirche war die kleine Lampe, die die Kanzel erleuchtete. Jury kam sich vor wie ein geblendetes Wild.

«Ich folgte wohl derselben Eingebung wie Sie, Inspektor. Wenn das Tagebuch nicht im Pfarrhaus war, dann blieb doch wohl nur noch die Kirche übrig ...? Ich nehme nicht an, daß Sie dort oben das Gebetbuch lesen?»

«Wenn ich das täte, Mr. Matchett, dann hätten Sie wohl ausgespielt, nicht?»

Ein kurzes Lachen driftete durch die Dunkelheit. «Oh, tun Sie doch nicht so, als wüßten Sie von nichts. Ihr Wachtmeister war mir ständig auf den Fersen. Ich konnte machen, was ich wollte, er schien fest entschlossen zu sein, mich in seiner Nähe zu behalten. Nein, nein, keine Angst, es ist ihm nichts passiert; er schläft wie ein Murmeltier beim Feuer. In seinem Rum waren ein paar Tropfen Baldrian. Wie wär's Inspektor, wenn Sie mir jetzt das kleine Buch herunterbringen würden?»

Jury nahm an, daß eine Pistole auf ihn gerichtet war. Daß Matchett so sicher damit rechnete, das Tagebuch ausgehändigt zu bekommen, schien das zu beweisen.

«Und wenn Sie eine Knarre bei sich haben, Inspektor, dann werfen Sie die am besten auch gleich weg. Ich hab Sie zwar noch nie mit einer gesehen, aber man kann ja nie wissen.»

Jury hatte keine Waffe bei sich. Er war schon vor Jahren zu der Überzeugung gekommen, daß es im allgemeinen viel gefährlicher war, eine zu haben. Aber es war sinnlos Machett das zu erklären. Jury lag vor allem daran, Zeit zu gewinnen, um seine mißliche Lage zu überdenken. Nicht weit von der Kanzel entfernt – etwas höher und in einem Abstand von ungefähr einem Meter – befand sich die Lettnerempore. «Mr. Matchett, wenn Sie die Absicht haben – und die haben Sie wohl –, mich aus dem Weg zu räumen, sollten Sie sich da nicht vorher noch vergewissern, ob außer mir jemand Bescheid weiß?» Jury hatte nicht vor, Plant zu erwähnen, er wollte nur versuchen, Matchett zum Sprechen zu bringen.

«Was soll das, Inspektor. Diesen alten Trick können Sie sich bei mir sparen. Nicht einmal Ihr Kriminaldirektor weiß was. Ihrem Wachtmeister müssen Sie ja wohl was gesagt haben, aber um den kümmere ich mich später.»

Die Höhe und Entfernung der Empore waren nicht besonders groß, aber, Gott sei's geklagt, er war auch nicht mehr so beweglich, wie er es einmal gewesen war. «Dürfte ich Sie bitten, in einem oder zwei Punkten meine Neugierde zu befriedigen, Mr. Matchett? Warum, um Gottes willen, haben Sie Ihre Leichen auf eine so groteske Art zur Schau gestellt? Sie hätten Hainsley doch einfach in seinem Bett liegen lassen und Ruby im Wald verscharren können?» Jury wußte, daß Massenmörder wie Matchett unglaublich eitel waren. Sie waren fasziniert von ihrer eigenen Schlauheit. Es mußte ja auch frustrierend sein, etwas so schlau einzufädeln und dann niemanden von dem Geniestreich erzählen zu können. Zuerst dachte er jedoch, Matchett würde nicht antworten. In den dunklen Gewölben wurde das kleinste Geräusch um ein Vielfaches verstärkt, und Jury glaubte das Klicken eines Sicherungshebels gehört zu haben. Er behielt jedoch recht, was das zwanghafte Mitteilungsbedürfnis von Massenmördern betraf.

«Inspektor, Sie haben doch bestimmt erraten, daß das nur ein Ablenkungsmanöver war. Ein schrilles Geräusch übertönt man durch ein noch schrilleres. Ich hatte ja gar nicht die Zeit, diese Leute diskret und unauffällig, ah, beiseite zu schaffen. Die kleine Judd, ihr Onkel, Hainsley und dieser Polizist Creed, den sie sich noch angeheuert hatten – sie stürzten sich beinahe gleichzeitig auf mich. Und da ich nicht diskret zu Werke gehen konnte, entschied ich mich für das Gegenteil: Ich wollte ein solches Spektakel veranstalten, daß man einen Irren verantwortlich machen würde, einen, der die Leute einfach nur so abschlachtet. Einen Psychopathen.»

«Eine Zeitlang hat man das ja auch gedacht.» Jury mißfielen die Geräusche, die darauf hindeuteten, daß Matchett aufgestanden war und durch das Mittelschiff ging. Von der Lettnerempore bis zu der Empore, die an den andern Seiten der Kirche entlanglief – das ließ sich noch schaffen, es mußte nur schnell geschehen.

«Dürfte ich Sie auch etwas fragen? Ich vermute, Sie wissen, daß ich meine Frau umgebracht habe. Aber wie zum Teufel –»

«Nicht sehr klug von Ihnen, Mr. Matchett, eine solche Vermutung zu äußern. Und gleichzeitig den Mord zu gestehen. Was ich mich die ganze Zeit über fragte, war, was Sie eigentlich mit Miss Rivington verband?»

Matchett schwieg einen Augenblick, dann fragte er. «Mit welcher Miss Rivington?»

«Ich glaube, damit ist meine Frage schon beantwortet.» Jury schätzte immer noch die Entfernungen ab. «Und hat Small – ich meine Smollett – die andern beiden hierherbestellt, oder haben Sie das getan?»

«Ich habe sie kommen lassen. Smolletts Stimme nachzuahmen war kein Problem mehr, nachdem er mir erzählt hatte, daß auch Hainsley und Creed von ihm eingeweiht worden waren. Ich hab sie einfach angerufen und ihnen gesagt – als Smollett – daß sie sofort hierherkommen sollten. Und ich sagte ihnen auch, daß sie in der Hammerschmiede und im Schwanen absteigen sollten – ich konnte sie ja nicht alle in der Pandorabüchse abkratzen lassen.»

«Sie waren also nicht um elf, sondern schon um halb elf beim Schwanen. Sie haben Ihren Wagen im Wald abgestellt... daß wir dieses Fenster und die Fußspuren entdecken würden, war Ihnen ja wohl klar?»

«Ja, natürlich. Das lag auch in meiner Absicht; da ich zu dem Zeitpunkt des Mordes – oder zumindest um den Dreh – mit Vivian im Schwanen saß, war mir egal, wen Sie verdächtigen würden, durch dieses Fenster eingestiegen zu sein. Übergroße Stiefel und ein Overall, um mich nicht zu beschmutzen – eine todsichere Sache.»

Jury wollte, daß er weiterredete. «Und wie haben Sie es geschafft, sich von hinten an Creed ranzuschleichen?»

«Er dachte – oder vielmehr legte ich ihm das nahe –, ich würde nach der Heizung schauen. Der Overall kam mir dabei sehr zustatten. Und außerdem bin ich nun mal Schauspieler, Inspektor –»

«Das kann ich bestätigen. Aber warum in Gottes Namen haben Sie sich mit Creed nicht irgendwo anders getroffen, warum haben Sie ihn denn nach Long Piddleton kommen lassen?»

«Ganz einfach – weil Sie uns festgehalten haben. Mir blieb gar nichts anderes übrig. Und allmählich fand ich auch Gefallen an dem Gasthof-Motiv, das sich die Zeitungen ausgedacht haben.»

«Ich verstehe.» Jury war zu sehr damit beschäftigt, den Kraftaufwand abzuschätzen, den dieser Sprung erfordern würde, um sich noch um die Gefühle dieses unsichtbaren Mannes in dem pechschwarzen Raum unter ihm kümmern zu können. «Wird denn Mord mit der Zeit zur Gewohnheit?»

«Vielleicht. Aber ich möchte Sie doch bitten, mir jetzt dieses Tagebuch zu übergeben, Inspektor. Und seien Sie so nett und kommen Sie ganz langsam die Kanzeltreppe herunter.»

«Bleibt mir wohl nichts anderes übrig, Kumpel?» Jury knipste plötzlich das Licht aus und ging hinter dem Pult in Deckung, als die erste Kugel schon in das Holz über seinem Kopf einschlug. Dann schwang er sich auf den Rand der Kanzel und verlagerte sein Gewicht, um den Sprung auf die Empore zu wagen. Sein einziger Schutz war die Dunkelheit, und er brauchte seine ganze Kraft, um den Rand der Empore zu erreichen. Seine Hände griffen danach, hielten sich fest, und einen Augenblick lang baumelte er in der Luft, bis er sich dann mit letzter Anstrengung hochhieven konnte. Eine weitere Kugel flog in die Richtung der Bosse über ihm, und dann herrschte wieder absolute Stille, eine Stille, die er nicht durch seine Atemstöße unterbrechen wollte, obwohl er das Gefühl hatte, seine Lungen würden gleich platzen. Von der Lettnerempore auf die Seitenempore zu springen war ein Kinderspiel – wie ironisch, dachte Jury, daß die Kirche einem Theater gleicht; im Augenblick beschäftigte ihn jedoch die Frage, was für einen Revolver Matchett in der Hand hielt und wie viele Kugeln noch in dem Magazin steckten. Matchett würde nicht so dumm sein und sie einfach verballern.

Jury hörte das leise Scharren von Füßen, und er wußte, daß Matchett die Treppe zur Lettnerempore hochstieg, eine Treppe, die in die Mauer zu seiner Linken gehauen worden war. Geduckt schlich er sich auf die andere Seite und sprang dann von der Lettnerempore auf die Seitenempore rechts von ihm; im selben Augenblick hatte auch Matchett die oberste Treppenstufe erreicht – ein kurzes Aufblitzen und ein Schuß, der, wie Jury hätte schwören können, knapp an seinem Ohr vorbeigegangen war. Immer noch geduckt, bewegte er sich zwischen den Bänken entlang und blieb dann stehen. Wieder herrschte Totenstille. Vorsichtig holte er die elektrische Taschenlampe aus der Tasche seines Regenmantels; er stellte sie auf den Sims der Empore, knipste sie an und rannte die westliche Empore entlang, während Matchett einen weiteren Schuß abgab. Die Taschenlampe fiel um und schlug auf dem Boden des Kirchenschiffs auf.

Beim Herauskramen seiner Taschenlampe waren Jury die Hustenbonbons in der Innentasche seines Mantels eingefallen. Wenn er nur das Zellophanpapier abreißen könnte, ohne seinen Standort zu verraten – in der andern Tasche befand sich nämlich die Schleuder des kleinen Jungen. *Gott segne dich, James.* Er löste ein klebriges Bonbon von dem Klumpen in der Packung, preßte es gegen den Gummi und zielte auf das nächste Fenster. Auf das Klirren erfolgte dann auch gleich der nächste Schuß. Er versuchte, Matchetts Reflexe weiter zu reizen, indem er den Gummi schnell wieder anspannte und ein weiteres Hustenbonbongeschoß in das Kirchenschiff sandte. Er zielte in eine dunkle Nische und hörte ein Splittern; vielleicht hatte er die Gipsstatue der Heiligen Jungfrau getroffen. Jury betete so inbrünstig wie noch nie in seinem Leben.

Aber statt eines Schusses hörte er, wie Matchett die Treppe zu der Lettnerempore hinunterrannte und in das Mittelschiff lief.

Wieder war nichts zu vernehmen, bis dann plötzlich ein Lichtstrahl die Empore entlangwanderte. Jury duckte sich.

«Ihre Täuschungsmanöver waren großartig, Inspektor», ertönte es von unten, «aber Sie machten den Fehler, Ihre Taschenlampe aufzugeben, und das war genau so dumm, wie daß ich keine mitgebracht habe. Da Sie offensichtlich keine Kanone besitzen, während ich meine in der Hand halte, sollten Sie sich vielleicht doch bequemen herunterzukommen, finden Sie nicht auch?»

Da Matchett bestimmt keinen weiteren Schuß mehr vergeuden würde, blieb Jury keine andere Wahl. Würde er ihn gleich abknallen, wenn er in sein Blickfeld käme? Oder würde er warten, bis er das Tagebuch in der Hand hätte? Jury hoffte nur, er würde warten.

«Wenn Sie sich bitte in den Mittelgang begeben, Inspektor. Tut mir leid, aber ich muß dieses Tagebuch haben. Danach können wir dann eine kleine Spazierfahrt machen.»

Jury atmete auf. Zwischen hier und einem Grab im Wald würde ihm bestimmt noch etwas einfallen. «Ich komme herunter, Matchett.»

«Sachte, immer sachte!»

Jury ging zwischen den Bankreihen zu der Treppe hinüber, die Matchett vor ein paar Minuten hinuntergerannt war. Jury blickte in das Kirchenschiff und sah Matchett ungefähr in der Mitte zwischen den Stuhlreihen stehen. Jury schnappte sich eines der Gesangbücher und hielt es mit beiden Händen fest. Dann stieg er die Treppe hinunter. Als er unten angekommen war, hielt er das Buch über seinem Kopf.

«Bringen Sie es hier rüber –»

Jury ging auf ihn zu, und als er ungefähr drei Meter von ihm entfernt war, befahl ihm Matchett stehenzubleiben. «Das ist nahe genug –»

In diesem Augenblick lockerte Jury seinen Griff, und das Gesangbuch fiel auf den weichen Teppich, auf dem sie standen.

«Wie ungeschickt», meinte Matchett.

Jury tat so, als wolle er sich bücken, wußte jedoch, daß Matchett ihn davon abhalten würde.

«Schon gut, Inspektor. Schubsen Sie es einfach mit dem Fuß zu mir rüber.»

Darauf hatte er gewartet; er hoffte nur, daß ihn sein Bein nicht in

Stich lassen würde. Jury trat mit dem Absatz gegen den dünnen Deckel, und das Buch flog zu ihm zurück. Das geschah so schnell, daß Matchett keine Zeit zum Überlegen blieb. Der letzte Schuß ging los, und die Kugel streifte Jurys Arm. Mit einem Satz stürzte sich Jury auf ihn, und es fiel ihm nicht besonders schwer, Matchett gegen den Kirchenstuhl zu drängen; Jury war so geladen – seine ganze Wut auf diesen Wahnsinnigen brach aus ihm hervor –, daß der Tritt und der Kinnhaken, die er Matchett versetzte, beinahe gleichzeitig erfolgten und auch die erhoffte Wirkung hatten. Matchett sackte zusammen und blieb auf den Fliesen zwischen den Stuhlreihen liegen.

Jury hob das Gesangbuch auf. Das Tagebuch lag immer noch auf der Kanzel. Er hatte es unter die riesige, beleuchtete Bibel geschoben, während er sich mit Matchett unterhalten hatte. Er blickte auf ihn hinunter und fragte sich, ob dieser Mann eine Vorliebe fürs Töten entwickelt hatte, wie andere für Austern. Jury sagte zu der reglosen Gestalt: «Mr. Matchett, Sie sind berechtigt, die Aussage zu verweigern; wenn Sie jedoch eine Aussage machen, kann diese zu Protokoll genommen und gegen Sie verwandt werden, kapiert?»

Er drehte sich um, ging auf den Altar zu und stieg noch einmal die Kanzel hoch. Oben angelangt, knipste er die kleine Lampe an, hob die Bibel hoch und zog Rubys Tagebuch darunter hervor. Die Arme auf dem Pult ausgebreitet – einem Geistlichen zum Verwechseln ähnlich –, blickte er auf das Buch, das Simon Matchetts Ende bedeutete.

Und wieder hörte er hinter sich die schwere Tür aufgehen und gleich darauf wieder zuschnappen. Aus der dunklen Eingangshalle tönte ihm die angriffslustige Stimme von keinem Geringeren als Kriminaldirektor Racer entgegen.

«Haben Sie endlich Ihre Berufung entdeckt, Jury?»

Matchett wurde auf das Polizeirevier in Weatherington gebracht. Er war «offiziell» von Racer und seiner rechten Hand, Inspektor Briscowe, verhaftet worden. Wie Briscowe es später an diesem Abend den Reportern gegenüber formulierte, war er seinem Chef nach Long Piddleton gefolgt, um der Sache «etwas Dampf» zu machen. Und tatsächlich hatte sich der Fall auch von dem Augenblick an, als der Kriminaldirektor auf der Bildfläche erschien, wie von selbst aufgelöst. Racer drückte das natürlich etwas anders aus, aber die Reporter aus London begriffen sofort.

«Dieser fiese Kerl», sagte Sheila Hogg, die um Mitternacht noch so freizügig Scotch ausschenkte, als käme er aus dem Wasserhahn. «Sie haben die ganze Dreckarbeit geleistet, und er heimst die Lorbeeren ein. Und dabei wäre es Ihnen beinahe an den Kragen gegangen. Hier!» Sie drückte ein Halbliterglas in Jurys freie Hand; der andere Arm war ihm von einem ziemlich kleinlauten Dr. Appleby verbunden worden.

Eine Stunde nach Matchetts Verhaftung wußte ganz Long Piddleton Bescheid – ohne Zweifel Plucks Verdienst. (Jury hatte amüsiert beobachtet, wie Pluck Briscowe aus dem Bild zu drängen versuchte.) Sheila hatte Jury förmlich zu sich nach Hause geschleppt, um ihm einen Drink aufzunötigen. In ihren Augen war er der Held des Tages.

Auf diese anklagende Feststellung antwortete ihr Jury: «Was soll's. Ende gut, alles gut, finden Sie nicht?»

«War auch an der Zeit», sagte Darrington, dessen alte Feindseligkeit inzwischen noch von Eifersucht verstärkt wurde. «Sie wollten ja schon mich zur Strecke bringen.» Darrington grinste hämisch.

In gespielter Verwunderung zog Jury die Augenbrauen hoch. «Sie? Oh, das ist doch wohl nicht Ihr Ernst? Sie standen noch nie auf meiner Liste. Das war doch wohl klar. Sie haben gar nicht so viel Phantasie. Schauen Sie sich doch Matchett an – er hätte Schriftsteller werden können, wenn er nicht so abnorm veranlagt wäre.»

Sheila kicherte amüsiert und angeheitert. Darrington wurde rot und stand auf. «Warum, zum Teufel, hauen Sie nicht endlich ab? Seit Sie hier sind, hab ich nur Scherereien. Sie haben hier nichts mehr zu suchen!»

Sheila knallte ihr Glas auf den Tisch. «Dasselbe gilt für mich!» Obwohl sie ziemlich wacklig auf den Beinen stand, versuchte sie eine würdevolle Haltung einzunehmen. «Oliver, du bist ein Mistkerl. Meine Sachen lasse ich später abholen.»

Darrington hatte sich wieder gesetzt und beachtete sie kaum. «Du bist betrunken», sagte er und starrte in sein Glas.

Jury stützte sie mit seinem Arm ab, während sie sich nach Darrington umdrehte und ihm entgegenschleuderte: «Besser betrunken, du Narr, du verdammter, als... als *phantasielos*! Hab ich nicht recht, Inspektor?»

Obwohl ihre Aussprache nicht mehr ganz klar war und sie sich an ihn klammerte, als befände sie sich auf einem schlingernden Schiff, pflichtete ihr Jury voll und ganz bei. Er bot ihr sogar seinen Arm an, als sie zusammen aus dem Zimmer gingen.

«Er denkt, ich mache Witze. Es ist aber mein Ernst. Ich werde mir bei Scroggs ein Zimmer nehmen. Es sei denn...» und sie blickte ihn unter ihren dichten Wimpern hervor hoffnungsvoll an.

Er lächelte. «Tut mir leid, Süße. Die Pandorabüchse ist besetzt. Keine weiteren Gäste.» Als er ihr in den Mantel half, bemerkte er, daß sie vor Enttäuschung ganz zerknittert aussah. Er blinzelte ihr zu: «Aber London ist ja auch noch da. Sie kommen doch bestimmt ab und zu mal in die Stadt, oder nicht?»

Aufgemuntert antwortete sie: «Verlaß dich drauf, Süßer!»

Als sie zum Wagen gingen, sah Jury Darringtons Silhouette, die sich gegen das Licht der Eingangshalle abzeichnete. «Sheila? Was zum Teufel...!»

Nachdem er Sheila Mrs. Scroggs mütterlicher Fürsorge anvertraut hatte, fuhr Jury stockbetrunken zur Pandorabüchse zurück. Als er aus dem Morris stieg, bemerkte er, daß unten in der Bar noch Licht war.

Völlig aufgelöst wartete Daphne Murch auf ihn. Jury fiel ein, daß sie dabeigewesen sein mußte, als Matchetts Sachen abgeholt wurden.

Sie lief ihm entgegen und sagte: «Ich konnte es einfach nicht fassen, Sir. Mr. Matchett! Wo er doch immer so offen und ehrlich gewesen ist!»

«Tut mir leid, Daphne. Ich weiß, es muß schrecklich für Sie sein.» Sie saßen an einem der Tische, und Daphne servierte Tee – ob müde Füße oder ein überführter Massenmörder, Tee war nie verkehrt. Sie schüttelte immer noch ungläubig den Kopf.

«Hören Sie, Daphne, Sie haben jetzt keinen Job mehr, nicht?»

Sie sah ihn niedergeschlagen an, und Jury fügte hinzu, «ich hab da ein paar Freunde in Hampstead Heath.» Er holte sein kleines Adreßbuch hervor, schrieb die Adresse auf und gab sie ihr. «Ich weiß zwar nicht, ob Sie nach London wollen (ihr Gesichtsausdruck verriet ihm, daß sie die Vorstellung offensichtlich sehr aufregend fand), «– aber ich kann Ihnen versichern, daß es sehr nette Leute sind, und ich weiß auch, daß sie eine Hausangestellte suchen.» Er wußte außerdem, daß sie einen sehr stattlichen jungen Chauffeur hatten. «Wenn Sie wollen, setze ich mich in London gleich mit ihnen in Verbindung und ...»

Er konnte seinen Satz nicht beenden, da Daphne um den Tisch gelaufen kam und ihn küßte. Dann flüchtete sie hochrot aus der Bar.

XX Montag, 28. Dezember

Als Jury am nächsten Morgen aufwachte, konnte er sich kaum erinnern, wie er noch die Treppe hochgestolpert war und sich aufs Bett hatte fallen lassen. Ausgezogen hatte er sich nicht. Darringtons Bourbon und der Schlafmangel während der letzten 48 Stunden hatten ihm wohl den letzten Rest gegeben. Das Klopfen, das ihn geweckt hatte, war jedoch eher zaghaft gewesen. Er rief: «Herein!» und Wiggins steckte seinen Kopf durch den Türspalt.

«Es tut mir aufrichtig leid, Sir, Sie wecken zu müssen. Aber Kriminaldirektor Racer sitzt unten im Speisesaal und fragt schon seit einer Stunde nach Ihnen. Ich hab ihn immer wieder hingehalten, aber ich glaube, lange schaffe ich's nicht mehr.» Jury hatte ihm erzählt, zu welchem Zweck er die Hustenbonbons verwandt hatte, und das war für Wiggins, der sich die schrecklichsten Vorwürfe machte, weil ihm Matchett durch die Lappen gegangen war, der einzige Trost gewesen. «Wenn Sie nicht gewesen wären, Wachtmeister –» Daß er Inspektor Jury gleichsam das Leben gerettet hatte, hatte dem Wachtmeister Auftrieb gegeben. Vierschrötig stand er in Jurys Zimmer und sagte deutlich: «Ehrlich gesagt, Sir, ich finde es eine Schande, wie er Sie behandelt. Seit einer Woche haben Sie kaum ein Auge zugetan. Nehmen Sie es mir nicht übel, aber Sie arbeiten viel zuviel. Ich hab Kriminaldirektor Racer gesagt, ich würde Sie schon wecken, aber zu einer annehmbaren Zeit, nicht vorher.» Wachtmeister Wiggins verstummte plötzlich, als könnten seinen Worten Flügel wachsen und sie nach New Scotland Yard tragen.

«Das haben Sie tatsächlich gesagt?» Jury stützte sich auf einen Ellbogen auf und starrte Wiggins an.

«Jawohl, Sir.»

«Da kann ich nur sagen, daß Sie verdammt viel Zivilcourage haben, mehr als ich, Wiggins.»

Strahlend ging der Wachtmeister aus dem Zimmer, damit Jury sich ankleiden konnte. Und Jury war nicht entgangen, daß er kein einziges Mal sein Taschentuch hervorgezogen hatte.

«Sie wollten mich sprechen?» Jury verzichtete geflissentlich darauf, ihn mit «Sir» anzureden.

Kriminaldirektor Racer hatte es sich im Speisesaal bequem gemacht, und um ihn herum standen die Teller mit den Resten eines üppigen Frühstücks: halbe Brötchen, Eierstückchen, Räucherlachsgräten. Der Onyx-Ring an seinem Finger funkelte, während er eine frisch angezündete Zigarre in seinem Mund rollte.

«Sie haben auf dem Land wohl etwas Schlaf nachgeholt? Es war wirklich höchste Zeit, daß dieser Fall abgeschlossen wurde, Jury –» Jury bemerkte, daß derjenige, dessen Verdienst das war, mit keinem Wort erwähnt wurde –, «oder das Sanitätsbataillon wäre aufgetaucht, das garantiere ich Ihnen.»

Immer noch glühend, stellte ihnen Daphne eine silberne Kaffeekanne hin und entfernte sich dann strahlend, ohne zu bemerken, daß Racer ihre Beine begutachtete.

«Gar nicht so schlecht, die Kleine», sagte er, bevor er sich wieder umwandte und über den Tisch beugte, um Jury anzufunkeln. Sein Jackett, daß er sich elegant über die Schultern geworfen hatte, war auf der einen Seite heruntergerutscht, und er zog es wieder hoch. «Jury, auch wenn ich nicht alles gutheißen kann, was Sie getan haben, so ist die Sache doch zu einem guten Ende gekommen, und ich meinerseits möchte Ihnen auch keine Vorwürfe machen. Ich hab Sie nie für einen schlechten Mann gehalten, obwohl Sie sich für meinen Geschmack einer zu großen Beliebtheit erfreuen. Ich meine, Ihre Beliebtheit bei Ihren Untergebenen – dieses verdammte Kumpel hier und Kumpel da. Die Leute sollen Sie respektieren, Jury, nicht ins Herz schließen. Es ist aber nicht nur das. Sie ignorieren grundsätzlich alles, was man Ihnen aufträgt. Sie hätten sich jeden Tag melden und mich auf dem laufenden halten sollen, und das haben

Sie nicht getan. So werden Sie nie Kriminaldirektor, Jury. Sie müssen lernen, wie Sie mit den Männern über Ihnen und den Jungs unter Ihnen umzugehen haben.»

Jury hatte das Gefühl, in einem schlechten amerikanischen Kriegsfilm zu sein.

«Na schön, ich verabschiede mich jetzt. Sie können hier reinen Tisch machen.» Racer warf eine Handvoll Kleingeld auf den Tisch – knickrig war er nicht, das mußte man ihm lassen – und blickte sich um. «Gar nicht so schlecht für dieses Kaff. Das Essen gestern war auch sehr anständig. Man muß es jemandem schon hoch anrechnen, wenn er sein eigenes Bier braut...»

Wenn nur Jack the Ripper sein eigenes Bier gebraut hätte, dachte Jury und strich sich etwas Butter auf eine Scheibe kalten Toasts.

«Was gibt es, Wiggins?» zischte Racer.

Wachtmeister Wiggins war wie ein Gummiball an ihrem Tisch aufgetaucht. «Wachtmeister Pluck hat den Wagen vorgefahren, Sir.»

«Gut.» Als Wiggins wieder kehrtmachen wollte, rief ihn Racer zurück. «Wachtmeister, den Ton von heute morgen möchte ich mir verbitten.»

Jury wurde allmählich ungeduldig. «Wiggins hat mir sozusagen das Leben gerettet.» Als Racer fragend die Augenbrauen hochzog, fuhr Jury fort: «Sie kennen doch bestimmt die Geschichte von dem Soldaten, der mit dem Leben davonkam, weil seine alte Mutter darauf bestanden hatte, daß er die Bibel in seiner Brusttasche trug?» Jury warf die Schachtel mit den Hustenbonbons auf den Tisch.

«Und was zum Teufel hat *das* verhindert?» fragte Racer und schubste die Schachtel wie eine tote Maus mit spitzen Fingern von sich.

«Das und eine Schleuder haben mir das Leben gerettet.» Jury trank seinen Kaffee aus und beschloß, die Sache noch etwas auszuschmücken. «Wiggins wußte, daß ich keine Pistole bei mir hatte. Meiner Meinung nach hat er erstaunliche Geistesgegenwärtigkeit bewiesen.»

Wiggins, dem dieses unerwartete und (wie er vermutete) unverdiente Lob in der Seele guttat, strahlte und warf Jury gleichzeitig einen fragenden Blick zu. Er schien sich nicht sicher zu sein, wie er diese verschlüsselte Botschaft, die Jury gerade seinem Vorgesetzten übermittelt hatte, interpretieren sollte.

Racer blickte von dem einen zum andern und grunzte. Dann sagte er mit honigsüßer, vor Bosheit triefender Stimme: «Wenn Sie nichts dagegen haben, Inspektor, dann lassen wir es besser nicht an die Öffentlichkeit dringen, daß Scotland Yard nur Kinderschleudern zu seiner Verteidigung mit sich führt.»

Jury, der seinen Abschied von Vivian so lange wie möglich hinausschieben wollte, ging auf dem Polizeirevier von Long Piddleton irgendwelche Papiere durch und hörte zu, wie Pluck und Wiggins sich stritten. Pluck, der die Vorzüge des Landlebens verteidigte, blätterte gerade die *Times* nach Vergewaltigungen, Überfällen und Morden in dunklen Londoner Gassen durch, als die Tür wie von Geisterhand aufging und Lady Ardry hereingerauscht kam, gefolgt von Melrose, der sich entschuldigend umschaute. Pluck und Wiggins tauschten einen kurzen Blick und verzogen sich dann mit Tee und Zeitungen in den Vorraum.

Lady Ardrys Hand schnellte wie ein Schnappmesser hervor und schüttelte Jurys. «Wir haben's geschafft, Inspektor Jury, wir haben's geschafft!» In ihrem Siegestaumel hatte sie sogar ihren alten Groll gegen Jury vergessen.

«*Wir*, liebe Tante?» fragte Melrose und nahm in dem Sessel in der Ecke Platz, so daß er etwas hinter ihr im Dunkeln saß. Er zündete sich eine Zigarre mit einem besonders betörenden Aroma an.

Jury lächelte. «Ist ja nicht so wichtig, wer es war, Lady Ardry, Hauptsache, die Sache hat ein Ende.»

«Ich wollte Sie eigentlich zum Lunch einladen, Inspektor; unterwegs traf ich dann zufällig meine Tante.»

«Lunch?» fragte Lady Ardry, die ihr Cape wie einen Krönungsmantel um ihren Stuhl drapierte. «Eine gute Idee. Um wieviel Uhr denn?»

«Die Einladung, liebe Tante, galt dem Inspektor –»

Ungeduldig winkte sie über die Schulter hinweg ab. «Wir haben Wichtigeres zu besprechen als Essen.» Ihre Hände lagen auf ihrem Stock, und Jury stellte zufrieden fest, daß sie wieder ihre Handschuhe mit den abgeschnittenen Fingern hervorgeholt hatte. Einen der braunen Handschuhe umschloß Plants Armband. Jury kam es so vor, als hätten die Smaragde und Rubine bereits etwas von ihrem Glanz verloren.

«Er mußte es ja gewesen sein, dieser Matchett. Mir war das von Anfang an klar. Es läßt sich von den Augen ablesen, Inspektor. Die Augen sagen alles. Paranoid, irgendwie irre sahen sie aus, Matchetts Augen. Hart und kalt... Aber naja!» Sie schlug mit der Hand auf den Schreibtisch. «Ich kann nur sagen, gut, daß Sie da waren. Ein Mann, auf den Verlaß ist – Sie und nicht dieser schreckliche Kerl, Ihr Kriminaldirektor. Sie wollen bestimmt nicht noch mal hören, wie unmöglich er sich in meinem Haus benommen hat –»

«Nein, bestimmt nicht, Agatha», sagte Melrose, um den sich die Rauchschwaden wie eine durchscheinende Rüstung gelegt hatten.

Über die Schulter hinweg schleuderte sie ihm entgegen: «Für dich ist ja alles in Ordnung, wenn du nur auf Ardry End herumlungern kannst und eine Flasche Portwein und Walnüsse in Reichweite hast.»

«Lady Ardry», sagte Jury und war sich bewußt, daß er seine neugewonnene Popularität aufs Spiel setzte, «wenn Mr. Plant nicht mitgeholfen hätte, hätten wir es nie geschafft, Matchett hinter Schloß und Riegel zu bringen.»

«Sehr anständig von Ihnen, mein lieber Jury, Sie sind eben ein großzügiger und anständiger Mensch –»

Hinter ihr erstickte Plant beinahe an seiner Zigarre.

«Aber», fuhr sie fort, «wir wissen, wer hier die eigentliche Arbeit geleistet hat.» Sie schenkte ihm ein honigsüßes Lächeln. «Und das war weder Plant noch dieser verrückte Kriminaldirektor, der alle Mädchen im Dorf beschnüffelt hat.» Mit ihrer behandschuhten Hand polierte sie einen Smaragd ihres Armbands, beugte sich zu ihm hinüber und flüsterte: «Ich hab gehört, er war gestern abend in der Hammerschmiede und hat sich an Nellie Lickens rangemacht.»

Jury ließ seiner Neugierde freien Lauf. «Und wer ist Nellie Lickens?»

«Sie wissen doch, Ida Lickens Tochter. Die mit dem Trödelladen. Nellie hilft ab und zu bei Dick Scroggs aus; mich wundert es ja nicht...»

«Das ist doch nur Klatsch, Agatha.»

«Schon gut, Plant. Zugegeben, mein bescheidenes Zuhause ist nicht Ardry End» – sie warf Plant einen herausfordernden Blick zu – «aber Kriminaldirektor Wie-heißt-er-schon-wieder hatte kein

Recht, mich so zu behandeln. Er kam hereinstolziert, schaute sich einmal um und machte wieder kehrt. Sogar ein Abendessen hatte ich für ihn gerichtet, Aalstew, eine Spezialität von mir – du brauchst gar nicht solche Geräusche zu machen, Plant –, und der Kerl hatte die Frechheit, in meine Küche zu gehen und in den Topf zu schauen!»

«Tut mir schrecklich leid, Lady Ardry, wenn New Scotland Yard Ihnen Unannehmlichkeiten bereitet hat.»

«Glauben Sie mir, ich lasse es meinen Gästen an nichts fehlen. Mir kam übrigens heute die Idee, daß ich ja ein Schild raushängen könnte, ‹Zimmer mit Frühstück›. Ich glaube, ich hätte schnell den Dreh raus...»

«Wunderbar», sagte Melrose durch seinen Rauchschleier. «Unsere nächste Serie könnten wir vielleicht ‹die Northants Touristenmorde› nennen.»

«Übrigens, Plant», meinte sie über die Schulter, «warum machst *du* das nicht? Würde dir auch nichts schaden, mal was zu deinem Lebensunterhalt beizutragen.»

«Du meinst, ich soll Ardry End in eine Pension verwandeln?»

«Genau das. Du würdest bestimmt ein tolles Geschäft machen.» Das Glitzern ihrer Augen bewies Jury, daß ihr diese verrückte Idee gerade eben gekommen sein mußte. Sie würde jetzt jede Windmühle angreifen, die ihr im Weg stand. «22 Zimmer – du lieber Himmel! Warum haben wir nicht schon früher daran gedacht? Martha könnte das Frühstück zubereiten, und ich könnte das Ganze managen – eine Goldgrube!»

«Ich hab nicht die Zeit dafür», sagte Melrose gelassen.

«Zeit? Du hast doch *nur* Zeit. An der Universität bist du vielleicht eine Stunde in der Woche. Du brauchst eine Arbeit, Melrose –»

«Aber ich hab eine. Ich habe beschlossen, Schriftsteller zu werden.» Durch die Rauchschlieren hindurch lächelte Melrose Jury vielsagend an. «Ich schreibe ein Buch.»

Sie warf beinahe ihren Stuhl um, so abrupt sprang sie auf. «Was, um Himmels willen, meinst du damit?»

«Nun, daß ich schreiben will, Agatha, ein Buch über diese ganzen Greueltaten.»

«Aber das ist unmöglich! Wir würden beide über dieselbe Sache schreiben! Ich hab dir doch gesagt, daß ich eine Art Dokumentarbericht geplant habe. Wie dieser Capote über die Morde in Amerika.»

«Nicht *ka-put*, um Gottes willen, *Ca-po-te*. Drei Silben, langes O. Mußt du selbst die Namen deiner Landsleute verstümmeln?

«Schon gut. Ich hab die Sache schon vor Augen.»

«Dann mach dich am besten gleich an die Arbeit. Oder ich werde noch vor dir fertig.»

«Fertig! So schnell geht das nicht, mein Lieber. Erst mußt du einen Verleger finden. Wer tagaus, tagein am Schreibtisch sitzt, weiß, wie schwer das ist.»

«Ich kauf mir einfach einen Verlag.» Melrose hatte die Augen auf Jury geheftet.

«Oh, das sieht dir ähnlich, Plant.»

«Ja, nicht wahr? Mein erstes Kapitel ist schon fertig!» Melrose klopfte die Asche seiner Zigarre fein säuberlich in seine hohle Hand.

Sie drehte sich nach Jury um, als erwarte sie von ihm, daß er diesem Wahnsinnigen Einhalt gebiete. Jury zuckte nur mit den Schultern. «Von mir aus könnt ihr beiden den ganzen Nachmittag hier vertrödeln, ich muß jedenfalls an meinen Schreibtisch zurück.» Ihren Stock hinter sich herschleifend, eilte sie aus der Tür.

«Für heute nachmittag zumindest sind wir sie los, Inspektor», sagte Melrose, «und haben Zeit für ein nettes kleines Essen. Das heißt, wenn Sie Lust haben?» Plant stand auf und legte seine Zigarre in den Aschenbecher auf dem Tisch.

«Es wird mir ein Vergnügen sein.»

Plant streckte die Hand aus, und Jury erhob sich. «Vielleicht ist es unter diesen Umständen etwas unpassend», sagte Melrose, «aber irgendwie bedauere ich, daß alles vorbei ist. Man trifft so selten einen Menschen, dessen Verstand auch noch in Krisensituationen funktioniert.» Er streifte seine Glacéhandschuhe über und zog seine Mütze zurecht. Als er sich zum Gehen anschickte, fragte ihn Jury:

«Noch eine Frage, Mr. Plant: Warum haben sie eigentlich Ihren Titel abgelegt?»

«Warum?» Plant machte ein nachdenkliches Gesicht. «Ich werd's Ihnen verraten, wenn Sie mir versprechen, es nicht weiterzusagen.» Jury lächelte und nickte. Plant senkte die Stimme zu einem Flüstern. «Wenn ich dieses capeähnliche Gewand und diese Perücke anlege, Inspektor, sehe ich meiner Tante Agatha zum Verwechseln ähnlich.» Er trat aus der Tür. Bevor er sie jedoch hinter sich schloß, wandte er sich noch einmal um. «Es gibt schon einen Grund, Inspektor, aber den erzähle ich Ihnen ein anderes Mal. Bis dann, Inspektor.» Er tippte an seine Mütze.

Als Jury kurz nach Plant aus dem Zimmer ging, hörte er Pluck und Wiggins diskutieren.

«Hier schauen Sie mal, was gestern in Hampstead Heath passiert ist», sagte Pluck und klopfte mit den Fingern gegen eine Seite des *Telegraph*: «Brutaler Überfall auf Fünfzehnjährige.» Er legte die Zeitung beiseite. «Und Sie behaupten, London sei in Ordnung. Ha, keine zehn Pferde würden mich dahinbringen.» Jury schloß die Tür hinter sich, während Pluck seinen Tee schlürfte und hinzufügte: «Da ist man ja seines Lebens nicht mehr sicher.»

Er hatte Vivian gesagt, er wolle gegen Mittag bei ihr vorbeikommen; inzwischen war es auch beinahe soweit, aber er versuchte das Treffen noch etwas hinauszuschieben. Deshalb war er auch ganz froh, als er Marshall Trueblood wie einen Vogel mit dem Finger von innen gegen die Scheiben seines Regency-Fensters klopfen sah.

«Verehrtester!» sagte Trueblood, als Jury in den Laden trat. «Ich habe gehört, Sie wollen uns wieder verlassen! Ich kann Ihnen nur sagen, es war die Überraschung meines Lebens – ausgerechnet Simon, ein so attraktiver Mann. Hat denn der Elende auch noch versucht, mich in die Sache zu verwickeln, indem er meinen Brieföffner benutzte?»

«Sieht so aus. Den Pfarrer konnte er anscheinend nicht von hinten angreifen und erdrosseln.»

«Mein Gott, ich dachte eben an die arme Vivian. Was wäre passiert, wenn sie den Kerl geheiratet hätte?» Trueblood erschauerte und zündete sich eine leuchtend rosa Zigarette an. «Matchett hat also auch seine Frau umgebracht?»

«Ja. Zu guter Letzt hat er auch das noch zugegeben.» Jury blickte auf seine Uhr und stand auf. «Wenn Sie nach London kommen, Mr. Trueblood, würde ich mich über Ihren Besuch freuen.»

«Die Gelegenheit werde ich nicht verpassen, mein Lieber!»

In der Anlage stand eine Bank, und da es die ganze Nacht über geschneit hatte, war der Platz wieder eine einzige glitzernde, weiße Fläche. Jury setzte sich und starrte auf die Enten; dann starrte er auf den dunklen Stein, aus dem das Haus der Rivingtons gebaut war. Er sollte wie versprochen, hinübergehen. Aber er blieb einfach sitzen. Schließlich sah er, wie die Haustür aufging und eine weibliche Gestalt in Schal und Mantel herauskam. Sie hinterließ auf der glatten, weißen Fläche eine Reihe ordentlicher Spuren, während sie auf ihn zustapfte.

Als sie an dem Teich angelangt war, stand er auf. «Ich dachte, Sie wollten gegen elf vorbeikommen», sagte sie lächelnd. Ich hielt nach Ihnen Ausschau und sah dann jemanden auf dieser Bank sitzen. Ich fragte mich, ob Sie das vielleicht seien.» Als Jury nicht antwortete, fuhr sie fort: «Vor allem möchte ich mich bei Ihnen bedanken.»

Seine Lippen waren steif vor Kälte. Aber schließlich brachte er doch etwas hervor. «Ich hoffe, diese Enthüllung hat Sie nicht allzusehr... deprimiert, Miss Rivington.»

Ihre Augen wanderten über sein Gesicht. «Deprimiert. Eine glückliche Wortwahl. Nein, nicht wirklich. Ich war nur schockiert. Anscheinend habe ich mich mit Leuten umgeben, denen ich nicht trauen konnte.» Sie verschränkte die Arme über der Brust, um sich warm zu halten, und die Spitze ihres Überschuhs schob den Schnee zurück. «Isabel hat mir die Wahrheit gesagt: über den Unfall, den mein Vater hatte.» Sie blickte zu ihm hoch, aber Jury äußerte sich nicht dazu. «Sie sagte, die Sache hätte ihr auf dem Gewissen gelegen. Was ich bezweifle. Warum sollte sie nach all den Jahren plötzlich Gewissensbisse bekommen... *Sie* waren ihr Gewissen, stimmt's?» Vivian lächelte. Jury starrte auf den Schnee, als würden plötzlich wie auf einem Foto im Entwicklungsbad Gänseblümchen aus ihm hervorsprießen. Als er nicht antwortete, sagte sie: «Etwas müssen Sie mir jedoch noch sagen.»

«Und was?» Seine Stimme kam ihm selbst sehr komisch vor.

«Simon und Isabel?» Sie hatte die Hände in den Taschen ihres Mantels vergraben und den Kopf so tief gesenkt, daß er nur ihre gestrickte Mütze sehen konnte. «Hatten sie ein Verhältnis?» Sie hob den Kopf und blickte ihm ins Gesicht. «Hatten sie vor, mich unauffällig um die Ecke zu bringen und sich dann mit der Beute aus dem Staub zu machen?»

Sie lächelte immer noch, aber der Schmerz in ihren Augen versetzte ihm einen Stich. Jury war überzeugt, daß das Matchetts Plan gewesen war. Er hatte Isabel gebraucht, um an Vivian ranzukommen. Daß ihr Verlobter und ihre Schwester sich hinter ihrem Rükken vergnügt und über sie gelacht hatten – diese Vorstellung mußte sie wohl verfolgt haben.

«War es so?» fragte sie.

«Nein. Sie – und das Geld – hätten Matchett wohl genügt.»

Vivian stieß die Luft aus, als hätte sie lange Zeit den Atem angehalten. «Ich weiß auch nicht, warum mich das immer noch beschäftigt, wo sich das Ganze doch sowieso erledigt hat. Es ging mir einfach nicht aus dem Kopf.» Sie seufzte. «Ich sollte das vielleicht nicht sagen, aber irgendwie bin ich froh, daß es so gekommen ist, ich meine, daß ich ihn nicht zu heiraten brauche.»

«Wer hätte Sie denn dazu gezwungen! Niemand.»

«Ja, ich weiß.»

«Er wäre sowieso nicht der Richtige für Sie gewesen.» Jury blickte zu den Wolken hoch, die über den wasserblauen Winterhimmel trieben. «Nicht Ihr Typ.» Er stand einfach nur da und überließ es dem lieben Gott, die Dinge in Ordnung zu bringen.

«Was ist denn mein Typ?»

«Oh, vielleicht jemand mit einem größeren Reflexionsvermögen.»

Sie schwieg. Dann fragte sie, «Wie hieß dieser Satz, den Sie zitiert haben, *Agnosco*...?»

«Oh ... *Agnosco veteris vestigia flammae*: Ich erkenne die Spuren einer alten Flamme.»

«Sehr eindrucksvoll.»

«Wer? Aeneas?»

«Nein, die alte Flamme. Nicht einmal Aeneas konnte über sie triumphieren.»

«Vielleicht doch.»

«Ich bin mir da nicht sicher.» Sie starrte auch in den blauen Himmel. «Ich glaube, ich ziehe nach Frankreich oder besser noch nach Italien.»

Oder auf den Mars.

Einen Augenblick lang blieb sie noch bei ihm stehen und blickte ihn an, dann wandte sie sich um. «Leben Sie wohl. Und vielen Dank. Manchmal sind Worte doch sehr unzulänglich.» Ihre Hand streifte seine.

Während er ihr nachschaute und beobachtete, wie sie eine zweite sehr ordentliche Spur in dem unberührten Schnee hinterließ, beschimpfte er sich. *Du bist wirklich ein Frauenheld, Jury. Kein Wunder daß sie, wenn du vorbeigehst, schreiend aus den Büschen gestürzt kommen und sich die Kleider vom Leib reißen.* Aus der Entfernung sah es aus, als ginge eine Puppe in ihr Puppenhaus und schlösse die Tür hinter sich.

Wie lange er auf der Parkbank gesessen und den Enten zugeschaut hatte, wußte er schon nicht mehr. Sie schaukelten in dem wärmeren Wasser unter dem braunen Schilf; manche waren zu zweit – als hätten selbst die Enten mehr Glück als Jury. Er erinnerte sich, daß Melrose Plant ihn zum Lunch erwartete. Er riß sich von seiner Bank los, hörte, wie es hinter ihm in den Büschen raschelte und drehte gerade noch rechtzeitig den Kopf, um einen kleinen braunen Haarschopf verschwinden zu sehen.

«Na gut. Ihr kommt auf dem schnellsten Weg hier raus», sagte er mit furchteinflößender Stimme. «Ich brauch nur mal meine gute alte Magnum 45 abzudrücken, und eure Bäuche sehen aus wie Doughnuts.»

Kichernd kamen die Doubles zum Vorschein. Das Mädchen hielt den Kopf gesenkt und beschrieb mit der Spitze ihres alten Stiefels einen kleinen Kreis.

«Nun, James? Und James? Warum seid Ihr mir heute auf den Fersen? Los – heraus mit der Sprache!»

Das Mädchen ließ ein kurzes Gezwitscher vernehmen und senkte den Kopf noch tiefer, als wolle sie ihr Gesicht in den Schnee tauchen. Der Junge sagte: «Wir haben gehört, daß Sie abreisen, Sir. Wir haben Ihnen was mitgebracht.» Aus seiner ausgebeulten Manteltasche zog er ein ziemlich schmutziges, in altes Weihnachtspapier eingewikkeltes Paket hervor. Es war flach und mit einem grauen Band zugeschnürt, das einmal weiß gewesen sein mußte.

«Ein Geschenk! Das ist aber nett von euch.» Er schnürte es auf und sah ein Stück Pappe, das zu einem primitiven Rahmen zurechtgeschnitten war. Dahinter klebte ein Bild: eine gigantische, schneebedeckte Erhebung und in der Entfernung eine dunkle, amorphe Gestalt, die wie ein verschwommener King Kong aussah. Jury kratzte sich am Kopf.

«Das ist das vermaledeite Schneemonster», sagte James, dem *vermaledeit* nicht recht über die Lippen kommen wollte. «Es lebt – wie heißt der Ort schon wieder?» fragend blickte er seine Schwester an, die aber nur mit einem heftigen Kopfschütteln antwortete. Ihre Lippen waren wie immer versiegelt.

«Im Himalaya?»

«Ja, da lebt es, Sir. Sieht es ihm nicht furchtbar ähnlich?»

Jury wußte nicht recht, was er darauf antworten sollte. Aber er sagte: «Das ist wirklich phänomenal, James, wirklich, er gleicht ihm aufs Haar.»

«Und schauen Sie sich bloß mal diese *Spuren* an, Mr. Jury. Ich hab mir gleich gedacht, daß Ihnen das gefallen würde; stellen Sie sich mal vor, wenn der hier rumstapfen würde!» James breitete die Arme aus, eine Bewegung, die den ganzen Dorfplatz einschloß. Dabei bemerkte er die Spuren, die Vivian beim Kommen und Gehen hinterlassen hatte. «Wer ist denn hier schon rumgetrampelt?» fragte er.

Jury lächelte; er wickelte das Bild wieder ein und sagte: «Euer erstes Geschenk hat mir praktisch das Leben gerettet», und er berichtete der Reihe nach, was sich in der Kirche abgespielt hatte.

Die Augen schienen ihnen aus dem Kopf zu fallen, als sie diese ans Wunderbare grenzende Geschichte hörten.

«Jesus, Maria und Joseph!» sagte das Mädchen und hielt sich schnell die Hand vor den Mund.

Jury sagte: «Eine Liebe ist die andere wert. Ich dachte, vielleicht habt Ihr Lust auf eine kleine Spazierfahrt –» Er zeigte auf das Polizeiauto.

«Herrje!» rief James. «Sie meinen mit dem Polizeiauto?»

Fassungslos blickten sie einander an und nickten wild entschlossen mit den Köpfen, immer wieder ihren Entschluß bestätigend.

Als Jury sie in dem Wagen verstaut hatte, bemerkte er, daß er sich schon viel besser fühlte. Er stellte sich die weite, ungehinderte Sicht auf Ardry End vor, die glitzernden, schneeverkrusteten, glatten leicht geschwungenen Flächen.

Als die Dorfstraße in die Dorking Dean Road überging, dachte Jury, *was soll's*!

Und er ließ die Sirene aufheulen.

XXI 15. April, Brief von Melrose Plant an Richard Jury

Lieber Jury,
vor drei Monaten haben Sie uns verlassen, und da mir nur Agatha Gesellschaft leistet, kommt es mir vor wie vor drei Jahren. Ihre Besuche sind jedoch sehr viel seltener geworden, da sie sich immer noch in dem Glauben befindet, wir seien erbitterte Konkurrenten. Ich brauche ihr nur zu erzählen, daß ich wieder ein Kapitel fertig habe, und schon stürzt sie aus dem Haus.

Was unsere Kollegen betrifft – Darrington hat sich nach Amerika abgesetzt, um den amerikanischen Roman um ein paar Jahrhunderte zurückzuwerfen. Die Sache mit dem Plagiat hat mich überhaupt nicht gewundert. – Sie glaubten doch auch nicht, daß Pluck in einem solchen Fall schweigen würde? Sheila war froh, ihn loszuhaben. Sie hat vor, den ganzen Schwindel aufzudecken, darüber zu schreiben, auch wenn sie selbst dafür ins Gefängnis wandert. Sie hat eben doch ein Gewissen.

Lorraine kommt jeden Monat gealtert von ihren Stippvisiten in London zurück; sie erwähnte, sie wolle Ihnen auch mal einen Besuch abstatten.

Also verrammeln Sie die Türen, alter Junge. Willie hat in dem neuen Pfarrer wieder einen Freund gefunden; er ist zwar sehr viel jünger, aber irgendwie sehen Pfarrer immer so aus, als müßten sie täglich abgestaubt werden.

Isabel ist weggezogen, Vivian ebenfalls, aber jede für sich. Unter der Bedingung, daß sie nicht mehr von Isabel belästigt wird, hat Vivian ihr eine gewisse Summe überschrieben. Vivian selbst hat sich eine Villa in Neapel gekauft. Wann ist denn Ihr nächster Urlaub fällig?

Ich bin Hundebesitzer. Ich hatte mich schon länger mit dem Gedanken getragen – ich dachte an diese schlanken, wie Rennhunde aussehenden Tiere, die auf den Salonbildern von englischen Landadligen erscheinen. Ich habe jedoch an einem verregneten Nachmittag einen Ausflug zu der Pandorabüchse gemacht (vielleicht, weil ich in Erinnerungen schwelgen wollte – oder klingt das zu makaber?) und wanderte auf dem Grundstück herum, inspizierte die Ställe, die Dachrinnen und das alte Schild, von dem der Regen heruntertroff. Dann ging ich hinter die Ställe und entdeckte – raten Sie mal? – Mindy, Matchetts Hund, um den er sich nicht mehr gekümmert hat. Schlimm genug, fünf Leute auf dem Gewissen zu haben, aber dann auch noch einen Hund seinem Schicksal zu überlassen – das schlägt dem Faß den Boden aus. Ich ließ es jedenfalls zu, daß Mindy mich nach Hause begleitete, ein ziemlich langwieriges Unternehmen, da sie nicht gerade die Schnellste ist, wie Sie sich vielleicht erinnern.

Diese merkwürdigen Geschwister – die Doubles? – besuchen mich ab und zu. Ihre Köpfe tauchen zu den unmöglichsten Zeiten aus den Büschen auf. An dem Mädchen bewundere ich vor allem, daß sie in ihrem zarten Alter schon gelernt hat, was einen guten Gesprächspartner ausmacht: Schweigen zu können. Sie verlangt nicht von einem, daß man vor Witz sprüht, etc., und wir hatten viele interessante, wenn auch etwas einseitige Gespräche.

Dürfte ich Sie um einen Gefallen bitten? Wenn Sie wieder mal einen Fall haben – ich bin da überhaupt nicht anspruchsvoll – und mir erlauben würden, Ihnen dabei behilflich zu sein, würde mir das ein unendliches Vergnügen bereiten. Mein Leben hier ist nicht gerade eine Herausforderung an die Phantasie.

Der Schnee ist inzwischen vollständig geschmolzen.

Die Unterschrift auf dem gehämmerten Briefbogen bestand aus einem einzigen Wort, mit dicker, schwarzer Tinte geschrieben:

PLANT

Jury steckte den Brief wieder in seinen Umschlag und legte ihn auf den Kaminsims wie eine Botschaft von einem, der gekommen und wieder gegangen war. Als er auf das kleine, weiße Rechteck mit den schwarzen Buchstaben blickte, dachte er an weiße, schneebedeckte Flächen, die von Spuren durchzogen waren. Aber Plant hatte ja geschrieben, daß es keinen Schnee mehr gab. Er schaute aus dem Fenster: Der Himmel war grau und trostlos.

Er nahm seinen Regenmantel von dem Haken hinter der Tür und ging hinaus.

Jury mochte nicht nur Schnee, sondern auch Regen.

Inspektor Jury spielt Domino

Für meinen Bruder Bill

I Nacht an der Engelsstiege

1

Die eine Gesichtshälfte schwarz, die andere weiß geschminkt, tauchte sie aus dem Nebel auf und ging die Grape Lane hinunter. Es war Anfang Januar, der Seenebel drang von Osten her ein und verwandelte die mit Kopfsteinen gepflasterte Straße in einen wabernden Tunnel, der sich bis zum Wasser hinunterzog. Die Bucht war den Sturmböen voll ausgesetzt, und mit ihrer sichelförmigen Krümmung wurde die Grape Lane zu einem Windfang für die hereinwehenden Böen. In der Ferne stieß das Nebelhorn, Whitby Bull genannt, vier langgezogene Klagelaute aus.

Der Wind blähte ihren schwarzen Umhang auf, um ihn dann um ihre Knöchel zu wirbeln. Sie trug ein weißes Satinhemd und weiße Satinhosen, die in schwarzen, hochhackigen Stiefeln steckten. Außer dem Klicken ihrer Absätze war nur das heisere Gah-Gah der Möwen zu hören. Eine tippelte über ihr auf dem Sims einer Hauswand und pickte gegen die Fensterscheiben. Schutzsuchend drängte sie sich an die Mauern der niedrigen Häuser. Sie blickte die Gäßchen hoch, die alle oben zu enden schienen, in Wirklichkeit aber über verwinkelte Treppchen zu andern Durchgängen führten. Die Hauseingänge mit den schwarzen, eisernen Fußabstreifern lagen direkt an der engen Straße. Als jemand auf der andern Straßenseite an ihr vorüberging, blieb sie einen Augenblick lang in dem trüben Licht der Laterne stehen. In diesem Nebel war es jedoch unmöglich, jemanden zu erkennen. Am Ende des Sträßchens sah sie den Gasthof an der Mole, dessen Fenster wie Opale in der diesigen Dunkelheit schimmerten.

Bei dem schmiedeeisernen Gittertor der Engelsstiege blieb sie stehen. Die breiten Stufen zu ihrer Linken verbanden die Grape Lane und die darüberliegende Scroop Street mit der Marienkapelle, die am höchsten Punkt des Dorfes lag. Sie schob den Eisenriegel zurück und stieg die Treppe hoch; es war ein gutes Stück bis zur Plattform, auf der eine Bank zum Ausruhen einlud. Jemand saß darauf.

Die Frau in Schwarz-Weiß erschrak und tat einen Schritt zurück nach unten. Sie wollte gerade etwas sagen, als die Gestalt sich erhob und zwei Arme wie von unsichtbaren Schnüren gezogen hervorschnellten – hervor, auf und ab. Sie schlugen so lange auf die Frau ein, bis sie wie eine Puppe zu Boden fiel, und wenn diese andere Gestalt sie nicht an ihrem Umhang festgehalten hätte, wäre sie die Treppe hinuntergerollt. Arme und Beine von sich gestreckt, blieb sie auf der Treppe liegen; ihr Kopf hing nach unten. Die Gestalt drehte sich um, stieg beinahe achtlos über sie hinweg und ging, um nicht in die Blutlache zu treten, dicht an der Mauer die Engelsstiege hinunter, zurück zur Grape Lane.

Es war die Nacht vor dem Dreikönigsfest.

2

«Es gab schon *immer* welche, die ungestraft morden konnten!» Adrian Rees knallte sein Glas auf den Tresen. Er hatte gerade ein Loblied auf die russische Literatur und Raskolnikow gesungen.

Im Alten Fuchs schien das jedoch niemanden zu interessieren.

Adrian tippte gegen das leere Glas. «Noch eines, Kitty, mein Schatz.»

«Nichts ‹Kitty mein Schatz›, bevor ich kein Geld sehe, kriegst du nichts.» Kitty Meechem fuhr mit dem Lappen über den Tresen, um das Bier aufzuwischen, das wie Gischt aus dem Glas seines Nachbarn gespritzt war, als er seines so schwungvoll aufsetzte. «Mal wieder sternhagelvoll.»

«Sternhagelvoll, was...? Ah, Kitty, mein Herzblatt...», sagte er einschmeichelnd, während seine Hand nach ihren hellbraunen Lokken griff; sie versetzte ihr sofort einen Klaps. «Nicht einmal einem Landsmann willst du einen spendieren?»

«Bah! Du und Landsmann, du bist so irisch wie der Rote.»

Der Rote war ein Kater, der zusammengerollt auf einem alten Teppich vor dem glühenden Ofen lag. Er lag immer dort, unbeweglich wie eine Porzellanfigur. Adrian fragte sich, wann er sich wohl all die Wunden und Schrammen zuzog, die er aufwies.

«Faul genug ist er», sagte Adrian.

«Hört euch das an – du bist mir der Richtige, den ganzen Tag schmierst du nur herum und malst splitternackte Weiber.»

Diese Bemerkung rief am Tresen ein paar Lacher hervor. «An dieser Katze könnt sich manch einer ein Beispiel nehmen.»

Adrian lehnte sich über den Tresen und flüsterte für alle hörbar: «Kitty, ich werd in ganz Rackmoor rumerzählen, daß du für mich nackt Modell gestanden hast!»

Kichern von links und Gekrächze von rechts, wo Billy Sims und Corky Fishpool saßen. Ohne mit der Wimper zu zucken, wischte Kitty ihren Tresen. «Laß mich mit deinen dreckigen Bildern und deiner dreckigen Schnauze zufrieden. Mich interessiert nur –» sie strich den Schaum von ein paar frisch gezapften Bieren – «dein dreckiges Geld. Oder ist da heute abend nichts zu erwarten?»

Adrian blickte erwartungsvoll von Billy zu Corky, die sogleich mit ihren Nachbarn ein Gespräch anfingen. Keiner, der ihm einen ausgab. Auch für seine Bilder gaben sie nichts aus – kein Wunder, daß er pleite war.

«Ihr solltet euch mehr um euer Seelenheil als um eure Geldbeutel kümmern!»

Corky Fishpool sah ihn an und stocherte in seinen Zähnen herum. Adrian kam wieder auf Raskolnikow zu sprechen: «Immer wieder ging er zu der verschlagenen Alten zurück, um die paar Habseligkeiten, die er noch besaß, zu verpfänden ... filzig war sie wie sonstwas.» Bei diesen Worten sandte er Kitty Meechem einen Blick zu, doch die ignorierte ihn. «Eines Tages schlich er sich die Treppe hoch ...» Adrians Finger krochen auf Billy Sims' Glas zu, das schnell zurückgezogen wurde. «Und als er im Zimmer stand und ihren Rücken vor sich sah – Wumm! Da gab er ihr's!» Er bemerkte, daß sich hinter ihm noch ein paar Zuhörer an dem Tresen versammelt hatten. Aber keiner wollte was spendieren. Nicht einmal Homer hätte diesem Gesindel einen Drink entlockt.

«So 'n Blödsinn, für 'n paar Kröten jemand abzumurksen.» Dies kam von Billy Fishpool, Corkys Vetter, einem humorlosen, schwerfälligen Kerl, einem bulligen Fischer mit einem Gesicht wie aus dem Fels der Klippen gehauen und einem tätowierten Drachen auf dem Unterarm. Er hatte seinen eigenen Bierkrug, der an einem Haken über der Bar hing. Wenn er daraus trank, schob er den Finger durch den Henkel und legte den Daumen auf den Rand, als wolle er sichergehen, daß er ihm auch nicht entrissen würde.

«Weil er das Wesen der Schuld erfahren wollte, aber das ist wohl zu hoch für euch Bierköppe.» Adrian streckte die Hand nach einem Solei aus, aber Kitty schlug ihm auf die Finger.

«Bescheuert», murmelte Ben, den diese Erklärung nicht befriedigte.

«Schuld, Erlösung, Sünde! Das sind die wichtigsten Themen.» Adrian hatte sich umgedreht und sprach zu der versammelten Mannschaft. Der beißende Rauch der verschiedenen Tabaksorten mischte sich in der Luft; Rauchschwaden hingen über den Tischen, als wäre der Seenebel durch Wände, Türen und Fenster in den Gasthof eingedrungen. Nach Adrians Meinung gab es überhaupt keinen besseren Ort, um über Schuld und Sühne zu sprechen; die Gesichter derjenigen, die bis zum Schluß herumlungerten, zeigten eine wilde Entschlossenheit, das Leben als Schicksalsprüfung zu betrachten. Jedes Auflachen wurde sofort unterdrückt, als hätte der Schuldige sich auf einem Friedhof beim Kichern ertappt.

«Raskolnikow wollte beweisen, daß es Menschen gibt, die andere umlegen können, ohne dafür zu büßen.» Niemand schien ihm zuzuhören.

«Und laß dir ja nicht einfallen, Bertie um Geld anzuhauen», sagte Kitty, als hätte sie nichts von Sünde, Schuld oder Raskolnikow gehört. «Das hast du erst letzte Woche gemacht, ich hab's gesehen. Eine Schande!» Sie schlug mit der Serviette in seine Richtung. «Ein erwachsener Mann, der sich von einem kleinen Knirps sein Bier bezahlen läßt, einem armen, mutterlosen, kleinen Bub.»

Adrian höhnte. «Bertie? Arm und mutterlos? Heiliger Strohsack, er nimmt mehr Zinsen als die Bank. Ich glaube, Arnold macht für ihn die Buchführung.» Hinter seinen dicken Brillengläsern hatte der

Kleine die reinsten Röntgenaugen. Er hätte Raskolnikow innerhalb von zwei Minuten ein Geständnis abgerungen.

«Und nichts gegen Arnold. Ich hab gesehen, wie er auf einem Pfad die Klippen runterging, der war gerade breit genug für eine Schlange. Und du schaffst es nicht einmal, ohne zu torkeln die High Street hoch.»

«Ha, ha, ha», sagte Adrian nur, wie gewöhnlich nicht in der Lage, Kitty Kontra zu geben oder sich eine witzige Antwort auszudenken. Sein Blick fiel auf Percy Blythes Glas. Percy kniff die scharfen, kleinen Augen zusammen und breitete schnell beide Hände darüber. Adrian setzte seinen Vortrag fort.

«Spießbürger! Ihr wißt ja überhaupt nicht, was das ist, Schuld und Sühne!»

«Wunderbar – gib mir noch 50 Pence, und du kriegst ein Bier», sagte Kitty. «BITTE, MEINE HERRSCHAFTEN: FEIERABEND!»

Die Tür fiel hinter ihm ins Schloß; Adrian knöpfte das Ölzeug über seinem blauen Wollpullover zu und zog sich die Mütze über die Ohren. Rackmoor im Januar war die Hölle.

Der Alte Fuchs war so nahe ans Wasser gebaut, daß die Wellen schon seine Mauern umspült hatten. Und einmal hatte die Sturmflut sogar den Bug eines Schiffes gegen sie prallen lassen. Schließlich wurde dann eine Flutmauer gebaut. Die Vorderfront des Pub ging auf eine kleine Bucht, in der kleine Boote auf dem Wasser schaukelten. Von Norden her, aus der Richtung von Whitby, drang das Geheul des Whitby Bull an sein Ohr.

Vier enge Straßen kamen hier zusammen: Lead Street, High Street, Grape Lane und Winkle Alley. Nur die High Street war breit genug für ein Auto, falls sein Fahrer sich von dem halsbrecherischen Gefälle nicht abschrecken ließ. Adrian wohnte beinahe am andern Ende der High Street, dort, wo die Straße einen Knick machte, bevor sie sich, allen Gesetzen der Schwerkraft zum Trotz, weiter in die Höhe schraubte. Er beschloß jedoch, die Grape Lane hinaufzugehen; sie war nicht ganz so steil, und ihr Pflaster brachte einen nicht so leicht zum Stolpern. Aus dem Fuchs drangen immer noch die Stimmen der Stammgäste, die die letzte Viertelstunde auskosteten. Spießer!

Er hörte sie, bevor er sie sah.

Er ging gerade an der Engelsstiege vorbei, als er das Stakkato ihrer Absätze vernahm. Sie tauchte auf der andern Seite der Grape Lane aus dem Nebel auf und ging in die Richtung der Engelsstiege und der Flutmauer. Der Wind wickelte ihren schwarzen Umhang um ihre weißen Hosen. Adrian hätte nicht gedacht, daß ihn in Rackmoore noch etwas aus der Fassung bringen könnte; bei ihrem Anblick drängte er sich jedoch etwas dichter an den kalten Stein einer Hauswand. Eine Sekunde lang blieb sie unter dem Bogen einer der wenigen Straßenlaternen stehen, und er prägte sich dieses Bild in allen Einzelheiten ein.

Um sich an etwas erinnern zu können – an das bunte Muster des Herbstlaubs, das Schimmern des Mondlichts oder den Faltenwurf eines Stückes Samt, der über einen Arm drapiert war –, brauchte Adrian nie ein zweites Mal hinzuschauen. Er brauchte sozusagen nur auf den Auslöser zu drücken, und das Bild war für immer abrufbereit in seinem Gedächtnis gespeichert. Er würde einen fabelhaften Zeugen abgeben, Adrian hatte das schon immer gedacht.

Die Sekunde im Schein der Straßenlaterne hatte ihm genügt, um alles festzuhalten: den schwarzen Umhang, das weiße Satinhemd, die weißen Satinhosen, die schwarzen Stiefel und die schwarze Kappe, die sie auf dem Kopf trug. Am auffallendsten war jedoch das Gesicht gewesen. Als hätte man mit dem Lineal eine Linie gezogen, um die beiden Gesichtshälften voneinander zu trennen; die linke war weiß, die rechte schwarz geschminkt. Eine schmale schwarze Maske vervollständigte das seltsame, schachbrettartige Aussehen.

Rasch ging sie weiter auf die Engelsstiege und das Meer zu, und das Klappern ihrer Absätze verhallte im Nebel. Er stand da und starrte einen Augenblick lang ins Leere.

Dann fiel ihm wieder ein, daß es die Nacht vor dem Dreikönigsfest war.

3

«Soll ich Hausfrau spielen?»

Bertie Makepiece hielt eine Teekanne aus Steinzeug hoch. Eigentlich war es schon zu spät, um noch auf zu sein und Tee zu kochen; morgen war aber schulfrei, und Bertie dachte, er könne sich das einmal erlauben. Seit dem Abendessen hatte er Lust auf etwas Eßbares. Er trug eine Schürze, die viel zu groß für ihn war und die er sich deshalb in Achselhöhe umgebunden hatte. Und so stand er da, geduldig die Teekanne über die Tasse haltend und auf Arnolds Antwort wartend.

Aber sein Gegenüber antwortete nicht. Blickte man in Arnolds ernste Augen, hatte man jedoch den Eindruck, er würde ihm die Antwort nicht schuldig bleiben, weil er ein Hund war, sondern weil er – nein, danke – die ihm angewiesene Rolle einfach nicht übernehmen wollte.

Arnold war ein Staffordshire-Terrier von der Farbe eines Yorkshire-Puddings oder eines sehr feinen, trockenen Sherrys. Seine dunklen Augen, die einen auf irritierende Weise fixieren konnten, ließen eher einen Hundeimitator als einen wirklichen Hund vermuten. Arnold war ein sehr ruhiger Hund; man hörte ihn nur ganz selten bellen – als hätte er erkannt, daß Bellen allein nicht genügte, um durchs Leben zu kommen. Die andern Hunde folgten ihm in respektvollem Abstand: Arnold war ein Überhund. Wenn er auf den Bürgersteigen und in den Gassen herumschnupperte, hatte man immer das Gefühl, er sei etwas Bedeutsamem auf der Spur.

«Hast du was gehört, Arnold?»

Arnold hatte die Schüssel Milch mit dem Schuß Tee beinahe ausgetrunken und setzte sich auf, die Ohren gespitzt.

Bertie rutschte von seinem Stuhl und trottete zum Fenster. Ihr Häuschen in der Scroop Street war zwischen zwei andern Häusern eingekeilt: Das eine gehörte irgendwelchen Leuten, die nur im Sommer kamen, und in dem andern wohnte die alte Mrs. Fishpool, die Arnold ihre Abfälle hinstellte; er schleppte sie zu den Mülleimern am Ende der Straße und begrub sie dort.

Das Häuschen der Makepieces war ganz in der Nähe der Engelsstiege. Die Dorfbewohner, die noch im Vollbesitz ihrer Kräfte waren, kletterten sie jeden Sonntag zur Marienkapelle hoch. Bertie schaute hinaus und auf das Dorf hinunter; außer den gespenstischen Umrissen der spitzen Dächer und Schornsteinkappen konnte er in dem Nebel jedoch nichts erkennen.

An dem Fenster über ihm, seinem Schlafzimmerfenster, hörte er plötzlich ein Klopfen. Bertie fuhr zusammen. Eine Silbermöwe oder ein Eissturmvogel: *Ag – ag – aror*; sie schien zu kichern, als hätte sie einen Witz über das Dorf gehört. Immer klopften sie an sein Fenster, manchmal weckten sie ihn sogar morgens auf, wie Besucher, die Einlaß begehrten. Möwen und Seeschwalben, verdammtes Gesindel – sie taten so, als gehörte ihnen das Haus.

Arnold stand hinter ihm und wartete darauf, daß er ihm die Tür öffnete. «Zisch schon los, Arnold.» Bertie öffnete die Tür, und Arnold schlüpfte wie ein Schatten an ihm vorbei. Bertie rief ihm nach: «Aber nicht so lange!»

Der Hund blieb stehen und schaute sich nach Bertie um, wahrscheinlich verstand er, was er sagte. Bertie starrte noch ein Weilchen in den vorbeidriftenden Nebel. Er hatte wie ein Schrei geklungen, dieser Laut, den er gehört hatte. Aber die Vögel schrien immer.

Und in Rackmoor klang ein Schrei wie der andere.

4

Sie wurde von dem Nachtwächter gefunden.

Billy Sims hatte mit Corky Fishpool noch lange, nachdem der Fuchs dichtgemacht hatte, weitergefeiert; zuerst hatten sie einen ihrer Kumpel in der Lead Street aufgesucht und dann einen, der in der Winkle Alley wohnte. Schließlich war diese Nacht ja zum Feiern da.

Nun war er jedoch fest entschlossen, den Heimweg anzutreten, seinen Dreispitz auf dem Kopf und die lohfarbene Uniformjacke falsch herum übergezogen. Obwohl er wußte, daß sie nicht beleuchtet und in der winterlichen Dunkelheit auch nicht ganz ungefährlich war, wollte er doch die Engelsstiege hochgehen zu seinem kleinen Haus in der Psalter Lane gleich neben der Marienkapelle. Das Horn unter den Arm geklemmt, stolperte er im Zickzack die Stufen hoch.

Sein Fuß stieß gegen etwas. Etwas Weiches, das aber nicht nachgab, kein Stein. Er hatte keine Taschenlampe bei sich, kramte aber ein paar Streichhölzer hervor und zündete sich eines an.

Das Streichholz flackerte auf; er sah das blutüberströmte, nach unten hängende Gesicht und die seltsam abgespreizten Extremitäten, die der schwarz-weißen Gestalt das Aussehen einer großen Puppe verliehen.

Billy Sims wäre beinahe selbst kopfüber die Treppe hinuntergepurzelt. Als ihm einfiel, daß es der Abend vor dem Dreikönigsfest war und daß diese Frau wahrscheinlich von einem Kostümfest gekommen war, wurde der Alptraum Realität.

5

Kriminaldirektor Ian Harkins von der Kriminalpolizei Pitlocharys war außer sich. Es war der erste wirklich interessante Fall, der ihm hier beschert worden war, und der Polizeidirektor wollte jemanden aus London kommen lassen. *Nur über meine Leiche*, dachte Harkins und grinste über seinen Galgenhumor. Harkins hatte auch das entsprechende Aussehen – klapperdürr mit tiefliegenden Augen.

Er hielt den Hörer so fest umklammert, daß seine Knöchel hervortraten. «Ich sehe keine Veranlassung, London hinzuzurufen. Ich war noch nicht einmal am Tatort, und Sie sprechen schon vom Scotland Yard. Seien Sie so nett und geben Sie mir eine Chance.» Es lag eine gewisse Schärfe in diesem *Seien Sie so nett*.

Zögernd bewilligte ihm Polizeidirektor Bates 24 Stunden. Es sah ganz so aus, als würde ihnen dieser Fall noch Probleme bescheren; Leeds würde sich bestimmt nicht freuen.

Harkins beendete seine Toilette. Ian Harkins verstand darunter nicht ungebügelte Anzüge und bunt zusammengewürfelte Socken. Einen Drehspiegel hielt er für unerläßlich. Und er hatte nicht nur einen Schneider in der Jermyn Street, sondern auch eine reiche Tante in Belgravia, die ihn maßlos verwöhnte, obwohl sie seine Vorliebe für den kalten Norden nicht begriff und über seine Arbeit sprach, als wäre sie eine Art Hobby, auf das er sich plötzlich versteift hatte.

Sie war jedoch kein Hobby; Harkins leistete hervorragende Arbeit. Und er besaß einen glasklaren, durchdringenden Verstand, dem Gefühle nichts anhaben konnten.

Harkins knotete den Gürtel seines für die harten Winter von Yorkshire eigens gefütterten Kamelhaarmantels zu und zog sich ein Paar Handschuhe über, deren Leder so weich war, daß es auf den Händen zu zergehen schien. Auch wenn er ein ausgezeichneter Kriminalbeamter war, so brauchte man ihm das, verdammt noch mal, nicht schon von weitem anzusehen.

Aber ein Mann von der Kripo sollte seine Zeit nicht vor dem Drehspiegel vertrödeln. Um die verlorene Viertelstunde wieder wettzumachen, sprang er in seinen Lotus Elan, jagte den Motor auf 150 hoch und hoffte beinahe, irgendeine idiotische Streife würde versuchen, ihn auf der 25 Kilometer langen und total vereisten Strecke zwischen Rackmoor und der Küste anzuhalten.

«Sie hat ihr Fett abgekriegt, was?»

Kriminalwachtmeister Derek Smithies verzog das Gesicht. So redete man vielleicht beim Fußball, aber nicht bei einem blutigen Mord.

Ian Harkins erhob sich von der Stelle, an der er gekniet hatte, und rückte die Schultern seines Mantels zurecht. Sein ausgemergeltes Gesicht ließ ihn zehn Jahre älter erscheinen, als er tatsächlich war. Um den skelettartigen Eindruck etwas zu mildern – die Backenknochen ragten hervor wie Balkone –, trug er einen langen, vollen Schnurrbart. Er hatte seine schönen butterweichen Handschuhe ausgezogen, um die Leiche zu inspizieren; wie ein Chirurg streifte er sie nun wieder über.

Von dem Polizeirevier in Pitlochary, einer Stadt, die fünfmal so groß war wie Rackmoor, aber trotzdem nur ein kleines Kontingent an Polizei besaß, hatte Inspektor Harkins ein halbes Dutzend Männer angefordert, unter ihnen den Arzt des Orts und den Wachtmeister, der hinter ihm stand und sich Notizen machte. Der Tatort-Sachverständige war bereits wieder gegangen. Der Spezialist für Fingerabdrücke, ein Mann, der angeblich selbst von den Flügeln einer Fliege Abdrücke nehmen konnte, wurde noch erwartet. Der Pathologe stand auf, grunzte und wischte sich die Hände ab.

«Und?» fragte Harkins und schob sich eine dünne, handgerollte kubanische Zigarre in den Mund.

Der Arzt zuckte mit den Schultern. «Ich weiß nicht. Es sieht aus, als hätte jemand mit einer Mistgabel auf sie eingestochen.»

Harkins blickte ihn an. «Eine ziemlich unhandliche Waffe. Raten Sie noch mal.»

Genauso bissig erwiderte der Arzt: «Vampire.»

«Sehr komisch.»

«Ein Eispickel, eine Ahle, weiß der Himmel; sie sieht aus wie ein Sieb. Der Eispickel scheidet aus – was immer es war, es muß mehr als einen Zinken gehabt haben. Wenn ich die Leiche genau untersucht habe, kann ich Ihnen mehr sagen.»

Harkins ließ sich wieder auf dem Boden nieder. «Das Gesicht... Können Sie mal Ihre Taschenlampe draufhalten!» rief er einem der Männer zu, die die Treppe absuchten. Wie riesige Glühwürmchen bewegten sich drei oder vier Taschenlampen die Stufen rauf und runter. Eine davon wurde zu ihnen herübergeschwenkt und beleuchtete das Gesicht der Frau. «Unter dem Blut scheint Make-up zu sein, sieht aus wie Theaterschminke. Die eine Hälfte ist schwarz, die andere weiß. Merkwürdig.» Harkins stand auf und klopfte mit seinen Handschuhen den Staub von seinen Hosen. «Zeit?» zischte er.

Umständlich zog der Arzt seine dicke Taschenuhr hervor und sagte: «Genau ein Uhr 59.»

Harkins warf seine Zigarre auf den Boden und zertrat sie mit dem Absatz. «Verdammt, Sie wissen genau, was ich meine.»

Der Arzt ließ seine Tasche zuschnappen. «Ich bin Ihnen nicht unterstellt, vergessen Sie das bitte nicht. Ich würde sagen, sie ist seit zwei, vielleicht auch schon seit drei Stunden tot. Ich bin nichts weiter als ein Landarzt, und Sie haben *mich* hierhergebeten. Also seien Sie höflich.»

Als wäre Höflichkeit nur eine Vokabel im Wörterbuch von Landärzten, wandte sich Harkins an Wachtmeister Smithies: «Lassen Sie die Treppe oben und unten absperren und ein paar Verbotsschilder dranhängen. Und jagen Sie die Leute da weg.» Seit Harkins und dann die andern Polizeiautos aufgetaucht waren, erschienen unten auf der Grape Lane ständig neue, gespenstisch wirkende Gesichter. Mehr und mehr Dorfbewohner taumelten aus ihren Betten, um nachzuschauen, was die nächtliche Ruhestörung zu bedeuten hatte. Harkins schaffte es, seiner nächsten Frage, einer ganz simplen und naheliegenden Frage, einen absolut ätzenden Ton zu verleihen: «Temple war der Name, nicht wahr?»

Smithies versuchte, sich so klein wie möglich zu machen, was für einen Mann von seiner Größe nicht gerade einfach war. «Jawohl, Sir. Sie soll im Fuchs abgestiegen sein, dem Gasthof an der Mole.»

«Fremd hier?»

«Ich nehme an.»

«Sie nehmen an. Und wie erklären Sie sich diese seltsame Aufmachung? Tauchen in Rackmoor häufig solche Gestalten auf?» Als trüge Smithies persönlich die Verantwortung für das Auftauchen dieser Frau in Schwarz und Weiß.

«Es ist ein Kostüm, Sir...»

«Was Sie nicht sagen.» Harkins zündete sich eine neue Zigarre an.

«... der Abend vor dem Dreikönigsfest. Im Old House fand ein Kostümball statt. Sie muß auf dem Weg dahin gewesen, oder von dort gekommen sein.»

«Wo zum Teufel ist das Old House?»

Smithies deutete die Engelsstiege hoch; sein Finger schnellte so heftig hervor, als wolle er die Kirche durchbohren. «Wenn Sie aus der Gegend sind, müssen Sie das Herrenhaus kennen, Sir. Es heißt Zum Alten Fuchs in der Falle.»

«Ich denke, so heißt der Gasthof?»

«Stimmt. Nur gehört der Gasthof dem Colonel zur Hälfte, und er hat ihn nach dem Haus benannt. Damit es keine Verwechslung gibt, nennen wir das eine Old House und das andere den Fuchs. Ursprünglich hieß Kittys Kneipe Zum Kabeljau. Aber der Colonel, Colonel Crael, ist ein passionierter Jäger –»

«Von mir aus kann es auch Tante Fannys Bierstübchen heißen, ist doch – Moment mal, meinen Sie Sir Titus Crael? *Diesen* Colonel Crael?»

«Ja, ihn, Sir.»

«Sie meinen, sie –» er zeigte auf die Stufe, auf der die mit dem Abtransport der Leiche beschäftigten Männer gerade angekommen waren – «hat zu seinen Gästen gehört?»

«Ich nehm's an, Sir.» Harkins murmelte etwas und blickte auf den mit Kreide markierten Umriß, als hätte er sie am liebsten wieder dort hingeschafft.

Inspektor Harkins hatte wenig Respekt vor seinen Vorgesetzten;

sie mochten sich in Pitlochary, Leeds oder London befinden. Und vor seinen Untergebenen hatte er überhaupt keinen; er war vielmehr der Meinung, daß sie ihre untergeordneten Positionen innehatten, weil sie es nicht anders verdienten.

Vor einer Sache hatte er jedoch Respekt: Vor einem guten Namen. Und die Craels gehörten zu den besten Familien von Yorkshire.

Er befand sich in einer Zwickmühle: Einerseits hätte er die Leiche am liebsten wieder auf ihren Platz zurückgelegt – sollte sich doch London den Kopf darüber zerbrechen.

Andererseits hieß er Ian Harkins und konnte auch nicht aus seiner Haut.

II Vormittag in York

1

Melrose Plant legte die Zeitung auf sein Knie und drehte die Sanduhr um.

«Woher hast du dieses Ding?» Zwischen Lady Agatha Ardry und ihrem Neffen befand sich ein farbenfroher Axminster-Teppich und ein Kuchenteller. Seit einer Stunde lungerte sie wie ein junger Wal auf dem Queen-Anne-Sofa und stopfte sich mit Obsttörtchen und Pfefferkuchen voll, ihr zweites Frühstück, wie sie erklärte.

Kuchen um elf Uhr? Melrose erschauerte, beantwortete aber ihre Frage.

«Aus einem Antiquitätenladen bei den Shambles.» Er schob seine Goldrandbrille auf seiner eleganten Nase zurecht und vertiefte sich wieder in seine Zeitung.

«Und?» Sie hielt ihre Teetasse mit abgespreiztem kleinem Finger. Es mußte ihre dritte oder vierte Tasse sein.

«Was, und?» In der Hoffnung, auf ein Kreuzworträtsel zu stoßen, mit dem er sich die Zeit vertreiben konnte, blätterte er die Seite um.

«Und warum drehst du es jede Minute um?»

Melrose blickte sie über den Brillenrand hinweg an. «Es ist eine Sanduhr, liebste Agatha. Wenn ich sie jede Minute umdrehen müßte, hätte sie ihren Zweck verfehlt.»

«Red nicht in Rätseln. Möchtest du denn nichts von den hübschen Dingen, die uns Teddy hingestellt hat?»

«Teddy wird nicht merken, daß ich nichts gegessen habe.»

Teddy. Eine Frau, die zuließ, daß man sie *Teddy* nannte, hatte es auch verdient, Agatha vierzehn Tage lang auf dem Hals zu haben. Er fragte sich, für was *Teddy* eigentlich stand: Theodora wahrscheinlich, so wie sie aussah. Eine stattliche Frau mit feuerroten Haaren, die wie ein brennender Busch ihren Kopf umstanden. Heute morgen war sie Einkaufen gegangen.

«Du hast mir immer noch nicht meine Frage beantwortet. Warum hast du die Sanduhr umgedreht? Auf dem Kaminsims steht doch eine wunderbare Uhr, eine Uhr, die geht.» Sie blinzelte zum Kamin hinüber. «Was Teddy wohl dafür bezahlt hat? Sieht italienisch aus.»

Sie hätte die ganze Einrichtung innerhalb von zehn Minuten taxiert und mit Preisschildern versehen, dachte Melrose. «Früher waren die Kirchenstühle mit einem Vorhang versehen, und die Pfarrer hatten eine Sanduhr auf der Kanzel stehen. Dauerte die Predigt länger als eine Stunde, dann drehte der Pfarrer die Sanduhr einfach um. Und wer genug hatte, konnte den Vorhang vorziehen. Wenn ich mich nicht irre, hat Lord Byron, als er in Yorkshire Freunde besuchte und mit ihnen in die Kirche ging, sofort den Vorhang zugezogen.»

Agatha kaute daran, im wörtlichen wie im übertragenen Sinn, während sie ein Törtchen mit einer fürchterlichen hellblauen Glasur verdrückte. Nach einer längeren, für sie ziemlich ungewöhnlichen Schweigepause fragte sie: «Melrose, erinnerst du dich noch an diesen merkwürdigen Onkel Davidson? Ein Cousin deiner Mutter, Lady Marjorie.»

«Ich erinnere mich an den Namen meiner Mutter. Was ist mit diesem Onkel?»

«Er war ziemlich verrückt, jeder in der Familie wußte das. Er redete nur wirres Zeug, und ich frage mich ...» Sie entfernte das Papier von dem nächsten Törtchen. «Ich meine, du sagst und tust auch die seltsamsten Dinge. Zum Beispiel dieses öde, kleine Fischerdorf an der Küste –»

«Fischerdörfer pflegen nun einmal an der Küste zu liegen.» Er erinnerte sich, daß sie es ein «pittoreskes, kleines Fischerdorf» genannt hatte, als sie sich noch in dem Glauben befand, die Einladung dorthin gelte auch ihr.

Schaudernd fuhr sie fort: «Die Nordsee mitten im Winter! Wenn es Scarsborough wäre – Scarsborough im Sommer –, das würde ich mir noch gefallen lassen!»

Ein Greuel, dachte Melrose. Scarsborough im Sommer bedeutete Strandpromenaden und Badegäste und Agatha, die wie eine Klette an ihm hing. Melrose gähnte und blätterte eine Seite der *York Mail* um. «Ich verstehe nicht, wie du überhaupt auf den Gedanken kamst.»

«Weil ich eingeladen wurde, liebe Tante; deswegen geht man doch im allgemeinen irgendwo hin.» Das war jedoch danebengegangen: Agatha hatte sich *selbst* bei Teddy eingeladen, als sie herausfand, daß Melrose nach Yorkshire fahren würde. Und er glaubte, ihr auch nicht abschlagen zu können, sie nach York mitzunehmen, da es ja praktisch auf seinem Weg lag. Und im Grunde hatte er nichts dagegen, in York haltzumachen, denn es war ein reizvoller Ort: Einmal gab es die Kathedrale mit der goldenen Kanzel, dann das verwinkelte Shambles mit seinen eng zusammengebauten, krummen und schiefen Läden und Häusern. Und gestern hatte er sogar einen hübschen, ganz versteckten Club entdeckt, in dem er sich in einem rissigen Ledersessel ausstrecken und ausruhen konnte, bis die Leichenstarre einsetzte. Heute morgen war er ein Stück an der Stadtmauer entlanggegangen. Schönes, altes York.

«... doch nur ein Baron.»

In seinen Betrachtungen über Stadtmauern und Stadttore gestört, fragte Melrose: «Was?»

«Dieser Sir Titus Crael. Er hat doch nur einen Baronstitel, während *du*...»

«Während ich überhaupt keinen Titel habe. Es gibt aber viele von uns, wir schießen in ganz England wie Pilze aus dem Boden, und ich habe gehört – das kann allerdings auch ein Gerücht sein –, daß wir London umzingelt haben und daß Cornwall schon in unserer Gewalt ist. Vielleicht müssen wir es aber wieder aufgeben.»

«Oh, hör auf mit dem Quatsch, Melrose. Du weißt ganz genau, was ich meine. Du kannst dich nicht einfach Melrose Plant nennen, niemand nimmt dir das ab. Statt Earl of Caverness. *Und* zwölfter Viscount Ardry, und Enkel von –»

Sie war in Fahrt geraten und würde wie eine Gebetsmühle sämtliche Titel herunterrasseln, wenn er sie nicht daran hinderte: «Ich fürchte, sie *müssen* sich damit abfinden, da ich mich selbst damit abgefunden habe. Ist es nicht komisch, daß die Welt sich trotzdem weiterdreht?»

«Ich weiß wirklich nicht, warum du dich darauf versteifst. Du bist einfach apolitisch. Dein Vater hätte vielleicht das Zeug zu einem Politiker gehabt. Aber du hast überhaupt keine Ambitionen.»

Nur die eine, mich davonzumachen, dachte Melrose. Sie würde immer weiter bohren, aber er hatte nicht die Absicht, sich dazu zu äußern. Er lehnte sich zurück und starrte zur Decke hoch. Er dachte an seinen Vater, den er sehr geliebt und verehrt hatte. Nur seine blödsinnige Jagdleidenschaft konnte er nicht nachempfinden. Wahrscheinlich war sie auch die Basis seiner Freundschaft mit Titus Crael gewesen. Melrose Plant war Sir Titus Crael vielleicht vor 30 Jahren das letzte Mal begegnet. Er erinnerte sich nur noch an den Tag, an dem er mit ihm zusammen junge Füchse gejagt hatte, eine große, imposante Gestalt, die neben ihm stand und einen toten Fuchs in den Händen hielt. Sie vollführten dieses gräßliche Ritual der Bluttaufe, und zu Melroses Entsetzen waren die von dem Blut des Fuchses triefenden Hände über sein Gesicht gefahren; er war damals gerade zehn Jahre alt gewesen.

Wo war das gewesen? Er konnte sich nicht mehr erinnern. Irgendwo in den Shires? Rutland vielleicht? Oder hier in den Mooren von Yorkshire? Er sah noch die Bluttropfen im Schnee vor sich. Nach dieser Erfahrung hatte er jedenfalls nichts mehr vom Jagen wissen wollen.

«Gar nicht übel, dieses alte Haus.» Wieder riß ihn Agatha aus seinen Träumereien. «Dürfte heute einiges wert sein. Die Decke ist von Adam.»

Melrose hatte eingehend die zarten Pastellfarben und den Stuck studiert. «Eine Imitation.» Decken waren sein Steckenpferd. In Ardry End, seinem eigenen Haus, kannte er jeden Zentimeter Decke. Das kam davon, weil er immer hochstarrte, wenn seine Tante zu Besuch war.

«Die Teller sind Crown Derby. Und der Tisch ein besonders hübscher Sheraton», sagte Agatha.

Melrose beobachtete, wie ihre flinken Äuglein den ganzen Raum absuchten und dabei jede Staffordshire-Porzellanfigur, jede Lackarbeit und jedes Cameenglas erfaßten – wahrscheinlich funktionierte ihr Gehirn wie eine Registrierkasse, die alles zusammenzählte. In ihrem früheren Leben war sie bestimmt Auktionator gewesen.

«Hast du gesehen, wie groß der Ring war, den Teddy heute morgen getragen hat? Was ist das eigentlich für ein Stein, was denkst du?»

Melrose schlug wieder die erste Seite seiner Zeitung auf. «Ein Gallenstein.»

«Du kannst es einfach nicht ertragen, wenn jemand mehr hat als du, stimmt's?» Sie schaute auf die Kuchenplatte. «Dieser Butler soll kommen; die Pfefferkuchen sind alle.» Sie zog an einem Klingelzug. Dann ließ sie sich wieder zurücksinken und schüttelte die Kissen auf. «Ich hatte keine Ahnung, daß Teddy eine so gute Partie gemacht hat, als sie seine Frau wurde. Was hier rumsteht, kann sich mit deinen Sachen auf Ardry End durchaus messen.»

«Du meinst, indem sie Witwe von Harries-Stubbs wurde?»

«Wie kannst du nur so etwas sagen, Melrose. Aber es ist wohl zu erwarten, daß du so über die Ehe denkst.»

Er ließ sich nicht auf eine Diskussion über dieses Thema ein. Er hatte wenig Hoffnung, jemals diesem undefinierbaren, weiblichen Wesen zu begegnen, dem er sowohl Ardry End wie auch seine eigene Person anvertrauen könnte. Agathas Sorge galt natürlich nur Ardry End. Es machte ihr Spaß, das Terrain zu sondieren und dabei alte Erinnerungen und die Namen von Frauen auszugraben, die er einmal gekannt hatte, Leichen, mit denen sie seinen Weg pflasterte und über die er, wie sie hoffte, auch einmal stolpern würde – er würde sich verplappern und ihr den Namen einer heimlichen Geliebten verraten, die ihr, seiner einzigen Verwandten, Ardry End streitig machen konnte –, Ardry End mit seinen Robert-Adam-Decken, seinen frühgeorgianischen Möbelstücken, seinem Meißener Porzellan. Wieso sie überhaupt auf den Gedanken kam, ihn einmal zu beerben, war Melrose nicht klar. Sie war bereits über 60 und Melrose gerade 41, trotzdem schien sie es für ausgeschlossen zu halten, daß er sie überleben könnte. Der Wunsch war offensichtlich der Vater des Gedankens.

«Ob Vivian Rivington wohl jemals wieder aus Italien zurückkommt?»

Auch einer ihrer Querschläger.

Melrose antwortete jedoch nicht, weil eine Schlagzeile auf der ersten Seite der *York Mail* seine Aufmerksamkeit gefesselt hatte.

Ein Mord in Rackmoor.

Dem Bericht zufolge war in einer verlassenen Gasse die Leiche einer verkleideten Frau gefunden worden. Die Polizei von Yorkshire rechnete damit, den Täter bald gefaßt zu haben (was bedeutete, daß sie noch völlig im dunkeln tappte). Das Opfer war angeblich mit Sir Titus Crael – dem Parlamentsmitglied und prominenten Jäger, einem der reichsten und einflußreichsten Männer von Yorkshire – verwandt.

Eine Verwandte von Sir Titus – Melrose sah sich vor eine schwierige Entscheidung gestellt. In einem so kritischen Augenblick wie diesem bei den Craels hereinzuplatzen, eingeladen oder nicht... vielleicht sollte er einfach wieder seine Sachen packen und nach Northants zurückfahren, den Craels ein Entschuldigungsschreiben schicken... Northants, Agatha und allgemeines Unwohlsein. Von bloßem Unwohlsein war in Rackmoor zur Zeit wohl nicht die Rede.

Der Schnee war dort blutrot gefärbt...

«Was ist los mit dir, Melrose? Du bist ja ganz blaß.»

Glücklicherweise erschien in diesem Augenblick Miles, der Butler der Harries-Stubbs, und Agatha wandte sich ihm zu: «Ich hätte gern noch etwas Tee und ein oder zwei Pfefferkuchen. Die Köchin soll darauf achten, daß die Schlagsahne auch frisch ist. Sagen Sie ihr, sie soll einfach welche schlagen.»

Miles blickte sie aus kugelsicheren Augen an. Agatha gelang es immer, sich in kürzester Zeit beim Personal unbeliebt zu machen.

«Sehr wohl, Madam», erwiderte er mit frostiger Stimme. Wesentlich liebenswürdiger fragte er Melrose: «Und Sie, Sir, haben Sie auch einen Wunsch?»

«Das Telefon, bitte», sagte Melrose. «Das heißt, vielleicht könnten Sie diese Nummer für mich anrufen, um zu sehen, ob jemand zu Hause ist?» Er riß ein Blatt aus seinem Notizbuch und gab es dem Butler.

«Gewiß, Sir.»

«Wen willst du denn anrufen, Melrose?»

«Die Geister in der Tiefe», sagte er und versuchte, die Zeitung zwischen die Stuhllehne und das Kissen zu schieben. Wenn sie erfahren würde, daß in dem Ort, den er aufsuchen wollte, ein Verbrechen passiert war, würde sie nicht mehr von seiner Seite weichen; sie würde sich auf alles stürzen, was ihr unter die

Finger käme, es konnte noch so unbedeutend sein. Agatha betrachtete sich nämlich als Kriminalautorin. Und in ihrem Kopf geisterte immer noch die geniale Lösung herum, die sie damals, als in ihrem eigenen Dorf ein paar Leute ermordet worden waren, beigesteuert hatte.

Der Butler kam wieder hereingesegelt. «Ich habe –» er blickte in Agathas Richtung – «die Person, die Sie sprechen wollten, erreicht.»

«Ich danke Ihnen. Ich gehe nach nebenan.» Butler waren schon erstaunliche Wesen; Melrose dachte an Ruthven, seinen eigenen Butler. Sie konnten Gedanken lesen, die noch nicht einmal gedacht worden waren. Er warf Agatha einen kurzen Blick zu und ging aus dem Zimmer.

Aber gewiß doch, Sir Titus rechnete mit ihm, sogar mehr denn je. Im Haus, vielmehr im ganzen Dorf, wimmelte es von Polizei. Und es wurde sogar gemunkelt, daß Scotland Yard eingeschaltet werden sollte. Titus Crael lachte, es klang aber nicht überzeugend. So wie sie Julian in die Mangel nähmen, könne man meinen, er gehöre zu dem, hmm, dem Kreis der verdächtigen Personen.

«Hören Sie, mein Junge», sagte Titus Crael, «Sie könnten uns eine große Hilfe sein. Ich mache mir Sorgen, Sie verstehen.»

«Weswegen, Sir Titus?»

«Ehrlich gesagt, weiß ich das selbst nicht genau. Es ist alles so verworren. Sie war – wir reden besser darüber, wenn Sie hier sind.»

Melrose versuchte, sich an Julian Crael zu erinnern; es gelang ihm jedoch nicht. Er bezweifelte, daß er ihm jemals begegnet war; nicht einmal damals, als Kinder, schienen sie sich kennengelernt zu haben. Aber er wollte wie vereinbart nach Rackmoor kommen und ihm, soweit das möglich war, zur Seite stehen.

«Mit wem hast du gesprochen?» fragte Agatha, als er zurückkam.

«Mit Sir Titus Crael: Wann ich bei ihnen eintreffen werde. Ich glaube, in zwei Stunden läßt es sich schaffen.» Als der Butler mit dem Tee und dem Gebäck auftauchte und Agatha giftige Blicke zuwarf, meinte Melrose: «Könnten Sie bitte meine Tasche packen, Miles? Ich fahre bald ab!» Miles nickte und verschwand.

«Was, du willst jetzt schon losfahren?» Der Pfefferkuchen verharrte einen Augenblick lang in der Schwebe. Melrose nickte. «Im Winter über die *Moore* von North York!»

«Dieses Land, aus dem kein Reisender zurückkehrt.» Vielleicht gar keine so schlechte Idee.

Sie starrte ihn an. «Weißt du, dein Onkel Davidson, ich erinnere mich...» Melrose Plant drehte die Sanduhr um.

III Nachmittag in Islington

1

Kriminaloberinspektor Richard Jury wurde durch das rücksichtslose Schrillen des Telefons aus einem Traum gerissen, in dem winzige Männlein versuchten, ihn wie Gulliver am Boden festzubinden. Verschlafen tastete er auf seinen Armen nach Seilen, und als er keine entdecken konnte, nahm er den Hörer ab.

Er vernahm Kriminaldirektor Racers Stimme, die vor Sarkasmus triefte: «Es ist ein Uhr vorbei, und Sie schlafen immer noch Ihren Schönheitsschlaf. Die WPCs werden uns das Haus einrennen. Haben Sie Mitleid, Mann.»

Jury gähnte. Es war zwecklos, den Kriminaldirektor daran erinnern zu wollen, daß Jury in den letzten 48 Stunden kein Auge zugetan hatte. Und man brauchte auch nicht Freud zu bemühen, um sich die Lilliputaner, die ihn am Boden festgebunden hatten, zu erklären. «Sie rufen wegen einer bestimmten Sache an, Sir?»

«Nein, Jury, nichts Bestimmtes», sagte Racer mit großer Selbstbeherrschung. «Eigentlich wollte ich nur etwas mit Ihnen plaudern. Jury, Sie sind dran, verflucht noch mal.»

Jury wußte, daß er auf der Liste stand. Aber erst an dritter Stelle: vor ihm waren mindestens noch zwei andere. Er hievte sich in seinem Bett hoch, massierte seine Kopfhaut und hoffte, nicht nur sie, sondern auch sein Gehirn zu beleben.

«War Roper nicht vor mir?»

«Er ist nicht erreichbar», zischte Racer.

Unmöglich, dachte Jury; Roper mußte von einem Tag auf den andern erreichbar sein. Hatte Racer überhaupt versucht, ihn zu erreichen?

«Yorkshire hat angerufen. Sie wollen einen Mann haben. Und zwar pronto.»

Jury schwante nichts Gutes. Yorkshire. «Sind Sie sicher –»

«... Der Ort heißt Rackmoor.» Jury hörte das Rascheln von Papier, als Racer ihn unterbrach. «Ein Fischerdorf an der Nordsee.» Racer sagte das offensichtlich mit großem Vergnügen.

Jury schloß die Augen. Letztes Jahr um diese Zeit war er in North amptonshire gewesen. Winterlich genug für seinen Geschmack. Gegen Yorkshire im Frühjahr, im Sommer oder im Herbst war nicht das geringste einzuwenden. Aber im Januar! Wollte Racer ihn und seinen Begleiter wie ein Team von Schlittenhunden immer weiter nach Norden treiben? Er blickte aus seinem Schlafzimmerfenster und sah Schneeflocken vorbeiwirbeln. Es waren jedoch nur wenige, die wie Überbleibsel vom letzten Winter wirkten. Er schloß wieder die Augen und sah die Moore Yorkshires vor sich – die unendlich weiten, von einer glatten Schneekruste überzogenen Flächen. Und er sah (oder hörte vielmehr), wie er – den köstlich knirschenden Schnee unter den Füßen – über die Moore spazierte. Und dann ging sein geistiges Auge wie ein Zoom in die Höhe, und er sah sich als einen winzigen, dunklen Punkt in diesem Weiß, und seine Fußspuren waren wie die eines Vogels. Er lächelte. Jury war einfach verrückt nach diesen makellosen, schneeverkrusteten Flächen. Es bereitete ihm ein unendliches Vergnügen, darin herumzustapfen.

Aus dem Hörer drang ein quakendes Geräusch; seine Augen klappten auf. Er mußte eingenickt sein.

«Ja, Sir?»

«Ich sagte, Sie sollen ins Büro kommen. Und zwar fix. Es dreht sich um einen Mord, und sie brauchen unsere Hilfe. Alles Weitere kann Ihnen Wiggins erzählen.»

«Wann ist es passiert?»

«Vor zwei Tagen. Oder vielmehr vor zwei Nächten.»

Jury stöhnte. «Das heißt, die Leiche wurde schon abtransportiert. Und das bedeutet –»

«Hören Sie auf zu lamentieren, Jury. Ein Kriminalbeamter ist Kummer gewohnt.»

Eine halbe Stunde später trat Jury in einen Tag hinaus, an dem vielleicht noch eine blasse, kraftlose Sonne durchkommen würde. Er ließ den Blick über die Metallbriefkästen neben der Haustür wandern und ging dann seine Post durch, die aber nur aus Reklame bestand; er stopfte sie in den Briefkasten zurück und stieg die Steinstufen hinunter. Der kleine Park auf der andern Straßenseite schimmerte in dem schwachen Licht der Sonne; die hellen Grüntöne und das stumpfe Gold sahen wie die Farben einer ausgebleichten Leinwand aus.

Am Eingangstor erinnerte er sich an das kleine Geschenk, das er für Mrs. Wassermann gekauft hatte. Er machte wieder kehrt, ging den kurzen Weg zum Haus zurück und dann die vier Stufen zu ihrer Wohnung im Erdgeschoß hinunter. Er klopfte sehr vorsichtig, um sie nicht zu erschrecken. Nichts rührte sich, wahrscheinlich wußte sie nicht, ob sie antworten sollte oder nicht. Links von ihm wurde ein Vorhang zurückgeschoben, und durch das doppelte Gitter vor dem Fenster konnte er ein Auge und eine Nase erkennen. Mrs. Wassermanns Verfolgungswahn befand sich in einem fortgeschrittenen Stadium. Islington war für sie identisch mit dem Warschauer Getto. Er winkte. Der Vorhang fiel herunter. Die Kette schlug klirrend gegen die Tür, die für ihn geöffnet wurde. Ein üppiger Busen und ein breites Lächeln schoben sich in sein Blickfeld.

«Mr. Jury!»

«Hallo, Mrs. Wassermann. Ich hab was für Sie.» Jury zog ein kleines Paket aus der Tasche seines Burberrys.

Ihr Gesicht strahlte, als sie es öffnete und die Trillerpfeife hochhielt.

«Eine Trillerpfeife für Polizisten», sagte Jury. «Ich dachte, vielleicht würden Sie sich mit diesem Ding um den Hals etwas sicherer fühlen, wenn Sie zum Markt oder zur Camden Passage gehen. Ein Pfiff, und jeder Polizist im Umkreis von einer Meile wird die Islington High Street heruntergerast kommen.» Das war natürlich maßlos übertrieben, aber er wußte, daß sich die Gelegenheit dazu nie bieten würde. Es war ein altes Ding, das er in einem der Trödelläden bei der Passage entdeckt hatte.

Jury hatte häufig von seinem Fenster aus beobachtet, wie Mrs. Wassermann mit ihrem schwarzen Mantel, ihrem flachen, schwarzen Hut und der geblümten Einkaufstasche den Weg hochging, vor dem Tor stehenblieb und sich umschaute. Und wenn sie draußen stand blickte sie sich wieder um; sie blickte nach links und nach rechts und den gepflasterten Weg zurück...

Im Lauf der Jahre hatte sie ihn auch ein paarmal mit zaghafter Stimme gebeten, sie doch bis zur High Street oder zur Underground-Station Angel zu begleiten. Um sie zu beruhigen, sagte er gewöhnlich, er gehe auch in diese Richtung; an seinen freien Tagen, wenn er nicht ins Büro mußte, war sein Tagesablauf sowieso völlig unstrukturiert, und er konnte ebenso in ihre wie in jede andere Richtung gehen. Er schaute zu, wie sie mit kindlichem Vergnügen die Trillerpfeife ausprobierte. Jury dräute über der kleinen, dicklichen Frau; ihr schwarzes Haar war zu einem Knoten zusammengebunden und so straff nach hinten gekämmt, daß es wie eine eng anliegende Satinkappe aussah. Am Ausschnitt ihres dunklen Kleides steckte eine Filigranbrosche. Er fragte sich, was sie wohl für eine Jugend gehabt hatte – vor dem Krieg. Sie mußte ein sehr, sehr hübsches Mädchen gewesen sein.

Der Krieg verband sie auch miteinander. Weder sein Vater noch seine Mutter hatten ihn überlebt. Sein Vater war in Dünkirchen gefallen, und seine Mutter war bei dem letzten Bombenangriff auf London ums Leben gekommen. Als er sieben Jahre alt war, fiel das Haus, in dem sie beide lebten, wie ein Kartenhaus über ihnen zusammen. Er hatte die ganze Nacht über im Dunkeln nach ihr gesucht und sie dann schließlich unter den Trümmern der Balken und Backsteine entdeckt – ihren Arm, ihre Hand, die aus dem Schutt herausragten, als hätte sie sie im Schlaf unter einer dunklen Decke herausgestreckt. Sieben Jahre lang wurde er innerhalb der Familie weitergereicht, von einer Tante oder Cousine zur nächsten, bis er sich dann mit vierzehn auf eigene Faust durchs Leben schlug. Danach verspürte er jedesmal, wenn er die Hand oder den Arm einer Frau auf dem dunklen Bezug eines Sessels oder auf dem Holz eines Tischs liegen sah – nur die Hand und den Arm, nicht das Gesicht, nicht den Körper –, einen dumpfen Schmerz, als würde sein Gehirn ausgebrannt. Dieses Bild, das eigentlich zum Alptraum hätte werden müssen, besaß jedoch etwas von dem, was Yeats mit «schrecklicher Schönheit» gemeint haben mußte. Die porzellanweiße Hand, die sich gegen die schwarzen, verkohlten Reste eines Londoner Mietshauses abhob, erschien ihm in seinen Träumen wie eine Fackel im Dunkeln, eine Lichtung im Wald.

«Inspektor Jury», sagte Mrs. Wassermann und holte ihn aus dem brennenden Gebäude wieder in die Gegenwart zurück. «Ich weiß gar nicht, wie ich Ihnen danken soll. Es ist wirklich furchtbar nett von Ihnen.» Sie umklammerte seinen Arm wie die Planke eines sinkenden Schiffs. «Mein Bruder Rudy – Sie wissen schon, der, dem ich immer schreibe – der in Prag lebt –, glauben Sie, daß die Briefe, die sie kriegen, zensiert werden?» Jury schüttelte den Kopf; er wußte es nicht. «Ah, wer weiß das schon? Ich schreib ihm immer, er soll sich mal wegen mir keine Sorgen machen. Er macht sich nämlich dauernd Sorgen. Und ich hab ihm auch geschrieben, daß ein Polizeibeamter im Haus wohnt. Nein, nicht nur das, ein richtiger englischer Gentleman. Gott segne Sie!»

Er versuchte zu lächeln, konnte aber nur noch schlucken; er blickte auf den von der Sonne beschienenen Park. «Danke, Mrs. Wassermann.» Das Lächeln erstarb, und er hob die Hand zu einem kurzen Gruß.

Als er durch die Camden Passage zur Angel-Station ging, fühlte er sich richtig benommen. Sie hatte einen Teil seines Tages gerettet. Obwohl er nun schon seit zwanzig Jahren bei Scotland Yard arbeitete und es häufig mit dem Abschaum der Menschheit zu tun hatte, war Jury keineswegs so abgebrüht, daß ihn nichts mehr berührte.

Ein richtiger englischer Gentleman!

Jury betrachtete das immer noch als das größte Kompliment, das man jemandem machen konnte.

2

«Es ist an der Küste. Ein Fischerdorf – zumindest war es das mal. In der Nähe von Whitby. Im Sommer gibt es dort jede Menge Touristen.» Kriminalwachtmeister Alfred Wiggins zog ein Taschentuch von der Größe eines kleineren Tischtuchs hervor und schneuzte sich. Dann legte er den Kopf in den Nacken und träufelte sich mit einer kleinen Pipette etwas Flüssigkeit in die Nase; schnaubend zog er sie hoch. Wiggins hatte aus seiner Hypochondrie eine Kunst, wenn nicht einen Sport gemacht.

«Haben Sie immer noch diesen Schnupfen, Wachtmeister?» Die Frage war so offensichtlich rhetorisch, daß Wiggins erst gar nicht darauf antwortete. «Ist dieser Mord denn zuviel für die Leute in Yorkshire? So blöd sind sie doch auch nicht.»

«Sissnich nurn Mor.»

Jury hatte im Laufe der Jahre gelernt, Wachtmeister Wiggins' schnupfengeschädigte Ausdrucksweise zu deuten. Er hatte so oft ein Taschentuch vor der Nase oder ein Hustenbonbon im Mund, daß seine Äußerungen meist ziemlich unverständlich klangen. «Wieso ‹nicht nur 'n Mord›?»

Wiggins pfropfte die kleine Flasche zu und neigte den Kopf etwas, damit die Flüssigkeit schneller ablief. «Komplizierte Geschichte. Das Opfer, eine gewisse Gemma Temple, ist in Wirklichkeit jemand anders, zumindest wird das von jemand in Rackmoor behauptet.»

Jury fragte sich, ob sich aus diesem Satz ein Tip herausschälen lasse. «Können Sie das erklären?»

«Ja, Sir. Es scheint da gewisse Zweifel zu geben, was die Identität dieser Frau betrifft. Sie war nur vier Tage in Rackmoor und hat in einem Gasthof übernachtet. Nannte sich Gemma Temple. Aber diese Craels behaupten, sie sei eine Verwandte von ihnen gewesen. Inkognito – so was.» Wiggins überflog seine Notizen. «Dillys March. So nannten sie die Craels. Ist vor – oh – fünfzehn Jahren von zu Hause weggelaufen und erst jetzt wieder aufgetaucht. Um sich gleich um die Ecke bringen zu lassen.»

«Sie wissen also nicht genau, wer sie ist?» fragte Jury. Wiggins schüttelte den Kopf. «Es dürfte doch nicht so schwer sein, über diese Gemma Temple was in Erfahrung zu bringen –»

«Die Polizei in Yorkshire weiß, daß sie aus London kam, Sir. Ihr letzter Wohnsitz war in Kentish Town. Viel mehr kann ich Ihnen auch nicht sagen.»

«Die Leiche?»

«Im Leichenschauhaus von Pitlochary. Ist ungefähr 30 Kilometer von Rackmoor entfernt.»

«Und alles wurde aufgeräumt und saubergemacht? Wahrscheinlich sind sie auch noch mit dem Staubsauger drübergegangen.»

Wiggins' Lachen klang eher wie ein Wiehern.

«Warum, zum Teufel, kommen mir die Fälle immer kalt auf den Tisch! Verdächtige?»

Wiggins schüttelte den Kopf. «Ich hab nichts gehört, abgesehen vielleicht von einem verrückten Maler, der an diesem Abend große Reden über irgendwelche Verbrecher schwang. Ich glaube über Rasputin.»

Jury blickte von seiner Tasse Tee hoch. «Rasputin? Was hat der damit zu tun?»

«Irgendein Russe. Er quasselte was von Übermenschen, die sich alles erlauben können.»

Jury dachte einen Augenblick lang nach. «Raskolnikow?»

«Klingen alle gleich, diese Russen.»

Jury blickte auf seine Uhr. «Haben Sie nach einem Zug geschaut?»

«Ja, Sir. Um fünf Uhr, Victoria Station; vorher gibt's leider nichts. In York werden wir dann abgeholt.»

IV Rackmoor-Nebel

Die Heizung des kleinen Ford Escort tuckerte verzweifelt und blies warme Luft auf den Boden, aber nirgendwo anders hin, so daß es Jury an den Füßen heiß und an der Nase eiskalt war.

Zu seiner Rechten wie zu seiner Linken erstreckten sich die Moore von North York, endlos weite, vereiste Flächen. Ganz in der Ferne waren die durchsichtigen Grautöne des Horizonts zu erkennen. Das Land war weder bebaut noch besiedelt. Es gab keine Straßen, keine Eisenbahnen, keine Bauernhöfe, keine Hecken, keine Mauern. Die Moore waren wie ein anderer Kontinent.

Von York aus waren sie ungefähr 90 Kilometer lang immer nur geradeaus gefahren; in Pitlochary hatten sie haltgemacht, damit Jury sich die Leiche anschauen und mit dem Arzt sprechen konnte, der die Autopsie durchgeführt hatte. Nach ein paar Stunden Schlaf waren sie dann so früh aufgestanden, daß Jury das Gefühl hatte, den längsten Tag seines Lebens vor sich zu haben.

Sie überquerten Fylingdales Moor, aus dem in der Ferne die Kuppeln des Frühwarnsystems der amerikanischen Marine völlig deplaziert aufragten. Vom Straßenrand her drängte sich ein Dutzend Moorjocks – die schwarzgesichtigen Schafe der Moore – an das Auto heran: dicke Wülste aus lockiger, vereister Wolle auf schwarzen, dünnen Beinen. Sie hatten lange, schwarze und (wie Jury dachte) sehr melancholische Gesichter. Jury kurbelte das Fenster herunter; das letzte Schaf war stehengeblieben, um sich an einem alten Steinkreuz zu reiben. Neugierig schaute es dem Auto nach.

Jury dachte an die Leiche der jungen Frau auf der Metallplatte im

Leichenschauhaus von Pitlochary, und er wäre am liebsten in die grenzenlose Gleichgültigkeit der Natur geflüchtet.

«Großer Gott, dieses Fenster, Sir, können Sie es bitte wieder schließen», fing Wiggins hinter dem Steuer an zu lamentieren.

Jury drehte das Fenster hoch, machte es sich auf seinem Sitz bequem, starrte auf die trostlose, gottverlassene Landschaft mit den unberührten Schneeflächen und gab einen tiefen Seufzer von sich.

In den Spalten der Klippen hing Rackmoor, die Nordsee zu Füßen, die Moore im Rücken. Ein sehr verschwiegener Ort, dem etwas beinahe Schuldbewußtes anhaftete.

Das Auto mußten sie auf einem Parkplatz abstellen, der listig am höchsten Punkt des Ortes angelegt worden war. Ein paar Meter unter ihnen, auf Rackmoors abschüssiger High Street, war ein Laster stehengeblieben; die Fahrerkabine hing in einer Haarnadelkurve, während der Anhänger die enge Straße blockierte.

Jury blickte auf das Meer und die roten Ziegeldächer hinunter, die in mehreren Reihen an den Klippen klebten. Am grauen Horizont tauchte ein Schiff auf und schien in dem nebligen Morgen steckenzubleiben. Über dem Dorf vermischte sich der Nebel mit den Rauchfahnen. Abgesehen von dem stumpfen Rotbraun der Dächer war alles Grau in Grau. Wie im Moor hatte Jury das Gefühl, sich aus der Zeit herauskatapultiert zu haben und nun ziellos herumzuirren.

«Sieht so aus, als müßten wir zu Fuß gehen», sagte Wiggins und sog unglücklich die Seeluft durch die Nase. Es muß doch ein besseres Klima geben, schien sie ihm zu sagen.

Als sie an der «Glocke», dem Gasthof zu ihrer Linken, vorbeikamen, hörten sie das Gebrüll des Fahrers; er lehnte aus der Fahrerkabine und schrie die Dorfbewohner an, die sich um ihn versammelt hatten. Jury fragte sich, welches blinde Vertrauen in die Gesetze der Schwerkraft den Laster überhaupt in diese Situation gebracht hatte. Sie drängten sich an der Fahrerkabine und an einem Fischhändler vorbei – er war in seiner weißen Schürze auf die Straße getreten und beinahe gegen den Anhänger geprallt –, bogen um die Haarnadelkurve und gingen dann nach rechts. Einen Häuserblock lang verlief die Straße gerade; sie entdeckten verschiedene Geschäfte: einen Kiosk mit einem drehbaren Postkartenständer, der um diese Jahreszeit kaum Käufer finden würde; einen Gemüseladen, aus dem eine

Frau mit Haaren wie Stahlwolle Steckrüben heraustrug und Jury und Wiggins gleich geschäftstüchtig ins Auge faßte; auf der rechten Seite die Galerie Rackmoors, in deren Fenster eine graugestreifte Katze schlief, und daneben ein kleines Textilgeschäft mit Kleidern so grau und schlicht wie das Kopfsteinpflaster unter ihren Füßen.

Ein zweiter, nach Jurys Meinung unentbehrlicher Parkplatz war auf einem Plateau rechts von ihnen eingerichtet worden. Nach dem nächsten Knick ging es wieder steil nach unten. Am Ende der Straße erspähte Jury das Meer, das wie gemalt am Ende eines Tunnels auftauchte. Links und rechts davon gingen winzige Plätze und schmale Gäßchen ab. Bridge Walk war eines davon; es bestand nur aus ein paar Stufen, neben denen das Wasser vorbeischoß. Die Stiegen waren gleichzeitig die Treppen zu den Häusern, und die Dächer waren so gestaffelt, daß man von der einen Reihe auf die nächste blickte.

Am Ende der High Street lag eine kleine Bucht; an diesem Morgen brachen sich die Wellen schon sehr weit draußen, und obwohl die Sonne noch nicht durchgekommen war, warf das Wasser sein eigenes, gleißendes Licht auf die Felsen und Tümpel. Kleine Boote – Ruderboote und Fischerboote – waren auf dem schmalen Streifen Kiesstrand aufgebockt, in leuchtenden Farben gestrichen: saphirblau, aquamarin. Wellenbrecher bildeten einen Teil der Kaimauer.

Das Schild des «Alten Fuchs» hing an einer eisernen Stange, die vom Wind hin und her bewegt wurde. Es zeigte einen Fuchs, dem offensichtlich schon heftig zugesetzt worden war; auf dem Bild ruhte er sich jedoch gerade im Schatten irgendwelcher Büsche aus und fraß Trauben. Hinter jedem Baum und jedem Busch schien ein Hund zu sitzen und dem armen Tier aufzulauern; wahrscheinlich war es eine ganze Meute von Jagdhunden.

Jury und Wiggins gingen um die Bucht herum zu dem Gasthof. Vor ihnen stand ein atemberaubender Sportwagen, ein Lotus Elan.

Wiggins pfiff durch die Zähne. «Ham Sie gesehen, ist doch nicht zu fassen. Mein ganzes Jahresgehalt würde dafür draufgehen.»

«Wie er wohl die Arktis überquert hat?» sagte Jury. «Wahrscheinlich sind ihm Flügel gewachsen.»

Mrs. Meechem, die sich als «Kitty» vorstellte, blickte erstaunt zu Jury hoch – entweder hatten es ihr seine Größe, sein Lächeln oder sein Dienstausweis oder alle drei Dinge zusammen angetan – und führte sie in einen kleinen Speiseraum im rückwärtigen Teil. Er war durch eine niedrige Tür mit der Bar verbunden; Jury mußte sich bücken, als er unter ihr hindurchging.

Ein sehr schlanker, noch jüngerer Mann stand von seinem Tisch auf. Er mußte der Besitzer des Lotus sein. Und da er offensichtlich auf sie gewartet hatte, mußte er Kriminalinspektor Harkins von der Kriminalpolizei in Pitlochary sein. Neben ihm saß ein kleiner, rundlicher Bursche, der aussah, als würde er sich am liebsten in Luft auflösen.

«Ich bin Harkins.» Er schüttelte Jurys Hand, nachdem er sorgfältig einen perlgrauen Handschuh abgestreift hatte. «Schön, daß Sie so schnell gekommen sind. Wir können Ihre Hilfe gebrauchen.»

Eine glatte Lüge, dachte Jury. Harkins machte nämlich keinen sehr erfreuten Eindruck. Es war ja auch verständlich, wenn sie sich in der Provinz darüber ärgerten, daß ihre Macht beschnitten wurde. Aber es würde die Dinge nicht einfacher machen.

Harkins stellte den andern Mann als Billy Sims vor. «Er fungiert hier als Wachmann.»

«Wachmann? Was ist denn das, Mr. Sims?»

Billy Sims zerdrückte seine Mütze zwischen den Händen und blickte sich nervös um; er fixierte alles, nur nicht Scotland Yard. «Seit zehn Jahren mach ich das schon. Colonel Crael bezahlt mich dafür.»

Harkins, dem vor allem daran lag, die Sache möglichst schnell über die Bühne zu bringen, sagte: «Es ist ein alter Brauch. Früher war der Wachmann für die Sicherheit des Dorfes verantwortlich. Nicht hier in Rackmoor. Soviel ich weiß, hat es hier noch nie einen gegeben. Es war Sir Titus' Idee. Aber in Ripin hatten sie einen. Billy hat die Leiche gefunden.»

«Aha, und wann war das?»

Billy Sims starrte auf den Fußboden, als erwarte er jeden Augenblick, wieder von dieser gräßlichen Erscheinung heimgesucht zu werden. «Es war gegen Mitternacht auf der Engelsstiege ...»

«War irgendwas zu sehen oder zu hören?»

Er schüttelte den Kopf. «Nein, Sir, nichts, Sir.»

«Es würde uns sehr helfen, wenn Sie noch mal mit uns dort hingingen.»

Jury dachte, der unglückselige Billy würde gleich auf die Knie fallen und seinen Mantel umklammern. «Ah, lieber nicht, Sir, wenn's geht. Wie die aussah!» Billy machte wirklich einen mitgenommenen Eindruck.

«Geht in Ordnung. Sie haben uns sehr weitergeholfen, Mr. Sims.»

Sie starrten auf Billy Sims' Rücken, der sich zur Tür hinbewegte, und Harkins schien ganz und gar nicht dieser Meinung zu sein.

Jury warf seinen Mantel über einen Stuhl und nahm Platz. Er bemerkte, daß Harkins seinen sündhaft teuren Kamelhaarmantel erst gar nicht ablegte. Er schien nicht gewillt zu sein, auch nur einen Augenblick länger zu bleiben, als es seine Pflicht erforderte.

«Waren Sie in Pitlochary? Und haben Sie die Leiche gesehen?» fragte Harkins. Jury nickte. Harkins zeigte ihm einen ordentlich beschrifteten braunen Umschlag. «Da ist alles drin, Inspektor.» Der Umschlag landete haarscharf auf der Tischkante.

«Richard», sagte Jury. Er hielt ihm seine Zigaretten hin. «Möchten Sie eine?»

Harkins schüttelte den Kopf, schenkte Jury ein schmallippiges Lächeln und zog ein Lederetui aus der Tasche. «Ich rauche nur die hier. Aus Kuba. Die Besten. Möchten Sie eine?»

«Gern. Vielen Dank!» Jury zündete beide Zigarren an und öffnete den Umschlag. Er sah sich die Aufnahmen an, die der Fotograf gemacht hatte. «Von wem stammen die Fotos? Sie sind ausgezeichnet.»

«Ein Fotograf aus dem Dorf.»

«Können Sie den Tatort beschreiben?»

Daraufhin erfolgte eine kurze Pause. «Steht alles da drin, Inspektor.»

«Ja, der Bericht läßt bestimmt nichts zu wünschen übrig. Aber ich kriege einen besseren Eindruck, wenn ich's höre. Sie sind mir gegenüber im Vorteil: Sie konnten sich an Ort und Stelle umsehen, ich nicht.»

«Vorteil? Das bedeutet hoffentlich nicht, daß ich den Kopf hinhalten muß.» Er täuschte ein Lächeln vor. Offensichtlich fühlte sich Harkins wie die Küchenmagd, die das Essen servierte, während Jury sich nur an den gedeckten Tisch zu setzen brauchte.

Kitty Meechem kam mit dem Kaffee, und Jury blieb die Antwort erspart. Als die Tassen weitergereicht wurden, blickte Wiggins

Kitty trübe an und fragte, ob er Tee haben könne. Er könne schon die nächste Erkältung spüren, Seeluft bekomme seinen Nebenhöhlen nie.

Kitty, die ihr Tablett wie ein Bündel Liebesbriefe gegen den Busen preßte, meinte: «Ah, dann sollten Sie aber keinen Tee trinken. Sie brauchen ein Bier mit Schuß.» Sie stolzierte hinaus. Eine attraktive Frau, dachte Jury, in den besten Jahren, etwas üppig, seidig schimmernde braune Locken.

«Was ist das, ein Bier mit Schuß?» flüsterte Wiggins.

«Weiß ich auch nicht», meinte Jury. «Eine richtige Roßkur wahrscheinlich.»

«Aber im Dienst kann ich doch nicht trinken, Sir.»

«Wenn's Medizin ist, Wachtmeister.» Jury nahm den Umschlag vom Tisch – Harkins war offensichtlich nicht gewillt, sich auf normale Art und Weise mit ihnen zu verständigen – und breitete die auf Hochglanzpapier abgezogenen Fotos aus. Er studierte eines von ihnen.

Die Aufnahme zeigte ein paar steinerne Treppenstufen. Die breiteste bildete eine Plattform, auf der eine Bank stand; sie befand sich in einer Nische in der Mauer links von der Treppe. Jury prägte sich die Lage der Toten ein.

Die Leiche lag mit dem Kopf nach unten, halb über der Plattform. Die Beine waren abgespreizt, und der Oberkörper hing über zwei Stufen. Der rechte Arm war nach hinten über den Kopf geworfen und hing bis über die dritte Stufe. Der linke Arm war zwischen Körper und Mauer eingeklemmt. Das Gesicht war der hohen Mauer auf der linken Seite zugewandt. Alles, was er auf dem Foto erkennen konnte, war voller Blut und Schminke – schwarz, weiß und dunkelrot. Nuancen waren in dem Licht nicht auszumachen. Die schwarze Maske, die ihre Augen bedeckt hatte, baumelte an dem Gummiband. Das Blitzlicht des Fotografen hatte der weißen Satinbluse einen fluoreszierenden Schimmer verliehen, und auch die Stiefel reflektierten das Licht. Ihr schwarzer Umhang floß über die Stufen. Auf dem Foto, das er in der Hand hielt, kam der Kopf zuerst und dann der Rest. Es sah sehr dramatisch aus. Er wünschte nur, er hätte die Leiche am Tatort gesehen. Jury steckte die Fotos wieder in den Umschlag zurück.

Das Kinn auf die Hand gestützt, fragte er Harkins: «Und der Pathologe, wie heißt der?»

«Dudley. Er macht das nur aushilfsweise.»

«Er sagte, er wüßte nicht, wie die Wunden zustande kamen. Haben Sie eine Ahnung?»

Harkins blickte weg und schien nachzudenken; er wollte gerade antworten, als Kitty mit Wiggins' Medizin hereinkam. «So, das wird Ihnen wieder auf die Beine helfen», meinte sie und knallte den Bierkrug auf den Tresen.

Wiggins schaute mißtrauisch hinein. «Was ist das?»

In der unterkühlten Atmosphäre war es ein Vergnügen, Kitty lachen zu hören. «Ein bißchen Zucker und Butter und ein Ei. Ein Ei wirkt manchmal Wunder, glauben Sie mir.»

Sie wollte wieder gehen, aber Jury hielt sie zurück. «Kitty, wenn Sie mir später noch ein paar Fragen beantworten könnten – ich habe gehört, daß Gemma Temple hier übernachtet hat.»

«Ja, hat sie. Ich stehe Ihnen zur Verfügung.» Ihre Hand wanderte zu ihren Haaren hoch.

Als sie außer Sichtweite war, wandte sich Jury wieder Harkins zu. «Wir sprachen über die Mordwaffe.»

«Ja.» Harkins klopfte seine Zigarre an dem Aschenbecher ab. «Etwas mit zwei Zinken, meint Dudley. Der Abstand zwischen den Stichen läßt das vermuten. Es gibt mindestens vier von diesen doppelten Stichen. Ich frage mich, wieso sich der Mörder eine so ausgefallene Waffe ausgesucht hat.»

Jury lächelte. «Damit wir uns den Kopf zerbrechen können – darum. Ich würde mir gern mal die Engelsstiege anschauen.»

«Wie Sie wollen, Inspektor.» Harkins erhob sich und zupfte an sich herum, als sei er eine wertvolle Figurine, die vom Kaminsims auf den Tisch gestellt wird.

Wiggins leerte seinen Bierkrug. «Dieses Zeug hat es in sich.»

Jury wünschte, er hätte ein Ei. Ein Ei, hatte Kitty gesagt, wirkt manchmal Wunder.

Sie standen alle drei auf einer breiten Stufe, hinter der die Engelsstiege in die Scroop Street zu ihrer Linken mündete. Jury schaute hinunter und dann wieder hoch. «Da kann einem schon die Puste ausgehen.»

Wenn man zu der Kapelle hochblickte, befand sich links von der Engelsstiege eine ziemlich hohe Steinmauer, während rechts von ihr nur ein kleines Mäuerchen errichtet worden war, wohl damit man über die Dächer und Kamine aufs Meer sehen konnte. Malvenfarbene Rauchfahnen verschlangen sich ineinander; Silbermöwen hockten auf den Simsen und besprenkelten die Kieselsteine unter ihnen mit kleinen, weißen Tupfern.

Jury blickte auf die Grape Lane hinunter. «War das Tor geschlossen?»

«Ja.»

«Die Engelsstiege ist nachts also ziemlich unbelebt?»

«Ja, richtig.»

«Die Läden und Gasthöfe sind wohl auch noch anders erreichbar?»

Harkins nickte. «Von der Scroop Street kann man die Dagger Alley nehmen, die an der Glocke vorbeiführt. Sie mündet in die High Street.»

«Bei dem Bau der Stiege haben wohl vor allem religiöse oder ästhetische Kriterien den Ausschlag gegeben, nicht irgendwelche praktischen Erwägungen.» Jury betrachtete die Aufnahmen, die er mitgebracht hatte. Sein Blick wanderte von ihnen zu den leeren Stufen. Alles wieder hübsch sauber, dachte er voller Bedauern.

Wiggins, dessen Lebensgeister durch Kittys Bier wieder etwas geweckt worden waren, ließ sich auf die Knie nieder und inspizierte die Stufen. «Getrocknetes Blut. Und was sind denn das für weiße Streifen?» Er fuhr mit dem Finger an der Mauer links von ihnen entlang. Die winzigen, weißen Linien waren mit dem bloßen Auge kaum wahrzunehmen.

«Ihr Kopf hat die Mauer berührt», sagte Harkins. «Es ist Schminke. Sie wollte auf ein Kostümfest.»

«Erzählen Sie, Ian», sagte Jury.

«Sir Titus Crael gibt jedes Jahr am Abend vor dem Dreikönigsfest einen Kostümball. Die Craels wohnen dort oben im Old House.»

Wiggins richtete sich wieder auf und klappte das Taschenmesser zu, mit dem er auf dem Boden herumgekratzt hatte. «Sie kam aus London, nicht?» Harkins nickte. «Es ist doch wohl kaum anzunehmen, daß ihr jemand hierher gefolgt ist. Der Mörder muß sich in Rackmoor ausgekannt haben.»

Jury war überrascht. Wiggins war zwar immer eifrig bei der Sache und machte auch fleißig seine Notizen, aber er zog ganz selten irgendwelche Schlüsse. «Ich meine wegen dieser Stiege. Es muß einer von hier gewesen sein, einer, der wußte, daß da kaum jemand hochkommen würde.»

«Sie haben recht, Wiggins.» Jury blickte auf die Fotos und mischte sie wie Karten. «Gemma Temple...» Er schüttelte den Kopf.

«*Falls* sie so hieß.» Harkins lächelte grimmig; es schien ihm ein Vergnügen zu bereiten, ihnen einen Knüppel zwischen die Beine zu werfen.

«Es ist eine Frage der Identität», sagte Harkins. Sie saßen wieder im Fuchs. «Colonel Crael – Sir Titus, er hört aber ‹Colonel› lieber – hat zu Protokoll gegeben, diese Frau, die sich Gemma Temple nannte, sei wohl Dillys March gewesen. Dillys March ist vor fünfzehn Jahren, als sie achtzehn oder neunzehn war, von zu Hause weggelaufen. Und ist nie wieder aufgetaucht. Bis jetzt, falls sie es war. Dillys March war Craels Mündel.»

«Wieso ‹wohl›? War Crael sich denn nicht sicher?»

«Colonel Crael denkt, daß sie diese March war. Aber sein Sohn, Julian, ist anderer Meinung. Man sollte annehmen, das Rätsel sei einfach zu lösen, aber dem ist nicht so. Wir haben ihre Mitbewohnerin aus London kommen lassen. Eine gewisse Josie Thwaite. Sie identifizierte die Leiche als Gemma Temple, wußte aber verdammt wenig über sie. Die Temple ist ungefähr vor einem Jahr bei ihr eingezogen.»

«Und wo lebt diese Thwaite?»

Übertrieben geduldig deutete Harkins auf den Umschlag. «In Kentish Town. Ist alles vermerkt.»

«Fahren Sie fort.»

«Sie erinnerte sich, daß Gemma Temple eine Familie erwähnt hatte, die Raineys in Lewisham. Wir haben uns bei ihnen nach handschriftlichen Dokumenten umgesehen, und wir fanden auch einiges von Gemma Temple, aber nichts von Dillys March. Keinen einzigen Fetzen Papier und keine einzige Unterschrift. Die Unterlagen beim Zahnarzt: dasselbe. Der Colonel sagt, Lady Margaret – seine verstorbene Frau – hätte sich um diese Dinge gekümmert. Konnte sich nicht erinnern, zu welchem Zahnarzt sie mit ihr gegangen ist. Zu irgendeinem in London.»

«Dann klappern wir am besten mal alle ab. In London wimmelt es zwar von Zahnärzten, aber irgendwo muß doch was vorhanden sein. Ich kann einfach nicht glauben, daß sie in den ganzen Jahren keine einzige Spur hinterlassen hat, die von Gemma Temple zu Dillys March führt.»

Hartnäckig sagte Harkins: «Die Frau da hat verdammt gute Arbeit geleistet.»

«Warum ist die kleine March denn überhaupt abgehauen? Was ist passiert?»

«Sie setzte sich in ihr Auto und fuhr davon.»

Nicht sehr aufschlußreich, aber Jury hatte auch gar nichts anderes erwartet. «Und wie kam Gemma Temple hierher? Mit dem Auto?»

Harkins nickte und zündete sich seine zweite kubanische Zigarre an. «Mit dem Auto ihrer Mitbewohnerin, Josie Thwaite. Wir haben es genau untersucht. Brachte uns aber auch nicht weiter.»

«Gemma Temple muß Dillys March wohl ziemlich ähnlich gesehen haben?»

«Offenbar.» Harkins blies ein paar Ringe in die Luft. «Sie war ihre Doppelgängerin, man braucht sich nur die fünfzehn Jahre wegzudenken.»

Harkins öffnete den Umschlag, zog ein Foto aus einem Manuskriptenhalter und legte es wortlos auf den Tisch.

Jury nahm es in die Hand. Es zeigte ein sehr hübsches junges Mädchen, das sich gegen eine Steinmauer lehnte oder vielmehr davor posierte. Dunkles, glattes Haar, das bis zum Kinn reichte und leicht eingedreht war, Ponyfransen, dunkle Augen. Sie trug einen Reitanzug, hatte ziemlich ausgeprägte Züge, schräge Augen und ein spitzes Kinn. Ihr Gesicht mit den nach oben gezogenen Mundwinkeln, die jedoch kein Lächeln bedeuteten, wirkte irgendwie verschlagen. Sie glich der Ermordeten oder, genauer gesagt, dem jungen Mädchen, das sie vor fünfzehn Jahren gewesen sein mußte, aufs Haar. «Ich nehme an, das ist Dillys, das Mündel?»

Harkins machte ein enttäuschtes Gesicht, als hätte Jury bei einem Test gemogelt. «Was veranlaßt Sie zu dieser Annahme?»

«Eigentlich nur der Reitanzug. Colonel Crael ist doch ein begeisterter Jäger. Es ist also anzunehmen, daß die Kleine sich angepaßt hat –» Jury verstummte. Harkins' Feindseligkeit war nicht mehr zu übersehen. Er wechselte das Thema: «Vater und Sohn sind sich also nicht einig?»

Harkins nickte und zog einen kleinen, silbernen Clipper aus seiner Westentasche, als gäbe es im Augenblick nichts Wichtigeres für ihn zu tun.

«Erzählen Sie mir mehr von diesem Colonel Crael.» Ein zum Scheitern verurteilter Versuch.

«Reich. Steinreich. Seinem Vater wurde der Baronstitel verliehen. Die Craels hatten unter anderem auch eine Reederei. Er ist *Master of Foxhounds*. Soviel ich gesehen habe, gehört ihm halb Rackmoor. Der Ort steht unter Denkmalschutz.»

«Wie, das ganze Dorf?»

«Richtig. Anscheinend lohnt es sich, es zu erhalten.»

«Hat er Erben?»

«Einen. Es gibt nur einen, und das ist Julian Crael, sein Sohn.»

Wiggins hatte sich eine zweite Tasse Tee eingeschenkt; er dachte nach und rührte dabei um. «Die verlorene Tochter», murmelte er. Beide, Jury und Harkins, blickten ihn an. «Sein Sohn war bestimmt nicht sehr begeistert, als diese Person nach zig Jahren plötzlich wieder vor der Tür stand. Und jeder im Dorf sich das Maul darüber zerriß.» Er klopfte mit dem Löffel gegen seine Tasse und nahm einen Schluck.

Die Fahrt übers Moor mußte Wiggins' Zunge gelöst und sein Gehirn mit Sauerstoff versorgt haben. Das war schon der zweite Kommentar innerhalb von einer Stunde. «Da haben Sie wohl recht, er war sicher nicht begeistert», sagte Jury.

«Es würde auch erklären, warum der Sohn so energisch bestritt, daß sie diese March war», sagte Wiggins.

«Ja. Er kann natürlich auch recht haben. Ihre Geschichte klingt ziemlich unwahrscheinlich.» Harkins blickte auf, anscheinend das Schlimmste befürchtend – als erwarte er, noch weitere Dinge zu hören, auf die er selbst nicht gekommen war –, und Jury wechselte wieder das Thema. Er warf einen Blick auf die Fotos und sagte: «Das reinste Blutbad. Es ist kaum anzunehmen, daß der Mörder nicht auch ein paar Spritzer abgekriegt hat.»

«Wir fanden ein Stück Leinwand, das voller Blut war.»

Nett, daß Sie das sagen, dachte Jury grimmig. «Was für eine Leinwand war das denn?»

«Eine Malerleinwand. Zum Spannen. Sie könnte aus Adrian Rees' Beständen stammen. Aus seinem ‹Studio› oder wie er es nennt. Er hat im Fuchs große Reden über irgendwelche Mordgeschichten geschwungen.» Harkins zog ein weiteres Blatt Papier aus dem Umschlag und schob es Jury hinüber. «Das ist eine Liste mit Namen für Sie. Wir haben mehr oder weniger das ganze gottverdammte Dorf verhört –» *die Küchenmagd*, dachte Jury – «und dann die Spreu vom Weizen getrennt. Übriggeblieben sind diese Namen hier, mit denen sollten Sie anfangen. Die Craels sind natürlich auch dabei. Adrian Rees scheint der letzte gewesen zu sein, der Gemma Temple gesehen hat. Er traf sie auf der Grape Lane, kurz bevor sie ermordet wurde.»

Jury faltete die Liste zusammen und steckte sie in die Tasche. «Dann unterhalte ich mich am besten zuerst mit ihm. Bevor ich zu den Craels gehe.»

Harkins nickte und streifte seine Handschuhe über. «Sie nehmen es mir hoffentlich nicht übel, wenn ich jetzt nach Pitlochary zurückfahre. Ich erwarte einen Bericht aus London.»

Es war ungewöhnlich – wenn nicht ungehörig –, daß ein Bezirksinspektor sich unaufgefordert verabschiedete; Jury hielt sich jedoch zurück.

Harkins rückte die Schultern seines Mantels zurecht und ließ dann endlich die Katze aus dem Sack: «Oh, was ich noch sagen wollte, die Geschichte hat noch einen Haken: Lily Siddons – das ist die junge Frau, der das Bridge Walk Café gehört – behauptet, dem Mörder sei ein schrecklicher Irrtum unterlaufen.»

«Ein Irrtum!»

«Lily Siddons behauptet, er hätte es eigentlich auf sie abgesehen gehabt.» Harkins lächelte in die Runde, als wolle er ihnen sagen, daß der Code, den sie gerade entschlüsselt hatten, auf Fehlinformationen beruhte. «Meiner Meinung nach ist das dummes Gerede. Wahrscheinlich will sie sich nur wichtig machen. Aber das Kostüm hat ihr gehört, wie sie sagt. Deswegen sei dem Mörder auch dieser Irrtum unterlaufen. Ich möchte mich verabschieden. Es ist ein ganzes Ende bis nach Pitlochary. Ich hoffe, Ihnen etwas weitergeholfen zu haben.»

Jury starrte auf seine Füße. «Ich bin Ihnen unendlich dankbar.»

2

Während der Auspuff des Lotus Elan noch in Jurys Ohren röhrte, machte Kitty Meechem sich daran, die Bar für die Elf-Uhr-Kunden herzurichten; sie wischte die Porzellangriffe der Bierpumpe ab und rieb den dunklen Tresen blank. Jury entschied, daß er Kittys seidige Locken jederzeit gegen Harkins' Totenschädel eintauschen würde. «Welche Zimmer haben Sie uns denn gegeben, Kitty?»

Sie warf die Serviette über die Schulter und zog ihr Kleid zurecht, so daß Jury etwas mehr Busenansatz sehen konnte. «Ach ja, ich zeig sie Ihnen –»

«Ist nicht nötig. Wachtmeister Wiggins wird sie schon finden. Sagen Sie ihm nur, wo. Ich würde gerne noch etwas mit Ihnen plaudern.»

Sie zeigte durch die Tür auf eine dunkle, enge Treppe rechts neben der Bar. «Ich hab nämlich nur drei Zimmer. Und die Polizei will nicht, daß ich ihres vermiete.» Jury lächelte in sich hinein; anscheinend galten sie hier nicht als Polizei. «Sie können sie nicht verfehlen, Wachtmeister. Es sind die ersten beiden auf dem ersten Stock. Mit Blick aufs Meer. Viel frische Luft für Sie. Sie sehen ziemlich angegriffen aus.»

Wiggins lächelte trübe.

«Ruhen Sie sich aus», sagte Jury. «Ich hol Sie, wenn ich Sie brauche.»

Wiggins sandte ihm einen dankbaren Blick zu, schnappte sich die beiden kleinen Koffer neben der Tür und ging hinauf.

«Sie kommen nicht aus Dublin, Kitty, oder?» Jury lächelte. Mit diesem Lächeln hatte Jury schon weit größere Widerstände überwunden.

«Sie sind ein ganz Schlauer. Auf was tippen Sie denn?»

«Aus dem Westen. Sligo vielleicht.»

Sie war verblüfft. «Sie haben's erraten. Wirklich sehr schlau, Inspektor. Daß Sie solche Unterschiede heraushören können!»

«So schlau auch wieder nicht.» Er hob den Umschlag hoch und warf zwei Fünfzig-Pence-Stücke auf den Tresen. «Harkins hat alles aufgeschrieben. Wir wär's mit einem Bier, Kitty?»

Sie lachte. «*Ich* hab nichts dagegen.»

«Ein Guinness, bitte. Das ist Medizin.»

«Da haben Sie recht. Meine Mutter mußte einen Liter pro Tag trinken; der Doktor hatte ihr das verordnet, als Stärkungsmittel.»

«Warum sind Sie hier in Yorkshire, Kitty? Irland ist doch ein schönes Land?»

«Mein Mann ist aus Yorkshire. Ich hab ihn in Galway kennengelernt, als er Urlaub machte. Eine Zeitlang haben wir in Salthill gewohnt. Aber er mochte Irland nicht. Wie alle Engländer. Wegen der Unruhen.»

«Die gibt es schon seit zweihundert Jahren, Kitty.»

Sie hatte die Arme in die Hüften gestemmt und wartete darauf, daß sich der Schaum setzte. «Haben Sie schon Bertie Makepiece kennengelernt, Sir? Er wohnt in dem Cross Keys Cottage in der Scroop Street. Das ist direkt neben der Engelsstiege. Seine Mutter ist jedenfalls vor ein paar Monaten nach Irland zurückgegangen. Ich schau ab und zu mal nach dem Rechten, aber ich versteh das nicht – einfach abzuhauen und das Kind seinem Schicksal zu überlassen! Hin und wieder hab ich einen kleinen Job für ihn. Ihre Großmutter sei krank, hat sie gesagt.» Kitty schüttelte den Kopf, füllte die Gläser bis zum Rand und schob Jury das eine über den Tresen.

«Cheers», sagte Jury und hob sein Glas. «Was ist an dem Abend passiert, als sie ermordet wurde, Kitty? Haben Sie Gemma Temple gesehen?»

«Ja, hab ich. Ich ging gegen zehn auf mein Zimmer, und sie war auf ihrem. Sie rief mich herein – ich sollte mir ihr Kostüm anschauen. Es war auch wirklich toll, der weiße Satin und der schwarze Samt. Und dazu die schwarzen Stiefel. Sie sagte, sie wolle sich noch das Gesicht schminken. Die eine Hälfte weiß, die andere schwarz. Und eine Maske aufsetzen...» Kitty stockte und wandte den Blick ab. «Sie soll schrecklich ausgesehen haben, als sie gefunden wurde.»

Jury äußerte sich nicht dazu. «Sie sagten, das war um zehn?» Kitty nickte.

«Zehn oder kurz danach? Und sie wollte sich nur noch schminken und dann gehen?»

«Das hat sie gesagt. Sie wollte gleich weg. Und das war auch das letzte, was ich von ihr gesehen habe. Die Ärmste, ich hab sie ja kaum gekannt, aber leid tut's mir doch.»

«Ja, natürlich. Sie hat sich also auf den Weg zum Old House gemacht?»

Wieder nickte Kitty. «Anscheinend hat sie keiner von den Gästen weggehen sehen. Wie kommt das?»

«Na ja, das überrascht mich nicht. Sie waren ja alle stockbesoffen. Außerdem brauchte sie hier gar nicht durch. Sie konnte die Treppe runter und gleich aus der Tür gehen. Ich hab mich ja auch gefragt, was sie auf der Engelsstiege zu suchen hatte; am einfachsten kommt man nämlich zum Herrenhaus, wenn man Richtung Meer geht, die Fuchsstiege nimmt und dann an der Kaimauer entlanggeht. Wir haben sie die Fuchsstiege genannt, um die beiden Treppen auseinanderhalten zu können.» Jury nickte. «Von der Kaimauer führt ein Pfad die Klippen hoch bis zum Old House.»

«Das ist aber nicht der einzige Weg?»

«O nein, man *kann* auch die Engelsstiege bis zur Kapelle hoch gehen, dann die Psalter Lane nehmen und anschließend durch den Wald gehen. Aber wer will das schon? Ist richtig unheimlich.»

«Hat sie sich denn in den paar Tagen, die sie hier war, mit jemandem angefreundet – mit irgendwelchen Leuten aus dem Dorf?»

«Nein, mit keinem, nur mit Maud Brixenham hat sie ein paarmal gesprochen. Maud kommt jeden Mittag hier vorbei. Sie wohnt in der Lead Street. Auf der anderen Seite der Mole. Und Adrian, mit dem –» Sie zögerte.

«Adrian?»

«Adrian Rees. Mit dem hat sie auch ein paar Worte gewechselt, soviel ich mich erinnere.»

«Warum wollten Sie das unter den Tisch fallen lassen?»

«Oh ...» Sie beugte sich über den Tresen und ließ Jury noch etwas tiefer in ihren Ausschnitt blicken. «Ich möchte nicht, daß Adrian Ärger kriegt. Aber er *war* hier an dem Abend, an dem sie ermordet wurde, und er sprach über irgendwelche Mordgeschichten. Über eine Romanfigur. Schlimm ist nur, daß Adrian sie als letzter gesehen hat. Dieser Mr. Harkins hat ihn ganz schön in die Mangel genommen.»

«Und was halten Sie von der Sache?»

Kitty winkte ab. «Bah, Adrian könnte keinen Mord begehen. Angeben, rumkrakeelen, das ja, aber –» Sie schüttelte den Kopf und trank ihr Bier.

«Und die Craels? Die Frau war anscheinend befreundet oder verwandt mit ihnen.»

«Davon weiß ich nichts, ich weiß nur, daß sie zum Old House hochgegangen ist. Diese Kneipe hier gehört dem Colonel zur Hälfte. Als er sie kaufte, hieß sie Zum Kabeljau. Ich arbeitete hinter dem Tresen. Der Colonel ist ein richtiger Gentleman und sehr beliebt hier in Rackmoor.»

«Was hat Gemma Temple über die Craels gesagt?»

«Nichts. Wir haben uns nicht weiter unterhalten. Aber dieser Julian, der Sohn, der ist schon ein ziemlich komischer Vogel.»

«Komisch? Warum?»

«Immer für sich. Kommt kaum ins Dorf runter. Vierzig und nicht verheiratet.»

Sie sagte das, als wäre es der Gipfel aller Perversionen.

«Ich bin auch vierzig und noch nicht verheiratet, Kitty.»

Sie starrte ihn an. «Kaum zu glauben. Ist wohl nicht nach Ihrem Geschmack?»

«Oh, es ist schon nach meinem Geschmack. Das Mündel der Craels, diese Dillys March, haben Sie wohl nicht gekannt? Solange sind Sie wahrscheinlich noch gar nicht hier.»

«Nein. Aber ich kenne die Geschichte: Sie haute ab und heiratete, stimmt's?»

Das Heiraten schien es ihr angetan zu haben. «Das ist uns nicht bekannt. Das Kostüm soll einer gewissen Lily Siddons gehört haben?»

Kitty nickte. «Lily, ja, Sir, das stimmt, sie hat es ihr gegeben oder geliehen, das weiß ich nicht genau. Und Lily ging zusammen mit Maud Brixenham als –» Kitty schob die Unterlippe vor «als irgendwas aus Shakespeare. Ich kann mich nicht mehr erinnern.»

«Ist Lily Siddons mit den Craels befreundet?»

«Ja, ihre Mutter war bis zu ihrem Tod Köchin im Old House – Mary Siddons.»

«Die Tochter von Craels Köchin? Sir Titus scheint ja sehr demokratisch zu sein –» Jury half Kitty aus der Verlegenheit. «Ich meine, wenn er sogar die Kinder seiner Dienstboten um sich schart.»

«Oh, mit Lily ist es was anderes. Sie ist ihm ans Herz gewachsen. Als ihr Vater einfach weglief, hat sie mit ihrer Mutter eine Zeitlang bei ihnen gewohnt.»

«Hier scheinen ja viele Leute zu verschwinden! Haben Sie Lily in der Mordnacht gesehen?»

«Ja, hab ich. Wenn ich den Laden hier dichtmache, unterhalten wir uns meistens noch ein bißchen. Sie wohnt gleich da drüben, in dem komischen kleinen Haus, wo sich High Street und Grape Lane treffen. Nach Feierabend bin ich zu ihr rübergerannt.»

Jury zog sein Notizbuch heraus. «Wann war das?»

«Fünf vor halb zwölf. Ich sah, daß sie noch Licht anhatte.»

«Ich dachte, sie wäre auf das Fest gegangen?»

«Sie ist gleich wieder zurückgekommen. Mit Maud Brixenham und Mauds Neffe, Les Aird. Lily sagte, es wäre ihr schlecht geworden.» Sie beobachtete, wie Jury den Umschlag öffnete, und fügte hinzu: «Ist wohl wichtig, weil um diesen Dreh auch Gemma Temple umgebracht wurde?»

Jury blickte zu ihr hoch. «Sie wissen, um wieviel Uhr das passiert ist?»

«Sicher. Jeder in Rackmoor weiß das. Zwölf Messerstiche hat sie abgekriegt.»

«Wie lange braucht man von hier zur Engelsstiege, Kitty?»

Kitty setzte ein gewinnendes Lächeln auf. «Genau das hat mich Mr. Harkins auch gefragt. Zehn Minuten bis zu der Stelle, wo es passiert ist. Ich kann's also unmöglich gewesen sein, wo ich doch fünf vor halb zwölf schon bei Lily war!»

Jury lachte. «Sie und Lily haben ein ganz gutes Alibi.» Kitty strahlte, und er fügte hinzu: «Aber hieb- und stichfest ist es nicht. Eine von Ihnen könnte ja auch die Beine unter die Arme genommen haben...»

Kitty fühlte sich sicher genug, um zu lachen. «Oh, das ist doch nicht Ihr Ernst, Sir.» Sie senkte die Stimme. «Womit wurde sie denn umgebracht?»

«Ich dachte, das könnte ich von Ihnen erfahren. Sie wissen doch sonst alles. Hören Sie, Kitty, wer könnte Interesse daran haben, Lily Siddons um die Ecke zu bringen?»

Schockiert blickte sie ihn an. «Lily, Sir? Wie meinen Sie denn das?»

«Sie sind doch mit ihr befreundet. Hat sie Ihnen nicht erzählt, daß sie dachte, der Mörder habe sie mit Gemma Temple verwechselt? Die Temple trug ja auch ihr Kostüm.»

«Du lieber Himmel! Nein, davon hat sie nichts gesagt.»

«Sahen sie sich denn sehr ähnlich?»

«Nein, aber das Kostüm... Vielleicht konnte man sie da schon verwechseln, ich meine bei dem Nebel und der Dunkelheit...»

«Hmm, ich glaube, ich schau mir am besten mal ihr Zimmer an.»

Sie ging mit Jury durch die Tür und die enge Treppe hinauf; das Zimmer lag am Ende des Flurs, ein großer, heller Raum, von dem aus man auf den Wellenbrecher und auf das schiefergraue Wasser blickte.

Während Jury das Zimmer inspizierte – die Schränke öffnete und hinter die Möbelstücke und Spiegel schaute –, erzählte Kitty, daß sie ihre Zimmer selten vermiete. «Im Winter kommt doch niemand. Gestern nachmittag ist mir zum erstenmal seit zwei Monaten wieder ein Fremder über den Weg gelaufen, ein Herr, der sich in eine Ecke setzte, ein französisches Buch las und dabei Old Peculiar trank – wer trinkt das heutzutage noch? Bitsy, die hier serviert, falls sie überhaupt etwas tut, sagte, er sei auf dem Weg zum Old House gewesen und hätte sich nur noch ein bißchen im Dorf umschauen wollen. Bitsy hat natürlich mit ihm getratscht, solange es nur ging. Wenn sie nur nichts zu arbeiten braucht –»

Old Peculiar und ein französisches Buch. «Wie sah er denn aus?»

«Ziemlich groß. Helles Haar. Wirklich tolle Augen.»

«Grün?»

«Ja, grün. Sie glitzerten richtig. Woher wissen Sie das?»

Melrose Plant. Was zum Teufel tat er in Rackmoor?

3

Melrose Plant saß an dem einen Ende des dunkel schimmernden Speisezimmertischs, der sich wie ein vom Mond beschienener See vor ihnen ausdehnte; er schien mindestens einen halben Kilometer lang zu sein. Melrose nahm gerade sein Frühstück ein, das aus weichen Eiern mit Butter bestand. Er hatte so lange geschlafen, daß es ihm schon peinlich war, und dann den Butler gefragt, ob er noch eine Tasse Kaffee haben könne. Während der Colonel sich offensichtlich über seinen Besuch freute, war Julian alles andere als erfreut. Ihn störte allein schon die Tatsache, daß ein Fremder sich bei ihnen eingenistet hatte. Julian hatte mit der Polizei bereits genug am Hals.

Wood versicherte Melrose, der Colonel habe darauf bestanden, daß das Frühstück warm gehalten würde. Colonel Crael war zu seinen Hundezwingern nach Pitlochary gefahren, berichtete Wood. Julian Crael machte seinen Morgenspaziergang.

Melrose kam das ganz gelegen. Er hielt den Colonel für einen großartigen alten Mann, während er Julian nicht besonders mochte – unter anderem, weil er so blendend aussehenden Männern einfach mißtraute. Julian war, was das Aussehen betraf, von der Natur mehr als verschwenderisch bedacht worden. Vielleicht war Melrose aber auch nur eifersüchtig auf seine Jugend, weil er selbst schon Anfang 40 war. Aber so jung war Julian auch wieder nicht – wahrscheinlich nur fünf oder sechs Jahre jünger. Aber die Jahre konnten Julian nichts anhaben. Und das fand Melrose unverzeihlicher als alles übrige.

Als Melrose seinen zweiten Bückling zerlegte, hörte er ein leises Klirren, und Olive Manning, die Haushälterin, kam in das Speisezimmer gerauscht. Melrose hatte angenommen, mit den Brontës und den Geisterromanen wären auch die Schloßfrauen verschwunden, doch nun stand eine leibhaftig vor ihm, den Schlüsselbund am Gürtel.

«Colonel Crael hat mich gebeten, nachzusehen, ob Sie irgend etwas benötigen. Außerdem soll ich Sie fragen, ob Sie später mit ihm ausreiten wollen.»

Verdammt, dachte Melrose. Geschah ihm ganz recht, warum hatte er dem Colonel auch von seinem Pferd auf Ardry End erzählt. «Nett von ihm. Wenn nur mein Knie nicht so verflucht weh täte. Muß mir letzte Woche beim Springen eine Sehne verzerrt haben.» Melrose verfiel immer, wenn er log, in diesen kumpelhaften Jargon. Als müsse er dazu in eine andere Rolle schlüpfen.

Olive Manning nickte, verzog aber keine Miene; kaputte Knie schienen nicht in ihr Ressort zu fallen. Sie murmelte jedoch ein paar teilnahmsvolle Worte, die nicht sehr aufrichtig klangen. «Hoffentlich wird Ihr Knie bald besser, sonst können Sie nicht mit auf die Jagd gehen.»

«Ach, du liebe Güte, wie schrecklich.» Er erhob sich und zog einen Stuhl hervor. «Wollen Sie nicht eine Tasse Kaffee mit mir trinken?»

Sie schien mit sich zu kämpfen, aber nicht, weil sie ihren Platz kannte – Olive Manning wurde beinahe wie ein Familienmitglied behandelt –, sondern weil er ihr irgendwie verdächtig erschien, Melrose war sich dessen ziemlich sicher. Er würde sein Thema – den Kostümball – vorsichtig einkreisen müssen.

Das Mißfallen war gegenseitig. Ihm mißfielen ihre verkniffenen Züge, ihr spitzes Kinn, ihre zusammengezogenen Brauen und ihre gespitzten Lippen. Sie schien gegen Gott und die Welt einen unterdrückten Groll zu hegen. Der Kopf mit dem schwarzen Haarschopf saß auf einem dürren, in dunklen Batist gehüllten Körper (bestimmt das Feinste, was es bei Liberty zu kaufen gab). Sie setzte sich – den Kaffee lehnte sie ab – und legte die Hände auf den Tisch. An ihrem Finger steckte ein rosiger Topas, an dem selbst ein Pferd erstickt wäre. Offensichtlich nagte im Old House keiner am Hungertuch.

«Sir Titus sagte, Sie seien Lady Margarets engste... Vertraute gewesen.» «Zofe» oder «Hausangestellte» wollte er nicht sagen.

«Ahh.» Sie sprach diese Silbe sehr weich aus; einen Augenblick lang entspannte sich ihr Mund.

«Ich habe sie leider nicht kennengelernt. Aber mein Vater, Lord Ardry, hat mir viel von ihr erzählt... er sagte, er hätte nie eine schönere Frau gesehen.»

Das war offensichtlich die richtige Strategie. Mrs. Manning lächelte beinahe. «Ja, ich hab auch noch keine gesehen, die ihr das Wasser reichen konnte. Ihr Haar glitzerte wie ein Wasserfall, wenn sie es offen trug. Die beiden Jungen, Julian und Rolfe, haben es von ihr geerbt.» Sie wandte den Blick ab. «Rolfe lebt auch nicht mehr, aber das wissen Sie wohl.»

«Ja, schrecklich, beide auf einmal zu verlieren, Frau und Sohn. Ein Autounfall, sagte mir der Colonel.»

Sie seufzte. «Vor achtzehn Jahren ist das passiert. Rolfe war erst 32.» Sie spielte ständig mit einem Silbermesser herum, als wollte sie es gleich hochheben und sich – oder ihm – in die Brust stoßen. Ihr verkrampftes Gesicht hatte sich etwas entspannt und einen leidenden Zug angenommen. Er wußte, daß ihr Sohn in einer Anstalt war, aber er hatte nicht vor, dieses Thema anzuschneiden. Er sah sie von der Seite an.

«Eine Tragödie. Es ist also nur noch Julian übrig?»

«Ja.» Ihr Blick war wie ein Peitschenhieb. Er war zu nahe an das Thema herangekommen, über das sie nicht sprechen wollte. Melrose schob sich den Rest seiner Zigarre in den Mundweinkel und lehnte sich zurück, die Hände hinter dem Kopf verschränkt. Er blies einen Rauchkringel in die Luft. «Gehen Sie gern auf die Jagd, Mrs. Manning?»

Das war ungefährlicher. Ihre Züge entkrampften sich wieder. «Ja, sehr gern. Ich bin schon als kleines Mädchen mit auf die Jagd gegangen. In diesem Haushalt geht das gar nicht anders.» Das Licht, das auf ihr Haar fiel, war so matt und gedämpft, als käme es durch eine Milchglasscheibe. Sie mußte einmal eine hübsche Frau gewesen sein, bevor diese unterdrückte Wut von ihr Besitz ergriffen hatte.

«Julian ist aber nicht so versessen darauf. Für seinen Vater muß das ja eine herbe Enttäuschung sein.» Melrose lächelte.

«Nein, Julian ist –» Ihr Blick streifte ihn wieder wie ein Schlag mit der flachen Hand, dann wandte sie sich ab und starrte aus den hohen Fenstern.

«Und von Parties hält er wohl auch nicht gerade viel?» Melrose blickte überall hin, nur nicht auf sie.

Ihr Körper versteifte sich, und sie lehnte sich in ihrem Sessel zurück. «Julian ist einfach nicht sehr gesellig. Nicht wie –»

Als sie stockte, hakte er sofort nach. «‹Nicht wie› –»

«Ich dachte an Rolfe. Rolfe war eher der Sohn seines Vaters. Und seiner Mutter, was das betrifft.» Ihr Ton war unbeteiligt, neutral. Ob sie nun Julians Verhalten billigte oder nicht, ließ sich nicht erraten.

Melrose beschloß, die Sache direkter anzugehen. «Es ist wirklich zu dumm, daß er jetzt auch noch unter Verdacht steht. Ich meine Julian.»

«Ich weiß, wen Sie meinen, Lord Ardry. Es ist natürlich völlig absurd.» Sie erhob sich und strich sich das Haar, das im Nacken zu einem Knoten geschlungen war, an den Schläfen zurück. «Ich muß noch ein paar Anrufe für die Köchin erledigen. Wie lange werden Sie bei uns bleiben, Lord Ardry?»

«Oh, ich weiß nicht. Ich bin gerade von York hierhergeflitzt. Ich denke, noch ein paar Tage. Zwei oder drei.» Oder vier oder fünf. «Und nennen Sie mich doch einfach Plant, Mrs. Manning. Nicht Lord Ardry.»

Sie schien es überhaupt nicht komisch zu finden, daß der einzige Sohn sich nicht mit dem Titel seines verstorbenen Vaters schmükken wollte. «Ah, gut. Wenn Sie mich jetzt bitte entschuldigen.»

Eine Glanzleistung, beschimpfte sich Melrose, als er vom Speisezimmer in den Raum hinüberging, den der Colonel sein «Nest» nannte. *Einfach umwerfend, mit welcher Leichtigkeit du das aus ihr herausgeholt hast. Eine Wurzelbohrung ist nichts dagegen.* Wütend ließ sich Melrose in einen Sessel fallen und schlug die Beine übereinander. Er drückte den Stummel seiner Zigarre aus und zündete sich eine neue an; dann blickte er sich suchend nach einer Karaffe um und entdeckte gleich zwei, die eine astronomische Summe gekostet haben mußten. Er holte sich ein Portweinglas, lehnte sich zurück, rauchte und trank und starrte zur Decke hoch. Mit Decken kannte er sich aus. Diese hier war ein wahres Kunstwerk. Angelika Kauffmann? Joseph Rose? Er war sich nicht sicher. Es war auf jeden Fall ein fabelhafter Stukkateur gewesen – eine Decke, die beruhigend wirkte, die ihm half, sich zu konzentrieren. Die Unterhaltung vom Abend zuvor war ihm so gegenwärtig, als hätte er sie gedruckt vor sich liegen.

«Erpressung?» hatte Julian Crael zu ihm gesagt und frostig gelächelt. «Und womit zum Teufel hätte diese Temple mich erpressen können?»

Melrose hatte strahlend geantwortet. «Was weiß ich, alter Junge, was haben Sie denn so auf dem Gewissen?»

Sie waren im Salon gewesen; Julian hatte neben dem Kamin unter dem Porträt seiner verstorbenen Mutter gestanden. Und Melrose hatte sich gefragt, ob die Flammen nicht auch diese gletscherblauen Augen zum Schmelzen bringen könnten. «Ich befürchte, es gibt nichts in meiner Vergangenheit, für das es sich lohnt, ein paar Scheine hinzublättern.»

«Ein über jeden Verdacht erhabener Bürger? Angenommen, jemand sagte Ihnen auf den Kopf zu, ‹Ich weiß, was Sie getan haben›, würden Sie dann nicht die Beine unter die Arme nehmen?»

Er behielt sein frostiges Lächeln bei, verzichtete aber auf eine Antwort.

«Du lieber Himmel», bohrte Melrose weiter, «selbst ein Unschuldslamm wie ich, das sich einfach nur ziellos treiben läßt, kann sich an ein oder zwei Dinge erinnern, über die ich keinen reden hören möchte.»

Julian stellte sein Glas auf den Tisch und sagte: «Dann würde ich vorschlagen, daß Sie selbst auch nicht darüber reden.» Damit entschuldigte er sich und ließ Melrose einfach stehen.

Melrose seufzte und starrte zur Decke hoch. Er befürchtete, Sir Titus würde nicht gerade begeistert sein, wenn er entdeckte, daß Melrose – ein Außenstehender – Julian zum Reden bringen wollte. Julian war in Melroses Augen ein Hagestolz ohne jeglichen Charme; einer, vor dem Hunde und kleine Kinder davonliefen. Aber nicht die Frauen, die bestimmt nicht. Julian Crael war zwar nicht verheiratet, aber Melrose hätte wetten können, daß es von York bis Edinburgh keine Frau im heiratsfähigen Alter gab, die sich nicht die Hacken nach ihm ablaufen würde. Sein Aussehen, sein Geld, sein Name!

Melrose dachte (in aller Bescheidenheit, ein dünnes Stimmchen schien es ihm zuzuflüstern), *ich kenne das schließlich*. Obwohl er nicht so blendend aussah. Beim Auf- und Abgehen konnte er es sich nicht verkneifen, gelegentlich einen kurzen Blick in den Spiegel zu werfen, dessen Goldrahmen durcheinanderpurzelnde Putten zierten. Sein Spiegelbild erschien ihm durchaus passabel, auch wenn er sich nicht mit Julian messen konnte. Aber wer konnte das schon! Er dachte an das Porträt über dem Kamin im Salon. Julians Ähnlichkeit mit seiner Mutter war frappierend. Er trat an einen mit Zeitschriften, Füllfederhaltern und Büchern übersäten Lesetisch und schaute sich die Buchrücken an: Whythe-Melville: *Das Vergnügen der Jagd*, Jorrocks – alles nur Bücher über die Jagd. Dann goß er sich noch etwas Portwein nach, stöpselte die Waterford-Karaffe zu, ging zu seinem Sessel zurück und starrte wieder zur Decke.

Julian Craels Motiv lag sozusagen auf der Hand. Falls diese Temple wirklich das Mündel des Colonel gewesen war, hätte sie nicht nur Anspruch auf sein Geld gehabt. Sie hätte auch die Zuneigung des alten Mannes für sich beanspruchen können. Also ein Dorn im Auge des jüngeren Crael ...

Leider hatte Julian Crael auch ein hieb- und stichfestes Alibi.

Das war der Haken an der Sache. Zum Zeitpunkt des Mordes war Julian auf seinem Zimmer gewesen. Er war von einem Spaziergang zurückgekommen und sofort auf sein Zimmer gegangen, ohne sich um die Partygäste zu kümmern. Und dort war er auch geblieben – was er beweisen konnte.

Melrose Plant schloß die Augen und massierte sich die Kopfhaut, wohl damit sein Gehirn durchblutet würde und ihm die Lösung des Rätsels lieferte. Als er damit aufhörte, stand sein helles Haar in allen Richtungen von seinem Kopf ab.

Wo steckte bloß Jury!

4

Die graugestreifte Katze streckte sich auf dem Fenstersims, fixierte Jury, gähnte ihn durch das Glas hindurch an und rollte sich wieder zu einer Kugel zusammen. Zwischen der Scheibe und dem Fensterrahmen steckte ein kleines Schild: GEÖFFNET. Ein zweites hing an der Tür: TRETEN SIE EIN. Was Jury und Wiggins auch taten.

Ein Glöckchen bimmelte; aus den oberen Regionen ließ sich ein kräftiger Bariton vernehmen, der sie bat, sich einen Augenblick zu gedulden. Kurz darauf kam der Mann, dem die Baritonstimme gehörte, die Stufen heruntergepoltert. Er trug Jeans, einen blauen Wollpullover, eine Schirmmütze (der glänzende Schild saß im Nakken), eine mit Magenta-Rot verschmierte Lederschürze und eine Zigarre hinter dem Ohr.

«Mr. Rees? Mein Name ist Jury.»

«Chefinspektor. Von der Kriminalpolizei. Scotland Yard. Und Wachtmeister Wiggins. Ich bin auf dem laufenden.»

Jury ließ seinen Ausweis wieder in die Tasche gleiten. «Hat sich ja schnell rumgesprochen.»

Rees zog den Zigarrenstumpen hinter seinem Ohr hervor und zündete ihn an. «Sonst gibt's ja nichts, was sich rumsprechen könnte, Inspektor. Sie wollen mich wegen diesem Mord vernehmen. Reicht es, wenn ich Ihnen sage, daß ich's nicht war?»

Jury lächelte. «Wird nicht lange dauern, Mr. Rees.»

«Oh, das kenn ich. Zu Thomas More hat man das wahrscheinlich auch gesagt, als er aufs Schafott stieg.»

«Worauf er antwortete, ‹Helft mir rauf. Runter brauch ich keine Hilfe mehr.›»

Adrian war verblüfft, jedoch weniger über den Ausspruch Mores als über Jurys Belesenheit. «Hat er das tatsächlich gesagt?»

«Soviel ich weiß. Ich war natürlich nicht dabei.»

Adrian schüttelte den Kopf. «Weiß der Himmel, damals besaßen die Leute noch Haltung. Warum fangen wir nur gleich zu winseln an, wenn wir den Tod zu Gesicht bekommen? Warum sind wir so schwach und erbärmlich?»

«Raskolnikows Philosophie?»

«Heiliger Strohsack!» Adrian griff sich ins Haar und ballte die Hände zu Fäusten. «Das wird mich noch bis ans Ende meiner Tage – aber lassen wir das.»

Jurys Blick wanderte über die Bilder an den Wänden des langen, schlauchartigen Raums, in dem sie sich aufhielten. «Gute Sachen. Aber dort hinten, diese Postkartenmalerei von der Klosterkirche, die stammt bestimmt nicht von Ihnen?»

«Allerdings nicht. Ich muß dieses Zeug in Kommission nehmen, damit die Kasse stimmt. Einheimische Künstler, Lokalkolorit, Folklorescheiße, so was verkauft sich im Sommer.»

«Kann ich mir denken. Was halten Sie denn von dem da, Wiggins?»

Wachtmeister Wiggins schlenderte zu einem Ölbild mit einem in seine Bestandteile zerlegten Akt. Er räusperte sich. «Interessant.»

«Hören Sie, können wir nicht nach oben in mein Atelier gehen und dort weiterreden? Ich will nicht den großen Künstler markieren, aber wenn die Farbe trocken ist, läßt sich nichts mehr machen. Sie haben doch nichts dagegen?»

«Nein, natürlich nicht.» Jury zog Wiggins am Ärmel. Der Wachtmeister hatte den Kopf verdreht, um den Akt – oder die Akte, es schienen mehrere zu sein – besser sehen zu können. Die einzelnen Körperteile bildeten eine kubistische Collage; sie verflochten sich zugleich auf eine obszöne Weise, der Jury im Augenblick nicht weiter nachgehen wollte.

Jury und Wiggins stiegen hinter Adrian Rees die enge, steile

Treppe hinauf und kamen in einen sehr großen Raum, erfüllt von grauem Licht, das durch ein Oberlicht hereinfiel. «Deswegen hab ich dieses Haus auch gekauft», sagte Adrian. «Alle andern Häuser, die ich mir anschaute, waren dunkel wie Gruften. Weil das ganze Dorf in die Klippen hineingebaut ist. Die oberen Häuser nehmen den unteren das Licht weg. In manchen muß den ganzen Tag über elektrisches Licht brennen.»

Abgesehen von den Leinwänden, von denen gleich mehrere übereinander gegen die Wände gelehnt waren, befand sich nichts in dem Raum: Landschaften, Stilleben, abstrakte Bilder, die so aussahen, als hätte der Maler die Finger in einen Farbtopf gesteckt und die Farbe auf das Bild gespritzt. Und Porträts. Rees hatte offensichtlich Talent. Der Beweis war das traditionelle Porträt einer Frau in einem langen, grünen Gewand. «Sehr hübsch», sagte Jury.

«Zu bombastisch. Was für übers Sofa. Langweilig.» Adrian beugte sich über eine riesige Leinwand. Sie war auf dem Boden ausgebreitet und auf der einen Seite etwas in die Höhe gezogen; auf der andern war eine lange Rinne angebracht, die die Farbe auffing; sie sah aus wie ein der Länge nach aufgeschnittenes Aluminiumrohr. Er nahm einen kleinen Eimer in die Hand und kippte ihn darüber. Wie ein Schwall Blut ergoß sich die rote Farbe über die Leinwand, verästelte sich nach links und sammelte sich dann in dem Behälter. Wiggins war fasziniert.

«Sie gießen einfach die Farben drüber und lassen sie ineinanderfließen? Und damit hat's sich dann?»

«Ja, damit hat's sich, Wachtmeister.»

Wiggins zog sein Taschentuch heraus und blickte Jury mit wäßrigen Augen an. «Könnte ich nicht auch allergisch gegen Farben sein, was meinen Sie, Sir?»

Jury wollte nicht Wiggins' Hausarzt spielen. Er setzte sich auf einen von oben bis unten mit Farbe bespritzten Hocker. «Sie haben Gemma Temple noch gesehen, kurz bevor sie ermordet wurde, Mr. Rees?»

Adrian, der damit beschäftigt war, eines der roten Rinnsale nach links zu leiten, nickte und sagte: «Ich ging die Grape Lane hoch. Vom Fuchs auf dem Weg in meine eigene Höhle.»

«Auf welcher Höhe? In der Nähe der Engelsstiege?»

Er nickte. «Kurz danach. Ich war schon ein paar Meter weiter. Sie kam mir von oben entgegen.» Adrian richtete sich auf und versuchte mit einem Streichholz, das er durch einen Schnipser mit dem Fingernagel zum Brennen gebracht hatte, seine Zigarre anzuzünden, auf der er schon die ganze Zeit über herumgekaut hatte. «Sie hätte jedem die Show gestohlen. Zuerst dachte ich, ich hätte vielleicht einen zuviel getrunken. Aber das tu ich ja immer. An dem Abend hatte ich nur nicht genügend Kleingeld bei mir.» Er schnappte sich einen Eimer mit leuchtend blauer Farbe und goß sie langsam über die Leinwand. Dann rannte er auf die andere Seite und leitete den dünnflüssigen blauen Strom mit einem dicken Pinsel um, so daß er über die rote Farbe lief, Schleifen bildete und wieder zurückfloß. «Ich sah sie nur über die Straße hinweg. Und es war neblig. Wie immer.»

«Wollen Sie damit sagen, daß Sie sie nicht richtig gesehen haben?»

«Nein, das nicht. Ich hab sie mir ganz genau angeschaut. Ich werd das auch nie vergessen.» Er richtete sich wieder auf. «Kommen Sie.» Jury folgte ihm auf die andere Seite des Raums, wo Adrian ein Tuch von einer kleinen Leinwand zog. Die Figur war zwar noch nicht ganz fertig gemalt, aber der Hintergrund wirkte um so atmosphärischer: Dunkel, Nebel, der Schein der Straßenlaterne und die undeutlichen Umrisse einer in einen Umhang gehüllten Figur.

«Soll das Gemma Temple sein?» Adrian nickte. «Können Sie das nicht fertig malen, vielleicht hilft es uns weiter.»

Adrian bedeckte es wieder. «Ich hatte vergessen, daß es die Nacht vor dem Dreikönigsfest war. Ich geh nie auf solche Bälle, ich finde sie schrecklich. Aber sagen Sie das bitte nicht dem Colonel. Er ist ein Förderer der schönen Künste und beschafft mir immer ein zinsloses Darlehen. Ab und zu gibt er auch was in Auftrag.» Sie standen wieder neben der großen Leinwand, und Adrian brachte einen Eimer mit grüner Farbe in die richtige Position. Zu Wiggins, der fasziniert jede seiner Bewegungen verfolgte, sagte er: «Wachtmeister, können Sie mir mal zur Hand gehen? Wenn das Grün auf Ihre Seite läuft, kippen Sie es bitte wieder zurück.»

Wiggins schien sich geschmeichelt zu fühlen. «Oh, wenn Inspektor Jury –»

Jury nahm ihm das Notizbuch ab, Wiggins rollte die Ärmel hoch und ging in die Hocke. Kopfschüttelnd holte Jury seinen Federhalter aus der Tasche. «Fahren Sie fort, Mr. Rees.»

«Ich glaube nicht, daß sie mich gesehen hat. Sie blieb einen Augenblick lang unter der Straßenlaterne in der Nähe der Treppe stehen.» Er stand auf und warf sich einen imaginären Umhang über die Schultern. «Schwarzes Cape, weißes Hemd.» Er bedeckte eine Gesichtshälfte. «Die linke Hälfte war weiß, die rechte schwarz. Außerdem trug sie noch eine schwarze Maske –»

«Woher wußten Sie denn, daß es Gemma Temple war?»

«Wußte ich natürlich nicht. Das hab ich erst erfahren, als ich ein paar Stunden später mit den andern Schaulustigen herumstand. Ich hatte die Polizeisirenen gehört. Polizeisirenen in *Rackmoor*? Ich konnte es nicht glauben. Zuerst dachte ich, es sei vielleicht ein Krankenwagen. Obwohl ich nun schon gut fünf Jahre hier wohne, hab ich noch nie einen gesehen. Die Leute hier sterben nicht, Percy Blythe ist der Beweis. Ich schaute aus dem Fenster und sah den Auflauf. Daraufhin zog ich mir die Hose an und ging auch auf die Straße.»

«Haben Sie die Leiche gesehen?»

«Nein. Wie denn auch? Auf der Engelsstiege wimmelte es nur so von Polizisten. Ich hab aber gehört, daß es einer von den Ballgästen sei, eine Frau in einem schwarz-weißen Kostüm.»

«Und was haben Sie dann getan?»

«Ich bin wieder nach Hause gegangen. War aber zu aufgeregt, um schlafen zu können, und hab dieses Bild in Angriff genommen.»

«Sie haben doch auch mit ihr gesprochen? Ein- oder zweimal in dem Gasthof?»

Adrian blickte ihn aufmerksam an und zog an seiner Zigarre. «Ja, ein- oder zweimal. Sie sprach aber nicht über sich; sie sagte nur, daß sie aus London sei – Kentish Town, soviel ich mich erinnere – und daß sie die Craels schon lange kenne.»

«Sind Sie auch gut bekannt mit ihnen?»

«Ja. Zumindest mit dem Colonel. Mit Julian ist wohl keiner gut bekannt.» Adrian tauchte den Pinsel in Ocker und verschmierte die Farbe zum Rand hin.

«Hat sie gesagt, wieso sie hierhergekommen ist?»

Adrian schüttelte den Kopf. «Verdammt merkwürdig, das Ganze. Wer fährt schon im Januar nach Rackmoor? Ich glaube, sie sagte, sie sei Schauspielerin oder so was Ähnliches.»

Jury dachte einen Augenblick nach. «Kennen Sie Lily Siddons?»

Er blickte erstaunt auf. «Ja, natürlich. Ihr gehört das Bridge Walk Café.»

«Könnte denn jemand Interesse daran haben, sie aus dem Weg zu räumen?»

Er war schockiert. «*Lily?* Um Himmels willen, *nein*. Warum fragen Sie?»

Jury gab keine Antwort. Er stand auf und nickte Wiggins zu, der sich daraufhin von der Leinwand losriß. «Ach, noch was, Mr. Rees, vermissen Sie nicht ein Stück Leinwand?»

«Leinwand. Ahh...» Sein Blick wanderte in eine Ecke, in der Farbtöpfe, Keilrahmen und Leinwände herumstanden. «Ich hab nicht nachgeschaut. Warum?»

«Schließen Sie gewöhnlich Ihren Laden ab, wenn Sie weggehen?»

«Du lieber Himmel, nein. Die Vorstellung, jemand könnte meine Bilder klauen, ist etwas...» Er zuckte die Achseln.

«Vielen Dank, Mr. Rees. Und auf Wiedersehen.»

«Bestimmt werden Sie mich wiedersehen wollen.» Adrian wischte sich die Hände an dem Lappen ab und führte sie die Treppe hinunter.

Als sie durch die Galerie gingen, blieb Wiggins noch einmal vor dem Akt – oder den Akten – stehen.

«Gefällt Ihnen wohl?» fragte Rees. «Ich nenne es die Zielscheibe.»

«Interessant», sagte Wiggins. «Man könnte meinen, hier in der Mitte seien lauter kleine Löcher. Hat es damit zu tun, daß die Männer die Frauen als Zielscheiben oder Lustobjekte betrachten? Was in der Art?» Er schneuzte sich sorgfältig, zuerst das eine, dann das andere Nasenloch.

Wiggins als Kunstkritiker war für Jury ein neues Phänomen.

«Nicht schlecht, haut aber nicht ganz hin. Eigentlich war's so, daß ich eines Nachts nicht wußte, was ich tün sollte, und die Leinwand über Kork spannte und eine Zielscheibe darauf malte. Hier –» Sie beugten sich darüber. «Hier können Sie noch die Ringe unter dem flockigen Weiß sehen. Nur die Löcher konnte ich nicht übermalen. Der Effekt ist aber ganz hübsch. Die Akte sehen wie von Kugeln durchsiebt aus.»

«Als hätten sie die Pocken oder so was.»

«Hmm. Der Vergleich gefällt mir. Prima Idee, das. Ich werd's *Pox Britannica* nennen und den Preis um fünfzig Pfund erhöhen.»

«An Ihrer Stelle würde ich in dieses Gesicht da noch ein paar Pfeile reinhauen. Dann sieht es noch mehr nach Pocken aus.» Wiggins lächelte und bot Adrian ein Hustenbonbon an.

5

Sir Titus Crael, Baron, lebte in einem prächtigen elisabethanischen Herrenhaus, von dem aus man auf die gigantischen, zerklüfteten Klippen der Nordseeküste blickte. Es schien aus demselben Kalkstein wie die Stadtmauern Yorks gebaut zu sein; der Regen hatte ihn nur schon so ausgewaschen, daß er ganz weiß wirkte. Das Gebäude tauchte aus dem dicken Bodennebel auf – eine massige Silhouette hinter vorbeidriftenden Nebelfetzen.

Wiggins fuhr mit dem polizeieigenen Ford die geschotterte Einfahrt hinauf und an den Stallungen vorbei, wo sich ein stattliches Pferd überrascht aufbäumte. Der Reiter, ein hochgewachsener, hagerer und sehr distinguiert aussehender älterer Mann, schien es jedoch vollkommen in der Kontrolle zu haben. Er stieg ab und ging zu dem Auto hinüber.

«Sie sind die Herren von Scotland Yard? Ich bin Titus Crael.» Er streckte eine kräftige, knochige Hand aus.

Jury und Wiggins stiegen aus dem Wagen.

«Um das Auto brauchen Sie sich nicht zu kümmern. Lassen Sie es einfach hier stehen. Entschuldigen Sie bitte, daß ich Sie bei den Ställen abfange, ist nicht gerade sehr förmlich, eine Eigenschaft, die mir leider abgeht. Ich wollte Sie eigentlich nur kurz sprechen, bevor Sie hineingehen. Sie haben doch nichts dagegen, wenn wir uns hier unterhalten? Bracewood wird sich taub stellen.»

Jury schaute sich nach Bracewood um und entdeckte, daß der Colonel von seinem Pferd sprach. Colonel Crael hatte die Hände in den Lederhandschuhen durch die Zügel geschoben und lehnte sich an das Pferd, wie andere sich an ihre Freunde anlehnen – physischen oder moralischen Halt suchend.

Jury dachte, der Colonel wolle ihre Fragen hier draußen beantworten und befürchtete, daß Wiggins seine Leichenbittermiene aufsetzen würde, obwohl es eher feucht als kalt war. Er sagte: «Nein, eigentlich nicht. Ich werde Wachtmeister Wiggins schon mal vorausschicken, damit er sich mit den Hausangestellten unterhalten kann.»

«Ja, tun Sie das. Hier durch diese Tür. Wood – mein Butler – wird Ihnen weiterhelfen.» Er wies auf das eindrucksvolle Portal des herrschaftlichen Hauses, als wäre es der Eingang zu einer Lehmhütte. «Lassen Sie sich etwas Tee geben. Sie sehen ganz durchgefroren aus.»

Worauf Wiggins sehr dankbar dreinblickte. Er ging auf das Haus zu.

«Um ganz ehrlich zu sein, Inspektor Jury – ich wollte erst mal ein paar Worte mit Ihnen wechseln, bevor Sie sich mit Julian über diese verfahrene Geschichte unterhalten. Wir haben uns wegen diesem Mädchen schon so in die Haare gekriegt, daß ich in seiner Gegenwart nicht mehr über dieses Thema sprechen möchte. Wir streiten uns ja doch nur.» Der Colonel spielte mit den Zügeln seines Pferdes. «Ich bin überzeugt, daß diese Gemma Temple mein Mündel war. Dillys March.» Sein Blick wanderte von den grauwattierten Mauern zu den Bäumen, gespenstisch aus dem Nebel aufragenden Birken, und er sprach über Dillys March. Er sagte, sie sei als Achtjährige zu ihnen gekommen, nachdem ihre Eltern bei einem Flugzeugunglück ums Leben gekommen waren. «Sie waren eng befreundet mit Lady Margaret –» Der Colonel stolperte über den Namen. «Margaret war meine Frau. Im Haus hängt ein herrliches Porträt von ihr. Adrian Rees hat es gemalt – nach einem Foto. Er hat wirklich Talent. Es sieht vielleicht so aus, als hätte er sie idealisiert – hat er aber nicht. Sie war wirklich eine Schönheit...»

«Sie sprachen über Dillys March.»

«Ja... sie war eine Art... Adoptivtochter für uns. Ich meine, wir behandelten sie so, als wäre sie unsere eigene Tochter, obwohl wir sie nie wirklich adoptiert haben.»

«Wie Inspektor Harkins notiert hat – Ihre eigene Aussage, Sir –, sollte Dillys March von Ihrer verstorbenen Frau eine bestimmte Summe erben; sie ist dann verschwunden und nie wieder aufgetaucht.»

«Soviel war das nicht.» Der Colonel tat die Summe mit einem

Achselzucken ab. «Nur 50000 Pfund. Sie sollte sie mit einundzwanzig kriegen.»

«Und wird das Geld noch für sie verwaltet?»

«Es wurde wieder investiert. Margarets Erbe ging an Julian und Rolfe. Auch Dillys' 50000 Pfund. Als Rolfe starb –» Er verstummte.

«Erbte Julian das ganze Geld.»

«Ja.» Der Colonel schluckte heftig. «Sie kamen beide ums Leben, Margaret und Rolfe, bei einem Autounfall.»

Einen Augenblick lang schwieg Jury. «Das muß schlimm für Sie gewesen sein, Ihre Frau und Ihren Sohn auf einen Schlag zu verlieren.» Sir Titus gab keine Antwort; er starrte einfach durch die Bäume ins Leere. Dann fragte Jury: «War Dillys March denn jemand, der einfach so verschwindet und auf sein Erbe verzichtet? Alles in allem wären es wohl mehr als 50000 Pfund gewesen – von Ihnen hätte sie doch bestimmt auch was bekommen.»

«Um Ihre beiden Fragen zu beantworten: Nein, eigentlich nicht. Ja, hätte sie. Ich muß zugeben, daß wir ziemlich fassungslos waren. Aber sie hatte sich auch schon früher solche Eskapaden geleistet. Sie setzte sich in ihr Auto und fuhr los. Zu ihrem sechzehnten Geburtstag hatte ich ihr einen roten Mini geschenkt, und sie unternahm häufig längere Ausflüge damit. Einmal war sie über eine Woche weg. Wir holten sie aus London zurück.»

«Hatte sie viele Männerbekanntschaften?»

«So... würde ich das nicht bezeichnen.»

Also doch. «Als sie das letzte Mal wegfuhr, haben Sie da die Polizei benachrichtigt?»

«Nein, die Polizei hat *uns* benachrichtigt. Ihr Auto war irgendwo in London gefunden worden. Anscheinend hat sie es einfach stehenlassen. Von ihr keine Spur.»

«Und was passierte dann?»

«Es war alles ziemlich kompliziert. Die Polizei nahm natürlich an, daß sie in eigener Regie gehandelt hat. Aber sie konnten wohl nicht ganz ausschließen, daß an der Sache vielleicht auch etwas faul war. Ich hatte einen Fahrer, Leo Manning, der Sohn meiner Haushälterin Olive Manning. Wie sich herausstellte, hatte Dillys mit Leo ein Verhältnis. Und Leo war auch der letzte, der sie gesehen hat. Anscheinend war sie bei ihm gewesen. Was natürlich den Verdacht auf ihn lenkte. Seine Mutter glaubt, das hat ihm den Rest gegeben: Leo hatte einen Zusammenbruch und kam in eine Anstalt. Olive hat Dillys March nie gemocht.»

«Wie erklärte sie – ich meine Gemma Temple – ihre jahrelange Abwesenheit?»

«Reue. Scham. Ihr Lebenswandel war wohl nicht gerade vorbildlich gewesen. Sie sagte, sie wäre im Fuchs abgestiegen, weil sie nicht gewußt hätte, ob sie hier willkommen sei. Aber natürlich war sie das. Hören Sie, Inspektor, wenn diese Frau, diese Gemma Temple, eine Schwindlerin war, dann hätte sie das alles doch gar nicht so durchziehen können. Woher hätte sie denn wissen sollen, was damals, als Dillys noch ein Kind war, passiert ist?»

«Ein abgekartetes Spiel. Sie hat sich mit jemandem in Rackmoor zusammengetan, vielleicht mit jemandem aus Ihrer nächsten Umgebung, der Dillys March gut gekannt hat. Einer, der darauf spekulierte, etwas von der Beute abzukriegen. Oder der aus Eifersucht, aus Rache handelte... es gibt viele Motive.»

«Aber so ein Riesenschwindel, das ist doch irgendwie undenkbar.» Er seufzte. «Ich seh schon, Sie denken auch, Julian hat recht.»

«Nein. Ich denke gar nichts. Ich weiß einfach nicht genug. Aber solche Dinge hat es schon gegeben, Colonel Crael. Wer käme denn in Frage, wer hat sie so gut gekannt?»

«Außer Julian und mir kommen nur noch Olive Manning, Wood, der Butler, und eine alte Hausangestellte, Stevens, in Frage. Die Vorstellung, daß einer von ihnen... aber lassen wir das... Ich hab auch häufig mit Maud Brixenham, einer guten Bekannten von mir, über sie geredet. Sie lebt im Dorf, in der Lead Street. Und mit Adrian Rees, als er Margarets Porträt gemalt hat. Ich saß bei ihm im Atelier rum und schaute ihm bei der Arbeit zu...» Er massierte Bracewoods Hals. «Als Margaret noch lebte, war alles ganz anders. Das Haus war immer voller Gäste. Und Rolfe und Julian tollten herum. Rolfe war vierzehn Jahre älter als Julian. Sie sahen ihr beide sehr ähnlich, beide hatten dieses goldglänzende Haar. ‹Die Goldjungs› wurden sie genannt. Julian ist ihr wie aus dem Gesicht geschnitten, wenn er ihr nur auch in seinem Wesen etwas ähnlicher wäre! Keine Ahnung, wem er nachgeschlagen ist. Rolfe war sehr viel lebenslustiger, vielleicht zu sehr. Immer hinter den Frauen her. Und dann war da auch noch Dillys. Margaret machte aus dem kleinen

Pummelchen sozusagen ihr Ebenbild, was Kleidung, Auftreten und so weiter betraf. Sie besaß natürlich nicht ihr Aussehen. Und auch nicht Julians. Margaret war zwar nicht das, was man eine gute –» Er wandte den Blick ab, und ein Schatten flog über sein Gesicht. «Aber Julian hing sehr an ihr. Eine Schönheit wie sie... irgendwie konnte man sie nicht mit normalen Maßstäben messen. Finden Sie nicht auch?»

Jury schaute ihn sich genau an, die scharfen Züge, die kräftigen Hände, die die Zügel hielten, das eisgraue Haar und den vollen Schnurrbart. «Nein, finde ich nicht.»

Der Colonel blickte auf den vom Nebel bedeckten Boden. Sie schienen zu schweben, während sie sich stumm gegenüberstanden; ihre Füße und die Hufe des Pferdes verschwanden in dem See aus Nebel. Schließlich meinte er müde lächelnd: «Warum fragen Sie mich nicht, wo ich mich in der betreffenden Nacht aufgehalten habe? Inspektor Harkins' Lieblingsfrage.»

«Wollte ich gerade», sagte Jury und grinste. «An dem Abend vor dem Dreikönigsfest fand hier ein Ball statt, nicht? Ich nehme an, Sie waren mit Ihren Gästen beschäftigt?»

«Sie drücken sich nur etwas höflicher aus.»

«Das war gar nicht meine Absicht. Ich hab nur Ihre Aussage gelesen.»

«Ach so, es reicht also, wenn ich wiederhole, was ich bereits gesagt habe. Ja, ich war mal da, mal dort und kümmerte mich um meine Gäste. Aber ich habe kein richtiges Alibi, ich meine, ich weiß auch nicht genau, wann ich wo war an diesem Abend. Im Gegensatz –» er blickte Jury ins Gesicht – «zu Julian.»

«Aha. Vielleicht sollte ich mal mit Julian reden.» Jury schaute zu dem Haus hinüber. «Ich finde mich schon zurecht. Sie wollten doch gerade ausreiten?»

«Sind Sie sicher? Ja, das wollte ich. In ein paar Tagen fängt die Jagd an; ich hatte vor, mal nach den Hunden zu schauen. Wood wird Julian schon ausfindig machen – falls er zurück ist. Julian macht endlos lange Spaziergänge, es kann noch so schlechtes Wetter sein.» Er schwang sich wieder in den Sattel und tätschelte sein Pferd. «Gut, ich reite los. Falls Sie mich brauchen, ich stehe Ihnen immer zur Verfügung.»

«Ich denke, das wird der Fall sein. Noch was anderes: Sie haben Besuch, nicht wahr?»

Sir Titus war überrascht. «Ja, warum? Hab ich tatsächlich. Ein alter Freund – oder vielmehr der Sohn eines alten Freundes, Lord Ardry: ein prachtvoller Mensch und natürlich auch ein passionierter Jäger. *Dieser* Lord Ardry – ich meine den Sohn – läßt sich mit seinem Familiennamen anreden. Melrose Plant nennt er sich.»

Jury lächelte. So wie der Colonel seinen Namen aussprach, klang er eher wie ein Pseudonym.

«Er hat jedenfalls auf den Titel verzichtet – warum weiß ich auch nicht. Ich hab lang genug auf meinen gewartet, und ich bin nur Baron. Das ist gar nichts im Vergleich. Aber Plant – er läßt einfach –»

«Ich weiß, ich bin ihm schon begegnet. Damals in Northamptonshire.»

«Ach ja, jetzt erinner ich mich wieder; er hat mir davon erzählt. Fürchterliche Geschichte.»

«Mord ist das meistens.»

Der Butler half Jury aus dem Mantel und sagte ihm, Mr. Julian sei noch nicht zurück, er werde aber Lord Ardry sofort Bescheid sagen. Während er die Empfangshalle betrachtete – eine eindrucksvolle Mischung aus dunklem Holz und dorischen Säulen –, dachte Jury über Plant und seinen Titel nach: *Er* hatte vielleicht darauf verzichtet, nicht aber seine Umgebung! Er blickte auf das schwarz-weiße Muster des Marmorfußbodens und wünschte, seine eigenen Gedanken würden ein so hübsches, geometrisches Muster bilden. Zu seiner Rechten befand sich eine Galerie. Er schlenderte unter den Fächergewölben an den Bildern vorbei und fragte sich, ob er auch auf das Porträt von Lady Margaret stoßen würde...

«Warum stehen Sie denn so verträumt hier rum, Oberinspektor?»

Melrose stand an dem Eingang der Galerie und rauchte gelassen eine Zigarette. Die Entfernung war so groß, daß er die Stimme erheben mußte und ihr Echo von der Stuckdecke, den Scagliola-Säulen und den Spiegeln mit den Goldrahmen widerhallte. Er trug einen grauen Anzug von einem begnadeten Maßschneider.

Jury freute sich offensichtlich, ihn zu sehen. «Mr. Plant.» Er ging mit ausgestreckter Hand auf ihn zu. «Was für eine Überraschung. Ich hörte, Sie sind ein alter Freund der Familie.»

«Ich war in York, als ich von dieser Geschichte erfuhr. Anscheinend tauche ich immer zu ungelegener Zeit auf.»

«Ganz im Gegenteil, Mr. Plant. Sie könnten uns sehr von Nutzen sein. Als einem Freund der Familie stehen Ihnen hier bestimmt Tür und Tor offen.» Jury blickte ihn an. «Sie könnten die Gewässer erkunden.»

«Ha. Das ist gar nicht so einfach. Julian Crael ist sozusagen ein gewaltiger Eisberg. Er unternimmt lange Wanderungen über die Klippen und die Moore und sieht blaß und interessant aus. Damit erschöpfen sich seine Tätigkeiten.»

«Soll das heißen, daß Sie Julian Crael nicht gerade ins Herz geschlossen haben?»

Melrose zuckte die Achseln, lächelte und wechselte das Thema. «Ich habe Ihre Karriere in den Zeitungen verfolgt.»

«Keine sehr interessante Lektüre.»

«Im Gegenteil. Ich erfuhr auf diese Art und Weise, daß Sie mit diesem Fall beauftragt wurden. Ich muß gestehen, daß ich die Geschichte in Long Piddleton wirklich spannend gefunden habe, auch wenn das vielleicht etwas makaber klingt. Ich glaube, ich hab das Ganze genauso genossen wie meine Tante Agatha.»

«Wie kommen Sie überhaupt ohne sie zurecht?» Jury drehte sich um. «Sie ist nicht –»

«Die Luft ist rein, Inspektor. Sie ist nicht mit von der Partie. Könnte ich Sie dazu bewegen, mit mir im Alten Fuchs Ihr Abendessen einzunehmen? Das Essen soll sehr gut sein.»

«Gute Idee. So gegen sieben?»

«Warum nicht um sechs? Sie machen um diese Zeit auf, und ich würde gern mal einen Rackmoor-Nebel probieren.»

«Was ist das?»

«Das ist eine Creation der Wirtin, Mrs. Meechem – um die Touristen anzulocken, nehme ich an. Aus Gin, Rum, Brandy, Whisky und Haifischzähnen. Sagen Sie Wachtmeister Wiggins, er soll sich auch einen genehmigen. Er kuriert jede Krankheit, einschließlich der Beulenpest.»

«Haben Sie Wiggins schon gesehen?»

«Ja. Er ist in der Küche und versucht, der Köchin ein Geständnis abzuringen.»

«Ich werde ihm beistehen. Wir sehen uns also um sechs. Wenn ich nicht auftauche, trinken Sie einen Doppelten.»

«Dann würde mich der Nebel verschlucken.» Melrose rief Jury

nach: «Und in der Zwischenzeit, könnten Sie da nicht auch etwas Hilfe gebrauchen? Einen Resonanzboden für die eigenen Gedanken? Eine Art Versuchskaninchen?»

Jury dachte einen Augenblick lang nach. «Vielleicht. Da Sie schon mal hier sind, Mr. Plant, könnten Sie ja auch bei den Makepieces vorbeigehen und versuchen, etwas in Erfahrung zu bringen. Es ist das Haus gleich neben der Engelsstiege, oben in der Scroop Street. Es heißt Cross Keys – kann ja sein, daß sie was gehört haben.»

Jury sah, wie Plant strahlte, als er etwas in sein Notizbuch kritzelte. Das kleine Buch sah dem von Jury erstaunlich ähnlich.

In der Küche, die die Größe eines Fußballplatzes hatte, beugte sich Wiggins über sein Notizheft, vor sich eine Teekanne und eine Platte mit sehr appetitlich aussehenden belegten Broten. Ihm gegenüber saß eine rundliche, rotgesichtige Frau unbestimmbaren Alters; ihr braunes Haar war zu einem ordentlichen Knoten zusammengefaßt.

«Das ist Mrs. Thetch, Inspektor. Sie war so nett und hat mir Tee gemacht.»

Jury verspürte plötzlich ebenfalls Hunger – es mußte die Seeluft sein – und nahm sich ein Brot. Das feingehackte Hühnerfleisch schmeckte köstlich.

«Ich hole Ihnen eine Tasse, Sir.» Mrs. Thetch wollte aufstehen, aber Jury winkte ab. «Nein, vielen Dank. Das genügt schon. Sagen Sie, Mrs. Thetch, wie lange sind Sie schon bei den Craels?»

«Seit sechzehn Jahren, wie ich eben sagte.»

«Sie haben also Lady Margaret noch gekannt?»

«Ja, Sir. Aber nicht sehr gut. Ich kam, kurz bevor... Sie wissen schon.» Sie setzte eine obligatorische Trauermiene auf. «Die ersten paar Monate war ich nur Küchenhilfe, als dann aber Mary Siddons starb, wurde ich zur Küchenchefin befördert. Arme Frau!»

«Diese Mary Siddons hatte doch eine Tochter, Lily?»

«Ja, Sir. Lily kommt öfters hier vorbei. Schrecklich war das mit ihrer Mutter. Ertrunken ist sie.» Mrs. Thetch nickte in die Richtung der Klippen hinter dem Haus. «Niemand hat verstanden, warum sie diesen Weg direkt am Wasser genommen hat, wo doch Flut war. Es ist ein langer, schmaler Kiesstrand unten an den Klippen, der von Rackmoor bis zur Runners Bay geht. Man kann ihn aber nur bei

Ebbe gehen. Viele machen das. Die arme Mary dachte wohl, sie würde es noch schaffen.»

Wood erschien, um Jury zu sagen, daß Mr. Julian im Bracewood-Salon auf ihn warte. (Anscheinend hatte der Colonel seine Räume nach seinen Pferden benannt.) Der Butler warf der redseligen Mrs. Thetch einen finsteren Blick zu und führte Jury durch den Speiseraum.

Während er hinter Wood herging, dachte Jury: eine, die spurlos verschwunden ist; zwei, die bei einem Autounfall ums Leben kamen; einer, der in einer Anstalt landete; eine, die ertrunken ist. Und nun eine, die ermordet wurde. Trotz der gesunden Seeluft war Rackmoor offenbar ein ziemlich gefährliches Pflaster.

6

Als er den Bracewood-Salon betrat und das Bild über dem Marmorsims des Kamins erblickte, wußte Jury sofort, daß das Lady Margaret sein mußte; es beherrschte den ganzen Raum, einschließlich der Person, die sich in ihm aufhielt, Julian Crael. Die Frau auf dem Bild saß auf einer Chaiselongue oder einem Sofa mit einer geschwungenen Rückenlehne aus dunklem Holz. Der Maler schien sein Modell von hinten überrascht zu haben, da der Betrachter auf die Rückseite des Sofas blickte. Die Frau war von den Schultern an aufwärts im Profil zu sehen. Ihr Blick folgte dem in schwarzes Tuch gehüllten Arm, der auf dem Mahagonirahmen des Sofas ruhte. Über das Sofa war ein seidig schimmerndes Stück Stoff geworfen – ein spanischer Schal vielleicht mit schwarzen Fransen. Man mußte schon ganz genau hinschauen, um die Einzelheiten, die Seide, die Fransen und das Holz erkennen zu können, da der Schal mit dem schwarzen Kleid und das Kleid mit dem dunklen Hintergrund verschmolzen, so daß alles, außer dem Haar und dem durchscheinenden Profil, eine einzige dunkle Masse bildete. Das blaßgoldene Haar fiel lose über ihre Schultern; ein Windhauch schien es ihr aus dem Gesicht geweht zu haben. Die nach innen gewölbte Handfläche zeigte nach oben; die Finger waren gestreckt und leicht gespreizt, als wolle sie jemanden der sich irgendwo im Raum befand, auffordern, näher zu treten. Jury wandte den Blick ab.

«Ich bin Julian Crael», sagte der Mann unter dem Porträt, und mit einem Blick auf das Bild fügte er hinzu: «Das ist meine Mutter.»

Julian Crael hätte sich nicht erst als ihren Sohn zu erkennen geben brauchen, die Ähnlichkeit war einfach frappierend. Wäre Julian Crael eine Frau, ein junges Mädchen gewesen, hätte er ihre Zwillingsschwester sein können. Der zarte Teint, die tiefliegenden blauen Augen, das schimmernde blonde Haar – er sah selbst so aus, als wäre er einem Bild entstiegen.

«Es ist wunderschön», sagte Jury. Eine ziemlich überflüssige Bemerkung.

«Sieht ihr auch erstaunlich ähnlich. Wenn man bedenkt, daß Rees sie nach einem Foto gemalt hat. Rees ist ein Künstler, der hier im Dorf lebt. Gelegentlich gibt er sich dazu her, Porträts zu malen. Wahrscheinlich um seine Miete bezahlen zu können. Sie ist vor achtzehn Jahren gestorben.» Crael leerte sein Glas und starrte über Jurys Schulter hinweg ins Leere.

«Eine traurige Geschichte. Ich habe mich noch nicht vorgestellt. Richard Jury. Kriminalpolizei. Ich möchte Ihnen ein paar Fragen stellen, Gemma Temple betreffend, Mr. Crael.»

Julian hatte sich vom Kamin entfernt, um sein Glas wieder aufzufüllen. Er hob die Karaffe und blickte Jury fragend an. Jury lehnte den Whisky ab. «Was ist mit ihr?» fragte Julian, während er sich einschenkte. «Sie wollen wissen, warum mein Vater sie für Dillys March hält und ich nicht? Das ist nicht weiter erstaunlich, wir sind uns auch sonst nie einig.» Er hob sein Glas, schenkte Jury ein frostiges Lächeln und nahm einen Schluck. Dann postierte er sich wieder neben dem Kamin, den Arm auf dem Sims ausgestreckt, eine Geste wie die der Frau auf dem Porträt. Jury war sich jedoch sicher, daß Julian das völlig unbewußt tat.

«Sie sind sich ganz sicher, daß sie nicht Dillys March war?»

«Ja, absolut. Es war ein Schwindel. Das heißt, ein Versuch.»

«Sie haben sich bestimmt auch gefragt, wer mit ihr unter einer Decke steckte, Mr. Crael? Diese Gemma Temple muß von jemandem, der Dillys gekannt hat, unterrichtet worden sein.»

Julian rauchte und spielte mit einem silbernen Feuerzeug; die Hand lag immer noch auf dem Kaminsims. «Das ist anzunehmen.»

«Aber von wem, Mr. Crael?»

Julian ließ das Feuerzeug in seine Tasche gleiten, nahm den Arm von dem Kaminsims und stellte sich mit dem Rücken zum Feuer, die Zigarette in der Hand. «Keine Ahnung.»

«Aber Sie würden auch sagen, daß das die einzige Erklärung ist, wenn man davon ausgeht, daß sie nicht Dillys March war.» Jury wollte wenigstens diese Bestätigung von ihm haben und wunderte sich, warum Julian sich so dagegen sträubte. «Mr. Crael?»

Julian nickte kurz. «Ja.»

«Sagen Sie: Wie erklären Sie sich Dillys' plötzliches Verschwinden?» Julian rauchte und schüttelte den Kopf. «Colonel Crael sagte, sie wäre auch vorher schon ab und zu verschwunden?»

Er nickte. «Dillys war eigensinnig, egoistisch und verwöhnt. Sie haben ihr wohl jeden Wunsch erfüllt, um sie über den Verlust ihrer Eltern hinwegzutrösten. Ich hätte ihr alles zugetraut.»

In dem Kamin brach ein Holzscheit auseinander, Funken sprühten, kleine, züngelnde Flammen schossen empor. Julians Augen loderten wie die bläulichen Enden der Flammen. Jury war aufs neue überrascht von der Schönheit dieses Gesichts, einer Schönheit, die irgendwie nicht hierherpaßte. Sie schien einer andern Zeit, einem andern Ort anzugehören, Arkadien vielleicht. «Sie haben Dillys March nicht besonders gemocht?»

Julian wandte sich einen Augenblick lang ab und schwieg. Jury nützte die Gelegenheit und nahm die Streichhölzer aus der Kristallschale neben seinem Stuhl, mit denen er sich seine Zigarette angezündet hatte. Streichholzmäppchen kamen von den seltsamsten Orten. Er fragte sich auch, was die Streichhölzer hier überhaupt zu suchen hatten neben den beiden Tischfeuerzeugen – das eine war aus grünem Muranoglas, das andere aus Porzellan, und Julians silbernes Feuerzeug lag auch noch herum.

«Sollten Sie mich nicht wichtigere Dinge fragen, Inspektor? Zum Beispiel, wo ich mich in der Mordnacht aufgehalten habe.»

Jury lächelte. Sein Vater hatte dasselbe gefragt. «Sie haben erklärt, Sie hätten sich in Ihrem Zimmer aufgehalten.»

«So war es. Ich hasse diese Kostümbälle zum Dreikönigsfest. Meine Mutter hat damit angefangen. Sie mochte Parties, und der Colonel auch. Mir sind sie ein Greuel. Ich bin auch sonst ziemlich ungesellig.» Er schien darauf zu warten, daß Jury widersprach. «Ich möchte Ihnen etwas zeigen.» Julian ging zu den Flügeltüren hinüber, öffnete sie und bedeutete Jury, ihm zu folgen. Sie traten auf die eiskalte Terrasse hinaus. Rauhreif lag auf der Balustrade, an der Julian nun stand, das Meer und die Brandung im Rücken. Julian blickte die glatte Fassade hoch. Er streckte den Finger aus. «Das sind meine Fenster.» Dann ging er auf die andere Seite und zeigte auf das Dorf. «Da drüben ist ein Pfad, der von den Stufen der Terrasse bis zum Dorf führt. Ein hübscher Weg an den Klippen entlang. Am andern Ende ist die Treppe zur Kaimauer. Am einfachsten und schnellsten kommt man hier hinauf, wenn man die Fuchsstiege nimmt, an der Kaimauer entlanggeht und dann dem Pfad bis zur Terrasse folgt. So sind auch die meisten gekommen und gegangen.» Er trat zu Jury. «Die ganze Nacht lang, Inspektor Jury.» In seinen Augen blitzte zum erstenmal so etwas wie Humor auf. «Drinnen sieht es folgendermaßen aus: Meine Räume haben zwei Türen, die beide auf den Treppenabsatz gehen, auf dem die Musiker die ganze Nacht über gespielt haben. Sie haben zwar auch mal eine Pause gemacht, aber irgend jemand stand immer rum. Ich habe mich um zehn zurückgezogen. Die Party war schon im Gang. Ich hätte mein Zimmer wohl kaum unbemerkt verlassen können. Aber nehmen wir mal an, es wäre doch möglich gewesen – zurückgekommen wäre ich bestimmt nicht, ohne daß mich jemand gesehen hätte.»

«Und die Mauer hätten Sie auch nicht hinunterklettern können», sagte Jury. Sie waren in den Salon zurückgegangen, und Jury hatte sich wieder in seinen Sessel gesetzt; er zog das Streichholzmäppchen aus der Tasche und bog ein Streichholz nach dem andern um.

Julian, der wieder vor dem Kamin stand, breitete scheinbar hilflos die Hände aus; er machte einen belustigten Eindruck.

«Übernachten Sie häufig im Sawry Hotel, Mr. Crael?»

«Was –?»

«Im Sawry. Sehr exklusiv, in Mayfair, wenn ich mich nicht irre?»

Einen Augenblick lang schien Julian verwirrt, bis dann seine unterkühlte Sorglosigkeit wieder die Oberhand gewann. «Unsere Familie pflegt dort abzusteigen. Ich fahre gelegentlich nach London, wie alle Welt. Warum fragen Sie?»

Jury hielt das Streichholzmäppchen hoch, so daß er die bedruckte Seite sehen konnte.

Julian starrte darauf und wandte den Blick wieder ab.

«Gemma Temple kam aus London.»

«Ja, gut, Inspektor. Adrian Rees kommt auch aus London. Und Maud Brixenham. Olive Manning war kürzlich ebenfalls dort. Jeder zweite kommt aus London.» Er trank seinen Whisky.

Er hatte sich elegant aus der Affäre gezogen. Jury wechselte wieder das Thema. «Können Sie mir etwas über Lily Siddons erzählen?»

Julian, der gerade sein Glas in die Hand genommen hatte, setzte es abrupt wieder ab. «Was um Himmels willen hat sie damit zu tun?»

«Weiß ich auch nicht. Deshalb frage ich ja. Sie hatten doch an dem Abend vor dem Ball ein paar Gäste zum Abendessen?»

«Ah, ja. Miss Temples Debut. Vater hatte auch Lily eingeladen. Zusammen mit Rees und Maud Brixenham. Aber ich verstehe nicht –»

«Das Kostüm. Das Kostüm, das Gemma Temple trug, gehörte Lily Siddons. Irgendwie wurde getauscht.»

Julian starrte ihn an. «Wollen Sie damit sagen, daß der Mörder es auf *Lily* abgesehen hatte?» Jury antwortete nicht, sondern blickte ihn einfach nur an. Julian schnaubte und schüttelte den Kopf wie ein Spürhund, der durch eine falsche Fährte verwirrt worden ist. «Ich muß gestehen, daß ich der Unterhaltung nicht richtig folgte, und ich erinnere mich auch nicht, daß von Kostümen die Rede war. Ach ja, diese Temple fing zu lamentieren an, weil sie keines hatte. Ich habe mich kurz darauf zurückgezogen. Sie müssen meinen Vater fragen. Oder Maud. Oder Lily selbst, warum fragen Sie nicht einfach Lily?»

«Das werde ich auch tun. Hat Lily Siddons nicht auch einmal hier gewohnt? Damals, als ihre Mutter noch Köchin war?»

«Ja, ein paar Jahre als Kind.»

Jury dachte kurz nach. «Wissen Sie, manchmal habe ich das Gefühl, daß Morde eine lange Vorgeschichte haben. Daß der Mörder gewöhnlich schon lange gewartet hat – daß er diesen Gedanken bereits wie eine Leiche mit sich herumgeschleppt hat. Schließlich setzt er ihn dann in die Tat um. Und läßt die Leiche in der Gegenwart liegen. Auf der Engelsstiege. Oder sonstwo.» Er verstummte, als er den Ausdruck auf Julians Gesicht sah: Es war aschfahl und völlig verzerrt. Er fing sich jedoch sehr schnell wieder, aber die paar Sekunden hatten genügt, um Jury zu der Überzeugung gelangen zu lassen, daß Julian drauf und dran gewesen war, ein Geständnis abzulegen: ein Schritt über dem Abgrund, aber dann hatte er schnell wieder den Fuß zurückgezogen.

Julian bemerkte nur: «Will Papa mich mit Lily verkuppeln? Wahrscheinlich, er hatte schon immer eine Schwäche für sie. Daß sie die Tochter der Köchin ist, scheint ihn nicht zu stören.»

«Ich könnte mir vorstellen, daß es ihm gefallen würde, wenn Sie heirateten. Sie müssen ja sehr begehrt sein: Adlig, reich, gutaussehend, intelligent – wie konnten Sie sich überhaupt retten?»

«Und gleich in der richtigen Reihenfolge! Mit dem Adel ist es nicht weit her. Nur ein Baronstitel. Das, was unser Gast, Mr. Plant, aufgegeben hat, werde ich nie erreichen. ‹Sir Julian› ist das höchste der Gefühle.» Es schien ihm nicht viel daran zu liegen. «Was Lily betrifft – ja, mein Vater hat sie sehr gern. Sie erinnert ihn an früher. Sie hilft ihm, die Illusion aufrechtzuerhalten, daß noch nicht alles vorbei ist.»

«Lily Siddons kann also damit rechnen, in seinem Testament bedacht zu werden, Mr. Crael?»

Julian runzelte die Stirn. «Wahrscheinlich. Warum?»

«Ganz einfach, weil jeder, der irgendwelche Ansprüche zu haben glaubt – sie können legaler oder emotionaler Natur sein –, daran interessiert sein könnte, Dillys March aus dem Weg zu räumen.»

Julian starrte ihn nur an. Dann lachte er. «Heiliger Strohsack! Zuerst war Lily das Opfer und jetzt ist sie die Mörderin! Die Vorstellung, daß sie mit diesem Messer zugestochen hat, ist einfach absurd. Ganz abgesehen davon, daß das eine ziemlich mühsame Art und Weise ist, sein Erbe zu kassieren», fügte er trocken hinzu.

«Warum absurd? Es könnte durchaus eine Frau getan haben.»

«Lily ist eine durch und durch *vernünftige* Person. Sie arbeitet Tag und Nacht in ihrem Restaurant. Außerdem fehlt ihr –» er schien nach einem Wort zu suchen, das diesen Mangel ausdrückte – «das Temperament dazu. Lily ist ein richtiger kleiner Eisberg. Kalt wie ein Fisch.» Jury unterdrückte ein Lächeln. «Hübsch ist sie ja. Helle Haut, blondes Haar. Ja, eine durchaus attraktive Frau.» Er schien darüber nachzudenken, als hätte er diese Entdeckung eben erst gemacht. «Der Colonel ist sehr demokratisch gesonnen, finden Sie nicht?»

«Wer hat es Ihrer Meinung nach getan, Mr. Crael?»

Er stieß ein kurzes Lachen aus. «Keiner. Oh, schauen wir uns doch mal um: Da ist Adrian Rees. Ihm fehlt es nicht an Temperament. Immer hat er irgendwelche Geschichten am Hals. Wirtshausschlägereien. Er bemüht sich jedenfalls redlich, seinem Image gerecht zu werden.»

«Sie mögen ihn nicht?»

«Er ist mir gleichgültig.»

Diese Gleichgültigkeit, die sich auf die meisten Dinge und die meisten Leute seiner Umgebung erstreckte, erschien Jury zu forciert, um echt zu sein.

«Rees würde ich auch zutrauen, daß er sich mit jemandem zusammentut, um ein Ding zu drehen. Er braucht Geld für seine Galerie, das weiß ich. Vater hat ihm schon eine ganze Menge geliehen.»

«Hat er denn genug über Dillys March gewußt, um Gemma Temple instruieren zu können?»

«Das weiß ich nicht. Der Colonel vertraut sich allen möglichen Leuten an. Maud Brixenham zum Beispiel. Daß sie gerne Lady Crael wäre, springt einem geradezu ins Auge. Papa sieht ja auch noch ganz repräsentabel aus. Er ist zwar fünfzehn, zwanzig Jahre älter als sie, aber man sieht's ihm nicht an. Und schließlich ist sie auch schon 55, es kommt also sowieso nicht mehr darauf an.» Jury lächelte über diese jugendliche Betrachtungsweise, die dem Alter kurzerhand alle Leidenschaften absprach. «Der Colonel ist sehr aktiv. Diese verdammten Fuchsjagden!»

«Hegt Ihr Vater ihr gegenüber ähnliche Gefühle?»

«Er spricht zwar gern über seine Privatangelegenheiten, aber nicht mit mir.» Julian warf Jury einen spöttischen Blick zu. «Nein, die gute alte Maud wäre bestimmt nicht begeistert, wenn Dillys zurückkäme und Ansprüche emotionaler Art, wie Sie es nannten, anmelden würde. Genausowenig wie Olive Manning. Ich glaube, sie gibt meinem Vater insgeheim die Schuld an dieser schmutzigen Affäre zwischen Leo und Dillys. Ihr Sohn ist in einer Anstalt. Aber man sollte auch dem Teufel – in diesem Fall Dillys – Gerechtigkeit widerfahren lassen: Leo Manning war schon lange, bevor sie hier auftauchte, reif dafür. Mein Vater hat ihn nur als Fahrer eingestellt, um Olive einen Gefallen zu tun. Er taugte nichts, weder als Fahrer noch als Mensch. Aber seine Mutter sieht das natürlich anders. Nein, Dillys hatte an allem Schuld. Oder wir alle. Papa kommt für die Kosten der Anstalt auf. Er ist sehr großzügig. Wahrscheinlich hat er in seinem Testament 100000 Leuten eine Rente ausgesetzt.» Julian blickte Jury an. «Nein, Inspektor, er würde mich wegen Dillys March nicht enterben. Er könnte natürlich auch alles dem Hundeverein oder einer Organisation für notleidende Jäger vermachen.» Er rauchte und schwieg einen Augenblick lang. «Vielleicht wollte diese Gemma Temple einfach nur Dillys Marchs 50000 Pfund kassieren und dann wieder verschwinden.»

«Oder sich häuslich einrichten.»

«Das hätte sie nicht geschafft. Niemals.»

«Sie scheint sich aber ganz gut eingeführt zu haben.»

«Aber sie hätte es unmöglich durchziehen können. 48 Stunden als jemand anderes zu posieren ist nicht so schwierig. Aber ganz in die Rolle eines andern zu schlüpfen –»

Julian schüttelte den Kopf.

«Dillys March war wohl nicht sehr beliebt?»

«Da haben Sie recht.»

«Aber sie war doch erst achtzehn, als sie sich absetzte.»

«Nach dem Paß, ja.»

«Wie war ihr Verhältnis zu Männern?»

«Sie hatte wahrscheinlich eines mit jedem, der ihr über den Weg lief. Es machte ihr Spaß, den Männern den Kopf zu verdrehen, kleine Brände zu legen.»

«Die Frage bleibt bestehen: Wenn diese Frau *nicht* Dillys March war, wo ist dann Dillys? Warum ist sie nie wieder aufgetaucht?»

Julian blickte auf den Boden und studierte den Teppich, als könne sein Muster darüber Aufschluß geben. «Ich dachte schon, daß sie vielleicht gar nicht mehr lebt.»

Der Winter schien bei diesen Worten in den Raum einzudringen. Jury hatte das komische Gefühl, Schnee würde in die Ecken geweht, während sich Fenstersimse und Spiegel mit einer Eisschicht zu überziehen schienen und graues, ungefiltertes Licht bleischwer im Raum hing. Von seinem Platz aus blickte er auf die hohen Flügeltüren zur Terrasse. Nebelmassen drückten dagegen. Und die Melancholie, die ihn sowieso nie aus ihren Fängen ließ, hüllte ihn in ihren grauen Mantel ein.

7

«Alles blitzsauber – wie im Bristol.» Bertie knipste den Staubsauger aus und salutierte vor der kleinen Marienstatue, die auf dem Kaminsims über den elektrischen Holzscheiten stand. Berties religiöser Überzeugung entsprach es eher, sich durch die Erfüllung seiner Pflichten als durch die Gnade allein erlösen zu lassen.

«Komm, Arnold.» Flott drehte er sich auf dem Absatz um, griff nach dem Staubsauger und legte einen Arm quer über die Brust, die Hand wie ein Messer am Hals des Staubsaugers. «Hip, hip!» Er marschierte mit ihm zu dem Schrank in dem kleinen dunklen Flur.

Arnold schaute immer sehr interessiert beim Staubsaugen zu und holte manchmal auch irgendwelche Gegenstände, wie zum Beispiel altes Schokoladenpapier, unter den Sesseln hervor. Bertie marschierte in das Wohnzimmer zurück, um sich noch einmal prüfend umzuschauen.

«Froschauge kann zufrieden sein.»

Arnolds Gebell klang so zackig wie Berties Gruß. Der Name «Froschauge» rief bei Arnold immer eine feindliche Reaktion hervor.

«Froschauge» oder Miss Frother-Guy, wie sie im Dorf hieß, war eine von den Frauen, die sich während der Abwesenheit seiner Mutter anscheinend dazu berufen fühlten, auf ihn aufzupassen. Außer ihr gab es noch Miss Cavendish, die Bibliothekarin, und Rose Honeybun, die Frau des Pfarrers. Sie schauten abwechselnd nach dem Rechten. Miss Frother-Guy fand er am unsympathischsten von den dreien, vor allem wegen ihrer Abneigung gegenüber Arnold. Sie betrachtete ihn als denkbar ungeeigneten Umgang für einen mutterlosen Jungen.

Dieses Gefühl beruhte auf Gegenseitigkeit. Was Arnold betraf, war Miss Frother-Guy ein ziemlich unverdaulicher Brocken. Arnold pflegte sich vor ihr aufzubauen und sie unablässig anzustarren.

Miss Frother-Guy hatte einen schmallippigen Mund und ein verdrießliches, kleines Gesicht, das Bertie an die Mäuse mit den spitzen Schnauzen in der Roly-Poly-Pudding-Geschichte erinnerte. Miss Cavendish war zwar sehr viel angenehmer, aber auch sehr viel schmutziger. Sie hinterließ immer irgendwelche Spuren; Dreck von ihren Stiefeln oder Flusen, die in ihren Kleidern hingen. Wahrscheinlich trug sie den Staub, den sie ständig von den Regalen der

Leihbücherei Rackmoors wischte, mit sich herum. Stockfisch (Miss Cavendish) schien die Aufgabe, mit der Miss Frother-Guy sie betraut hatte, keinen großen Spaß zu machen; meistens steckte sie nur den Kopf durch die Tür, und ihre blassen Augen glichen kleinen Silberfischen, die mal hier, mal dahin schossen. Sie blieb nie bis zum Tee.

Rose Honeybun war noch die angenehmste; sie blieb gewöhnlich bis zum Tee und brachte auch meistens etwas mit, da sie ihre christliche Pflicht als erfüllt betrachtete, wenn sie Bertie mit Kuchen und Gebäck versorgte. Obwohl sie die Frau des Pfarrers war, erfüllte sie ein lüsternes Interesse für das Sexualleben der Dorfbewohner und eine gedankenlose Gutmütigkeit, die ihre Gesellschaft sehr viel vergnüglicher machte als die der anderen. Sie setzte sich an den Tisch, trank eine Tasse Tee nach der andern, rauchte Zigaretten und versuchte, Bertie alles mögliche zu entlocken, Klatschgeschichten, die sie wie Rosinen aus dem Kuchen pickte. Sie hatte auch Arnold ins Herz geschlossen und brachte ihm Knochen, die er sofort versteckte.

Bertie bedauerte, daß Miss Frother-Guy und nicht Mrs. Honeybun an der Reihe war. Er hätte nichts dagegen gehabt, mit ihr diesen Mord durchzuhecheln.

Es war eine Art Stafettenlauf, bei dem Bertie den Stab weitergab. Froschauge machte am meisten Ärger; sie sprach ständig von «zuständigen Stellen», die eingeschaltet werden müßten. Seine Mutter war nun schon seit sechs Wochen weg, bald würden es zwei Monate sein. Und Froschauge war der Meinung, daß sie eine «bessere Regelung» finden sollten. Er wollte nichts davon wissen und hielt sie hin – er hielt sie alle hin: Er versicherte ihnen, daß er Post von seiner Mutter bekommen hätte, einen Brief, den er nicht mehr finden könne; sie würde aber noch immer ihre todkranke Großmutter in Nordirland pflegen.

Den Brief, den seine Mutter tatsächlich geschrieben hatte, wollte er ihnen jedoch nicht zeigen. In den letzten Tagen hatte er ihn etwas seltener aus der Schublade genommen, aber doch noch so häufig, daß das Papier an den Stellen, an denen er zusammengefaltet wurde, schon ganz dünn geworden war. Entfaltet sah er wie ein in kleine Quadrate unterteiltes Fenster aus. Bertie verstand nicht, was in ihm stand, und er wußte nicht, welche Absicht sie damit verfolgte.

Ihre Abwesenheit lähmte ihn jedoch keineswegs. An seinen und

Arnolds Lebensgewohnheiten hatte sich praktisch nichts geändert. Auch als seine Mutter noch bei ihnen gewesen war, hatte sich vor allem Bertie um den Haushalt gekümmert; er putzte, kochte und machte sich für die Schule fertig, während seine Mutter nur von London träumte, ihre Trauben-Nuß-Schokolade aß und Krimis las.

Er kam also sehr gut ohne sie aus. Aber er fühlte sich doch irgendwie benachteiligt, vor allem, wenn er die anderen Jungen zusammen mit ihren Müttern sah. Er glich dann einem Jungen, der sehnsüchtig auf einen Roller starrt und denkt: «Alle haben einen, warum ich nicht?»

Aber nach einer Weile vergaß er sogar, daß sie nicht mehr da war, und deckte wieder für drei statt für zwei. Er und Arnold aßen ihre Teller leer und starrten dann aus dem Fenster – jeder aus seinem –, bis Arnold ungeduldig wurde, gähnte und von seinem Stuhl sprang, um hinausgelassen zu werden. Manchmal gingen sie zusammen im Nieselregen spazieren, und Bertie hoffte, der Regen würde seine Gehirnzellen aktivieren und ihn eine Erklärung für die Abwesenheit seiner Mutter finden lassen, mit der sich Fischauge und Stockfisch zufrieden geben würden. Während Arnold seine halsbrecherischen Gratwanderungen unternahm – am liebsten auf Pfaden, die nicht einmal richtige Pfade waren (vielleicht um brütende Vögel aufzustöbern, dachte Bertie) –, starrte er aufs Meer hinaus. Er stand einfach nur da, wartete auf Arnold und schien sich von den Wellen, die sich bei diesem Wetter schon ganz weit draußen brachen, inspirieren zu lassen. Während einer dieser Pausen war ihm auch die Idee mit Belfast gekommen. Weder Fischauge noch Stockfisch würden ihre langen Nasen in die Angelegenheiten Nordirlands stecken wollen. Keiner wollte das!

Bertie wußte, daß es «Heime» gab, und er wußte auch, daß es Polizeiwachen gab. Das waren die einzigen «zuständigen Stellen», von denen er annahm, daß sie sich für ihn interessieren könnten. Er war deshalb völlig aufgelöst, als Inspektor Harkins an seine Tür klopfte; zum erstenmal in seinem Leben dachte er, er würde gleich ohnmächtig werden. Wenn dieser Detektiv nicht gekommen war, um ihn in ein «Heim» zu stecken, dann konnte er ihn nur wegen der Schecks sehen wollen.

Aber es war weder das eine noch das andere. Er wollte mit ihm über einen Mord sprechen.

8

Heute nachmittag stand jedoch weder Froschauge noch die Polizei, sondern Melrose Plant vor seiner Tür. Bertie versuchte sich zu konzentrieren; er kniff vor Anstrengung die Augen zusammen und fing an, Grimassen zu schneiden. Dabei enthüllte er eine Zahnlücke und mehrere reparaturbedürftige Zähne. Von einem Wirbel stieg ein Büschel brauner Haare wie eine kleine Flagge senkrecht in die Höhe. Seine schmutzig braune Kniebundhose war am Knie gestopft und seine braune Wolljacke völlig verknöpft; sie wellte sich an seiner Schulter und verlieh ihm ein leicht buckliges Aussehen.

Alles in allem war der karamelfarbene Terrier mit seinen glänzenden braunen Augen eindeutig der hübschere von beiden. Melrose trug einen Mantel mit Samtkragen, auf dessen Schulter sein silberbeschlagener Spazierstock lag. «Kannst du deinen Vater holen. Sei so nett.»

Bertie musterte ihn argwöhnisch. «Mein Vater ist tot.»

«Oh. Tut mir leid. Na ja, dann würde ich gern mit deiner Mutter sprechen.»

Einen Augenblick lang herrschte Schweigen. «Meine Mami ist weggefahren. Außer mir und Arnold ist niemand zu Hause.»

«Vielleicht kann mir auch Arnold weiterhelfen. Scotland Yard schickt mich», fügte Melrose mit großem Vergnügen hinzu.

Der Junge schnappte nach Luft. «Sie sind vom Yard?»

«Nein, nicht wirklich. Ich helfe nur aus. Mein Name ist Melrose Plant.» Er suchte immer noch hinter dem Jungen nach einem Erwachsenen. «Und du, wie heißt du?»

«Bertie Makepiece.» Er riß die Tür weit auf. Melrose sah, daß sich in dem Haus nichts rührte, und die Räume, die er sehen konnte – eine Ecke von einem Wohnzimmer, ein Stückchen von einer Küche –, schienen leer zu sein. Zwei unerfreulich aussehende Zimmerpflanzen flankierten die enge Diele. Irgendwo tickte eine Uhr.

«Das ist Arnold.»

Melrose blickte auf den Boden. «Das ist ja ein Hund.»

«Ja, weiß ich.»

Melrose versuchte zu lächeln, während er im geheimen Jury verfluchte. Er fragte sich, wie er den Bengel bei Laune halten sollte.

Um ein paar Dinge hatte Melrose schon immer einen Bogen gemacht – kleine Kinder und Tiere gehörten dazu. Er wußte nie, wie er reagieren sollte, wenn sie ihn mit großen Augen anschauten, als erwarteten sie etwas ganz Tolles, eine Tafel Schokolade, einen Knochen. Gelegentlich hatte er auch irgendwelche Süßigkeiten in der Tasche, um für unerwartete Begegnungen – in Zügen zum Beispiel – gewappnet zu sein. Aber er wollte sich damit die Störenfriede nur vom Hals halten und war fassungslos, wenn es gerade die entgegengesetzte Wirkung hatte – warum nur wurde er in diese endlos langen, verwickelten Geschichten über Schulen, Kindermädchen oder innig gehaßte Schwesterchen hineingezogen? Wenn man jemandem freundlich lächelnd ein Bonbon in die Hand drückte und zu dem Empfänger sagte: «Ich glaube, deine Tante hat nach dir gerufen, zisch mal los», sollte man dann nicht annehmen, daß dieser Wink verstanden würde? Dem war aber nicht so. Es bewirkte nur, daß sie einen noch aufdringlicher anlächelten oder noch heftiger mit dem Schwanz wedelten und ihre Erwartungen noch höher schraubten. Manchmal fragte er sich, ob er nicht von völlig falschen Voraussetzungen ausging.

«Hm, hm, das ist aber ein hübsches, kleines Haus», sagte Melrose mit einer Herzlichkeit, die keineswegs von Herzen kam. Er würde Jury die Sache übergeben. Auf Ardry End gab es weder Kinder noch Hunde (abgesehen von Mindy, die sich einfach an ihn rangehängt hatte) und auch keine Zimmerpflanzen. Während es in diesem Haus nur so davon wimmelte. Und all diese Dinge gruppierten sich um ihn, als wollten sie sich mit ihm ablichten lassen.

Der Junge hatte ein idiotisches Grinsen aufgesetzt, und als Melrose auf die dunkle Hundeschnauze hinunterblickte, hatte er das Gefühl, der Hund würde auch grinsen – als würde Melrose gleich etwas sehr Komisches tun.

«Kommen Sie mit in die Küche. Ich dachte, Sie seien Frosch – Miss Frother-Guy.»

Melrose warf seinen Mantel über das Geländer, stellte seinen Spazierstock in den Blumenkübel und folgte Bertie in die blitzsaubere Küche.

Der Tisch war für zwei Personen gedeckt. Arnold kroch unter den Tisch, legte den Kopf auf eine Vorderpfote und blickte trübe zu Melrose hoch. Melrose fragte sich, welche Technik der Yard bei dieser Altersgruppe anwandte. Sollte er ihn zum Beispiel hochnehmen und schütteln? Er entschied sich für einen Ton, der, wie er hoffte, sowohl freundlich wie auch bestimmt war.

«Euer Haus steht gleich neben der Engelsstiege, wo die Leiche gefunden wurde. Wir dachten, vielleicht hättest du was gesehen.»

«Ich hab gehört, sie hat ein gutes Dutzend Messerstiche abgekriegt. Sie soll voller Blut gewesen sein.»

Melrose hätte einen weniger lüsternen Ton vorgezogen. «Das ist übertrieben. Hör zu: Hast du irgend etwas gesehen oder gehört?»

«Nein.» Selbst diese eine Silbe drückte seine ganze Enttäuschung aus. Er nahm eine Schale vom Tisch und stellte sie auf den Boden. «Sei nicht beleidigt, Arnold.» Zu Melrose gewandt, erklärte er: «Sie sitzen nämlich auf Arnolds Stuhl.»

«Oh, *ich* kann mich ja auch unter den Tisch setzen.»

«Nicht nötig. Trinken Sie doch eine Tasse mit. Ich mach mal den Tee naß.»

Da er im allgemeinen mit Leuten dieser Altersgruppe nie zusammentraf, dachte Melrose, er sollte die Gelegenheit nutzen und ihm etwas beibringen. «Denkst du nicht, daß ‹die Blätter ziehen lassen› deiner Mutter wesentlich besser gefallen würde?»

Bertie zuckte die Achseln, und die breite, weiße Schürze, die er sich umgebunden hatte, hob und senkte sich. «Kann ich auch sagen. Aber meine Mutter iss ja nicht da. Außerdem isses viel umständlicher. Und die Teeblätter werden doch dabei naß. Möchten Sie was von dem Madeira oder ein Obsttörtchen?»

«Nein, danke. Aber vielleicht einen Keks.»

Bertie hatte den Arm in einen Karton gesteckt. «Aber die sind für Arnold. Er kriegt immer zwei zu seinem Tee.» Er legte die Kekse unter den Tisch neben Arnolds Schale. Arnold ließ Melrose jedoch nicht aus den Augen. Sein Blick war nicht feindselig, sondern nur wachsam.

Melrose fand, daß sie vom Thema abgekommen waren. «Oberinspektor Jury –»

Gebannt starrte ihn Bertie an. «*Das* ist der Inspektor vom Yard?»

«Ja. Hast du irgend etwas gesehen oder gehört?»

Bertie ließ den Teekessel kreisen. «Nein, nichts. Halt, jetzt fällt's mir wieder ein, ich hörte so was wie'n Schrei, aber das hätte auch von einer Möwe sein können.»

Oder pure Einbildung, dachte Melrose. «Um wieviel Uhr war das?»

«Weiß ich nicht genau. So gegen elf, halb zwölf.»

«Solltest du um diese Zeit nicht im Bett sein? Du mußt doch ziemlich früh aufstehen, wenn du Schule hast?»

«An dem Tag war aber keine Schule.»

«Du hast gesagt, dein Vater sei tot. Wo ist denn deine Mutter?»

«Weggefahren.» Er hielt die Teekanne noch höher. «Was ist nur mit Miss Frother-Guy heute los? Sie kümmert sich um mich, bis meine Mami wieder zurückkommt.»

«Oh. Und wann kommt deine Mutter wieder zurück?»

«Bald.»

Melrose wußte nicht, was er ihn noch fragen sollte. Arnolds starrer Blick irritierte ihn. Er versetzte seiner Schnauze einen kleinen Stubser, um ihn abzulenken. Aber Arnold legte sie einfach nur auf die andere Pfote. «Denkst du, hier in Rackmoor passieren irgendwelche komischen Dinge?» Jury stellte gern allgemeine Fragen wie diese. Um die Reaktionen zu sehen. Um die Leute zu melken; manchmal fielen ihnen dann wieder Dinge ein, an die sie überhaupt nicht mehr gedacht hatten.

Bertie nahm achselzuckend wieder Platz. «Nicht komischer als sonst.»

«Du lieber Himmel, was heißt ‹als sonst›?»

«Oh, weiß nicht.» Er nahm ein Rosinenbrötchen von dem Teller und knabberte wie eine Maus daran herum. «Percy Blythe meint... Sie kennen Percy?»

«Nein.» Melrose beobachtete, wie Arnold auf seinem Keks herumkaute, ohne seine braunen Augen von ihm abzuwenden.

«Percy sagt, diese Frau, die, Sie wissen schon –» Bertie fuhr sich mit dem Zeigefinger über den Hals – «Percy sagt, sie hätte früher mal hier gelebt. Ein richtiges Luder, sagt Percy. Sie hieß March und wohnte im Old House. Es gab immer nur Ärger wegen ihr. Bis sie dann eines Tages abgehauen ist; das war vor zig Jahren, und jetzt soll sie wieder zurückgekommen sein, hat mir Percy erzählt. Eine böse Überraschung. Percy hat recht gehabt.»

«Aber diese Frau hieß gar nicht March. Das hat dein Freund Percy wohl übersehen.» Bertie zuckte mit den Schultern und zog das geriffelte Papier von einem Törtchen ab. Melrose dachte an Agatha, die ihn innerhalb der letzten 24 Stunden zweimal angerufen hatte.

«Davon weiß ich nichts», sagte Bertie. «Percy sagt, sie hätte es ganz schlimm getrieben, als sie noch bei ihnen wohnte. Ein Luder. Deswegen ist dieser Mr. Crael auch so komisch geworden, sagt Percy.»

Melrose war überrascht. «Meinst du den alten oder den jungen?»

«Ah, diesen Julian. Iss doch 'n komischer Kauz. Kommt nie ins Dorf runter oder macht mal was. Spaziert nur die ganze Nacht auf den Klippen rum. Percy sagt, er sei ihm mal im Nebel begegnet, und es sei ihm kalt den Rücken runtergelaufen.»

«Und was hat dieser Percy bei Nacht und Nebel dort zu suchen?»

«Er arbeitet für den Colonel. Stöbert die Füchse in ihrem Bau auf.» Bertie hielt seine Tasse mit beiden Händen fest und nahm einen Schluck Tee. «Percy sagt, Mr. Crael sei die ganzen Jahre schon so komisch – seit diese Frau weggelaufen ist. Und jetzt ist sie wieder da. Ich meine, sie war wieder da.» Bertie fuhr sich mit dem Finger über die Kehle.

«Wenn Percy so viel weiß, dann hat er bestimmt auch einen Verdacht?»

«Iss schon möglich. Gesagt hat er nichts.»

«Ich würde gern mal mit diesem Orakel sprechen.» Melrose schaute auf seine Uhr. Es war noch nicht fünf, und er könnte vielleicht Jury, der ihn auf diesen seltsamen Vogel angesetzt hatte, endlich einmal zuvorkommen.

Berties Augen weiteten sich hinter seinen dicken Brillengläsern. «Wir könnten gleich mal zu ihm rübergehen. Ich hab Zeit, meine Arbeit fängt erst später an. Percy wohnt in der Dark Street. Ecke Scroop Street, bei der Leihbücherei um die Ecke. Er hat bestimmt schon gevespert, und er quasselt überhaupt sehr gern.» Bertie stand vom Tisch auf, seinen Kuchen ließ er angebissen auf dem Teller liegen.

Während Melrose noch seine Zustimmung murmelte, stand Bertie schon auf dem Flur vor der Garderobe und kämpfte mit einem riesigen, schwarzen Mantel. Er warf einen unschlüssigen Blick in die Küche, auf den Tisch mit den schmutzigen Tassen und Tellern. «Abwaschen muß ich dann eben später.»

«Laß das Arnold machen», sagte Melrose, der auch gerade in seinen Mantel schlüpfte und beobachtete, wie Bertie ständig die Knöpfe verwechselte.

«Mein Gott, kannst du das nicht schön der Reihe nach machen, so wie sich's gehört?» Melrose stellte seinen Stock beiseite und knöpfte Berties Mantel zuerst auf und dann wieder zu. Er war viel zu groß für ihn. Bertie hatte eine schwarze Zipfelmütze aufgesetzt, unter der nur noch sein schmales, weißes Gesicht mit den dicken Brillengläsern zu sehen war. «Wo hast du bloß deine Klamotten her. Von einem Flohmarkt für Eisbären?»

«Klamotten», sagte Bertie mit einem Blick auf Melroses Samtkragen und silberbeschlagenen Spazierstock, «sind nicht das Wichtigste im Leben. Gehn wir?»

Als sie mit Arnold vorneweg die Grape Lane hochgingen, sagte Bertie: «Bei Percy dürfen Sie nicht so genau hinschauen. Er ist nicht besonders ordentlich, nicht so wie wir. Überall stehen diese ausgestopften Dinger rum. Und so sauber ist es auch nicht. Er hat die komischsten Sachen überall, an den Wänden, in Wannen und so weiter. In Rackmoor gibt es wirklich allerhand zu sehen.»

Melrose blickte auf die Schneewolke, die Arnold hinter sich aufwirbelte, und auf den kleinen, schwarzen Gnom an seiner Seite und sagte: «Erzähl doch mal.»

9

Es fehlte nur noch die Eule auf seiner Schulter.

Percy Blythe saß hinter einem monströsen Arbeitstisch aus der Zeit Jakobs I., inmitten eines dunklen, staubigen, sehr romantischen Wirrwarrs aus präparierten Fischen, ausgestopften Vögeln, Talgkerzen, Treibholz, Fischnetzen, Lumpen, alten Zeitungen und Büchern. Obwohl Bücher und Papiere seine Tätigkeit sehr seriös und wissenschaftlich erscheinen ließen, tat Percy Blythe nichts weiter, als ein paar Muschelstückchen hin- und herzuschieben. Er war ein kleines, verhutzeltes Männchen mit spitzen Teufelsohren und einer randlosen Brille. Als Bertie sie einander vorstellte, blickte er Melrose ohne großes Interesse über seine Brille hinweg an. Er trug – oder ertrug – eine Jacke, einen Pullover, einen Schal und eine ähnliche Zipfelmütze wie Bertie. Danach wandte er sich wieder seinen Muscheln zu.

«Wir haben Sie hoffentlich nicht beim Essen gestört», sagte Melrose, der eine dunkle Brotrinde und ein Glas mit einem Milchrand am andern Ende des Tischs entdeckt hatte – beides schien schon mehrere Tage alt zu sein. Percy Blythe beugte sich nur noch tiefer über seine Muscheln.

«Eine interessante Arbeitsstätte, Mr. Blythe, wirklich sehr interessant.»

Als auch darauf keine Antwort kam, blickte Melrose sich unschlüssig um, auf der Suche nach einem Gesprächsthema. Da kein elektrisches Licht den Raum erhellte, war es ziemlich schwierig, in der Masse der ausgestopften, von Glasglocken bedeckten oder sonstwie hinter Glas verwahrten Gegenstände noch etwas zu erkennen und eine Bemerkung darüber zu machen. Auf dem Milchglas der Gehäuse flackerten kleine, schwache Flammen und warfen bedrohliche Schatten an die Wände.

Es war das schmalste Terrassenhaus, das Melrose je gesehen hatte. Es befand sich in der Dark Street, die eigentlich eher ein privater Durchgang war als eine Straße. Sie mündete in die Scroop Street und ließ sich nur über die Dagger Alley erreichen, ein steiniger Weg, der von der «Glocke» zu einem Warenhaus in der High Street führte.

«Sie sind wirklich ein Sammler, Sir», sagte Melrose, der nicht recht wußte, wie er seine Gegenwart erklären sollte. Bertie war auch keine große Hilfe; er schien sich hier ganz zu Hause zu fühlen. Im Augenblick war er damit beschäftigt, ein seeigelähnliches Gebilde auf einem Regal zu inspizieren. Arnold hatte sich sofort auf einem alten Flickenteppich in der Ecke niedergelassen. Außer dem Kratzen, das durch das Hin- und Herschieben der Muscheln verursacht wurde, war nichts zu hören. Einmal flatterten mehrere lose Blätter auf den Boden, aber Percy Blythe schien die Abfallberge, die ihn umgaben, überhaupt nicht wahrzunehmen – Papierstöße, die wie Sandbänke wegzudriften schienen; in sich zusammengefallene Büchertürme, die Tische, Fensterbänke und Boden bedeckten.

Melrose war noch nie in seinem Leben einem Menschen begegnet, der eine solche Verachtung selbst für die elementarsten Umgangsformen zeigte.

Bertie sagte: «Ich hab ihm erzählt, daß Sie alles mögliche hier rumstehen haben. Was ist denn das?» Bertie hielt etwas Knochenähnliches in die Höhe. Percy Blythes hartnäckiges Schweigen schien ihn offensichtlich nicht zu stören, denn er legte den Gegenstand einfach wieder auf seinen Platz zurück und untersuchte einen auf einem Brett befestigten Fisch.

Melrose ließ seinen silberbeschlagenen Spazierstock von einer Hand in die andere wandern und verlagerte sein Gewicht entsprechend. Percys Schweigen wäre sehr viel erträglicher gewesen, wenn er sie aufgefordert hätte, Platz zu nehmen oder zumindest abzulegen, aber Percy Blythe schien fest entschlossen zu sein, diese wie auch alle andern Förmlichkeiten zu ignorieren. Sie standen also immer noch in ihren Mänteln herum. Nur Arnold lag auf seinem Flickenteppich und pennte. Bertie fühlte sich jedoch ganz wohl; er untersuchte alles, was ihm unter die Finger kam und summte dabei vor sich hin, während Melrose von Percy Blythes monumentalem Schweigen erdrückt wurde. Er räusperte sich und nahm einen neuen Anlauf.

«Mr. Blythe. Ich bin bei den Craels zu Gast. Sir Titus ist ein Freund von mir.» Ein kurzer, finsterer Blick streifte ihn, dann beugte sich Percys Kopf wieder über seine Muscheln.

«Percy, Sie haben mir doch erzählt, wie komisch dieser Julian Crael geworden ist, erinnern Sie sich?» Bertie hielt eine Schale mit Wasser hoch, in der etwas Dunkles schwamm. «Was ist denn das? Sieht aus, als wäre es lebendig.»

Melrose bezweifelte das, aber er griff Berties indirekten Hinweis auf das Verbrechen auf. «Ein schrecklicher Gedanke, daß in einem so friedlichen kleinen Dorf wie diesem ein so bestialisches Verbrechen begangen wurde.» Keine Antwort. Melrose machte auf gut Glück weiter. «Sie waren bestimmt genauso schockiert wie alle andern hier in Rackmoor.» Nichts in Percy Blythes Miene verriet, daß er einen Schock erlitten hatte. «Auch Sie», sagte Melrose, und sein Spazierstock wechselte wieder die Seite, «müssen doch ganz fassungslos gewesen sein, daß in Ihrem Dorf so was passieren konnte.» Ein gekrümmter Finger schob die Muscheln vor sich her und schubste dabei eine auf den Boden; Percy machte sich jedoch nicht die Mühe, sich danach zu bücken. «Vielleicht interessiert es Sie, Mr. Blythe, daß wir in Northamptonshire gleich eine ganze Serie von

Morden hatten. Das war letztes Jahr, ungefähr um diese Zeit. Und Oberinspektor Jury ist damals auch in unser Dorf gekommen. Ich nehme an, er wird Sie noch aufsuchen, um Ihnen ein paar Fragen zu stellen.»

«Percy, krieg ich die Muschel, die du mir versprochen hast?»

Der Arm unter dem Schal führte eine vage, fahrige Bewegung aus.

«Ist Ihnen in der Nacht, in der sie ermordet wurde, irgend etwas aufgefallen?» bedrängte ihn Melrose. Percy Blythe blickte lediglich über seine Brille hinweg zu ihm auf, schüttelte den Kopf und widmete sich wieder seinen Muscheln. «Vielleicht ist der Mann einfach nur krankhaft scheu», dachte Melrose. «Vielleicht fühlt er sich nur bei seinen ausgestopften oder sonstwie präparierten Objekten wohl.»

«Klar ist dir was aufgefallen, Percy», sagte Bertie. «Du hast doch gesagt, daß dich das überhaupt nicht überraschen würde. Als diese Frau wieder aufgetaucht ist, hast du doch gleich gedacht, daß das nicht gutgehen würde.»

Bertie traf ein langer, böser Blick, offensichtlich eine Warnung, Percy Blythe nicht mit solchem Blödsinn zu belästigen.

Aber Melrose hakte sofort nach. «Wieso haben Sie das gedacht, Mr. Blythe?» Natürlich kam auch darauf keine Antwort; Melrose hatte das Gefühl, mit den Muscheln und dem Treibholz ins Meer gespült zu werden. Komisch, dabei hatte er sich immer für einen guten, wenn nicht brillanten Unterhalter gehalten. «Soll Jury sich mit ihm rumschlagen», seufzte er und streifte seine Handschuhe über.

Es machte ihm Spaß, sich dieses Zusammentreffen auszumalen; er hoffte nur, Jury würde ihn mitnehmen. «Na gut, dann machen wir uns am besten mal wieder auf den Weg. Ich hab noch eine Verabredung.»

«Und ich muß arbeiten, Percy. Bis später. Los, Arnold, komm schon!»

Erschrocken fuhr Melrose zusammen; eine Katze, die Berties Befehlston aus dem Schlaf gerissen hatte, war plötzlich von einem der Regale heruntergesprungen. Melrose hatte geglaubt, sie sei ausgestopft. Er ging auf die Tür zu.

«Fragen Sie Evelyn», sagte Percy Blythe.

Melrose blickte zurück, aber Percy Blythe war damit beschäftigt, die Muscheln in Beutel zu füllen; die geheimnisvolle Botschaft schien nie über seine Lippen gekommen zu sein.

10

Das Gesicht des Mädchens, das ihm die Tür öffnete, war zu schmal, um nach traditionellen Maßstäben noch als schön zu gelten; sie war jedoch von einer zerbrechlichen Blondheit, die etwas Durchscheinendes, Gläsernes an sich hatte. Es war fünf Uhr und bereits dunkel. Zwischen Jury und dem Mädchen waberte der Nebel. Eine Petroleumlampe hinter ihr verwischte die Umrisse ihres Kleides; es war weiß, weit und formlos und sehr tief ausgeschnitten, eine Wolke, die sie einhüllte und ihr ein seltsam geisterhaftes Aussehen verlieh. Es fehlte nur noch das Talglicht, und Jury hätte sich in ein Schauerstück aus dem letzten Jahrhundert versetzt gefühlt.

«Miss Siddons?» Jury zeigte seinen Dienstausweis. «Ich bin Richard Jury. Kriminalpolizei. Ich hoffe, ich komme nicht sehr ungelegen. Ich hab ein paar Fragen.»

«Oh.» Sie nahm das Kleid in der Taille zusammen, als wäre ihr vor allem seine Weite peinlich. «Ich war gerade dabei, dieses Kleid hier abzustecken. Ich hab keinen Schnitt und hab's mir deshalb selbst übergezogen. Soviel gibt's da aber gar nicht abzustecken. Kommen Sie doch rein.» Er leistete ihrer Aufforderung Folge, und sie schloß die Tür hinter ihm. «Ich zieh mich schnell um, wenn Sie nichts dagegen haben.»

Er sah die Nadeln, die den Ausschnitt und die Schultern markierten. «Sie haben es selbst genäht?»

«Nicht für mich. Für eine Frau aus dem Dorf. Ich mach das ab und zu. Im Winter, wenn im Café nichts los ist. Mir gehört das Bridge Walk Café.»

Jury nickte. «Ich weiß. Das Kleid steht Ihnen aber ausgezeichnet.» Er konnte jetzt auch sehen, wie ungewöhnlich ihr Gesicht war. Dreieckig, mit bernsteinfarbenen Augen. Ihre Haut schimmerte wie Perlmutt.

Ihre Hand bedeckte den Ausschnitt; offensichtlich hatte sie bemerkt, daß Jurys Blick weitergewandert war. «Es dauert keine fünf Minuten, wirklich», sagte sie so besorgt, als könnte nach fünf Minuten eine Katastrophe über sie hereinbrechen. Er nickte, und sie lief aus dem Zimmer und die Treppe hoch.

Jury schaute sich in dem Wohnzimmer um, das mit gemusterten Chintzsesseln und allem möglichen Krimskram vollgestopft war. In jeder Ecke Nippsachen und Bilder – Tische, Regale, Simse, alles war vollgestellt mit Tassen und Untertassen, Krügen aus geriffeltem Glas, kleinen Porzellandosen. Auf einer Unterlage aus schwarzem Samt entdeckte er eine Kristallkugel. Er nahm sie in die Hand, drehte sie und starrte in ihre Tiefen, konnte aber nichts Schicksalsträchtiges herauslesen. Er legte sie wieder auf ihre samtene Unterlage. Neben ihr befanden sich bemalte Souvenirs aus Bognor Regis, Tunbridge, Southend-on-Sea, alles ehemalige Seebäder, in denen früher die Damen der Gesellschaft mit ihren Sonnenschirmen und Fächern die Strandpromenade entlangspazierten; inzwischen waren sie jedoch durch Rummelplätze und dicke kleine Kinder mit Plastikeimerchen ersetzt worden. Auch Tische und Wände waren mit Fotografien bepflastert, und viele davon schienen in diesen Seebädern aufgenommen worden zu sein. Eines zeigte eine junge Frau in einem altmodischen Kleid aus den Fünfzigern; sie stand auf dem Pier und hielt ihren Hut fest. Es mußte ein windiger Tag gewesen sein; die Brise hatte ihren Rock aufgebläht, und sie versuchte, ihn sittsam mit ihrer freien Hand festzuhalten. Für einen Schnappschuß war das Foto sehr gut gelungen; es war zumindest besser als die andern, die auf dem Tisch herumstanden, da es so frisch und lebendig wirkte und das Mädchen auch außergewöhnlich hübsch war. Als er es sich aber genauer anschaute, stellte er fest, daß die Bildkomposition überhaupt nicht stimmte und daß sie praktisch am linken Bildrand klebte. Er stellte das Bild wieder an seinen Platz zurück und studierte die anderen Fotos in den rechteckigen und ovalen Rahmen. Die meisten zeigten dieselbe Frau, jedoch an verschiedenen Orten und zu verschiedenen Zeiten. Eines war im Old House aufgenommen worden; er erkannte den Hof mit den Ställen. Er nahm an, daß es sich um Lily Siddons Mutter handelte.

«Das ist meine Mutter.» Ihre Stimme, die seine Vermutung bestätigte, kam von hinten. «Sie lebt nicht mehr. Sie ist jung gestorben.»

Jury drehte sich um. *«Die Herzogin von Malfi?»*

«Was?»

«Ich dachte, Sie würden aus dem Stück zitieren.»

Sie legte den Kopf zur Seite, und in ihren bernsteinfarbenen Augen fing sich das Licht des Feuers. «Kenn ich nicht.»

«Ihr Bruder sagt das. Der Bruder der Herzogin. ‹Bedeckt ihr Gesicht; sie ist jung gestorben›.» Vorsichtig stellte Jury das Foto zurück, als könne er das Leben der Frau in Gefahr bringen. «Er war verrückt, ihr Bruder.» Er fühlte sich seltsam beklommen; ein Gefühl der Angst schnürte ihm die Kehle zu; er konnte es sich nicht erklären.

«Sie meinen wie Julian Crael?» Sie kreuzte die Arme über der Brust, eine unwillkürliche Bewegung, um sich zu schützen.

«Julian Crael?»

«Er war schon immer ziemlich seltsam.» Lily setzte sich auf ein kleines, chintzbezogenes Sofa. «Möchten Sie einen Kaffee?»

Jury schüttelte den Kopf. «Inwiefern?»

Sie zuckte die Achseln, als wolle sie Julian Crael abschütteln. Dann sagte sie: «Hat er sie umgebracht?»

Die Frage überraschte Jury genauso wie ihr unbeteiligter Ton. «Warum fragen Sie das?»

«Weil er dazu fähig wäre.»

Jury lächelte. «Dazu fähig sind wir *alle*. Die Umstände müssen nur entsprechend sein.»

Sie schüttelte den Kopf. «Das glaub ich nicht.» Kühl blickte sie ihn aus ihren Katzenaugen an. «Könnten Sie? Ich meine, jemanden umbringen?»

«Ja. Ich denke schon. Aber Sie sprachen von Julian.»

Sie strich ihr helles Haar, das von zwei Schildpattkämmen gehalten wurde, nach hinten über die Schultern zurück. «Ich hab ihn noch nie gemocht. Sie wissen bestimmt, daß ich ziemlich lange bei ihnen gewohnt habe; eigentlich meine ganze Kindheit. Bis meine Mutter... starb.» Ihre Augen wanderten von seinem Gesicht zu dem kleinen, runden Chippendale-Tischchen, auf dem die Fotos standen.

«Colonel Crael hat's mir erzählt. Er hat Sie sehr gern.»

«Er ist auch der einzige, der in Ordnung ist. Ein Gentleman.»

«Und Julian ist das nicht?»

«Julian!» Mit einer kurzen Handbewegung tat sie diese Möglichkeit ab. «Ganz bestimmt nicht.»

Jury fragte sich, ob nicht etwas anderes dahintersteckte, Gefühle, die nicht erwidert worden waren. Aber irgendwie bezweifelte er es. «Waren Sie nicht an dem Tag vor dem Mord bei den Craels zum Abendessen?»

«Ja. Der Colonel hatte mich eingeladen. Zuerst dachte ich –» sie zögerte. «Zuerst dachte ich wirklich, sie –» Lily Siddons schien verwirrt oder auch nur in Gedanken versunken zu sein; sie fuhr sich mit der Hand über die Stirn, als wolle sie den umherirrenden Schatten eines Gedankens verscheuchen.

«Was?»

«Hat Ihnen der Colonel nicht erzählt, daß sie seiner Pflegetochter wie aus dem Gesicht geschnitten war? Der, die vor fünfzehn Jahren verschwunden ist. Hat er nichts von Dillys erzählt?»

«Erzählen Sie.»

Lily blickte auf die gefalteten, in ihrem Schoß ruhenden Hände und wirkte, als läse sie eine Geschichte aus einem Buch ab: «Sie haben sie nach dem Tod ihrer Eltern bei sich aufgenommen. Als sie acht oder neun Jahre alt war. Ich war damals noch ein Baby. Obwohl uns fünf Jahre voneinander trennten, wuchsen wir trotzdem zusammen auf. Es machte ihr Spaß, mich rumzukommandieren. Ich war für sie immer nur die Tochter der Köchin. Bei unsern Spielen war ich die Küchenmagd und sie die Prinzessin. Lady Margaret hat sie maßlos verwöhnt. Natürlich gingen wir auch auf verschiedene Schulen. Dillys und Julian gingen aufs Gymnasium, ich ging auf die Hauptschule. Das war später, als wir etwas älter waren. Ich könne machen, was ich wolle, sagte sie immer, ich würde doch nie . . . als ob das meine Absicht gewesen wäre . . .»

«Und was dachten Sie, als Sie Gemma Temple sahen?»

«Ich hatte Angst, sie würde zurückkommen.» Sie blickte ihm in die Augen. «Wenn Sie jemanden mit einem Motiv suchen, ja, ich hätte eines gehabt. Nachdem mein Vater uns verlassen hatte – meine Mutter und mich –, sind wir zu ihnen gezogen. Es war ja auch sehr anständig von den Craels, mich bei sich aufzunehmen. Aber Dillys war wie ein Baumstamm: Ich konnte sie nicht beiseite schieben und kam auch nicht an ihr vorbei.» Lily verstummte und starrte ins Feuer.

«Als der Colonel sagte, sie sei eine entfernte Verwandte, haben Sie ihm das geglaubt?»

Erstaunt blickte sie ihn an. «Warum nicht, warum hätte er lügen sollen?»

«Fanden Sie es denn nicht merkwürdig, daß Dillys einfach abhaute und das ganze Geld sausenließ, das sie einmal geerbt hätte?»

«Wollen Sie damit sagen, daß diese Person Dillys war?»

«Nein. Es war nur eine Frage. Sie haben Inspektor Harkins erzählt, der Mörder von Gemma Temple hätte es eigentlich auf Sie abgesehen. Was ist denn das für eine Geschichte, Miss Siddons, können Sie mir das erklären?»

«Irgend jemand *hat* versucht, mich umzubringen.» Sie lehnte sich mit einem matten Seufzer zurück und blickte ins Feuer. Die Flammen verliehen ihrer blassen Haut einen goldenen Schimmer, ließen ihre bernsteinfarbenen Augen aufleuchten und zauberten goldene Streifen auf ihre Seidenstrümpfe. Ihre Beine waren, wie Jury bemerkte, sehr wohlgeformt. Sie reizte jedoch weniger seine Sinne als seine Neugierde. In dieser Umgebung erschien sie ihm wie ein seltener Schmetterling, der sich in ein fremdes Gebiet verirrt hatte. Eine goldgelbe Wolke in einem kalten Klima.

«Erst passierte diese Sache beim Reiten. Das war letzten Oktober – ich hatte Red Run gesattelt – das ist das Pferd, das mir der Colonel zur Verfügung gestellt hat – und sprang mit ihm bei Tan Howe über eine Mauer; dabei wäre ich beinahe in einer großen Heugabel gelandet, die jemand auf der anderen Seite liegengelassen hat. Ein paar Zentimeter, und das Pferd wäre darauf getreten. Das Ding lag mit den Zinken nach oben auf dem Boden.»

«Aber hat denn jemand gewußt, wohin Sie reiten würden – angenommen, die Gabel wurde mit voller Absicht dort liegengelassen?»

«Das ist es ja gerade. Ich hatte an dieser Stelle schon öfters mit Red Run geübt. Während der Jagd ist er nämlich ein paarmal vor der Mauer stehengeblieben, und ich versuchte, ihm die Angst zu nehmen. *Damals* glaubte ich natürlich, es sei purer Zufall gewesen. Ich hab dem Colonel davon erzählt, und er sagte, er wolle dafür sorgen, daß das nicht mehr passiert. Er war außer sich.»

«Und was passierte als nächstes?»

«Das war dann drei oder vier Wochen später, im November. Die Bremsen meines Autos fielen aus. Ich hatte den Wagen auf dem oberen Parkplatz gleich am Ortseingang abgestellt. Kennen Sie ihn?»

Jury nickte. «Ich benutze das Auto eigentlich nie im Dorf. Es war wirklich eine Ausnahme, ich wollte etwas einladen – ein paar Torten und Kuchen für ein Kirchenfest in Pitlochary. Als ich dann im Auto saß, erinnerte ich mich, daß ich noch ein paar Einkäufe in Whitby erledigen wollte. Ich fuhr also nicht den Berg runter, sondern in die andere Richtung. Gott sei Dank. Sie haben ja gesehen, wie steil der Hang ist. Ich wäre gegen die Glocke gerast. Was das alles zu bedeuten hatte, wurde mir aber erst klar, nachdem diese Sache mit Gemma Temple passiert ist. Es waren keine Zufälle, diese ersten beiden Male. Die Leute hier haben gewußt, daß ich an diesem Tag den Wagen nehmen würde.»

«Wer wußte das?»

Ungeduldig sagte sie: «Viele. Kitty Meechem und ich haben im Fuchs darüber gesprochen. Adrian stand daneben, und die Craels wußten es auch. Ich hatte es bei dem Essen erwähnt.» In der Dämmerung sah ihr Gesicht richtig wächsern aus. Das Feuer war die einzige Lichtquelle.

«Sie denken also, es war das Kostüm?» Sie nickte. «Warum hat Gemma Temple Ihr Kostüm getragen?»

«Bei diesem Essen hatte der Colonel erwähnt, daß Gemma Temple kein Kostüm habe; er fragte mich, ob ich ihr nicht eines leihen könne. Maud sagte, wir – Maud und ich – könnten auch als Sebastian und Viola aus *Was ihr wollt* gehen. Das kam uns ganz passend vor. Ich erklärte mich also damit einverstanden.»

«Warum ist *sie* denn nicht als Viola mit Mrs. Brixenham losgezogen?»

Lily zuckte die Achseln. «Sie war fremd hier und hat Maud ja auch kaum gekannt.»

«Und warum ging sie nicht mit Ihnen zusammen auf das Fest? Kitty Meechem sagte, sie sei erst nach zehn aus dem Haus gegangen?»

Lily lachte. «Das ist doch offensichtlich. Sie wollte ihren Auftritt haben – für sich.» Ihre Stimme klang bitter. «Schauspielerin! Eine aufgedonnerte kleine Verkäuferin, weiter nichts.»

«Dann wußten also alle, die bei dem Essen waren, daß Sie nicht das schwarz-weiße Kostüm tragen würden?»

Lily schüttelte den Kopf. «Nein. Nur Maud und der Colonel. Die andern waren gerade nicht im Raum, als wir darüber sprachen. Auf der Party wurde mir jedenfalls schlecht. Ich glaube, es waren die Brote mit der Fischpaste, ich hab sie noch nie vertragen. Oder vielleicht auch der Punsch. Das reinste Teufelszeug, was sie da im Old House zusammenbrauen. Ich hab mit kaum jemandem gesprochen. Der Colonel und Maud sind die einzigen, die mit Sicherheit keinen Anschlag auf mich geplant hatten. Sie wußten, daß Gemma mein Kostüm trug.»

Sie würden also aus dem Kreis der Verdächtigen ausscheiden, falls der Täter Lily und nicht Gemma Temple hatte beseitigen wollen.

«Wenn ich ihr nicht mein Kostüm geliehen hätte, wäre sie vielleicht... ich fühle mich irgendwie schuldig.»

Jury zog sein Notizbuch hervor. «Sie haben Inspektor Harkins gesagt, Sie seien viertel nach zehn zu Hause gewesen.»

«Ja, richtig. Maud blieb noch eine Weile bei mir. Um sicherzugehen, daß ich keine Lebensmittelvergiftung hatte. Dann ist sie gegangen. Ich saß noch ein bißchen im Bademantel rum und hab gelesen, ungefähr bis elf Uhr.»

«Adrian Rees hat kurz darauf Gemma Temple die Grape Lane herunter kommen sehen, ungefähr um viertel nach elf, kurz bevor der Fuchs zumachte. In der Nähe der Engelsstiege.»

Lily starrte in das Feuer und nickte. «Ich weiß.»

«Ist sie hier gewesen?»

Ihr Kopf fuhr herum. «Hier? Warum sollte sie *hier* gewesen sein?»

Jury gab keine Antwort. Er musterte sie mit ausdruckslosem Gesicht. «Irgendwo muß sie gewesen sein. Wir wissen, wann sie aus dem Gasthof weggegangen ist – zehn nach zehn, sagt Kitty Meechem –, und wir wissen, wann Rees sie gesehen hat. Aber wo war sie in der Zwischenzeit? Auf dem Weg zum Old House war sie offensichtlich nicht.»

«Wie kommen Sie darauf?»

«Weil sie die Engelsstiege hoch ging.»

«Sie wird schließlich auch benutzt.»

«Aber doch nicht im Winter? Und nicht, wenn ein Warnschild dranhängt. Sie muß sich mit jemandem getroffen haben.» Jury wartete, aber Lily äußerte sich nicht dazu. «Kitty Meechem kam also kurz nach Feierabend bei Ihnen vorbei. Das war gegen halb zwölf oder etwas früher. Fünf vor halb zwölf, sagte sie.»

Lily ließ den Kopf auf dem Chintzbezug des Sofas hin- und herrollen und meinte mit matter Stimme: «So genau weiß ich das nicht mehr. Es wird wohl stimmen. Ich hab nicht auf die Uhr geschaut.»

«Es ist aber sehr wichtig. Sie hätten sich schon mit Lichtgeschwindigkeit bewegen müssen, um die Strecke von hier bis zur Engelsstiege und wieder zurück in zehn Minuten zu schaffen.»

Sie schaute ihn an, und ihre Augen verdunkelten sich, bis sie beinahe kornblumenblau waren. «Sie glauben mir nicht, stimmt's? Sie glauben nicht, daß jemand versucht hat, *mich* umzubringen?»

«Darum geht es nicht. Ich nehme Ihnen ab, daß *Sie* es glauben. Aber welches Motiv käme denn in Frage? Geld? Rache? Eifersucht?»

«Geld scheidet aus. Und soviel ich weiß, hab ich auch niemandem was getan. Eifersucht – worauf?»

«Männer. Fangen wir doch mal damit an.»

«Sie meinen, ein eifersüchtiger Liebhaber oder so was Ähnliches?» Sie lachte, es klang aber nicht sehr glücklich. «In Rackmoor ist das höchst unwahrscheinlich.»

«Halten Sie es für möglich, daß der Colonel schon daran gedacht hat, Sie und Julian könnten...» Ihr Gesicht überzog sich mit einer brennenden Röte, und er verstummte.

«Julian? Ich und *Julian*? Das ist doch albern! Ein Crael heiratet nicht die Tochter der Köchin.»

«Was ist mit Ihrem Vater passiert, Lily?»

«Ich war ein kleines Kind, als er meine Mutter verließ. Ich kann mich kaum noch an ihn erinnern.»

Sie lehnte sich zu dem kleinen Tischchen hinüber und nahm die Kristallkugel von dem Samtpolster. «Ein netter Zeitvertreib. Percy Blythe hat sie mir geschenkt. Im Sommer nehm ich sie mit ins Café und tu so, als könnte ich die Zukunft voraussagen, als würde ich darin etwas sehen. Die Touristen finden das ganz toll. Zeigen Sie mal Ihre Hand!» Jury streckte seine rechte Hand aus; sie ergriff sie und hielt sie fest. «Sie haben einen breiten Handteller, daß heißt, Sie sind sehr großzügig. Und einen langen Daumen – das bedeutet Durchsetzungsvermögen. Gerade Finger – ein angenehmes Wesen. Eine sehr gute Hand!» Sie ließ sie wieder fallen, als wäre sie alles andere als gut, und ihre Augen wanderten zu dem Chippendale-Tischchen mit den Fotos. Sie griff nach dem Bild mit der Frau auf dem Pier.

«Sie haben Ihre Mutter wohl sehr gemocht?»

«Ja.»

«Es tut mir leid, darüber zu sprechen; es muß für Sie sehr schmerzlich sein...» Er spürte, daß er eine offene Wunde berührte, daß er den Schmerz in kleinen Dosen verteilte. «Ich spreche von dem Tag, an dem sie ertrunken ist.» Lily hielt den Kopf gesenkt. «Warum ist Ihre Mutter bei Flut diesen gefährlichen Weg gegangen?» Lily schüttelte den Kopf; offensichtlich war sie den Tränen nahe.

«War es ein Unfall?»

Lily starrte auf das Foto und weinte.

Jury ließ sich auf den Rand seines Sessels gleiten, nahm ihr das Foto aus der Hand und gab ihr statt dessen sein Taschentuch. «Tut mir leid, Lily. Ich lasse Sie jetzt in Ruhe.»

Jury ging aus dem Haus und um die kleine Bucht herum zum Alten Fuchs. Die blauen und grünen Fischerboote schaukelten auf dem dunklen Wasser wie große, exotische Blüten.

Das Foto hatte er in der Tasche.

11

«Ein Glas Rackmoor-Nebel», sagte Melrose Plant.

Kitty blickte zu Jury hinüber. «Und Sie, wollen Sie nicht auch einen probieren?»

«Dienst ist Dienst und Schnaps ist Schnaps. Nein, nur einen Whisky, bitte, Kitty.» Wiggins saß schon vor einem Teller mit Fisch, Chips und Erbsen.

Sie ging hinaus, und Jury wandte sich wieder Melrose zu. «Nun, Mr. Plant, was haben Ihre Nachforschungen ergeben?»

Melrose funkelte ihn an. «Arnold war noch am hilfreichsten. Sehr viel hilfreicher als dieser Percy Blythe.»

«Percy Blythe. Diesen Namen hab ich noch nie gehört. Wer ist denn das?» Jury schnappte sich einen Chip von Wiggins' Teller.

«Das müssen Sie selbst herausfinden, Inspektor. Sie müssen mitkommen und ihn vernehmen.»

«Könnte ich natürlich, wenn er etwas weiß. Steht er denn auf Harkins' Liste, Wiggins?»

Den Mund voller Kabeljau und grünen Erbsen sagte Wiggins: «Ja, Sir.»

«Erstaunlich, daß er bei irgendwem auf der Liste steht.»

Kitty brachte die Getränke. Der Rackmoor-Nebel kam in einem Römerglas – eine flockige Flüssigkeit, aus der dünne Rauchsäulen emporstiegen.

Wiggins stach mit seiner Gabel danach. «Was kommt denn da raus?»

«Nebel.» Melrose führte das Gebräu an seine Lippen, nahm einen Schluck und verzog das Gesicht. «Mit Blutegeln und Haifischflossen.»

«Sieht nicht so aus, als ob es besonders gesund wäre», sagte Wiggins und beäugte es mißtrauisch. Sein Tee erschien ihm wohl sicherer. Jury beobachtete, wie der Wachtmeister ohne Rücksicht auf seine Zähne Zucker in seine Tasse löffelte.

«Sie würden die geheimnisvolle Botschaft nie erraten, die er mir mit auf den Weg gegeben hat, die Worte, die noch ganz zum Schluß über seine warzigen Lippen gekommen sind.»

«Sie meinen Percy Blythe?»

«Ja: ‹Fragen Sie Evelyn!›»

«Wer ist das?» Plant schüttelte den Kopf. «Wiggins, steht auch eine Evelyn Soundso auf der Liste?» Wiggins verneinte. «Wo wohnt denn dieser Blythe?»

«In der Dark Street.»

Wiggins spießte ein Stück Fisch auf, als könnte er ihm davonschwimmen. «Jetzt, wo Sie's erwähnen, fällt mir auch wieder ein, daß in Harkins' Bericht so ein Name auftaucht. Ich glaube aber kaum, daß dieser Blythe was weiß.»

«Ach nein», meinte Melrose sarkastisch.

«Wir können nach dem Essen ja mal bei ihm vorbeischauen.»

«Wunderbar», sagte Melrose.

«Ich meine, Wachtmeister Wiggins und ich können vorbeischauen.»

«Könnten Sie nicht auch ohne mich auskommen, Sir? Ich sollte die Notizen sichten, die ich mir im Old House gemacht habe. Ich weiß schon nicht mehr, wohin damit.»

«Richtig, lassen Sie Wachtmeister Wiggins seine Notizen sortieren. Und vergessen Sie bitte nicht, daß ich Percy Blythe schon einen Besuch abgestattet habe. Ich hab ihn sozusagen entdeckt.» Melrose setzte ein gewinnendes Lächeln auf, zweifelte aber an seinem Erfolg und ersetzte es durch einen bekümmerten Blick.

«Na gut, Mr. Plant. Ich möchte Sie nur bitten, mich nicht zu unterbrechen, wenn ich ihn vernehme.»

«Oh, das würde mir nicht im Traum einfallen, Inspektor. Wirklich, ich würde diese Begegnung nur ungern verpassen.» Melroses Blick hatte etwas Eulenhaftes.

«Ich dachte, Sie hätten den Dienst quittiert, Mr. Plant. Also gut, ich bin einverstanden. Aber essen wir doch noch was, bevor wir gehen. Ich sterbe vor Hunger. Ich hab gehört, daß Kitty exzellente Steaks und prima Nierenpasteten macht.»

«Ob sie wohl auch ein paar Flaschen im Keller hat? Château de Meechem, Jahrgang 1982. Im Faß gereift.» Melrose blickte sich in dem Lokal um und befand: «Surtees hat wohl die Innendekoration besorgt. Schauen Sie sich doch mal diese Jagdszenen an!» Als Melrose und Jury ihre Blicke schweifen ließen, starrten mehrere Augenpaare zurück. Jury war inzwischen schon stadtbekannt; als er in dem Lokal aufgetaucht war, hatten sich die Köpfe wie geölt in seine Richtung gedreht. Die Blicke fixierten ihn, und die Gespräche verstummten. Die Leute wandten sich aber schnell wieder ab und taten so, als existiere Jurys Tisch nicht. «Es würde mich nicht wundern, wenn eine ganze Jagdgesellschaft hier durchrasen und Halali oder ähnlichen Blödsinn rufen würde. Ich komme mir vor wie in *Tom Jones*.»

Schräg gegenüber von ihnen, bei der Küchentür, stritt Kitty sich offenbar mit Bertie Makepiece; er trug eine weiße Schürze und hatte ein Tablett unterm Arm. «Wer ist denn der Bengel?» fragte Jury.

«Bertie Makepiece.» Melrose blickte auf die Tür zwischen dem Lokal und dem Speiseraum. «Und das ist Arnold, falls Sie ihm noch nicht begegnet sind.» Arnold hatte sich quer über die Schwelle gelegt.

Kitty kam an ihren Tisch. «Entschuldigen Sie, Mr. Jury.» Sie strich sich die braunen Locken aus der hohen Stirn und war ganz rot im Gesicht. «Bertie stellt sich mal wieder an. Ich laß den Jungen hier nur arbeiten, wenn ich Gäste zum Abendessen habe. Ich *weiß*, er ist erst zwölf und sollte nicht in einem öffentlichen Lokal arbeiten, aber ich stell ihn auch nie hinter die Bar oder laß ihn alkoholische Getränke servieren – abgesehen vielleicht von einer Flasche Wein ab und zu. Die Sache ist – seine Mutter hat sich abgesetzt, und er kann das Geld wirklich gebrauchen. Er wollte partout Ihren Tisch haben, aber ich dachte mir, die Polizei –»

Jury unterbrach sie. «Die Jugendarbeitsschutzgesetze sind hiermit wieder aufgehoben.» Er lächelte.

Melrose beobachtete, wie Kitty Meechem sich an der Lehne eines Stuhls festhielt, wahrscheinlich, um nicht völlig dahinzuschmelzen.

«Kalbsschnitzel und Nierenpastete, bitte», sagte Jury zu Bertie. Sie waren die einzigen Gäste in dem kleinen Speiseraum mit dem flackernden Kaminfeuer und dem schimmernden Kupfer- und Zinngeschirr an den Wänden.

Melrose entschied sich für den Grillteller. «Und eine Flasche Wein, such uns was Feines aus, Copperfield. Eine Weinkarte gibt's wohl nicht? Ich sehe, du trägst heute keinen Kellerschlüssel bei dir.»

«Nein, keine Weinkarte, Sir. Aber im Keller steht 'ne Menge völlig verstaubter Flaschen rum, die so aussehen, als müßten sie bald getrunken werden.» Weltmännisch fügte Bertie hinzu: «Sie sind natürlich noch völlig in Ordnung. Nur würden ihnen ein oder zwei weitere Jahre nicht gerade guttun.»

«Vielleicht entdeckst du eine Flasche Côte de Nuit von 1964. Aber nicht schütteln bitte, nur ganz vorsichtig abstauben.»

«Für Sie saug ich sie mit dem Staubsauber ab, Sir.» Bertie zischte davon, das Tablett hochhaltend.

«Ist das der Bengel, dessen Mutter verschwunden ist? Wo steckt sie denn?»

«Keine Ahnung. In Belfast, sagt er.» Melrose breitete eine schneeweiße Serviette von Tischtuchgröße auf seinem Schoß aus. «Die Wäsche ist zumindest nicht verstaubt. Noch mehr Jagdszenen – wußten Sie, daß der Gasthof zur Hälfte Sir Titus Crael gehört? Warum wohl, denken Sie, heißt er der ‹Alte Fuchs in der Falle›?

Praktisch soll ihm das ganze Dorf gehören. Jemand hat mir erzählt, daß er es ‹Foxmoor› taufen wollte, aber das haben sie nicht zugelassen. Ein passionierter Jäger, der alte Herr.»

«Und wie war der Abschied von Lady Ardry, Mr. Plant?»

«Äußerst schwierig, das können Sie mir glauben.»

Jury grinste. «Ich hab sie vermißt.»

«Da sind Sie der einzige. Sie ist in York im Augenblick. Ich erhalte täglich ihre Bulletins, in denen sie mir mitteilt, wie es ihr und dieser Teddy ergeht. Wenn sie wüßte, daß *Sie* hier sind, würde sie wie eine Lawine über die Moore von North York gerollt kommen.»

Bertie brachte den ersten Gang. «Das Horsd'œuvre, Sir.» Er knallte die beiden kleinen Teller auf den Tisch. «Tut mir leid, Sir, kein Räucherlachs», sagte er zu Melrose, und als hätten sie einen gemeinsamen Coup gelandet, fuhr er leise fort: «Aber Kitty hat in Whitby frischen Fisch gefunden und eine feine Sauce dazu gemacht.» Er flitzte wieder davon; an der Tür blieb er stehen und schimpfte mit Arnold, der immer noch unbeweglich auf der Schwelle lag und Melrose anstarrte.

Melrose stocherte mißtrauisch in der Sauce herum. «Wetten, daß es Scholle ist? Fragt sich nur, wie diese Sauce sich mit dem Rackmoor-Nebel verträgt. Kitty Meechem sollte mir das Rezept verraten. Ich könnte Agatha ein paar Drinks servieren und sie dann hinter der Kathedrale absetzen. Haben Sie bemerkt, daß dieser Hund mich pausenlos anstarrt? Sie werden es mir bestimmt nicht verraten, aber wen haben Sie denn als Hauptverdächtigen ins Auge gefaßt?»

«Keinen.»

Melrose seufzte. «Ich wußte, daß Sie sich ausschweigen würden.»

Jury schüttelte den Kopf und nahm den Fisch in Angriff. «Es ist die Wahrheit. Keinen.»

«Bei Julian Crael springt einem das Motiv sozusagen ins Auge.»

«Inspektor Harkins ist da ganz Ihrer Meinung.»

«Zu dumm! Mit ihm möchte ich nicht einer Meinung sein.»

«Warum nicht? Ein cleverer Bursche.»

«Ein Dandy und ein Leuteschinder – so schätze ich ihn ein. Außerdem scheint er sich Gedanken darüber zu machen, was ich – ein Fremder – bei den Craels zu suchen habe. Er hält mich für den Mörder, der über die Moore kam. Ah, hier ist der Wein.» Melrose rieb sich die Hände.

Bertie war zurück, das Tablett unter dem Arm und die Weinflasche in der Hand. «Hier, schauen Sie, Sir, die werden Sie bestimmt nicht zurückgehen lassen.» Er hielt Melrose das Etikett unter die Nase. «Nicht genau das, was Sie haben wollten; er hat aber eine wunderbare Farbe. Rot.»

«Ja. Rot. Aber er ist von 1966. 1964 gab's wohl nicht?»

Bertie verzog den Mund. «Frischer», meinte er hoheitsvoll. «Ich mach sie mal auf.» Die Flasche zwischen den Beinen, setzte Bertie den Korkenzieher an. Als er den Korken gezogen hatte, ließ er ihn über das Tischtuch kullern. «Der Korken, Sir.»

«Sieht ganz so aus.»

«Sollten Sie nicht daran riechen, Sir?»

«Ach ja, wie dumm von mir.» Melrose bewegte den Korken unter seiner Nase. «Ein herrliches Bouquet.»

Bertie preßte begeistert die Flasche gegen die Brust. «Dacht ich mir doch, daß Sie damit zufrieden sein würden. Probieren Sie.» Er umklammerte den Flaschenhals und goß Melrose vorsichtig etwas Wein ein. «Bewegen Sie ihn im Mund.»

Melrose tat wie ihm geheißen. «Ausgezeichnet. Etwas jung vielleicht, aber trotzdem ausgezeichnet.» Er zog einen Schein aus seinem Portemonnaie und steckte ihn in Berties Tasche. «Deine Vorfahren waren wohl alle Sommeliers!»

Bertie strahlte. «Lassen Sie ihn etwas atmen, wie sich's gehört.» Er verschwand, das Tablett auf der ausgestreckten Hand.

«Das ging aber schwungvoll über die Bühne, dieses Ritual.»

«Ja, ich bin ganz beeindruckt», sagte Jury. «Aber sagen Sie, warum halten Sie Crael für den Täter? Sie hatten ja mehr Zeit und Gelegenheit, ihn zu beobachten.»

«Ich hab nicht gesagt, daß ich das tue. Ich sagte nur, daß er ein Motiv hat. Mit dem Wiederauftauchen dieser Dillys March wäre sein Erbe um einiges geschrumpft. Sie haben sie ja beinahe wie ihre eigene Tochter behandelt, der Colonel und Lady Margaret.»

«Und würden sie auch gleich wieder in den Schoß der Familie aufnehmen, wenn sie zurückkäme. Wenn diese Frau, die ihren Auftritt hier hatte, nicht Dillys March, sondern Gemma Temple war, dann muß ihr jemand eine Menge erzählt haben. Und Julian wäre der letzte, der das getan hätte.»

Melrose machte ein nachdenkliches Gesicht. «Ja, ich verstehe, was Sie meinen. Aber warum nehmen Sie Julian Crael eigentlich immer in Schutz?»

«Tu ich gar nicht. Das war nur eine Hypothese. Sie mögen ihn wohl nicht besonders?»

«Ich finde ihn kalt, hartherzig und verstockt.»

«Verstockt?»

«Ungesellig.» Melrose schubste sein Schnitzel auf seinem Teller herum und nahm dann einen Bissen. «Das Gegenteil von Sir Titus – der würde am liebsten die ganze Grafschaft zum Tee einladen. Das soll um Gottes willen kein Vorwurf sein... mir fiel nur eben auf, daß man sich gleich schuldig fühlte, wenn man über den Colonel etwas nicht so Nettes sagt. Julian ist jedenfalls ein richtiger Einsiedlerkrebs. Er geht nicht auf die Jagd und haßt Parties. Nicht einmal auf den Kostümball ist er gegangen. Er und der alte Herr verstehen sich überhaupt nicht. Wegen dieser Gemma Temple oder Dillys March oder wie sie immer hieß, haben sie sich ganz gewaltig in die Haare gekriegt. Na ja, so gewaltig wohl auch nicht. Julian ist nicht der Typ dafür. Er lächelt nur eisig. Colonel Crael wollte sie gleich mit Sack und Pack bei sich einziehen lassen, und Julian ist felsenfest überzeugt, daß sie eine Schwindlerin war. Hat sie wirklich geglaubt, sie könnte alle hinters Licht führen?»

«Vielleicht wäre das gar nicht so schwierig: Ein Komplice und ein so leichtgläubiges Opfer wie der Colonel – mehr ist gar nicht dazu nötig. Nur Julian wäre zum Problem geworden.»

Schweigend machten sie sich über ihr Essen her. Dann meinte Melrose: «Das Haus erinnert mich an Poes *Usher*. Ahnungslos fahre ich gegen Mitternacht die Auffahrt hoch –» Melrose hob die Hände, als wolle er ein Bild rahmen. «Die mächtige Silhouette des alten Herrenhauses taucht im fahlen Mondlicht vor mir auf. Knorrige Eichen spiegeln sich im dunklen See. In einer Mauer klafft ein tiefer Riß. Und Roderick – Julian in unserm Fall – spielt im Licht eines Kandelabers düstere Weisen auf dem Pianoforte.»

«War es so?»

«Nicht ganz.»

«Das Haus machte einen ganz realen Eindruck auf mich.»

«Von Julian kann man das aber nicht behaupten. Er ist eher ein Schatten seiner selbst. Wie Nebel. Ich hab das Gefühl, ich könnte durch ihn hindurchgehen.»

«Ich fand ihn zwar ziemlich melancholisch, aber nicht gerade schattenhaft.»

«Vielleicht fehlt es Ihnen an Phantasie.»

«Ja, wahrscheinlich. Ich bin nur ein stumpfsinniger Bulle. Aber Ihr Vergleich ist trotzdem sehr interessant: Roderick Usher.» Jury erinnerte sich an Lily Siddons' Bemerkung. «Halten Sie denn Julian für leicht verrückt?»

«‹Leicht verrückt.› Eine komische Formulierung. Ob man nun seinen Verstand oder seine Jungfräulichkeit verliert – in beiden Fällen bedeutet ein bißchen eigentlich alles.»

«Sie können es formulieren, wie Sie wollen. Unausgeglichen, psychopathisch –»

«Imstande, einen Mord zu begehen, meinen Sie das?»

Jury winkte ab. «Man muß nicht verrückt sein, um einen Mord zu begehen. Mord ist eine ganz banale Sache. Ich versuche nur, diese Leute zu verstehen.»

«Diese Familie ist mir ein Rätsel – sämtliche Craels, die lebenden und die toten.» Melrose stach mit seiner Gabel in eine gegrillte Tomate. «In diesem Haus begegnet man auf Schritt und Tritt der Vergangenheit. Sie leben in der Vergangenheit.»

Jury bewegte den Bodensatz in seinem Weinglas. «Tun wir das nicht alle?» Er wandte sich ab. «Reden sie denn auch die ganze Zeit darüber?»

«Nein. Sie reden über die Gegenwart, aber sie denken an Vergangenes. Als würden sie mit einem Auge ständig auf die Bilder der Verstorbenen blicken. Insbesondere auf das von Lady Margaret. Das wäre zum Beispiel jemand, den ich gern kennengelernt hätte.»

Jury lächelte. «Erwarten Sie wie in dem Fall von Lady Madeleine ein Kratzen am Sargdeckel zu hören?»

«Wie makaber! Nein, das erwarte ich nicht. Aber ihre Gegenwart ist deutlich spürbar.»

«Und die Gegenwart von Dillys March, ist die auch spürbar?»

«Nicht so sehr. Vielleicht war sie zu jung, um den Dingen ihren Stempel aufzudrücken. Aber sie gehört dazu, sie ist ein Teil dieser unheilsschwangeren Atmosphäre. Und Julian führt das Leben eines Mönchs; er könnte genausogut in einem Kloster leben. Er geht spazieren und hängt seinen Gedanken nach.»

«Welchen Gedanken?»

«Er hat mir nicht sein Herz geöffnet. Falls er überhaupt eines hat.»

Jury sah ihn vor sich, wie er am Kamin lehnte und ins Leere starrte. «Oh, ich denke schon, daß er eines hat.»

«Aber von der hiesigen Damenwelt kann bestimmt keine Anspruch darauf erheben.»

Bertie war mit dem Dessert, einer Pflaumentorte, zurückgekommen. Während er die Teller wegräumte, fragte ihn Jury: «Sag mal, Bertie, wie lange ist deine Mutter eigentlich schon weg?»

«Bald drei Monate.»

«Eine lange Zeit, wenn man ganz allein ist.»

Jury schaute ihn an; es war jedoch unmöglich, etwas von seinen Augen ablesen zu wollen, da sie von den dicken Brillengläsern völlig verdeckt wurden. Und der Rest seines kleinen, spitzen Gesichts war ziemlich ausdruckslos. Vielleicht machte es ja auch Spaß, mit zwölf Jahren einmal alleingelassen zu werden und keine ständig nörgelnde Mutter um sich herum zu haben. Vorausgesetzt, man wußte, daß sie zurückkommen würde.

«Komisch, daß deine Mutter überhaupt keine Vorkehrungen getroffen hat.»

«Oh, das hat sie, Sir», versicherte ihm Bertie schnell. «Stock – ich meine Miss Cavendish. Und Miss Frother-Guy. Sie sind auch ganz gewissenhaft – immer auf dem Posten.»

Jury unterdrückte ein Lächeln. Bertie ließ keinen Zweifel daran, was er von dieser Bevormundung hielt. «Sie ist nach Irland gefahren?»

«Nach *Nord*irland» betonte Bertie, «zu ihrer Oma. Ich glaube, ihre Oma war für sie so was wie 'ne Mutter. Als sie krank wurde, konnte sie hier nichts halten.»

«Ja, schön. Aber dich so ganz allein zu lassen –»

«So allein bin ich gar nicht. Arnold ist auch noch da. Und wie ich schon sagte, Miss Cavendish –»

«Wo in Nordirland lebt denn ihre Oma?»

«In Belfast», antwortete er wie aus der Pistole geschossen. Er warf ihm einen kurzen, prüfenden Blick zu und fügte hinzu: «Auf der Bogside.» Und weg war er.

«Bogside», wiederholte Jury und lächelte auf seine Pflaumentorte hinunter.

«Eines muß man ihm lassen – er weiß sich zu helfen. Hier verschwinden die Leute ja am laufenden Band. Das reinste Bermuda-Dreieck.»

«Mary Siddons zum Beispiel. Lily Siddons Mutter, die angeblich ertrunken ist.»

«Ja, davon hab ich gehört. Der Colonel macht sich Sorgen, weil Lily sich so abkapselt. Ihre Mutter ertrank, kurz nachdem Lady Margaret und Rolfe bei diesem Autounfall ums Leben gekommen waren. Muß eine schlimme Zeit für die Craels gewesen sein.»

«Alles in allem ist Rackmoor anscheinend kein sehr glücklicher Ort.»

Melrose bestand darauf, das Essen zu bezahlen, und Jury, der noch ein paar Worte mit Kitty wechseln wollte, entschuldigte sich.

Während Melrose seinen Mantel zuknöpfte, sagte er zu Bertie: «Das Essen wurde nur noch von dem Service übertroffen. Und der Service ist selbst bei Simpson nicht besser.»

Bertie versetzte dem Tischtuch ein paar Schläge mit seiner Serviette, um die Krümel herunterzufegen. Arnold, dem die plötzliche Hektik auffiel, setzte sich auf und spitzte die Ohren.

Melrose stopfte Bertie eine Fünf-Pfund-Note in die Tasche und sagte: «Da, Copperfield, damit du aus dem Salem-Haus rauskommst.»

12

Percy Blythe saß immer noch an seinem Tisch, als Melrose durch das Fenster spähte. Und soweit Melrose das beurteilen konnte, war er auch noch immer damit beschäftigt, seine Muscheln zu sortieren.

«Gehn wir rein, Inspektor. Ich hoffe, er läßt Sie überhaupt zu Wort kommen.»

Jury lächelte nur.

Jury wartete erst gar nicht darauf, Percy vorgestellt zu werden. Er durchquerte einfach den Raum, der seit dem letzten Mal, als Melrose ihn gesehen hatte, noch voller und dunkler geworden war, streckte die Hand aus und sagte: «Hallo, Percy, ich bin Jury. Vom Scotland Yard.»

Melrose grinste, als Jurys Hand ungeschüttelt in der Luft hängen blieb. Der Inspektor schien sich jedoch nicht aus der Fassung bringen zu lassen; er zog seine Hand einfach wieder zurück, schob einen Stapel Bücher von einem Hocker und setzte sich darauf, die Füße auf dem Querstab. Melrose wischte den Staub von einer Fensterbank, um darauf Platz zu nehmen. Er konnte nicht umhin, Jurys Unverschämtheit zu bewundern. Aber was zum Teufel hatte er denn da gerade aus der Tasche gezogen und zu Percy hinübergeschubst?

«Bedienen Sie sich, Percy.»

Neugierig pirschte Melrose sich an die Regale heran und tat so, als würde er den schwarzen, leblos aussehenden Klumpen in der Wasserschüssel inspizieren. Er behielt jedoch Percy im Auge, der die Sache, die Jury ihm zugeschoben hatte, in die Hand nahm und gegen seine Zähne oder sein Zahnfleisch preßte – was immer in seinem Mund vorhanden war. Kautabak. Melrose warf Jury einen fragenden Blick zu. Seit wann kaute der Inspektor Tabak? Es gab jedoch keinen Zweifel: Sein Kiefer bewegte sich rhythmisch hin und her. Beide Kiefer! Und jetzt kickte Percy einen Spucknapf in Jurys Richtung. Der Klumpen drehte sich. Melrose starrte darauf und stieß die Schüssel weg.

«Ich hab gehört, Sie sind Dachdecker, Percy? Eine vergessene Kunst! Sie kommen aus Swaledale, stimmt's?»

Melrose beobachtete, wie Percy Blythe seinen Tabak kaute; sein Gesicht glich einer Ziehharmonika, es wurde auseinandergezogen und zusammengedrückt, auseinandergezogen und zusammengedrückt.

«Swardill, stimmt. 40 Jahre lang hab ich Dächer gedeckt und Hecken geschnitten.»

«So was ist rar geworden.»

«Bah! Keiner macht sich mehr die Mühe; sie schneiden nicht richtig und putzen überhaupt nicht mehr aus. Keiner macht's, wie sich's gehört. Ruinieren die Rinde und lassen die Reiser eingehen. Und hauen die Pfropfen zu weit rein.» Betrübt schüttelte er den Kopf. «Ich bin Strohdachdecker, Heckenmacher, Besenmacher; in Swardill konnt's keiner mit mir aufnehmen! Da drüben an der Wand hängt das Messer zum Abbalgen.» Er bog den Daumen nach hinten über seine Schulter und zeigte auf ein paar Werkzeuge, die sehr ordentlich aufgereiht wie Bilder an der Wand hingen. «Ich hab die Weiden im Handumdrehen zugeschnitten. Und die Bandstöcke auch. An einem Tag schaffte ich beinahe ein ganzes Feld Besenginster.»

Über den Seeigel weg starrte Melrose auf Jury, der anscheinend ganz hingerissen lauschte und seinen Tabak kaute, das Kinn zwischen den Händen und die Ellbogen auf dem Tisch.

«Fünfzig Jahre halten Rieddächer, wie ich sie gemacht hab. Und Besenmacher bin ich auch gewesen. Gib mir mal die Besennadel.» Diese Aufforderung war an Melrose gerichtet, der sich wohl nützlich machen sollte, statt nur herumzustehen.

«Besennadel?»

«An der Wand.» Ungeduldig schnellte Percys Finger hervor und wies auf die Werkzeuge an der Wand. Melrose ging zu der Stelle, an der die merkwürdigsten Werkzeuge hingen. Sie waren sorgfältig beschriftet. *Traufhaken*, *Dreher*. Und was zum Teufel war ein Hufmesser? Er entdeckte die Besennadel und nahm sie vom Nagel. Es war ein langer, pfriemähnlicher Gegenstand mit einer Schlinge, eine Nähnadel für einen Riesen.

Percy Blythe machte sich nicht die Mühe, ihm zu danken, als er sie ihm hinüberreichte. «Ja, einer von den Besten, das können Sie mir glauben. Und mein Alter vor mir, der war der beste Schnitter, den's hier gegeben hat. Einmal hat er drei Morgen an einem Tag gemäht. Er schnitt das Gras und bündelte das Heu so schnell wie ein anderer drüberging. Und er mähte sich einen Weg frei mit einem Sixpencestück auf dem Sensenblatt. Von ihm hab ich auch gelernt, wie man das Korn in Haufen setzt. Den ganzen Tag lang hab ich das gemacht – einen Haufen nach dem andern – damals, als ich noch ein ganz junger Kerl war. Man muß ganz nahe rangehen, und wie der Alte sagte, dem eigenen Schwung folgen. Sieht großartig aus, so 'n Feld voller Haufen. Nur der alte Bob Fishpool mit seinen Schaufelhänden kam an meinen Alten ran. Er legte sich erst schlafen, wenn das Korn geschnitten und aufgeschichtet war. Solche wie ihn gibt's heutzutage gar nicht mehr.»

Melrose spürte, wie ihn sein zorniger Blick streifte, als wolle er damit zu verstehen geben, daß es seinesgleichen seien, die an die Stelle dieser sehr viel tüchtigeren alten Garde getreten waren.

«Was von dem Gagelbier, junger Mann?» fragte Percy Blythe Jury. «Oder vielleicht etwas Lachs?» Ohne Jurys Antwort abzuwarten, hievte er sich hoch und holte einen Krug von dem Regal herunter.

«Ihr von der Polizei dürft euch doch wohl nie einen genehmigen?» Er kicherte, als würde er das sehr komisch finden. Jury lachte und leerte sein Glas.

Melrose fragte sich, was wohl darin war; da er aber nicht aufgefordert worden war, sich zu ihnen zu setzen, bestand wenig Hoffnung, es jemals zu erfahren.

«Ausgezeichnet», sagte Jury und wischte sich den Mund mit dem Handrücken ab. «Hab ich noch nie getrunken.»

«Macht ja auch keiner mehr. Die Hefe und das Geröstete schwimmen oben.»

Melrose bedauerte nicht mehr, übergangen worden zu sein.

Percy Blythe bog den Daumen nach hinten und sagte: «Ihr seid wohl wegen dieser Frau gekommen, die hier abgemurkst wurde?»

«Richtig, Percy. Wenn Sie was wissen, was uns weiterhelfen könnte?»

«Vielleicht, vielleicht auch nicht.» Schweigen.

«Bertie Makepiece meinte, Sie hätten sie von früher her gekannt.»

«Vielleicht doch nicht. Hab sie im Alten Fuchs gesehen, dachte, wär'n Geist. Vor fünfzehn Jahren ist sie abgehauen und hat sich seitdem nicht mehr blicken lassen.»

«Sie meinen Dillys March?»

«Ja. Ein Luder war das.»

«Ein Luder? Wieso?»

Percy Blythe schloß jedoch die Augen vor den Sünden der Jugend und wandte sich seinem Bier zu.

«Sie haben Mr. Plant gesagt, er solle jemanden namens Evelyn fragen.»

Percy Blythe drehte sich nach Melrose um, und sein Blick war wie ein Faustschlag auf die Nase. «Na ja, haben Sie doch», sagte Melrose über das Fossil eines Seesterns hinweg. «Ist gerade zwei Stunden her. Sie sagten, ich soll mich wegen der kleinen March am besten an sie wenden.»

Percy Blythe spuckte in den Napf. «Nich an *sie*, du Depp! An *ihn*, Tom Evelyn.» Er wandte sich wieder Jury zu, als wäre er der einzig vernünftige Mensch in seiner Umgebung. «Der Aufseher der Jagdhunde. Kümmert sich um die Meute des Colonel. Wohnt auch bei den Zwingern, Richtung Pitlochary.»

«Er hat Dillys March gekannt?»

Aber Percy Blythe wollte sich nicht weiter über dieses Thema auslassen. Er konzentrierte sich auf sein Bier.

«Haben Sie Lily Siddons' Mutter gekannt, Mary?»

«Sie hat doch im Old House gekocht. Klar hab ich die gekannt. Ist ertrunken. Schade.» Er schüttelte den Kopf.

«Und Lily, kennen Sie die auch?»

«Ja. Wenn sie vorbeikommt, schaun wir in die Kugel. Ich hab ihr das beigebracht. Die Touristen mögen das. Aber Lily –» Er schlug sich gegen die Stirn, «die sieht einiges, denk ich.»

«Und was?»

Er schüttelte jedoch nur vielsagend den Kopf.

Streng bewacht von der kämpferisch aussehenden Katze mit dem einen Auge schaute Melrose sich Percy Blythes Werkzeugsammlung an. Das Gesicht der Katze erinnerte ihn an das Messer zum Abbalgen.

«Percy», fragte Jury, «halten Sie es für möglich, daß Lily etwas weiß, was gefährlich für sie werden könnte?»

«Ah, weiß ich nicht, Mann. Vielleicht.» Ein längeres Schweigen senkte sich über sie, während Percy Blythe sich wieder seinen Muscheln widmete. Erleichtert bemerkte Melrose, daß Jury sich zum Gehen anschickte.

«Wir haben genug von Ihrer Zeit in Anspruch genommen. Wir machen uns jetzt mal wieder auf den Weg. Vielen Dank, Percy.»

«Komm wieder vorbei, Junge – auf 'n Bier.»

Melrose wurde mit keinem Wort erwähnt, wie er sofort bemerkte.

Draußen blies Jury sich die Hände. «Ein bärbeißiger alter Knabe.»

Melrose betrachtete Jury aus dem Augenwinkel. «Schwarzer Kautabak, Strohdachdecker, Heckenmacher. Sie haben doch noch nie was von dem Mann gehört, bevor ich ihn erwähnte. Woher zum Teufel wußten Sie denn das alles?»

«Ganz einfach. Ich hab Kitty gefragt, bevor wir aus dem Fuchs gingen.» Jury schaute auf seine Uhr. «Ich werde mal nach Wiggins schauen. Es gibt da noch jemanden, den ich aufsuchen muß: Maud Brixenham.»

«Ich bin ihr schon begegnet. Erinnert mich an eine Antilope.»

«Wollen Sie mitkommen?»

«Nein, ich denke, ich werde auch mal meine Notizen sichten.»

Wiggins war nicht gerade begeistert, als er aus seinem warmen Zimmer im Fuchs gezerrt wurde, um mit Jury im Nebel herumzulaufen.

Als sie den Gasthof verließen, erzählte er Jury, daß einige Dienstboten sich noch vage an Dillys March erinnerten, daß aber alle hieb- und stichfeste Alibis für den Abend hatten, an dem der Mord geschehen war. «Das heißt, abgesehen von Olive Manning. Sie sagt, sie sei so gegen zehn – ungefähr zur selben Zeit wie Julian Crael – auf ihr Zimmer gegangen. Ihr Zimmer liegt aber in dem andern Flügel; sie kann es auch ganz einfach wieder verlassen haben. Auf Dillys March ist sie nicht gerade gut zu sprechen; Leo, ihr Sohn, hat wegen Dillys wohl einiges durchgemacht.»

«Ja, ich weiß. Ich muß mit ihr sprechen.» Sie waren auf der andern Seite der kleinen Bucht angelangt, und Jury fragte: «Wo ist die Lead Street?»

Wiggins zeigte auf eine halbmondförmige Häuserreihe; die Straße war so eng, daß zwei Personen gerade nebeneinander hergehen konnten. «Dort drüben. Umgebaute Fischerhäuser.»

«Verdammt chic», sagte Jury.

13

Wo Maud Brixenham auch entlangging, hinterließ sie Schleier und Haarnadeln.

Zumindest gewann Jury diesen Eindruck; er beobachtete gerade, wie das graue Tülltuch auf den Boden flatterte, während ihre knochige Gestalt sich zwischen Couch und Bücherschrank bewegte. Er fragte sich, ob sie es trug, um irgendwelche Alterserscheinungen zu verbergen – die hervortretenden Adern am Hals, die winzigen Fältchen.

«Sherry?» fragte sie über die Schulter.

Jury und Wiggins, die beide auf der Couch saßen, lehnten ab.

«Ich werd mir ein Gläschen einschenken, wenn Sie gestatten.» Ihre Stimme wehte wie das Tuch zu ihnen hinüber. Die Flasche, aus der sie sich eingoß, war nicht zu sehen. Jury blickte auf das Taschentuch, das aus ihrer Tasche oder ihrem Ärmel gerutscht war, als sie sich bückte, um die Flasche zurückzustellen. Und er betrachtete die Haarnadeln, die wie die Stacheln eines Stachelschweins aus ihrem braunen, lose im Nacken geschlungenen Knoten herausragten. Sie schienen jedoch wenig zu bewirken, da aus dem Knoten lauter kleine Strähnen heraushingen wie Hühnerfedern.

Maud Brixenham kam zurück und setzte sich ihnen gegenüber, das Sherryglas auf dem Handteller. Sie seufzte. «Ich nehme an, Sie sind wegen dieser rätselhaften jungen Frau gekommen?»

Jury lächelte. Sie hatte weder «unglückselige», noch «arme» junge Frau gesagt. Offensichtlich verschwendete Maud Brixenham keine Zeit darauf, Gefühle vorzutäuschen. Sie nahm einen Schluck Sherry und stellte das geriffelte Glas auf den Tisch. Jury bemerkte, daß die Flüssigkeit eigentlich zu hell war für einen Sherry. War es Gin? «Wieso rätselhaft, Miss Brixenham?»

«Eine höfliche Umschreibung. ‹Intrigant› wäre richtiger.»

«Intrigant?»

«Ja, klar. Diese ganze Dillys-March-Nummer.»

«Nummer?»

Sie schaute ihn an. «Spielen Sie immer Echo, Inspektor? Sie sind ja noch schlimmer als mein Psychiater, und der ist schon schlimm genug. Auch gut – ich tue so, als hielte ich Sie für völlig ahnungslos und erzähl Ihnen die ganze Geschichte: Eines Tages taucht also diese Temple im Old House auf, gibt sich als Titus' lang vermißten Schützling zu erkennen und läßt sich inmitten von Kristall und den Goldrahmen häuslich nieder, fest davon überzeugt, in den Schoß der Familie aufgenommen zu werden.» Sie machte eine verächtliche Handbewegung und griff nach ihrem Glas.

«Sie haben ihr das also nicht abgenommen?»

«Keine Sekunde. Sie etwa?» Sie nahm eine Zigarette aus einer Lackdose und steckte sie in einen 30 Zentimeter langen Halter aus Onyx. Ihre Hand war mit Ringen überladen.

«Aber Sir Titus schien keinerlei Verdacht zu hegen?»

«Er ist einfach zu leichtgläubig; ich muß das leider sagen, auch wenn er mein bester Freund ist. Er hat die Kleine als Kind ungeheuer verwöhnt, wohl aus Enttäuschung darüber, daß er selbst keine Enkelkinder hat. Julian scheint ihm diese Freude ja – nicht machen zu wollen.»

«Sie sind mit Sir Titus befreundet?»

Die Antwort waren zwei leuchtend rote Flecken, die auf ihrem breiten, flächigen Gesicht erschienen. Maud Brixenham war zwar keine Schönheit, aber sie hatte Charakter. Es war anzunehmen, daß der Colonel das zu schätzen wußte; sie kam aus einem guten Stall und würde sich immer auf die richtige Seite schlagen.

«Sie waren auch auf dem Ball?»

«Ja. Ganz Rackmoor war da. Er findet einmal im Jahr statt. Ein rauschendes Fest – aber das wissen Sie ja. Sie trug dieses Kostüm, als sie ermordet wurde. Ein sehr auffallendes Kostüm, schwarz und weiß. Lily hat sich das ausgedacht. Wirklich originell und sehr seltsam, wie eine Picasso-Zeichnung mit diesen gegeneinander verschobenen Hälften... Ich ging als Sebastian. Das fand ich ganz passend. Und Lily als Viola. Zugegeben, sie war der hübschere Zwilling von uns beiden, aber sie ist nun mal auch eine sehr hübsche junge Frau. Les – das ist mein Neffe – ging als Les. Er trägt immer ein Kostüm. Cowboyhut, Stiefel, Fransenjacke oder Jeansanzug. T-Shirts mit irgendwelchen furchtbaren Bildern drauf, eine herausgestreckte Zunge oder unerforschliche Botschaften wie *Frizday*. Ich hab mich immer geweigert, ihn nach der Bedeutung zu fragen. Wissen Sie denn, was das heißt?»

«Frisbee», sagte Wiggins. Beide schauten ihn an. «Das ist dieses Plastikding zum Werfen.»

Wiggins konnte eine wahre Fundgrube sein, was alltägliche Banalitäten anbelangte; Jury hatte das schon des öfteren festgestellt.

«Wie scharfsinnig, Sergeant.» Sie blickte zur Decke. «Er ist oben. Ich frage mich, wieso keine Musik zu hören ist.»

«Sie wollten uns mehr über die Party erzählen, Miss Brixenham.»

«Ach, entschuldigen Sie. Es müssen ungefähr vierzig oder fünfzig Leute dort gewesen sein. Ein riesiges Buffet. So gegen neun ging es los. Die meisten Gäste waren im Bracewood-Salon versammelt – Titus hat die Räume nach seinen Pferden benannt, ist das nicht komisch? Der Rest war im Haus verstreut. Auf dem Treppenabsatz spielte sogar eine Band. Wie auf einer Empore sieht das aus. Und die Musiker hatten sich als fahrende Musikanten kostümiert. Manchmal mischten sie sich auch unter die Leute. Das Essen kam von... ach, ich weiß nicht. Überall standen befrackte Kellner herum. Die Leute aus dem Dorf hatten sich die komischsten Kostüme ausgedacht. Miss Cavendish, die Bibliothekarin, kam als Madame Dubarry – stellen Sie sich das vor! Die Steeds, das junge Paar, das in der Scroop Street wohnt, entschied sich für Heinrich den Achten und eine seiner Frauen. Ich erinner mich nicht mehr, für welche. Eine ziemlich langweilige Zusammenstellung –»

«Um wieviel Uhr sind Sie angekommen?»

«Ungefähr um halb zehn. Ich bin mir aber nicht ganz sicher. Vielleicht erinnert sich Les. Nein, bestimmt nicht. Er hat ein Gedächtnis wie ein Sieb. Aber Lily vielleicht. Wir sind bei ihr vorbeigegangen und haben sie abgeholt.»

«Und wann sind Sie wieder gegangen?»

«Ziemlich früh. Kurz nach zehn. Lily fühlte sich nicht wohl. Das Essen ist ihr nicht bekommen. Ich hab sie nach Hause begleitet und bin noch eine Weile bei ihr geblieben.»

«Haben Sie an diesem Abend auch Gemma Temple gesehen?»

«Nein, warum? Ich habe ja schon Inspektor Hawkins –»

«Harkins.»

«Ja. Gemma Temple ist auf dem Fest nie aufgetaucht.» Ihr Blick wanderte von Jury zu Wiggins, als hätte sie eine Eingebung gehabt. «Ich dachte eben, die Umstände waren im Grunde denkbar günstig, jemanden um die Ecke zu bringen. Das ganze Dorf war im Old House, abgesehen von den Stammgästen des Alten Fuchs und der Glocke. Und die würden keine zehn Pferde da rauskriegen.»

«Welchen Weg nahmen Sie und Miss Siddons – und Les, richtig? – als Sie sie nach Hause begleiteten?»

«Wir – Lily und ich – gingen durch den Wald, soviel ich mich erinnere. Jedenfalls kamen wir an der Kaimauer vorbei. Ist zwar ein bißchen länger, aber der andere Weg, der, den Les gegangen ist, ist so dunkel und unheimlich...» Sie erschauerte und griff nach ihrem Glas.

«Sie waren also nicht in der Nähe der Engelsstiege?»

«Nein.»

«Und sind Sie unterwegs jemandem begegnet?»

«Nein.»

Sie schwiegen und musterten sich kühl; Maud leerte ihr Glas mit dem wasserklaren Sherry.

«Sie haben aber im Alten Fuchs mit Miss Temple gesprochen?»

«Ja, ich verbringe eigentlich ziemlich viel Zeit im Fuchs. Viele schwere Stunden, wenn ich nichts zu Papier bringe, wenn ich nicht inspiriert bin. Ich nehme auch ganz gern die Atmosphäre dort auf. Wenn ich doch nur Krimiautorin wäre. Aus dieser Geschichte ließe sich was machen.»

Wiggins blickte von seinem Notizbuch hoch und fragte erstaunt: «Sie sind Schriftstellerin, Miss?» Er blickte sich in dem Raum um, als wäre er in Merlins Zauberhöhle. «Was schreiben Sie denn?»

«Oh, den üblichen Schund: die Fleischtöpfe Europas, Frauenhandel, Seifenopern – schwache Charaktere, aber um so stärkere Ausdrücke. Rosalind van Renseleer, das ist mein Pseudonym.»

«Ich hab schon von Ihnen gehört – Sie nicht, Sir?» fragte Wiggins.

Jury war der Name neu, aber er nickte lächelnd. «Über was haben Sie sich denn mit Miss Temple unterhalten?»

«Es war nichts von Bedeutung. Sie sah nicht aus wie eine von hier, soviel steht fest. Sie trug einen Webpelz, der ihr beinahe bis zu den Knöcheln reichte. Carnaby Street. Modische Stiefel, die bei diesem Wetter überhaupt nichts taugen. Sie sprach über London, das schlechte Wetter, das Meer und so weiter. Wenn Sie mehr wissen wollen, sollten Sie Adrian Rees fragen.» Maud Brixenham entfernte einen Faden von ihrer Bluse.

«Rees?»

«Ich hab sie nämlich einmal abends zusammen gesehen.» Vielsagend blickte sie Jury an. «Sie gingen die High Street hoch. Wahrscheinlich hat er sie mit nach Hause genommen.»

Jury sagte nichts darauf.

«Das war an dem Tag vor Titus' kleinem Abendessen. Komisch, da tat er nämlich so, als würde er sie überhaupt nicht kennen. Es war ganz intim, das Essen. Nur Titus, Lily Siddons, Adrian und diese Temple. Wir saßen im Bracewood-Salon. Ich erinner mich, daß Miss Temple vor dem Feuer saß. Julian und ich standen mit unserm Sherry in der Hand herum. Ich glaube, in diesem Augenblick kam dann auch Lily herein. Es muß ein Schock für sie gewesen sein, die Anwesenheit dieser Temple. Sie erstarrte und blieb auf der Schwelle stehen. Starrte sie an wie eine Erscheinung.»

«Hat sie die Ähnlichkeit mit Dillys March denn so überrascht?»

«Überrascht? Geschockt war sie. Ihr Gesicht war weißer als ihr Kleid. Na ja, die Ähnlichkeit soll ja auch frappierend gewesen sein. Aber deswegen muß diese Frau noch nicht Dillys March gewesen sein...» Sie zuckte die Achseln. «Julian ist natürlich meiner Meinung. Die ganze Geschichte ist einfach absurd.»

«Hat sie Ihnen gegenüber im Gasthof irgendeine Bemerkung fallenlassen, die darauf hinwies, daß sie sich in Rackmoor auskannte. Daß sie hier schon gelebt hatte?»

«Nein. Aber diesen Leckerbissen hat sie sich bestimmt für später aufgehoben. Sie machte, wie Les sagen würde, auf *cool*. Nicht der Typ, den man aus dem Weg räumen muß. Nicht schlau genug.»

So kann man's auch sehen, dachte Jury. «Ich verstehe nicht ganz.»

«Na ja, sie schien eher zu den Ausführenden als zu den Planern zu gehören. Aber vielleicht hat das gar nichts zu sagen.»

«Was hat sie denn von sich gegeben?»

«Daß sie Ferien mache. Und daß sie ein paar Freunde in Rackmoor habe. Ausgerechnet die Craels, wie sich herausstellte: Mit denen hätte ich sie nie in Verbindung gebracht. Nicht eine von ihrer Sorte.»

«Hat sie denn etwas über ihre Beziehung zu ihnen gesagt?»

«Nein, sie sagte nur, sie kenne sie von früher her. Aus ihrer Kindheit. Das war alles.»

«Welchen Weg durchs Dorf haben Sie genommen? Ich meine, nach der Kaimauer?»

«Wenn Sie nichts dagegen haben, gieß ich mir noch einen Sherry ein. Heute abend scheine ich eine ganz besonders trockene Kehle zu haben. Ich komme mit meiner Arbeit nicht voran.» Sie sprang auf; ein paar Haarnadeln fielen zu Boden, und der Lederriemengürtel, der locker über ihrem indischen Hemd hing, löste sich ebenfalls. Am Buffet hielt sie wieder sehr geschickt die Flasche außer Sicht und kam mit einem randvollen Glas auf dem Handteller zurück. Wiggins holte sein Inhaliergerät hervor, als wolle er sich der Zecherei höflich anschließen.

«Wir sind die Fuchsstiege runtergegangen, das ist die Treppe, die zur Kaimauer führt, am Gasthof vorbei und zu Lilys Häuschen. Wie ich schon sagte, blieb ich noch ein Weilchen bei ihr; sie hätte ja vielleicht etwas brauchen –»

Ein Knall – nein, eher ein Hupen – ließ ihre Köpfe in die Höhe gehen. Was anfangs nur ein ohrenbetäubender Krach gewesen war, wurde zum Zusammenspiel verschiedener, aber kaum unterscheidbarer Instrumente: elektrische Gitarren, Trommeln, Bässe. Rhythmische Laute wurden ausgestoßen, aber obwohl alles sehr lautstark war, konnte man kein gesungenes Wort verstehen.

«Hab ich's nicht gesagt», meinte Maud. Ohne aufzustehen beugte sie sich zu dem Bücherregal hinüber, an dem eine lange Stange lehnte, die offensichtlich einem bestimmten Verwendungszweck diente: Ein paar dumpfe Schläge gegen die Decke, und die Musik wurde leiser.

«Wunderbar. *The Grateful Dead*. Wenn er nicht bald in die Staaten zurückgeht, werde ich ihrem Verein beitreten.»

«Ist das Ihr Neffe? Ein Amerikaner?»

«Sie brauchen ihn nur anzuschauen. Er ist der Sohn meiner Schwester. Er kommt aus Michigan oder Cincinnati oder so ähnlich; sie dachte, Weihnachten in England könnte seinen Horizont etwas erweitern. Und hier ist er nun, die Ferien sind längst vorbei, und ich kriege ihn nicht mehr los. Ich glaube, er hat eine kleine Freundin in dem neuen Wohnviertel. Er hat keine große Lust, auf seine Schule zurückzugehen, und meine Schwester scheint ihn auch nicht zu vermissen – was ich natürlich gar nicht verstehe.» Sie stieß noch einmal gegen die Decke, und der Lärm nahm wieder ab. «Seit er hier ist, muß meine Geräuschempfindlichkeit dramatisch abgenommen haben. Angeblich soll das menschliche Ohr nur ungefähr fünfzehn Minuten eine Lautstärke von 115 Dezibel ertragen können. Ein durchschnittliches Rockkonzert – wie ich es täglich höre – erreicht ungefähr 140. Die Schmerzschwelle.» Sie schenkte ihnen ein strahlendes Lächeln, während die Stimme des Sängers langsam verröchelte und die Musik aufhörte. Auf der Treppe war das Gepolter von schweren Stiefeln zu hören.

Wiggins, immer auf der Hut vor irgendwelchen ansteckenden Krankheiten – Gehörschäden zählten auch dazu – nahm gereizt die Hände von den Ohren.

Ein ungefähr sechzehnjähriger Bursche schob sich ins Zimmer; er hatte den Nacken eingezogen, als würde ein heftiger Regenguß auf ihn herunterprasseln. Cowboyhut, Jeans, Stiefel, Fransenjacke, dunkle Gläser waren wie einzelne Sterne hier und da an ihm angebracht wie eine seltsame Konstellation am Nachthimmel; irgendwie wirkte Les dadurch bedeutender als die Summe all dieser Teile.

«Mein Neffe, Les Aird. Das ist Oberinspektor Jury vom Scotland Yard.»

Jury wußte, daß er mit sechzehn genauso reagiert hätte wie Les Aird jetzt: Er gab sich redlich Mühe, unbeeindruckt zu erscheinen. Jury fragte sich, ob er wirklich selbst einmal sechzehn gewesen war. Er konnte sich nur an etwas Qualliges, Undefinierbares erinnern, an einen stumpfen, verwirrten Halbwüchsigen.

Les Aird versuchte eine bestimmte Haltung einzunehmen, die gleichzeitig gelangweilt und respektvoll wirken sollte. Die dunklen Gläser wurden zurechtgerückt, der Kaugummi am Gaumen festgeklebt, die Stimme klar gemacht und die Hände in die Taschen der Jeans gesteckt. Ein Manöver, um Zeit zu gewinnen. Schließlich entschloß er sich, einfach nur die Hand auszustrecken, mit einem kurzen, bedeutungsvollen Nicken die Kiefer zusammenzuklappen und ein «Hey, geht in Ordnung, Mann» loszulassen.

Weder der Tonfall noch die Begrüßung selbst ließen den nötigen Respekt vermissen. Es entsprach dem «Wie geht's, alter Junge» eines Brigadegenerals.

«Ich würde dir gern ein paar Fragen stellen, Les.»

Ein Mordfall kann aufregend, aber auch nervend sein; Jury bemerkte jedenfalls, daß seine Stimme umzuschlagen drohte. «Okay, fragen Sie.» Les nahm auf dem Sofa neben seiner Tante Platz; er setzte sich ganz auf die Kante, beugte sich etwas vor, legte den einen Arm auf den Schenkel in den strammsitzenden Bluejeans, winkelte den andern an und stemmte die Hand in die Hüfte. «Schießen Sie los!»

Das hätte auch wörtlich gemeint sein können. Heftige Kaubewegungen.

«Es dreht sich um die Frau, die hier ermordet wurde. Bist du ihr auch mal über den Weg gelaufen?»

«Oh, jahhh. Eine scharfe Braut war das, Mann.» Er lächelte, und seine Augenbrauen schoben sich über den Brillenrand.

«Hast du versucht, mit ihr ins Gespräch zu kommen?»

«Was?» Sein ausdrucksloser Blick wurde richtig bohrend.

«Hast du mit ihr gesprochen, Les?»

«Hmmm.»

«Aber du hast sie gesehen», sagte Jury.

«Mal hier, mal da.»

«Auch an dem Abend, an dem sie ermordet wurde?»

«Nein.» «Ja.»

Sie sagten das beide gleichzeitig, Les Aird und Maud Brixenham. Maud machte einen höchst erstaunten Eindruck.

«Ich hab sie aber gesehen, Tante Maud.»

«Davon hast du mir aber nichts erzählt!»

Les zuckte die Achseln. «Ich wußte es nur nicht.»

«Und Inspektor Harkins gegenüber hast du auch nichts verlauten lassen, Les.»

«Weil ich es nicht wußte – ich meine, daß *sie* das war. Er hat nur gesagt, daß diese Frau abgemurkst worden sei. Nichts darüber, wie sie aussah. Woher hätte ich denn wissen sollen, daß *sie* diese Frau war, die ich gesehen habe. Wir kamen von dem Fest. Es muß so gegen halb elf oder viertel vor elf gewesen sein. Da so viele in Kostümen herumrannten, dachte ich, sie sei auch eine von denen, die zum Herrenhaus hochwollten. Ich fand's ja ziemlich blöd, dieses Fest. Aber sie haben tüchtig was aufgefahren. Das Essen war nicht zu verachten. Als ich aber die ganzen Osterhasen rumhüpfen sah, hat's mir gereicht.»

Jury blinzelte. «Osterhasen?»

«Ein halbes Dutzend Hasen rannte da herum. Total bescheuert.»

Maud erklärte. «Drei Leute aus dem Dorf haben sich als Flopsy, Mopsy und Cottontail verkleidet.»

«Auf welchem Weg bist du ins Dorf zurückgegangen?»

«Auf dem, der an der Kirche und der Psalter Lane vorbeiführt.»

«Und anschließend, wie bist du da gegangen?»

«Ich bin bis zur Scroop Street die Engelsstiege runtergegangen. Arn war auch unterwegs. Wir sind also gemeinsam die Scroop Street runtergezittert. Scroop Street, Dagger Alley, High Street. Das war vielleicht komisch, Mann, als dieses Gesicht urplötzlich aus dem Nebel auftauchte. Der Ball der Vampire. Die eine Gesichtshälfte war weiß, die andere schwarz –» Er zog eine unsichtbare Linie von der Stirn bis zur Nasenspitze und bedeckte die linke Gesichtshälfte. «Sogar Arn fing an zu bellen. Und das will was heißen.»

«Das war auf der High Street?»

«Ja. Ich dachte, sie sei vielleicht aus der Glocke gekommen.»

«Und wohin ist sie gegangen? Die Dagger Alley hoch?»

«Kann ich nicht sagen, Mann. Entweder das oder die High runter.»

«Das war gegen halb elf?»

«Ja, so um den Dreh.»

«Vom Old House bis zur High Street hast du also eine halbe Stunde gebraucht?»

Les nickte unbehaglich. «Ja. Ich bin eine Straße zu weit gegangen und mußte wieder zurück.»

Jury hakte nicht weiter nach; wahrscheinlich hatte Les unterwegs eine Zigarettenpause eingelegt; er bezweifelte, daß etwas von Bedeutung dahintersteckte. Was aber diese Temple betraf, so fragte er sich doch, was sie in der Zwischenzeit getrieben hatte.

«Du hast sie gegen halb elf gesehen. Und Adrian Rees sah sie viertel nach elf, kurz bevor der Fuchs zumachte. Wo war sie in der Zwischenzeit?» Die Frage war weniger an Les als an sich selbst gerichtet, aber Les sagte: «Keine Ahnung, Mann. Ich bin weitergezogen. Zu dem Strawberry Wohnsilo. Um meiner Freundin einen Besuch abzustatten.»

«Wer wohnt in diesem Viertel, Wiggins? Schauen wir doch mal auf dem Plan nach.» Adrian Rees natürlich. Ein sicherer Tip.

Wiggins zog die Karte des Dorfs hervor, die Harkins ihnen zur Verfügung gestellt hatte, und entfaltete sie. «Da ist mal Percy Blythe. Er wohnt in der Dark Street. Gegenüber von der Leihbücherei wohnen die Steeds; sie ist am Ende der Scroop Street. Die meisten Häuser stehen um diese Jahreszeit leer.»

Jury beugte sich über den Plan. Noch nie in seinem Leben hatte er ein so dichtes Netz von Straßen und Gäßchen gesehen. Nein, «Netz» war nicht die richtige Bezeichnung. Spinnennetze waren sehr viel symmetrischer als die Straßen von Rackmoor. Dark Street war eine Sackgasse und nur über die Scroop Street zu erreichen. Dagger Alley war nichts weiter als ein schmaler Pfad zwischen der Glocke und einem leeren Warenhaus.

«Gut, vielen Dank, Les. Falls dir noch was einfällt, ruf mich an.»

«Ja, alles Gute.» Er drückte sich seine dunkle Brille auf die Nase.

Maud Brixenham begleitete Jury und Wiggins zur Tür; zurückblieben ein Fetzen Papier, der an ihren Schuhen klebte, und ein winziger Knopf, der endlich dem Gesetz der Schwerkraft gefolgt war.

Jury fragte sich, wie Maud Brixenham je einen Mord begehen wollte: Sie würde eine Spur hinterlassen, die von Rackmoor bis Scarsborogh reichte.

Als er wieder draußen im Nebel stand, drehte Jury sich noch einmal nach ihr um und sagte: «Vielen Dank, Miss Brixenham.»

«Verlaufen Sie sich mal nicht in dem Nebel.»

Jury lächelte: «In Rackmoor kann man sich wohl kaum verlaufen.»

«Glauben Sie das mal nicht. Früher haben sich hier Seeräuber und Schmuggler versteckt. Einfach genug bei den verwinkelten kleinen Straßen.»

Jury hatte den Eindruck, daß Wiggins sich nur ungern auf den Weg machte. «Haben Sie noch irgendwelche Fragen, Wachtmeister?»

«Sagen Sie», meinte Wiggins zu Maud Brixenham, «ist es denn sehr schwer, Bücher zu schreiben?»

Jury seufzte und zündete sich eine Zigarette an. Versuchte Wiggins in Rackmoor seine eigentliche Berufung zu entdecken?

14

Die Beklemmung und die Angst, die Jury in Lily Siddons' Gegenwart verspürt hatte, schlug am nächsten Morgen, als er die Augen öffnete, wie eine große, dunkle Woge über ihm zusammen; er drehte sich zum Fenster, wußte jedoch, daß er außer dem grauen Nebel, der den Raum hermetisch abdichtete, nichts sehen würde. Ein Gefühl der Schwere lastete auf seiner Brust, als hätte er einen Alptraum gehabt.

Er raffte sich auf, sprang aus dem Bett und trat an das Fenster. Er starrte auf das bleigraue Wasser, soweit der Seenebel und das trübe Licht das überhaupt erlaubten. Die kleinen grünen und blauen Boote waren kaum zu sehen.

Jury zog sich an, setzte sich wieder auf das Bett, einen Schuh in der Hand. Er starrte auf den Teppich mit dem Rankenmuster, das schon beinahe mit dem grauen Hintergrund verschmolzen war. Der

Fall war ihm nicht geheuer. Gefühle, die er in den hintersten Winkel seiner Seele verbannt hatte, drohten wieder hervorzubrechen.

Er band seinen Schnürsenkel zu und ging zum Spiegel hinüber; er betrachtete sich darin und fragte sich zum hundertsten, nein, zum tausendsten Mal, warum er eigentlich Polizist geworden war und warum er seinen Beruf nicht schon längst wieder an den Nagel gehängt hatte. Er fragte sich auch, ob er, unterbewußt zumindest, nicht Superintendent Racer in die Hände arbeitete, damit diesem sein Posten als Kriminalrat erhalten blieb, obwohl Jury schon längst hätte nachrücken sollen. Während er in den Spiegel schaute, fiel ihm auf, daß er wie ein Bulle oder zumindest wie das Klischee eines Bullen aussah: groß, massig, dunkler Anzug, gediegen. Wie ein Bulle oder wie die Bank von England.

Wie immer, wenn er deprimiert war, konzentrierte er sich auf seine Garderobe, auf jedes Detail, als könne sich der Frosch in einen Prinzen verwandeln, wenn er zum Beispiel das Taschentuch von der einen in die andere Tasche steckte.

Die Verwandlung trat nicht ein. Warum zum Teufel trug er immer noch diese alte, blaue Krawatte? Weg damit. Er riß sie herunter, zog sein Jackett aus und schlüpfte in einen dicken Wollpullover, über dem er eine Windjacke tragen konnte. Vom Bettpfosten nahm er einen irischen Sporthut und drückte ihn sich in die Stirn. Was war nur in ihn gefahren, warum posierte er vor diesem Spiegel und zog sich ständig um wie ein Mädchen vor seinem ersten Ball? Fehlten nur noch ein paar Hunde und ein Spazierstock, und die Wanderung übers Moor konnte beginnen.

Ein Bild tauchte vor seinem geistigen Auge auf, verschwand aber sofort wieder; etwas, was am Rand eines Schwimmbeckens kurz aufblitzte und versank; ein Name, der einem auf der Zunge lag; ein flüchtig wahrgenommenes Gesicht; ein Traumbild, das sich nicht festhalten ließ. Anscheinend hatte der Blick in den Spiegel es heraufbeschworen. Er wiederholte alle seine Gesten, aber das Bild kehrte nicht wieder zurück. Er wußte, daß dieses Detail ihn ein großes Stück weiterbringen würde, wenn er seiner nur habhaft werden könnte.

Er starrte immer noch sein Spiegelbild an und seufzte. War er denn überhaupt schlau genug für einen Kriminalbeamten? fragte er sich und wandte sich ab, um zum Frühstück hinunterzugehen.

Das Frühstück war wesentlich angenehmer als das Ankleiden, und daran änderte selbst Wiggins' Gegenwart nichts, der seine zweifarbigen Kapseln mit Orangensaft hinunterspülte. Er erging sich an diesem Morgen auch nicht in Beschreibungen der verschiedenen Husten- und Fieberanfälle, die ihn die Nacht über geplagt hatten. Er machte vielmehr einen ganz munteren Eindruck und lobte Kittys Frühstück aus Bücklingen, Eiern, Toast und gegrillen Tomaten.

«Inspektor Harkins hat heute früh angerufen – er hat was Neues über Gemma Temple in Erfahrung gebracht. Von den Raineys, der Familie, bei der sie acht Jahre lang gewohnt hat.»

«Konnten Sie bestätigen, daß es sich um Gemma Temple handelte?»

«Ja und nein.»

«Was soll das heißen?»

«Sie ist mit achtzehn oder neunzehn zu ihnen gekommen. Als Aupair-Mädchen. Sie wohnen in Lewisham.» Wiggins las aus seinem Notizbuch die Adresse ab: «Kingsway Close Nummer vier.»

«Haben sie denn keine Referenzen verlangt, schließlich sollte sie sich doch um ihre Kinder kümmern?»

«Oh, sie hatte schon Referenzen, aber als Harkins sie nachprüfte, stellten sie sich als gefälscht heraus.»

«Und das Foto von Dillys March, wie hat das gewirkt? Hat es ihnen etwas gesagt?»

«Sie meinten, sie sei Gemma Temple wie aus dem Gesicht geschnitten. Und sie konnten Gemma Temple natürlich auch von den Fotos identifizieren, die im Leichenschauhaus aufgenommen worden waren. Daß sie Gemma Temple war, scheint mehr oder weniger bewiesen zu sein.»

«Aber war sie auch Dillys? Hat Harkins über die zahnärztlichen Unterlagen was rausgekriegt?»

«Davon hat er nichts gesagt. Ich glaube, Sie sollten mal mit dieser Olive Manning reden; sie konnte Dillys March nicht ausstehen. Bei ihr müßte man nicht lange nach einem Motiv suchen.»

«Vielleicht nicht. Aber es ist doch ziemlich unwahrscheinlich, daß Dillys March Leo Manning um den Verstand gebracht hat. Ich glaube nicht, daß das so einfach geht, was meinen Sie?»

Wiggins schien darüber nachzudenken. «Na ja, Charles Boyer hat Ingrid Bergman soweit gebracht. Kam kürzlich im Fernsehen.»

Jury tat so, als hätte er das nicht gehört. «Hat Olive Manning denn geglaubt, es sei Dillys March gewesen, die da reumütig in den Schoß der Familie zurückkehrte?»

«Nein, natürlich nicht.»

«Warum hätte sie sie dann umbringen sollen?»

«Tja, ich weiß auch nicht. Sie könnte ja auch nur so getan haben, als würde sie sie nicht wiedererkennen.»

«Hmm. Schauen Sie sich das mal an, Wiggins!» Jury zeigte ihm das Foto, das er aus Lilys Sammlung mitgenommen hatte. «Mary Siddons, Lilys Mutter.»

Wiggins nahm es in die Hand. «Ist sie nicht ertrunken?»

«Ja. Angeblich ein Unfall. Aber ich bin sicher, es war Selbstmord. Sie muß einfach gewußt haben, daß man bei Flut nicht dieses gefährliche Stück unterhalb der Klippen entlanggehen kann, dazu hat sie zu lange in Rackmoor gelebt. Mich interessiert aber vor allem dieses Foto. Es wurde abgeschnitten.» Jury nahm es aus dem schmalen Rähmchen. «Hier auf der linken Seite, sehen Sie das? Ich fand es komisch, daß die Frau ganz am Bildrand klebte. Jemand ist mit der Schere drangegangen, aber warum wohl?»

«Um es zurechtzuschneiden.»

«Ich glaube eher, um jemanden rauszuschneiden.»

Wiggins schaute es sich noch einmal an. «Den Vater vielleicht? Er ist doch einfach abgehauen und hat sie sitzenlassen.»

Jury zuckte die Achseln und steckte das Foto wieder in die Tasche, während Wiggins seine Nasentropfen herausholte.

Jury lehnte sich auf seinem Stuhl zurück und betrachtete die Jagdszenen an der Wand. «Ich hab über dieses Kostüm nachgedacht. Vielleicht hat es Lily aus einem ganz bestimmten Grund an Gemma Temple ausgeliehen? Lily Siddons hatte Angst, sie dachte, jemand wolle sie um die Ecke bringen. Zweimal soll das passiert sein, ich meine, zwei Mordanschläge wurden angeblich auf sie verübt. Vielleicht sollte Dillys March die Zielscheibe abgeben.»

Wiggins hielt die winzige Pipette in sein rechtes Nasenloch: «Zuffiwenns.» Er zog die Tropfen hoch.

Jury hatte zwar schon einige Übung darin, Wiggins Worte trotz Taschentücher und Medikamente zu verstehen, aber in diesem Fall war er ratlos. «Übersetzen Sie bitte.»

«Entschuldigen Sie, Sir. Dieser verdammte Nebel, er ist Gift für meine Nebenhöhlen. Ich meinte nur, diese Geschichte enthält zu viele Wenns. Lily Siddons war sich doch nicht einmal sicher – zumindest nicht vor dem Mord –, ob tatsächlich jemand versucht hat, sie aus dem Weg zu räumen. Gemma Temple dieses Kostüm zu verpassen in der Hoffnung, der Mörder würde sie für Lily halten – das war doch irgendwie viel zu unsicher. Hatte sie denn was gegen diese Gemma Temple?»

«Gegen Gemma Temple hatte sie wohl nichts. Aber gegen Dillys March! Sie haßte sie. Ein Gefühl, das wahrscheinlich auf Gegenseitigkeit beruhte. Aber Sie haben wohl recht. Sich auf diese Weise jemanden vom Hals schaffen zu wollen ist eine verdammt unsichere Sache.»

«Und was wäre für sie dabei herausgesprungen, abgesehen natürlich von der Befriedigung ihrer Rachegelüste?»

«Geld wahrscheinlich. Geld vom Colonel. Ich kann mir vorstellen, daß er sie in seinem Testament reichlich bedacht hat – das läßt sich übrigens ganz einfach nachprüfen. Wenn Dillys March jetzt auftauchte, ginge ein ganz schön großes Stück des Kuchens an sie.» Jury beugte sich über den Tisch. «Schauen wir uns doch mal die Leute an, die Dillys Marchs Rückkehr in Verlegenheit bringen würde. Motive und Gelegenheiten: Wie sieht es damit bei den einzelnen aus?»

«Julian Crael: Das Motiv liegt auf der Hand. Aber ein hieb- und stichfestes Alibi.»

«Wirklich komisch, das», sagte Wiggins und faltete sorgfältig seine Serviette zusammen.

«Falls das, was er sagt, nicht doch stimmt. Dann ist da noch Adrian Rees. Er hätte reichlich Gelegenheit gehabt – er ist die Grape Lane hochgegangen und hat sie gesehen. Aber wo ist das Motiv? Ich nehme an, daß der Colonel weiterhin den Mäzen spielen würde, wenn auch vielleicht in geringerem Ausmaß.

Und dann Maud Brixenham: Motiv sowie Gelegenheit. Angenommen, der Colonel wäre daran interessiert, wieder zu heiraten – die Rückkehr der verlorenen Tochter (wie Sie sich ausdrückten) würde seine Gefühle ganz schön in Anspruch nehmen.»

«Lily Siddons: Motiv vorhanden, Gelegenheit kaum. Sie scheidet mehr oder weniger aus, sie hätte schon mit affenartiger Geschwindigkeit zur Engelsstiege hochrennen, sie umbringen und dann wieder hierher zurückrasen müssen – alles in zehn Minuten. Man braucht allein schon zehn Minuten, nur um da hochzukommen. Abgesehen davon, sollte sie selbst ja vielleicht umgebracht werden.»

«Kitty Meechem –»

«Oh, die bestimmt nicht, Sir!» Wiggins blickte auf das üppige Frühstück, als könne er nicht glauben, daß es von einer Killerin serviert worden sei.

«Wollen Sie noch ein Ei, Wiggins?»

«Oh, nein danke. Ich bin wirklich satt.» Er klopfte sich auf den Bauch.

Jury warf etwas Kleingeld auf den Tisch, das Trinkgeld für Biddy oder Billy, eine ziemlich lahme Bedienung, die sich die Zeit damit vertrieben hatte, das Silber auf dem Nachbartisch hin- und herzurücken und sie anzustarren, bis Kitty der Sache schließlich ein Ende machte. «Gehn wir!»

Jury lehnte sich mit ausgebreiteten Armen über die Kaimauer und blickte auf die glitzernden Häufchen aus Holzstückchen und Muscheln, die die Flut zurückgelassen hatte, und die Boote, von denen einige auf dem Kiesstreifen lagen. Es war heller geworden; der Horizont war dunstig und verschwommen, die Sonne noch verschleiert. Das winzige Dorf mit seinen rotbraunen, die Klippen hochkletternden Dächern sah aus, als könne es jeden Augenblick wie die Bauklötzchen eines Kindes ins Meer purzeln.

«Maud Brixenhams Beschreibung des Abendessens... können Sie mal in dem Notizbuch nachsehen.»

Wiggins holte sein Notizbuch hervor. Jury staunte immer wieder, wieviel er darin unterbringen konnte – vielleicht weil seine Schrift so klein und kritzlig war. Er fand die Stelle und las vor: «Es war ganz intim, das Essen, nur Titus, Lily Siddons, Adrian und diese Temple. Wir waren im Bracewood-Salon... und Gemma Temple saß vor dem Feuer. Julian und ich standen mit unserm Sherry in der Hand herum...»

Jury blickte auf das Wasser und ertrug die Langeweile, die Wiggins' Notizen verbreiteten. Die Tatsache, daß Wiggins' Detailtreue einfach nicht zu überbieten war, versöhnte ihn mit seiner frustrierenden Umständlichkeit und der häufig unerträglichen Länge seiner Berichte. In diesem Fall kam auch noch Maud Brixenhams Freude am Detail hinzu. Wiggins las monoton weiter, sogar die Stoffe und die Bilder an der Wand tauchten in seinen Beschreibungen auf. Neben ihm wäre selbst Trollope verblaßt. Geduldig wartete Jury auf den Teil, der ihn interessierte, und beobachtete, wie die blasse Sonne hinter den Wolken hervorkam und wieder verschwand und ein unregelmäßiges Muster aus Licht und Schatten auf das Holz malte, so daß es aussah wie mit dunklem, flockigem Gold grundiert. Ein Sturmvogel schoß über das Wasser.

«... und in diesem Augenblick öffnete sich die Tür, und Lily kam herein. Sie erstarrte und blieb auf der Schwelle stehen; sie starrte Gemma Temple an.»

«‹Hat sie die Ähnlichkeit mit Dillys March denn so überrascht?› Das fragten Sie, Sir. Worauf Miss Brixenham antwortete: ‹Überrascht. Geschockt war sie. Ihr Gesicht war weißer als ihr Kleid.›»

«Das verstehe ich einfach nicht», sagte Jury. «Sie reagierte, als hätte sie keine Sekunde daran gezweifelt, daß diese Person Dillys March war. Und offensichtlich war das für sie eine ziemlich unangenehme Überraschung. Trotzdem glaubte sie alles, was man ihr auftischte: die Geschichte mit der Cousine, die der Colonel erfunden hatte. Hätten Sie das geglaubt, wenn Sie Lily Siddons gewesen wären?»

«Nein, wohl kaum. Eine Cousine, die aus dem Nichts auftauchte?»

«Und dann diese Geschichte mit dem Kostüm.» Jury drehte sich mit dem Rücken zur Mauer, zog eine frische Packung Zigaretten aus der Tasche und riß sie nachdenklich auf. Als bestünde zwischen ihm und seinem Chef eine geheime Kameradschaft, zog Wiggins eine frische Packung Hustenbonbons hervor.

«Nehmen wir mal an, Lily glaubte wirklich, diese sogenannte Gemma Temple sei Dillys gewesen. Sie hat sie gehaßt. Als Kind spielte Lily immer nur die zweite Geige, wenn sie mit ihr zusammen war. Warum hätte sie also Dillys March ihr Kostüm überlassen sollen?»

«Colonel Crael zuliebe.»

«Vielleicht. Hätte sie aber nicht genausogut ein anderes für Miss Temple schneidern können? Ich denke, sie lügt.»

«Also, was das betrifft, Sir», Wiggins Gesicht wurde von seinem breiten, beutelüsternen Grinsen beinahe zerrissen, «die lügen bestimmt alle, durch die Bank.» Er steckte sich eine Hustenpastille in den Mund, schob sie mit der Zunge hin und her und sagte: «Der Colonel steht anscheinend nicht auf Ihrer Liste. Denken Sie, er hat mit dem Ganzen nichts zu tun? Ehrlich gesagt, kann ich mir genausowenig vorstellen, welches Motiv Kitty gehabt haben könnte.»

Jury lachte. «Das scheint Ihnen ja ein großes Anliegen zu sein? Sie hat wohl auch keines gehabt. Aber glauben Sie nicht, daß der Colonel ihr einmal seinen Anteil überlassen wird? Nur scheint zwischen dieser Sache und dem Mord an Gemma Temple kein direkter Zusammenhang zu bestehen. Kitty und Lily haben jedenfalls dasselbe Alibi. Sie waren zusammen. Und was den Colonel betrifft – er hatte zwar genügend Gelegenheit, aber absolut kein Motiv, soviel mir bekannt ist.»

«Sie haben Olive Manning vergessen. Sie hatte ein Motiv und auch genügend Gelegenheit.»

Jury lächelte. «Sie scheinen ja Ihre ganze Hoffnung auf sie gesetzt zu haben, Wiggins. Immer wieder kommen Sie auf sie zu sprechen.»

«Tatsache ist, sie hat Dillys March sehr gut gekannt. Falls das Ganze wirklich ein abgekartetes Spiel war, dann hätte sie diejenige sein können, die diese Temple aufgetrieben hat, die die Ähnlichkeit mit Dillys March festgestellt und sie in das Old House eingeschleust hat.»

«Ja. Da haben Sie recht.»

«Sie haben doch einen so guten Riecher, Sir. Wer hat's denn Ihrer Meinung nach getan?»

«Mit dieser Manning hab ich zwar noch nicht gesprochen, aber...»

«Aber wie schätzen Sie die andern ein?»

Genau das hatte ihn heute morgen auch so deprimiert und an diese Beförderung denken lassen, diesen Posten eines Kriminalrats, den er immer so bescheiden von der Hand gewiesen hatte, da ihm, wie er sich selbst sagte, weder am Geld noch am Prestige, noch an der Selbstbestätigung etwas lag. Inzwischen fragte er sich jedoch, wieviel ihm denn daran lag, sich ständig mit solchen Geschichten wie dieser herumschlagen zu müssen. Er wußte nicht, was er Wiggins antworten sollte. Sein Blick wanderte von dem von Möwen markierten Holz bis zu dem matten Gold des Horizonts, und nach einer längeren Pause sagte er dann: «Gar nicht.»

Seine Objektivität wurde von seinen Gefühlen arg bedrängt.

15

Die graugestreifte Katze sprang von der Fensterbank und verzog sich in den hinteren Teil der Rackmoor-Galerie, den sie offensichtlich als ihr Terrain betrachtete. Jury hatte sie aus dem Schlaf gerissen, als er die Hände vors Gesicht hielt und gegen die Scheiben preßte.

Jury trat ein und wäre beinahe auf einen Umschlag getreten, den jemand unter der Tür durchgeschoben hatte. Er hob ihn auf. Er war aufgegangen, und eine Pfundnote ragte heraus, eine von mehreren. Die Adresse, die auf dem billigen Papier stand, war die von Bertie Makepiece; der Brief schien jedoch schon vor Monaten abgesandt worden zu sein. Jury interessierte vor allem der Absender: R. V. H. London S. W. I. Er wollte ihn gerade genauer inspizieren, als Adrian Rees in einer völlig verschmierten Schürze und mit einer kleinen Schüssel in der Hand auftauchte. Er stellte sie auf den Hartholzfußboden, und die Katze kam angerannt.

«Hereinzubeten brauche ich Sie ja offensichtlich nicht mehr», gähnte Rees.

Jury hielt ihm den Umschlag hin. «Das lag auf dem Fußboden.»

Adrian warf einen Blick darauf, und eine leichte Röte überzog seinen Hals und sein Gesicht. «Aha, ein kleines Darlehen von Bertie.» Als Jury ihn einfach nur anschaute, fügte er hinzu: «Was denken Sie denn, um Himmels willen? Daß ich ihn erpresse? Bertie ist der einzige in Rackmoor, auf den man sich verlassen kann, wenn man ein bißchen Kleingeld braucht.»

«Kann ich mir vorstellen. Er scheint ja alles im Griff zu haben. Könnten Sie vielleicht diesen Umschlag erübrigen?»

Adrian sah ihn sich an, nahm die Scheine heraus und gab ihn dann Jury. «Gibt's denn im Fuchs keine Umschläge mehr?» fragte er grinsend. Dann zog er die Brauen hoch. «Verdammt, kleine Jungs sollte man nicht um Geld anhauen, ich weiß! Aber ich bin wirklich total pleite – das macht wohl keinen sehr guten Eindruck.» Er seufzte und fuhr mit seinem Pinsel über seine Schürze, mal in die eine, mal in die andere Richtung.

«Was halten Sie von dieser Geschichte?»

«Von welcher?»

«Der von Bertie. Daß seine Mutter nach Irland gefahren ist?»

Adrian lächelte. «Kaum zu glauben, daß jemand solche Umstände macht wegen einer kranken Oma.»

«Haben Sie seine Mutter gekannt?»

«Roberta? Nur vom Sehen. Ein Leichtgewicht, zumindest was intellektuelle Kraftakte betrifft. Aber unsere Betschwestern scheinen es ja geschluckt zu haben. Stockfisch, Fischauge & Co. Sie müssen zugeben, die Idee ist gar nicht so schlecht. In Belfast wird bestimmt niemand nachschauen wollen. Sind Sie deswegen gekommen?»

«Nein. Eigentlich wegen Gemma Temple. Ihre Beziehung war wohl doch etwas enger, als Sie uns glauben machen wollten.»

Daraufhin erfolgte eine längere Pause, in der Adrian automatisch mit dem Pinsel über seine Schürze fuhr. Dann sagte er achselzuckend: «Jemand hat uns wohl gesehen?» Jury nickte und wartete. «Na ja, eine ‹Beziehung› würde ich es nicht nennen. Es blieb bei diesem einen Mal.»

«Auch bei einem Mal kann viel passieren.» Jury fand diese numerische Betrachtungsweise einfach unverständlich. Er dachte an die Frauen, die er in den letzten Jahren kennengelernt hatte. Ein einziges Mal hatte häufig genügt, um den Stein ins Rollen zu bringen. «Warum haben Sie mir das nicht erzählt, Mr. Rees? Es war doch anzunehmen, daß ich es rauskriegen würde. Und wie Sie sehen, hab ich's auch rausgekriegt. Haben Sie Gemma Temple eigentlich auch an dem Abend getroffen, an dem sie ermordet wurde – ich meine, bevor Sie ihr auf der Grape Lane begegnet sind?»

«Was? Nein, glauben Sie mir! Wer das behauptet, lügt!»

«Sie wurde in der High Street gesehen, ganz in der Nähe von hier.»

«Davon weiß ich nichts. Was die andere Sache betrifft: Gegen mich gab's schon so viel belastendes Material, daß ich mir dachte, es wäre besser, mich darüber auszuschweigen. Ich hab sie als letzter gesehen, und das, nach diesen blödsinnigen Tiraden über Raskolnikoff und Mord im allgemeinen.»

«Sie glauben doch wohl nicht, daß ich darauf was gebe? Diese Art von Verbrechen ist vielleicht bei Dostojewskij überzeugend, aber auf den Straßen von London ist derlei äußerst selten.»

«Warum haben Sie das nicht gleich gesagt? Dann hätt ich Ihnen vielleicht auch was von meinem Abenteuer mit Gemma Temple erzählt.»

«Wir machen hier doch keine Geschäfte, Mann. Könnte ich nun bitte etwas über Gemma Temple erfahren?»

«Na schön», sagte Adrian aufsässig. «Sie ist mir einmal hier und dann noch paar Mal im Fuchs begegnet. Natürlich ist sie mir auch gleich ins Auge gestochen. Wem wäre sie das nicht? Sie sah ja ziemlich gut aus, und außerdem war's ein neues Gesicht. Eines Nachts, als der Fuchs gerade dichtgemacht hatte, ging sie noch spazieren, und ich folgte ihr. Sie ging an der Kaimauer entlang in Richtung Old House. Ich holte sie ein, wir sprachen miteinander, und ich schlug ihr vor, den letzten Drink bei mir zu nehmen. Nicht gerade originell, aber was anderes fiel mir nicht ein. Rackmoor ist leider nicht das Sodom und Gomorrah von England. Wir landeten also hier.»

«Und dann?»

«Was ‹und dann?› Das können Sie sich doch wohl denken. So viel Möglichkeiten gibt's wohl nicht.»

«Sie brauchten sie wohl nicht lange zu überreden?»

«Inspektor, ich brauchte sie überhaupt nicht zu überreden. Und ich halte mich nicht gerade für unwiderstehlich.»

Wie bescheiden, dachte Jury. Adrian Rees war geradezu ein Ausbund von Männlichkeit, und die Tatsache, daß er Maler war, verlieh ihm auch noch einen gewissen exotischen Zug. «An welchem Abend war das?»

«Zwei Nächte vor dem Mord.» Adrian lächelte grimmig.

«Hat sie Ihnen was über sich erzählt?»

«Nichts, und das ist die reine Wahrheit. Nichts, was ich Ihnen nicht schon erzählt hätte. Sie lief mit einem Drink in der Hand im Atelier herum, sah sich meine Bilder an und machte irgendwelche blödsinnigen Bemerkungen; wahrscheinlich dachte sie, ich würde das von ihr erwarten. Und sie äußerte sich über das Dorf – etwas öde, fand sie. Aber schließlich haben wir ja nicht nur geredet», Adrian lächelte spitzbübisch.

«Sie hat nicht erwähnt, daß sie schon einmal hier gelebt hat?»

Adrian schüttelte den Kopf. «Als sie am nächsten Abend bei dem kleinen Essen auftauchte, war ich derjenige, der zu stottern anfing und rot wurde. Man hätte denken können, sie hätte mich noch nie in ihrem Leben gesehen. Ich hatte keine Ahnung, daß sie eine Cousine der Craels war.»

«Was wissen Sie über Dillys March?»

«Sie meinen das Mündel der Craels, dieses Mädchen, das eines Tages verschwunden ist?» Jury nickte. «Nur, was der Colonel über sie erzählt hat. Über sie und Lady Margaret und seinen Sohn Rolfe. Als ich dieses Porträt von Lady Margaret malte, saß er häufig hier im Atelier herum... Was meinen Sie denn genauer?»

Jury gab keine Antwort. «Sind Sie sicher, daß Sie Gemma Temple nicht früher schon mal gesehen haben – bevor Sie nach Rackmoor kamen?»

Adrian starrte ihn wütend an. «Verflucht, natürlich bin ich mir sicher!»

Jury lächelte kurz. «Regen Sie sich nicht auf. Es wäre nicht das erste Mal, daß Sie was verschweigen.» Er blickte in die dunkle Ecke, in der sich die Katze putzte. «Haben Sie das Bild von Gemma Temple fertig gemalt? Ich würde es gerne sehen.»

«Nein, aber ich war gerade dabei, als Sie kamen.»

Jurys Blick wanderte nach unten. «Mit einem trockenen Pinsel?»

Der Ärger, der sich bereits aus seinem Gesicht verflüchtigt hatte, kehrte wieder zurück. «Mein Gott, Ihnen entgeht auch nichts.»

«Dafür werde ich schließlich bezahlt. Bis bald.»

16

Über der Tür des Bridge Walk Café bimmelte ein kleines Glöckchen, als Jury eintrat. Der Raum war ziemlich klein, hatte eine tiefe Holzbalkendecke und weißgetünchte Wände; um die Tische standen kleine Stühle mit leiterförmigen Rückenlehnen. Auf einer breiten Anrichte stand ordentlich gestapelt blaues und weißes Porzellan. Ein hübscher, sehr sauberer Raum, in dem niemand zu sehen war. Aber mitten im Winter waren wohl auch keine Gäste zu erwarten.

Lily Siddons erschien; sie hatte ein Kopftuch umgebunden, das ihr helles Haar verdeckte, und trug eine Schürze. Jury nahm an, daß sie aus der Küche kam. «Oh, guten Morgen.»

Er tippte an seinen Hut und war überrascht, als er den weichen Stoff fühlte. Er hatte vergessen, daß er seinen Tweedhut aufgesetzt hatte. «Miss Siddons, dürfte ich Ihnen noch ein paar Fragen stellen?»

Sie wischte sich die Hände an ihrer Schürze ab. «Natürlich, ich habe nichts dagegen, wenn *Sie* nichts dagegen haben, mit in die Küche zu kommen; ich könnte dann dabei weiterarbeiten.»

In der Küche sah er, daß sie gerade Gemüse klein geschnitten hatte. Jury zog sich einen Stuhl heran und setzte sich. Sie arbeitete an einem Holztisch, einer riesigen Fleischerbank in der Mitte des Raums. «Ich möchte mit Ihnen über Ihre Mutter sprechen.»

Einen Augenblick lang schwieg sie. Dann sagte sie: «Ich kann mir nicht vorstellen, warum.» Sie nahm eine Kaffeetasse vom Tisch und schüttete den kalt gewordenen Inhalt in den Ausguß.

Während er darauf wartete, daß sie sich ihm wieder zuwandte, fuhr er mit dem Finger durch ein Mehlhäufchen, das auf dem Tisch liegengeblieben war, wahrscheinlich noch vom Brotbacken. Den Teig hatte sie zum Aufgehen in große Schüsseln gefüllt und mit Tüchern bedeckt. An der Wand neben dem stattlichen Herd hingen die Kupfertöpfe und -pfannen. Von den hohen, schmalen Fenstern blickte man auf das Flüßchen, das unter einer Brücke hindurchfloß. Über die Simse strömte die Morgensonne, malte Rhomben auf den Fußboden und ließ die Böden der Kupfertöpfe funkeln.

«Sie machen alles selbst?»

Lily ging an den Tisch zurück, nickte und nahm das Messer in die Hand. «Im Winter schon, im Sommer hilft mir jemand. Es ist dann ziemlich voll hier.» Noch nie in seinem Leben hatte Jury jemanden so schnell Gemüse schneiden sehen. Die Finger ihrer rechten Hand lagen auf dem Rücken des großen Messers, und mit der linken hob und senkte sie den Griff. Ihre Bewegungen waren schnell und rhythmisch, und die Karotte zerfiel in immer kleinere Teile, während das Messer auf- und niederwippte. «Sie gehen sehr geschickt mit diesem Messer um.» Jury suchte in seiner Hemdtasche nach einer Zigarette und klopfte die Hosentaschen nach Streichhölzern ab.

«Der Trick dabei ist, daß die Klinge immer auf dem Holz bleibt.»

Ohne ihn anzublicken, fügte sie hinzu: «Oder wollen Sie damit andeuten, daß ich auch einen Menschen wie eine Karotte zerhacken könnte?»

«Wurde sie denn mit einem Messer umgebracht? Das ist mir ganz neu.»

Lily hielt inne und stemmte verärgert die Hand in die Hüfte. «Kann ich bitte mein Foto zurückhaben? Das Foto, das Sie gestern abend mitlaufen ließen?»

Jury griff in seine Tasche. «Entschuldigen Sie, Lily, das war ein Versehen.»

Sie wandte sich wieder dem Gemüse zu. «Ich bezweifle, daß Sie jemals etwas aus Versehen tun.»

Er steckte das Foto wieder in seinen Rahmen und stellte es auf den Tisch. «Ihr Vater scheint nicht besonders zuverlässig gewesen zu sein – einfach so abzuhauen und Sie beide Ihrem Schicksal zu überlassen.» Lily gab keine Antwort. «Seltsam, daß sie ihn so schnell geheiratet hat; sie kann ihn doch kaum gekannt haben. Wie lange waren sie denn verheiratet?»

Das Messer stand still. «Sie versuchen, ihr da was zu unterschieben; wahrscheinlich, daß er ihr ein Kind gemacht hat und daß sie ihn heiraten mußte.»

«War's so?»

«Nein.» Sie verlieh dieser einen Silbe noch mehr Nachdruck, indem sie mit einer ausholenden Armbewegung das Gemüse in eine Cromarganschüssel schob.

«Hat Ihre Mutter aufgehört zu arbeiten, als Sie geboren wurden?»

Lily wischte sich die Hände an ihrer Schürze ab. «Mr. Jury, Sie *wissen* das doch alles, warum fragen Sie?»

Um zu sehen, ob es noch eine andere Version gibt, dachte Jury. Er beobachtete ihr Mienenspiel und sagte: «Weil es irgendeinen Grund geben muß für den Selbstmord ihrer Mutter und diese Anschläge auf Ihr Leben, Lily.» Niedergeschlagen starrte sie auf die Schüssel in ihren Händen, sagte aber nichts. «Könnte es denn wegen Ihrer Mutter sein?»

Bestürzt blickte sie auf. «Wie meinen Sie das?»

«Vielleicht ist damals, als sie noch lebte, etwas passiert. Vielleicht hat sie etwas hinterlassen – ich tappe auch im dunkeln.»

Lily wandte sich ab, schüttelte heftig den Kopf und ließ die Schüssel und das Messer in das Spülbecken fallen.

Jury drang weiter in sie: «Sie können ja völlig ahnungslos sein. Es reicht schon, wenn jemand glaubt, Sie wüßten etwas. Vielleicht sind Sie für jemanden gefährlich?»

«Gefährlich? Das ist doch lächerlich.»

«Wie steht's mit den Craels?»

Sie wirbelte herum, und ihr Gesicht war so weiß wie das Mehl auf dem Tisch. «Ich und gefährlich. *Ich.*» Sie preßte die Handflächen gegen die altmodische Ginghamschürze, als wolle sie ihre Identität beweisen. «Ich war doch nur die Kleine der Köchin. Alle nannten mich so – die Kleine der Köchin. Nicht Lily, sondern die Kleine der Köchin.» Zwei rote Flecken erschienen auf ihren Wangen, als hätte sie sich reingekniffen, um etwas Farbe zu kriegen. «Ich dachte sogar, ich hieße so. Meine Mutter erzählte mir, auf der Straße hätte mich mal jemand nach meinem Namen gefragt, und ich hätte geantwortet: ‹Die Kleine der Köchin.› Sie fand das komisch!»

«Aber Sie offensichtlich nicht.»

Sie hatte ihm den Rücken zugewandt und den Kopf gesenkt. Er sah, wie ihre Hand zu ihrem Gesicht hochfuhr und wieder herunterfiel, und nahm an, daß sie weinte. Sie drehte den Wasserhahn auf, bespritzte sich das Gesicht und zog ein Küchenhandtuch herunter. Dann drehte sie sich wieder um und fuhr fort: «Der Colonel war der einzige, der mich anständig behandelte. Für ihn war ich wenigstens Lily. Und er war auch der einzige, der meine Mutter in Schutz nahm, als –» Sie stockte und wandte den Blick ab. «Dillys haßte mich, aber er hat das nie erfahren. Wir waren nur so häufig zusammen, weil der Colonel uns beide ins Herz geschlossen hatte. Ich glaube, er hätte gerne eine Tochter gehabt. Er ist auch nicht so elitär wie die andern – wie Lady Margaret, Julian, Rolfe. Rolfe, das war auch ein ziemlicher Snob, wenn auch etwas lebenslustiger. Manchmal nahm mich der Colonel mit auf Schmetterlingsjagd. Das fand ich ganz toll.» Sie blickte durch das Fenster auf die Äste, die in der schwachen, winterlichen Sonne ganz golden aussahen.

Was sie wohl sah? Sommer – dieses riesige Haus mit seinen weiten, samtigen Rasenflächen, dahinter den dunkelblauen Teppich des Meeres und davor das mit Heidekraut bewachsene Moor? Als er ihr lichtumflossenes Profil betrachtete, hatte er das Gefühl, er könne in ihren Kopf schlüpfen, sie über das Gras rennen und das Netz schwingen sehen. «Sie sagten, der Colonel sei der einzige gewesen, der Ihre Mutter verteidigt hat. Vor wem hat er sie denn in Schutz genommen?»

Lily saß ihm direkt gegenüber. Sie machte einen erschöpften Eindruck. «Vor Lady Margaret. Sie vermißte irgendwelchen Schmuck, ein paar Smaragde oder Diamanten, ich weiß nicht mehr. Und sie behauptete, meine Mutter hätte sie gestohlen. All diese Jahre hatte meine Mutter bei ihnen gearbeitet... Sie fing als Küchenhilfe an. Und plötzlich soll sie auf den Gedanken gekommen sein, etwas zu *stehlen*?» Sie blickte weg und wandte ihm wieder ihr Profil zu. Sie hatte sich auf einen der hohen Hocker gesetzt, die Beine überschlagen und die Ellbogen mit den Händen umfaßt. Man hätte denken können, sie hätte ihren Körper verlassen und sich in eine Marmorplastik verwandelt.

«Wegen so was bringt man sich doch nicht um?»

Langsam drehte sie den Kopf, und Jury bemerkte, daß ihre Bernsteinaugen sich verdunkelt hatten und wie gestern im Schein des Feuers beinahe kornblumenblau wirkten. Ihre Stimme klang ganz ruhig, obwohl sie offensichtlich sehr erregt war. «Sie wissen wohl ganz genau, wegen was man sich umbringt?»

«Nein. Aber man muß schon sehr, sehr verzweifelt sein. Auf falsche Anschuldigungen – und Sie scheinen sich ja ganz sicher zu sein, daß sie unschuldig war – reagiert man gewöhnlich empört und denkt nicht gleich an Selbstmord. Halten Sie es denn für möglich, daß sie sich deshalb das Leben genommen hat?»

Ausweichend antwortete sie: «Ich war erst elf Jahre alt, als sie starb.»

«Ich weiß. Aber halten Sie es für möglich?»

«Ich weiß nicht.» Ihr Gesicht, ihre Stimme waren völlig ausdruckslos.

«Was ist dann mit Ihnen geschehen? Nach ihrem Tod?»

«Ich ging zu meiner Tante Hilda nach Pitlochary. Ich fand es schrecklich. Sie wollte mich auch gar nicht haben, aber sie betrachtete sich als eine gute Christin, und es war sozusagen ihre Pflicht, mich aufzunehmen.»

«Mich wundert es eigentlich, daß die Craels Sie nicht bei sich aufgenommen haben. Wo der Colonel Sie doch so gern hatte.»

«Du lieber Himmel. Ich war doch nur das Kind einer Angestellten. Soweit ging die Liebe nun auch wieder nicht. Selbst wenn *er* gewollt hätte, die andern wären bestimmt dagegen gewesen. Julian, Olive Manning, Dillys. *Sie* hatte ihn um den Finger gewickelt, und sie war nicht einmal sein Fleisch und Blut. Aber er hat sich darum gekümmert, daß genug Geld für mich da war, daß ich anständig angezogen war und daß ich auf eine Schule ging. Er hat meiner Tante bestimmt einiges zugeschoben, sonst hätte sie mich als Kellnerin oder etwas Ähnliches arbeiten lassen.»

«Als diese Cousine, Gemma Temple, plötzlich im Old House auftauchte, hatten Sie da nicht auch das Gefühl, sie könnte den Colonel ganz einfach um ihren kleinen Finger wickeln?»

«Ich weiß nicht, was Sie damit sagen wollen.»

«Wirklich nicht?»

Jury war überzeugt, daß sie log.

17

Die Leihbücherei von Rackmoor war ein langer, enger Schlauch, das Erdgeschoß eines früheren Wohnhauses, das sich von außen kaum von den andern Häusern des Viertels unterschied. Das untere Stockwerk war umgebaut – sämtliche Wände und Türen waren herausgerissen worden, so daß Wohnzimmer, Speisezimmer, Gästezimmer und Küche einen Raum bildeten. Der Tisch am Eingang sah aus wie eine alte Theke. Das Schild, das darauf stand, bat den Besucher um RUHE, bevor er sich überhaupt umschauen konnte. Die verschieden großen Regale, der abgetretene Teppich, die kleinen, zusammengewürfelten Lampen auf den im Raum verstreuten Tischen – all das erweckte den Eindruck, die Inneneinrichtung sei auf dem Flohmarkt zusammengekauft worden.

Auch Miss Cavendish erweckte diesen Eindruck: ein alter, brauner Rock, der ihr beinahe bis zu den Knöcheln reichte, eine unförmige, olivgrüne Strickjacke, ein Knoten, der wie ein Nadelkissen aussah. Sie schien gerade ein paar Schulkindern die Leviten zu lesen; als sie Jury hereinkommen sah und nach vorne ging, steckten die

Kinder wieder ihre leuchtenden Haarschöpfe zusammen, und das Tuscheln und Kichern ging weiter. Außer ihnen war nur noch eine einzige Person anwesend, eine stattliche Frau, die aufmerksam an einem Regal entlangging.

Miss Cavendish wirkte hier sehr passend. Ihre Augen, die Jury über eine mit einem Ripsband versehene Lesebrille ansahen, machten einen sehr schwachen Eindruck, als hätte sie zu viele Nächte durchgelesen. Ihr fahles Gesicht war wie ein altes Buch mit braunen Flecken übersät. Und wenn sie sich bewegte, hörte man ein Rascheln und ein leichtes Knirschen, als würden sich ihre Seiten lösen, obwohl das Geräusch höchstwahrscheinlich von einem gestärkten Unterrock verursacht wurde.

Jury zeigte seinen Dienstausweis. «Ich hab ein paar Fragen an Sie, Miss.»

«Das hab ich mir gleich gedacht.» Sie musterte ihn von oben bis unten und schmatzte zufrieden mit ihren ungeschminkten Lippen. «Aber ich kann mir nicht vorstellen, wie ich Ihnen behilflich sein kann. Ich wohne am andern Ende des Dorfs, nicht dort, wo dieser brutale Mord verübt wurde. Ich habe das auch schon dem andern Kriminalbeamten erklärt.»

«Ja, ich weiß. Eigentlich bin ich auch wegen einer ganz andern Sache zu Ihnen gekommen.» Miss Cavendish zog die Augenbrauen hoch, erstaunt, daß es auch noch etwas anderes gab. «Es dreht sich um Mrs. Makepiece, Berties Mutter. Ich habe gehört, daß Sie sich um Bertie kümmern.»

«Ja. Roberta – das ist Berties Mutter – hat mich gebeten, nach dem Kleinen zu schauen. Rose Honeybun und Laetitia Frother-Guy tun das auch. Aber hören Sie, was hat die Polizei damit zu tun? Ich will doch hoffen, daß wir nicht persönlich für sein Wohlergehen haften?» Noch bevor Jury antworten konnte, fuhr sie fort, sich zu verteidigen: «Uns kann man bestimmt keinen Vorwurf machen. Laetitia Frother-Guy hat sich *tout de suite* mit den zuständigen Stellen in Verbindung gesetzt, und sie sind auch vorbeigekommen, aber alles schien in bester Ordnung zu sein. Roberta hat sich natürlich auch schon vorher abgesetzt, wie Sie sich wohl denken können. Ich finde das einfach skandalös, Großmutter hin, Großmutter her. Ehrlich gesagt, an deren Existenz sind mir auch schon Zweifel gekommen. Der Junge behauptet, Roberta sei nach Belfast gefahren; mir hat sie aber was ganz anderes gesagt. Und es ist auch nicht das erste Mal, daß ich mich um den Jungen kümmere, während sie sich ein paar schöne Tage macht. Vier- oder fünfmal kam das schon vor. Sie haben verstanden, nicht wahr, keine kranken Omas, sondern *Affaires d'amour*, das halte ich für viel wahrscheinlicher. Zugegeben, sie war noch nie so lange weg. Leute wie sie sollten keine Kinder haben; ich hab das auch meiner *confrère* Rose Honeybun gesagt. Wenn sie Gesellschaft braucht, soll sie sich einen Wellensittich kaufen. Der Kleine hat praktisch sein ganzes Leben lang auf sich selbst aufpassen müssen, und er macht das viel besser, als sie dazu in der Lage wäre. Wußten Sie, daß er schon gekocht, geputzt und eingekauft hat, als er noch in den Kindergarten ging? Aber er braucht natürlich jemanden, der ihn anleitet. Er sollte *en famille* leben. Ich hab zwar noch nie ein so selbstständiges Kind gesehen, auch wenn seine Art nicht besonders liebenswert ist; man weiß nie, was in seinem kleinen Kopf vor sich geht – er ist so etwas wie ein *Enfant terrible*. Und dieser Hund, den er hat, der treibt mich glatt zur Verzweiflung. Wenn einer die Bezeichnung *bête noire* verdient, dann er. Man denkt, er könne Gedanken lesen. Wie der einen anschaut, also ...»

«Was hat Mrs. Makepiece Ihnen denn erzählt?» unterbrach Jury ihren Redeschwall.

«Daß sie nach London fahren wollte. Ja, nach London, ich bin mir ziemlich sicher. Deshalb war ich ja auch so überrascht, als der Junge mir erzählte, daß diese Großmutter – die Bettlägerige – in Belfast wohne und Roberta nach Irland gefahren sei. Ausgerechnet nach Belfast!» Wahrscheinlich sah sie im Geist eine Armee irischer Nationalisten mit schwarzen Baretts vorbeidefilieren.

«Haben Sie sich nicht gefragt, warum sie von London gesprochen hat?»

«Ja, schon. Aber wie gesagt, Roberta Makepiece hat schon immer ihre kleinen Ausflüge gemacht, und sie mag es überhaupt nicht, wenn man sich in ihre *Affaires de cœur* einmischt. Ihr Mann starb, als sie noch ziemlich jung war, und ich weiß nicht, ob das Zusammenleben mit Roberta nicht –»

«Diese Geschichte mit Belfast hat Sie also auch stutzig gemacht?»

«Ich dachte einfach nur, sie sei nach London gefahren und hätte von dort aus einen Zug oder einen Bus zu ihrem Schiff genommen. Oder sie sei von Heathrow aus geflogen.»

Jury dachte einen Augenblick nach. Von Yorkshire aus wäre das ein Zeit- und Geldverlust. Wenn sie geplant hätte, nach Nordirland zu reisen, wäre sie nach Schottland gefahren und hätte in Stranraer die Fähre genommen.

«Inspektor, warum stellt mir die Polizei all diese Fragen? Ich sagte Ihnen doch, daß ich nur ein bißchen aushelfe.»

«Ich machte mir Sorgen um ihn. Meiner Meinung nach ist er doch ein bißchen zu jung, um ganz allein in diesem Haus zu leben.»

Sie faßte das als einen versteckten Vorwurf auf. «Denken Sie, ich bin mir dessen nicht bewußt? Wie kann man als Mutter nur so was machen! Erst kürzlich hab ich zu Rose und Laetitia gesagt, wir sollten besser das Jugendamt anrufen. Aber die scheinen ja alles in Ordnung zu finden. Also, ich frage Sie – drei Monate sind das jetzt schon und von seiner Mutter keine Spur: Der Junge gehört in ein Heim.»

Jury sah kahle, schlauchartige Räume mit langen Reihen eiserner Bettgestelle vor sich. Er versuchte, sich Bertie innerhalb der Mauern einer solchen Institution vorzustellen. Es gelang ihm nicht.

Vor dem Fenster der Leihbücherei war ein kleiner Hund angebunden; in dem dicken, zottligen Fell um seinen Hals steckte eine völlig absurde blaue Schleife. Wahrscheinlich wartete er auf die stattliche Dame, die zwischen den Regalen umherwanderte.

«Ich weiß nicht, ob das die beste Lösung für Bertie wäre», sagte Jury. «Was würde dann mit Arnold passieren? Die beiden sind doch unzertrennlich.»

«Ich glaube *kaum*, daß ein *Hund* der richtige Umgang für ihn ist. *Bête noire*, wie ich schon sagte», meinte sie indigniert.

Jury blickte auf den Tisch. Das RUHE-BITTE-Schild mußte ein Alptraum sein für Miss Cavendish. «Na schön, *delenda est Carthago*. Auf Wiedersehen, Miss Cavendish.»

Sie blinzelte und starrte ihm nach, während er sich umdrehte und zur Tür ging.

Als er wieder auf der Scroop Street stand, fragte er sich, wieso er das gesagt hatte. Wahrscheinlich weil ihm gerade nichts anderes eingefallen war. Und Vergil war sein Lieblingsdichter.

Er ging die Scroop Street entlang und spähte durch Berties Fenster, aber weder von Bertie noch von Arnold war etwas zu sehen.

Dunkle, gähnende Leere. In der Küche neben der Anrichte hing Berties Schürze. Bertie mußte wohl in der Schule sein.

Bei der Engelsstiege angelangt, beschloß er, die Psalter Lane hochzugehen und den Waldweg zum Old House zu nehmen. Auf der letzten Stufe, ein paar Meter unterhalb der Kirche, drehte er sich um und blickte hinunter. Selbst mitten im Winter sah Rackmoor phantastisch unwirklich aus. Das ganze Dorf lag vor ihm, die in die Klippen gebauten Häuser, die Treppen, die verwinkelten Gassen. Die winzigen blauen und grünen Boote waren die einzigen Farbtupfer auf dem eintönigen Grau des Steins, des Himmels und des Wassers. Aber es gab nicht nur diesen einen Blick: Zu seiner Rechten konnte Jury auch die Moore sehen, Meilen unberührter Schneefelder.

Er wünschte, er könnte unter irgendeinem Vorwand über sie hinwegstapfen.

18

Wie ein Zugvogel schaffte es Wachtmeister Wiggins immer, sich in wärmere Regionen zu verziehen; Jury entdeckte ihn hinter einer Kanne Tee in der Nähe des Küchenherds. Im gegenüber saß Olive Manning.

Sie strahlte jedoch keine Wärme aus. Die Hand, die sie Jury hinstreckte, war trocken und kühl, und ihr Lächeln war noch kühler. Sie schien sich in ihren Kleidern nicht wohl zu fühlen – als wären sie zusammengepfuscht (was bestimmt nicht der Fall war) oder nicht für sie gemacht. So wie sie dasaß – in ihrem dunklen Kleid, an dessen Gürtel ein Schlüsselbund hing, mit ihren spitzen Ellbogen und Bakkenknochen und der geraden, scharfgeschnittenen Nase –, schien Olive Manning nur aus Kanten und Winkeln zu bestehen. Auch ihre Stimme klang hart und metallisch. Als sie Jury begrüßt hatte, verschwand auch das pflichtschuldige Lächeln; ihre Züge erstarrten und wirkten wie in Metall gestochen. Ihre Augen hatten die Farbe von angelaufenem Silber; ihre Lippen waren dünn und auf ihrem dunklen Haar lag ein grauer Schleier.

Jury zog sich einen Stuhl heran; als sie ihm jedoch eine Tasse Tee anbot, lehnte er ab. «Mrs. Manning, ich möchte nicht noch einmal das Ganze durchgehen. Mich interessiert vor allem, ob Sie die junge Frau für Dillys March gehalten haben.»

Sehr bestimmt schüttelt sie den Kopf. «Nein, eindeutig nicht.»

«Wie konnten Sie sich so sicher sein, wo für Sir Titus überhaupt kein Zweifel bestand, daß sein Mündel zurückgekehrt war?» Olive Manning schien sich jedoch immer sicher zu sein, was ihre Gedanken und Gefühle betraf.

Sie lächelte. «In diesem Fall war wohl der Wunsch der Vater des Gedankens, Inspektor Jury. Julian Crael war übrigens ganz meiner Meinung, wie Sie wohl wissen.» Jury nickte. «Auf den ersten Blick sahen sie sich natürlich sehr ähnlich.»

«Nicht nur auf den ersten Blick. Nach den Fotos zu urteilen, die ich von Dillys March gesehen habe, hätte Gemma Temple ihre Doppelgängerin sein können.»

«Das stimmt schon. Nur sind diese Fotos von Dillys fünfzehn Jahre alt. Und es ist nicht nur das Aussehen. Es gibt auch noch andere Dinge, zum Beispiel wie jemand sich bewegt, spricht –»

«Nicht gerade aus einem guten Stall?»

«So könnte man es ausdrücken. Ich fand sie ziemlich vulgär. Eine gute Kinderstube läßt sich schließlich nicht verleugnen.»

«Könnte sie in den fünfzehn Jahren nicht auch einiges vergessen haben?» Sie schwieg. «Wie ich gehört habe, Mrs. Manning, ist ihr Sohn in einer Anstalt?»

Die kalten, stahlgrauen Augen luden sich auf; sie nickte jedoch nur kurz. «Und Sie glauben, Dillys March hat ihn soweit gebracht?»

Ihr Gesicht, ihre ganze Haltung wirkten wild entschlossen. Aber sie drehte nur an ihren Ringen, als wolle sie ihre Finger davon abhalten, sich um seinen Hals zu legen. «Sie kennen doch schon den ganzen Klatsch, Inspektor, was wollen Sie denn noch von mir hören?»

«Es gibt einiges, worüber wir sprechen könnten, wenn das wirklich nur Klatsch ist. Was ist zwischen Dillys und Ihrem Sohn vorgefallen?»

«Solange Leo hier gelebt hat – ein Jahr war das, er arbeitete als Fahrer für den Colonel –, war das Mädchen hinter ihm her.»

«Mit Erfolg?»

Schweigen. «Sie hat ihm die Hölle heiß gemacht, was ja nicht so schlimm gewesen wäre, wenn sie es nur auf ihn abgesehen hätte. Aber er war nur einer von vielen.»

«War sie denn so attraktiv?»

Olive Mannig lächelte verächtlich. «Also wirklich, Inspektor. So attraktiv braucht man gar nicht zu sein, man muß nur –» Sie schaute Jury an, als müßte er es wissen. «Und wegen ihr hätte er nach einem Monat beinahe seinen Job verloren. Und dann gab es diese gräßliche polizeiliche Untersuchung. Jeder dachte, Leo hätte was damit zu tun gehabt...» Sie verstummte, und die Farbe wich aus ihrem Gesicht. Der Ärger, den sie wahrscheinlich nur mit großer Mühe unterdrückt hatte, schien sie innerlich explodieren zu lassen. «Das war zuviel für den armen Jungen; er war bis in beide Ohren in sie verliebt.»

Das entsprang wohl dem besorgten Herzen einer Mutter, obwohl Olive Manning keinen sehr mütterlichen Eindruck auf Jury machte.

«Damals, vor fünfzehn Jahren, haben Sie doch beobachtet, wie Dillys March weggefahren ist. Erzählen Sie mir bitte davon.»

«Ich schlafe gewöhnlich ziemlich schlecht, das war schon immer so, und ich war auch an diesem Abend noch wach. Irgendein Geräusch veranlaßte mich, zum Fenster zu gehen. Vielleicht eine Autotür, die zugeschlagen wurde. Ich schaute hinaus und sah sie am Garagentor. Sie hielt den Kopf gesenkt und suchte anscheinend nach ihren Schlüsseln. Und dann sah ich, wie sie in ihr rotes Auto stieg und davonfuhr. Davon*schoß*. Wie immer.»

«Das war das letzte Mal, daß Sie sie gesehen haben?» Sie nickte. Jury wechselte das Thema. «Sie sind ungefähr zwei Wochen vor Weihnachten nach London zu Ihrer Schwester gefahren?»

«Ja. Ich übernachte bei ihr, wenn ich Leo besuche... dieser Kriminalbeamte, Inspektor Harkins oder einer seiner Männer bestand darauf, mit Leo zu sprechen. Es ist wirklich schrecklich, können sie den armen Jungen denn nicht in Ruhe lassen? Er hat doch nichts getan...»

Überrascht stellte Jury fest, daß sie den Tränen nahe war; ihr Sohn war wohl ihr schwacher Punkt. «Ja, ich weiß, sie haben mit ihm gesprochen, aber ich glaube nicht, daß Leo ihnen viel weiter helfen konnte. Er hat sich an kaum was erinnert.» An nichts, wenn man Harkins Glauben schenkte. «Die Kosten für das Heim, in dem Leo sich befindet, trägt der Colonel, nicht wahr?»

Sie blickte ihn scharf an. «Der Colonel war schon immer ein verantwortungsbewußter Mann. Ich glaube, er weiß, bei wem die Schuld zu suchen ist.»

«Es wäre doch ziemlich ärgerlich, wenn Dillys March zurückkommen und ihn veranlassen würde, anders darüber zu denken.» Olive Manning starrte ihn wütend an, machte den Mund auf und machte ihn wieder zu. «Ich würde gerne noch mit Ihrer Schwester sprechen, Mrs. Manning. Könnten Sie mir ihre Adresse geben?»

«Warum?» Was hat denn sie mit der Sache zu tun? Glauben Sie, ich hätte Sie angelogen, was diesen Besuch betrifft?»

«Nein, ein Anruf würde genügen, um das herauszufinden. Wo wohnt sie?»

Sie war verwirrt; ihre Hände flatterten wie zwei kleine Flügel. «Ich kann mir nicht vorstellen, was Sie von ihr wollen. Sie heißt Fanny Merchent. Mrs. Victor Merchent. Sie wohnen in der Ebury Street, Nummer neunzehn. In der Nähe von Victoria.»

«Vielen Dank, Mrs. Manning.» Jury stand auf, und Wiggins erhob sich mit ihm. «Vielleicht muß ich noch einmal mit Ihnen sprechen.»

Olive Manning gab keine Antwort, und sie schaute sich auch nicht nach ihnen um, als sie aus der Küche gingen.

«Haben Sie heute morgen schon Mr. Plant gesehen, Wood?»

«Nein, Sir. Soviel ich weiß, ist er noch nicht heruntergekommen, Sir.»

«Können Sie ihm bitte ausrichten, ich sei nach London gefahren?» Jury lächelte. «Und sagen Sie ihm bitte auch, er solle nicht den ganzen Tag im Bett verbringen.»

Der Butler hatte ein kleines, verschwörerisches Lächeln aufgesetzt, als würden sie beide – Wood und Jury – die Gepflogenheiten des Landadels nur zu gut kennen.

Als sie über die schwarz-weißen Marmorfliesen der Eingangshalle gingen, sagte Jury zu Wiggins: «Während Sie einen Wagen auftreiben, werde ich Tom Evelyn einen Besuch abstatten. Ich bleibe nicht lange in London – höchstens einen Tag. Ich muß mit ein paar von diesen Leuten sprechen.»

«Inspektor Harkins fühlt sich vielleicht auf den Schlips getreten. Als sei er seinen Pflichten nicht nachgekommen.»

«Macht nichts. Er fühlt sich immer auf den Schlips getreten. Ich werde Sie aber in Pitlochary absetzen, dann können Sie ihm alles erklären.»

«Nett von Ihnen, Sir», sagte Wiggins, ohne eine Miene zu verziehen; sein Gesicht war halb verdeckt von seinem Inhaliergerät.

19

Melrose Plant lag zwar im Bett oder vielmehr auf dem Bett, aber Jury hatte sich trotzdem getäuscht.

Er war voll angezogen und starrte auf die kunstvoll bemalte Decke mit ihren Göttern, Göttinnen und Putten. Er lächelte; er dachte an Julian Craels Räume – drei Türen von seinen entfernt.

Melrose hatte das Foto, das er in der Hand hielt, gerade eben aus ihnen entwendet. Und er war zufrieden mit sich.

Zuerst hatte Melrose sich vergewissert, ob Julian auch seinen Morgenspaziergang machen würde: Er bot ihm seine Begleitung an, worauf ihm Julian einen Blick zuwarf, als hätte er ihm einen unsittlichen Antrag gemacht. Jemand, der es vorzog, eine Stunde lang im Moor herumzuirren (was Julians Absicht war), statt am Kaminfeuer zu sitzen und Cockburns Very Superior Port zu trinken, konnte nicht ganz normal sein. Für Melrose war es jedoch eine gute Gelegenheit gewesen, seinen Plan durchzuführen.

Sie mochten sich nicht, das war klar. Auch Gemeinsamkeiten wie Rang, Reichtum und gesellschaftliche Stellung brachten sie einander nicht näher. Melrose fühlte sich schuldig: Es war wirklich seine Absicht gewesen, etwas über Julian in Erfahrung zu bringen, wenigstens einen Eindruck, was den Colonel beruhigt hätte.

Ein hoffnungsloses Unterfangen. Aus Julian Crael war nichts rauszukriegen, obwohl das wahrscheinlich seine, Melroses Schuld war. Er dachte an Jury, der wie in der Bibel Wasser aus dem Felsen schlug: Er brauchte nur den Fuß auf Percy Blythes Schwelle zu setzen, und schon fing Percy an zu reden.

Melrose beschloß, daß er sich, wenn es auf die eine Weise nicht ging, seine Informationen eben auf andere Art beschaffen würde.

Und das hatte er auch getan. Es war vielleicht nicht gerade fein, die Zimmer eines Gentleman zu durchsuchen. Aber es war auch kein Verbrechen.

Er hatte sich in Julians Räume geschlichen, ohne recht zu wissen, welche Beweisstücke er eigentlich zu finden hoffte. Und er hatte auch nicht damit gerechnet, auf etwas zu stoßen. Er war jedoch fündig geworden.

Im Haus hatte sich nichts gerührt. Der Colonel trieb sich in seinen Hundezwingern in Pitlochary herum. Olive Manning war nach Whitby gefahren, und die Dienstboten drehten Daumen.

Melrose hatte also das Haus praktisch für sich allein gehabt. Er war aber so schlau gewesen und hatte die Tür zu Julians Zimmer sperrangelweit offenstehen lassen, falls doch jemand vorbeikommen sollte. Dann wäre erst gar nicht der Verdacht aufgekommen, er würde bei ihm herumschnüffeln; er hätte einfach behaupten können, er habe sich ein Buch ausleihen wollen oder etwas dergleichen. Julian besaß eine großartige Sammlung wertvoller, alter Bücher über Yorkshire.

Melrose hatte lautlos jede Schublade, jedes Regal, jeden Wandschrank durchsucht. Es hatte nicht viel Zeit in Anspruch genommen, da die Räume mit den moosfarbenen Vorhängen und den schweren Tudor-Möbeln sehr spartanisch, ja schon beinahe trostlos leer waren.

Melrose zog die Vorhänge auf und schaute aus den hohen Fenstern, die alle aufs Meer hinausgingen; er wollte sich vergewissern, daß Julian Crael nicht doch beschlossen hatte, wieder umzukehren. Da sich der Nebel etwas gelichtet hatte und die Sonne durchgekommen war, konnte er den Weg, der an den Klippen entlangführte, bis zur nächsten, großen Biegung verfolgen. Von Julian war jedoch nichts zu sehen.

Es gab zwei Räume, ein Schlafzimmer und ein kleineres Arbeits- oder Lesezimmer. Er fing mit dem Schlafzimmer an. Die Kommode enthielt die üblichen Accessoires einer gepflegten Herrengarderobe, einschließlich einer viktorianischen Geldkassette und einer Toilettengarnitur mit zwei silbernen Haarbürsten (die Melrose in die Hand nahm und neidisch betrachtete). Außerdem lagen noch Schlüssel, eine Flasche Magnesiumsulfat und ein Foto von Lady Margaret herum. Sehr interessant war das alles nicht. In dem

Schrank hingen ein paar tadellos geschnittene Anzüge, ein Bademantel und eine Reitjacke. Er hatte gesehen, wie Julian einmal in aller Frühe eines der Pferde aus dem Stall holte; an der Jagd selbst wollte er jedoch nicht teilnehmen.

Melrose ging in das Arbeitszimmer, wo in einer Nische zwischen den Regalen ein hübscher, kleiner Sekretär stand. Er klappt die Platte hoch, fand aber nur die üblichen Schreibutensilien – keine privaten Briefe, nur ein paar Rechnungen von einem Londoner Schneider. Systematisch durchsuchte er jede Schublade, stieß aber auf nichts von Bedeutung: Briefpapier, Füllfederhalter und in einer Schublade ein paar Schnappschüsse, die er sich etwas genauer anschaute. Es waren vor allem Moorlandschaften und Ansichten von dem Haus, die schon etwas älter sein mußten. Er schloß die Schubladen und wandte sich den Bücherregalen zu. Sie machten einen sehr ordentlichen Eindruck; nichts schien sich hinter ihnen zu verbergen, keine Geheimfächer oder geheimen Dokumente.

Auf den Regalen standen mehrere gerahmte kleine Fotografien. Eigentlich waren es nur Schnappschüsse, ein Dutzend ungefähr. Sie hatten diese bräunliche Farbe, die sich im Lauf der Jahre einstellt. Auf einigen erkannte er Julian in jüngeren Jahren und die elegante Lady Margaret am Arm ihres Mannes; er wußte auch, daß das schwarzhaarige Mädchen Dillys March sein mußte – er hatte die Fotos gesehen, die der Colonel der Polizei zur Verfügung gestellt hatte.

Dillys war auf mindestens einem halben Dutzend zu sehen, und wenn man die Fotos dazuzählte, auf denen sie mit den andern zusammen posierte, waren es sogar noch mehr. Eines zeigte sie mit Lady Margaret, ein Schnappschuß, der im Garten gemacht worden war; sie war noch beinahe ein Kind, zehn oder elf Jahre vielleicht. Ein anderes mit Julian und einem jungen Mann, der Julians Bruder Rolfe sein mußte. Alle drei saßen auf ihren Pferden. Neben Dillys und Julian, die sich mitten in der Pubertät befanden, sah Rolfe schon sehr erwachsen aus. Er war sehr hübsch, aber nicht vergleichbar mit Julian, abgesehen vielleicht von den blonden Haaren, die er von seiner Mutter geerbt hatte. Dann gab es noch zwei Fotos mit Dillys und Julian, die wohl etwas später aufgenommen waren: Beide standen stocksteif auf der Treppe zum Old House. Auf drei weiteren war Dillys allein zu sehen, einmal auf ihrem Pferd, die beiden andern

Male gegen die Stange eines Zauns gelehnt. Sie sah eher schüchtern aus; den Kopf hielt sie gesenkt, und ihre Augen waren von dem Pony und den Wimpern halb verdeckt. Sie konnte noch keine zwanzig gewesen sein und trug noch dasselbe leichte Seidenkleid, das sie schon auf der Treppe getragen hatte.

Er zählte zusammen: sieben Fotos von Dillys. Niemand war so häufig vertreten, und trotzdem behauptete Julian Crael, er könne sie nicht ausstehen.

Melrose wußte nicht, wieso ihm gerade in diesem Augenblick ein alter Trick seiner Mutter einfiel. Wenn sie mehr Fotos als Rahmen hatte, oder wenn sie eines der alten Fotos durch ein neueres ersetzen wollte, nahm sie einfach den Karton heraus und schob das neue vor das alte. Er fing mit den Fotos von Julian und Dillys an, aber hinter der samtartigen Verstärkung steckte immer nur das Stückchen Karton. Er versuchte bei vier verschiedenen Fotos sein Glück. Bei dem fünften, auf dem Dillys gegen den Zaun lehnte, entdeckte er dann noch einen zweiten Schnappschuß: Dillys in irgendeinem Park. War es der Regent's Park? Oder der Hyde Park?

Jedenfalls war dieses Mädchen kein Teenager mehr; es war eine junge Frau. Dillys March? Oder Gemma Temple? Melrose hatte die Fotos von Gemma Temple nicht gesehen, aber wenn die Ähnlichkeit wirklich so groß war ...

Auch in dem nächsten Rahmen entdeckte er noch ein zweites Foto. Sie stand vor einem Gebäude gegen ein eisernes Gitter gelehnt. Das Gebäude unterschied sich nicht von tausend andern Backsteinbauten der Stadt. Er hätte gerne noch weitergemacht, fürchtete aber, Julian könnte zurückkommen. Seit einer guten halben Stunde war Melrose nun schon in Julians Arbeitszimmer.

Er öffnete die Schreibtischschublade mit den Schnappschüssen, nahm zwei davon heraus und schob sie hinter die Fotos von Dillys. Das war natürlich etwas riskant, aber Julian würde sich wahrscheinlich zufrieden geben, wenn er an dem Rahmen erkannte, daß zwei Fotos dahintersteckten, und er würde sich nicht die Mühe machen, die hinteren hervorzuholen. Auf jeden Fall hatte sich die Sache gelohnt. Er mußte unbedingt Jury von seinem Fund unterrichten.

Als er wieder in seinem Zimmer war und sich auf dem Bett ausstreckte, wurde ihm klar, daß er auf eine heiße Spur gestoßen war. Ob diese Frau nun Dillys March oder Gemma Temple war, interessierte ihn in diesem Augenblick schon nicht mehr – egal, wer sie war, sie hätte nicht in London auftauchen dürfen. Und auch nicht in einem Bilderrahmen in Julian Craels Zimmern.

20

«Dillys March? Ja, die kannte ich, ist aber schon lange her. Was hat sie denn mit der Sache zu tun?»

Tom Evelyn, der Aufseher der Jagdhunde in Pitlochary, schleppte gerade mehrere Eimer mit Brei in die Zwinger, als Jury auf ihn zutrat. «Haben Sie diese Gemma Temple gesehen, als sie in Rackmoor war?» Evelyn schüttelte den Kopf. «Gemma Temple und Dillys March glichen sich wie ein Ei dem andern.»

Er riß die Augen auf – sie waren auffallend blau. Er war beinahe vierzig, aber man hätte ihn auf Ende Zwanzig schätzen können. Auch in zehn oder fünfzehn Jahren würde Tom Evelyn nicht viel anders aussehen – aufrecht, hager, dunkel und größer, als er in Wirklichkeit war, da er sich so gerade hielt. Und auch vor fünfzehn Jahren hatte er bestimmt schon so ausgesehen: ein Mann, der Frauen gefiel, die Männer mochten, und vielleicht auch Frauen, die Männer nicht mochten.

«Sie wollen mir doch nicht erzählen, daß die Ermordete Dillys March war, oder?»

«Nein. Aber wir würden gerne mehr über Dillys March erfahren von den Leuten, die sie gekannt haben.»

Evelyn rollte seine Ärmel hinunter und knöpfte langsam seine Lederweste zu. «Ich kann Ihnen nur eines sagen, Mann, wo die auftauchte, da gab's garantiert Ärger.»

«Für wen?»

«Für jeden, auf den sie es abgesehen hatte.»

«Für Sie?»

Seine blauen Augen blickten über den Hof und die Hundezwinger hinweg in die Ferne. Er war verlegen, aber er zeigte seine Verlegenheit nicht. Jury fragte sich, ob seine Hölzernheit – seine aufrechte Haltung, sein starrer Gesichtsausdruck – wohl darauf zurückzuführen seien, daß er es vor allem mit Tieren und weniger mit Menschen zu tun hatte. Und daß er die Tiere den Menschen wahrscheinlich vorzog. Eine leichte Röte hatte sein sonnverbranntes Gesicht überzogen. «Ja, für mich auch, wenn ich sie hätte machen lassen. Seit über zehn Jahren war ich Aufseher gewesen. Davor Reitknecht. Und wegen so einer wie der wollte ich das nicht aufs Spiel setzen.»

Das klang nicht nur verächtlich, sondern richtig schroff. Evelyn war kein Mann, der seine Gefühle zur Schau trug; wenn Dillys ihn nach fünfzehn Jahren noch so in Rage versetzen konnte, dann mußte sie tatsächlich ein Teufelsbraten gewesen sein. Tom Evelyn schien seinen Stolz zu haben, und Jury versuchte, ihm nicht auf die Füße zu treten. «Gut. Sie wollten sie sich vom Hals halten, aber hat sie das davon abgehalten, sich Ihnen an den Hals zu werfen?»

Evelyn ging in die Hocke und rührte den Brei um, der so dick war, daß der Löffel darin steckenblieb. Fünf Meter von ihnen entfernt fingen die Hunde an, nach ihrem Essen zu toben. «Sie hat's auch geschafft. Ich war einfach zu blöd.»

«Was ist passiert?»

«Passiert ist nur einmal was. Lag an meiner jugendlichen Dummheit. Ich war damals der zweite Pikör. Dillys kam in den Zwinger, sie und der Colonel. Aber sie blieb etwas länger...» Er zuckte die Achseln und überließ es Jury, sich diesen Teil der Geschichte auszumalen. «Sie wollte es zu einer Dauereinrichtung werden lassen, aber ich hatte Schiß. Das Mündel des Colonels – Allmächtiger! Aber eine Crael war das nicht – egal wo sie herkam und wo sie hin verschwunden ist, Dillys March war einfach eine Schlampe.»

«Haben Sie eine Ahnung, wo sie hingegangen sein könnte? Und finden Sie es nicht komisch, daß sie einfach so verschwunden ist?»

«Mann, ich werde nicht dafür bezahlt, mir darüber Gedanken zu machen.»

«Und was war mit Olive Mannings Sohn, Leo? Ich hab gehört, daß sie mit ihm auch was gehabt haben soll.»

Evelyns Lachen klang so schrill wie das Signal für die Hunde. «Natürlich. Sie hatte mit jedem was. Olive Manning hätte sie umbringen können –» Evelyn warf Jury einen Blick zu. «Sie wissen, wie ich das meine. Sie war untröstlich, als Leo in die Anstalt mußte.»

«Aber Sie glauben doch nicht im Ernst, daß das Mädchen einen sonst völlig normalen Mann reif für eine Anstalt machen konnte?»

Evelyn antwortete nicht. Er bückte sich nach den Eimern mit dem weißen, gallertartigen Inhalt.

«Komisch, daß sie einen, den sie praktisch die ganze Zeit vor der Nase hatte, überhaupt nicht bemerkte. Er war doch bei weitem der attraktivste, zumindest von ihrem Standpunkt aus.»

«Ich weiß nicht, Rolfe Crael interessierte sich für *Frauen*, nicht für kleine Mädchen.» Evelyn lächelte, und das Lächeln war erstaunlich warm. «Aber sie hat es bestimmt probiert.»

«Ich meine nicht Rolfe. Ich meine Julian.»

«Wie kommen Sie denn darauf?»

«Ich weiß nicht – er konnte sie doch nicht ausstehen.»

Wieder dieses schrille Lachen. «Aber das ist doch absolut blödsinnig. Julian war verrückt nach ihr. Jeder konnte das sehen.»

21

An Melroses Tür war die Andeutung eines Klopfens zu hören. Er schob die Fotos unter sein Kissen und sagte: «Herein!»

Wood, mumienhaft reserviert, sagte: «Entschuldigen Sie, Sir, Sie werden am Telefon verlangt. Und Colonel Crael würde Sie auch gern sprechen, wenn Sie herunterkommen. Er ist im Red Run Salon, seinem ‹Nest›.»

Melrose sah den Schatten der Mißbilligung auf Woods Gesicht: ein Gentleman, der vollständig angezogen um zwölf Uhr mittags auf dem Bett herumliegt und auch noch die Schuhe anhat? Sein eigener Butler, Ruthven, hätte sich nichts anmerken lassen. Er bedankte sich bei Wood und nahm die Beine vom Bett.

«Wo finde ich hier ein Vergrößerungsglas, Wood? Ich muß ein paar Dinge unter die Lupe nehmen.»

«Colonel Crael hat eines für seine Schmetterlingssammlung. Ich bringe es Ihnen.»

«Ich komme sofort runter. Könnten Sie wohl noch etwas Tee und Toast für mich auftreiben? Ist zufällig Inspektor Jury am Apparat?»

«Nein, Sir. Ich soll Ihnen ausrichten, daß der Inspektor nach London gefahren ist. Es ist Lady Ardry.»

«Verflucht», dachte Melrose. Jury in London. Was sollte er nur mit den Fotos machen? «Ist Wachtmeister Wiggins auch mitgefahren?»

«Kann ich Ihnen nicht sagen. Sie sind zumindest zusammen aus dem Haus gegangen. Ihr Tee kommt sofort, Sir.» Bevor Wood sich wieder entfernte, fügte er nachdenklich hinzu: «Ein vielbeschäftigter Mann, dieser Inspektor Jury.»

Agathas Stimme klang erschreckenderweise so, als befände sie sich in dem Zimmer nebenan.

Wo sie auch, wie sie sagte, innerhalb der nächsten 24 Stunden sein würde. Die gute, alte Teddy war ebenfalls von Sir Titus eingeladen worden. Sie würden sich also gemeinsam auf den Weg machen.

Natürlich hatte sie sich selbst eingeladen. Melrose wußte, daß er weder durch Argumente noch durch Beleidigungen oder Drohungen etwas erreichen würde. Sie würde sich einfach taub stellen. Er könnte sie zum Schweigen bringen, indem er sie totprügelte – nur war sie leider in York, und er war hier.

«Wie nett», sagte er und schloß gequält die Augen. «Hör zu, Agatha, wenn du noch ein paar Tage warten könntest, dann würde ich vorbeikommen.» Er senkte die Stimme. «Du solltest nämlich noch etwas für Jury erledigen, etwas sehr Wichtiges. Er hat eigens um deine Hilfe gebeten.» Jury würde ihn umbringen.

Gespanntes Schweigen. Die Leitung vibrierte förmlich. Sie erinnerte ihn daran, daß sie die Polizei noch nie enttäuscht habe.

Als Melrose schließlich wieder auflegte, hatte er keine Ahnung, mit welcher Aufgabe er Agatha in York betrauen sollte. Er würde sich jedoch noch etwas einfallen lassen.

Aber *ein* guter Gedanke war ihm beim Telefonieren gekommen. Als Wood wie ein schwarzer Schwan in sein Gesichtsfeld schwamm, fragte ihn Melrose, ob er auch ein Londoner Telefonbuch auftreiben könne. Wood meinte, er würde es ihm zusammen mit dem Vergrößerungsglas bringen.

«Ich habe mich eben sehr angeregt mit Ihrer Tante unterhalten», sagte Sir Titus Crael und klappte sein Whythe-Melville-Buch zu. «Hier ist Ihr Tee. Sie sind wohl ein ziemlicher Langschläfer, hmm?»

Mit einem starren Lächeln nahm Melrose den Tee entgegen. «Wie nett von Ihnen, Colonel, Sie hierher einzuladen. Wie ungeheuer nett.»

«Melrose, Sie haben mir leider verschwiegen, daß sie ganz in unserer Nähe weilt. Von hier bis York sind es nur ein paar Stunden.»

Ist mir bekannt! dachte Melrose. Er rieb seine Goldrandbrille blank, stopfte sein Taschentuch wieder in die Tasche und ließ den Blick über das besiegte Rackmoor schweifen. Jemanden wie Agatha konnte man einfach nicht hierher einladen, in einen Ort, der ein solches Kleinod war, daß er unter Denkmalschutz stand. Es war, als würde man eine Kuh auf die Treppen des Howard Castle stellen. Er ließ seine Augen im Zimmer umherschweifen, während er sich in Gedanken durch die Jahre mit Agatha quälte, und er fragte sich, warum ausgerechnet sie von seiner Familie übriggeblieben war. «Halten Sie denn den Zeitpunkt für so geeignet, Colonel?»

Sir Titus blickte ihn überrascht an: «Aber sie sagte doch, sie sei eine gute, alte Bekannte von Inspektor Jury. Sie hätten sogar schon einmal zusammengearbeitet, damals bei den Gasthofmorden in Ihrem Dorf in Northants. Davon haben Sie mir gar nichts erzählt, Melrose!»

Melrose lächelte matt. «Ich dachte, Sie hätten schon genug am Hals...» Er verstummte, während er hilfesuchend verschiedene Gegenstände fixierte und auf eine Eingebung wartete. Er könnte dem Colonel erzählen, sie hätte sich eine Erkältung zugezogen oder sie sei verschieden – was auch immer. Melroses Blick fiel auf eine Folge von Jagdszenen, die derjenigen im Fuchs sehr glich.

«Haben Sie die Jagd erwähnt, Sir Titus?»

«Hmm? Die Jagd, nein, hab ich nicht. Warum?»

Melrose schlug sich gegen die Stirn. «Ach, du meine Güte, das ist wirklich zu dumm. Agatha ist nämlich allergisch gegen Pferde.»

Fassungslos starrte ihn Sir Titus an. Melrose hätte ihm genausogut sagen können, seine Tante habe eine Geschlechtskrankheit.

«Ja. Sie braucht ein Pferd nur zu riechen, und schon kriegt sie einen Anfall.» Er zuckte die Achseln. «Wenn ich ihr erzähle, daß in drei Tagen hier eine Jagd stattfindet, wird sie sich es wohl wieder anders überlegen, befürchte ich. Mit Allergien ist das so eine Sache.»

Er hatte Agatha einmal auf Bouncer sitzen sehen: Wo Bouncer

anfing und Agatha aufhörte, ließ sich von hinten nicht entscheiden. Bouncer war sie jedoch schnell wieder losgeworden.

Wenn ihm das nur auch gelänge. Melrose seufzte und trank seinen Sherry.

Als er wieder auf seinem Zimmer war, nahm Melrose sich als erstes das Foto mit dem Backsteingebäude vor.

Zuerst dachte er, der weiße Fleck hinter der Frau sei ihr weißes Kleid, das sich in dem Fenster spiegelte. Als er aber das Vergrößerungsglas darüber hielt, erkannte er, daß es eine Gestalt in einem weißen Jackett war, ein Kellner wahrscheinlich. Auf dem Fenster, das unterhalb ihrer rechten Schulter endete, standen drei Buchstaben: A C E. War das ein Wort für sich oder nur der Teil eines Wortes? Er hielt das Vergrößerungsglas über die undefinierbaren Formen hinter dem Fenster. Laternen. Höchstwahrscheinlich diese Papierlaternen, die in billigen orientalischen Restaurants als Dekoration verwandt wurden. Das würde auch das weiße Jackett erklären. Und wie viele solcher Restaurants hatte das Gebäude auch diesen Lagerhaus-Charakter. A C E – es konnte alles bedeuten. Melrose schnappte sich das Londoner Telefonbuch, schlug die Seiten mit den Gaststätten auf, und der Mut verließ ihn. Es gab über hundert chinesische oder fernöstliche Restaurants. Als er aber die Spalten überflog, fiel ihm ein ziemlich häufiger Name auf: das Wort *Palace*. Er schaute auf das Foto. Möglicherweise waren die drei Buchstaben die letzte Silbe dieses Wortes.

Er ging noch einmal die Seiten mit den Restaurants durch und schrieb sich, angefangen mit China Palace, alle Zusammensetzungen mit *Palace* heraus. Als er damit fertig war, hatte er ungefähr zwanzig Namen auf seiner Liste stehen, aber das war auf jeden Fall besser als einhundert.

Melrose klappte das Telefonbuch zu und überlegte sich, was zu machen war. Da Jury und Wiggins nicht da waren, sollte er die Fotos vielleicht Harkins unterbreiten. Aber Harkins konferierte, wie er gehört hatte, mit dem Polizeidirektor in Leeds.

Zum Teufel damit: Er konnte ja selbst nach London fahren, New Scotland Yard die Beweisstücke übergeben, Jury bei der Suche nach jenem Palace-Restaurant behilflich sein und in York Zwischenstation machen, um sich durch irgendeinen schlauen Trick Agatha vom

Hals schaffen. (Nicht allzu schlau, da es sich um Agatha drehte.) Er schaute auf die Uhr: noch nicht einmal ein Uhr. Er könnte in York noch zu Mittag essen oder schon seinen Tee einnehmen und um halb zehn oder zehn in London sein. Ohne sich beeilen zu müssen.

Melrose war zufrieden mit sich. Drei Fliegen auf einen Schlag. Oder vielmehr zwei Fliegen und eine Schmeißfliege.

22

Der Sherry Club war ein unauffälliges, cremefarbenes Gebäude mit einer glatten Fassade ganz in der Nähe von Shambles, im Schatten der Kathedrale. Sie hatten sich offensichtlich bemüht, alles zu vermeiden, was nach Reklame aussah. Nur ein kleines Messingschild rechts neben der eichenen Eingangstür wies auf den Club hin. Er hatte das Aussehen und die Funktion eines *Men's Club*, aber in seinem Speisesaal wurden inzwischen auch Frauen zugelassen, solange sie sich diskret verhielten und lautlos bewegten (zumindest hatte man diesen Eindruck).

Nicht der geeignete Ort, sich mit Agatha zu treffen.

Melrose war wütend, daß er eine, wenn nicht gar zwei Stunden opfern mußte, um mit seiner Tante Tee zu trinken, aber er wußte, daß sie sehr viel umgänglicher war, wenn sie sich den Bauch vollgeschlagen hatte. Und dann war dieses Treffen ja nur ein kleines Opfer, wenn es ihm gelang, sie von Rackmoor fernzuhalten. Ganz zu schweigen von dieser Teddy.

Er hatte sich an einen Tisch bei einem der hohen Fenster gesetzt, um die Straße im Auge behalten zu können. Hier konnte er ans Fenster klopfen, falls es nötig sein sollte.

Er war absichtlich etwas früher gekommen, um sich die andern Gäste anschauen zu können, bevor sie auftauchte. So kurz nach der Lunchzeit war der Saal jedoch fast leer. An einem Tisch weiter hinten entdeckte er einen Mann und zwei Frauen; sie schieden aus. Außer ihnen gab es nur noch zwei weitere Personen, ein kleines, vogelartiges Männchen, das sich mit Gebäck vollstopfte, und einen anderen Mann, der für Melroses Zwecke schon eher in Frage kam: dunkler

Anzug, Schirm und Melone wie ein Gardeoffizier. Er hatte habichtartige, starre Züge. Die Melone lag vor ihm auf dem Tisch; der fest zusammengerollte Schirm (der bestimmt noch nie geöffnet worden war) hing an dem Stuhl. Er las eine Zeitung.

Melrose winkte den Kellner heran. «Dieser Herr da drüben kommt mir sehr bekannt vor. Ich glaube, wir sind zusammen in Harrow gewesen, es liegt allerdings schon etwas zurück. Es ist doch Sir John Carruthers-White, nicht wahr?»

Der Kellner blickte in die Richtung des Gastes. «O nein, Sir. Das ist Mr. Todd, Sir. Er ißt immer bei uns zu Mittag, weil er von hier so rasch wieder im Münster ist.»

«Ist doch nicht zu fassen!» sagte Melrose und starrte ihn verblüfft an. «Er sieht Carruthers-White zum Verwechseln ähnlich. Das Münster? Was hat Mr. Todd denn im Münster zu suchen?»

«Er macht die Führungen, Sir.» Der Kellner fegte mit seiner weißen Serviette ein paar imaginäre Krümel vom Tisch. «Es ist sehr populär, das Münster.»

Als wäre das Yorker Münster eine neue Rock-Gruppe. «Kann ich mir vorstellen. Und macht Mr. Todd diese Führungen auch im Winter? Ich meine, zur Zeit?»

Der Kellner schien sich nicht zu fragen, warum Mr. Todd, der offensichtlich nicht dieser Carruthers-White war, immer noch Melroses Interesse erregte. «O ja. Heute nachmittag gibt es noch eine oder zwei Führungen. Ich glaube, so gegen drei.»

Er würde also nicht mehr lange bleiben. Verdammt, wo blieb Agatha? «Bitte decken Sie für zwei Personen.»

Der Kellner verschwand. Ein paar Minuten später tauchte er wieder mit seinem Tablett auf und stellte Kanne, Tassen und Kuchen auf den Tisch. Melrose entdeckte seine Tante. Sie stand vor dem Sherry Club und wirkte wie immer völlig fehl am Platz – wie von einem andern Sonnensystem. Der Hut, den sie trug, verstärkte diesen Eindruck: eine wilde Mischung aus Violett und Blau mit einer langen, grünen Feder. Sie verschwand.

Und tauchte im Speisesaal wieder auf; der Kellner führte sie an den Tisch. Melrose blickte zu Todd hinüber; er hoffte nur, daß er nicht gerade jetzt, wo Agatha eingetroffen war, aufbrechen würde. Nein, er schien sich mit seiner Zeitung und seinem Kaffee für längere Zeit eingerichtet zu haben.

«Wie ich sehe, Melrose, hast du schon ohne mich angefangen.» Sie klappte den Deckel der silbernen Kanne hoch, spähte hinein und inspizierte dann die belegten Brote und den Kuchen. Sie stocherte mit dem Finger in jeder Platte herum und zählte dann laut auf, was sie entdeckt hatte. «Hmm, keine Buttercremetörtchen.»

«An besseren Ort gibt es sie nicht, Agatha. Oder hast du etwa schon bei Fortnum welche gekriegt? Du wirst dich mit dem Gebäck begnügen müssen.»

Sie legte ihren schäbigen Fuchs ab und machte es sich bequem. «Hast du mich hierher beordert, um mit mir über Kuchen zu reden, Melrose? Du hast wohl wieder getrunken?»

Er wünschte, er hätte sich vor ihrem Treffen mit ein paar doppelten Brandys gestärkt. Mit ihr zu reden war schwieriger, als gegen einen Schwarm Karpfenfische anzuschwimmen. Sie leerte ihre erste Tasse Tee und verschlang ein mit Fischpastete bestrichenes Brot, das war jedoch nur der Anfang.

Melrose butterte sich ein Brötchen. Eigentlich mochte er diese Brötchen mit den Fruchtstückchen obendrauf überhaupt nicht. «Ich – wir – wollten dich bitten, uns behilflich zu sein. Die Sache ist aber streng geheim.»

«Worum handelt es sich? Und wie geht es Jury? Warum ist er nicht mitgekommen? Der Ärmste wird auch immer in die entlegensten Gegenden geschickt. Ist er denn für London nicht gut genug?»

«Du weißt ganz genau, daß er gut genug ist. Er gehört zur Mordkommission. Es tut ihm aufrichtig leid, daß der Mord nicht in einem schickeren Viertel begangen wurde, in Belgravia oder Mayfair zum Beispiel. Ich dachte immer, du würdest Jury bewundern.»

«Oh, *bewundern*, das ist zuviel gesagt. Er ist schon ein ganz tüchtiger Bursche.» Sie ließ einen Klacks Schlagsahne auf ihr Törtchen fallen.

Offensichtlich empfand sie Jurys Fernbleiben als grobe Beleidigung.

«Agatha, da drüben links hinter dir sitzt ein Herr – nein, dreh dich nicht um, du machst ihn sonst auf dich aufmerksam!»

Sorgsam vermied sie es. Als sie ihr Törtchen gegessen hatte, knapperte sie an einem der Plätzchen herum, überlegte es sich dann aber plötzlich wieder anders, legte es wie ein unartiges Kind auf den Teller zurück und nahm sich ein Stück Obsttorte. «Was ist mit ihm?»

«Ich glaube, er verfolgt mich. Hunderprozentig sicher bin ich mir natürlich nicht, aber – nein, dreh dich nicht um! Jury hält ihn für einen *agent provocateur*.»

Agatha würde, um ihre Neugierde zu befriedigen, vor nichts zurückschrecken. Melrose schob sein Besteck hin und her und fuhr fort, «Ich – ah, das heißt Jury – wollte dich und Mrs. Harries-Stubbs bitten –»

«Teddy? Um was denn?»

«Ich muß gestehen, daß mir hier etwas ziemlich Peinliches passiert ist...» Sie lächelte, zufrieden, daß er endlich in Ungnade gefallen war. «Ein Aufbewahrungsschein ist verlorengegangen. Er war in meiner Brieftasche. Ich kann nicht verstehen, wie er rausfallen konnte. Aber ich weiß, daß ich ihn bei Teddy verloren haben muß, es ist mir nämlich gleich danach im Auto aufgefallen.»

«Für was ist der Zettel denn?»

Melrose erwog verschiedene Möglichkeiten und entschied sich für die Gepäckaufgabe von Victoria Station. Ließen die Leute nicht dauernd ihre Sachen dort stehen?

«Und was hat dieser Todd damit zu tun?»

«Mr. Todd interessiert sich ebenfalls für den Schein.» Melrose zündete sich so unbekümmert eine Zigarette an, als gebe es weit und breit keine Geheimagenten.

Agatha traten die Augen aus dem Kopf. «Ist er nicht gefährlich?»

«Ich denke nicht; schließlich hat er keine Ahnung, daß der Schein bei Teddy herumliegt.» Melrose lächelte strahlend. So konnte er sichergehen, daß sie das ganze Haus auf den Kopf stellen würden, bevor Mr. Todd sie heimsuchte. «Du und Teddy, ihr müßt alles gründlich durchsuchen. Man übersieht ihn leicht, weil er so klein ist.»

«Und wenn ihn die Putzfrau schon rausgefegt hat?»

Melrose starrte auf den Filter seiner Zigarette. «Dann müßt ihr in den Mülltonnen nachsehen.»

Als sie sich dagegen zu sträuben schien, legte er seine Hand auf ihre. Diese Geste war so ungewöhnlich für ihn, daß sie daraufstarrte, als wäre ein Fisch auf ihrem Tisch gelandet. «Agatha, dieser Zettel ist verdammt wichtig. Du wirst mich – uns – doch nicht im Stich lassen?»

Sie ließ ein par Krümel von ihrem Brötchen auf Melroses Ärmel fallen und sagte: «Na ja, was tut man nicht alles für alte Freunde...» Anscheinend kam sie überhaupt nicht auf die Idee, daß Jury die Polizei von ganz Yorkshire zur Verfügung stand, wenn er eine Hausdurchsuchung durchführen wollte. «Wann sehe ich ihn denn? Um Bericht zu erstatten?»

Ein klarer Fall von Erpressung. Vielleicht konnte er Jury dazu überreden, auf der Rückfahrt von London kurz bei ihr vorbeizuschauen. Eigentlich mußte ihm genausoviel daran gelegen sein, sich Agatha vom Leib zu halten. Nein, zum Teufel, es würde ihm überhaupt nichts ausmachen. Jury würde es schaffen, sie um den Finger zu wickeln und gleichzeitig zu ignorieren, ohne daß sie etwas merkte. Wo hatte er das nur gelernt? Percy Blythe fiel ihm wieder ein. «Jury wird mit mir zurückfahren. Morgen, übermorgen oder auch erst in drei Tagen.» Oder überhaupt nicht. Es war zwar nicht anzunehmen, daß Agatha das Münster besichtigen würde, aber vielleicht sollte er diese Sache vorsichtshalber auch noch abklären. «Mr. Todd macht übrigens die Führungen im Münster. Um sich zu tarnen, spielt er den Fremdenführer.»

«Tatsächlich? Aber was hat dieser Todd denn überhaupt mit den Craels zu tun?»

Melrose hätte ihr einen ganzen Roman über Todd und die Craels erzählen können, aber er wollte so schnell wie möglich nach London. Und er sah auch, daß Todd seine Zeitung zusammenlegte und nach seinem Regenschirm tastete. Wenn Melrose Wert darauf legte, von ihm verfolgt zu werden, mußte er sich beeilen. Hinter vorgehaltener Hand sagte er zu Agatha, die sich gerade einen Pfefferkuchen in den Mund schob: «Wenn wir jetzt gehen, können wir ihn vielleicht abschütteln, Agatha.»

Verdrossen antwortete sie: «Ich hab meinen Tee noch nicht ausgetrunken, aber wenn es unbedingt sein muß...»

Als sie vor dem Sherry Club standen, versuchte Melrose etwas Zeit zu gewinnen und ließ seinen Wagenschlüssel fallen. Er beobachtete, wie sich die Tür hinter ihnen öffnete und Todd heraustrat. «Wir waren doch nicht schnell genug», flüsterte er. «Tu so, als würdest du ihn nicht sehen. Er muß dann weitergehen; er kann schlecht stehenbleiben und in den Himmel starren.»

Und wie Melrose vorausgesagt hatte, ging Mr. Todd völlig sorglos die Straße hinunter.

«Wirklich gerissen», sagte Agatha. «Man würde nie auf den Gedanken kommen, daß er dir folgt.» Beruhigend tätschelte sie den Arm ihres Neffen. «Vergiß nie, Melrose, wenn irgend etwas passieren sollte, Ardry End ist in guten Händen.»

Melrose blickte auf die plumpe Hand auf seinem Arm und zweifelte nicht an ihren Worten. Zwei von den Ringen seiner Mutter steckten bereits an ihren Fingern.

«Sehr anständig von dir, Tante.» Er tippte an seinen Hut.

Und alle drei – Melrose, Agatha und Mr. Todd – gingen ihrer Wege.

V Limehouse Blues

1

Jury fuhr erst einmal zu seiner Wohnung, um nach der Post zu sehen. Im Briefkasten lagen ein paar Rechnungen, diverse Prospekte und ein Brief von seiner Cousine aus den Potteries. Obwohl nur eine Cousine, war sie wie eine Schwester für ihn, woran sie ihn auch unaufhörlich erinnerte. Das Erinnern galt jedoch stets seinen brüderlichen, nie aber ihren schwesterlichen Pflichten.

Er riß den Umschlag auf und las den Brief, während er die zwei Treppen zu seiner Wohnung hinaufstieg. Wie üblich wurde sie von Alec, ihrem trunksüchtigen Ehemann, den Kindern, von der Geldnot und der vielen Arbeit fast an den Rand des Wahnsinns getrieben. Jury schaute auf den Poststempel. Der Brief hatte bereits drei Tage wimmernd im Kasten gelegen.

War er nur drei Tage weggewesen? Müde streckte er sich aus. Er fühlte sich, als wäre er drei Wochen lang im Moor herumgelaufen. Er knipste die Schreibtischlampe an, besah sich das Durcheinander – angelesene Bücher, die über das ganze Wohnzimmer verstreut lagen, dazwischen gebrauchte Kaffeetassen – und hob das Telefon in den Schoß. Er saß in dem einzigen Sessel, den Kopf zurückgelehnt und dachte über seine Cousine nach. Zugegeben, der Ehemann taugte nicht viel. Aber sie hatte ihn sich ja schließlich selbst ausgesucht, oder? Entscheiden wir nicht selbst über unser Leben, zumindest zum Teil? Warum müssen uns die Leute, die uns nahestehen, auch immer wieder mit Sachen überraschen, über die wir, wie über Möbelstücke im Dunkeln, stolpern – *wer hat dich ausgerechnet da hingestellt?*

Unwillig nahm er den Hörer ab. Er wußte, es würde schon eine gute Viertelstunde in Anspruch nehmen, alle ihre Sorgen abzuhandeln. Der vielen Tränen wegen wurde daraus fast eine halbe Stunde. Er gab ihr schließlich den Rat, Ferien zu machen – eine Haushälterin zu engagieren und einfach für eine Woche wegzufahren, nach Blackpool oder anderswohin, das Geld dafür würde er ihr schicken. Als sie auflegte, klang sie beinahe fröhlich. Er wußte, er tat es nicht ihretwegen, sondern wegen ihrer Eltern. Sie hatten sich nach dem Krieg ihm gegenüber wirklich sehr anständig benommen, als sie ihn aus dem Heim holten und bei sich aufnahmen. Inzwischen waren beide tot. Und er dachte auch an ihre Kinder. Immer wenn sie mit den Nerven fertig war, mußten es die Kinder ausbaden. Er sah sie vor sich, eine Reihe blanker Gesichter. Das brachte seine Gedanken auf Bertie Makepiece. Er war überzeugt, daß Berties Mutter in London war. Jury zog den Briefumschlag, den er von Adrian bekommen hatte, aus der Tasche und prüfte den Absender: R. V. H., S. W. I. Die Initialen würden ihn nirgendwo hinführen; wer immer der Briefschreiber war, die Adresse war unvollständig. Möglicherweise eine Geschäftsadresse. Er schlug mit dem Briefumschlag gegen seinen Daumen und überlegte. Stand das «H» vielleicht für «Hotel»? Das würde man im Yard leicht feststellen können.

Er war gerade dabei, ein paar Zeilen an seine Cousine zu schreiben, als es ganz leise an der Tür klopfte; es klang, als wollte sich der Besuch im voraus entschuldigen. «Oh, Inspektor Jury.» – Es war Mrs. Wasserman. Sie trug noch ihren schwarzen Mantel und schwarzen Hut und hielt ihre Handtasche fest an die Brust gepreßt. Sie trug immer Schwarz. Mrs. Wasserman hatte nie aufgehört zu trauern. «Verzeihen Sie, Sie sind sicher erst gekommen, aber wissen Sie, was passiert ist?»

«Kommen Sie doch rein, Mrs. Wasserman.»

Zaghaft trat sie ins Zimmer, ihr Blick suchte die Ecken nach Eindringlingen ab. «Ich bin auf dem Weg zu meiner Freundin, Mrs. Eaton, Sie wissen schon. Auf alle Fälle, heute, vorhin, ist mir jemand den ganzen Weg von der Camden Passage gefolgt. Es war dieser Mann ...»

Für Mrs. Wasserman waren die Straßen voller Gefahren. Überall lauerten sie auf sie wie zähnefletschende Hunde hinter Gittern. Jury fragte sich, ob die Straßen sie wohl an das Niemandsland erinnerten, wo sie wie Vieh aus dem Eisenbahnwaggon heraus ins Lager getrieben worden waren. Die Angst, die sie damals empfand, mußte sich so tief in ihre Seele eingefressen haben, daß sie sich nie mehr, weder zeitlich noch räumlich, auf ihren realen Ursprung zurückführen ließ.

«Wie sah er denn aus?» fragte Jury. Er wußte, es wäre sinnlos, die Verfolgung in Zweifel zu ziehen, es würde ihr die Angst nicht nehmen. Er zog sein kleines Notizbuch aus der Tasche und zückte den Kugelschreiber.

Sie wirkte sofort ruhiger. Sie wollte lediglich ernst genommen werden. «Nicht sehr groß . . .» Sie machte eine andeutende Handbewegung. «Mager und ein Kopf wie ein Totenschädel; nah beieinanderliegende Augen – irgendwie gemein, wissen Sie. Er trug einen braunen Hut und Mantel.»

Während sie ihn aufmerksam betrachtete, schrieb Jury alles sorgfältig mit. «Es dürfte nicht schwer sein, ihn zu finden. Wir behalten alle Taschendiebe im Auge, die in der Passage arbeiten.» Mrs. Wasserman liebte es, in die Passage zu gehen und die Verkaufstische nach besonders preiswerten Sachen durchzuwühlen, die sie aber nie fand.

«Haben Sie irgend etwas gekauft? Ihr Geld gezeigt?»

«Nur das . . .», sie öffnete ihre Tasche und zeigte Jury einen kleinen, in einem Papiertaschentuch eingeschlagenen Ring. Wie zu erwarten, war es ein Trauerring, in dem sich eine Haarlocke befand. Aber sehr hübsch.

«Ich habe mit einer Zehnpfundnote gezahlt.»

«Nun, Sie kennen ja diese Langfinger und Taschendiebe. Sie sehen einen Geldschein, und schon glauben sie, auf eine Goldader gestoßen zu sein.» Jury steckte sein Notizbuch weg. «Machen Sie sich keine Sorgen, wir finden ihn schon. Haben Sie ihn früher schon mal gesehen?» Sie schüttelte energisch den Kopf. «Die Camden Passage zieht viele kleine Ganoven an. Meistens sind sie aber ganz harmlos.»

«Die Straßen sind heutzutage nicht mehr sicher, Mr. Jury», sagte sie und drückte mit ihren kleinen beringten Fingern die Tasche eng an sich. «Nichts ist mehr sicher.» Ihre dunklen Augen waren voller Angst.

«Denken Sie nicht mehr daran, Mrs. Wasserman. Ich würde mir an Ihrer Stelle einen dieser Geldgurte zulegen. Sie müßten dann keine

Geldbörse mehr tragen, wenn Sie einkaufen gehen. Diese Gurte sind so gemacht, daß Sie sie unter dem Rock an ihrem Hüftband befestigen können. Es ist ganz einfach. Oder Sie könnten einen nehmen, der in ein Strumpfband eingearbeitet ist und ihn am Schenkel tragen. Dann werden Sie natürlich noch andere Probleme als nur Taschendiebe haben, wenn Sie zahlen wollen.» Er zwinkerte ihr zu.

Sie schüttelte sich vor Lachen. «Bei meinen Beinen, Inspektor? Voller Krampfadern. Ich habe schon daran gedacht, sie entfernen zu lassen. Nein, Inspektor, meine Beine will niemand sehen, darüber mache ich mir keine Sorgen.»

Jury lächelte. «Haben Sie die Trillerpfeife, die ich Ihnen gab, mitgenommen? Haben Sie die dabeigehabt?» Sie errötete und schlug die Augen nieder. «Ich gebe zu, ich habe sie vergessen. Es war aber sehr nett von Ihnen, sie mir zu geben.»

«Aber das macht doch nichts. Nehmen Sie sie das nächste Mal mit. Ich muß jetzt weg. Wollen Sie zum Angeln?»

«Ja. Ich, ich will auch dorthin. Mrs. Eaton wohnt in Calk Farm.» Josie Twaite wohnte in Kentish Town. «Das trifft sich ja gut, Mrs. Wasserman. Ich muß nach Kentish Town, das ist nur eine Station weiter. Sie bekommen eine Polizeieskorte.»

«Oh, Mr. Jury, das ist wirklich wunderbar!» Ihre Hände, die die schwarze Tasche umklammert hielten, entkrampften sich sichtlich.

2

Die Tür, die mit einer Kette gesichert war, öffnete sich einen Spalt. Die Augen, die ihn durch den Türspalt fragend anschauten, waren von einem sanften verletzlichen Braun. Jury nahm an, sie gehörten Josie Twaite.

«Miss Twaite? Ich bin Inspektor Jury von...»

Die Art, wie sie tief Luft holte, ließ ihn innehalten. «Sie kommen wohl wegen dem ‹Anfänger›-Schild.»

«Nein. Ich möchte Ihnen nur ein paar Fragen stellen. Wegen Ihrer Freundin Gemma Temple.»

«Oh, Verzeihung!» Die Tür ging für einen Moment zu, als sie die

Kette löste. Gleich darauf machte sie sie weit auf, wobei sie ihre langen, schwarzen Haare von der Schulter nach hinten schob. Der weiße Pullover, den sie trug, betonte ihre mageren Schultern. Als sie zurücktrat und ihn mit einer Handbewegung zum Eintreten aufforderte, sah er, daß nicht nur ihre Schultern mager waren. Sie hielt sich auch ein wenig krumm. Ihre Haltung, ihr Blick, ihre Stimme – alles an ihr wirkte wie eine Entschuldigung. Ein trauriges Wesen.

Offenbar jedoch nicht wegen ihrer Mitbewohnerin, denn sie kam ohne Umschweife zur Sache. «Sehen Sie, Gemma hat meinen Wagen geborgt, weil sie ihr Anfänger-Schild erst vor kurzem bekommen hatte. Sie wollte unbedingt diesen Ausflug machen, sagte aber nicht wohin und hatte Angst, mit ihrem Schild in eine Kontrolle zu geraten.» Sie bemerkte, daß Jury noch stand, sagte: «Oh, entschuldigen Sie!» und bedeutete ihm, auf einem quadratischen Etwas von einem Sessel Platz zu nehmen. Der Überzug jagte ihm kalte Schauer über den Rücken. «Und so kam es, daß man meinen Wagen dort fand.»

«In Rackmoor. In Yorkshire.»

«Ja, richtig. Vor zwei Tagen war auch ein Polizist aus Yorkshire hier. Sie sind also nicht der erste.»

Jury mußte lächeln. Es klang, als habe sie den Verlust ihrer Unschuld eingestanden. Er zog das Bild, das ihm Harkins gegeben hatte, aus der Tasche. «Ist das Gemma Temple?»

«Ja, das könnte sie sein. Obwohl da zuviel Sonne im Gesicht ist. Doch, das ist Gemma.»

Jury nahm den Schnappschuß wieder an sich. «Sie sagten, Sie wüßten kaum was über ihre Vergangenheit, nur daß sie mal eine Familie namens Rainey erwähnt hat.»

«Das stimmt. Ich glaube, sie hat sie ein paar Mal besucht, als sie bei mir wohnte.»

«Wie haben Sie Gemma kennengelernt?»

«Durch eine Annonce. Ich brauchte jemanden, mit dem ich die Miete teilen konnte.» Sie blickte unsicher um sich. «Obwohl die Wohnung nicht so groß ist, nur dieses Zimmer hier und ein Schlafzimmer, aber immerhin besser als nur ein Wohnschlafzimmer, das müssen Sie zugeben.»

«Sie ist viel besser als meine. Zigarette?» Er reichte ihr seine Schachtel.

Sie war offenbar keine starke Raucherin, denn sie schaute das Päckchen an, als wäre es eine exotische Vogelart. Schließlich nahm sie sich vorsichtig eine Zigarette, beugte sich ebenso vorsichtig vor und schob mit der einen Hand ihre Haare zurück, um sie vor dem Feuer, das Jury ihr anbot, zu schützen. Dann lehnte sie sich zurück und blies zaghaft kleine Rauchwölkchen in die Luft, wobei sie die Zigarette zwischen Daumen und Zeigefinger hielt. Sie sah inzwischen ganz entspannt aus, als hätte sie eine Opiumpfeife geraucht; kreuzte ihre Beine und wippte mit dem Fuß, der in einem pelzgefütterten Pantoffel steckte. Das Bild von einem kleinen Mädchen, das mit Mamas Make-up und Zigaretten spielt, war perfekt.

«Also, sie kam auf Ihre Annon...»

«Ja.»

«Sagen Sie, haben Sie Gemma gemocht? Sind Sie gut miteinander ausgekommen?»

Sie sah ihn an und wandte den Blick wieder ab. «Nun, wir hatten keine Streitigkeiten in dem Sinne, wenn Sie das meinen, aber ich mochte sie nicht besonders. Und sie war, wenn es um sie selber ging, nicht sehr gesprächig. Ich hätte Referenzen von ihr verlangen müssen, nicht wahr?» Aus großen Augen blickte sie Jury entschuldigend an, als könnte er sie wegen ihrer Dummheit bestrafen.

«Nachträglich ist man immer schlauer, Josie. Auf diese Weise habe ich schon Hunderte von Fällen gelöst. Glauben Sie, Gemma Temple hatte überhaupt Referenzen vorzuweisen, oder war sie eine von denen, die so in den Tag hinein leben?»

Sie beugte sich etwas vor und senkte die Stimme, als hätte sie Angst, ihre Mama könnte jede Minute um die Ecke kommen und entdecken, daß sie hinter der Scheune rauchte und über Dinge redete, über die man nicht spricht. «Ich würde sagen, in den Tag hinein leben ist viel zu nett ausgedrückt. Sie brachte Männer herauf. Und soweit ich weiß, nicht zweimal denselben. Ich lag da drin im Bett und hörte alles...» Josie lehnte sich zurück. Sie schien darüber nicht empört, sondern einfach nur fassungslos zu sein. «Tatsache ist, daß Gemma mir sagte, sie sei Schauspielerin. Ich glaube aber, daß sie höchstens mal eine winzige Rolle in einem dieser Theater gehabt hat, die eigentlich nur eine Lagerhalle sind, wo die Stühle vor jeder Vorstellung erst aufgestellt werden. Also keineswegs was Großartiges. Gemma hat auch nie wirklich gearbeitet. Aber von Zeit zu Zeit bekam sie Geld...»

«Sie wollen sagen, sie ging anschaffen? Richtig?»

Josie nickte und konzentrierte sich erneut auf die Glut ihrer Zigarette, als versuche sie, Routine zu bekommen.

«Sagte sie nie etwas über ihre Vergangenheit?»

Sie schüttelte den Kopf.

«Warum haben Sie ihr dann Ihren Wagen gegeben, wenn Sie ihr nicht trauten?»

Sie ging sofort in die Defensive. «Nun, ihr Wagen war ja so viel besser, nicht wahr? Und sie schrieb mir auch so eine Art Quittung aus. Darin steht, daß ich, wenn mit meinem irgend etwas passiert, ihren haben kann. Es ist der gelbe, der vor der Tür steht, aber ich vermute, den werden sie mir jetzt wegnehmen.» Ihr Ton verriet, daß das Verschwinden Gemmas sie weniger bekümmerte als die Aussicht, den Wagen zu verlieren.

«Woher hatte sie eigentlich das Geld für den Wagen?»

Josie lächelte schief. «Wenn Sie's mir verraten, werden wir's beide wissen. Wahrscheinlich von einem dieser Kerle.»

«Haben Sie je einen von ihnen getroffen?»

«Nur auf der Treppe, wenn ich zur Arbeit ging. Einmal auch hier. Am hellichten Tag, stellen Sie sich vor!» Ja, am hellichten Tag war es immer sündhafter. «Und immer einen anderen. Ich war schon so weit, sie zu bitten, sich eine andere Bleibe zu suchen.»

«Sie haben keinen Namen gehört? Von jemandem, den ich nach ihr fragen könnte?»

Bekümmert meinte sie: «Nein, tut mir leid. Ich hab nie einen Namen mitgekriegt.»

«Das ist doch nicht Ihre Schuld.» Jury stand auf. «Wo arbeiten Sie?»

«In der Wäscherei an der Ecke. » Sie stand mit dem Gesicht zur Tür und blickte zu Jury auf, als bedaure sie, daß er schon wegging. Sie schlang die Arme um sich, als friere sie, und sagte: «Also dann, auf Wiedersehn. Glauben Sie, die können mir wegen des Wagens was anhängen? Ich meine, weil ich ihr erlaubt habe, damit zu fahren?»

Er gab ihr seine Karte. «Niemand wird Ihnen was tun, Josie. Wenn jemand hier auftaucht, rufen Sie mich einfach an. Aber ich bezweifle, daß jemand kommen wird. Sie haben schließlich kein Verbrechen begangen.»

Sie war sichtlich erleichtert. Sie lächelte, und ihre kleinen, weißen Zähne glänzten beinahe in der Dunkelheit. Er bemerkte das mit großer Genugtuung – zumindest hatte sie diesen einen netten Zug, der ihr über die Runden helfen würde. «Also, gute Nacht, Josie.»

Fehlanzeige, dachte er, als er wieder allein vor dem Wohnblock stand. Er schaute nach rechts und links die Straße entlang und entdeckte an der Ecke den Pub Three Tuns. Er war unentschieden, ob er sich ein Bier genehmigen oder in Richtung Haltestelle Chalk Farm weitergehen sollte, um auf Mrs. Wasserman zu warten, der er versprochen hatte, sie dort abzuholen. Es war erst viertel nach zehn, also noch viel zu früh. Nach einem Glas würde er sicher besser schlafen. Er warf seine Zigarette in den Rinnstein. Und in diesem Augenblick sah er im trüben Licht der Straßenlampe den kleinen schmutziggelben Wagen.

Ich bin vielleicht ein Arschloch, sagte er sich, während er das Anfänger-Schild anstarrte. Die ganze Zeit war von diesem Schild die Rede gewesen, und er war nicht darauf gekommen.

3

Melrose Plant hatte nicht die leiseste Ahnung, wie er noch sechs weitere chinesische Restaurants schaffen sollte. Seine Anstrengungen in den Lokalen von Soho und Kensington brachten ihm nichts weiter ein als Sodbrennen, und es war ein Irrtum gewesen, zu glauben, im Preis einer Mahlzeit seien auch irgendwelche Informationen inbegriffen. Hatte er die Bedienung das Bild Gemma Temples gezeigt, erntete er bloß unverständliche Blicke (sie gaben überdies vor, kein Englisch zu verstehen). Es war bereits nach elf, doch er wollte vor dem Schlafengehen noch einen letzten Versuch machen. Er gab sich einen Ruck, stieg an der Haltestelle Aldgate East aus und ging in Richtung Limehouse.

Er fand das Restaurant Sun Palace in einer heruntergekommenen Seitenstraße, in der die Sonne höchstwahrscheinlich nie zu sehen war. Das Lokal war nicht sehr groß, es hatte ein einfaches Glasfenster zur Straße hin und jenes gußeiserne Geländer, vor dem Gemma Temple posiert hatte. Die abgeblätterte Goldfarbe ergab den Schriftzug: SUN PALACE. Es war geschlossen.

Melrose Plant seufzte. Er schaute sich um, doch weit und breit war kein Mensch zu sehen. Er ging die Straße hinauf, in der Hoffnung, jemandem zu begegnen, der das Restaurant kannte.

«Hallo Süßer!» sagte eine Stimme, doch sie klang nicht übermäßig enthusiastisch. «Ein kleiner Ausflug in die Slums?» Sie gehörte einer jungen, ganz attraktiven Dame –, wie jung, war schwer zu sagen. Im grellen Lichtkegel der Straßenlampe erschienen ihre bemalten Lippen schwarz und ihr Gesicht wie eine leblose Maske. Sie saß auf einer Treppe, die zu einem derart kleinen Haus hinaufführte, daß an der Fassade, außer der verschrammten Tür mit dem Oberlicht, nur noch ein Fensterschlitz Platz hatte. Das Gebäude stand eingekeilt zwischen einem Schlüsseldienst und einem anderen, ganz ähnlichen Haus. Beide Häuser schienen einst ein Gebäude gewesen zu sein, das man vor längerer Zeit in der Mitte durchgetrennt hatte. Zusammen hätten sie ein normales Backsteingebäude ergeben. Sie ähnelten sich wie Spiegelbilder, und Melrose wäre nicht erstaunt gewesen, das Duplikat des Mädchens rechts nebenan auf der Treppe sitzend vorzufinden.

Er blieb stehen, stützte sich auf das niedrige, halb verwitterte steinerne Treppengeländer, an das sich das Mädchen mit dem Rücken anlehnte. Sie saß auf einer Stufe, das eine Bein angewinkelt, das andere ausgestreckt, ihre hautengen Jeans zur Schau stellend, Jeans, die in nackten Fesseln und Pfennigabsätzen ausliefen. Darüber trug sie eine ziemlich locker sitzende Strickjacke; die Ärmel waren hochgekrempelt und der Ausschnitt heruntergezogen. Ihre Haare waren seidig braun, ganz natürlich – ihre eigenen, er verstand etwas davon. Sie wirkten wie ein Überbleibsel aus ihrer Kindheit, wie etwas, was sie nicht bändigen, nicht in sich auslöschen konnte. Es war merkwürdig, dieser Haarschopf ließ alles übrige an ihr – die Pose, das ganze Sexgehabe – wie eine Verirrung erscheinen, während das kleine Mädchen wie Phönix aus der Limehouse-Asche stieg.

«Ich heiß Betsy», sagte sie, stand auf, wischte ihre Pobacken ab, drehte sich um und stieg die Hüften wiegend die Treppe hoch. Er blieb stehen. Als sie merkte, daß er ihr nicht folgte, machte sie eine ungeduldige Handbewegung. «Na, komm schon, Schatz!»

Melrose folgte ihr.

Hinter der Tür befand sich ein langer, dunkler Flur, der mit altem Linoleum – verwelkte Rosen auf grauem Hintergrund – ausgelegt war. Von der Decke hing an einer langen Schnur eine Birne mit einem fliegenverdreckten Schirm. Er fragte sich, ob sich hinter den Türen, die rechts und links abgingen, noch weitere Betsys verbargen. Eine Tür ging auf, eine rote Haarmähne erschien, erfaßte, was vorging, und verschwand wieder.

Betsy führte ihn in das erste Zimmer links; in eben das mit dem hohen, schmalen Fenster. Es blickte auf ein Lagerhaus. Wie zu erwarten, wurde das Zimmer von einem enormen Bett beherrscht. Melrose verschlug es den Atem: eine Antiquität, Tudor oder Renaissance, ein Himmelbett mit Intarsieneinlagen. Außer dem Bett gab es noch einen Toilettentisch mit einem dreiteiligen Spiegel, von dem die hellgrüne Farbe teilweise abblätterte, eine Kommode nicht identifizierbarer Herkunft und einen einzigen, bemalten Stuhl. Auf der schmuddeligen Tapete krochen kleine gebundene Sträußchen auf und ab, als wollten sie längst verblaßte Erinnerungen an Blumenmädchen wachrufen.

Mit der einen Hand schloß sie die Tür, die andere streckte sie mechanisch nach ihm aus – ohne Zweifel, um etwas zu entfernen. «Warum nimmst du deine Brille nicht ab? Du hast hübsche Augen, grün wie eine Flasche Abbot.»

Er glaubte nicht recht, daß das zur Routine gehörte – Komplimente waren hier wohl kaum notwendig.

Als er ihre Hand beiseite schob, zuckte sie mit den Schultern und wandte sich ab. «Mach dir's bequem.» Sie warf sich aufs Bett und begann, an ihren Jeans zu zerren. Ihr Blick verfinsterte sich, was nicht ihm, sondern den Jeans galt, die an ihrem Körper klebten. Es war klar, daß sie sich hinlegen mußte, um sie überhaupt ausziehen zu können. «Komm her, Schatz, hilf mir aus den verdammten Hosen raus.» Sie hatte sie bereits so weit runter, daß er ihr geblümtes Bikinihöschen sehen konnte.

«Betsy, wäre es möglich, daß wir uns unterhalten?»

«Unterhalten?» Sie hörte mit dem Gezerre auf und sah ihn an, als finde sie die Idee ganz neu und ziemlich ausgefallen. «Über was denn?» Sie kämpfte ungeduldig weiter mit ihren Hosen: Sie brauchte beim Jeans-Ausziehen genauso Hilfe wie John Wayne beim

Umgang mit seinen Stiefeln. Melrose fragte sich, ob sie das je allein schaffte; aber das muß sie wohl auch nie, dachte er dann.

«Ich suche jemanden.»

Uninteressiert zuckte sie die Achseln, gab die Sache mit den Hosen auf und wandte sich den Knöpfen ihrer Jacke zu. «Tun wir das nicht alle?»

Ihre metaphorische Auslegung dieser nüchternen Feststellung verblüffte ihn. Er zog sein Zigarettenetui heraus und bot ihr eine Zigarette an.

Sie schüttelte ihre Locken und begann ihre Strickjacke wie ein kleines Kind mit zusammengezogenen Augenbrauen aufzuknöpfen. Es war klar, daß Betsy, einmal in Fahrt geraten, nicht mehr zu halten war. Aber er war mehr an Informationen als an Betsy interessiert. Er war in seinem Leben nur wenigen faszinierenden Frauen begegnet, Frauen, die intelligent und interessant waren. Die meisten waren bestenfalls reizvoll, so wie Betsy, die jetzt mit den Knöpfen beinahe fertig war und versuchte, sich der Strickjacke zu entledigen, wobei ihre Shirley-Temple-Locken in Aufruhr gerieten. Es war ein schwieriges Unternehmen, da ihre Jeans sie wie in einer Zwangsjacke festhielten. Unter der Jacke trug sie einen Mini-BH, geblümt wie ihr Slip. Einer der Träger wurde von einer Sicherheitsnadel festgehalten. Ihn überkam ein Gefühl der Trostlosigkeit – er wußte nicht warum.

Als ihre Hände nach hinten langten, um den BH zu lösen, sagte er: «Lassen Sie das, Betsy!»

Sie wandte ihm ihr jungenhaftes Gesicht zu: «Bist du schwul, oder was? Willst nur zugucken? Bist du so eine Art Wojer?»

Melrose nahm an, sie meinte Voyeur. «Schon möglich», sagte er und zog den Schnappschuß, den er aus Julian Craels Zimmer entwendet hatte, zusammen mit einer Zehnpfundnote aus seiner Brieftasche. Er reichte ihr beides. «Ich will wirklich nur eine Information haben.»

Sie schaute erst ihn, dann das Geld an. Sie lächelte, und ihr abgebrochener Zahn wurde sichtbar. «Arm sind wir nicht gerade, was? Und feine Klamotten hast du auch.» Sie stopfte das Geld in ihren BH. Ihre Augen verengten sich: «Verflixt! Bist du ein Polyp?» Sie kämpfte wie wild mit ihren Jeans, um sie wieder hochzukriegen.

«Nein. Sehen Sie sich das Bild an. Haben Sie diese Frau je in den Sun Palace reingehen oder rauskommen sehen?»

Sie schüttelte ihre Locken und schaute sich das Bild genau an. «Ein Luxusfummel, was? Sieht teuer aus.»

«Das Kleid ist teuer, die Dame aber nicht.»

«Ist sie im Gewerbe?»

Melrose rauchte, den Ellenbogen auf das Knie gestützt. «Würde mich nicht wundern.»

Geistesabwesend spielte Betsy mit einer Locke und drehte sie zu einem Korkenzieher um ihren Finger. «Sieht ein bißchen überkandidelt aus, wenn Sie mich fragen.»

«Das sind nur die Kleider, Betsy.»

Sie blickte ihm in die Augen. «Klingt nett, wie Sie meinen Namen sagen.»

«Wie viele Möglichkeiten gibt es denn, ihn zu sagen?»

Sie zog die Schultern hoch. «Die meisten sagen ihn gar nicht.» Sie lehnte sich zurück, noch immer ohne Strickjacke, und merkte gar nicht, daß die Träger des BHs herunterrutschten und ihre Brüste freilegten. Sie hatte jedes Interesse an dem Foto verloren. Statt dessen schien sie ihm gleich ihre Lebensgeschichte erzählen zu wollen.

Er kam ihr zuvor: «Vielleicht weiß eine andere etwas – ich nehme an, es gibt hier noch andere?»

«Sie sind aber hartnäckig», sagte sie, ohne zu lächeln. Sie schob die Träger des BHs hoch und schwang ihre Beine, die jetzt wieder in den Jeans steckten, vom Bett. «Soll ich rumfragen?»

«Ich wäre Ihnen sehr dankbar. Zeigen Sie das Bild herum, vielleicht erkennt sie jemand wieder.»

Betsy gähnte. Er fügte noch hinzu: «Für denjenigen, der über sie was herausfindet – wer sie ist und wo sie gelebt hat –, ist ein Fünfziger drin.»

Das brachte sie schnellstens auf die Beine: «Ein Fuffziger? Heiliger Strohsack! Bin gleich zurück.» Sie wackelte kokett mit den Hüften. «Gehen Sie ja nicht weg.»

Er hätte auch kaum dafür Zeit gehabt. Fünf Minuten später hörte er ein Geschnatter an der Tür. Drei andere, alle größer als Betsy, standen davor: die Rothaarige, eine Afrikanerin mit langen, lila Ohrringen und eine Dicke, die ihre 40 Lenze schon längst überschritten hatte. Alle trugen kimonoartige Wickelkleider, als hätten sie gerade ihren Bühnenauftritt hinter sich. Und alle fingen gleichzeitig an zu reden. Aber der Dicken gelang es, sich durchzusetzen.

«Ich hab sie gesehen», sagte sie, als sie sich nach Atem ringend auf dem Bett niederließ und einen ihrer fetten Schenkel hochzog.

Dabei kam ein Strumpf zum Vorschein, der unter dem Knie zu einem Wulst gerollt war und von einem Strumpfband gehalten wurde. «Ich kann nicht behaupten, daß ich sie kenne, aber ich hab sie gesehen.»

«Wo?»

Die Dicke nahm eine gebleichte Haarsträhne zwischen ihre kirschroten Lippen und kaute sichtlich angestrengt darauf. «Ich muß nachdenken.»

Das, dachte Melrose, mußte an sich schon anstrengend sein. Sie schnalzte mit ihren Wurstfingern. «Das war im Sun...» Sie schlug sich mit der Hand auf den Mund. Dann setzte sie ein geziertes Lächeln auf und fragte: «Krieg ich den Fuffziger, wenn ich Ihnen sage, wer sie kennt?»

«25», sagte Melrose. «Und die Person, die etwas über sie weiß, bekommt die restlichen 25. Das ist doch fair.»

Aber weder die Schwarze noch der Rotschopf fanden das – sie schienen zu glauben, daß sie allein durch ihre Verbindung zu der Dicken eine Belohnung verdient hätten. Er gab beiden eine Fünfzig-Pfund-Note, und ihre Gesichter leuchteten auf. Die Dicke nahm ihre 25 Pfund und stopfte sie in den Wulst ihres Strumpfes. «Jane Yang kennt sie. Sie arbeitet im Restaurant. Da hab ich die hier auch gesehen. Als Bedienung im Sun Palace. Kann sein, daß sie auch auf den Strich geht, weiß ich aber nicht genau. Aber Jane Yang kann's Ihnen sagen.»

Melrose stand auf. «Ich danke Ihnen. Was kann ich Miss Yang sagen, wer hat mich geschickt?»

«Sagen Sie einfach die dicke Bertha, dann weiß sie Bescheid.»

«Dicke Bertha. In Ordnung, danke.» Die Mädchen standen alle an der Tür herum. Zu Betsy sagte er: «Ist das Ihr Bett?» Er griff nach seinem Spazierstock mit dem Silberknauf und schob seinen Mantel zurecht.

Sie schaute verdutzt. «Ich hab doch drauf gelegen, oder? Ja, es ist meins.»

«Ich meine, gehört es Ihnen?»

«Nein, der Wirtin.»

Melrose konnte sich vorstellen, wovon die Wirtin lebte. «Denken Sie, sie würde es verkaufen?»

«Sicher, die würde ihre Großmutter verkaufen, wenn sie eine hätte.»

«Was glauben Sie, wieviel sie verlangen würde?»

«Wieso, wollen Sie's haben? Für 50–60 hat sie's mir schon angeboten.»

«Nein, ich will es nicht. Aber wenn Sie 50 aufbringen können, kaufen Sie es, Betsy.» Er zog seine Visitenkarte hervor, schrieb einen Namen auf die Rückseite und gab sie ihr. «Dann rufen Sie diesen Herrn an und lassen es schätzen. Ich weiß es zwar nicht genau, aber ich glaube, daß Sie leicht 1000 dafür bekommen können.»

Ihre großen Augen wurden noch größer. «Wollen Sie mich auf 'n Arm nehmen?» Er schüttelte den Kopf. «Heiliger Strohsack!» Die Mädchen standen an der Tür Spalier, als er an ihnen vorbeiging. Betsy schlang ihre Arme um ihn und küßte ihn. Die anderen kicherten.

4

Das Klingeln des Telefons vermischte sich in Jurys Traum mit dem traurigen Wehklagen des Whitby Bull. Als er die Augen endlich aufbekam und zum Fenster sah, wunderte er sich, warum draußen kein Nebel war. Er tastete nach dem Telefon neben seinem Bett.

«London hat Glück.» Die Stimme Chefinspektor Racers tönte aus der Muschel. «Sie sind zurück, die Frage ist nur, warum Sie noch immer nicht hier sind, um Bericht zu erstatten. Wenn Sergeant Wiggins nicht wäre, der sich Gott sei Dank nicht nur die Nase putzt, sondern gelegentlich auch hier anruft, hätte ich keine Ahnung, wo Sie sich rumtreiben.»

Jurys Wecker auf dem Nachttisch zeigte zehn Minuten vor acht. War Racer schon so früh im Büro? Jury nahm die Uhr und schüttelte sie. «Ich muß nach Lewisham, Sir...»

«Von mir aus können Sie nach Lewisham oder auch zur Hölle gehen, Jury, aber vorher kommen Sie hierher. Ich will, daß Sie innerhalb der nächsten Stunde hier auftauchen. Machen Sie sich also auf die Socken.» Das Telefon verstummte.

5

Fiona Clingmore war eine blasse Blondine, die Schwarz bevorzugte. Heute trug sie einen engen, schwarzen Pullover, der in einem engen, schwarzen Rock steckte. Sie war Racers Sekretärin und Mädchen für alles. Jury hoffte nur, daß sie nicht auch für anderes mißbraucht wurde.

Fiona lebte in den vierziger Jahren. Sie wirkte wie eine Figur aus einem alten Theaterstück, die sich auf eine moderne Bühne verirrt hatte. Jedesmal, wenn er sie ansah – ihre altmodische Frisur, ihre rot nachgezogenen Lippen, ihre Pillbox-Hüte, die sie mit Vorliebe trug –, überkam Jury ein nostalgisches Gefühl, das er sich nicht ganz erklären konnte. Ein paar Mal schon hatte er Fiona zum Essen ausgeführt und dabei insgeheim gehofft, daß etwas von dieser Vergangenheit auf ihn abfärben würde. Immer wenn er die Rede auf den Krieg brachte, tat sie so, als hätte sie keine Erinnerungen daran, dennoch vermutete er, daß sie älter war als er. Einmal, als sie ihre Brieftasche herausgenommen hatte, sah er zwischen Kreditkarten und anderen Fotos das alte Bild eines gutaussehenden jungen Mannes in Fliegeruniform. Er hatte sie gefragt, ob das jener Joe sei, von dem sie immer sprach; hochrot im Gesicht hatte sie geantwortet, es sei ein Freund ihrer Mutter. Für Fiona wäre er jedenfalls viel zu alt.

Jury fragte sich, ob Fiona vielleicht nicht doch in zwei verschiedenen Welten lebte. Ob die Sachen, die sie trug, vielleicht gar nicht der letzte Schrei aus der Carnaby Street waren, sondern wirklich noch aus jener Zeit stammten: Kleider, die damals eingemottet worden waren.

«Wie läuft's mit der Arbeit, Fiona?» fragte Jury, während er ihr die Zigarette anzündete.

«Mich haben schon Bessere rumgejagt als der da.»

«Das glaub ich Ihnen gern.» Jury nahm einen Briefumschlag aus der Tasche und reichte ihn ihr: «Bitte, finden Sie heraus, was diese Initialen bedeuten. Ich denke, es könnte ein Hotel in S. W. I. sein.»

«Für Sie tue ich doch alles», sagte Fiona und überreichte ihm einen beigen Briefumschlag.

«Was ist das?»

Fiona, die damit beschäftigt war, ihre Fingernägel sorgfältig zu feilen, zuckte mit den Achseln. «Woher soll ich das wissen? Einer von den diensthabenden Polizisten brachte ihn herauf. Er sagte, er sei gestern nacht abgegeben worden, war irgend so ein feiner Pinkel in einem teuren Schlitten, der meinte, daß da unten ein öffentlicher Parkplatz ist und beinahe Ärger bekam. Der Polizist sagte ihm, daß er abhauen soll...»

Jury riß den Umschlag auf, zog das Notizblatt heraus und bückte sich nach dem Foto, das auf den Boden gefallen war. Er achtete nicht weiter auf Fionas Geplapper, sondern las:

«Lieber Inspektor Jury,
ich hoffe, der Inhalt wird Sie interessieren – ich fand es in Julian Craels Zimmer. Ich hoffe auch, Sie haben nichts dagegen, wenn ich das andere zwecks weiterer Nachforschungen behalte. Sie und Wiggins waren offensichtlich schon auf dem Weg nach London, noch bevor ich Sie erreichen konnte. Aber so hatte ich die Möglichkeit, in York haltzumachen, um Agatha zu treffen: Sie werden sicher erfreut sein zu erfahren, daß sie nun für Sie arbeitet. Sie gibt einen ausgezeichneten Maulwurf ab. Ich werde im Connaught sein und dachte, daß wir uns dort später treffen könnten, um gemeinsam nach Rackmoor zurückzufahren. Ich habe einen sehr schnellen Wagen.

Plant.»

Jury betrachtete aufmerksam das Bild. Es konnte ein Foto von Gemma Temple sein – oder eins von Dillys March? –, aber eines, das erst vor kurzem aufgenommen worden war, keines aus einem alten Fotoalbum. Er nahm an, Plant hatte sich dieselbe Frage gestellt: Was hatte das Bild in Craels Zimmer zu suchen?

«Ein schönes Durcheinander», sagte Superintendant Racer, nachdem Jury den Rackmoor-Fall geschildert hatte. Die Bemerkung war nicht Ausdruck seines Mitgefühls, sondern eher die Unterstellung, Jury sei für das Durcheinander verantwortlich. «Warum zum Teufel sind Sie nicht in diesem gottverlassenen Nest und kümmern sich um die Sache? Was haben Sie eigentlich hier in London verloren?»

«Ich sagte es Ihnen schon. Ich muß Erkundigungen einziehen...»

Racer, die Arme ausgebreitet, schaute ihn mit gespieltem Entsetzen an: «Merkwürdig, ich hätte schwören können, daß wir hier eine ganze Polizeieinheit haben, alle möglichen Leute, die Erkundigungen einziehen können.» Seine Miene veränderte sich, auf seiner Stirn traten wieder die bekannten Furchen zutage. «Wenn schon jemand nach London kommen mußte, warum haben Sie dann nicht Wiggins geschickt?» Jury suchte nach einem Grund. «Ich brauchte ihn dort, es gab da was, worauf er sich besser verstand.»

Racer wieherte: «Es gibt nichts, worauf sich Wiggins besser versteht als ein anderer, Sie eingeschlossen, Jury.» Racer setzte ein mörderisches Lächeln auf, als hätte er nur gescherzt.

Mit unschuldiger Miene fragte Jury: «Warum geben Sie ihn mir dann immer mit? Sie müssen ja denken, daß ein Blinder den Blinden führt?»

Obwohl Jury geschworen hatte, sich in keinerlei Wortgefecht mit Racer einzulassen, brachte der ihn doch immer wieder so weit, daß er seinen Schwur brach.

«Er steht doch noch in der Ausbildung, oder? Ich nehme an, Sie sind der Ansicht, einer Ihrer Kollegen sollte Wachtmeister Wiggins erdulden, wollen Sie das sagen? Immer nur die anderen, was?»

Racers verquere Logik war auf ihre Weise so perfekt wie der tadellose Schnitt seines Anzuges aus der Savile Row. «Einzelgänger zu sein ist nicht gut, Jury. Ein Polizist muß im Team arbeiten. Sie wissen, meine Politik ist, zwei Männer bei jeder Ermittlung. Wie würde es in diesem Land aussehen, wenn die Premierministerin überall selbst hinrennen würde, statt einen Untergebenen zu schicken.»

«Ich wußte gar nicht, daß Sie mich so hoch einschätzen», sagte Jury und lächelte.

«Sehr witzig!» Racer spuckte einen Tabakrest aus. «So meine ich das nicht, aber Sie spielen sich ganz schön auf, nicht? Zu dumm, daß Sie nicht mehr Ehrgeiz haben.»

Jury ahnte, woher der Spruch über den Ehrgeiz kam. «Ist nochmal über meine Beförderung gesprochen worden?»

«Ja, der Vize hat Sie erwähnt.» In seinem Tonfall schwang Neid mit.

Jury machte sich nicht die Mühe zu lächeln. Als Racer, die Daumen in die Westentasche gesteckt, von seinem Schreibtisch aufstand, wußte Jury, daß jetzt der Vortrag kam. Racer würde in blumigen und klischeegeschwängerten Worten Jurys gesamte Laufbahn bis ins kleinste analysieren. Er fing damit an, daß er um seinen Schreibtisch herumwanderte, wobei die rote Nelke in seinem Knopfloch bei jedem seiner federnden Schritte erzitterte.

Während Racer sich endlos über Jurys Schwächen ausließ, starrte Jury aus dem Fenster und über die verrußten Schornsteine hinweg, zwischen den hohen Gebäuden hindurch, wie durch einen Tunnel, an dessen Ende ein kleines Stück von der Themse zu sehen war. Der Himmel war taubengrau, und ein paar Schneeflocken schmolzen auf der Scheibe.

«... Geben Sie auf, Jury, wenn Sie keine Beförderung anstreben.» Er hielt in seiner Wanderung inne und bedachte Jury mit einem dünnen Lächeln. «Oder haben Sie kalte Füße bekommen, liegt es daran?»

Jury hatte keine Lust, darauf einzugehen. «Ich werde es tun. Irgendwann mal.»

«Irgendwann mal? Irgendwann mal? Warum nicht jetzt? Wenn ich an Ihrer Stelle wäre...»

Er tönte weiter. Jury nahm an, daß dieses fürsorgliche Gerede Racer im Grunde nur als Vorwand diente, über seine eigene, ziemlich steile Karriere zu sprechen. Es gelang ihm immer, sie hier und da noch aufzupolieren, indem er sie mit Jurys verglich. Racer schien zu vermuten, daß Jury sich vor einer Schlappe fürchtete; Jury war jedoch nur seiner eigenen Unschlüssigkeit wegen noch nicht vor dem Beförderungsausschuß erschienen.

Der Vortrag über Jurys Karriere war ein jährliches – vor einiger Zeit noch halbjährliches – Ritual. Es war vielleicht ein wenig abartig, aber Jury genoß Racers Verhalten. Es faszinierte ihn, welch übertriebene Bedeutung Racer diesem Thema, über das er so gerne sprach, beimaß. Jury fragte sich manchmal, ob Racer in ihm nicht sein jüngeres Ebenbild sah, ein unbeschriebenes Blatt, auf dem er seine Fehler vermerkte, um sich ihrer zu entledigen.

Racer sprach noch immer, während er im Raum auf und ab ging.

Über seiner buntkarierten Weste erblühte, wie eine seltene Blume, eine Krawatte, in der eine Saphiernadel steckte. Woher er nur das Geld hatte? Jury erinnerte sich, gehört zu haben, daß Racers Frau vermögend war. Racer blieb vor einem Gemälde stehen. Es war eins der beiden schlechten Bilder, die er aus Regierungsbeständen erstanden hatte; eine erbärmliche Skizze von Westminster Bridge. Mit dem Rücken zu Jury fing er an, alle Fälle aufzuzählen, die Jury im Laufe der Zeit bearbeitet hatte; bei einem Fall, den Jury vor Jahren verpfuscht hatte, hielt er sich besonders lange auf. Das war so seine Art: Er brütete über Jurys Fehlern, als wären sie Gemälde, die er mit Muße bis in alle Einzelheiten untersuchte.

«... Ich wäre Ihnen also sehr verbunden, wenn Sie mir Bericht erstatten würden. Sie brauchen nur den Hörer abzuheben und zu wählen.»

Racer machte mit dem Zeigefinger eine kleine Kreisbewegung in der Luft. «Es ist ganz einfach. Sie werden nie Kriminaldirektor werden, wenn Sie die Spielregeln der Teamarbeit nicht einhalten, Jury.»

Als Jury Racers erfrischende Gesellschaft verließ, war Fiona Clingmore gerade dabei, sich ihren schwarzen Hut aufzusetzen. Ihr schwarzer Mantel lag neben ihr auf dem Schreibtisch. «Hier, das habe ich für Sie rausgekriegt.» Sie nahm einen Block vom Tisch, riß ein Blatt ab und reichte es Jury. «Royal Victoria Hotel. In Victoria.»

«Fiona, Sie sind wunderbar! Ich würde Sie zum Lunch einladen, aber ich muß noch ein paar Leute aufsuchen.»

Sie winkte ihn mit verschwörerischer Miene und gekrümmtem Finger zu sich und sagte dann: «Eigentlich sollte ich darüber nicht sprechen, aber der Vize und der Super haben sich vor ein paar Tagen Ihretwegen ziemlich gestritten.»

«Sehr schmeichelhaft.»

«Sie wissen, Sie werden zum Kriminaldirektor befördert.»

«Ich wäre da nicht so sicher.» Jury nahm einen Schluck von Fionas bitterem Kaffee und setzte die Tasse wieder ab.

«Diesmal ist es anders. Sie hätten schon längst befördert werden sollen, das weiß doch jeder. Ich muß sagen, ich finde, es ist eine Schande, wie er sich Ihnen in den Weg stellt.» Sie zeigte mit dem Daumen zu Racers Tür. «Alle reden darüber.» Sie schloß ihre Tasche mit einem energischen «Klick» und legte sie samt ihrem Arm auf den schwarzen Mantel. «Ja, ich habe sogar jemanden sagen gehört, Sie sollten Commander werden. Komisch...»

«Was ist komisch?»

Sie zuckte die Achseln. «Es scheint Sie so gar nicht zu kümmern.»

Jury blickte auf ihren Arm. Die weiße Haut hob sich gegen den schwarzen Wollstoff ihres Mantels ab.

«Das mag schon sein», war alles, was er sagte.

6

Die Raineys wohnten in einer winzigen Maisonettewohnung in Lewisham, in einer Straße, die reichlich hochtrabend Kingsman's Close hieß. Lewisham selbst war ein ziemlich heruntergekommener, lärmender Stadtteil, aber Jury hatte diesen Teil Londons auf der anderen Seite der Themse schon immer gemocht. Auf dem Weg dorthin kam man durch Greenwich und Blackheath mit ihren vielen Grünflächen und Bäumen – und dem Schnee im Winter.

Der Efeu an der Vordertür, der sich mühsam einen Weg nach oben bahnte, sah nicht gerade gesund aus. Die Tür wurde auf sein Klopfen hin schließlich von einem sechs- oder siebenjährigen Jungen mit verschmiertem Gesicht geöffnet. «Meine Mami ist nicht da!» verkündete er und schlug die Tür wieder zu.

Jury klopfte erneut und hörte jemand rufen: «Gerrard! Wer war das?» Nach einigem Hin und Her wurde die Tür von einer jungen Frau aufgerissen, die mit ihrer freien Hand das Kind verprügelte. «Du ungezogener Junge!»

«Ich bin Inspektor Jury von der Kriminalpolizei.» Sie schaute seinen Ausweis an, als verspüre sie ein unstillbares Verlangen auf alles Lesbare. «Ich möchte zu Mrs. Rainey.»

«Also, ich gehör dazu», sagte sie, blähte ihre Backen auf und strich sich die braunen Haare aus dem Gesicht. «Aber ich vermute, Sie wollen zu Mama. Zu meiner Schwiegermutter, Gwen. Aber Gwen ist heute nicht da. Sie ist ins Kino gegangen. Kommen Sie doch rein.» Sie wischte sich ihre rauhen, roten Hände an ihrer Schürze ab, hielt mit der einen Hand die Tür auf und schlug mit der anderen nach den Fingern ihres Sohnes, der, während er Jury anstarrte, unentwegt in der Nase bohrte.

«Mama sagte mir, daß vorgestern schon mal ein Polizist hier war.» Sie schaute sich ratlos in dem kleinen vollgestopften Wohnzimmer nach einer Sitzgelegenheit für Jury um. Die Couch war von einem großen Wäschekorb besetzt. Eine Katze sprang vom Korb herunter und strich genüßlich um die vielen Beine. Gerrard gab der Katze einen Fußtritt und bekam einen zweiten Klaps. Jury nahm an, daß Mutter und Sohn sich auf diese Art meistens verständigten.

«Wir könnten vielleicht in die Küche gehen? Wenn die Zwillinge aufwachen, ist es hier wie im Irrenhaus.»

Sie schliefen in einem Laufstall hinter der Couch. Gerrard tat sein Bestes, sie wieder aufzuwecken, indem er mit einem Stock auf die Sofakissen einschlug. «Hör damit auf!» Er bekam von seiner Mutter eine Ohrfeige. «Kommen Sie», sagte sie freundlich zu Jury. Wahrscheinlich war sie für jede Abwechslung dankbar.

Jury folgte ihr in die Küche, mit Gerrard im Schlepptau, der aus vollem Hals brüllte: «Mami, du hast versprochen, mir ein Brot zu machen!»

Jury faßte ihn an den Trägern seines Overalls. «Du bist verhaftet, alter Junge.»

Das Heulen schlug in Gekicher um. Die jüngere Mrs. Rainey drehte sich um und schenkte Jury einen etwas dümmlichen, aber sehr dankbaren Blick dafür, daß er sich des Kindes annahm. Er fand, sie könne ein wenig Hilfe gebrauchen.

Während das Wohnzimmer wie ein Schlachtfeld aussah, strahlte die Küche – vermutlich der einzige Ort, an den sie sich zurückziehen konnte – vor Sauberkeit. Auf dem Küchenbord war das Lunch des Jungen vorbereitet. Während sie den Tee aufgoß, bestrich Jury eine Brotscheibe und schob sie dem Jungen einfach in den Mund. Gerrard würgte und kicherte wieder. Er schien es ulkig zu finden, von einem Fremden und noch dazu von einem Polizisten so hart angefaßt zu werden.

Mrs. Rainey drückte Jury einen Becher Tee mit viel Milch in die Hand. «Ach, übrigens, ich heiße Angela. Sie kommen wegen Gemma, nicht wahr? Der andere Polizist, der hier war, hat Mama irrsinnig viele Fragen gestellt.»

«Ja, es tut mir wirklich leid, daß ich Sie noch einmal belästige, aber ich dachte, vielleicht ist Ihrer Schwiegermutter oder Ihnen noch etwas eingefallen, was uns weiterhelfen könnte.»

Angela Rainey schüttelte den Kopf. «Wirklich, ich glaube, da war nichts weiter. Glauben Sie mir, wir haben es zigmal durchgesprochen. Wissen Sie, Gwen meinte, daß ihr erst jetzt, nachdem das alles passiert ist, auffällt, wie wenig sie eigentlich über Gemma Temple wußte. Ich weiß auch nicht viel mehr, und ich glaube, ich habe sie besser gekannt als Mama. Wissen Sie, Gemma und ich waren ungefähr im selben Alter. Wir wohnten Tür an Tür. Ich meine, vor Jahren, als wir noch alle in Dulwich wohnten.»

Gerrard brüllte: «Ich will Schoko in die Milch!» und seine Mutter ging zum Küchenschrank, nahm eine Flasche und eine kleine Dose mit Hershey-Schokolade heraus.

«Hat Gemma Temple denn nie über die Zeit gesprochen, bevor sie als Au-pair-Mädchen zu Ihnen kam?»

Angela schüttelte den Kopf. «Sie sagte, sie sei bei einer alten Tante aufgewachsen, und die wäre tot. Danach war sie für eine Weile im Heim. Aber wir können uns an den Namen nicht erinnern. Wenn es überhaupt stimmt...»

Gerrard, dem es mal mit Geheul, mal mit Gejuchze gelungen war, den Geräuschpegel aufrechtzuerhalten, sah, daß seine Mühen nicht gebührend beachtet wurden; er gab auf und schlief ein. Sein Kinn sank auf seine Brust.

«Wie alt war sie, als sie zu den Raineys kam?»

Angela dachte nach. «Ich würde sagen, knapp neunzehn.»

«Was war mit ihrem Geburtstag?»

«Geburtstag?»

«Ja, hat sie ihn nie gefeiert?»

«Komisch. Ich glaube nicht, daß sie das tat. Komisch, ich kann mich nicht daran erinnern, daß überhaupt von ihrem Geburtstag die Rede war.»

«Nie von Verwandten gesprochen?»

«Nein. Sie sagte, sie sei Waise.»

«Auch Waisen haben eine Vergangenheit.»

«Nicht Gemma. Glauben Sie mir, das hat mich auch gewundert. Gemma war sehr verschwiegen.»

«Gab es denn etwas Ungewöhnliches, etwas, woran man sich

erinnert? Ich meine, besondere Gewohnheiten, auffälliges Verhalten, Neigungen, Abneigungen – diese Art Dinge.»

Angela schaute Jury über den Rand ihrer Tasse an. «Nur Männer. Es schien, ihre einzige ‹Neigung› waren die Männer. Glauben Sie, es gab in ihrer Vergangenheit etwas, weshalb sie umgebracht wurde?»

«Ja, das könnte schon sein. Treffen – trafen Sie sich mit ihr?»

«Ja, sie kam ein- bis zweimal im Jahr vorbei. Vor einem Monat war sie noch hier. Wir haben recht nett geplaudert. Gemma bildete sich ein, sie sei Schauspielerin, und sie hatte gerade eine kleine Rolle in einem Stück ergattert. Das war noch im Sommer. Es war das letzte Mal, daß ich sie sah. Arme Gemma.»

«Und die Männer. Haben Sie welche gekannt?» Angela schüttelte den Kopf. «Etwas anderes: Konnte sie fahren?» Angela sah verwirrt aus. «Ich meine, hatte sie einen Führerschein?»

«Ah ja, jetzt, wo Sie das fragen, fällt es mir ein: Nein, sie konnte nicht fahren. Das alles ist so komisch. Die ganze Zeit, während sie hier war, hat sie nicht fahren gelernt. Aber es hieß doch, sie hätten ihren Wagen gefunden, oder?»

«Ja.»

Angela schaute zum Küchenbord und knallte ihre Tasse auf den Tisch.

Gerrards Mund war verschmiert mit Schokolade; er tat, als würde er schlafen, und versuchte, nicht zu lachen.

Als nach einer gewaltigen Ohrfeige ein noch gewaltigeres Geschrei einsetzte, verabschiedete sich Jury und verließ das Haus.

7

Victor Merchent saß ohne Jackett, nur in Unterhemd und Hosenträger, da und streichelte abwechselnd seinen Bauch und seinen Hund, als wäre der eine die Fortsetzung des anderen. Der Hund lag ausgestreckt auf den Kacheln vor dem Kamin, in dem elektrische Holzscheite glühten. Um Victor Merchents Füße, die in Hausschuhen steckten, waren die Seiten der *Times* drapiert. Er selbst war in die Wettergebnisse vertieft.

Fanny Merchent saß aufrecht in der Mitte der Couch. Sie schien für die Unterbrechung der täglichen Routine empfänglicher zu sein als ihr Ehemann.

Das Wohnzimmer in der Ebury Street war genau wie Victor – vollgestopft. Die Einrichtung war ein Sammelsurium von Stilmöbeln und modernen Einrichtungsgegenständen schlimmster Art; nicht die leiseste Spur von dem üblichen Chintz-Charme englischer Wohnzimmer. Zudem war Mrs. Merchent eine Liebhaberin von Nippes. Diverse Mitbringsel aus Brighton, Westonsuper-Mare, Blackpool und aus anderen Badeorten der Mittelklasse füllten Fensterbretter und Regale. Seemuscheln, gerahmte Erinnerungsfotos und Alben, sentimentale Relikte eines langen Lebens, überfluteten alle Tische. Den Kaminsims über dem schlafenden Hund zierten unzählige Porzellanfigürchen.

«Sie fragten nach dem Sohn meiner Schwester, Inspektor. Olive war kurz vor Weihnachten hier. Sie trägt ihr Kreuz wie eine aufrechte Christin.»

Jury tat so, als wäre der ausschließliche Grund seines Besuches, einige Informationen über Olive Mannings Sohn zu bekommen.

Victor Merchent blickte von der Wettliste auf: «Ist sie nicht immer um Weihnachten hier?» Seine Unterlippe schob sich vor, und seine Mundwinkel verzogen sich nach unten, um zu zeigen, was er von Olives Besuchen hielt.

«Aber Vic, ich bitte dich! Wenn ich mir deine Familie ansehe!»

«Von denen lebt keiner auf Kosten der anderen, gib's zu, mein Schatz!» Er nahm wieder seine Zeitung auf. «Und wo bleibt mein Tee?»

«Kannst du nicht fünf Minuten warten, Vic?»

«Ich will meinen Tee zur gewohnten Zeit haben.» Er blickte Jury mürrisch an.

«Sie sagten eben, Inspektor...»

«Der Sohn Ihrer Schwester ist in einer Anstalt?»

Bevor die arme Frau antworten konnte, schaltete sich ihr Mann ein: «Irrenanstalt. Der ist ja nicht ganz dicht.» Er stupste sich gegen die Stirn.

«Vic, das ist wirklich nicht nett. Er ist schließlich dein Neffe.»

«Ein angeheirateter.» Sein Blick ließ keinen Zweifel daran, daß derartige Krankheiten nur in ihrer Familie lagen.

Zu Jury sagte sie: «Es war eine Tragödie. Der Junge hatte vor langer Zeit mal einen Nervenzusammenbruch. Olive kommt mehrmals im Jahr hierher, um ihn zu besuchen. Eine unglaublich teure Anstalt, aber sie will es nicht anders. Leo bekommt die beste Behandlung, die es gibt.»

«Das muß Mrs. Mannings Geldbeutel ganz schön belasten.»

Das war für Victor das Stichwort, sich erneut einzuschalten: «Unseren Geldbeutel. Unsere liebe Verwandte, die meint, was Besseres zu sein, kommt hierher, ißt unser Essen, trinkt unseren Whisky.» Victors Augen wanderten zu einem kleinen Schrank neben dem Fenster. «Nehmen Sie ein Schlückchen, Inspektor?» Mit Daumen und Zeigefinger deutete er seiner Frau an, wie winzig das Schlückchen sein würde. Diese unerwartet freundliche Geste diente offensichtlich dazu, selbst in den Genuß eines Schlückchens zu kommen. Lehnte er den Drink ab, würde Victor seine Mitarbeit aufkündigen. «Danke, ich nehme einen. Aber wirklich nur einen kleinen.»

Victor grinste. «Ich leiste Ihnen Gesellschaft. Ich sage immer, allein trinken ist nix.» Er erhob sich, ging zum Schränkchen und machte die untere Tür auf. «Wie steht's mit dir, Mutter? Ein Glas Sherry vielleicht?»

Ihre Miene zeigte, daß sie einen Drink zu so früher Stunde nicht billigen konnte. Sie schüttelte den Kopf. Als Victor Merchent mit der Flasche und den Gläsern zurückkam, wurde er fast freundlich. Ermunternd sagte er zu Jury: «Schießen Sie los, Inspektor. Sie sagten eben, daß Leo...» Er drückte Jury ein Glas in die Hand.

«Wie dachte Mrs. Mannings über die Craels? Ich meine, damals?»

«Ich fürchte, ich habe Ihre Frage nicht verstanden», sagte Fanny.

«Fangen wir doch mit deren Mündel an. Vielleicht erinnern Sie sich noch an das Mädchen. Dillys March. Sie ist offenbar vor fünfzehn Jahren weggelaufen.»

«Die!» zischte Fanny. «Natürlich erinnere ich mich an sie. Olive hat das Mädchen *gehaßt*. Wissen Sie, sie gab ihr die Schuld an allem, was mit Leo passiert ist.»

«Wer ist diese Dillys March, wenn sie nicht gerade von zu Hause wegläuft?» fragte Victor, während er mürrisch sein bereits leeres Glas und die Flasche musterte, als würde er sich fragen, ob er sich noch einen Drink genehmigen dürfte.

«Oh, aber du erinnerst dich doch, Vic. Olive sprach doch über nichts anderes damals, als Leo das erste Mal Schwierigkeiten bekam.»

«Ich kümmere mich nicht um die Angelegenheiten dieser Frau. Wenn man *mich* fragt, so war Leo noch nie richtig im Kopf», sagte Victor und wandte sich wieder den Wettergebnissen zu.

«Möglicherweise gab sie den Craels die Hauptschuld», warf Jury ein.

«Ja, ich glaube, so war es. Sie war der Meinung, sie hätten das Mädchen nie ins Haus nehmen dürfen.» Es mußte Fanny Merchent plötzlich klargeworden sein, daß dieser Punkt doch eher etwas mit Olive, als mit Leo zu tun hatte. Jury sah die Frage in ihren Augen, noch bevor sie sie aussprach. «Warum fragen Sie Olive nicht selbst danach?», sagte sie und richtete sich steif auf.

«Ich würde es gern tun, Mrs. Merchent», antwortete Jury und schenkte ihr ein entwaffnendes Lächeln. «Nur bin ich im Moment in London, und sie ist in Yorkshire. Als ich in der Gegend von Victoria herumlief, fiel mir wieder ein, daß sie hier ab und zu ihre Schwester besucht...» Jury zuckte mit den Schultern.

Das schien Fanny bereits zu beruhigen. Sie war offensichtlich nicht abgeneigt, über diese Angelegenheit zu reden. «Ich verstehe. Also, wie ich schon sagte, Olive war sehr erbost, daß die Craels diese Dillys zu sich nahmen. Sie sagte, das Mädchen hätte von Anfang an nichts als Ärger gemacht, und sie trauere ihr nicht nach. Obwohl es Sir Titus fast das Herz brach. Der arme Mann. Wissen Sie, er hatte schon seine Frau und seinen Sohn verloren.»

Jury nickte. «Was hat Dillys sich denn geleistet? Was meinte Ihre Schwester?»

«Wohl Männergeschichten. Sie war noch sehr jung, wissen Sie. Und sie war hinterlistig. ‹Eine kleine Schlange›, sagte Olive immer.»

«War sie vielleicht eifersüchtig auf den Platz, den das Mädchen einnahm?»

Fanny Merchent schloß diese Möglichkeit nicht aus. «Ich weiß es nicht. Aber Olive ist schon eine merkwürdige Person –»

«Du sagst es», schnaufte Victor. «Sie hat 'ne Menge Geld, aber kommt hierher und lebt auf unsere Kosten. Mir gegenüber ist sie hochnäsig. Ich möchte wissen, wieso. Wer, glaubt sie eigentlich, wer sie ist, verflucht noch mal? Eine Haushälterin, weiter nichts.»

Und er goß sich einen zweiten Drink ein, als wolle er damit Olive Manning herausfordern.

«Das ist doch kein Grund, ihr böse zu sein. Bei all dem Kummer, den sie hat –»

«Kummer! Ich sage dir, was Kummer ist, meine Liebe. Schau nur mich an, was man mit mir gemacht hat...»

Noch bevor Victor in Selbstmitleid versinken konnte, sagte Jury: «Während Mrs. Manning bei Ihnen war, ist doch nichts geschehen, was sie hätte aufregen können, oder? Wirkte sie verändert?» Jury, der eine verneinende Antwort erwartet hatte, war ganz erstaunt, als Fanny sagte: «Ja, es gab da etwas. Das war nach dem Anruf. Erinnerst du dich, Vic, du bist einmal rangegangen. Das war der zweite Anruf.» Sie streckte ihre Hand aus und klopfte mit den Fingernägeln gegen die Zeitung, um seine Aufmerksamkeit zu erregen. Er antwortete nicht. Er starrte wie gebannt auf die Flasche, als ob ihr in jedem Moment ein Geist entsteigen könnte.

«Was war das für ein Anruf?»

Sie sah düster von ihrem Mann zur Whiskyflasche und wandte sich dann zu Jury. «Irgendeine Frau hatte angerufen. Die Stimme war mir nicht bekannt, und ich war erstaunt, daß jemand Olive sprechen wollte. Soviel ich weiß, kennt sie hier doch niemanden. Zuerst dachte ich, es sei das Krankenhaus. Aber sie reagierte in einer Weise, daß es jemand anderes sein mußte. Nach einer Weile nahm sie den Apparat mit ins Nebenzimmer und schloß die Tür.» Fanny Merchent ließ erkennen, daß sie Geheimnisse zwischen Schwestern mißbilligte. «Danach war sie ganz aufgedreht. Zwei Wochen lang ging das so. Angespannt irgendwie, aber aufgeregt, wissen Sie. Sie fing an auszugehen. Nicht ins Krankenhaus, dahin bin ich gewöhnlich mitgegangen. Sie ging woanders hin, und das jeden Tag ungefähr zur gleichen Zeit. Als ich sie darauf ansprach, hat sie mich damit abgespeist, daß sie Einkäufe machen müsse. Sie wollte nicht, daß ich mitkomme.»

«Sie erwähnten zwei Anrufe.»

«Richtig. Das zweite Mal hat Vic abgenommen. Er sagte nur, jemand wolle Olive sprechen und was Olive sich denn dächte, ob das hier eine Pension sei oder was und ob er dazu da sei, für sie Anrufe entgegenzunehmen und überhaupt.»

Victor Merchent hob die Flasche, die die ganze Zeit in seinem Schoß gelegen hatte, und goß sich einen weiteren Drink ein. Da er

Jury als Vorwand nicht mehr benötigte, hatte er auch aufgehört, ihn in das Ritual mit einzubeziehen. «Sie benahm sich wie im Hotel. In einem gottverdammten Hotel.» Plötzlich veränderte sich sein Gesichtsausdruck. Er sah erstaunt aus, als sei ihm plötzlich ein Licht aufgegangen. Er starrte mit leerem Blick in die Luft, wie ein seniler alter Mann, an dem glasklare Bilder aus längst vergangenen Zeiten vorbeiziehen. «Das war's also: ein Hotel. Es war jemand, der von einem Hotel aus anrief, denn als ich sagte, Olive sei nicht da, bat sie darum, sie solle sie im Hotel Sawry zurückrufen.»

Seine Frau schnalzte mit der Zunge. «Das hast du mir nie erzählt, Vic.»

«Du hast mich nie danach gefragt, oder?» sagte er und leerte hastig sein Glas.

8

Jane Yang war ein feines, zierlich gebautes Mädchen. Sie trug ein türkisfarbenes Kleid mit Stehkragen. Ihre schwarzen, kurzgeschnittenen Haare lagen wie ein Helm um ihrem Kopf. Als Melrose das Sun Palace betrat, stand sie an der Kasse hinter dem Tresen. Es war noch nicht Mittag, aber das kleine, enge Restaurant war bereits voll. Mürrisch dreinblickende Kellner mit Tabletts voller Speisen unter silbernen Warmhalteglocken hasteten zwischen den Tischen hindurch und gingen durch die Schwingtüren, die zur Küche führten, ein und aus. Von der Atmosphäre konnte die Beliebtheit des Lokals nicht herrühren, also mußte es am Essen liegen. Der Duft geheimnisvoller Gewürzmischungen erfüllte die Luft.

Melrose stellte sich in die Schlange hinter das halbe Dutzend Leute, die ihre Rechnungen bezahlen wollten. Als er an die Reihe kam, hielt er dem Mädchen eine Zwanzigpfundnote und das Foto hin. «Sie sind Jane Yang? Die dicke Bertha sagte mir, Sie würden die Frau auf dem Bild vielleicht kennen.»

Miss Yang sah verwirrt aus: Wäre es nicht ratsam, dieses Geschäft und die zahlenden Gäste auseinanderzuhalten? Aber sie behielt den Geldschein in der Hand.

Ein stämmiger Mann hinter Melrose seufzte: «Mach schon, Kumpel. Wir sind hier nicht bei der Blumenschau von Kew Gardens.» Mit dem Zahnstocher führte er zwischen seinen Zähnen geradezu akrobatische Bewegungen aus.

«Könnten Sie dort drüben warten?» sagte Miss Yang entschuldigend. «Ich bin gerade sehr beschäftigt.»

Melrose ignorierte einfach das hörbare Aufatmen der Leute in der Schlange hinter sich und legte ihr eine zweite Zwanzigpfundnote hin. «Und ich sehr reich.»

Baß erstaunt blickte sie auf das Geld, das plötzlich vor ihr lag, und nahm zugleich die Rechnung des Mannes mit dem tanzenden Zahnstocher entgegen.

Mit der Schulter gab sie Melrose ein Zeichen, er möge hinter den Tresen gehen, und winkte eine kleine Frau herbei, deren Gesicht so verschrumpelt war wie ein chinesisches Tee-Ei. Die Alte kam schlurfend herbei und ließ mit ausdruckslosem Gesicht den chinesischen Redeschwall des Mädchens über sich ergehen – wahrscheinlich waren es Anweisungen, was sie als Kassiererin zu tun hatte.

Das Mädchen führte Melrose in eine Ecke neben der Küche, nahm den zweiten Zwanziger entgegen, faltete sorgfältig beide Scheine zu einem sauberen Quadrat zusammen und ließ sie zwischen einem Paar schwarzer Frösche, die als Verschluß ihres türkisfarbenen Kleides dienten, verschwinden. Er fragte sich, warum Frauen gerade diese Stelle als so sicher betrachteten.

Sie hielt das Foto in der Hand. «Ich kenne sie, ja. Sie Bedienung hier, oh, ich denken es war drei Wochen.» Und sie hielt drei Finger hoch, als wolle sie Melrose eine neue Sprache lehren.

«Wie hieß sie?»

«Gemma, Gemma Temple.»

«Und dann, was geschah mit ihr? Ich meine, nachdem sie wegging?»

«Sie treffen einen Mann. Ich glaube, sie zu ihm ziehen.»

«Hat sie ihn hier getroffen, als sie hier arbeitete?»

Jane Yang schüttelte den Kopf, und der seidene Haarhelm tanzte auf ihren Schultern. «Irgendwo – ich vergessen – in London. Vielleicht Bahnhof? Sie geht einmal Freunde besuchen. Hören Sie –» sie breitete ihre Arme aus. «Wir nicht sehr befreundet, wissen Sie. Sie mir nicht viel über Privatleben sagen.»

Melrose nickte. «Sie wissen also nicht, wer dieser Mann war? Aber da Sie wissen, daß sie mit ihm wegging, muß sie Ihnen doch etwas gesagt haben.»

Erneut geriet ihr schwarzes Haar in Bewegung. «Nein, ich sah ihn nur.»

«Sie *sahen* ihn?»

«Ja. Er kommen ins Restaurant. Sehr vornehm war er.» Sie musterte Melrose von oben bis unten. «Wie Sie.» Sie lächelte.

«Der Prinz.» Als Melrose fragend die Augenbrauen hochzog, sagte sie: «So hat sie ihn genannt: Der Prinz. Es war Spaß. Aber er sah aus...» Sie schien nach Wörtern zu suchen, und dabei fielen ihre Augen auf ein Bild über der Kasse, das zu dem Drachendekor des Restaurants überhaupt nicht paßte. Es war eine Reproduktion des Gemäldes von Millais, das dieser für den Seifenfabrikanten Pears gemalt hatte. «Wie er. Ich meine, der Prinz so ausgesehen haben muß, als er klein war.»

Die Beschreibung paßte genau auf Julian Crael. Ein wunderschönes Kind in grünem Samtanzug mit langen, goldenen Locken: Genauso mochte Julian einmal ausgesehen haben.

«Kam er hierher, um sie zu treffen?»

Sie nickte. «Er kommen hier *mit* ihr. Sie aufhören zu arbeiten hier, wissen Sie. Ich glaube, sie ihn den anderen Mädchen zeigen wollen. Der Prinz aber verlegen. Der Gentleman ein anderes Leben gewöhnt.»

Melrose mußte über ihre knappe, sehr anschauliche Ausdrucksweise lächeln.

«Hat sie Ihnen erzählt, wohin sie gehen würde?»

Sie überlegte, und ihre makellose Haut kräuselte sich. «Da war was. Sie mir sagen, er wohnen in elegantem Hotel...» Sie schüttelte den Kopf. «Ich kann Namen nicht erinnern.»

In diesem Augenblick stürmte ein kleiner Mann aus der Küche, der der Zwillingsbruder der kleinen alten Frau hätte sein können. Als er sah, daß Jane sich mit einem Gast unterhielt, ließ er eine Tirade auf chinesisch los, wobei er heftig gestikulierend auf die Kasse zeigte. Im Laufe ihrer Unterhaltung war die Schlange an der Kasse mal kleiner, mal größer geworden, hatte sich aber niemals völlig aufgelöst. Zu ihrer Rechten waren die Küchenschwingtüren in ständiger Bewegung. Der Lärm, der aus der Küche kam, übertönte sogar den Lärm, den die Gäste machten. Wahrscheinlich waren sie in der Küche dabei, Hühner zu schlachten, dachte Melrose.

«Entschuldigung», sagte sie zu Melrose. «Papa sehr böse, ich verlassen die Kasse. Ich muß gehen.»

Melrose zog eine Visitenkarte hervor und schrieb ihr mit seinem goldenen Füllfederhalter sowohl die Nummer seines Hotels als auch die vom Old House auf. «Hören Sie, sollte Ihnen noch etwas zu dieser Gemma Temple einfallen, ihrem Leben, ihrer Familie –» Jane Yang schüttelte den Kopf. «Sie hat keine. Ich glaube, sie im Heim groß geworden. Das war alles, was sie mir sagen.»

«Und Sie können sich auch nicht an das Hotel, in dem er wohnte, erinnern?»

Sie waren wieder an der Kasse, und das Mädchen löste ihre Mutter ab. «Wenn ich mich erinnere, ich anrufen.» Sie zog ihre türkisfarbenen Schultern hoch, und auf ihrem Gesicht erschien ein Lächeln, das ihr Gesicht, die Maske aus Porzellan, aufblühen ließ wie eine Lotusblüte auf einem blauen See. Sie war wirklich sehr hübsch, aber so zerbrechlich, daß ein Mann Angst haben mußte, sie anzufassen. «Entschuldigung», sagte sie erneut und zuckte mit den Schultern.

Melrose drehte sich um und ging. Er hatte bereits die Hand an der Tür, als er durch den Lärm der Gäste hinter sich ihre Stimme vernahm: «Mister!». Sie winkte ihn mit einem breiten Lächeln zurück. Als er am Tresen ankam, sagte sie: «Ich hab's. Das Hotel. *Sawry*. Das Sawry Hotel.»

Sie sprach es fast wie *«sorry»* aus, das *«r»* kaum hörbar. Melrose grinste. Nur die grimmigen Blicke der Gäste hielten ihn davon ab, ein weiteres Mal seine Brieftasche zu zücken. Er dachte, sie könnten sich vielleicht alle auf einmal auf ihn stürzen, also verließ er das Restaurant.

Als er draußen war, fing er an, den «Limehouse Blues» zu pfeifen.

9

Das Hotel Sawry war eines dieser gutgehüteten Geheimnisse von London; die klugen Besitzer wußten, was passieren würde, wenn das Geheimnis publik würde. Es war nicht billig; außerordentlich teuer war es allerdings auch nicht. Geld schien hier einfach kein Thema zu sein, als lasse Erlesenheit sich nicht in Zahlen ausdrücken.

Als die Tür kaum hörbar hinter ihm ins Schloß fiel, wurde Melrose von einer Woge der Wehmut überwältigt. Vor mehr als dreißig Jahren waren seine Eltern einmal mit ihm zu Weihnachten hierhergefahren, und nichts, aber auch gar nichts hatte sich in der Zwischenzeit verändert. Das Sawry hielt an seiner Vergangenheit fest, was Melroses Beifall fand. Auch sein eigenes Haus hatte er in dem Zustand belassen, in dem er es übernommen hatte. Nur wenige Gegenstände waren hinzugekommen, entfernt wurden keine. In seinen Augen war die Vergangenheit, so wie sie unter der Glasglocke von Ardry End erhalten geblieben war, vollkommen. Das war auch einer der Gründe, warum er nicht geheiratet hatte; wie sehr sie auch immer beteuern würde, weder ihn noch die Wohnung verändern zu wollen – mit der Zeit würde eine Frau doch damit anfangen, die Möbel herumzurükken.

Ein Perserläufer in den Farben Blau, Gold und Rosa führte geradewegs auf eine Treppe im Stil der Brüder Adam zu. Sie wand sich nach oben, als schwebe sie im Raum. Im Foyer hatte man die Rezeption diskret zurückversetzt; hinter ihr stand ein Gentleman in der für das Sawry üblichen Uniform – schwarzer Anzug und weiße Handschuhe.

«Kann ich Ihnen behilflich sein, Sir?»

«Das können Sie», sagte Melrose. «Ich möchte zu Mr. Crael. Könnten Sie ihn vielleicht anrufen und ihm sagen, Mr. Carruthers-Todd sei hier. Danke.»

Der Hotelangestellte, dessen Gesichtsausdruck sich normalerweise auch nach einer Schüssel mit kaltem Wasser nicht verändern würde, zeigte sich erstaunt. «Oh, es tut mir sehr leid, Sir. Aber Mr. Crael ist nicht bei uns.»

Melroses geheucheltes Staunen übertraf noch das des Angestellten. «Sie müssen sich irren. Ich habe einen Brief von Mr. Crael, der besagt, daß er am Elften im Sawry absteigen wolle...»

Melrose klopfte demonstrativ seine Taschen ab, als suche er den Brief.

Auf dem Gesicht des Angestellten erschien ein kurzes Lächeln. «Es tut mir leid, Mr. Carruthers-Todd. Könnte es vielleicht sein, daß Sie sich im Datum irren?»

Melrose Carruthers-Todd richtete sich auf und bedachte den Angestellten mit einem ziemlich frostigen Blick, der keinen Zweifel darüber ließ, daß sich die Carruthers-Todds äußerst selten, wenn überhaupt, in etwas irrten. «Es war der elfte, ich erinnere mich genau.» Seinem Tonfall war anzuhören, daß der Angestellte besser daran täte, Mr. Crael umgehend und heil herbeizuschaffen, sonst würde es Ärger geben.

Er wußte, daß Häuser wie das Sawry nur in Notfällen Informationen über ihre Gäste herausgaben. Da er den Mann aber in die unglückliche Position hineinmanövriert hatte, beweisen zu müssen, daß Mr. Crael nicht doch in der Besenkammer eingeschlossen worden war, konnte Melrose getrost darauf warten, daß er das Gästebuch hervorholte.

«Sehen Sie selbst, Sir: Mr. Crael war in der Tat bei uns am 11. *Dezember*, nicht *Januar*, Sir.» Der Angestellte unterdrückte ein selbstzufriedenes Lächeln, als er das Gästebuch wieder zuklappte.

«Verflucht!» sagte Melrose und holte tief Luft. «Dann ist also auch Miss March nicht hier?»

Der Angestellte hob fragend eine Augenbraue. «Miss March? Ich glaube nicht, mich an jemanden dieses Namens erinnern zu können.»

«Temple», sagte Melrose und schnippte mit den Fingern. «Ich meine Miss Temple. Eine Freundin von Mr. Crael.»

«Ach ja. Nein, Sir. Sie ist auch nicht hier, Sir.»

«Hmmm. Ich nehme an, sie ist zur gleichen Zeit wie er abgereist.» Melrose bemühte sich, diesen Satz nicht wie eine Frage klingen zu lassen. Der Mann, den der in Gedanken versunkene Mr. Carruthers-Todd langsam zu ermüden anfing, nickte. «Wirklich eine verflixte Lage. Wenn ich das richtig sehe, bedeutet das auch, daß der arme alte Benderby sie nicht zu Gesicht bekommen wird. Er wird über dieses Durcheinander ganz schön verärgert sein.» Melrose zog einen goldenen Stift und sein kleines Notizbuch aus der Tasche. «Würden Sie ihm das bitte geben, wenn er kommt. Sehr nett von Ihnen, danke.»

Die Verwirrung im Gesicht des Angestellten war echt. «Verzeihen Sie, Sir. *Wem* soll ich das geben?»

«Benderby. Er wird wahrscheinlich hier aufkreuzen und nach Crael fragen. Ich habe ihm gesagt, daß er uns beide hier antreffen wird, und wahrscheinlich wird er über die ganze Angelegenheit ziemlich verärgert sein. Eustace Benderby. Der Name steht hier auf der Vorderseite.» Melrose blickte den Mann an, als halte er ihn für einen Analphabeten. Der Ärmste war nicht einmal imstande, den Empfänger der Nachricht zu entziffern.

Der Angestellte schob den Zettel in eines der Postfächer. «Ich werde das gewiß für Sie erledigen, Sir.»

Melrose murmelte geistesabwesend noch etwas und marschierte hinaus.

Als er auf der Straße war, pfiff er wieder den «Limehouse Blues».

10

Die Verwirrung des Hotelangestellten erreichte ihren Höhepunkt, als zwei Stunden später Chefinspektor Richard Jury auftauchte.

«Es gibt doch hoffentlich keine Probleme, Chefinspektor?»

Im Sawry pflegte es keine Probleme zu geben. «Nein, ich glaube nicht. Es dreht sich um einen ihrer Gäste.» Jury holte das Foto von Dillys March hervor, das sie als junges Mädchen zeigte. «Kommt Ihnen diese Frau bekannt vor?»

Der Angestellte nahm das Bild zwischen seine behandschuhten Finger und betrachtete es einen Moment lang, bevor er sagte: «Etwas an ihr kommt mir bekannt vor. Aber ich bin mir nicht sicher. Ein ziemlich altes Bild, nicht?»

«Das ist richtig. Ich habe auch ein neueres.» Jury zeigte das Foto, das Melrose Wiggins gegeben hatte. «Sagt Ihnen das etwas?»

«Oh, ja. Sie war eine gute Freundin von... von einem unserer Gäste.»

Das Sawry fühlte sich für das Wohlergehen seiner Gäste in jeder Hinsicht verantwortlich; ohne einen zwingenden Grund würde man keine Auskunft geben, erst recht keine Indiskretion begehen. Das

Haus war wie ein Heiligtum oder ein Banksafe; die häßlichen Tatsachen dieser Welt prallten an dem Mahagoniholz und dem Glas förmlich ab.

«Eine Freundin von Julian Crael?»

Der Mann wirkte erleichtert. Wenn die Polizei von dieser Verbindung bereits wußte, war es vielleicht kein Vertrauensbruch, sie zu bestätigen. «Ja, das ist richtig.» Er war allerdings nicht bereit, ausführlicher zu werden, sofern er nicht mußte.

«Wie oft kam sie hierher?»

Er überlegte kurz. «Einige Male. Seit ungefähr einem Jahr. Sie besuchte Mr. Crael.»

«Ihr Name?»

Der Angestellte machte einen perplexen Eindruck. «Temple. Miss Temple.» Er holte wieder das Gästebuch hervor. «Erst vor einem Monat – im Dezember. Sehen Sie.» Er drehte das Buch zu Jury hin, damit dieser sich selbst vergewissern konnte. «Am 10. Dezember. Eine Miss Temple. Ich glaube, sie verließ uns noch am selben Abend, nachdem Mr. Crael abgereist war.»

«Hat sie Besucher empfangen?» Jury half ihm, indem er Olive Manning beschrieb. Der Mann schüttelte den Kopf. «Irgendwelche Anrufe?»

«Keine, soviel ich weiß, aber das kann ich überprüfen.»

«Bitte tun Sie es. Und geben Sie mir Bescheid.» Jury gab ihm seine Karte und wollte gerade gehen, als ihn der Angestellte zurückhielt.

«Da ist noch etwas, Sir. Ein anderer Gentleman war hier – ein Mr. Carruthers-Todd –, erst heute nachmittag. Er fragte nach Mr. Crael und Miss Temple und hinterließ eine Nachricht –» Der Angestellte nahm die Nachricht aus dem Postfach.

«Und wie sah dieser Mr. Carruthers-Todd aus?»

«Ziemlich wohlhabend, würde ich sagen. Kultivierte Sprache.» Nachdem er die wichtigen Punkte abgehandelt hatte, fuhr er fort: «Nicht ganz so groß wie Sie, helles Haar. Auffallend grüne Augen. Die Nachricht war für...» Er sah nach unten. «Einen Mr. Benderby. Eustace Benderby.»

«Ich bin Benderby», sagte Jury und streckte seine Hand hin, um die Nachricht in Empfang zu nehmen.

11

Das Hotel Royal Victoria machte seinem Namen keine Ehre. Es stand eingekeilt zwischen zwei Gebäuden, von denen das eine den Namen «Arab Star» trug; ein Krummsäbel und ein Stern waren auf ein Schild gemalt, dessen Farbe bereits abblätterte. Aus der Tür traten zwei junge Männer mit schwarzen Schnurrbärten, die sich gestikulierend unterhielten.

In einem kleinen Raum mit einer Tür im Cottage-Stil saß ein Mädchen, das der Bemalung ihrer Lippen sichtlich mehr Aufmerksamkeit als ihren potentiellen Kunden widmete. Schließlich schlenderte sie auf ihn zu und musterte ihn aus ihren lila geschminkten Augen. Sie blies eine Kaugummiblase und sog sie zurück in den Mund. Er zeigte seinen Ausweis. «Ich suche eine Frau, die möglicherweise hier gewohnt hat. Ihr Name ist Roberta Makepiece.»

«Kann mich, glaube ich, an niemand mit dem Namen erinnern. Sie kommen und gehen.» Sie bemühte sich, ihren Busen unter der blauen Strickjacke zur Geltung zu bringen. Unter Jurys Kinn erschien eine zweite Kaugummiblase. Dann sagte sie: «Dotty könnte was wissen.»

«Wer ist Dotty?»

«Die Besitzerin.»

«Und *wo* ist Dotty?»

«In Manchester. Sie ist mit ihrem Kerl da hingefahren.»' Ihre Wimpern flatterten. Die dick aufgetragene Mascara hatte unter ihren Augen schwarze Tupfer hinterlassen.

«Und wann wird Dotty wieder zurück sein?»

«Wie soll ich das wissen?»

«Und wie soll ich dann Dotty fragen?»

Der Sarkasmus wirkte. «Nun, Sie können ja Mary fragen. Wenn diese Person hier gearbeitet hat, dann weiß es Mary.»

«Wo ist diese Mary?»

Sie hielt jetzt einen kleinen Taschenspiegel in der Hand und inspizierte erneut ihren Mund. Jury, der sich nur noch für Mary interessierte, langweilte sie. «Mary Riordan. Irgendwo dort...» Sie machte eine vage Handbewegung. «Ich nehme an, sie deckt die Tische im Eßzimmer.»

Im Eßzimmer waren zwei Mädchen, besagte Mary und ein zweites träges Mädchen vom Lande mit zwei dünnen braunen Zöpfen und rötlicher Gesichtsfarbe, die mit lethargischen Bewegungen Servietten und das Besteck auflegte.

Mary sah zum Glück weniger einfältig aus. Sie hatte eine weiche, rauchige Stimme und einen irischen Akzent, der gut zu ihren auffallend blauen Augen paßte. «Roberta Makepiece? Also, jetzt... ja. Ich erinnere mich jetzt. Sie hat aber nicht lange hier gearbeitet.» Mary hielt ihr Metalltablett wie einen Panzer vor ihre Brust. «Sie ist mit einem Kerl abgehauen.»

Das Royal Victoria schien für Liebespaare gut zu sorgen. «Sie wissen nicht, wohin?» Jury hatte die Hoffnung schon aufgegeben, als Mary nickte und sagte:

«Könnte sein. Wissen Sie, ich habe einen Brief von ihr bekommen... eigentlich war es das Geld, das ich ihr geliehen hatte und das sie mir zurückschickte. Da stand eine Adresse drauf. Wenn Sie einen Moment warten, dann lauf ich hinauf und hole ihn.»

«Wenn es sein muß, warte ich hier den ganzen Tag auf Sie.» Er lächelte. Er hätte Mary küssen können; sie wurde mit jedem Moment hübscher und ihre Wangen rosiger.

Jurys Lächeln ließ sie rücklings gegen den Türpfosten prallen. Sie errötete, drehte sich um und eilte hinaus, das Tablett noch immer in der Hand. Als sie weg war, las er noch einmal Plants Nachricht. Wenigstens war sie kurz:

> Rufen Sie mich im Connaught an, wenn Sie noch sprechen können.
>
> Plant

Das Mädchen mit den Zöpfen, das wie eine Schnecke um die Tische strich, schien an Polypen in der Nase zu leiden. Ihr Schnaufen erinnerte Jury an Wachtmeister Wiggins. Mary kam mit einem Brief in der Hand zurück. «Ich hab's gefunden. Sie heißt jetzt nicht mehr Makepiece, sondern Cory. Hier ist die Adresse.» Sie hielt Jury den Zettel hin. Die Wohnung lag in Wanstead.

«Muß geheiratet haben», sagte Mary.

Jury lächelte. «Oder sonstwas. Danke schön, Mary. Sie wissen gar nicht, wie sehr Sie mir geholfen haben. Gibt es hier ein öffentliches Telefon? Ich muß jemanden anrufen.»

Marys blaue Augen glitzerten, als sie zu ihm hinaufblickte. Sie führte Jury zum Telefon, und es war ihr deutlich anzumerken, daß sie nur zu glücklich darüber war, Scotland Yard behilflich zu sein.

12

Der Blick, mit dem sie ihn von oben bis unten musterte, hätte den Lack von einem Stuhl abkratzen können.

«Roberta Makepiece.»

Über der Türkette hinweg sah er, wie ihre Kiefer den Kaugummi bearbeiteten, den sie schon die ganze Zeit über langsam hin- und herbewegt hatte. «Ich heiße Cory. Mrs. Cory. Sie haben sich in der Tür geirrt.» Sie versuchte, die Tür zu schließen, aber Jury hielt seine Hand dagegen.

«Kriminalpolizei, Mrs. Cory. Chefinspektor Richard Jury.» Er schob ihr seine in Plastik eingeschweißte Ausweiskarte unter die Nase.

«Was ist los...?» Ihre Augen weiteten sich. «Joey? Ist es wegen Joey?» Ihre Stimme klang weniger besorgt als erleichtert, was Jury veranlaßte, sich über Liebe und Loyalität Gedanken zu machen.

«Dürfte ich vielleicht hereinkommen...? Es wird nicht lange dauern.»

Sie schloß die Tür für einen kurzen Moment, um die Kette zu entfernen. Dann hielt sie die Tür auf und bedeutete ihm mit einem kurzen Nicken hereinzukommen. «Ich wollte gerade einkaufen gehen.»

«Es wird nicht lange dauern. Können wir uns setzen?»

Sie zuckte die Achseln. «Machen Sie sich's bequem.» Jury setzte sich auf den Rand eines glänzenden Kunstledersessels. Sie nahm auf einer weißen Couch aus Webpelz Platz. Alles in dieser Wohnung – die Möbel, die Gardinen, die Kleidung, die sie trug –, alles sah billig, neu und sauber aus, als sei das Leben, das hier gelebt wurde, unmittelbar den Steinen von Wanstead entsprungen. Die Wohnung glich einem Schaustück in einem Kaufhausschaufenster – einschließlich der Puppe. Roberta Makepiece war zwar ganz hübsch, aber ausgesprochen steif und hölzern – eine abweisende, starre Frau. Behindert durch einen engen, wadenlangen Rock, hatte sie sich mit kleinen, gezierten Schritten auf die weiße Couch zurückgezogen. Über dem Rock trug sie einen engen, gestreiften Pullover, unter dem sich ihre kleinen, spitzen Brüste abzeichneten. Die kunstvollen, mit Schildpattkämmen hochgehaltenen und mit Haarspray fixierten Locken ließen ihr Gesicht noch schmaler erscheinen.

Jury fragte sich, was Cory wohl an diesem Gebilde gefiel. Sie ständig um sich zu haben mußte schlimmer als Zahnschmerzen sein. Er vermutete auch, daß sie nicht wirklich Mrs. Cory war; wie die Möbel war auch sie jederzeit austauschbar.

Mit einem leuchtend lackierten Daumen und Zeigefinger nahm sie das Kaugummi aus dem Mund und ließ es in einen riesigen Glasaschenbecher fallen. Dort lag es dann traurig – das einzige Ding im Raum, das gebraucht aussah.

Neben ihr auf der weißen Couch lagen ihre Tasche und ihr Mantel. Daß sie im Begriff war wegzugehen, schien die Wahrheit zu sein. Jury bezweifelte allerdings, daß sie häufig die Wahrheit sagte.

Warum hatte er sich die Szenerie so anders ausgemalt? Eine schlampige, hübsche Frau in einem Morgenrock, ein ungemachtes Bett, Schnappschüsse von Bertie, die an der Spiegelkommode steckten... Er schien hier überhaupt nicht zu existieren, kein einziges Foto und nichts in ihrem Gesicht erinnerte an ihn. «Also, worum dreht's sich denn?» Die Hand mit den rot lackierten Fingernägeln fuhr hoch zum Haar, um sich zu vergewissern, daß das künstliche Gebilde durch diesen unwillkommenen Eindringling auch nicht in Unordnung geraten war.

«Ich bin gekommen, um mit Ihnen über Ihren Sohn zu sprechen, Mrs. Cory.»

Sie sah schnell weg und nahm den Kaugummi aus dem Aschenbecher. «Ich habe» – sie steckte ihn in den Mund – «keinen Sohn. Ich weiß nicht, wovon Sie reden.»

Jury fühlte, wie ihm kalt wurde, wie sein Griff um die Kante der Armlehne härter wurde. «Ich rede von Bertie. Bertie Makepiece.» Er kam sich wie ein Idiot vor, weil er es sagte, als müßte der Name in ihr eine Erinnerung wachrufen. Als würde sie «Oh, ja, der», sagen und mit den Fingern schnippen.

Seine Miene mußte sie eingeschüchtert haben, denn sie sagte: «Hören Sie mal, was hat eigentlich Scotland Yard damit zu tun? Was hat die Polizei hier zu suchen. Haben Sie mit dem Jugendamt zu tun, oder was?» Ihre Stimme wurde eindringlicher. «Ich nehme an, Sie wollen mich dazu bringen, daß ich zurückgehe?»

«Ich bin nicht dienstlich hier. Nur aus Interesse. Ich traf Bertie, als ich an einem Fall arbeitete, und fand, daß die Geschichte, mit der er Ihre Abwesenheit erklärte, irgendwie seltsam klang. Bertie behauptet, daß seine Mutter wegfahren mußte, um eine kranke Großmutter zu pflegen. In Nordirland. Sieht aber so aus, als seien Sie in London, nicht?»

«Nordirland? Ich hab nie was von Irland gesagt! Ich hab zwar eine alte Oma, die da lebt, aber ich hab nie gesagt, daß ich dahinfahre.» Jetzt war ihrer Meinung nach wohl Bertie der schuldige Teil. «Also, so was!»

«Bertie erzählt jedem, daß die alte Oma in Nordirland lebt, auf der Bogside.» Jury mußte gegen seinen Willen lächeln. Aber sie blickte nur stumpf vor sich hin. War er gekommen, um zu sehen, ob sie genug Humor besaß, um über den Einfallsreichtum ihres Sohnes zu lachen? Um noch etwas von einer Mutter in ihr zu entdecken?

«Er erfand immer irgendwelche Geschichten. Er phantasierte alles mögliche zusammen...» Ihre Stimme verlor sich, während sie an dem Couchfell zupfte.

«Bertie? Ich habe genau das Gegenteil festgestellt. Vernünftig, ausgeglichen, umsichtig.» Wenn jemand von den beiden ein Phantasieleben führte, dann war es die Mutter und nicht der Sohn. Und was für eine dürftige Phantasie noch dazu, dachte er, als er sich noch einmal im Zimmer umsah.

«Ja, das stimmt. Umsichtiger als ich. Bertie konnte alles, machte auch alles, wenn ich arbeitete. Kochen, abwaschen, putzen. Er hat sogar den alten Köter dazu gebracht, daß er einkaufen ging. Er ist doch noch da, oder? Arnold?»

Es klang, als würde sie sich nach einem Bekannten aus ihrer Kindheit erkundigen. Jury nickte. Ihre Stimme wurde kriegerisch, sie lehnte sich vor, und ihre Hände umklammerten ihre Knie. «Hören Sie. Bert kriegt Geld, dafür sorge ich. Ich hab ihm gesagt, er soll nur weiterhin die Schecks mit der Rente einlösen...»

«Dazu muß er unterschreiben. Das ist Unterschriftenfälschung.»

«Nun, trotzdem. Sehen Sie, das müssen Sie verstehen: Ich hab ihm einige Male geschrieben. Ich habe es ihm *erklärt*, ich meine, daß ich es dort nicht aushalten kann. Ich bin *nicht* einfach weggegangen und hab ihn seinem Schicksal überlassen.»

Versuch nicht, mir was weiszumachen, dachte Jury. «Sie haben also Miss Cavendish und einige andere gebeten, sich um ihn zu kümmern. Sie erzählten Miss Cavendish, daß Sie nach London fahren würden, stimmt das?»

Sie nickte eifrig, als spreche er jetzt ihre Sprache. «Sehen Sie, ich gebe ja zu, daß ich keine gute Mutter bin.» Sie lächelte grimmig, als werde durch dieses Eingeständnis alles geklärt. «Glauben Sie mir – ich wollte keine Kinder. Ich hab zu früh geheiratet. War erst achtzehn...»

Ihre Rechtfertigung glich dem Zelebrieren einer alten, bedeutungslos gewordenen Messe: langweilig und zur Genüge bekannt, da er diese oder ähnliche Geschichten schon zu oft gehört hatte: die schwierigen Umstände in ihrem Leben, in dem kleinen Fischerdorf. Eine gescheiterte Ehe mit einem nichtsnutzigen Kerl. Und immer das leidige Geld. Nur Ärger, keine Zukunftsperspektiven, und sie, die doch noch so jung war... Und dann Rackmoor selbst. Die fürchterliche Langeweile dort oben im Norden, keine Neonlichter, keine Unterhaltung, nichts. Ihre Begegnung mit Joey Cory. Ein gutaussehender Mann, der sie zum Lachen brachte und Geld hatte. Aber er wollte sie nicht mit Kind. Keine Kinder, sagte er.

«Sehen Sie, alles neu! Cory kauft immer alles neu. Wenn irgend etwas kaputtgeht oder schmutzig wird, dann schmeißen wir es einfach weg und kaufen es neu.» Ihr verkrampftes, schiefes Lächeln war triumphierend, als hätte sie einen Weg gefunden, das Haus zu überlisten.

Ein Wegwerfleben. Jury konnte sich vorstellen, daß die Tage in diesem Zimmer genauso aussahen wie die einzelnen Blätter eines Kalenders – unbeschrieben, kein einziger Eintrag. Er stand aus dem Sessel auf. «Und was macht er mit Ihnen, wenn Sie kaputt und schmutzig sind?»

Zornig sprang sie von der Couch auf; ihr schmales Gesicht glich einer weißen, kalten Flamme. Der Schlag, den sie ihm versetzte, ließ ihn zwar zurückweichen, tat aber kaum weh. Ihre Hand war so leicht, daß er sich eher wie die hysterische Berührung eines Vogelflügels anfühlte. Sie hatte sich damit nur selbst erschreckt. Sie fing die schuldige Hand mit der anderen ein. Er sah jetzt, wie dünn ihre

Hände waren, dünn und blaugeädert. Er wunderte sich über ihre Hagerkeit, über die einst sicher hübsch gerundeten Linien, die immer eckiger wurden. Die Wangen unter den Backenknochen wirkten schon richtig eingefallen.

«Sie haben kein Recht, hierher zu kommen, und mir solche Dinge zu sagen», ihre Wut flackerte noch einmal auf. «Und ich vermute, daß Sie jetzt gleich zum Jugendamt gehen und denen alles brühwarm erzählen. Ich werde nicht nach Rackmoor zurückgehen, soviel kann ich Ihnen sagen. Wenn ich ihn nehmen muß, dann muß er schon hierher kommen und ...» Sie fuhr sich mit der Hand über die Stirn, als ob sie Kopfschmerzen hätte. Diese Idee wurde offensichtlich durch den Gedanken an Cory in Frage gestellt.

«Ich werde nichts weitermelden», sagte Jury. «Ich will nicht, daß man Sie findet.»

Sie blinzelte und starrte ihn in der sich ausbreitenden Stille an. Sie wirkte jedoch nicht erleichtert. Ihre Augenbrauen zogen sich zusammen. Es war, als hätte sich ihr Leben lediglich in ein neues, schwieriges Puzzle verwandelt, das aus noch kleineren Gras- und Himmelteilchen bestand, deren Farben verblaßt waren und die sich deshalb noch schwerer zusammensetzen ließen.

Jury dachte daran, wie Bertie sich bei ihr fühlen würde. Ihr Ärger darüber, ihn wie ein sperriges Gepäckstück an ihrer schmerzenden Hand mit sich schleppen zu müssen, würde ihn erdrücken. Jeder und nahezu alles wäre besser als sie: selbst Einsamkeit, Entbehrung, Mangel„ Verlust. Verläßlicher, fühlbarer, etwas, wonach er die Hand ausstrecken konnte, um es anzufassen. Wohingegen Roberta Makepiece keine Person zu sein schien, die man anfassen konnte. In ihren sauberen dunklen Kleidern stand sie vor dem weißen Hintergrund wie ein zorniger Hieb, den ein Künstler seiner Komposition versetzt hat, weil er sie nicht mehr sehen kann.

«Was Sie tun werden, ist folgendes», sagte Jury. «Sie werden drei Briefe schreiben. Einen an Bertie – ihm werden Sie die Wahrheit schreiben; das, was Sie mir erzählt haben. Achten Sie darauf, daß Sie nicht lügen, nichts beschönigen oder ihm irgendwelche Hoffnungen machen. Außer der einen Hoffnung: daß er nie, unter keinen Umständen, in ein Heim kommen wird. Daß Sie ihm vorübergehend bei den Lügen helfen werden, die er gezwungenermaßen erzählen muß. Das ist auch der Zweck des zweiten Briefes: Sie werden

Miss Cavendish genau das schreiben, was Bertie den Leuten erzählt. Sie seien in Nordirland, in Belfast, und pflegten Ihre Großmutter. Formulieren Sie es so, daß es zu Herzen geht, und sagen Sie, daß sich die Krankheit noch lange hinziehen wird – so lange, daß Sie nicht wüßten, ob Sie in absehbarer Zeit zurückkommen können. Das bedeutet, daß Sie in Rackmoor jemanden brauchen, der sich um Bertie kümmert. Und darum geht es im dritten Brief, den an Kitty Meechem. Ich würde sagen, daß Kitty dazu recht geeignet ist –»

«Kitty! Sie meinen die, die den ‹Fuchs› betreibt? Hören Sie, ich will nicht, daß mein Junge in einem Pub lebt –»

Jury konnte sich über dieses «mein Junge», über diese merkwürdig verdrehte Moral, nicht mal ärgern, da er schon halb erwartet hatte, daß Roberta Makepiece protestieren würde, weil sie den drohenden Verlust jetzt als real empfand.

«Das ist ein durchaus respektabler Laden, und Kitty ist eine großartige Person. Sie mag Bertie sehr. Und Arnold auch. Natürlich gibt es da immer noch Froschauge und Stockfisch, wenn Sie lieber wollen, daß –»

Ein Lächeln huschte über ihr Gesicht, das sie aber schnell unterdrückte. «Nein, die wohl kaum. Aber sehen Sie...»

Jury überging ihre Einwände: «Dann nehmen Sie die Briefe und stecken sie in einen Umschlag und schicken sie zu dieser alten Oma, damit sie in Irland gestempelt werden. Das wird uns mindestens so lange weiterhelfen, bis die Sache geklärt ist...» «Auf legalem Wege», wollte er nicht hinzufügen, das hätte für sie zu unabänderlich geklungen. Es war merkwürdig. Obwohl sie so kalt war und dieses schneeweiße Zimmer sie noch kälter machte – kalt, berechnend und egoistisch –, spürte er trotz allem die Furcht in ihr, etwas ganz zu verlieren, was sie in Wirklichkeit schon längst weggeworfen hatte.

«Und wenn ich es nicht tue?» Ihre Stimme verriet, daß die Herausforderung nur vorgetäuscht war.

«Dann werde ich zurückkommen. Auf Wiedersehen, Mrs. Cory.»

Als er die Tür öffnete, zog sie ihn am Ärmel. «Warten Sie noch –» Sie schien nicht zu wollen, daß er ging, aber auch nicht zu wissen, warum er bleiben sollte. Sie versuchte Zeit zu gewinnen und sagte: «Robert. Er heißt eigentlich Robert.»

«Was?» Jury wußte nicht, was er davon halten sollte.

Sie lächelte vage; in Gedanken schien sie ein altes Album durchzublättern. «Er wird Bertie gerufen. Aber er heißt Robert. Hab ihn nach mir genannt. Ja, so war's.»

Es traf Jury wie ein winziger Pfeil, daß sie doch einmal das Bedürfnis gehabt haben mußte, ihr Kind als einen Teil ihrer selbst auszugeben – Robert und Roberta.

Sein Ärger über sie war lange zuvor verflogen. «Ich werde es mir merken.» Er lächelte. Ein Lächeln, das diesmal auch bei Roberta Makepiece ein Lächeln hervorrief. «Auf Wiedersehen.»

Die Tür schloß sich hinter ihm.

Er ging die Straße zur Underground Station zurück. Die Gegend war wie ausgestorben, mit Ausnahme einer räudigen Katze mit rötlichem Fell, die sich auf einer Veranda putzte. Das Fell sah hoffnungslos struppig aus, dennoch ließ die Katze nicht davon ab. Ein Wind kam plötzlich auf und blies eine Zeitungsseite an Jurys Bein. Sie wurde weitergetrieben, gegen einen Baum geweht und blieb dann schließlich an einem Eisengeländer hängen, wie ein alter Rentner, der seine Haustür sucht und nicht findet.

Er ging die Straße entlang – die Zeitung wurde immer weiter durch die Gegend geweht – und fragte sich, warum er hierher gekommen war. Er hatte das Gefühl, nur wenig erreicht zu haben. Dennoch schien etwas in ihm sein Tun zu billigen. Er erinnerte sich an eine Lehrerin, die er als kleiner Junge gehabt hatte. Diese Lehrerin hatte er mit der Leidenschaft eines Kindes geliebt. Sie hatte ihm die Hand auf den Kopf gelegt, auf ihn heruntergelächelt und ihn gelobt, weil er eine kreideverschmierte Tafel besonders sauber gewischt hatte.

13

Als Jury um sechs Uhr ins «George» kam, sah er Jimi Haggis an der Bar sitzen. Seine langen Beine waren um einen Hocker geschlungen, und er spießte gerade ein Stück kalte Fleischpastete auf.

«Hallo, Jimi», sagte Jury und setzte sich auf den Hocker neben ihm.

«He, Richard.» Jimi klopfte ihm auf die Schulter und wandte sich wieder den Silberzwiebeln zu, die er mit der Gabel auf seinem Teller herumschubste. Jimi war vom Rauschgiftdezernat, und Jury vermutete, daß es ihm da so gefiel, weil er bei der Arbeit sein Haar lang und sein Hemd offen tragen konnte. Jimi wischte sich einen Krümel aus dem herunterhängenden Schnauzer.

Für ein paar Minuten saßen sie schweigend nebeneinander. Der Pub füllte sich mit den Stammgästen, die nach der Arbeit hierher kamen, und mit vielen zufälligen Besuchern. Eine besonders attraktive junge Dame machte es sich auf dem Hocker rechts neben Jimi bequem.

«'tschuldigung, Süße», sagte Jimi und streckte den Arm nach dem Senftopf vor ihr aus; die Gelegenheit war günstig, da sie noch damit beschäftigt war, sich auf ihrem Sitz zu installieren. Er schaffte es, ihren Busen zu streifen, und Jury sah, daß sich ihre Augenbrauen in mildem Ärger zusammenzogen. Als sie bemerkte, daß Jury sie beobachtete, sah sie weg und dann gleich wieder zu ihm hin. Jury lächelte sie an, als teilten sie ein Geheimnis. Durch den Rauch ihrer Zigarette hindurch erwiderte sie es. Es war jedoch schon mehr als ein Lächeln.

Jimi machte sich ganz viele Senfpünktchen auf seine Pastete und sagte: «Was ich nicht verstehe, ist: Hier bin ich mit meiner Alten und drei Kindern, zwei davon noch in den Windeln. Also hier bin ich –» Er breitete seine Arme aus, streifte erneut den Busen neben sich und murmelte: «Tut mir leid, Süße – jung, sexy, gutaussehend, ein freier Geist, jedenfalls fühle ich mich so. Und da bist du ... groß, solide, zuverlässig wie ein Safe – deine Augen erinnern mich an die Londoner Silberschätze, weißt du das? – egal, da also bist du, hast keine Verpflichtungen, und die Frauen liegen dir zu Füßen. Da kommt eine von ihnen.» Jimi zeigte mit seiner Gabel auf Polly, das Barmädchen.

«Hallo», sagte sie zu Jury, ohne Jimi dabei anzusehen. «Was soll's sein?»

«Ein Bitter und eins von den Soleiern, Polly.» Zwischen Jury und Jimi stand unter einer hohen Plastikhaube eine Platte. Polly faßte die Haube am Knauf, hob sie hoch und rollte ein Ei auf einen kleinen

Teller. Sie lehnte sich über den Tresen, wodurch sie einen noch größeren Einblick in ihr Dekolleté gewährte. «Wo bist du denn gewesen? Dieser Typ ist fast jeden Tag hier. Arbeitet der nie?»

Jimi blickte finster auf ihren tiefen, gerüschten Ausschnitt.

«Er arbeitet gerade.»

Polly bemerkte Jimis Blickrichtung, winkte Jury zu, zwinkerte mit den Augen und ging an die andere Seite des Tresens.

«Das ist es, was ich meine», sagte Jimi. «Ich versteh das einfach nicht.»

«Ich auch nicht.»

«Du mußt zugeben, daß ich einen gewissen Charme habe.» Er hielt inne, als wäre sein ganzes Identitätsgefühl abhängig von Jurys zustimmendem Nicken. «Gestern abend, das muß ich dir erzählen, hatte ich eine mit ein Paar Titten, wie...» Er hielt seine Handflächen nach oben und bewegte sie, als würde er Kürbisse wiegen, dann packte er die Haube, unter der die Pyramide von Soleiern aufgebaut war, und preßte seine Stirn gegen das Plastik.

Jury schüttelte den Kopf. Jimi war einer der besten Männer, die sie hatten, wahrscheinlich sogar der Beste im Rauschgiftdezernat, obwohl er jünger als die meisten von ihnen war, ungefähr zehn Jahre jünger als Jury. Bei der Arbeit strahlte er äußerstes Selbstvertrauen aus; aber außerhalb brauchte er jede Krücke, die sich ihm anbot, und Jury war derjenige, der das meiste Gewicht tragen konnte.

«Diese Rothaarige, mit der du mal gegangen bist», fragte Jimi. «Was ist mit der passiert?»

Maggie war ein Foto in Jurys Schreibtischschublade. Da hatte er sie vergraben. Aber hin und wieder exhumierte er die Leiche. «Sie hat einen anderen geheiratet, einen Australier.»

Jimi schaute ihn total ungläubig an. «Verheiratet mit einem anderen? Und auch noch mit einem Australier? Jesus! Gab es nicht irgendeinen...?»

«Warum lassen wir das Thema nicht fallen, Jimi?» Jury sah das Mädchen neben Jimi an. Sie war bordeauxrot gekleidet, ihr Arm hob sich wie Seide gegen das dunkle Mahagoniholz ab.

«Okay, Mann, okay.» Jimi hielt die Hände hoch und wandte sich wieder seinem Essen zu. «Habe gehört, daß du jetzt endlich befördert wirst.»

«Verdammt unwahrscheinlich, wie das Blumenmädchen sagen

würde.» Jury hatte keine Lust mehr, über Frauen oder Beförderungen zu reden; er warf einige Münzen auf den Tresen und stand auf. «Ich habe eine Verabredung, Jimi. Wir sehen uns später.»

Auf dem Weg durch den Raum spürte er, wie der Samtblick des Mädchens in Bordeauxrot ihm folgte.

Die Tür öffnete sich, und Melrose Plant kam herein. Er ließ seinen Blick über die Köpfe schweifen, entdeckte Jury und kämpfte sich einen Weg durch die Menge, die sich mittlerweile schon an der Bar drängte. «Benderby, alter Knabe!» sagte Melrose.

Jury stieß einen Stuhl vor. «Setzen Sie sich, Mr. Plant, Benderby und ich danken Ihnen für Ihre Benachrichtigung. Und für das Bild. Also, erzählen Sie schon, wie Sie das gemacht haben!»

«Scotland Yard meine Methoden verraten? Warum um Himmels willen sollte ich? Ich bin dafür, daß ich einen Drink bekomme. Wollen Sie auch noch einen?» Plant zeigte mit dem Silberknauf seines Stocks auf Jurys Glas.

«Ich hab nichts dagegen.»

Melrose nahm das Glas, legte seinen Stock auf den Tisch und kämpfte sich zurück durch die Menge. Jury zog unter dem Tisch einen Stuhl heran und legte seine Füße darauf. Hundemüde war er. Er rollte den Stock hin und her, hob ihn hoch, wurde neugierig und spielte an dem Knauf herum. Er zog daran. Ein Stockdegen. Himmel noch mal.

Melrose kam mit den Getränken zurück, setzte sich und erzählte, was sich in den letzten 24 Stunden zugetragen hatte; er begann mit dem Bild, das er Jury hinüberschob. «Wir wissen also, daß Crael sie kannte. Aber welche von beiden kannte er? Ich meine, welche von beiden war sie?»

«Gemma Temple», antwortete Jury und steckte das Bild in seine Tasche. «Sie fuhr mit dem Wagen ihrer Zimmergenossin nach Rockmoor, weil ihrer ein Anfängerschild hatte. Gemma Temple hatte gerade ihren Führerschein gemacht.»

«Und Dillys March fuhr immer diesen roten Wagen.»

Jury nickte, und dann starrten beide schweigend in ihr Bier.

Jury lehnte sich zurück und schaute durch den oberen Teil des bleiverglasten Fensters, durch den die Lampen draußen zu sehen waren. Das aprikosefarbene Licht eines ungewöhnlich sonnigen, aber kalten Tages war von den Tulpenornamenten der Scheibe verschwunden, und die Dämmerung ging bereits in Dunkelheit über. Aber es erzeugte kein Gefühl der Melancholie in Jury, der sogar in dem verrauchten Pub den Schnee riechen konnte, der bald fallen würde. London im Winter war für Jury die beste Jahreszeit. Die Straßen feucht wie alte Handschuhe, der Geruch von Gummistiefeln; dampfende Pferde mit ihren Reitern vor dem Palast. Er liebte London, und wurde manchmal von diesem Gefühl geradezu überwältigt.

«Ich glaube, daß Julian Crael Gemma Temple irgendwo begegnet ist und von ihrer Ähnlichkeit mit Dillys March völlig geblendet war. Ich vermute, Dillys bedeutete Julian mehr, als er je zugeben würde. Er fing also mit Gemma ein Verhältnis an. Gemma sah darin die Möglichkeit, an ein Vermögen ranzukommen. Er muß ihr viel erzählt haben von sich, seiner Familie und seinem Zuhause – und von Olive Manning. Ich glaube, er wollte sie verlassen; vielleicht, weil er gemerkt hatte, wie fadenscheinig sein Phantasiegebilde war. Also setzte sich Gemma mit Olive in Verbindung, und die beiden arbeiteten diesen kleinen Schwindel aus.»

«Warten Sie mal. Olive Manning bestritt vom ersten Augenblick an, daß die Frau Dillys March sei. Wie konnte sie da gleichzeitig den Colonel glauben machen wollen, Dillys sei zurückgekommen.»

«Stimmt. Das verstehe ich auch nicht. Ich weiß nur, daß Gemma und sie gemeinsame Sache gemacht haben. Und wenn die Sache mit dem Diebstahl schiefging, dann hätte das ja ein verdammt gutes Motiv für einen Mord ...»

«Es gibt noch ein besseres, oder? Julian Craels Motiv.»

«Ich weiß, er ist ihr Kandidat. Aber warum sollte er sie ermorden? Warum nicht seinem Vater die ganze Geschichte erzählen? Julian wußte, daß die Frau nicht Dillys March war. Und vergessen Sie nicht sein Alibi ...»

«Sie glauben also wirklich nicht, daß er es war, oder? Immer verteidigen Sie ihn.»

«Ich weiß nicht, wer es getan hat, mehr kann ich Ihnen nicht sagen. Und ich ‹verteidige› ihn nicht.» Jury fragte sich, ob er nicht doch recht hatte. Was lag ihm an diesem Mann, der so distanziert, so kalt war? Julian Crael beschäftigte ihn, und wahrscheinlich wollte er Plants vollkommen berechtigten Verdacht einfach mit Argumenten aus der Welt schaffen. Er dachte an Julian, wie er im winterlichen Licht des Wohnzimmers stand, seine Arme auf den Kaminsims, unter dem Bild jener schönen Frau mit dem Seidenschal, die seine Mutter gewesen war. Und er fühlte in dem Lärm des verrauchten Pubs das gleiche Frösteln wie dort in der Stille des Wohnzimmers, als er Julian Crael zugehört hatte. «Ich dachte, Sie wüßten, daß sie tot sein könnte.» In den Worten schwang eine leise Frage mit, als verstehe der Sprecher selbst nicht, was er gesagt hatte, als erwarte Julian eine Antwort von etwas, was außerhalb lag, von etwas Großem – von den Mooren vielleicht, oder der See.

Wer könnte denn tot sein, fragte sich Jury.

«Sie wollen nicht, daß er schuldig ist.» Plants Bemerkung unterbrach seine Gedanken, und er bemerkte, daß er die ganze Zeit über das Mädchen in Bordeauxrot, das immer noch an der Bar saß, angestarrt hatte.

Verärgert über sich selbst, leerte er schnell sein Glas und sage: «Es ist fast sieben. Wir sollten lieber losfahren. Die Fahrt zurück nach Rackmoor dauert sechs Stunden. Ich würde ganz gern noch mit Olive Manning sprechen.»

Plants Blick glich einem Pfeil. «Ja, ich habe gehört, was Sie sagten. Ob ich will, daß jemand schuldig oder unschuldig ist, steht nicht zur Debatte. Vergessen Sie nicht, daß Crael ein Alibi hat.»

Plant saß immer noch da und fixierte seinen Spazierstock. «Ist das alles? Es soll schon mal vorgekommen sein, daß ein Alibi durchlöchert worden ist.»

14

«Sollen wir anhalten und Agatha aufstöbern? Sie wird nur Ihnen Bericht erstatten. Ich würde gerne wissen, wie sie mit der Suche nach dem Aufbewahrungsschein vorangekommen ist.»

Unter seinem Hut hervor erwiderte Jury: «Ich glaube, ich werde auf dieses kleine Vergnügen verzichten, wenn Sie nichts dagegen haben.»

Sie wechselten sich beim Fahren ab und lagen gut in der Zeit.

Melrose fuhr, seitdem sie in einem Café einen Kaffee getrunken hatten. «Es könnte ja auch sein», sagte Melrose, «daß der Mörder Gemma Temple mit Lily Siddons verwechselt hat. Aber welches Motiv könnte da dahinterstecken?»

«Der Colonel hat Lily Siddons sehr gern», sagte Jury, seine Stimme wurde durch den heruntergezogenen Hut gedämpft. «Genauso gern wie Dillys March, glaube ich.»

«Meine Güte, er hat ja die halbe Grafschaft gern. Ich hoffe, daß wir nicht überall in Yorkshire Leichen finden werden.»

Jury gab keine Antwort.

Melrose nahm an, er sei eingenickt, und beschleunigte den Jaguar auf 145 Stundenkilometer.

15

Plant hatte sich diskret entschuldigt und war auf sein Zimmer gegangen. Wood, der seine Überraschung kaum verbergen konnte, ging Olive Manning holen.

Alle anderen im Haus schienen zu schlafen, worüber Jury ganz froh war; er wollte sowenig Aufsehen erregen wie möglich.

Jury stand im Red-Run-Salon, dem «Nest» des Colonels, als Olive Manning erschien. Im Bademantel, ohne Schlüsselbund und ohne ihre kunstvolle Frisur sah sie fast menschlich aus. Sie verschwendete auch keine Zeit, wie Jury mit Erleichterung feststellte.

«Fanny hat schon immer zuviel geredet», war das erste, was sie sagte. Wie Jury zog sie es vor, beim Reden zu stehen.

«Wie hat Gemma Temple Sie ausfindig gemacht?»

«Durch Julian natürlich. Er war höchst indiskret. Wie auch immer, die ganze Sache hatte sich zu meinem Vorteil entwickelt – oder hätte es getan, sollte ich vielleicht lieber sagen, wenn nicht irgend jemand diese Frau ermordet hätte.»

«‹Irgend jemand›? Nicht Sie, Mrs. Manning?»

«Ich ganz bestimmt nicht. Obwohl es bestimmt schwierig wird, Sie davon zu überzeugen, da bin ich sicher.»

«Ihre Verbindung zu Gemma Temple würde das vermuten lassen. Aber alles schön der Reihe nach, die Details zuerst: Woher wußte Gemma Temple, daß Sie Ihre Schwester besuchten?»

«Sie rief erst hier an. Wood oder sonst jemand sagte ihr, ich sei in London bei meiner Schwester. Daraufhin rief sie mich dort an und sagte, sie hätte mir etwas von großer Wichtigkeit über Dillys March mitzuteilen. Ich war überrascht. Wer war diese Fremde, die etwas über ein Mädchen wußte, das vor fünfzehn Jahren verschwunden war? Sie wohnte im Hotel Sawry. Julian war an diesem Morgen gerade nicht da, wie ich später herausfand. Als ich sie sah –» Olive Manning schloß die Augen. «Die Ähnlichkeit war frappierend. Nun, ich dachte natürlich sie sei Dillys. Die Frau war wenigstens so schlau einzusehen, daß die Informationen, die sie über Dillys und über ihre Vergangenheit im Old House hatte, einer genaueren Prüfung nicht standgehalten hätten. Sonst hätte sie es wohl auf eigene Faust versucht. Sie brauchte sozusagen noch den letzten Schliff; da mußte so einiges ausgebügelt werden, damit sie sich als Dillys ausgeben konnte.» Olive Manning sagte das gleichmütig und ohne Reue.

«Und Sie übernahmen das Ausbügeln?»

«Ja.»

«Wie dachten Sie, damit bei Julian durchzukommen? Er hätte es nie zugelassen, daß die Frau sich hier einnisten würde und die Rolle seiner Cousine –»

«Hier *einnisten*. Um Gottes willen. Das hätte ich auch nicht gewollt. Sie hätte die 50000 bekommen, und wir hätten sie uns dann geteilt. Das ist alles. Warum Julian das zugelassen hätte? ‹Zulassen› ist vielleicht nicht ganz der richtige Ausdruck. Hätte er denn den Colonel überzeugen können, daß sie nicht Dillys March war? Gemma hätte sich immer herausreden können.»

«Warum haben Sie es sich nicht einfacher gemacht und Julian erpreßt?»

«Zum einen glaube ich nicht, daß Julian bezahlt hätte. Er gehört eher zu der Sorte, die sich stellen und dann verreißen lassen. Zum anderen hätte er gar nicht so schnell das Geld auftreiben können.» Sie lächelte kurz. «Dichterische Gerechtigkeit, verstehen Sie. Die Craels ließen es zu, daß Dillys March meinen Sohn zugrunde richtete. Ich dachte, ich hätte es verdient, zu sehen, wie ‹sie› Julian in die Knie zwingt.»

Was für eine zartfühlende Frau, dachte Jury. «Wie hatten Gemma und Julian sich überhaupt kennengelernt?»

«Durch Zufall. Auf einem Bahnhof, glaube ich.»

«Zuerst haben Sie bestritten, daß sie Dillys ist. Sie haben also erst ganz zum Schluß die Möglichkeit eingeräumt, daß sie vielleicht doch Dillys sei, um ihrer Meinung mehr Gewicht zu verleihen?»

«Ganz recht, Inspektor. Ich dachte, es sei besser, nicht gleich darauf einzugehen.»

«Es gab keine Beweise.»

«Ich hatte Zugang zu einigen Papieren. Der Geburtsurkunde von Dillys March und anderen. Falls ich sie wirklich gebraucht hätte. Aber Sie kennen Colonel Crael schlecht, wenn Sie glauben, daß es dazu gekommen wäre. Er hätte ihr ihre ‹Erbschaft› gegeben, keine Angst. Trotzdem hatte ich etwas in der Hand, was diese Dillys im passenden Moment hätte vorzeigen können.»

«Dieser Moment ist nie gekommen.»

Es folgte ein langes Schweigen. Sie seufzte. «Gut, Inspektor. Bevor Sie die Hunde auf mich hetzen, möchte ich Ihnen einen kleinen Handel vorschlagen.»

Daß sie gar nicht mehr dazu in der Lage war, schien ihr überhaupt nicht in den Sinn zu kommen. Sie hätte ebensogut über den Preis des grünen Samtsofas feilschen können, auf das sie ihre Hand gelegt hatte. In dem trüben Schein der Milchglaskugel – der einzigen Lampe, die Wood angemacht hatte – glitzerte der rosa Topasring an ihrem Finger.

«Was für einen Handel, Mrs. Manning?»

«Wissen Sie, ich habe mich offen zu dem Betrug – so nennen Sie das doch – bekannt. Und ich werde Ihnen da auch keine Schwierigkeiten bereiten. Dennoch denke ich, daß ich das Recht habe, meinen Namen von der Mordanklage reinzuwaschen. Das kann ich aber nicht, wenn Sie mich jetzt mitnehmen.»

Jury lächelte. «Das ist unsere Aufgabe – ich meine, Sie von der Anklage reinzuwaschen, falls es möglich ist.»

Sie schüttelte den Kopf. «Es gibt da keine Erfolgsgarantie. Inspektor, ich möchte nur vier bis fünf Stunden Zeit haben. Morgen findet eine Jagd statt – ich sollte wohl eher heute morgen sagen. Wenn Sie mir bis dahin meine Bewegungsfreiheit lassen könnten –»

«In vier bis fünf Stunden können Sie über alle Berge sein –»

Sie schnaubte. «Ich bitte Sie, Inspektor. Ich wüßte nicht, wohin ich gehen wollte. Mein Leben ist das Old House und mein Sohn, und wie könnte ich ihn jemals wiedersehen, wenn ich abhaue?»

Ihm gefiel, wie sie das Wort aussprach. Er lächelte. «Was haben Sie vor? Was habe ich davon, wenn ich Ihnen diese Stunden zugestehe?»

«Vielleicht gelingt es mir, Ihnen einen Fuchs aus dem Bau zu scheuchen. Morgen holen wir, um eine Lieblingsformulierung des Colonels zu gebrauchen» – sie lächelte – «das gute alte Stück hervor.»

VI Das gute alte Stück

1

Um Punkt halb neun rappelte sich Melrose Plant wieder auf. Er hatte noch nicht gefrühstückt, nur von dem betäubenden Satteltrunk hatte er einen Schluck genommen, um Körper und Geist zu stärken. Vor einer halben Stunde war er schon einmal heruntergefallen, als sein Pferd den Sprung über eine Mauer nicht geschafft hatte. Diesmal war es ein kleiner Bach, der ihn zu Fall brachte. Melrose klopfte sich ab und stieg wieder aufs Pferd. Es schadete nichts, daß sein Kopf wie betäubt war – seinen Händen und Füßen erging es nicht anders. Er wußte schon nicht mehr, welches nebulöse Pflichtgefühl seinem Gastgeber gegenüber seinem kränklichen Knie zur Heilung verholfen und ihn um sechs Uhr früh aus dem warmen Bett in die kalte Morgenluft gezerrt hatte. Prost und Waidmanns Heil hatte der Colonel zigmal wiederholt.

Melrose stieg wieder auf sein Pferd. Das Ganze konnte ihm gestohlen bleiben. Er war weder an Hunden noch an Füchsen interessiert. Allein die Menschen interessierten ihn. Sie ritten über die Moore, rot berockt, mit Schwalbenschwänzchen, ganz in Tweed, als gäbe es keine Schürfwunden oder zerfetzte Jagdröcke (von beidem gab es genügend), von dem Mord ganz zu schweigen.

Er musterte die Reiter, die in sein Blickfeld kamen – rote Jagdanzüge, Meltons, Derbies; die Frauen trugen Samtkappen, Halsbinden, handgearbeitete Stiefel, Jeans und Pullover. Eine bunt zusammengewürfelte Gesellschaft, die sich in diesem gottverlassenen

Moor hier draußen, in Nässe, Nebel und Schnee köstlich zu amüsieren schien. Eine verwegene Schar unberittener Teilnehmer krönten den in der Ferne liegenden Hügel; sie sahen aus wie die Zuschauer bei einem Kricketspiel. Der Huntsman war nirgendwo zu sehen. Melrose hatte ihn zuletzt entdeckt, als sie zu dem Bau geritten waren, den Tom Evelyn vor einer halben Stunde aufgespürt hatte.

Er spähte durch den Nebel und glaubte, den Colonel zu erkennen. Da von Evelyn keine Spur war, dachte Melrose, ein Teil der Jagdgesellschaft würde einem anderen Fuchs nachjagen, denn Colonel Crael hatte seinen Hut abgenommen und damit das Signal gegeben.

Im Gegensatz zu Melrose schien seinem Schimmel das Ganze zu gefallen, und als die Hundemeute zu bellen anfing, fiel er wieder in Galopp. Zum Glück war es ein freies Feld mit wenigen Mauern und ohne Stacheldraht. Melrose hielt sich tapfer, als sein Pferd einen doppelten Graben übersprang. Die Schlußhunde waren im Nebel verschwunden, und sie mußten jetzt nach dem Gehör reiten, da man nichts sehen konnte.

Der Schimmel nahm einen weiteren Graben, und Melrose sah sich schon wieder am Boden liegen. Außer dem Geräusch der Hufe, die über den gefrorenen Boden dahinstoben, hörte er nur noch das Bellen der Meute. Durch ein Loch im Nebel sah er eine Gruppe von Pferden und Reitern, die an einer langen Steinmauer standen. Er nahm an, der Colonel habe einen Fang gemacht, und freute sich darüber – vielleicht konnten sie jetzt umkehren, etwas essen und sich wieder wie zivilisierte Menschen benehmen. Er brachte sein Pferd zum Traben, ritt heran und stieg mit zehn oder zwölf anderen Reitern bei der Mauer ab.

Die Mauer, die vor ihnen lag, schien aus dem Nebel herauszuwachsen. Soweit Melrose das beurteilen konnte, war es eine ziemlich sinnlose Umzäunung. Die Hunde bellten auf derart ungewohnte Art und Weise, daß sogar Melroses ungeschultes Ohr heraushören konnte, daß dies keinen Fang bedeutete. Colonel Crael schien sie zurückhalten zu wollen, und der zweite Pikör stand kreidebleich da, offenbar nicht der Kälte wegen. Du großer Gott! dachte Melrose, als er sie schließlich entdeckte. Olive Manning lag ausgestreckt mit dem Gesicht nach unten über der Mauer, wie eine große Stoffpuppe. Auf der einen Seite hingen ihre Füße herunter, auf der anderen die Arme. Alles war voller Blut; es rann die Steine herunter und verfärbte den Schnee; die Reithosen, der schwarze Melton und die Stiefel waren blutverschmiert. Es sah aus, als hätte sie noch, bevor sie starb, versucht, sich aufzusetzen, um von den mörderischen Steinen wegzukommen. Den Sprung über diese Einzäunung hätte jeder Reiter und jedes Pferd verweigert, um statt dessen nach einer Schranke oder einem anderen Zugang zu suchen. Aber es war nicht die Höhe, die einen Sprung unmöglich machte, sondern die Tatsache, daß die Mauer mit diagonal angebrachten messerscharfen Kalksteinen bestückt war. Es war, als würde man auf Spikes fallen.

«Holen Sie Jury», sagte Melrose zu den Umstehenden.

2

«Ich war es, der sie gefunden hat, Inspektor Jury; oder vielmehr Jimmy und ich.» Colonel Crael stand an die Mauer gelehnt, als würden seine Beine sich weigern, ihn zu tragen.

In der Zeit zwischen dem Davongaloppieren des zweiten Pikörs, der im «Fuchs» anrufen wollte, und Jurys Eintreffen hatte Melrose Plant erfolgreich den Platz abgesichert. Tom Evelyn hatte die Hunde zusammengetrieben.

Außer Jury, Wiggins, Colonel Crael und Olive Mannings Leiche befand sich niemand mehr in den Mooren.

Jury verfluchte sich leise, während er die Leiche untersuchte und auf Harkins und den Mann von der Spurensicherung wartete. Hätte er Olive Manning für die Dauer der Jagd nicht freigelassen, wäre das hier nicht passiert. «Wann haben Sie sie zuletzt gesehen?»

«Ich erinnere mich nicht, sie überhaupt gesehen zu haben, Inspektor. Die Jagdgesellschaft bestand aus ungefähr 50 Personen; das sind ziemlich viel Leute für die Jahreszeit. Ich habe eigentlich gar nicht nach Olive Ausschau gehalten.»

«Wieso ist sie allein losgeritten? Sie muß vor den Hunden gewesen sein?»

«Ehrlich gesagt, ich weiß es nicht. Vielleicht ist sie dem ersten Fuchs, Toms Fuchs, gefolgt.»

«Erzählen Sie, was dann passiert ist.»

«Wir ritten in schnellem Galopp. Die Hunde mußten seit ungefähr einer halben Stunde gelaufen sein, ohne die Fährte zu verlieren. Nun, der Wind liegt ja auch günstig, und die Hunde rannten also weiter geradewegs auf Dane Hole zu. Danach, eine halbe Meile weiter, teilte sich die Meute in der Nähe von Kier Howe. Das liegt auf der anderen Seite von Cold Asby. Jedenfalls sah ich dann diesen jungen Fuchs aus dem Badsby Hole herauskommen. Der zweite Pikör – das ist Jimmy – gab ein Signal, und wir jagten hinterher. Als wir uns dieser verfluchten Mauer hier näherten, fragte ich mich, warum sie denn so plötzlich haltmachten? Ich dachte, sie hätten die Fährte verloren, vielleicht weil Schafe den Weg überquert hatten. Schafe sind manchmal schlimmer als Rinder; es gelingt ihnen, die Witterung vollständig auszuradieren.»

Jury unterbrach ihn: «Fahren Sie fort, bitte.»

«Die Hunde rannten die Einzäunung entlang. Ich dachte, sie wollten die Öffnung auskundschaften – sie befindet sich etwas weiter weg, und dann... nun ja..., Jimmy war im selben Moment neben mir, als die Hunde anfingen zu bellen. Wir erreichten die Stelle – Olive – beinahe gleichzeitig. Und wenige Augenblicke später kam Evelyn dort den Hügel runter mit der laut bellenden Meute.» Der Colonel zuckte mit den Schultern und starrte in das graue Licht. «Das ist alles. Evelyn brachte die Jagdhunde unter Kontrolle und führte sie weg.»

Jury wandte sich von Olive Mannings leblosem Körper ab.

«Wachtmeister Wiggins, Sie nehmen den Jeep und fahren mit Colonel Crael zurück zum Old House und sehen zu, daß niemand das Haus verläßt.»

«Das wird nicht so einfach sein, Inspektor», sagte Crael.

«Einige müssen noch bis nach Pitlochary reiten, und ich bin sicher...»

«Es ist mir scheißegal, wie weit sie reiten müssen.»

3

Dr. Dudley wischte sich die Hände ab und schüttelte den Kopf. «Raffiniert eingefädelt – aber so kann es nicht passiert sein.»

«Das habe ich mir schon gedacht», sagte Jury und beobachtete, wie Harkins Männer beinahe wie Hunde ausschwärmten und sich entlang der Steinmauer verteilten. Sie kämmten alles nach Spuren ab.

Harkins stand in seinem mit Schafsfell gefütterten Mantel herum und rauchte. «Raffiniert ist der richtige Ausdruck.» Harkins fuhr mit seiner behandschuhten Hand über die Steine. «Ich würde nicht gerne darauf fallen wollen, weiß Gott nicht.»

Der Arzt war gerade dabei, seine Sachen wieder in die Tasche zu verstauen. «Sie könnten ruhig darauf fallen. Es würde Sie nicht töten, obwohl es einigen Schaden anrichten würde.» Er klappte seine Tasche zu und erhob sich. «Diese Steine könnten Sie zwar ganz schön zerfetzen, aber nicht wie eine Reihe von Messern durchbohren. Die Verletzungen stammen nicht von den Steinen, das ist sicher.»

«Ich wage kaum, Sie zu fragen, von was sonst», sagte Jury und sah Dudley an.

«Ich würde sagen, es war die gleiche Mordwaffe wie bei dem Temple-Mord.»

«Und da wir noch immer nicht wissen, was es war...» Harkins ging zu der Stelle, wo man Olive Mannings Pferd gefunden hatte. Es stand da, als warte es darauf, daß sie wieder aufsitzen würde. Die Leiche wurde gerade auf Jurys Anweisung hin in einer Plastikhülle zu dem wartenden Combi geschafft, dessen Blaulicht gespenstisch aufleuchtete. Die Männer aus Pitlochary hatten diesen abgelegenen Tatort über einen alten Feldweg erreicht, der von der Straße nach Pitlorchary abging und über das Howl Moor führte. Von da an waren die Wegverhältnisse ziemlich schwierig. «Jemand hat sie also erstochen, und über diese Mauer geworfen, damit es so aussieht, als hätte das Pferd sie abgeworfen, und ist dann weggeritten. In der Tat raffiniert. Nur hat dieser Jemand das Pferd nicht bedacht. Es stand auf der falschen Seite der Mauer.» Harkins schnitt das Mundstück von seiner handgerollten Zigarre ein.

Jury sah ihn an. Harkins wäre ihm zwar bedeutend sympathischer gewesen, wenn er seine Leute weniger geschunden hätte. Aber er war zweifellos ein guter Polizist.

Der Arzt sagte: «Es könnte vor ungefähr vier oder fünf Stunden passiert sein. Ich kann Ihnen genaue Angaben machen, sobald ich sie im Leichenschauhaus habe.»

«Es muß also kurz vor Jagdbeginn geschehen sein. Soviel ich weiß, fing sie um sieben oder halb acht an.»

«Ein höllischer Zeitpunkt», sagte Harkins und ließ den Blick über das kalte, öde Moor schweifen. «Und ein höllischer Ort für ein Rendezvous.»

«Das stimmt. Aber wir wissen jetzt, warum er gewählt wurde», sagte Jury.

Jury mußte durch ein braunes Meer von Hunden waten, deren Schwänze wie Wimpel hin- und hergingen und die gerade von zwei Jagdhelfern in einen wartenden Wagen getrieben wurden. Tom Evelyn näherte sich ihm auf einem rötlich schimmernden Pferd. Jury stellte erstaunt fest, daß manche Menschen für ihren Beruf wie gemacht zu sein schienen. Es sah aus, als wäre Evelyn in seinem roten Jagdanzug und mit den Reitstiefeln auf sein Pferd gemalt worden.

«Ich möchte, daß Sie noch eine Weile hierbleiben, Tom.»

Evelyn tippte mit den Fingern gegen seinen Hut, sagte aber nichts.

Um das Old House herum standen Pferdewagen, Wohnwagen, Combis, Lastwagen, Autos und Land Rovers. Jury ging über den Hof, vorbei an den noch dampfenden Pferden und an den dort versammelten Frauen und Männern, die je nach Menge des gereichten Satteltrunks besser oder schlechter gelaunt waren. Jury wollte gerade die Treppe hinaufgehen, als er hinter sich eine Stimme hörte:

«Inspektor Jury, ich habe was für Sie.»

Lily Siddons saß auf Red Run, ihrer haselnußbraunen Stute, und sah einfach umwerfend aus. Sie hatte nichts mehr gemein mit dem Mädchen, das er in der Küche des Café Bridge gesehen hatte. Sie trug weder den schwarzen Melton noch den einfachen Tweed der anderen Frauen. Lily hatte einen jagdgrünen samtenen Reitanzug an. Es war kaum zu fassen, daß es ein und dieselbe Person war. Ihre bernsteinfarbenen Augen schimmerten sogar in der fahlen Morgendämmerung. Sie hatte ihre Kappe abgenommen und an den Zügeln befestigt, und ihr goldenes Haar wehte in der sanften Brise. Sie war nicht mehr «die Kleine der Köchin». Das hier war ihr eigentliches Milieu. Sie sah elegant, gelassen und sehr sicher aus.

Wahrhaftig wie eine echte Crael.

Er nahm den silbernen Becher, den sie ihm herunterreichte.

«Was ist das?» Jury versuchte zu lächeln, aber es gelang ihm nicht so recht.

«Ein Satteltrunk, zum Aufwärmen.» Ihre Augen wurden dunkler, wie er es bereits zuvor gesehen hatte, wenn sie etwas bedrückte. «Schrecklich. Aber wenn ich ehrlich bin – ich habe Olive Manning nie gemocht. Und es gibt keinen Grund –» Sie zuckte leicht mit den Schultern und ritt auf Red Run über den Hof, wobei die Hufe auf den Steinen hallten. Jury trank nichts, sondern hielt nur wie gelähmt den Becher in der Hand. Er sah, wie sie im Stall vom Pferd stieg und fragte sich, wie er nur hatte so blind sein können.

Während er sie betrachtete, schien der Nebel aufzusteigen, sich aufzulösen und in die Bäume zurückzuziehen. Die Sonne war zwar noch nicht zu sehen, aber es war heller geworden. Der Himmel war milchig; der Morgen hatte eine Farbe wie altes Zinn. Für ihn setzte sich Lily Siddons' Leben plötzlich zu einem einheitlichen Ganzen zusammen, vergleichbar den kleinen Stückchen in einem Kaleidoskop, die ein Muster bilden.

Da waren die Goldjungen: Julian und sein Bruder Rolfe. Mary Siddons war von Lady Margaret einfach ausgebootet und Rolfe, der Frauenheld (meist Held der falschen Frau), nach Italien verfrachtet worden. Daraufhin Mary Siddons' Selbstmord. Die Goldkinder. Dieses unbeschreibliche Haar, das ihm schon am ersten Abend, als sie im Gegenlicht stand, aufgefallen war. Lily Siddons hatte Lady Margarets Haare geerbt. Sie war Colonel Craels Enkelin.

4

Ian Harkins schälte sich gleichsam aus seinen Hüllen; er knöpfte seinen teuren, mit Schafsfell gefütterten Wildledermantel auf, um den Blick auf einen graublauen Anzug freizugeben. Er lehnte sich zurück, legte einen seidig bestrumpften Knöchel über das Knie, machte es sich übertrieben langsam bequem, während alle übrigen warten mußten.

Sie befanden sich im Arbeitszimmer des Colonel – Jury, Harkins, der Colonel und Wiggins. Jury hatte Harkins soeben erzählt, was er in London herausgefunden hatte, und Harkins war verärgert, daß es nicht der Fund seiner Männer – das heißt, sein Verdienst war. Da ihn Jury mit dem Ergebnis in London überrundet hatte (so wenigstens betrachtete Harkins die Angelegenheit), hatte Jury beschlossen, Harkins mit dem Verhör beginnen zu lassen.

Die gute Zigarre, die ihm der Colonel anbot, lehnte Harkins zugunsten seiner eigenen, besseren, ab. Er entfernte die Zellophanhülle, zündete sie sich mit einem silbernen Feuerzeug an und zog daran, bis sie rot aufglühte. Jury ließ ihm Zeit, ließ ihn seinen Auftritt vorbereiten. Er mußte wohl seine Tücken haben, denn Jury nahm eigentlich an, daß Harkins es vorgezogen hätte, Leuten mit Rang und Namen nicht auf die Füße zu treten – in diesem Fall auf die des Colonel. Allerdings würde er vor Jury nicht als Kriecher erscheinen wollen, indem er vor Sir Titus katzbuckelte. Umgekehrt gehörte er zu denen, die glaubten, sie müßten ausfällig werden, um etwas zu erreichen. Jury vermutete, daß für Harkins der Übergang zwischen beiden Verhaltensweisen fließend war. Er wünschte sich, daß Harkins' Persönlichkeit da weniger gespalten wäre, denn er spürte, daß er eigentlich ein scharfsinniger Polizist war. Als er Harkins beobachtete, wie er dasaß und den Colonel betrachtete, spürte er, daß er den wirklichen, den eigentlichen Inspektor Harkins vor sich hatte – Harkins in Aspik.

«Sir Titus», sagte Harkins, «fragten Sie sich nicht, warum sie, wo sie doch eine so gute Reiterin war, über die Mauer gesprungen ist?»

Die Frage schien den Colonel zu verwirren. «Was?»

«Aus welchem Grund hätte Olive versuchen sollen, über diese Mauer zu springen?»

Jury lächelte kurz. Offenbar stand Harkins, wenn nicht mit Jury, dann doch mit dem Tod auf du.

«Ich weiß es nicht.»

«Würden Sie es tun?» Bei dieser Frage zog Harkins leicht eine Augenbraue hoch.

«Nein.»

«Würde überhaupt jemand an dieser Stelle springen?»

Colonel Crael runzelte die Stirn. «Ich kenne niemanden, der das je getan hat, nein.»

«Sie hat es» – Harkins klopfte mit seinem kleinen Finger die Asche von seiner Zigarre – «auch nicht getan.» Der Colonel sah ihn verwundert an. «Aber Sir Titus, haben Sie das nicht schon längst vermutet? Sie fiel nicht über diese Steine. Jemand hat sie da hingelegt.»

«Hingelegt –?»

Harkins unterbrach ihn. «Wo war Ihr Sohn heute morgen?»

Die Frage kam vollkommen überraschend und wirkte wie ein Schlag ins Gesicht. «Nun, ich nehme an, Julian befand sich im Bett. Oder er machte einen Spaziergang. Manchmal geht er ganz früh –»

«Vielleicht im Howl Moor spazieren?» Harkins knisterte mit der Zellophanhülle, in die seine Zigarre eingewickelt gewesen war. Das unangenehme Geräusch paßte gut zu seiner Stimme. Dem Colonel stieg die Röte ins Gesicht, und er wollte etwas einwenden, wozu ihm Harkins aber keine Gelegenheit gab. «Sir Titus, haben Sie unter diesen Umständen nicht auch daran gedacht, daß Ihre Haushälterin vielleicht ermordet worden ist?»

«Wie meinen Sie das?»

Harkins schnaufte ungeduldig über diese Begriffsstutzigkeit. «Den Mord an dieser Temple, natürlich. Sie sagten, Sie ritten der Spur eines anderen Fuchses nach, ist das richtig?» Der Colonel nickte. «Natürlich sind Sie mit dem Zeremoniell einer Jagd weitaus besser vertraut als ich. Dennoch erscheint mir das, was Sie taten, eher als eine Verletzung des Zeremoniells.» Das Gesicht des Colonels zeigte wieder nur Ratlosigkeit.

«Sir Titus, Ihr Huntsman hat doch die Spur des ersten Fuchses verfolgt. Ist es nicht ziemlich ungewöhnlich für einen Jagdherrn, die Spur des zweiten aufzunehmen? Ist es nicht» – auf Harkins Gesicht war plötzlich ein Lächeln zu sehen, das er wie eine Freikarte vorzeigte – «unhöflich. Sie müssen das doch am besten wissen.» Er entfernte eine Fluse von seiner seidenen Socke. «Und der zweite Fuchs hat Sie dann unverzüglich zu jener Stelle geführt.»

Das Gesicht des Colonels wurde puterrot. Er erhob sich aus seinem Stuhl, setzte sich aber wieder und sagte: «Wollen Sie damit sagen, Inspektor Harkins, daß ich gewußt habe, daß Olive Mannings Leiche auf der Mauer liegen würde?»

«Der Gedanke ist mir durch den Kopf geschossen.»

In der darauffolgenden Stille machte sich Wiggins daran, eine frische Packung Hustenbonbons aufzureißen, ließ aber nach einem

Blick auf Harkins davon ab und lutschte weiter auf dem Bonbon herum, das sich noch in seinem Mund befand. Jury brach das Schweigen, was ihm einen finsteren Blick von Harkins eintrug. «Colonel Crael, wir wissen inzwischen, daß Gemma Temple nicht ihr Mündel Dillys war. Ihre ganze Geschichte war eine Lüge. Sie kam hierher in der Absicht, sich die Erbschaft unter den Nagel zu reißen.»

Harkins warf Jury einen vernichtenden Blick zu, weil er Informationen preisgegeben hatte. Jury konnte ihm das nicht übelnehmen; trotzdem war er der Meinung, der Colonel habe ein Recht, es zu erfahren.

Der Colonel schloß kurz die Augen. Dann sagte er: «Also gut. Dennoch verstehe ich nicht ganz, woher sie soviel über Dillys und über uns wissen konnte.»

«Sie war genauestens informiert worden.» Jury brachte es beinahe nicht heraus: «Von Olive Manning.»

Das Gesicht des Obersts schien um Jahre zu altern.

«Von Olive? Olive?»

«Ich fürchte, ja. Sie ist nie über die Tatsache hinweggekommen, daß Dillys March ihren Sohn in den Wahnsinn getrieben hat, zumindest nahm sie das an. Sie tat es aus Rache – und Geldgier. Olive Manning war also gefährlich für jemanden... Sie wußte, wer Gemma Temple ermordet hatte.» In Harkins' Stimme lag die Autorität eines deus ex machina, der auf die Bühne herabgestiegen ist, um das traurige Durcheinander, das die Schauspieler verursacht haben, wieder in Ordnung zu bringen.

«Vielleicht», sagte Jury. «Vielleicht war es aber auch etwas anderes...» Er dachte an die Anschläge auf Lily Siddons. Da er aber über Lily und über den Zusammenhang, den er zwischen ihr und der Familie Crael vermutete, keine kühnen Behauptungen aufstellen wollte, unterbrach er sich. «Die Reise, die Ihre Frau und Ihr Sohn vorhatten, war sie nicht ein wenig plötzlich?»

«Das ist so lange her...»

«Kann es sein, daß Lady Margaret ihren Sohn von jemandem trennen wollte? Von einer Frau?»

«Ich verstehe nicht, worauf Sie hinauswollen.»

Auch Harkins verstand es nicht. Er saß da und sah höchst unglücklich aus über den Verlauf, den das Verhör genommen hatte.

«Ich meine Mary Siddons.»

Sein Erstaunen war nicht geheuchelt.

Wenn es eine Beziehung zwischen Rolfe und Mary gegeben hatte, der Colonel hatte nichts davon gewußt. Lady Margaret hingegen war bestens informiert gewesen, das hätte Jury schwören können. «Sie war ein hübsches, liebenswertes Mädchen, Mary Siddons, oder?» Der Colonel schwieg. «War es nicht möglich, daß die beiden ein Verhältnis hatten?» Der Ausdruck im Gesicht des alten Mannes verriet Jury, daß es nicht nur möglich, sondern sogar wahrscheinlich war.

«Mein Gott.» Der Colonel holte tief Luft. «Margaret wollte das Mädchen rausschmeißen. Das war kurz bevor sie und Rolfe abfuhren. Ich habe mich immer gefragt, warum. Daß Mary etwas gestohlen haben sollte, daran habe ich nie geglaubt. Nun, ich wollte sie nicht gehenlassen, ich wollte es einfach nicht, und in dem Punkt habe ich mich durchgesetzt, aber –»

Aber auch nur in diesem, dachte Jury. «Sie hatten keine Ahnung von dieser Verbindung?»

«Chefinspektor, ich denke, es wäre vielleicht besser, wenn wir uns wieder den gegenwärtigen Problemen zuwenden würden.» Harkins war frustriert.

«Das sind indirekt die gegenwärtigen Probleme», sagte Jury. «Wäre es möglich, Colonel Crael, daß Olive Manning von der Beziehung zwischen Rolfe und Mary etwas gewußt hat?»

«Olive? Ja, das ist gut möglich. Margaret stand sie jedenfalls sehr nahe.»

«Wie alt war Lily damals?» Er bemühte sich, der Frage einen so beiläufigen Ton wie nur möglich zu geben.

«Oh, ich weiß nicht. Sie muß zehn oder zwölf Jahre gewesen sein.»

Mary Siddons hatte all die Jahre geschwiegen. Man hatte ihr entweder Geld angeboten oder sie eingeschüchtert; einen Mann für sie gefunden, und Rolfe war zu schwach oder zu desinteressiert gewesen, um seiner Mutter zu widersprechen. Mary Siddons mußte aber ein letztes Mal versucht haben, ihn an sich zu binden und dabei kläglich gescheitert sein. Rolfe wurde von seiner Mutter abgeschleppt. Jury wußte nicht genau, ob es Ian Harkins' Gegenwart oder einfach seine Intuition war, die ihn davon abhielt, all das laut auszusprechen. Er tat es jedenfalls nicht.

«Was geschieht jetzt?» fragte der Colonel.

«Es wird neu ermittelt. Ihr Sohn geht nicht auf die Jagd, oder?»

Die Art und Weise, wie Harkins die Frage herausschleuderte, erschreckte sogar Jury. Der Colonel wurde ganz blaß, als die Frage erneut auf Julian kam. «Nein.»

«Wo war er dann heute morgen?»

«Ich weiß es nicht. Sie haben mich das bereits gefragt, Inspektor.» Seine Stimme klang schwach.

«Und folgte er der Jagd nicht zu Fuß?»

«Nein. Julian mag keine Reitjagden», antwortete der Colonel niedergeschlagen.

«Aber lange Spaziergänge mag er. Ich nehme an, er kennt sich im Howl Moor ziemlich gut aus.»

«Inspektor Harkins», fuhr ihn Colonel Crael an, «ich mag Ihre Unterstellungen nicht.»

Jury hatte die Anschnauzereien satt. «Jeder hätte ein Treffen mit Olive Manning da draußen arrangieren können, ob zu Fuß oder als Reiter der Jagdgesellschaft. Spaziergänge über das Moor beweisen noch gar nichts.»

Die Äußerung trug ihm zwei sehr unterschiedliche Blicke ein.

Nachdem er eine Weile überlegt hatte, sagte Colonel Crael: «Aber es dürfte für den Mörder doch äußerst schwierig gewesen sein, Olive dort draußen im Moor, an dieser Mauer, aufzuspüren?»

«Offensichtlich nicht», entgegnete Harkins bissig, «Sie haben es auch geschafft.»

«Ich glaube, der alte Mann war etwas durcheinander», sagte Harkins, als sie in dem langen Gang standen. Eine Frau kam aufgeregt aus dem Eßzimmer. Dort wurden gerade die Teilnehmer der Jagd von Harkins' Männern befragt.

«Ja, den Eindruck hatte ich auch», sagte Jury. «Mir ging es nicht viel anders.»

Harkins lächelte grimmig. «Soll das ein Kompliment sein, oder gefällt Ihnen mein Vorgehen nicht?» Er zündete sich eine neue Zigarre an und sagte dann: «Wen ich aber eigentlich ausquetschen möchte, ist Julian Crael. Und ich bezweifle sehr, daß er für den fraglichen Zeitpunkt ein Alibi hat.»

«Ich werde Julian Crael selbst befragen.»

«Ich wäre gern dabei.»

«Sprechen Sie doch später mit ihm. Geben Sie mir nur ein paar Minuten –.»

«Hören Sie, Jury, das ist immerhin mein Amtsbezirk –»

«Ihr Amtsbezirk!» Jury vergaß seinen Schwur, niemals die Beamten einer ländlichen Polizeieinheit zurechtzuweisen. «Ihr Leute, ihr ruft London an und bittet um Hilfe. Okay, daraufhin bekommt ihr einen Mann wie mich. Euer Pech. Aber so lange ich hier bin, ist das mein Amtsbezirk, und ich bestimme, wie diese Untersuchung durchgeführt wird.»

«Schon gut, schon gut», sagte Harkins beruhigend. Sein Lächeln wirkte auf irritierende Weise überlegen. Mit seinen schweinsledernen Handschuhfingern fuhr er über den gepflegten Schnauzer, als wollte er damit sein Lächeln löschen. «Bis später.» Harkins drehte sich um und enteilte.

5

Im Bracewood-Salon saßen Jury und Julian sich auf der Couch gegenüber. Julian saß nach vorn gebeugt, die Hände gefaltet und sah auf den Boden, so daß Jury lediglich seinen hellen Haarschopf sehen konnte. Er wirkte verletzbar – der Kopf eines jungen Mannes. «Zigarette?»

Julian schüttelte den Kopf und stand auf. «Ich könnte aber einen Drink vertragen. Sie auch?»

«Warum nicht? Aber nur einen kleinen.» In Anbetracht der Einsamkeit, in der Julian all die Jahre gelebt haben mußte, und des Schmerzes, der ihm unmittelbar bevorstand, brachte Jury es nicht übers Herz, ihn auch noch allein trinken zu lassen.

Julian füllte zwei Gläser mit Whisky und fügte seinem noch ein wenig Soda hinzu. «Es tut mir leid wegen Olive. Ich kannte sie fast so lange, wie ich lebe.» Er stellte sich vor den Kamin. «Aber das nehmen Sie mir wohl nicht ab?»

«Warum sollte ich nicht?»

«Weil ich den Eindruck habe, daß Sie trotz meines Alibis glauben, ich hätte diese Temple ermordet.» So wie er dastand, den Arm auf dem Kaminsims, bedeckt von dem dunklen Stoff seines Blazers, schien seine Pose identisch mit der seiner Mutter zu sein. Er sah wirklich jung aus. Obwohl er kaum jünger war als Jury, wirkte Julian immer noch unberührt.

Jury überging seine Bemerkung. «Wo waren Sie heute morgen?»

«Ich bin ausgeritten. Ich kam so gegen neun zurück. Und ich war nicht draußen im Howl Moor. Bis zu der Mauer wäre es ohne Frühstück im Bauch etwas weit.»

«Waren Sie allein?»

Julian starrte ihn an. «Nein, ich hatte mein Pferd dabei.»

«Haben Sie Olive Manning heute morgen gesehen?»

«Nein.»

«Ich wollte Sie wegen Dillys March fragen.»

«Zum hundersten Male, diese Frau war nicht Dillys March.»

«Ich weiß.» Jury nahm einen Schluck Whisky; er brannte ihm auf der Zunge. «Olive Manning hat sie hierhergebracht, damit sie sich als Dillys March ausgibt.»

Diese Enthüllung schien ihn genauso aus der Fassung zu bringen wie den Colonel. Er mußte seine Stellung am Kamin aufgeben, um sich hinsetzen zu können. «Olive? Oh, mein Gott, aber warum –?»

«Wegen des Geldes und aus Rache, nehme ich an. Ihrer Meinung nach hatten die Craels Schuld an Leos traurigem Schicksal.»

«Es fällt mir schwer zu glauben, daß sie meinen Vater auf diese Art betrogen hat. Wie haben Sie es herausgefunden?»

«Indem ich ins Hotel Sawry ging.» Julian erblaßte.

«Vielleicht war es Miss Temple, die die Streichhölzer liegenließ. Mit Absicht, natürlich.»

Es entstand ein langes Schweigen, das nur von einem funkensprühenden, berstenden Holzscheit im Kamin unterbrochen wurde. «Sie wissen es also», sagte Julian.

Jury holte das Bild aus seiner Tasche, das Melrose gefunden hatte und legte es auf den kleinen Tisch neben Julians Stuhl. Julian betrachtete es eine ganze Weile und murmelte leise: «Wie dumm von mir.» Er ließ den Kopf zurückfallen und sagte: «Es war dumm, die Bilder aufzuheben. Ich erspar mir die Frage, wie Sie an die Fotos gekommen sind. Es ändert schließlich nichts an der Sache. Ich nehme an, das beantwortet alle Ihre Fragen?»

«Nein. Haben Sie sie in London kennengelernt?»

«An der Victoria Station. Ich hatte den Zug nach London genommen... das war letztes Jahr. Ich ging in das Café, um eine Tasse Kaffee zu trinken. Sie saß da, aß ein Stück Kuchen und trank Tee. Ich konnte es nicht fassen, jenes Mädchen, das Dillys hätte sein können, da sitzen zu sehen. Natürlich nur ein wenig älter. Man sah es ihr allerdings kaum an.» Sein Lächeln war schwach, nervös. «Es ist nicht meine Art, Frauen anzusprechen, wirklich, aber ich nahm all meinen Mut zusammen, und es ging gut. Ein albernes Gespräch über die Züge und das Wetter. Sie war sehr freundlich.»

«Prostituierte sind bekannt dafür.»

Julian wurde rot. «Aber sie war keine, ich meine, nicht wirklich.»

Jury lächelte. «Nur so ein bißchen.»

«Denken Sie, was Sie wollen. Eigentlich war sie eine arbeitslose Schauspielerin. Dafür gibt es Beweise, wenn ich nicht irre?»

«Ja. Sie kannten Gemma Temple also ungefähr ein Jahr. All ihre Reisen nach London...»

«Offensichtlich eine unkluge, gefährliche Liaison. Aber ich konnte mir nicht helfen. Ich frage mich, wie viele Männer das schon gesagt haben? Aber es war – als würde mir etwas wiedergegeben. Als Mutter und Rolfe und dann auch Dillys verschwanden, fühlte ich mich beraubt. Ich war nicht nur allein, sondern auch, nun ja, beraubt, verletzt. Als ob man dieses Haus geplündert und alles entfernt hätte. Ich kann es nicht erklären. Aber mit ihr zusammen war es... als ob alles wieder gut wäre.» Er verstummte. Julian ließ die Vergangenheit weniger los als seinen Vater. «Sie müssen Dillys sehr gemocht haben, sonst hätten Sie wohl nicht versucht, sie in der Person von Gemma Temple wieder auferstehen zu lassen.»

Julian warf ihm einen Blick zu. «Eine fixe Idee, meinen Sie das? Eine Art Verrücktheit?» Er wandte sich um und starrte auf das Porträt Lady Margarets. «Ich war ihr Schoßhündchen. Schoßhündchen, objet d'art – sie reichte mich herum wie eine vollendet geschnittene Gemme. Ich war schön.» In seiner Stimme lag eher Verachtung und Bitterkeit als Eitelkeit und Stolz. «Ich war jemand, der verhätschelt und geputzt wurde, den sie aber, sobald sie damit fertig war, wieder in das Schmuckkästchen zurücklegte – eine Puppe mit Flachshaar und Saphiraugen. Ich glaube nicht, daß sie mich überhaupt zur Kenntnis nahm, außer wenn ich der Öffentlichkeit vorgeführt wurde. Es war, als existierte ich einfach nicht, wenn es niemanden gab, dem ich vorgezeigt werden konnte. Aber ich habe sie vergöttert, sie über alles geliebt. Nachts lag ich wach und habe darauf gewartet, daß sie nach Hause kommt, von einer Party zurückkehrt. Wenn ich den Wagen kommen hörte, schlich ich mich ans Fenster, um sie zu sehen. Wenn es zu finster war, um etwas erkennen zu können, dann horchte ich; sie trug diese raschelnden Kleider. Es ist merkwürdig, wie die Kleider anderer Frauen einfach nur an ihnen hingen, ohne ein Geräusch zu machen. Aber an dem Rascheln erkannte ich immer, daß sie es war.» Er saß zurückgelehnt im Stuhl und hatte die Augen geschlossen. «Warum mußte sie mit Rolfe zusammen sterben? Eigentlich hätte ich es sein sollen.»

«Aber was ist mit Dillys March? Wir sprachen von ihr. Sah sie Ihrer Mutter wirklich so ähnlich?»

«Nein, nicht äußerlich. Aber in allem anderen erinnerte sie mich an Mutter. Sie war der Schützling meiner Mutter, beinahe ihr anderes Ich.»

«Ihre frühere Aussage – daß Sie Dillys nicht mochten – entsprach also nicht ganz der Wahrheit.»

Julian drehte den Kopf beiseite und lächelte ein wenig. «Es war aber auch nicht gerade Lüge.» Seine Augen schimmerten im Licht des Kaminfeuers, ein Schimmern, das von Tränen oder vom Aufblitzen eines Säbels hätte herrühren können.

«Sie war faszinierend, ja, das schon, aber überhaupt nicht liebenswert. Sie hätte einen Tag wie heute gemocht: die Jagd und den anschließenden Tötungsakt, um es metaphorisch auszudrücken. Der Tod hat sie fasziniert. Ich glaube, sie war jemand, der einen Selbstmordpakt wundervoll gefunden hätte. Bereits mit sechzehn, ja schon mit vierzehn, hatte sie Liebhaber und reichlich davon.»

«Sie haben Gemma Temple sehr viel über sich erzählt, oder?»

«Ja, sehr viel.»

«Auch über Olive Manning und ihren Sohn?»

«Das floß an einem Punkt auch in die Unterhaltung ein, ja. Die Geschichte meines Lebens. Ich erzähle sie nur selten.»

«Haben Sie daran gedacht, sie zu heiraten, Mr. Crael?»

«Vollkommen undenkbar.» Es klang wie das Zuschnappen der Zigarettendose, aus der er sich eine Zigarette genommen hatte.

«Vielleicht nicht für Gemma Temple. Sie hat bestimmt gedacht, daß sie einen dicken Fisch an Land gezogen hat.»

«Ich glaube, ich weiß, was Sie sich zurechtgelegt haben, Inspektor. Gemma Temple, die durch mich einiges erfahren hatte und der Olive Manning die übrigen Einzelheiten erzählt hatte – Gemma kam also hierher, in der Absicht, sich als Dillys auszugeben. Und aus Wut, Rache oder was auch immer, habe ich sie getötet. Ganz einfach.»

«Nein, Sir, ganz so einfach nicht. Es gibt da noch den Mord an Olive Manning. Warum sollten Sie Olive Manning umbringen, sie wäre doch noch am ehesten für die Mörderin von Gemma Temple gehalten worden. Ein Raubmord wird es wohl kaum gewesen sein.»

«Aber Inspektor, wollen Sie etwa doch noch meinen Kopf retten?»

«Tun Sie doch nicht so, als wäre es Ihnen völlig egal. Ihnen ist vieles nicht egal, mehr als Sie verkraften können, fürchte ich. Erzählen Sie mir, was passiert ist, nachdem die Temple hier auftauchte.»

«Ich sah sie zum erstenmal, als ich in dieses Zimmer trat; sie waren alle hier versammelt – mein Vater, Gemma und Olive Manning. Wood hatte gerade den Sherry serviert. Ich öffnete die Tür und blickte ihr direkt in die Augen.» Er sah Jury an. «Da saß die Frau, die ich, wie ich meinte, zum letztenmal gesehen hatte, als ich sie in Tränen aufgelöst und völlig hysterisch verließ, weil ich sie nicht heiraten wollte. Und sie lächelte», sagte Julian, als wolle er damit sagen, daß ihr Lächeln alles Unheil dieser Welt mit sich gebracht hätte. «Ich glaube, jedes Wort, das an diesem Nachmittag gesprochen wurde, hat sich in mein Gedächtnis eingeätzt. ‹Hallo, Julian›, sagte sie und streckte mir die Hände entgegen. ‹Was zum Teufel machst du denn hier›, sagte ich.

‹Ich kann verstehen, daß du fassungslos bist›, sagte mein Vater. ‹Ich konnte es auch nicht glauben.› Er war völlig außer sich vor Freude. ‹Sie ist zurückgekommen – Dillys ist wieder da.›»

Julian schloß die Augen. «Beinahe wäre ich herausgeplatzt – vor versammelter Mannschaft, aber etwas in ihren Augen hielt mich zurück. Die ganze verdammte Situation war so unmöglich, daß ich lachen mußte. Der Gedanke, daß sie sich als Dillys ausgeben könnte . . .»

«Sie haben sie getötet, nicht?»

Müde drehte Julian den Kopf, um Jury anzusehen. «Nein, aber ich weiß, Sie werden mir nicht glauben –»

Jury schüttelte den Kopf. «Nicht Gemma Temple, Dillys March.»

Das Tageslicht war so schnell aus dem Zimmer gewichen, als hätte jemand mit den Fingern eine Kerze ausgelöscht. Außer dem halbrunden Lichtschein des Kaminfeuers war das Zimmer in Dunkelheit getaucht. Die verschwommenen Konturen der Stühle und Tische ließen sie wie Überbleibsel aus einer anderen Welt erscheinen. Julian schwieg eine Weile, dann sagte er: «Wie zum Teufel sind Sie darauf gekommen?»

«Ich habe es schon länger vermutet. Sie schien nicht die Person zu sein, die eine größere Summe Geld einfach so sausen läßt. Aber eigentlich haben Sie es mir selbst vor ein paar Minuten gesagt.»

«Inwiefern?»

«Wie Sie Ihre Begegnung in der Victoria Station beschrieben haben. Bisher wurde doch immer angenommen, daß Dillys nach London weggelaufen sei. Da fand man auch ihren Wagen. Warum haben Sie also nicht angenommen, daß diese junge Dame, ihre Doppelgängerin, tatsächlich Dillys *war*? Doch nur weil Sie wußten, daß sie tot ist.»

«Mein Gott», sagte Julian kaum hörbar und schloß wieder die Augen.

Jury nahm Julians Glas, goß ihm noch einen Whisky mit Soda ein und hielt es ihm hin. Einen Augenblick lang stand er über ihm. «Erzählen Sie.» Abwesend nahm Julian Drink und Zigarette entgegen und sagte dann: «Als wir jünger waren, haben Dillys und ich einen Pakt geschlossen, daß wir keine Geheimnisse voreinander haben würden. Wir haben ihn sogar mit Blut besiegelt, indem wir uns in die Finger schnitten – das war Dillys' Idee; sie hatte eine Vorliebe für dramatische Dinge. Sie wollte, daß wir unser Blut mischen. Ich bin beinahe in Ohnmacht gefallen. Wörtlich. Ich kann kein Blut sehen, und Dillys fand das furchtbar komisch... Aber ich nehme an, daß Sie das alles gar nicht hören wollen –»

«Doch, erzählen Sie weiter.»

Er lehnte sich zurück, seine Finger umschlossen das Glas, als wäre es ein Gesangbuch, das er an seine Brust drückte. «Dillys war auf Lily eifersüchtig, das war ganz offensichtlich; nur wäre sie eher gestorben, als daß sie das zugegeben hätte. Der Colonel hatte Lily sehr gern, und Lily war eigentlich auch hübscher als Dillys. Aber Dillys war ‹jenseits› von hübsch, wenn Sie verstehen, was ich meine. In dieser Hinsicht war sie wie meine Mutter. Sie hatten beide ein – inneres Feuer, ja, so könnte man es wohl nennen. Aber dieses Feuer war nicht immer so wunderbar. Manchmal war es auch das reinste Höllenfeuer. Mama konnte furchtbar wütend werden. Dann warf sie mit Dingen um sich und kreischte wie ein Fischweib. Armer Vater, dachte ich dann. Andererseits war es irgendwie aufregend...

Dillys war klug und sehr überzeugend – sie konnte einem alles einreden. Die Geschichte, daß Mary Siddons den Schmuck, diesen Ring oder was es auch war, gestohlen hat, war eine glatte Lüge. Mary hätte so etwas nie getan. Wenn etwas gestohlen wurde, dann hat es Dillys getan, glauben Sie mir. Die Geschichte mit Leo Manning brachte dann das Faß zum Überlaufen. Der arme Kerl war ziemlich hinüber. Olive hat entweder gelogen oder sich selbst etwas vorgemacht, als sie behauptete, Dillys sei für seinen Zusammenbruch verantwortlich. Dillys war durchaus imstande, jemand an den Rand des Wahnsinns zu treiben, und daß sie keine *Wohltat* für ihn war, steht außer Zweifel. Aber Leo war schon in einem schlimmen Zustand, als er hierher kam. Manchmal kam er mir vor wie ein schmeichlerischer Heuchler, ein moderner Uriah Heep; dann wieder sah ich sein Lächeln und dachte, daß es so scharf wie eine Rasierklinge sei. Er erinnerte mich an eine Figur aus einem Stück, an einen Mann, der mit einem Kopf in der Hutschachtel herumspaziert. Das war genau der seelische Zustand, den Dillys als eine Herausforderung begriff, sie konnte ihn formen wie ein Bildhauer Lehm, ihn einmal in die eine und dann wieder in die andere Richtung biegen. Nun, die beiden hatten ein Verhältnis. Es gab ein Sommerhaus in der Nähe der Klippen, wo sie sich trafen... da waren sie auch in jener Nacht.

Ich machte einen Spaziergang. Nein, ich habe Dillys gesucht. Ich sah ein schwaches Licht im Sommerhaus und ging ein Stück weiter auf dem Pfad zwischen den Klippen und spähte durch das Fenster. Und da stand sie, vollkommen nackt. In dem Moment fiel es mir wie Schuppen von den Augen. Zuerst dachte ich, sie spielte nur mit ihm; ich dachte nicht, daß sie wirklich... Sie können sich nicht vorstellen, was ich in diesem Moment empfand. Der Ausdruck, jemand ‹sieht rot› trifft es genau. Es kam mir so vor, als stünde ich da und sähe durch eine Fensterscheibe aus Blut. Ich stand da und habe in der Kälte gewartet; wie lange, weiß ich nicht mehr. Ich werde nie das Geräusch des Windes vergessen, der von der See kam und die Äste wie Säbel klirren ließ. Ich spürte, wie eine Welle des Hasses über mir zusammenschlug, aber sie war nicht kalt, sondern ganz warm und weich.

Schließlich kam sie aus dem Haus und nahm den Pfad zum Haus zurück. Ich höre noch heute ihre Schritte auf dem Kies und wie sie irgendein blödes Lied summt, als wäre nichts geschehen, während für mich eine Welt zusammengebrochen war. Ich versperrte ihr den Weg und fing an, sie anzuschreien. Dillys hat nur gelacht.

‹Wie lange geht das schon mit euch›, fragte ich sie.

‹Das geht dich zwar nichts an – aber ungefähr seit Leo hier ist.›

‹Dann wird er nicht sehr lange mehr hierbleiben. Zumindest nicht, wenn ich es Vater sage. Und du auch nicht. Das wird er nicht dulden.›

Darüber hat sie erst recht gelacht. ‹Dann erzähle es, wie ein petzender Schuljunge. Aber mir wird er eher glauben als dir. Ich werde ihm sagen, daß Leo versucht hat, sich an mich ranzumachen. Was auch stimmt. Auf dem Gebiet ist er ziemlich erfahren.›

Dann hat sie mir bis in alle Einzelheiten geschildert, was sie bei ihren Treffen im Laufe des Jahres alles getrieben hatten. Ich war gelähmt vor Wut. Das Ironische war, daß sie diesen knöchellangen Mantel und einen Hut trug und eher wie eine Nonne aussah. Ich nahm den nächstbesten Stein und zerschmetterte ihr damit den Schädel. Sie fiel zu Boden. Ich stand da und starrte eine Ewigkeit auf sie herab. Ich glaube, ich wartete darauf, daß sie einfach wieder aufstehen, sich den Staub abklopfen und lachen würde. Heute denke ich, mir war die Tatsache, daß sie tot dalag, gar nicht richtig bewußt.»

Julian saß nach vorne gebeugt und fixierte Jury, als würde er gerade einen sehr komplexen juristischen Sachverhalt erklären. «Ich wußte, ich mußte sie wegschaffen – nicht, weil ich Angst hatte – die kam später. Nein, ich mußte sie aus meinem Leben und aus meinen Gedanken entfernen, das Geschehene auslöschen. Ich wollte sie vor allem vor mir versteckten und nicht vor den anderen, auch nicht vor der Polizei. In dem Augenblick habe ich nicht einmal an die Polizei gedacht.

Unterhalb von dem Pfad gibt es zwischen den Felsen eine Stelle mit einer teuflischen Strömung. Sie ist so gefährlich, daß sich nicht einmal ein Taucher dort hinunter wagt. Sie würde dort einfach verschwinden, und der Körper würde nie gefunden werden. Ich stand genau darüber. Ich brauchte sie nur hinunterzurollen...

Ich lief zum Haus zurück, ging auf ihr Zimmer, packte ein paar Sachen von ihr in einen Koffer und warf mir dann eines ihrer Lieblingscapes um. Es war kaum etwas von mir zu sehen. Als Olive zum Fenster hinaussah, dachte sie natürlich, es sei Dillys, die in ihr Auto stieg. Ich fuhr den Wagen zum Parkplatz, der oberhalb von Rackmoor liegt, und stellte ihn dort ab; er war dort einer von vielen. Dann ging ich zurück. Niemand hat mich gesehen, niemand hat mich vermißt.» Er sagte das, als werde ihn nie mehr jemand vermissen. «Am nächsten Morgen herrschte natürlich Aufregung, weil Dillys abgehauen war, andererseits tat sie das öfter. Ich sagte, ich würde den Tag über nach York fahren. Ich nahm mein Auto und fuhr zum Parkplatz. Dort stieg ich in Dillys' Wagen, fuhr damit nach London und ließ ihn einfach stehen. Dann nahm ich den Zug zurück nach York und von dort den Bus nach Pitlochary und ging am selben Abend zu Fuß nach Rackmoor, um meinen Wagen zu holen.» Er sah Jury an. «Glauben Sie mir, ich weiß, wie das klingt. Sehr kaltblütig und bis ins letzte Detail geplant: der Umhang, das Auto, die Fahrt nach London – aber zu dem Zeitpunkt war es nicht so. Es war der reinste Irrsinn; ein Gefühl, als wäre alles vom Zufall gesteuert, sofern man überhaupt von einem Gefühl sprechen kann. Ich hätte mich auch unter Wasser bewegen können, alles war schwer wie Blei. Nur Teile meines Gehirns funktionierten noch. Das übrige fühlte sich wie... eingeschlafen an. Danach war ich eine Woche lang krank, ich meine buchstäblich krank. Als würde sich alles in mir sträuben gegen das, was passiert war; wie der Organismus nach einer Herztransplantation. Ich habe es einfach abgestoßen. Diese Nacht war etwas, was es nicht geben durfte, wie ein Baum, der plötzlich über den Weg fällt, auf dem man geht, wie – oh, mein Gott, ich weiß nicht, wie ich es erklären soll.»

Jury stand wieder auf, nahm sein leeres Glas und goß sich ein. «Sie haben das schon ganz gut hingekriegt, würde ich sagen.» Er zündete sich eine Zigarette an und setzte sich wieder hin. «Und nachdem sich die Aufregung gelegt hatte, mußte der Verdacht natürlich auf Leo fallen – fehlte nur die Leiche.»

«Daran habe ich überhaupt nicht gedacht. Sie fragen sich wohl, ob ich schweigend zugelassen hätte, daß sie ihn dafür aufknöpften, falls es dazu gekommen wäre?»

«Ich frage mich nicht viel.»

«Das würde ich Ihnen gern glauben.»

«Zurück zu Gemma.»

«Die ich nicht getötet habe.»

«Dafür hatten Sie allerdings ein handfestes Motiv. Sie wußte von Dillys, oder?» Julians aschfahles Gesicht beantwortete seine Frage. «Das ist auch der Grund, warum Sie ihre wahre Identität nicht verraten wollten, nicht wahr?»

«Ich hätte es getan. Ich war drauf und dran, dem Colonel die ganze erbärmliche Geschichte zu erzählen –»

«Nur brauchten Sie es nicht zu tun, so wie die Dinge sich entwikkelten.»

Es entstand ein langes Schweigen. In dem schummrigen Licht sah Jury, wie eine Träne langsam über Julians Gesicht rollte. Er sah zum Porträt seiner Mutter auf. «Ich habe gehört, daß sie nicht aus dem Auto rauskommen konnte. Und dieser gottverfluchte Rolfe war betrunken, als sie abfuhren. Ich frage mich, ob ich sie hätte retten können, wenn ich dabeigewesen wäre?»

Jury sah an Julian vorbei, ohne das Gemälde anzusehen. Er sah zum Fenster, in den unerbittlichen Nebel hinaus, der vorbeidriftete und sich ständig veränderte, als würde er nach einer passenden Form suchen und dabei gespenstisch an das Fenster pochen.

«Nein», sagte er nur.

6

«Ein Verbrechen aus Leidenschaft?» sagte Melrose Plant und schob seine Augenbrauen hoch, als wären es Flügel, auf denen sein belustigtes Gesicht vor lauter Überraschung gleich in den grauen Himmel fliegen würde. «Und Julian Crael?»

«Dann ist er also gar nicht – dieser Eisberg, für den wir ihn hielten, oder?»

Mit den Rücken an die Mauer gelehnt, standen sie auf der Molen-Promenade und sahen zum «Fuchs» hin. Jury beobachtete, wie ein Fenster aufging und zwei Pulloverarme – vermutlich Kittys – einen Wassereimer ausschütteten. Das Leben geht weiter, dachte Jury. «Sie haben ihn eigentlich nie gemocht?»

«Nein, wohl nicht. Was geschieht jetzt mit ihm?»

«Im Augenblick noch gar nichts. Ich muß erst die anderen Dinge klären. Ein fünfzehn Jahre alter Mord aus Leidenschaft...» Jury zuckte mit den Schultern.

«Es muß wirklich fürchterlich sein, wenn man so vernarrt ist in eine Frau, daß man jede Perspektive verliert.»

Jury lächelte über Plants Art, sich auszudrücken. «Gewalt ist ihm schon zuzutrauen. Aber nicht unbedingt vorsätzliche Gewalt.»

«Sie verteidigen ihn ja wirklich. Aber wer ist es dann, der oder die über Leichen geht, um an das Vermögen der Craels zu kommen?»

«Ich weiß es noch nicht.» Jury beobachtete, wie ein Kormoran auf Frühstückssuche ging. «Sagen Sie, Mr. Plant, was halten Sie eigentlich von Lily Siddons?»

«Von Lily Siddons? Ich weiß nicht. Ich bin kaum mit ihr in Berührung gekommen. Nur zwei- oder dreimal vielleicht. Ich muß zugeben, sie ist eine faszinierende Frau. Sie hat etwas von einem Chamäleon. Wenn man sie so mit ihrem Kopftuch im Café sieht, wie sie den Brotteig knetet, fällt sie einem nicht weiter auf. Als ich sie dann aber heute sah, ich muß schon sagen...» Melrose pfiff lautlos durch die Zähne. «Hoch zu Roß sah sie aus, wie...» Er schien nach den richtigen Worten zu suchen.

«Als wäre sie mit einem Adelstitel geboren.»

«Jetzt, wo Sie es sagen, ja.»

«Ich glaube, das wurde sie auch.» Melrose starrte ihn an.

«Erinnern Sie sich an Rolfe, den anderen Sohn, der von Lady Margaret weggeschleppt wurde? Ich glaube, Rolfe war ihr Vater. Ich möchte auch behaupten, daß Lady Margaret sich große Mühe gegeben hat, damit ihr Mann nichts davon erfuhr. Sie können sich vorstellen, wie er sich seiner Enkelin gegenüber verhalten hätte – daß sie die Kleine der Köchin war, hätte keine Rolle mehr gespielt. Also entführte ihn die Mutter nach Italien.»

«Großer Gott. Aber was ist mit Lily, weiß sie es?» fragte Melrose.

«Offenbar nicht. Aber es könnte der Grund sein, warum jemand sie töten wollte.»

«Beispielsweise Julian Crael.»

«Oder Maud Brixenham oder Adrian Rees. Es würde mich nicht wundern, wenn er als Maler, mit einem Blick für solche Dinge, das schon lange entdeckt hätte.»

«Aber wie dumm von ihm! Warum nicht küssen statt killen – er hätte sie doch heiraten können, um an die Beute ranzukommen?»

«Lily hätte damit einverstanden sein müssen. Und Männer scheinen sie seltsamerweise kaltzulassen.»

«Aber warum wurde Olive Manning dann getötet? Oder wußte sie, daß Lily eine Crael ist?»

«Ich glaube, ja. Olive war die Vertraute von Lady Margaret, und ich vermute, daß ihr nichts daran lag, dieses Geheimnis auszuplaudern.»

Plant schüttelte den Kopf. «Die Rechnung geht nicht auf.»

«Vorläufig noch nicht, aber sie wird. Gemma hatte, nachdem sie von Julian abserviert worden war, um so mehr Grund, diesen Schwindel aufzuziehen: Geld und Rachsucht. Für sie muß es geradezu ein Spaß gewesen sein. Sie brauchte nur mehr Informationen und jemanden im Haus, der sie unterstützte, falls Colonel Crael an ihrer Identität Zweifel kommen sollten. Es war sehr klug von Olive, zuerst zu bestreiten, daß es Dillys sei. Nach dem Mord mußte sie natürlich ihre Aussage aufrechterhalten.»

«Sie müssen zugeben, daß Julian Crael durch die ganze Geschichte nicht gerade entlastet wird.»

«Er hat aber auch ein Alibi. Glauben Sie mir, Harkins hat es überprüft.»

«Das hat er nicht.» Melrose sagte den Satz so beiläufig, als würde er den Möwen ein paar Brotbrocken zuwerfen. «Ich habe mich mit der Dienerschaft unterhalten. Erinnern Sie sich an die vielen Aushilfen, die der Oberst engagiert hatte?»

«Erzählen Sie mir ja nicht, Julian Crael sei inkognito als Diener verkleidet herumgelaufen –»

Plant schüttelte ungeduldig den Kopf. «Vielleicht erinnern Sie sich, daß der Treppenabsatz vor Julians Zimmer wie eine Empore aussieht. Dort spielte die Kapelle – auch kostümiert.» Melrose lächelte.

«Und die Musiker mischten sich unter die Gäste. Angenommen, Julian hatte etwas an, einen Mantel oder etwas, um seine Haare zu verbergen, eine Maske, und trug eine, oh, ja, eine Zither? Du lieber Himmel, ich würde nicht mal meine Tante erkennen, wenn sie eine Zither trüge. Er brauchte ja gar nicht darauf zu spielen. Er brauchte nur diese Treppe hinunterzugehen – oder hinauf. Wen kümmert schon ein Musiker in einem Kostüm. Warum schütteln Sie den Kopf?»

«Julian hat mir dieses Alibi kein einziges Mal unter die Nase gerieben, als ich mit ihm sprach. Es war beinahe, als würde er seine Schuld als eine vollendete Tatsache akzeptieren. Oder wenigstens, daß ich ihn für schuldig hielte. Außerdem ist Julian nicht –»

«Wenn Sie jetzt sagen ‹er ist nicht der Typ, der einen Mord begeht›, dann muß mich Harkins wegen Beamtenbeleidigung verhaften.»

«Harkins würde Ihnen im Gegenteil einen ausgeben.» Jury blickte ihn nachdenklich an. «Ich muß allerdings zugeben, daß das, was Sie da sagen, eine Möglichkeit darstellt – obwohl es meiner Meinung nach ziemlich unwahrscheinlich ist.»

«Also, ich habe Julians ‹perfektes Alibi› satt. Warum fällt es Ihnen so schwer zu glauben, daß er der Schuldige ist?»

Jury sah die Stufen hinunter. Wachtmeister Wiggins kam angerannt und nahm jeweils zwei Stufen auf einmal. «Um Ihnen die Wahrheit zu sagen, ich glaube, keiner von ihnen hat es getan. Hier kommt Wiggins.»

Wachtmeister Wiggins war außer Atem. «Inspektor, es ist... Les Aird... Miss Brixenham... sagt, er sei... heute morgen draußen im Howl Moor gewesen... er möchte... daß Sie mitkommen und mit ihm über die Sache sprechen.» Wiggins mußte sich nach dieser Anstrengung an die Mole lehnen.

«Meinen Sie, er hat was gesehen, Wiggins?»

Wiggins nickte, fuhr sich mit einem Taschentuch über das Gesicht und legte eine Tablette unter seine Zunge.

«Na, dann mal los.»

«Dürfte ich mitkommen, Inspektor? Ich weiß, es ist Sache der Polizei, aber...»

«Nach allem, was Sie getan haben, Mr. Plant, sehe ich keinen Grund, warum Sie nicht mitkommen sollten. Und ich bin sicher, daß Sie mir helfen können, mit Les zu sprechen. Immerhin beherrschen Sie die romanischen Sprachen.»

7

«Er ist wirklich ganz aus dem Häuschen», überbrüllte Maud Brixenham den Lärm der Rockmusik. Alle drei standen wie vom Blitz gerührt da, während die Aschenbecher auf den Tischen tanzten. Maud hämmerte gegen die Decke. Der Lärm wurde zu einem Brausen, als böge ein Zug, von dem man gedacht hat, er würde einen überfahren, plötzlich auf ein Nebengleis ab.

Melrose Plant, der sich anscheinend ganz zu Hause fühlte, setzte sich, holte sein goldenes Zigarettenetui hervor und hielt es ihnen hin. Er sah zur Decke hoch, während er mit der Zigarette gegen das Etui klopfte und sagte: «Ihr Neffe hat ja einen ziemlich konservativen Geschmack. Das sind doch die Rolling Stones, wenn ich nicht irre?»

Jury und Maud Brixenham starrten ihn an, er lächelte jedoch nur und zündete sich eine Zigarette an.

«Was ist heute morgen passiert, Miss Brixenham?»

«Mir war vollkommen neu, daß Les sich für die Jagd interessiert. Daher war ich auch ganz verblüfft, als er mir sagte, er sei draußen gewesen und hätte gesehen – oder meinte gesehen zu haben, wie zwei Leute an der Mauer entlanggingen, wo sie... Olive... lag.» Sie spielte mit einem Knopf herum, der nur noch an einem Faden hing. Wenige Sekunden später hielt sie ihn in der Hand.

«Sie folgten der Jagd zu Fuß?»

«Ja, ich reite nicht. Ich finde es einen fürchterlichen Sport.»

«Ich würde gerne mit Les sprechen. Können wir raufgehen?» Sie nickte. «Vielleicht könnten Sie Wachtmeister Wiggins inzwischen erzählen, wo Sie waren.» Unglücklich nickte sie wieder.

«Hallo, Les», sagte Jury, als sich die Tür öffnete und Les Aird, nichts Gutes ahnend, durch den Türspalt blickte. «Das ist Mr. Plant. Dürfen wir reinkommen?»

Als sie im Zimmer waren, ging Les zur Stereoanlage, drehte sie um ein oder zwei Dezibel leiser und warf sich dann auf das Bett – oder was davon noch zu sehen war. Bündel mit schmutziger Wäsche türmten sich wie Grabhügel hier und da auf. Die verblaßte Blümchentapete war unter den Schichten von Postern kaum noch zu erkennen. Auf den Postern waren Gruppen – Rockgruppen, wie Jury vermutete –, aber waren es verschiedene? Oder war es nur eine in unterschiedlicher Kostümierung? Auf allen herrschte das gleiche Verhältnis zwischen glattrasierten und bärtigen Gesichtern, zwischen Weißen und Schwarzen, zwischen Schlapphüten und Afros.

Zuerst dachte Jury, die Nadel würde hängen. Dann aber hörte er, daß der Sänger nur immer wieder den gleichen Text herausschrie. Sein Gesichtsausdruck mußte ihn verraten haben, denn Les fragte ihn in leicht säuerlichem Ton: «Sie können wohl mit dieser Musik nichts anfangen?»

Bevor Jury antworten konnte, sagte Melrose Plant: «Ganz im Gegenteil, seit Ron Wood in der Gruppe ist, spielen sie erheblich besser. Dürfen wir uns setzen?»

Les Aird starrte Melrose mit offenem Mund an. Dann grinste er breit und sagte: «Richtig, Mann. Viel abgeklärter.» Er fegte einen Haufen unappetitlicher Socken vom Stuhl. «Sind Sie ein Bulle?» Er schien bereit, die Pluspunkte, die er Melrose soeben erteilt hatte, wieder rückgängig zu machen.

«Ich? Um Himmels willen, nein, das wäre unter meiner Würde.»

Les grinste wieder. «Sie sehen auch nicht aus wie einer.»

«Das will ich hoffen.» Melrose nahm im Sessel Platz. Jury mußte sich seinen Holzstuhl selbst holen. Les lag auf dem Bett und hatte seine kurzen muskulösen Arme vor die Brust gelegt, so daß der halbkreisförmige Schriftzug *The Grateful Dead* kaum noch zu sehen war.

«Zigarette?» Melrose hielt ihm sein Goldetui hin.

Les schien nicht abgeneigt, schüttelte dann aber energisch den Kopf. «Ich rauche nicht. Zu jung.»

Jury bemerkte, wie ihn Les von der Seite ansah, als fürchtete er, Scotland Yard würde einen Bericht über ihn schreiben. In Anbetracht des Rauchgestanks im Zimmer unterdrückte Jury nur mit Mühe ein Lächeln über diese Verzichterklärung.

«Also, das bin ich auch, aber ich tue es trotzdem.» Melrose hielt ihm noch immer die Zigaretten hin. Les schnappte sich eine, so schnell und gierig, als wäre es ein Joint.

«Danke, Mann.» Die Musik hämmerte weiter.

«Macht es dir was aus, die Musik ein bißchen leiser zu stellen?» fragte Jury.

Les warf Jury einen Blick zu, als hätte er genau das von ihm erwartet. Er erhob sich widerwillig vom Bett und ging in Socken zur Stereoanlage hinüber.

«Du hast nicht zufällig die Platte ‹The Wall›?» fragte Melrose Plant. «Pink Floyd ist zwar nicht genau mein Fall, aber irgendwie ganz passend für ein Verhör.»

«Ist cool, Mann.» Les kauerte über seinen Plattenalben und suchte danach. «Ich dachte, ich hätte sie, aber is nicht. Wie wär's mit ‹Atom Heart Mother›?»

«Die tut's auch», sagte Melrose. Jury sah ihn entgeistert an. Er schien nur der Musik wegen gekommen zu sein.

«Der andere Typ», sagte Les, während er die Platte wechselte, «sah auch nicht wie ein Bulle aus. Tolle Klamotten.»

«Inspektor Harkins.»

«Ja, der führte hier 'nen Affentanz auf, als ob ich es getan hätte. War mir schleierhaft, was in dem seinen Kopf vorging.»

«Was geschah heute morgen, Les?» fragte Jury.

«Was?»

Les hatte sich mit unschuldiger Miene Melrose zugewandt.

«Inspektor Jury fragte nach deinem Spaziergang im Howl Moor.»

«Ah, ja.» Les sandte einen Rauchring in die Luft und steckte seine Zigarette durch. «Ein ziemlich irrer Ort», sagte er. «Dort scheint immer irgend jemand hoppzugehen.»

«Du bist also zum Howl Moor gegangen, und was geschah dann?» fragte Plant.

«Ja. Ich ging so zwischen halb sieben und sieben raus. Tante Maud hatte mir in den Ohren gelegen, ich sollte doch hingehen und mir die Jagd ansehen. Ein schönes Vergnügen, im Dunkeln draußen im Moor zu stehen und sich die Eier abfrieren lassen. Nicht gerade stockdunkel, aber doch ziemlich dunkel. Naja, mir wurde es jedenfalls zu langweilig, da herumzustehen und auf die Rotröcke zu warten, deshalb ging ich los, mir die Gegend ansehen. Ich kam schließlich an die Mauer, wo man sie gefunden hat. Es dämmerte inzwischen, und in dem Nebel konnte ich zwar nichts sehen, dafür aber hören. Es war keine normale Unterhaltung, eher ein Flüstern.»

«Aus welcher Richtung kamst du? Warum bist du ausgerechnet in diesem Teil des Moors gelandet?»

«Über die High. Auf der anderen Seite des Parkplatzes gibt es einen Pfad, der zum Schluß auf die Hauptstraße trifft. Den nehmen ganz viele; Tante Maud erzählte mir, daß die meisten von den Leuten, die der Jagd zu Fuß folgten, ihn gegangen sind. Sie schienen zu wissen, wo die Jagdgesellschaft vorbeikommt. Mir ist das alles ziemlich egal. Aber ich dachte, daß dieser eine Morgen mich nicht umbringen würde.»

«Warum hast du nicht gewartet und bist mit deiner Tante gegangen?»

«Was?» Les sah Jury verständnislos an.

«Warum bist du allein losgegangen?» fragte Plant.

Beiläufig klopfte er die Asche von seiner Zigarette. «Keine Ahnung.» Nervös blickte er von dem einen zum anderen. «Okay, okay, ich werd's Ihnen sagen. Ich dachte, meine Freundin würde dort auf mich warten – sie wohnt in Strawberry Flats. Das sind die Sozialwohnungen nicht weit von Pitlochary Road. Sie tauchte aber nicht auf.»

«Erzähl weiter. Du hast Stimmen gehört. Waren es Frauen- oder Männerstimmen?»

«Keine Ahnung. Die waren zu weit weg.»

«Sie konnten aber auch von den Leuten kommen, die zu Fuß gingen, nicht wahr?» schlug Jury vor. «Die auf die Jagdgesellschaft warteten?»

Les setzte die Füße auf den Boden und beugte sich nach vorne. Das Thema schien ihn zu interessieren, und Plants Zigaretten rückten damit in seine Reichweite. «Also, ich hörte dieses Geräusch. Es war ein Zwischending zwischen einem Schrei und einem Stöhnen. Ich hab vor Angst fast in die Hosen gemacht. Ich hab herumgeschaut, aber, wie ich schon sagte, bei diesem Nebel hätte man nicht einmal einen Elefanten neben sich erkennen können.» Er nahm die Zigarette, die ihm Melrose anbot, und zog daran, als wollte er alle, die er verpaßt hatte, dadurch wettmachen. «Also, ich bin schnellstens von dort abgehauen, Mann. Gott, das ist vielleicht ein komischer Ort. Wenn einem dort jemand die Hand auf die Schulter legt, weiß man nicht, ob es dazu auch einen Körper gibt. Geisterstadt. Scheiße, Mann, ich dachte, das darf doch nicht wahr sein. Und nicht genug damit, dann kommt auch noch dieser andere Bulle heute morgen, nachdem man sie gefunden hatte, und schnüffelte hier herum und fragt mich einen Haufen Fragen. Und wissen Sie, was er zu mir gesagt hat: ‹Sie waren vielleicht die letzte Person, die Olive Manning lebend gesehen hat.› O Mann, das hat mir wirklich den Rest gegeben. Ich mit einem Mörder in diesem Scheißmoor da draußen.»

Als Jury und Melrose Plant in das Wohnzimmer zurückkehrten, trank Maud Brixenham gerade einen Schluck ihres wäßrig aussehenden Sherrys und erteilte Wiggins abgehackte Antworten auf seine Fragen.

«Der arme Junge», sagte sie. «Er war ganz fertig mit den Nerven.»

Die Musik, die oben wieder mit voller Lautstärke gespielt wurde, bot dafür keinerlei Anhaltspunkte, dachte Jury. Und Les Aird selbst auch nicht. Ihn zu entnerven, würde ziemlich schwierig sein.

«Sind Sie allein zum Moor gegangen, Miss Brixenham?» fragte Jury.

«Nein, ich bin mit den Steeds hinaufgelaufen. Einem jungen Paar, das in der Scroop Street wohnt.»

«Blieben Sie die ganze Zeit bei ihnen?»

Sie seufzte. «Nein. Wenn ich's doch nur getan hätte. Kurze Zeit danach habe ich aber Adrian Rees gesehen. Ich war ziemlich erstaunt, ihn dort anzutreffen, weil er die Jagd eigentlich schrecklich findet. Aber da war er. Er sagte, er sei auf der Suche nach einem Sujet für ein Bild. Warum will er die Jagd denn malen, wenn er sie nicht ausstehen kann?» Maud zuckte mit den Schultern und nippte an ihrem Sherry.

«Wo befanden Sie sich, als Sie ihn sahen?»

«Am Momsby Cross. In der Nähe von Cold Asby. Der Boden dort ist sumpfig. An der Stelle fließt nämlich ein kleiner Bach durch, aber die Stelle ist so gut wie jede andere, wenn man was sehen will.»

«Wo genau liegt das im Verhältnis zur Mauer?»

Ihr Gesicht war genauso blaß wie der Sherry, den sie trank. «Momsby Cross ist, warten Sie mal, ungefähr eine viertel Meile davon entfernt. Aber ich weiß es nicht genau. Fragen Sie Adrian. Er ging genau in die Richtung –» Ihre Hand fuhr zu ihrem Mund hoch, eine Geste, die Jury reichlich theatralisch vorkam. «Das soll nicht heißen ... also, er ging einfach weiter.»

«Um welche Uhrzeit war das?»

«Ungefähr um halb acht, glaube ich. Ziemlich früh.»

«Wie gut kannten Sie Olive Manning, Miss Brixenham?»

Sie seufzte. «Inspektor Jury, dieselben Fragen habe ich soeben Ihrem Wachtmeister und der Polizei von Yorkshire beantwortet. Es war wieder dieser Inspektor Harkins.»

«Ich weiß. Aber bei den vielen Leuten mußte die Befragung zwangsläufig oberflächlich ausfallen.»

«Oberflächlich? Der Ansicht bin ich ganz und gar nicht. Ich glaube, daß der Mann abends nach Hause geht und noch seinen Teddybär ausfragt.»

«Inspektor Harkins ist zweifelsohne gründlich», sagte Jury. Sie sah ihn nur an. «Nur, es gibt ein paar Leute, die besonders in diesen Fall verwickelt sind –»

Maud setzte sich kerzengerade auf. «Damit meinen Sie doch ‹Hauptverdächtige›, oder?»

«Wie gut kannten Sie Mrs. Manning?»

«Nicht sehr gut. Ich versuchte, nett zu ihr zu sein, hatte damit aber wenig Erfolg.»

«Sie wissen nicht, welches Interesse jemand haben könnte, sie aus dem Weg zu räumen?»

«Du großer Gott, nein!»

Die ganze Zeit über hatte sie Plant und Wiggins, nicht aber Jury angesehen – als ob sie und nicht er die Vernehmung durchführten.

«Sie sagten, Adrian Rees sei mit Ihnen zusammen am Momsby Cross gewesen und dann weitergegangen. Und was ist mit Mr. und Mrs. Steed, wohin sind die gegangen?»

«Sie sagten, sie wollten zum Dane Hole. Dort hat Tom Evelyn schon häufiger einen Fang gemacht. Aber mir war nicht danach zumute. Nach Dane Hole ist es noch eine halbe Meile.»

«Haben Sie Mr. Rees dann noch einmal gesehen? Nach dem Momsby Cross?»

«Nein.»

«Wann haben Sie erfahren, daß Olive Manning ermordet wurde?»

«Heute morgen, als Mr. Harkins uns seinen Besuch abstattete.»

Jury stand auf, und auch Plant und Wiggins erhoben sich. «Recht schönen Dank, Miss Brixenham.»

Sie begleitete sie an die Tür. Auf dem Weg dorthin war ihr Halstuch zu Boden geflattert.

«Pink Floyd?» sagte Jury und hielt Melrose auf dem Weg vor dem Haus fest. «Wann sind Sie je mit Pink Floyd in Berührung gekommen, können Sie mir das verraten?»

Aus seiner Tasche zog Melrose eine gefaltete Kopie des *New Musical Express* und reichte sie Jury. «Also wirklich, Herr Inspektor, Sie werden es in Ihrem Beruf nie zu etwas bringen, wenn Sie nur Vergil lesen.» Er warf einen Blick auf seine flache Golduhr. «Ich sehe, für unseren Tee ist es bereits zu spät. Gentlemen, darf ich Sie zu einem Rackmoor-Nebel einladen?»

8

«Vampir-Fledermäuse», schrie Bertie, während er mit einer alten Steppdecke über dem Kopf durch die Küche sauste und mit seinen Ellenbogen kleine hektische Flugbewegungen machte. Dabei wirbelte er die Rauchschwaden durcheinander, die aus der Pfanne mit dem Frühstücksspeck aufstiegen; er war angebrannt, weil Bertie anscheinend lieber flog als kochte. Er stieß einen hohen, durchdringenden Ton aus, wie ihn seiner Meinung nach die Fledermäuse von sich gaben.

Arnold ging einen Schritt zurück. Wenn das ein neues Spiel sein sollte, dann wollte Arnold nicht daran teilnehmen.

Mit der Steppdecke wedelnd, fing Bertie an, auf Zehenspitzen zu gehen. «Sie saugen Blut, lieber Arnold, ja, das tun sie!» Er hatte seine Zähne über die Unterlippe gepreßt, damit sie wie die Zähne eines Vampirs aussahen. Jedem anderen Hund hätte sich bei Berties kreischendem Lachen das Fell gesträubt. Arnold gähnte nur.

Seufzend nahm Bertie die Steppdecke vom Kopf und inspizierte den angebrannten Frühstücksspeck. Sie mußten sich eben mit Toast begnügen. Speck wie diesen gab es dreimal wöchentlich: zwei Streifen für ihn, einen für Arnold. Bertie war sehr sparsam.

«Jedenfalls», sagte er und spießte den Toast auf eine Toastgabel auf, «hörte sich das für mich so an. Mit dem Haufen Löcher im Leib muß sie ja wie ein Sieb ausgesehen haben.» Er hielt den Toast übers Feuer und dreht ihn behutsam. Dann hielt er ihn Arnold hin, damit er ihn begutachtete. «Braun und knusprig. Ich denke, wir werden ein gekochtes Ei zum Tee essen.» Er setzte einen kleinen Topf mit Wasser aufs Feuer, nahm zwei Eier aus einer Schüssel im Regal, legte sie hinein und spießte noch ein Brotstück auf die Toastgabel. «Toast und Eier.» Er summte vor sich hin und dachte: «Aber ich glaube, die Löcher sind zu groß und zu weit auseinander ...» Er drehte das Brot auf die andere Seite und summte noch ein wenig, während der Toast goldbraun wurde. Er nahm ihn von der Gabel und spießte ein neues Stück auf. Plötzlich hielt er abrupt inne und betrachtete die Gabel. Zinken. «Was es auch war, es machte zwei Löcher, nicht, Arnold?»

Arnold schnupperte. Die Toastgabel interessierte ihn nicht. Er wollte Toast und Speck.

Plötzlich bekam Bertie große Augen und flüsterte: «Arnold!»

Arnold, der sich unter seinem Halsband gekratzt hatte, horchte auf. Etwas in Berties Tonfall hatte seine Aufmerksamkeit erregt, als wäre eine Katze auf das Fensterbrett gesprungen. «Arnold! Der Schwalbenschwanz!»

9

Am selben Abend nahmen Melrose Plant und Sir Titus Crael ihre Drinks im Bracewood-Salon zu sich. Julian blieb unsichtbar. Vielleicht war er spazieren, was Melrose nicht traurig stimmte. Inzwischen tat er ihm eher leid. Julians Reaktionen waren seit heute morgen besonders dumpf; er schien schon mit seinem Leben abgeschlossen zu haben. Aber auch das Mitgefühl, das Melrose für ihn empfand, änderte nichts an seiner Überzeugung. Für ihn war er der Schuldige. Wer hatte ein besseres Motiv als er? Julian hätte sie auf keinen Fall gewähren lassen. Vielleicht hatte Gemma Temple eine Art Erpressung vorgeschwebt: Wenn du mir das und das gibst, gehe ich weg.

Colonel Craels Stimme unterbrach ihn in seinen Überlegungen: «Mein Junge, es tut mir leid, daß Sie in all die Schwierigkeiten hineingezogen wurden.»

Melrose errötete ein wenig. Ihm schoß durch den Kopf, daß er bei «all diesen Schwierigkeiten» seine Hand mit im Spiel hatte. «Ich müßte mich eigentlich bei Ihnen entschuldigen, Sir Titus, weil ich Sie obendrein noch mit meiner Gegenwart belästige. Ich habe vor, Sie heute zu verlassen.» Letzteres war eine Lüge.

Der Colonel gluckste und wedelte die Worte weg, als wären sie Rauch. «Aber keineswegs. Es freut mich außerordentlich, daß Sie hier sind. Haben Sie eine Ahnung, was eigentlich mit Julian los ist? Ich kann nicht glauben, daß er wegen der armen Olive so erschüttert ist. Er hat sie eigentlich nie gemocht, und sie war auch nicht unbedingt jemand, den man mochte... Aber ich will nicht schlecht von einer Toten sprechen.» Er nahm einen Schluck Whisky und fuhr sich mit einem riesigen Taschentuch übers Gesicht, wie ein Bauer, der auf seinem Feld steht. «Mein Gott, ich weiß es nicht. Es ist einfach zu viel.»

«Das ist es in der Tat.»

«Lassen Sie uns über etwas anderes sprechen.»

«Wann wird Ihre nächste Jagd stattfinden?»

«Nach dem, was geschehen ist, weiß ich nicht, ob es überhaupt noch eine geben wird.»

«Aber es kommen doch noch so viele schöne Jagdtage. Man kann hier doch viel länger jagen als in Northants, nicht wahr?»

«O ja. Bis weit in den April hinein.» Er nahm den roten Reitrock, den er über einen Stuhl mit der Lehne zum Feuer gehängt hatte, und schüttelte ihn aus.

Melrose wunderte sich, warum er eine so häusliche Aufgabe wie das Trocknen der feuchten Kleider nicht den Dienstboten überließ. Aber vielleicht war dies ein kleines Ritual, das der Colonel am liebsten selbst durchführte.

Sir Titus sagte etwas von einem kleinen Loch im Ärmel. Er gluckste wohlwollend, als könne der Ärmel ihn verstehen. «Das gute, alte Stück. Ich muß es zum Schneider in der Jermyn Street schicken. Eine Weile muß es der Schwalbenschwanz tun, obwohl der Jagdherr normalerweise keinen trägt. Was soll's, heutzutage noch auf der Etikette zu bestehen hat ja keinen Sinn mehr. Kennen Sie Jorrocks?» fragte er Melrose, dessen Gedanken nicht bei der Jagd, sondern bei dem zerfetzten Körper Olive Mannings waren. Melrose schüttelte den Kopf.

Der Oberst zitierte: «Ich kenne keinen wehmütigeren Augenblick als den, wenn ich am Ende der Saison die Schnur von meiner Kappe entferne und das gute, alte Stück zusammenfalte – ein Stück, mit keinem anderen vergleichbar; je älter und nutzloser es wird, desto mehr wächst es einem ans Herz.»

«Schwalbenschwanz?» sagte Melrose plötzlich und starrte den Colonel an.

«Wie bitte?»

«Sie sagten gerade ‹Schwalbenschwanz›.»

«Ja, warum. Das ist mein Reitrock, den ich benutze, wenn –»

Der Colonel verstummte, weil Melrose so abrupt aufgestanden war, daß er seinen Drink verschüttet hatte, und dann beinahe aus dem Zimmer rannte.

10

Die graugestreifte Katze saß verschlafen im Galeriefenster. Sie war es offenbar inzwischen gewohnt, in ihrem Schlaf gestört zu werden, denn als Jury die Hände an das Gesicht hielt und durchs Fenster spähte, rührte sie sich überhaupt nicht, sondern drehte sich nur traumwandlerisch auf die andere Seite. Es war niemand da – die Geschäfte schienen im Winter nicht gerade gutzugehen. Drinnen war es dunkel, da aber das OFFEN-Schild im Fenster hing, nahm Jury an, daß Rees im Haus war, und machte die Tür auf. Die Türglocke klingelte, die Katze rekelte sich, drehte sich mehrmals im Kreis und kehrte dann in ihre ursprüngliche Schlafposition zurück.

Jury rief: «Hallo, ist jemand da?» und hörte daraufhin Stiefel die Hintertreppe herunterpoltern. Adrian erschien in seinem farbenverschmierten Kittel. Das schwarze Haar, das ihm in die Stirn fiel, sah ein wenig verfilzt aus, als hätte er so intensiv gearbeitet, daß er ins Schwitzen geraten war. Er strich sich die Haare mit dem Arm zurück, denn er hielt noch immer seinen Kamelhaarpinsel in der Hand.

«Ah, Inspektor Jury. Dachte ich mir doch, daß Sie noch mal vorbeischauen würden. Wollen wir nach hinten in die Küche gehen?»

Da in der Küche kein Platz für zwei nebeneinanderstehende Personen war, setzte sich Jury an einen Klapptisch, während Adrian das Fenster öffnete und zwei Flaschen kaltes Bier hereinholte.

«Ich möchte keins, danke –»

Adrian stellte eine Flasche zurück in das schmutzige Schneehäufchen. «Ich nehme an, Sie sind wegen Olive Manning gekommen. Inspektor Harkins hat mich beinahe davon überzeugt, daß ich sie getötet habe.» Adrian bedachte Jury mit einem kurzen Lächeln. «Aber eben nicht ganz.»

«Sie sind heute morgen der Jagd gefolgt. Warum? Ich habe gehört, Sie verabscheuen die Jagd.»

«So, so, Sie sind ja bestens über meine Vorlieben und Abneigungen informiert. Wer hat Ihnen das gesagt?»

«Ein kleines Vögelchen.»

Adrian öffnete seine Flasche, setzte sich, kippte mit dem Stuhl nach hinten und nahm einen tüchtigen Schluck. Er wischte sich den Mund ab und sagte: «Das ist wahr. Die Fuchsjagd ist meiner Ansicht nach eine der dümmsten Sportarten, die es gibt. Eigentlich hat es überhaupt nichts mit Sport zu tun.»

«Warum sind Sie dann heute morgen draußen gewesen?»

«Weil der Colonel ein Bild haben wollte. Ein großes Gemälde von der Pitlochary-Jagd, für die Halle. Ich war lediglich Beobachter.»

«Maud Brixenham sagt, Sie hätten sie am Momsby Cross getroffen. Danach sind Sie in Richtung Cold Asby weitergegangen.»

«Ach, das ist also Ihr kleines Vögelchen. Maud ist nicht gerade eine Freundin von mir.»

«Davon habe ich nichts gemerkt. Sie hat nichts Schlechtes über Sie verlauten lassen.»

Adrian brachte seinen Stuhl geräuschvoll nach vorne und brummte: «Na, hören Sie, Inspektor. Dafür ist sie zu klug. Ein Frontalangriff ist nicht Mauds Art.»

«Was könnte sie denn gegen Sie haben?»

«Ich glaube, daß sie auf jeden eifersüchtig ist, der beim Oberst ein Stein im Brett hat. Er mag mich; er bewundert mich sogar –» Adrian lächelte, neigte seinen Kopf nach vorne und klopfte die Asche von der Zigarre.

«Ich verstehe nicht, warum Sie das so erstaunt. Sie sind ein ausgezeichneter Maler, soweit ich das beurteilen kann. Befanden Sie sich irgendwo in der Nähe der Mauer?»

«Ich weiß es nicht genau. Ich kenne mich nicht so gut aus im Moor, jedenfalls nicht so gut wie die, die der Jagd gefolgt sind.»

Jury holte eine Generalstabskarte hervor, breitete sie auf dem Tisch aus und zeigte auf Momsby Cross. «Sie und Maud befanden sich hier.» Jury fuhr mit dem Finger über die Karte – Dane Hole, Cold Asby und Momsby Cross. «Die Leiche wurde hier gefunden. Das ist ungefähr eine Viertel Meile von Momsby Cross entfernt.»

Adrian nahm die Karte in die Hand und warf einen kurzen Blick auf die verschiedenen Linien, Punkte und Schattierungen. Er schüttelte den Kopf. «Vielleicht diese Hügel da... an denen könnte ich vorbeigegangen sein. Aber die scheinen nicht in der Nähe der Mauer zu liegen.»

Jury faltete die Karte zusammen und steckte sie wieder in die Tasche. «Und dann sind Sie ins Dorf zurückgegangen?»

«Ja. Ich habe von all dem erst erfahren, als Inspektor Harkins vor ein paar Stunden an meine Tür klopfte.»

«Was das Gemälde betrifft – wenn Sie so gegen die Jagd sind, warum haben Sie dann den Auftrag angenommen?»

«Wollen Sie mir etwas über Kunst und Moral erzählen? Inspektor, ich würde *jeden* Auftrag annehmen. Ich habe da keinerlei Skrupel. Wenn Scotland Yard mich beauftragen würde, Phantombilder zu malen, dann würde ich das auch tun, glauben Sie mir. Und da wir schon davon sprechen –» Adrian knarrte mit seinem Stuhl, schob sich eine Zigarre zwischen die Lippen und stand auf. «Kommen Sie doch mal mit nach oben.»

Adrian enthüllte das Gemälde, das in einer Ecke seines Ateliers stand. Es war das Bild, an dem er gerade gearbeitet hatte. «Es ist natürlich nach dem Gedächtnis gemalt, aber ziemlich detailgetreu, glaube ich. Gefällt es Ihnen?»

Jury war verblüfft. Die Frau auf dem Bild schien eher in die Dunkelheit und den Nebel gehüllt zu sein als in den schwarzen Umhang, der sie umwehte. Ihre Haltung war so starr, als hätte sie ihm Modell gestanden. Jury nahm an, daß sie nicht gerade so ausgesehen hatte, als Adrian ihr in der Nacht zum Dreikönigsfest begegnet war. Die Gestalt war sehr langgliedrig; Hals und Hände schimmerten bläßlich, und das Gesicht mit der schwarzen Maske wirkte richtig erschreckend: die linke Gesichtshälfte leuchtete gespenstisch, die rechte hingegen war völlig schwarz und verschmolz beinahe mit dem dunklen Hintergrund. Das Licht – das Spiel zwischen Hell und Dunkel – war meisterhaft wiedergegeben. Der Nebel lag wie eine silbrige Aureole um die Straßenlampen. Auf seine Art war dieses Bild ebenso eindrucksvoll wie das von Lady Margaret.

Das Bild war nicht sehr groß. Jury streckte die Hand aus, um es hochzunehmen, und sagte: «Darf ich?»

«Natürlich.»

Er ging damit zur Lampe und betrachtete es eingehend. «Es ist bemerkenswert. Ich wünschte nur, Sie wären schneller damit fertig geworden. Haben Sie es Harkins gezeigt?»

Adrian ging gerade einen Topf mit Pinseln durch. Er schmiß sie auf den Boden und drehte sich um. «Großer Gott, was für Banausen ihr seid! Das einzige, woran ihr denkt, ist Mord und Totschlag.»

«Ganz recht. Ich verbringe einen Großteil meiner Zeit damit. Ist das die Engelsstiege im Hintergrund?»

Adrian, der seine Pinsel säuberte, nickte.

«Verdammt, wenn es dem entspricht, was Sie gesehen haben, ist das hundertmal besser als ein Phantombild.»

«Sie vergessen, daß ich Maler bin. Genau zu beobachten gehört zu meinem Beruf.»

Unten läutete es an der Tür. Erstaunt spähte Adrian hinunter. «Bestimmt kein Kunde. Ich hab ganz vergessen, wie sie aussehen. Und Sie können es auch nicht sein, da Sie ja schon hier sind. Jemand muß sich im Nebel verirrt haben.»

«Sehen Sie doch einfach mal nach.»

Adrian machte Anstalten, seine Haare in Ordnung zu bringen, und ging hinunter.

Jury hörte gedämpfte Stimmen von unten; er war noch immer in das Bild versunken. Er runzelte die Stirn.

Etwas stimmte nicht. Ein dunkles, verschwommenes Bild tauchte vor seinem geistigen Auge auf. Er sah ein Gesicht in einer Welle, eine Spiegelung in einem Schwimmbecken. Und plötzlich sah er auch sich selbst, wie er im «Fuchs» vor dem Spiegel stand...

«Mr. Jury», schrie Adrian die Treppe hoch. «Kommen Sie runter, Sie haben Besuch.»

Behutsam stellte er die Leinwand auf die Staffelei zurück. Das Gesicht, die Spiegelung, war wieder verschwunden. Aber etwas stimmte nach wie vor nicht.

Mit Percy Blythe hatte er überhaupt nicht gerechnet: Er steckte in einem schweren Mantel, mehreren Pullovern und hatte sich fast bis zur Nasenspitze in Schals gewickelt. Krampfhaft hielt er seine Strickmütze fest und beäugte verstohlen die Bilder an den Wänden.

«Hallo, Percy. Sie wollen mich sprechen.»

«Ja, will ich.» Er warf Adrian Rees einen finsteren Blick zu. «Allein.»

Adrian entschuldigte sich ausgesucht höflich. Als seine Schritte nicht mehr zu hören waren und Percy Blythe sich vergewissert hatte, daß er selbst auch außer Hörweite war, sagte er: «Es ist wegen Bertie. Der Bengel ist bei mir gewesen und hat was gestohlen.»

«*Bertie*? Das kann nicht sein –»

«Hab's mit eigenen Augen gesehen.» Er zeigte auf seine Augen, um Jury zu beweisen, daß er zwei davon hatte. «Ich kam gerade die Dagger Alley hoch, als ich ihn und Arnold bei mir rausgehen sah. Hab mich versteckt.»

«Vielleicht wollten sie Sie nur besuchen, Percy? Und sind einfach reingegangen –» Jury unterbrach sich, als er Percys Kopfschütteln sah.

«Gegen das Reingehen hab ich nix, aber gegen das Rausgehen. Und, wie verschlagen die beiden aussahen, wie zwei Aale schlichen sie sich davon –»

(Bei der Vorstellung von Arnold als einem Aal hätte Jury beinahe laut aufgelacht.)

«– mit der Mordwaffe.»

«*Was?*»

«Der Mordwaffe, junger Mann. Mit der sie erstochen wurde. Wenn ich gewußt hätte, daß es Stiche waren, hätte ich Ihnen das gleich sagen können.»

11

Nicht einmal bei Tag mochte Bertie diesen Weg, geschweige denn bei Nacht.

Er hielt den Schwalbenschwanz mit der Spitze nach unten und

achtete genau auf seine Schritte. Er wollte sich nicht die Augen ausstechen, wenn er hinfiel, was bei dem Nebel und dem sumpfigen Boden durchaus möglich war. Die Baumwurzeln, die wie Füße prähistorischer Monster über den Weg krochen, waren in dem vorbeidriftenden Nebel kaum sichtbar, und ein paar Mal wäre er auch beinahe darüber gestolpert.

Er wollte zu einer bestimmten Stelle, einem Loch in den Klippen, das zwischen dem Old House und der Mole lag. Dort konnte man, laut Percy Blythe, alles ins Meer werfen, ohne daß es je wieder auftauchte. Und auf diese Weise sollte der Schwalbenschwanz verschwinden. Selbstverständlich wußte *er*, daß Percy mit dem Mord nichts zu tun hatte. Aber die Polizei würde vielleicht anderer Ansicht sein, wenn sie dieses Ding in seinem Haus fand. Jemand mußte ins Haus geschlichen sein, es genommen und später wieder zurückgebracht haben. Bertie wußte, daß er möglicherweise Beweismaterial vernichtete. Er hatte genügend amerikanische Filme gesehen, um das zu wissen. Er war stundenlang am Küchentisch vor einer Tasse Tee gesessen, den Kopf zwischen den Händen, und hatte über das Problem nachgedacht. Sogar Arnolds Futter hatte er darüber vergessen. Schließlich hatte er das Problem in den Griff bekommen: Es gab keine Beweise, daß der Mord mit dem Schwalbenschwanz ausgeführt worden war. Es gab viele Gegenstände, die Zinken hatten. Die Toastgabel beispielsweise. Unendlich viele.

Sein Fuß stieß gegen etwas Hartes – er nahm an, es war eine Wurzel – und beinahe wäre er wieder hingefallen. «Komm schon, alter Arnold», flüsterte er und fragte sich, warum er flüsterte. Niemand konnte ihn hören. Und Arnold mußte er nicht auffordern mitzukommen, denn der wich nicht von seiner Seite. Wahrscheinlich wollte er nur seine eigene Stimme hören. Um sicherzugehen, daß Arnold nicht zurückblieb, hatte er ihm einen Finger ins Halsband gesteckt. «Komm schon», sagte er erneut. Er hörte den Whitby Bull; in dieser Stille kam es ihm vor, als wäre das Nebelhorn ganz nah an seinem Ohr. Vielleicht war er schon in der Nähe der See.

Er steckte den Schwalbenschwanz in die Regenmanteltasche, damit er die Hände frei hatte, um sich im Nebel voranzutasten. Er hätte seinen schwarzen Mantel anziehen sollen; dieses alte gelbe Ölzeug war viel zu kalt. Und seine Taschenlampe war auch nicht besonders nützlich. Das trübe, gelbe Licht war eher gruselig als hilfreich, weil es die Äste wie Skelettarme und die Büsche wie kauernde Tiere aussehen ließ. Wenn ihm Percy bloß nicht diese dummen Witze erzählt hätte – daß Arnold ein Kobold sei; es war überhaupt nicht komisch. Hätte er bloß nicht über die verwunschenen Seelen geredet. Und über die tödlichen Höhlen der Druiden. Das hörte sich alles ganz gut an, wenn man bei Percy im Warmen saß; wenn man aber hier draußen an solche Dinge dachte, war das nicht gerade beruhigend. Er hätte den Weg von der Mole aus nehmen sollen, aber vielleicht wäre ihm dann auf der High oder in der Grape Lane jemand begegnet. Wenn er nur noch etwas anderes hören würde als immer nur das Geräusch seiner Füße, die quietschend in den sumpfigen Boden einsanken, oder Arnold, der den nassen Boden beschnupperte, als folge er einer Fährte. Bertie zog ihn am Halsband. Jetzt hörte er den Sog der Wellen und ging ein wenig schneller. Als er die Brandung hörte, war er erleichtert; gleich würde er es los haben –.

Etwas bewegte sich.

Bertie drehte sich ruckartig um und beschrieb dabei mit seiner Taschenlampe einen Kreis. «Wer ist da?» schrie er. Aber zwischen den hin- und hergepeitschten Ästen und dem vorbeidriftenden Nebel ließ sich kaum unterscheiden, ob sich etwas bewegte oder nicht. Er stand mit dem Rücken zur See und konnte linker Hand an der Spitze der Bucht die Lichter von Rackmoor erkennen. Arnold knurrte tief und leise, als hätte ihn Bertie angesteckt. Sie drehten sich beide wieder um und gingen auf den Rand der Klippen zu. Es kam alles nur von diesen dummen Geschichten von Kobolden und verwunschenen Seelen. Etwas näherte sich ihm von hinten. Diesmal hörte er ganz deutlich Schritte oder etwas, was sich einen Weg durch das Unterholz bahnte. In der Dunkelheit und dem Nebel nahmen aber selbst die Bäume menschliche Formen an, und es war schwer zu sagen, ob dieses Etwas nun ein Mensch war.

Arnold ließ wieder ein tiefes Knurren hören. Im Gebüsch raschelte es; es klang, wie wenn der Wind durch einen Korridor fuhr. Arnold hatte richtig zu bellen angefangen, und Bertie liefen kalte Schauer über den Rücken, als wäre er in einem Tunnel eingesperrt, und der Zug käme geradewegs auf ihn zu. Plötzlich fiel ein Lichtstrahl auf sein Gesicht; geblendet von dem Zyklopenauge der Taschenlampe, schloß er die Augen. Noch bevor Bertie seinen Arm hochreißen konnte, hatte ihm eine Hand die Brille von der Nase geschlagen.

Arnold bellte wütend. Bertie, der nur noch seine Umrisse erkennen konnte, raste auf die verschwommene Gestalt zu, die seine Brille auf den Boden geschmissen hatte und jetzt versuchte, ihm seinen Regenmantel vom Leib zu zerren. Jemand hatte es auf den Schwalbenschwanz abgesehen, da war er sicher.

Bertie hörte ein Rascheln und Trippeln und Arnolds beinahe hysterisches Bellen. Es glich dem Geräusch zweier Hunde, die sich gegenseitig an die Gurgel wollten. Nur war von dem einen Hund außer dem schweren Atem kein Geräusch, keine Stimme zu hören. Er hatte Angst, sich ohne seine Brille zu bewegen. Ohne sie konnte er nichts sehen; er wußte aber, daß er in der Nähe der Klippenkante stand, denn unter sich hörte er das Tosen der Wellen.

Wie nahe er daran gestanden hatte, bemerkte er erst, als ihn zwei Hände hinunterstießen.

«Es ist ein Werkzeug, das beim Decken von Strohdächern benutzt wird», teilte Percy Blythe Jury mit, als sie in seinem Haus angelangt waren. Er wies auf die Wand, an der die anderen beschilderten Werkzeuge hingen. Der Schwalbenschwanz fehlte.

«Wenn er reingeht, um ırgendwelchen Kram zu holen, dagegen hab ich nix. Warum haben Bertie und Arnold aber gerade das genommen?» Er beschrieb es als einen ungefähr 40 Zentimeter langen Gegenstand mit Zinken, die nach Belieben geschärft werden konnten.

Jury fragte ihn, wer davon wüßte, und er sagte jeder, sogar die Craels. «Die war'n hier. Der Alte wollte von mir einen Fuchsbau zugestopft oder Hecken angepflanzt haben. Und der Junge war auch schon hier, ein- oder zweimal.» Nein, er schließe nie seine Tür ab, und die Dark Street sei um diese Jahreszeit leer. Jeder hätte hereinspazieren können.

Obwohl es in dem Häuschen warm war und er zwei Pullover und eine Windjacke anhatte, spürte Jury, wie ihm ein kalter Schauer den Rücken herunterlief. Bertie lief mit einem Gerät herum, das sehr wahrscheinlich die Mordwaffe war.

Der Sturz konnte ein paar Sekunden oder ein paar Stunden zurückliegen; er hatte jegliches Zeitgefühl verloren. Seine Hände hatten in der Felswand etwas gefunden, das einem dicken Stumpf glich – er konnte ihn nicht sehen, vielleicht war es eine alte Baumwurzel. Jedenfalls war er fest genug, um sich ranzuhängen.

Das Schwierige war nur, daß er keinen Halt für seine Füße fand, eine Ritze, in der er sich abstützen konnte. Er hing genau über einem Felsvorsprung, und seine Füße fuhren nur über Flechten und dann – ins Leere. Obwohl er nur kurze Zeit so gehangen hatte, waren seine Arme bereits müde. Die Augen hielt er fest zusammengepreßt; er konnte ja sowieso nichts sehen. Er dachte, seine Arme würden gleich aus den Gelenken springen. In seinen Ohren sauste es so laut, daß er nicht einmal mehr die Wellen hörte. Er fing an zu beten: «Heilige Maria Mutter Gottes...» An mehr konnte er sich nicht erinnern, die Fortsetzung war ihm entglitten wie das Stück Schiefer, das den gottverlassenen Felsen heruntерglitt. Er hörte ein scharrendes Geräusch, das langsam näherkam, und ein schweres Atmen. Er spürte plötzlich den vertrauten Geruch von nassem Hundefell. Er drückte sein Gesicht gegen die Felswand und weinte. Wenigstens hatte man aus Arnold nicht auch ein Sieb gemacht. Wie durch ein Wunder spürte er im gleichen Moment etwas unter seinen Füßen. Er wurde ein klein wenig emporgehoben, genug, um seine Arme von dem entsetzlichen Gewicht zu befreien. Es bewegte sich unter ihm, und mit der Entlastung seiner Arme hörte auch das Sausen in seinen Ohren auf, und er vernahm Arnolds Keuchen – Arnold, der all die kleinen schmalen Felspfade kannte und sich wie eine Bergziege auf ihnen bewegte. Unter ihm mußte ein kleiner Vorsprung sein, gerade breit genug für Arnold und vielleicht auch ein schmaler Pfad. Womöglich ein Überbleibsel aus der Zeit, als Teile der Klippen zusammen mit drei Häusern ins Meer gestürzt waren. Er durfte gar nicht daran denken.

Bertie, der weder richtig hing noch stand, drückte sein Gesicht an die Felsen und preßte seinen Körper gegen die kalten, harten Klippen, als wären sie weiche, menschliche Formen, die seiner Mutter gehören könnten, wenn sie ihn nicht im Stich gelassen hätte. Auch daran durfte er nicht denken. Und er vergaß völlig die heilige Maria, Jesus, den Engel Gabriel, die Sterne, die Sonne und den Mond in sein Gebet einzuschließen. Nur Arnold schloß er ein.

In dem Haus in der Scroop Street war offensichtlich niemand da. Die Fenster waren dunkel, und die Tür war zu. Da sie nicht abgeschlossen war, ging Jury hinein und tastete nach dem Lichtschalter. Er sah das Telefon, das auf einem niedrigen Ständer stand. Er rief ein paar Mal Berties Namen, erwartete aber keine Antwort.

Er wählte die Nummer vom Old House, und Wood antwortete. Nein, Bertie habe er nicht gesehen, und Mr. Plant sei auch nicht im Haus. Er habe vor einer knappen Stunde überstürzt das Haus verlassen – und er, Wood, nehme an, er sei auf der Suche nach Inspektor Jury.

Auch Kitty hatte Bertie nicht gesehen. Sie kam ans Telefon im «Fuchs». Als er Wiggins am Apparat hatte, erzählte ihm Jury, was geschehen war, und wies ihn an, Harkins anzurufen; er solle genügend Männer mitbringen, um das Dorf, Howl Moor, die Wälder in der Nähe vom Old House und auch die Klippen am Meer absuchen zu lassen.

«Was ist ein Schwalbenschwanz?» fragte Wiggins. Seine Stimme klang rauh und kratzig. Das bedeutete leider, daß er wieder etwas ausbrütete. «Warum hat Bertie das Ding genommen?»

«Wer weiß? Vielleicht wollte er der Polizei helfen oder Privatdetektiv spielen oder Percy schützen. Zu viele amerikanische Fernseh-Serien. Ich will, daß er gefunden wird – sofort. Ich werde die Engelsstiege hochgehen und den Weg durch den Wald nehmen. Der Gedanke, daß Bertie mit diesem Ding herumläuft, gefällt mir gar nicht.»

«Ist Arnold bei ihm, Sir?»

«Ich weiß nicht, ist er das nicht immer?»

«Dann kann ja nichts passieren», sagte Wiggins in einem armseligen Versuch, humorvoll zu sein.

Ein Felsbrocken, ein Erdklumpen – etwas hatte sich gelöst und fiel die Felswand herunter. Arnold verlagerte geringfügig sein Gewicht. Bertie konnte die Nägel seiner Pfoten gegen den Stein schaben hören und war überzeugt, daß sie beide im nächsten Moment abstürzen würden. Er preßte seinen Körper gegen die nassen Steine und versuchte, sich an der Wurzel ein wenig hochzuziehen, um Arnolds Rücken zu entlasten. Es war bitter kalt; er konnte seine Finger kaum noch spüren; mit gekreuzten Handgelenken hing er in der Luft.

Arnold bellte. Bertie schloß daraus, daß Arnold wieder festen Boden unter sich hatte, und ließ seine Füße so weit herunter, bis sie wieder auf Arnolds Rücken standen.

Dann aber hörte er ein anderes Geräusch, das von oben kam. Es war ein Scharren über der Erde und dem Stein, und er begriff, daß jemand im Begriff war, den gleichen Abstieg zu versuchen, den er vorhin Arnold hatte machen hören.

Ein warmes Gefühl der Erleichterung stieg in ihm hoch. Jemand hatte Arnold bellen hören und kam ihm jetzt zu Hilfe – aber vielleicht kam auch jemand zurück, um das Angefangene zu Ende zu führen.

Das Blut erstarrte ihm in den Adern, aber gleich darauf hörte er ganz in seiner Nähe eine Stimme, die ihn eher barsch als freundlich aufforderte: «Gib mir deine Hand.»

Eine kalte, unbekannte Stimme. Bertie konnte den ausgestreckten Arm eher spüren als sehen. Wer immer es war, viel näher konnte er nicht kommen, da er kaum Platz zum Stehen und auch keinen sicheren Halt für seine Füße hatte.

«Gib mir deine Hand!»

Die Stimme klang schneidend. Er hatte plötzlich vor etwas ganz anderem Angst – nicht mehr vor der Felswand, an die er sich klammerte, als wäre es der Körper seiner Mutter. Panik ergriff ihn, und er fürchtete, daß sein Zittern ihn in die Tiefe befördern könnte.

In diesem Moment kroch Arnold unter ihm weg.

Bertie streckte blitzschnell seine Hand der Stimme und dem Atmen des anderen entgegen. Er dachte nur an diesen einen letzten Augenblick seines Lebens; gleich würde die Hand, die jetzt noch die seine umklammert hielt, ihn in das Dunkel fallen lassen.

Es gab nur das: diesen letzten Augenblick seines Lebens. Dann hörte er jedoch andere Geräusche über sich. Stimmen. Hunde. Während die Hand, die die seine hielt, ihn von seinem Halt herunterschwang und ein anderer Arm ihn an den Schultern packte, überlegte er einen Moment lang, ob diese verfluchten Idioten mit den Hunden ausritten.

«Bertie!»

Diese Stimme kam von der Felskante oben und war ihm bekannt; sie gehörte Inspektor Jury. Er wurde langsam hochgehievt, was wohl harte Arbeit war, nach dem keuchenden Atem der verschwommenen Gestalt neben ihm zu urteilen. Ein letzter Ruck – und er stand wieder auf festem Boden.

Bertie konnte nur Lichtpunkte und formlose Umrisse erkennen, die sich wie im Traum in seinem Blickfeld bewegten. Aber sie interessierten ihn überhaupt nicht.

«Arnold!» schrie er. Der Terrier bellte, und Bertie fiel auf die Knie und schlang seine Arme um das nasse Fell des Tieres.

Jemand stand neben ihm und wischte ihm das Gesicht mit einem Taschentuch ab. «Bertie, alter Junge.» Es war Inspektor Jury. «Schau, wir haben deine Brille gefunden.» Er setzte sie Bertie auf die Nase.

Das Geschehen um ihn nahm plötzlich Formen an, als wäre ein Vorhang hochgezogen worden. So mußte sich ein Blinder fühlen, der plötzlich wieder sehen konnte, dachte Bertie. In der pechschwarzen Nacht wirkten die Menschen wie weiße Statuen in einem dunklen Garten.

Einer von ihnen trat einen Schritt vor, und er erkannte Inspektor Harkins, der sich eine Zigarre anzünden wollte und die Hand schützend vor ein Streichholz hielt. Jury sprach mit jemandem, der hinter Bertie stand – nicht mit Harkins, sondern mit einem anderen. «Ein Glück, daß Sie hier draußen waren.»

Bertie drehte sich um und sah Julian Crael hinter sich. Er stand nicht in dem Licht der Taschenlampe. Er säuberte sich gerade die Hände mit einem Taschentuch. In seinem Hemdsärmel war ein großer Riß. Dann hob er den Mantel auf, den er auf den Boden geworfen hatte, damit er ihn beim Abstieg nicht behinderte, und zog ihn an.

«So ein Zufall», sagte Harkins.

Julian schwieg.

Jury schluckte, als hätte er selbst diese bittere Pille verpaßt bekommen. Nicht gerade einfach zu verdauen – des versuchten Mordes an jemandem beschuldigt zu werden, dem man gerade das Leben gerettet hatte.

«Ich glaube, es ist besser, wir gehen zum Haus zurück und unterhalten uns dort», sagte Harkins.

«Ich begleite Bertie nach Hause», sagte Jury.

«Wir müssen den Jungen aber vernehmen», warf Harkins ein.

«Das kann ich machen, wenn er zu Hause ist. Nicht hier.» Harkins wandte sich unwillig ab, und Jury zog Wiggins beiseite. «Gehen

Sie mit ihnen zum Old House und sorgen Sie dafür, daß er von Harkins nicht gelyncht wird. Danach kommen Sie zu Berties Haus.»

Harkins gab zwei seiner Männer Anweisungen, nach der Waffe zu suchen, und ging mit Julian fort.

«Mr. Crael», Bertie riß sich von Jury los, rannte zu Julian hinüber und schlang seine Arme um ihn, als hätte auch Julian ein dichtes, nasses Fell.

Als er ihn losließ, hob Julian die Hand und salutierte kurz: «Jederzeit, Sportsfreund.»

Arnold bellte und ließ den Schwanz wie eine Peitsche durch die Luft sausen.

Das sieht ja beinahe nach Wedeln aus, dachte Jury.

VII Simon sagt…

1

Da Bertie beinahe im Stehen einschlief, steckten sie ihn gleich ins Bett. Jury bestand darauf, bei ihm zu bleiben und auf der Couch zu übernachten. Großzügig verzichtete Wiggins auf sein Zimmer im «Fuchs» und blieb auch. Und Melrose, der nichts verpassen wollte, erwachte am frühen Morgen mit schmerzender Schulter, weil er auf einem Sessel eingeschlafen war.

Nun saßen sie alle um den Küchentisch mit dem Wachstuch: Jury, Bertie, Melrose, Wiggins und Arnold. Melrose hatte den letzten freien Stuhl Arnold überlassen und sich selbst auf einen Hocker gesetzt.

Während sie Bertie mit Tee und Toast fütterten, wiederholte er immer wieder: Nein, er hätte nichts gesehen; nein, er hätte nichts gehört; nein, er hätte nichts gerochen, was ihm einen Hinweis darauf geben könnte, wer ihn gestoßen hatte.

Um seinem Gedächtnis etwas nachzuhelfen, schob Jury noch ein paar Speckstreifen auf Berties und auch auf Arnolds Teller. «Du mußt dich doch an irgend etwas erinnern, Bertie.»

«An überhaupt nichts», sagte Bertie entschieden und spießte den Speck auf. «Wer bezahlt denn das hier?» Er hielt einen aufgespießten Speckstreifen hoch.

«Das geht auf meine Rechnung», sagte Melrose. «Wachtmeister Wiggins hat in aller Herrgottsfrühe den alten Kaufmann aus dem Bett geholt.»

Wiggins sah nach der schlaflosen Nacht gar nicht gut aus. Er stocherte mit einem Stück Toast in dem Eigelb herum.

«Na, dann vielen Dank. Wir mögen Speck, Arnold und ich.»

«Jemand muß dir gefolgt sein», sagte Jury. «Wer immer es war, er muß gedacht haben, daß du dieses Dachdeckerwerkzeug ins Old House oder zur Polizei bringen wolltest und daß du gesehen hättest, wer es aus Percys Haus mitgehen ließ.»

«Aber das hab ich ja nicht, oder?»

«Das wußte der Mörder aber nicht. Warum hast du es denn eigentlich mitgenommen?»

«Um zu verhindern, daß Percy Ärger kriegt.»

«Das ist zwar sehr nobel von dir», sagte Wiggins, den Mund voller Toast, «aber das bedeutet Unterschlagung von Beweismaterial, Junge.» Er zeigte mit der Gabel auf Bertie.

Bertie wurde eine Spur blasser. «Was wird man mit mir machen?»

«Oh, dir einen Orden geben, wahrscheinlich», sagte Melrose und versuchte, es sich auf dem Hocker bequem zu machen. Dann seufzte er: «Ich habe mal wieder die Gelegenheit verpaßt, im rechten Moment an Ort und Stelle zu sein. Ich denke, es ist besser, wenn ich mich pensionieren lasse.»

Jury lächelte und trank seinen Tee. «*Ich* sollte mich pensionieren lassen. Ich habe nicht einmal an Percys Werkzeuge gedacht.»

«Na ja, Sie haben sie sich auch nicht so genau angesehen wie ich. Sie hingen an der Wand. Und da es an dem Abend damals nichts anderes zu tun gab ...» Er hatte diese Niederlage immer noch nicht verwunden.

«Der alte Arnold verdient den Orden», sagte Bertie.

«Das stimmt», sagte Melrose Plant. «Vielleicht solltest du ihm eine dieser Krawatten besorgen, von denen du mir erzählt hast. Eine Krawatte von der Mordkommission. Die würde Arnold gut stehen.»

Bertie schaute ihn an. «Ich kann Ihnen nur sagen, wer es *nicht* war. Inspektor Harkins ist bescheuert. Es war nicht Mr. Crael.»

Melrose, der sich gerade eine Zigarre ansteckte, hielt inne und blickte über die flackernde Flamme seines Feuerzeugs auf Bertie. «Du meinst, weil er da hinunter gekrochen ist und dich hochgehievt hat? Das wäre in der Tat sehr lobenswert, wenn er dich vorher nicht hinuntergeschubst hätte. Als er uns da oben hörte, konnte er dich ja wohl kaum fallen lassen.»

Bertie schüttelte den Kopf. «Es ist wegen Arnold.»

«Ich kapier nicht», sagte Jury. «Erklär mir das mal.»

«Arnold kroch weg. Als Mr. Crael mir sagte, ich soll loslassen, hörte Arnold auf zu bellen und kam unter mir hervorgekrochen. Ich mußte loslassen. Hatte gar keine andere Wahl, oder? Sie glauben doch nicht, daß er das gemacht hätte, wenn es dieselbe Person gewesen wäre, die mit dem Schwalbenschwanz auf uns losgegangen ist, oder? Sie glauben doch nicht, daß Arnold so blöd ist, oder?»

«Ganz bestimmt nicht», sagte Melrose und blätterte in der Morgenzeitung, auf der Suche nach einem Kreuzworträtsel.

«Bertie hat recht», sagte Jury.

Wiggins sagte: «Aber man kann sich doch nicht immer auf einen Hund verlassen, oder?»

Jury warf ihm einen Blick zu. Es war jedoch kein Scherz – Wiggins' Gesicht war so ernst wie das eines Heiligen, während er sich Zucker in den Tee löffelte. Jury zündete sich eine Zigarette an; sie schmeckte nach alten Socken.

«Auf Arnold kann man sich aber verlassen», sagte Bertie zu Wiggins. «Er ist der klügste Hund, den ich kenne.» Bertie stopfte sich noch ein Stück Toast in den Mund. «Er kann sogar ‹Simon sagt› spielen.»

«Wie reizend», sagte Melrose, der gerade ein Wort mit neun Buchstaben für «Verwirrung» suchte.

«Schauen Sie mal her! Arnold: Simon sagt, mach das.» Bertie sprang von seinem Stuhl hoch.

Arnold machte die Bewegung nach, indem er sein Hinterteil hochhob.

«Sehen Sie?» fragte Bertie. Dann wieder zu Arnold: «Arnold: Simon sagt, mach das!» Vergnügt legte er die Hand auf die eine Gesichtshälfte.

Arnold hob die Pfote zum Auge.

«Na mach schon, Arnold!»

«Aber er hat es doch schon gemacht», sagte Melrose. Er konnte sich nicht erklären, warum ihn das, was der Hund machte, so faszinierte.

Mit einer mißbilligenden Geste sagte Bertie: «War die falsche Seite.»

Melrose schlug sich mit der Hand an die Stirn. «Um Himmels

willen, du kannst doch von Arnold nicht verlangen, daß er spiegelverkehrt denkt, oder?» Melrose kramte in der Zwieback-Schachtel und packte noch zwei Stück auf Arnolds leeren Teller. Bertie gab sich ganz nonchalant. «Von diesem Hund doch.»

Wiggins kicherte.

Jury starrte vor sich hin.

Wie ein Sturmvogel, der mit seiner kostbaren Beute aus den Fluten auftaucht, stieg das schemenhafte Bild aus den Tiefen von Jurys Bewußtsein auf. Es war Jury, wie er vor dem Spiegel stand und sein Taschentuch einmal auf der einen Seite, dann auf der anderen anbrachte... und ein zweites Bild... die Hand, die sich Les Aird aufs Gesicht gelegt hatte, um das merkwürdige Aussehen der Person im Nebel zu beschreiben... und vor allem, Adrian Rees. Das Bild. Ja, jeder hatte den gleichen Fehler begangen. Und er selbst war der größte Idiot gewesen. Seine Gedanken wanderten zurück zu dem Polizeibericht, in dem Gemma Temples Leiche beschrieben wurde... oder hatte er die Antwort, die längst verschwommen in seinem Hinterkopf vorhanden war, einfach verdrängt.

Sie sahen ihn alle an.

Ohne es zu merken, war er aufgestanden. «Ich muß telefonieren. Wiggins, Sie kommen in fünfzehn Minuten nach. Frühstücken Sie erst zu Ende.» Geistesabwesend steckte er seine Zigaretten in die Tasche.

Wiggins blickte ihn erstaunt an. «Nachkommen, Sir? Wohin? Ist irgend etwas nicht in Ordnung?»

«Doch, doch. Ich möchte, daß wir uns in einer Viertelstunde bei Adrian Rees treffen.»

2

«Was war denn das?» sagte Melrose und blickte fragend in die Runde; selbst Arnold blickte er an.

«Sah so aus, als hätte er einen Geist gesehen oder so was», sagte Wiggins und trank seinen Tee aus.

Melrose wandte sich wieder seinem Kreuzworträtsel zu. Es war vielleicht etwas leichtfertig, aber er hatte genug vom Detektivspielen; er konnte also wieder zu einer Freizeitbeschäftigung zurückkehren, für die er besser geeignet schien. *Man kann auf ihrem Namen Musik spielen*. Eine Figur Shakespeares. Fünf senkrecht. Er kaute an seinem Bleistift. Fünfzehn waagerecht war *Idiot*. Wie passend, dachte er. Musik spielen. *Piano*. Nein, es gab kein Piano bei Shakespeare. Wenn das so weiterging, würde er es nie in seiner üblichen Zeit von fünfzehn Minuten schaffen. Oh, verdammt, dachte er. *Viola*. aus *Was ihr wollt*. Na, immerhin ganz gut.

Viola und Sebastian. Zwillinge...

Es fing an, in seinem Kopf zu arbeiten. Die nächste Viertelstunde dachte er darüber nach. Schließlich wandte er sich an Bertie und fragte: «Kann ich mir mal Arnold ausleihen?»

3

Sie tauchte in der Grape Lane aus dem Nebel auf und ging langsam auf ihn zu. Sie war ohne Hut, und der Wind von der See fuhr ihr durch das helle Haar.

«Kitty hat mir gerade die Sache mit Bertie erzählt», sagte Lily. «Ich habe im ‹Fuchs› mit ihr einen Kaffee getrunken. Schrecklich, einfach schrecklich.»

Tränen glänzten in ihren Augen. «Wer kann nur so was tun?»

Sie sah ihn traurig und zugleich erwartungsvoll an. Und wie immer war er berührt von ihrer blassen Schönheit und der Tragik, die ihr anhaftete. Er versuchte, ihr zu antworten, aber seine Lippen waren ganz taub. Endlich sagte er: «Wir wissen es nicht.»

«Ich wollte gerade ins Café. Sie auch?»

«Nein, nein. Ich bin auf dem Weg in die Galerie.»

«Kommen Sie danach doch noch auf eine Tasse Kaffee vorbei, bitte.»

Jury bedankte sich und blickte ihr nach. Hatte er sie nicht erst gestern in einem eleganten grünen Samtanzug auf einer braunen Stute gesehen? Er blickte noch immer auf die Stelle, wo sie, vom Nebel verschlungen, verschwunden war.

4

Die graugestreifte Katze versuchte, die Schneeflocken zu fangen, die gegen die Fenster der Galerie Rackmoor stoben und zerschmolzen. Sie fuhr mit den Pfoten immer wieder gegen das Glas und ließ sich bei diesem frustierenden Unterfangen auch dann nicht stören, als es an der Tür klingelte und Jury hereinkam.

Drinnen war es kaum dunkler aus draußen. Es hatte zu schneien angefangen, als Jury Berties Haus verlassen hatte, und Rackmoor lag nun in dämmrig-düsteres Dunkel gehüllt da.

Aus der kleinen Küche im hinteren Teil hörte man Gepolter – vielleicht war eine Pfanne heruntergefallen –, danach einen Schwall von Obszönitäten, gefolgt von ein paar falschen Pfeiftönen. «Mr. Rees!» rief Jury.

Adrian erschien. In dem schwachen, gelben Licht der Küche war nur seine Silhouette zu erkennen. «Ah, Inspektor! Gerade zur rechten Zeit, um mein bescheidenes Frühstück aus getrocknetem Haferkuchen mit mir zu teilen. Das, was die arme kleine Jane Eyre in ihrer fürchterlichen Schule essen mußte. Na ja, eigentlich brate ich mir ja Eier mit Speck, aber Tage wie diese schlagen mir immer ein wenig aufs Gemüt. Was gibt's?»

«Ich würde gern noch einmal das Bild sehen, das Sie von der Temple gemalt haben.»

«Endlich ein Kunde! Wieviel wollen Sie dafür zahlen?» sagte Adrian grinsend und führte ihn nach oben.

Das Ölgemälde stand auf der Staffelei, die Adrian in die Nähe eines Fensters gerückt hatte, um das schwache Licht so gut wie möglich zu nutzen. Die Wirkung auf Jury war wieder dieselbe; es spukte in seinem Kopf.

«Sind Sie sicher, daß sie genauso aussah?»

Adrian seufzte, nahm einen Schluck aus der Kaffeetasse und versuchte dabei, nicht mit dem Löffel in Konflikt zu kommen. «Sie fragen mich immer das gleiche. Ja, ja und nochmal ja.»

«Das ist nicht Gemma Temple.»

Jury drehte sich um und ging nach unten. Adrian blieb oben zurück und starrte mit offenem Mund auf die leere Treppe und dann wieder auf das Bild.

Jury zog seine irische Mütze aus der Tasche und schob sie sich auf den Kopf. Der Schnee blieb nicht liegen, sondern schmolz sofort wieder weg. Als er die Hauptstraße entlangging, wünschte er sich, daß da große Haufen Schnee liegen würden – trocken, weiß, unberührt...

Hinter sich hörte er eine Stimme, die seinen Namen rief. Er drehte sich um und sah Wiggins, der auf ihn zurannte.

«Was ist mit Adrian Rees?» Der Wachtmeister atmete schwer und holte seinen Inhalator heraus, während sie Seite an Seite weitergingen.

«Nichts. Ich wollte nur das Gemälde sehen.»

«Gemälde? Welches Gemälde? Ich dachte, Sie seien los, um ihn zu verhaften. Sie sahen aus wie...» Wiggins fand nicht die richtigen Worte. Er hob den Inhalator an seine Nasenlöcher.

«Das von Gemma Temple. Das heißt von dieser Frau, die er für Gemma Temple gehalten hat. Ich erkläre Ihnen das mal...»

Sie waren in die Bridge Walk eingebogen und die kleine, enge Treppe hinaufgestiegen. Plötzlich blieb Jury stehen und schaute zur Brücke. «Wer zum Teufel ist das?»

Wiggins blinzelte durch den Schnee, der inzwischen stärker fiel. «Sieht aus wie Mr. Plant und Arnold.»

5

Melrose Plant lehnte an der Mauer des Bridge-Walk-Cafés und rauchte. Er zeigte auf ein kleines Schild hinter der Scheibe. GESCHLOSSEN. «Um zehn wird geöffnet. Wir müssen noch ein paar Minuten warten.»

Keineswegs unfreundlich fragte Jury: «Was zum Teufel tun Sie denn hier? Und auch noch mit Arnold?» Arnold an der Leine? Er konnte es kaum glauben.

«Ich dachte schon, Sie würden gar nicht mehr fragen. Oh, es macht einfach Spaß, einmal vor Ihnen an einem Ort zu sein. Zigarette?» Jury schüttelte den Kopf. «Soll ich jetzt eine lange, ermüdende, wenngleich brillante Erklärung vom Stapel lassen, oder warten wir lieber, bis es sich von selbst klärt? Aber an Ihrem wild entschlossenen Gesicht sehe ich, daß es jetzt sofort sein muß. Also gut. Arnold...»

Die Jalousie an der Tür schnappte nach oben. Das kleine Schild wurde umgedreht und zeigte nun: OFFEN. Lilys lächelndes Gesicht erschien. Sie öffnete die Tür und sagte: «Entschuldigung, ich wußte nicht...» Dann fiel ihr Blick auf Arnold.

Und Arnolds Blick fiel auf sie; Arnold knurrte.

Nicht laut, aber das Knurren durch das fast geschlossene Maul schien aus der Tiefe seines Bauches zu kommen. Es klang gleichmäßig und klang gefährlich.

Lily wich einen Schritt zurück. Sie versuchte zu lachen. «Um Himmels willen, was ist denn nur mit Arnold los?»

Melrose sah zu Jury hin, und Jury nickte. Melrose zog etwas an der Leine, aber Arnold rührte sich nicht; er blieb einfach sitzen, unnachgiebig wie ein Stein. Jetzt erkannte Jury auch den Grund für die Leine, die Melrose ein paar Mal um sein Handgelenk gewickelt hatte. Er zog daran. «Komm schon, Alter.» Zuerst reagierte Arnold nicht, aber dann drehte sich der Terrier um und mit einer Selbstbeherrschung, die Jury noch bei keinem menschlichen Wesen erlebt hatte, trottete er neben Melrose den Bridge Walk entlang.

Ein Gentleman und sein Hund auf ihrem morgendlichen Spaziergang.

Lily machte Anstalten, die Tür zu schließen, aber Wiggins setzte seinen Fuß dazwischen und drückte seine schmale Hand gegen den Rahmen. «Wir hätten gern einen Morgenkaffee, Miss.»

Jury hätte fast gelacht. Humor war nicht gerade Wiggins Stärke. Und Wiggins mußte sich über diesen Besuch sehr gewundert haben. Lily stand kerzengerade und kreidebleich in der Mitte des Raums.

«Sie sind Lily Siddons», stellte Jury mit unterkühlter Förmlichkeit fest. Er erhielt natürlich keine Antwort. «Wir sind hier, um Sie wegen Mordes an Gemma Temple und Olive Manning und wegen versuchten Mordes an Bertie Makepiece zu verhaften. Ich muß Sie darauf aufmerksam machen, daß alles, was Sie ab jetzt sagen, zu Protokoll genommen wird und vor Gericht gegen Sie verwendet werden kann.»

Einen Moment lang ließ ihr Schweigen den Raum ganz weiß erscheinen. Allein das Geräusch der Schneeflocken, die gegen die

Scheibe klatschten, unterbrach die Stille. Wiggins hatte sein Notizbuch hervorgeholt.

Dann fing sie an zu lachen. Ein Lachen, bei dem man eine Gänsehaut bekam. Sie schien unter dem Gelächter zusammenzubrechen und ließ sich auf einen Stuhl fallen. «Und wer wird Ihr Kronzeuge sein, Inspektor?» Sie schluckte mehrmals. «Dieser *Hund*?»

Das Gelächter klang echt. Das war es auch, was Jury so schrecklich daran fand. «Nein. Obwohl er einen besseren abgeben würde als so mancher, den ich kenne.»

Als sie vom Stuhl aufsprang, sagte Jury: «Setzen Sie sich.»

«Ich hätte gern ein Glas Wasser.»

«Wachtmeister Wiggins wird Ihnen welches holen.» Auf dem Eßtisch neben dem Seitenfenster standen ein Krug mit Wasser und Gläser. Wiggins goß ihr ein Glas ein und brachte es ihr.

Während sie daran nippte, sah sie Jury über den Rand des Glases an. Noch nie hatte er so veränderliche Augen gesehen – blaß wie das Mondlicht, golden wie ein Schmetterling, blau wie Kornblumen.

«Sie scheinen vergessen zu haben», sagte sie, «daß *mich* jemand töten wollte.» Ihre Stimme war weich; auf ihren Lippen spielte ein Lächeln.

«Das war Ihr geschicktester Zug. Sich selbst als Opfer hinzustellen. Wer würde schon darauf kommen, daß das Opfer der Mörder ist? Aber diese Geschichte haben *Sie* uns erzählt, nicht wahr?»

Lily lächelte enervierend gelassen. «Ich hatte aber kein Motiv, oder? Ganz zu schweigen von einer Gelegenheit...» Sie war aufgestanden; Jury ließ sie zwischen den Tischen umhergehen, hier mal ein Glas zurechtrücken, dort mal das Besteck, als ob Jury und Wiggins tatsächlich nur gekommen seien, um einen Kaffee zu trinken. Jury hätte jetzt sowieso keinen trinken können; seine Kehle war wie zugeschnürt, sein Mund ausgetrocknet.

«Sie hatten das beste Motiv von allen. Als die Enkelin von Colonel Crael hätten Sie Millionen geerbt.»

Sie sah von einer Serviette zu ihm auf, die sie mit vollkommener Selbstbeherrschung gerade neu faltete. «Das ist ja absurd.»

Er war beeindruckt; sie zuckte nicht einmal mit der Wimper. «Wie lange wissen Sie es schon? Noch nicht sehr lange, würde ich sagen. Aber Olive Manning wußte es; sie war ja Lady Margarets Vertraute gewesen. Ihre Mutter brachte sich wegen Rolfe Crael um, nicht wahr? Rolfe, der sich von seiner Mutter so einfach wegschleppen ließ. Und der Diebstahl der Juwelen...»

Sie riß sich derart schnell und wütend den Ring vom Finger und warf ihn nach Jury, daß dieser erst bemerkte, was geschehen war, als er das «Ping» auf dem Boden hörte. «Er hat ihn ihr geschenkt! Geschenkt! Ein Datum und ihre Initialen sind eingraviert, die meiner Mutter und ... von Rolfe Crael! Zur Hölle mit ihnen, sie haben sie in den Tod getrieben. Und wenn jemand einen Anspruch auf das Geld, das Haus, die gesellschaftliche Stellung, den Namen hat, dann ich. Ich bin Lily Crael!»

Jury packte sie an den Schultern. Sie war vollkommen steif. Er dachte schon, daß sie sich wieder unter Kontrolle hatte, als ihre Hand hochfuhr und ihre Nägel wie kleine Messer sein Gesicht zerkratzten. Er fühlte das Blut hervorsickern. Wortlos drückte er sie auf einen Stuhl, während Wiggins den seinen umwarf, um Jury zu Hilfe zu eilen. «Schon gut.» Jury nahm das Taschentuch, das Wiggins ihm hinhielt.

Sie saß schweigend da. Wie bei einer Wahrsagerin stand in der Mitte des Tisches die Kristallkugel, die sie zur Unterhaltung der Kunden mitgebracht hatte. Sie lag auf einem kleinen Ebenholzfuß in einer Mulde aus schwarzem Samt. Lily betrachtete sie, als könne sie darin ihre Zukunft sehen.

Jury preßte das Taschentuch gegen sein Gesicht und nahm sie sich wieder vor. Wiggins hatte sich an den nächsten Tisch zurückgezogen und hörte aufmerksam zu, sein Notizbuch aufgeschlagen vor sich. «Es war kein Problem für Sie, das Dachdeckerwerkzeug aus Percy Blythes Haus zu holen; Sie sind ja schließlich Freunde.»

Lily zerrte eine Zigarette aus einem kleinen Zigarettenhalter und hielt sie an ihre Lippen. «Ich weiß nicht, wovon Sie reden.»

«Natürlich wissen Sie das. Ich gebe Ihnen Feuer, wenn es Ihnen möglich ist, Ihre Hände von meinem Gesicht fernzuhalten.» Er lächelte fast und zündete ein Streichholz an.

«Sie sind ein sehr cleverer Bulle.» Sie ließ ihren Blick über sein Gesicht gleiten und sagte: «Es tut mir leid, wirklich.» Sie legte ihr Kinn in die Hand und weinte lautlos. Tränen rollten über ihre blassen Wangen. «Sie haben recht. Als ich diese Schachtel mit ihren Sachen fand, wußte ich Bescheid. Der Ring, das Bild, das Sie genommen haben. Ich habe sein Gesicht rausgeschnitten... Rolfes Gesicht, er war mit ihr zusammen auf dem Bild.» Sie bückte sich, hob den Ring vom Boden auf, starrte darauf und ließ ihn dann auf den Tisch fallen. «Ich habe ihn nie bei den Craels getragen. Mein Gott! Dabei sehe ich ihnen auch noch so ähnlich! Warum hat das nie einer gesehen?» Ihre Stimme klang schrill und verzweifelt.

«Sie haben sich mit Olive Manning an der Mauer verabredet. Und Sie dachten, Bertie hätte Sie gesehen, wie Sie den Schwalbenschwanz nahmen, oder?» Sie erwiderte nichts.

«Sie müssen Gemma Temple eine Nachricht geschickt haben – etwas, was sie veranlaßte, zur Engelsstiege zu gehen. Haben Sie ihr ausrichten lassen, Julian wolle sie treffen? Oder Adrian Rees? Ich vermute, Adrian. Deshalb hat Les Aird Gemma die Hauptstraße entlangkommen sehen; sie wußte nicht, daß Adrian im «Fuchs» saß, weil sie nicht durch die Bar gegangen war. Ich kann mir vorstellen, daß Maud Brixenham die eine oder andere Bemerkung über ihre Beziehung fallengelassen hat.»

Lilys hartnäckiges Schweigen bewies ihm, daß er auf der richtigen Spur war; es war, als würde sie jedem Wort zustimmen.

«Sie können mir auch alles erzählen, Lily. Es ist vorbei, und Sie wissen es.»

«Es ist doch völlig unmöglich, so schnell von hier zur Engelsstiege zu kommen. Sogar Sie haben das gesagt.»

«Sie waren nicht zu Hause, als Gemma getötet wurde. Und es war nicht Gemma Temple, die Adrian in der Grape Lane sah. Sie waren es. Gemma Temple war bereits tot. Sie haben sie, kurz nachdem Les sie gesehen hat, ermordet. Und danach ist *Ihnen* dann Adrian in der Grape Lane begegnet.»

Lilys Gesicht war weiß, ihre Stimme brüchig. «Was soll denn das?»

«Wie ich sagte: Sie wurde vor elf Uhr fünfzehn getötet. Nicht danach, wie wir dachten.» Jury beugte sich vor, ohne daran zu denken, daß Lily kurz zuvor auf ihn losgegangen war. Er glaubte, die letzten Spuren von Lady Margarets Schönheit aus ihrem Gesicht weichen zu sehen.

«Lily ...»

Es passierte schneller als die Attacke mit den Fingernägeln: der erhobene Arm, die Kristallkugel gerade einen Zentimeter von seinem Kopf entfernt und der blitzschnelle Fuß Wiggins', der alles umwarf – Tisch, Stühle, Gläser, Bestecke und auch Jury – bei dem Versuch, ihre Hand von Jurys Kopf fernzuhalten. «Mein Gott!» sagte Jury und stand vom Boden auf. «Wo haben Sie denn das gelernt?»

«Karate, Sir.» Wiggins atmete schwer. «Gut für die Nebenhöhlen, habe ich festgestellt.»

Jury kniete neben Lily, die bewußtlos auf dem Steinfußboden lag. «Sie muß mit dem Kopf aufgeschlagen sein. Gibt es überhaupt einen Arzt in Rackmoor? Sehen Sie zu, daß Sie einen auftreiben. Ich bleibe bei ihr.» Jury schob seinen Anorak unter ihren Kopf. «Haben Sie Aspirin, Wiggins? Meine Kopfschmerzen bringen mich um.»

Er wußte, daß er sich in dieser einen Sache auf ihn verlassen konnte; Wachtmeister Wiggins würde immer Aspirin bei sich haben.

Vom Fenster aus beobachtete Jury, wie Wiggins in der Abenddämmerung die Straße entlanglief. Er sah durch das Schneegestöber auf die Brücke über das Flüßchen. Auf dem Geländer lag eine weiße Schneedecke.

Jury ging zum Tisch zurück, setzte sich hin und betrachtete Lilys Gesicht in der Dunkelheit. Aschfahl und wie aus Marmor. Sie bewegte sich etwas und stieß ein leises Stöhnen aus. Er überlegte, ob er ihr einen Brandy geben sollte. Ob es hier überhaupt welchen gab? Es war wohl besser, auf den Arzt zu warten. Er saß da und betrachtete ihre Züge, die Spuren von Lady Margarets Schönheit.

Jury legte den Kopf in die Hände. Welch eine Verschwendung, dachte er.

6

«Lily?» sagte Colonel Crael. «*Lily*? Ausgerechnet ... das kann doch nicht Ihr Ernst sein!» Er blickte zu Jury auf, der in der Mitte des Bracewood-Salons stand, als müsse ihm ein Irrtum unterlaufen sein, als hätte er Lily mit jemandem verwechselt.

«Tut mir leid, Colonel Crael.»

Einen Moment lang herrschte Schweigen. «Ich würde sie gerne sehen, wenn ich darf.»

«Nein, jedenfalls nicht jetzt.» Niemals, wenn die Entscheidung von Jury abhinge. Vielleicht würde eines Tages doch alles herauskommen, ihre Beziehung zu der Familie. Aber Jury hatte nicht vor, es ans Tageslicht zu bringen. Wenn der Colonel ausgerechnet jetzt, wo er nichts unternehmen konnte, erfahren würde, daß Lily seine Enkelin war, wäre das nach all den Verlusten, die der alte Mann hatte hinnehmen müssen, bestimmt zuviel für ihn.

Wenigstens konnte der Colonel sich damit trösten, daß Julian unschuldig war. «Dann ist Julian... also Gott sei Dank nicht mehr in Gefahr.»

Julian, der am Kaminsims lehnte, schaute Jury mit einem sonderbaren Lächeln an.

Nachdem der Colonel gegangen war, gestärkt und beruhigt durch einige Whiskys und Melrose Plants Begleitung, sagte Julian zu Jury: «Leider bin ich das nicht, was meinen Sie? Aber was soll's. Ich bin froh, daß alles vorbei ist.»

Jury fragte sich, wie Julian wohl auf die Nachricht reagieren würde, daß Lily eine Crael, Rolfes Tochter war. Es würde ihm die Bürde der familiären Bindungen, unter denen er schon sein ganzes Leben gelitten hatte, bestimmt noch schwerer machen. Jury hoffte, er würde es nie erfahren. «Wissen Sie, Mr. Crael, ich glaube nicht, daß das Gericht sehr streng mit Ihnen verfahren wird. Einem fünfzehn Jahre alten...» Jury zuckte mit den Achseln. «Mord» wollte er nicht sagen. «Und außerdem haben Sie Bertie das Leben gerettet.»

«Es klingt fast, als wollten Sie sich entschuldigen, Inspektor. Bertie ist wirklich ein cleveres Bürschchen. Zu dumm, daß seine Mutter ihn so schmählich im Stich gelassen hat. Ich werde ab und zu bei ihm vorbeischauen. Falls ich die Freiheit dazu habe.»

Ironisch hatte er das hinzugefügt, in dem Versuch, seine alte Gleichgültigkeit wiederzuerlangen; eine Attitüde, die in den letzten 24 Stunden zusammengebrochen war.

Julian warf seine Zigarette ins Feuer und streckte ihm wortlos die Hand hin. Jury schüttelte sie.

An der Tür drehte sich Julian noch einmal um und sagte: «Ich habe mich entschlossen, auf meine Beschwerde bei Scotland Yard zu verzichten.»

«Worüber wollten Sie sich beschweren?»

«Über Brutalität von seiten der Polizei?»

Mit einem Lächeln, das Jury zum erstenmal aufrichtig erschien, schloß Julian die Tür hinter sich.

«Ich weiß nicht, was ich sagen soll, Sir... Mein Gott...» Wiggins' Stimme am Apparat klang unnatürlich hoch und vor Angst richtig gequetscht.

Jury schloß die Augen angesichts dieser Nachricht. «Wie ist es passiert?»

«Sie sagte, sie wollte sich einen Tee machen, und ich sagte ja, aber ich müsse mit ihr kommen. Ich habe sie nicht aus den Augen gelassen, glauben Sie mir. Ich hab sie beobachtet wie ein Habicht eine Maus...»

«Weiter. Was passierte dann?»

«Wir waren in der Küche. Sie benutzte nicht den Elektrokessel. Ich glaube, spätestens da hätte ich Verdacht schöpfen müssen. Sie setzte einen Topf mit Wasser auf. Ich stand am Herd dicht neben ihr. Und bevor ich überhaupt wußte, was sich abspielte, hatte sie schon das Ganze nach mir geworfen – den Topf, das Wasser und so weiter.»

«Sind Sie verletzt? Haben Sie sich schlimm verbrannt?»

«Nein, im ersten Augenblick tat es natürlich weh, und ich riß deshalb die Arme hoch. Das nutzte sie aus, um sich aus dem Staub zu machen. Sie rannte zur Tür hinaus und schob den Riegel vor. Ich brauchte fünf Minuten, um sie aufzubrechen, aber...»

Sie war verschwunden. «Ist Harkins schon da?»

«Sie kamen gerade, bevor ich Sie anrief. Ich glaube, der wird mich umbringen, Sir.» Er sagte das so nüchtern, daß Jury beinahe lachen mußte.

«Na, wahrscheinlich braucht er mehr Männer. Aber als erstes schicken Sie jemandem zum oberen Parkplatz. Er soll nachsehen, ob ihr Wagen noch da ist.»

«Das habe ich bereits gemacht, Sir, ich dachte, daß sie dahin gehen würde, aber anscheinend hat sie das doch nicht getan. Der Wagen ist noch da. Es gibt nur eine Ausfahrtstraße, und die hat Harkins sperren lassen.»

«Es gibt eine Menge Wege, auf denen man zu Fuß rauskommt. Wir müssen das ganze Dorf abriegeln.» Jury verabschiedete sich. Er wollte gerade den Hörer auflegen, als er Wiggins Stimme hörte: «Sir?»

«Ja?»

«Ich will mich nicht rausreden. Aber sie war wirklich verdammt schnell, Sir. Ich meine, ich habe noch nie jemanden gesehen, der sich so schnell bewegen konnte.»

«Ist schon in Ordnung, Wiggins. Hätte jedem passieren können. Ich weiß, daß sie schnell ist. Ich habe sie beobachtet, wie sie mit einem Messer hantierte.»

Wiggins versuchte zu lachen. «Lieber kochendes Wasser als ein Messer.»

7

Den ganzen Vormittag durchkämmten sie das Dorf; vor allem konzentrierten sie sich auf das leere Lagerhaus neben der Glocke und die leerstehenden Häuser, die nur im Sommer von Urlaubern bewohnt waren. Jury erinnerte sich an Maud Brixenhams Worte: *Das war mal ein Schlupfwinkel für Schmuggler. Man kann sich in diesen verwinkelten kleinen Straßen leicht verstecken.*

Wie recht sie hatte! Die Straßen, Gäßchen, Sackgassen verschlangen sich zu einem komplizierten Muster, gingen mal rauf, mal runter und änderten dann plötzlich wieder die Richtung. Ein gutes Dutzend Männer, einschließlich Melrose und Bertie, streiften in und um Rackmoor herum, befragten die Leute und drangen bis in die hintersten Ecken vor.

Nach Jurys Meinung befand sich Lily Siddons schon längst in York oder auf dem Weg nach London.

Es war inzwischen schon fast dunkel. Jury und Harkins, die den ganzen Tag über nichts gegessen hatten, saßen im «Fuchs» und schlangen ihr Dinner hinunter. Trotz ihres Schocks war Kitty noch in der Lage gewesen, zwei Teller mit Käse, Brot und Silberzwiebeln herzurichten.

«Rees und ich haben den gleichen Fehler gemacht», sagte Jury. «Auf dem Bild, das er gemalt hat, ist die linke Gesichtshälfte weiß. Was auch stimmte, wenn man sie betrachtete. Und wenn Les Aird die *rechte* Seite als weiß bezeichnet hat, dann nur, weil er Gemma

Temple und nicht Lily gesehen hat. In dem Polizeibericht hieß es, «die linke Seite». Sie gingen aber davon aus, genauso wie ich es hätte tun sollen, es sei die linke Seite des *Opfers*. Adrian Rees begegnete also Lily Siddons in der Grape Lane. Sie achtete darauf, daß sie gesehen wurde; sie wollte, daß wir dachten, Gemma Temple sei zu diesem Zeitpunkt noch am Leben gewesen. Sie wußte, daß Kitty irgendwo in der Nähe war, um ihr ein Alibi zu liefern.»

«Spiegelverkehrt», sagte Harkins, eindeutig erfreut darüber, daß zumindest der Polizeibericht genau war, wenn es schon keiner der Zeugen war. «Nahm sie die Leinwand mit, um den Verdacht auf Rees zu lenken?»

«Vielleicht, ich bin mir nicht sicher. Aber ich hätte die weiße Farbe an der linken Mauer der Engelsstiege sehen müssen. Gemma Temple hatte den Fleck hinterlassen, als sie da kopfüber hinfiel. Ihre linke Gesichtshälfte hinterließ die Spuren.»

Harkins schnitt die Spitze einer Zigarre ab. «Ich muß sagen, Miss Siddons hat verdammt gute Nerven bewiesen: den Verdacht von sich abzulenken und einen imaginären Mörder zu erfinden, der es auf *sie* abgesehen hatte.»

«Die Bremsen an ihrem Wagen, der Heuhaufen. Wir hatten aber lediglich ihre Aussage. Sie nähte zwei identische Kostüme. Das einzige, was sie nicht wissen konnte, war, welche Seite sich Gemma Temple nun weiß und welche sie schwarz schminken würde. Es würde mich nicht wundern, wenn ihr überhaupt nicht aufgefallen ist, daß sie den gleichen Fehler gemacht hat wie ich. Wie wir alle. Obwohl ich nicht glaube, daß Sie diesen Fehler gemacht hätten. Ihnen wäre es sofort aufgefallen, wenn Sie Adrians Porträt gesehen hätten.»

Harkins schwieg und betrachtete die schweinslederne Zigarrenschachtel, als sähe er sie zum erstenmal. «Ich war Ihnen gegenüber allerdings im Vorteil. Ich habe die Leiche, ich habe das Gesicht gesehen – Sie nicht.» Er hielt Jury die Schachtel hin. «Zigarre?»

Jury lächelte. Der Kreis hatte sich geschlossen.

Sie standen gerade auf, um zu gehen, als Wiggins in den «Fuchs» gestürmt kam, um ihnen zu sagen, daß Lily Siddons gefunden worden sei.

8

Mindestens zwei Dutzend Leute – einige Polizisten, ein paar Dorfbewohner sowie Melrose Plant und Bertie, standen am Rand der Klippen, ungefähr an derselben Stelle, an der in der vorherigen Nacht Bertie gehangen hatte. Alle schauten nach unten.

Zwei von Harkins' Männern hatten sich Taue um die Hüften gebunden und stiegen langsam die Klippenwand hinunter. Aber die Felsstruktur, die verhindert hatte, daß Bertie einen Halt fand, verhinderte auch, daß die Männer weiterkamen. Es gab keinen Weg hinunter, selbst für Arnold nicht, den Bertie fest am Halsband hielt.

Lily war genau demselben schmalen Kiesstreifen zwischen Rackmoor und Runner's Bay gefolgt, den ihre Mutter vor vielen Jahren gegangen sein mußte. Jury konnte sie kaum erkennen; sie stand unten und blickte hoch, das Wasser ging ihr schon bis zu den Knöcheln und würde bald bis zu den Knien reichen und dann –

Sie hob den Arm. Sie hätte eine badende Urlauberin sein können, die ihren Freunden am Strand zuwinkte.

Jury hatte seinen Mantel abgeworfen und war schon halb über den Klippenrand geklettert, noch bevor es jemand merkte, noch bevor Wiggins schreien konnte: «Mein Gott! Sie kommen da nicht hinunter!»

Die Leute, die sich oben auf den Klippen versammelt hatten, protestierten lauthals, unter ihnen auch Harkins und Melrose Plant, die beide in ihrer jeweiligen Ausdrucksweise Jury zuriefen, «Kommen Sie zurück, Sie verdammter Idiot!»

Aber nur Berties Aufschrei erwies sich als wirkungsvoll: «Hol ihn, Arnold, schnell!»

Noch bevor Jury einen Zentimeter weitergehen konnte, fühlte er, wie der Terrier ihn am Unterarm packte. Und das gab Plant, Harkins und Wiggins gerade genug Zeit, ihn wieder über den Rand der Klippen zu ziehen.

«Bitte Richard, keine Heldentaten, die Ihnen das Genick brechen.» Harkins warf Jury den Mantel über die Schultern.

«Darum ging's nicht...» sagte Jury, strich sich die Haare aus der Stirn und schaute benommen über den Klippenrand. Er sah gerade noch, wie die letzte Welle über Lilys Kopf schwappte und wie sie ihre weißen Arme gegen das winterlich dunkle Wasser ausstreckte.

Es sah aus, als hätte sie noch einmal zum Abschied gewinkt.

9

Sie verabschiedeten sich von Bertie.

«Der Château de Meechem war heute abend besonders gut, Copperfield», sagte Melrose, während er ein unglaublich hohes Trinkgeld in Berties Tasche schob. «Und auch das Essen war ausgezeichnet, obwohl der versprochene Räucherlachs mal wieder durch seine Abwesenheit glänzte.»

Bertie ließ sein Handtuch, das er zum Abwischen der Tische benutzte, knallen und legte es sich über den Arm. «Is wohl nich die Saison, nehm ich an.»

«Bertie», sagte Jury. «Ich hab so eine Ahnung, daß deine Mutter noch für einige Zeit in Nordirland bleiben wird. Auf jeden Fall wirst du bald von ihr hören. Wie auch Miss Cavendish. Wenn also eine von ihnen – Froschauge, Stockfisch oder wer auch immer – dir mit ihren Fragen lästig wird, sag ihnen nur, daß für sie bald was im Briefkasten liegen wird. Und wenn auch das sie nicht zufriedenstellt, sollen sie mich anrufen.» Er steckte eine Visitenkarte mit der Nummer von Scotland Yard in dieselbe Tasche, in die Melrose vorher das Geld geschoben hatte.

Berties Augen strahlten und schielten abwechselnd. «Woher wissen Sie...» Dann besann er sich anscheinend eines Besseren und fing an, Arnolds Kopf zu kraulen.

«Mach dir keine Sorgen», sagte Jury und streckte ihm seine Hand hin. «Auf Wiedersehen, Bertie.»

Bertie schüttelte die Hand. «Bleiben Sie denn nicht noch über Nacht, Sir?»

«Nein, ich nehme in York den Nachtzug. Aber ruf mich mal an, ja? Damit ich weiß, was hier so passiert.» Jury zwinkerte mit den Augen.

«Darauf können Sie sich verlassen, Sir. Gib die Hand, Arnold. Hast du denn keine Manieren?»

Arnold hielt die Pfote hoch.

«Auf Wiedersehen, Bertie», sagte Melrose Plant. «Ich wünsche dir, daß du nie dreizehn wirst.»

Draußen spazierten Jury und Plant die Mole entlang, um noch einen letzten Blick auf das Dorf zu werfen.

«Ich glaube nicht, daß es das Geld war», sagte Jury. «Ich glaube nicht, daß sie das Geld wollte oder die Privilegien, die mit dem Namen Crael verbunden sind. Ich glaube, sie wollte einfach zur Familie gehören.» Plant sagte nichts, und Jury wandte sich um und starrte auf die dunklen Wellen, die heranrollten. «Manchmal denke ich, ich habe den falschen Beruf. Nun soll ich auch noch zum Kriminaldirektor befördert werden. Es kommt mir so vor, als solle ich Recht sprechen. Wie soll man das bloß tun? Zum Beispiel im Fall von Julian Crael oder Lily, die genauso Opfer sind wie wir auch... dennoch soll sie völlig kaltblütig zu Werke gegangen sein?» Er schaute auf die See hinaus, als könnte sie Lily zurückbringen. «Es ist nicht meine Sache, das zu entscheiden, nicht wahr? Meine Aufgabe ist lediglich, solche Leute zu verhaften und sie der Justiz zu übergeben. Nur manchmal gelingt mir das einfach nicht. Ich frage mich, was das ist – Gerechtigkeit.» Er schwieg eine Weile und sah auf die See hinaus. «Ich frage mich auch, was es heißen wird, Kriminaldirektor zu sein.»

Plant zündete sich eine Zigarette an. «Es ist kühl.»

Sie kehrten der See den Rücken zu und gingen zurück in die Nebel von Rackmoor.